K·기업가 정신적 지주, 보부상의 일제 강점기 목숨건 독립운동 투혼

K·보부상

이인희 장편소설

[일러두기]

① 이 소설은 역사를 바탕으로 한 픽션이다.

② 소설 속에 실명으로 등장하는 인물들에 대한 묘사는 작가의 주관적 관점에서 쓰였으며, 각 인물들에 대한 역사적 평가가 될 수 없다.

③ 지명과 인물, 고어, 한자 등은 독자의 이해를 위해 바꾸거나 풀어썼다.

④ 독자의 흥미를 더하기 위해 일부 장의 연대기적 순서를 바꾸었다.

[머리말]

K·기업가 정신적 지주, 보부상 그 뜨거운 열정

    세계는 지금 전쟁과 경제 불황의 소용돌이 속에서 대혼란을 겪고 있다. 한국도 고물가와 고환율, 고금리 등 아른바 '3고'의 고난에 직면해 있다. 2차 세계대전 이후 선진국으로 진입한 나라는 대한민국이 유일하였고 이러한 경제 기적을 일으킨 우리나라를 세계가 주목하고 있다. 4년 전, 필자가 '월드 프렌드' 자문관으로 볼리비아 정부에 파견되어 근무하는 동안 수도 라파스에서는 매주 금요일 저녁이면 수백 명의 청소년이 광장에 모여 케이팝에 열광하며 한국에 대한 사랑을 소리높이 외치고 있었다.

    과연 유사 이래로 경제 발전의 신이라도 있는 것인가? 신이 있다면 그 신이 한국을 도와주고 있는 것인가? 이러한 대한민국의 눈부신 발전의 밑바탕엔 그 무엇인가가 분명히 있다는 생각이 들었다. 그렇다면 한국인만의 독특한 DNA가 있는 것인가. 필자는 이러한 기적을 일으킨 원인과 뿌리를 한국인의 독특한 정신세계에서 발견하였다.

    그 정신세계는 바로 우리 역사 속 보부상 정신에서 찾아볼 수 있었다. [소설 K· 보부상]을 7년에 걸쳐 집필하는 동안 수백여 일 동안 밤을 꼬박 새우면서 보부상의 자료를 찾고 서양 상인들의 활동과 자본주의 발전상에 관해 연구를 거듭하였다. 조선 시대의 행상조직이었던 보부상은 단순한 장사꾼이 아니었다. 필자가 경제단체에서 근무하면서 기업인의 조상이라고 생각했던 보부상이 서양과는 완전히 다른 정신세계를 가진 한국의 경제 기적을 일으킨 한국적 DNA의 뿌리임을 발견하게 되었다. 영리를 목적으로 시작하여 자본주의를 완성한 서양의 상인 정신과는 완전히 다른 보부상의 상인 정신은 기업의 본질과 사람들 삶의 목적을 조화하는 미래 자본주의의 기본 방향을 제시하고 있었다. 그 상인 정신은 미래 세계를 이끌어 갈 기업인들이 가져야 할 가치 모델을 말해주고 있다.

　이 소설은 조선말 인천의 보부상 준마가 일본의 침략에 대항하면서 오대양 육대주를 누비면서 독립운동가로 활약하는 모습을 그린 픽션이다. 메이지유신 이후의 일본에서는 실업자가 된 낭인 무사들과 상인들로 구성된 '계림장업단'을 조직하여 인천에 파견하였다. 계림장업단은 당시 조선경제의 주축 세력이었던 보부상을 무너뜨려 조선경제를 장악하고자 하였다. 준마가 이끄는 보부상 조직은 이러한 일본의 경제침략에 대항하며 맞서 싸운다.

　고려 말, 역성혁명에 반대한 고려의 충신들이 뿌리가 된 보부상은 모험심과 도전정신으로 사업을 개척하였고 진정한 상인의 도리를 지킨 선비 상인의 기개를 가졌다. 유교의 명분 정치에서 비롯된 사농공상의 차별 속에서 관청의 횡포에 맞서기도 하고 타협도 불사하면서 슬기롭게 자신들의 상업활동을 유지하였다. 필자는 이러한 보부상의 정신을 세계에 알려, 케이팝과 함께 문화와 경제를 선도하는 한국이 되기를 기원한다.

나는 한국을 누구보다도 사랑한다. 그리고 한국인으로 태어난 것을 자랑스럽게 생각한다.

"나는 상인 정신보다 더 위대한 정신이 있다는 것을 다른 어디에서도 발견할 수 없었다"라는 괴테의 [빌헬름 마이스터의 수업]의 한 구절을 인용하면서 이 책을 미래 청년세대에게 바치고 싶다.

2023년 7월
저자 이인희

목차

제 1부 벼랑 끝의 조선

1	개항의 아침 초대받지 않은 이방인들	016
2	벼랑 끝에 선 조선의 물상객주들	029
3	계림장업단과 준마와의 조우	040
4	격랑 속으로 빠져드는 장터	052
5	명운을 건 결투	066
6	인천 감옥, 역사적 조우	079
7	지성이면 감천	093
8	탈옥, 보부상 행상 길	106
9	일개 장꾼들의 나라 걱정	118

10	이용익, 황제의 밀지	132
11	조선의 마지막 선비	144
12	콩나물 장사의 기술	152
13	해와 달의 동업자	164
14	권세가, 공명첩 선비	175
15	분노와 좌절 그리고 희망의 끈	188
16	한 치 앞 내다볼 수 없는 운명	201
17	검은 복면 사내의 만행	210
18	보부상 장문법의 숨은 뜻	219
19	유기전 보부상, 이승훈 인간 승리	231

20	구사일생, 시베리아 보부상 최봉준	238
21	시베리아의 반짝이는 푸른 별	244
22	극동 지역 하늘에 전운이 감돌고	251
23	활개치는 일본군 첩자들·왈패들	261
24	매국에 항거하는 복면 의적단	266
25	태풍 전야의 고요	273
26	외나무다리의 혈투	284
27	끝없는 감시와 미행	295
28	여기서 준마를 지켜주지 못한다면	306
29	조선의 노비에서 일본의 순사로	318

30	빼앗으려는 자, 지키려는 자	327
31	경각으로 치닫는 조선의 명운	338
32	세상에 공짜는 없다	347
33	고립무원의 대한제국 황제	355

제 2부 조선을 넘어 세계로

34	백가객주의 복만을 찾아온 사내	364
35	하나둘씩 사라지는 조선의 요인들	372
36	호가호위 변철상의 위세	379
37	갈 곳 잃은 조선의 인재들	388
38	쫓는 자, 쫓기는 자	395

39	페루에서 맞이하는 뜨거운 일출	407
40	열정의 늪에 빠지고	413
41	몽둥이찜질에 그만 혼절하다	419
42	하늘에서 강림한 무술의 신	427
43	이제는 돌아가야 한다	440
44	기차에서의 목숨 건 탈출	446
45	볼리비아에도 노루가 있는가	454
46	숙향 어디 가는 거요?	466
47	하얀 비늘 침이 가슴을 찌르고	481
48	엄습해오는 불길한 예감	489

49	블라디보스토크의 붉은 여우	497
50	손에 꼭 쥔 쇠붙이 장식	505
51	등에 난 검은 점	517
52	죽음에서 돌아온 이들의 재회	528
53	죽음의 그림자를 항상 등에 지고	535
54	동토의 땅에 모인 보부상들	543
55	기회의 땅 시베리아에 뜬 큰 별	550
56	역사 앞에서의 큰 죄인	557
57	팔만대장경을 사수하라	567
58	귀국, 그리고 미완의 광복	578

[후기]

① 조선 최초의 시민 권력 '보부상'
② 반복되는 역사, 일본 말을 대변하는 자들
③ 조선 멸망의 원인, 말들의 시작
④ 진정한 주권이란 과연 무엇인가?
⑤ 흔들림 없는 민족 정체성 확립 절실

[맺음말]

대한민국 상인 정신의 정수

제1부

벼랑 끝의 조선

1

개항의 아침 초대받지 않은 이방인들

 그날의 저녁노을을 두고 무어라 말할 수 있을까.
 해가 수평선에 접해 넘어가기 시작하는 시각, 바다와 맞닿은 옅은 구름 사이를 노을은 붉게 물들여 갔다. 구름 둘레를 그리며 비추는 태양 빛이 그날따라 시뻘겠고, 대조적으로 해를 등진 구름의 면들은 짙은 그림자를 품고 있었다. 푸르다기엔 충분히 어두운 하늘과 바다, 그 사이에서 주위를 태울 듯이 이글거리는 태양, 불안정하게 흔들리는 윤슬. 매일같이 찾아오는 인천 앞바다의 저녁노을이었으나, 어째서인지 이날만큼은 이상토록 극적인 광경이었다.
 아직 집에 들어가지 않은 해안가의 사람들은 검고 푸르름이 뒤엉키는 혼돈의 색 속에서 동그랗고 빨간 점을 눈에 새길 수밖에 없었다. 혹자는 눈이 아릴 정도로 아름답다고 평할 광경이었고, 혹자는 검붉은 바다가 잔인하다는 감상을 떠올릴 광경이었다.
 하지만 대부분은 동시에 왠지 모를 서글픔을 느꼈더랬다. 그 애상의 이유를 찾지는 못했지만, 이유 없이 찾아오는 감상을 사람들은 직감이라 불렀다. 고된 하루를 마무리하던 차에 좋지 않은 직감으로 내일을 마주하지 않으려던 이들은, 인상을 한번 찌푸리거나 머리를 털곤 서둘러

집으로 들어갔다. 곧이어 어둠 또한 밀물처럼 들어와 해안가의 작은 마을을 순식간에 삼켰다. 어둠이 완전히 뒤덮이기 직전에 구름 사이로 노루 한 마리가 달려가는 듯한 환상이 반짝인 것만도 같다. 어쨌거나 인천의 해안가 마을은 이날도 어느 때처럼 조용히 꿈속으로 묻혔다. 조선이 바다가 맞는 서글픈 황혼이었다.

인시, 동이 트려면 아직은 먼 때, 역시 어둠이 짙게 드리운 인천 바닷가의 마을에는 기척 하나 없이 모든 이들이 잠에 빠져 있었다. 어두컴컴한 하늘에는 잿빛 구름이 짙게 깔려 전날 저녁의 새빨간 빛줄기라곤 찾아볼 수 없었으며, 무섭도록 고요한 바다의 수면 위로는 물안개가 스멀스멀 피어올랐다. 그때 자욱한 해무 속을 헤치며 멀리 검은 점 하나가 육지를 향해 천천히 다가왔다. 큰 흑선 한 척은 안개 속에서 서서히 그 모습을 드러냈다. 구름 사이로 언뜻 비치는 달빛 아래 배의 난간에 기대어 서 있던 사람들의 얼굴이 차갑게 드러났다. 상인으로 보이는 이 낯선 무리는 모두 하치마키로 불리는 흰 머리띠를 머리에 두르고 일본식 전통 바지인 하오리를 입은 채였다. 일본 상인들을 태운 배는 스며든 어둠처럼 조용히 해안가로 들어와 항구에 닻을 내렸다.

이들 무리의 총인원 수는 70명 즈음이 되었다. 20여 명은 장검과 단검을 허리에 찬 무사 집단이었고, 나머지는 그다지 특이하게 보이지 않는 평범한 상인들이었다. 하지만 그들의 눈빛만큼은 조선의 일반 사람들과 달라 보였다. 약간의 두려움이 섞여 있었으나 그보다는 의욕과 호기심이 넘치는 그들의 눈빛이란 낯선 곳에 온 이방인이라곤 믿기지 않을 만큼 자신감에 차 있었다. 일행 모두가 배에서 내리자, 이들을 맞이하기 위해 부두 뒤편 한구석에서 기다리고 있던 사내가 재빠르게 일행에게 다가갔다. 까만 코트에 중절모를 깊게 눌러쓴 그 사내는 상인 무리와 은밀한 인사를 주고받고, 항구에서 멀리 떨어지지 않은 한적한 여각으로 일행을 안내했다.

부두 안쪽으로 새로 지은 창고건물들이 들어서 있고 그 옆으로는 한창 갯벌을 메우는 공사장에 온갖 장비들이 어수선히 널려 있었다. 일행이 해안가를 벗어나며 산 쪽으로 난 언덕길을 막 오르려던 차였다. 길 옆에 쌓아 둔 장비 더미 위에서 무언가 한 물체가 획 튀어 올랐다. 일순간 일행이 일동 정지했다. 다만 낭인으로 보이는 한 사내는 칼집에 손을 대는가 싶더니, 바로 검을 빼 전광석화처럼 아래에서 위로 한번 번쩍 휘둘렀다. 차가운 달빛 아래 새벽하늘을 가르듯 섬광이 검을 따라 번쩍이는 순간, 붉은 선혈이 공중에 솟구치면서 큰 몸집을 지닌 한 고양이의 목이 길가에 나가떨어졌다. 죽은 고양이는 이 부두에서는 나름대로 '암흑의 왕'이라 불리던 터줏대감이었다.

숨 한번 쉬기 전에 종료된 상황에 숨죽여 쳐다보기만 했던 무장행상 일행들은 신기에 가까운 칼 솜씨를 두고 두려움과 경이로움이 섞인 탄성을 흘렸다. 칼날에서 떨어지는 붉은 피와 번쩍이는 칼날의 푸른빛이 달빛에 반사되며 일행들의 온몸을 서늘하게 감싸왔다. 어수선한 분위기에서 일행은 계속 밤길을 걸어 여각에 도착했다. 한동안 짐을 풀고 부산하게 움직이던 이들은 조용히 잠자리에 들며 밤의 정적 속에 함께 묻혔다. 원래부터 이들이 조선의 일부였던 것 마냥, 기이하게도 자연스러운 스며듦이었다.

요즘의 인천은 뒤숭숭한 분위기가 이어지고 있었다. 국모 살해로 인해 일본에 대한 민심이 극도로 악화된 상태에서, 조선의 여러 지방에 살던 일본인들이 인천으로 대거 몰려들었기 때문이다. 국제무역으로 많은 부를 축적한 일본이 조선 황실에 막대한 자금을 빌려주면서 인천 개항과 함께 광물개발권과 철도부설권을 따내고, 인천을 포함한 여러 항구에서 일본인들이 자유롭게 장사를 할 수 있는 허락까지 받아낸 터였다.

한가하고 소박한 인천의 작은 바닷가 마을이 개항지로 결정된 이유는 무엇보다 서울과 가장 가까운 곳이라는 지리적인 이점 때문이었다. 이곳에서 개항의 문이 열리면서, 청국과 일본을 비롯한 각국 외교관들의 조계지가 처음으로 인천에 개설되었다. 각국의 조계지가 자리 잡은 곳은 인천부 다소면 선창리 지역과 고잔리, 송림리, 그리고 장천리의 일부 지역을 포함하였는데 사람들은 이 지역을 제물포라 불렀다. 제물포에는 응봉산이라 불리는 산이 하나 우뚝 솟아있는데, 이 응봉산 만국공원 아래 청나라 조계지와 일본 조계지가 길 하나를 사이에 두고 마주 보고 자리를 잡았다. 이곳을 중심으로 영국, 미국, 러시아를 비롯한 각국의 공사관들이 가까운 주위에 자리 잡고 있었기에 이 일대는 외국인들을 위한 치외법권 지대로 지정되었다. 들어오는 자가 있다면 내몰리는 자도 있었다. 청나라 조계지 건너편에 살던 조선인들은 일본 조계지가 생기면서 용동과 내동 일대로 쫓겨났다.

조계지를 벗어난 해안가 마을인 신포동과 배다리 근처에는 조선의 물상객주가 하나둘씩 문을 열었다. 신포동에는 객주들을 중심으로 운영되는 조선인들의 장터가 있다. 그 옆으로 낮은 언덕을 끼고 오르면 내동과 용동 그리고 배다리골로 이어져, 조선사람들이 많이 몰려 사는 일대가 펼쳐졌다. 용동에 위치한 큰 우물이 이 지역의 조선인들에게 중요한 식수를 제공하였으므로, 식수가 넉넉하고 배가 들어오는 바닷가 근처인 신포동에 물상객주들이 장사의 터전을 마련한 것이다.

개항은 사람들의 호기심을 자극하지 않을 수 없었다. 외국에서 들어오는 신기한 물건들을 보기 위해 장터에 오는 사람들이 요즘 들어 부쩍 늘고 있었다. 일본을 통해 들어오는 금건(金巾), 영국산 면제품 같은 광목이 값이 싸고 반질거리는 윤기 덕분에 조선인들에게 인기가 많았다. 커다란 서양배가 항구에 들어오는 날이면 이번에는 어떤 물건들이 새로 들어오는지 궁금해한 사람들은 항구 쪽으로 몰려오곤 했다. 서양과 교류의 길이 한번 열리자 막혔던 봇물이 한꺼번에 터지듯 서양문물과 피부색이 다른 서양인들까지 밀려 들어왔다. 개항도시의 사람들은 빠르게 변하는 고향의 모습을 지켜보며, 천지개벽의 중심에 서 있는 듯

충격을 받았다. 변화를 즐기는 이도 변화에 탄식하는 이도 있었다.

간밤의 일본 무장행상 무리가 그날 아침부터 향한 장소는 바로 일본 조계지 정중앙에 있는 일본 제58 은행 건물이었다. 회색 벽돌로 지어진 건물 2층에 있는 넓은 회의실로 안내돼 조금을 기다리자 앞문으로 한 사람이 들어섰다. 일본 조선 주둔군사령관 무라야마였다.

무라야마는 크지 않은 체구에 깡마른 중년의 사내였다. 매의 눈과 매부리 코밑 좌우로 단정하게 손질한 콧수염이 인상적이었고, 얼굴에는 광대뼈가 튀어나온 강인한 인상을 풍기고 있었다. 군복을 입고 군장도를 찬 모습에 그곳에 모인 청중들의 이목을 모았고 공간의 분위기를 압도했다.

"여러분들은 이제 천황 폐하의 은혜로 조선에서 새로운 삶을 시작하게 되는 영광을 누리게 될 것이다. 조선의 산업을 새롭게 개조하는 우리 제국 사업의 선봉장이 되는 것이다."

그가 입을 열어 청중들을 향해 강경한 어조로 말을 전하기 시작했다.

"허나, 지금 조선은 보부상이라는 행상 집단이 조직적으로 활동하고 있다. 그동안 우리가 파견한 정보원들의 보고에 따르면 이 보부상 조직이 조선의 경제를 지탱하는 동맥과 같은 존재라고 한다. 즉, 이들을 제거하지 않고는 대일본제국의 조선 진출이 어렵다는 것이다. 우리 대일본제국은 조선의 황실로부터 고관 귀족과 말단에 있는 주요 관리에 이르기까지, 부패한 양반세력은 충분히 장악했으므로 조선 조정을 움직이는 것은 어렵지 않다. 그러나 최근의 보부상은 황실보호협회라는 것을 만들어 조직적으로 일본에 대항할 움직임을 나타내고 있다. 이런 상황에서 그들을 막기 위해 여러분들의 협조와 노력이 절실히 필요하다. 우리 대일본제국에서 조선 황실을 압박하여 이들 조직을 와해하게 할 계획을 준비하고 있으나, 이들이 순순하게 물러나지는 않을 것으로 보이기에, 여러분들이 직접 투입되어 신속히 이들의 상권을 장악하고 조선의 경제적 기반을 무너뜨려야 한다. 이제 여러분의 소임은 단순한 장사를 넘어 대일본제국을 위한 조선개척의 선구자가 되는 것과 같다. 우리의 조선 진출을 가로막는 그 누구라도 단호히 제압하여 공을 세우기 바란다."

조용하고 단호한 목소리로 연설을 이어가던 무라야마는 천천히 청중들을 둘러보다, 앞에 앉아 있는 한 사내에게 눈길을 멈추었다. 그리곤 이내 다시 말을 이어갔다.

"앞으로 여러분을 뒤에서 지원할 무사들을 본국에서 초청했다. 본 무사들이 여러분과 함께 행동하면서 혹시 모를 조선 상인의 위협과 도발을 제압하도록 적극 도울 것이다. 마지막으로, 우리 일본의 군대 또한 항상 뒤에서 여러분을 음으로 양으로 지원할 것임을 확언해 두겠다."

장황한 연설을 끝내자마자 그는 옆에 있는 무사를 손으로 척 가리켰다.

"요시무라군, 일어나라!"

"예! 장군님."

요시무라로 추성뇌는 결연한 눈의 인물이 벌떡 일어섰다.

"이 요시무라를 대장으로 따르는 무사들이 호위무사가 되어 여러분을 도울 것이다. 시비하는 자는 제압할 것이며, 저항하는 자는 벨 것이다. 그리하여 우리 대일본제국의 힘과 위엄을 조선인들에게 보여라. 알겠는가? 요시무라!"

"예, 명심하고 또 명심하겠습니다!"

굳건한 결의가 오가는 속에 회의장은 긴장감이 흘렀다. 숨죽인 듯이 검객들을 바라보며 경청하는 이들의 얼굴에도 비장함이 스몄다. 요시무라를 중심으로 한 일본 검객 가운데, 누가 보아도 유난히 돋보이는 한 사내가 있었다. 짙은 눈썹에 길고 마른 얼굴, 예리한 눈은 매의 눈과 같이 날카로웠다. 가늘고 긴 칼자국이 그의 왼쪽 이마를 가로지르고 있어 그의 날카로운 분위기를 한층 자아냈다.

검객의 이름은 마쯔이로, 메이지유신으로 막을 내린 도쿠가와 이에야스 막부 아래 유명한 무사 가문의 후예였다. 지금은 비록 낭인이 되어 떠돌고 있으나 계속하여 무술을 연마하고 있으며 일생의 싸움에서 패배한 적이 없다고 했다.

무라야마의 연설은 이들에게 대일본제국의 황제에 대한 충성심을 불러 일으키기에 충분했다. 연설을 듣는 동안 그들의 마음은 결연함과 자신감으로 가득 차올랐다. 이어서 전 농상무성 관료였던 후쿠이 사부로 단장이 단상에 올랐다.

"존경하는 무라야마 조선 주둔사령관께서 우리 일본의 조선 상업개척단을 격려해주시고 지원해주시는 데 대해 재조상인들은 무한한 감사의 말씀을 드립니다. 이제 우리 재조선 일본인 상업개척단은 이러한 일본 정부의 깊은 뜻을 헤아려 이곳 조선에서 역사적인 사업을 시작하고자 합니다. 지금 이곳 인천은 우리 대일본제국과 청국과의 전쟁 당시에 일본군 지원본부가 설치되어 막중한 임무를 수행하던 곳으로 조선의 초기 개항지인 부산과 원산보다 더 중요한 산업과 군사적인 요충지입니다."

사브로는 잠시 말을 멈추고 벽에 걸린 대일본제국의 국기를 바라보며 감격에 어린 듯 눈을 지그시 감았다가 다시 연설을 이어갔다.

"우리는 이곳 인천에서 조선 내륙지방의 상권 개척을 위해 계림장업단을 설립할 예정입니다. 이미 일본에서 사전 준비위원회를 결성하고 개척단 단원들을 선발했고, 이들이 조선으로 속속 들어오고 있습니다. 우리는 대일본제국의 조선 진출 사업에 선봉에 서서 그 어떤 어려움도 극복하며 조선의 상권을 장악할 것입니다. 우리가 조선에서 성공하여 부자가 되는 것이 바로 천황 폐하의 은덕에 보은하는 길입니다."

대일본제국을 언급한 사브로는 주먹을 불끈 쥐고 흔들며 목소리를 높여 국가에 대한 충성심을 드러냈다.

"우리의 뒤에는 대일본제국과 세계 최강의 일본군대가 있습니다. 모든 지원을 할 것이니 여러분은 과감하게 사업을 추진하시기 바랍니다, 고향을 떠나 이곳 조선에서 새로운 삶을 개척하기 위해 인천까지 온 황국신민 여러분을 적극 환영하는 바입니다. 다시 한번 천황 폐하의 은혜에 감사드리며 만세 삼창을 하겠습니다."

모든 전달이 끝났다. 두 상관의 연설을 마음 깊이 새긴 청중들은 모두 열렬한 박수 소리와 함께 함성을 쏟아냈다.

"덴노 헤이까 반자이(천황폐하 만세)!"

다음날 오전, 일단의 일본인들이 무리를 지어 신포시장에 나타났다. 허리에 검을 찬 낭인들이 앞서가는 상인들을 뒤따르며 시장으로 들어오고 있었다. 하오리를 입은 왜상들이 무리를 지어 나타난 데에다 뒤에는 칼을 찬 무사들이 따르자 시장의 상인들은 호기심과 두려움으로 이들의 행동을 지켜보고 있었다. 몇 행인들은 지레 겁을 먹고 옆으로 피하였고, 일부 행인이 서로 어깨를 부딪히자 일본인들이 눈을 부라리며 쏘아보는 바람에 겁을 먹고 얼른 자리를 뜨는 사람도 있었다.

좁은 시장 사이를 걸어가던 한 험상궂게 생긴 일본 상인이 발에 걸리적거리는 좌판 하나를 걷어차면서 갑자기 소란이 일기 시작했다. 점포에서 일하는 점원인 듯한 사내가 아침부터 재수없게 왜 남의 좌판을 차는 거냐고 소리치며 항의하였다. 항의 소리를 들은 험상궂은 일본인은 뒤로 돌아보며 냅다 소리를 질렀다.

"뭐야, 지금 너 나한테 욕을 한 거냐?"

이 조선 놈이 뭐라고 지껄이는 거야, 하면서 일본인은 점원에게 성큼 다가섰다. 점원은 기세에 눌리지 않고 대거리했다.

"댁은 뉘신데 남의 가게 물건을 발로 차고 가는 거요?"

"내가 언제 발로 찼다는 것이냐. 네놈이 행인의 길을 막으니 좌판을 옆으로 좀 치웠을 뿐인데, 지금 시비를 하자는 거냐?"

"뭐요? 보아하니 일본인들 같은데, 조용히 가던 길이나 가시오! 재수 없게, 아침부터 왜놈들이 시비야."

"아니, 이 더러운 조선 놈이 감히 욕을 해?"

일본 상인은 다가서며 점원의 어깨를 밀쳤다.

"이 손 치워요. 뭐가 더러운 조선인이야, 당신이 나한테 밥을 줬나 떡을 줬나, 나하고 무슨 관계가 있다고 시비야!"

당황한 점원이 상대의 손을 잡고 강하게 밀치자 일본인이 몸의 중심을 잃고 뒤로 넘어졌다. 하필이면 좀 전에 어슬렁거리던 삽살개 한 마리가 싸질러 놓은 개똥 위에 나동그라지는 바람에 옷은 온통 누런 개똥으로 얼룩이 졌다.

이 광경을 뒤에서 주시하던 사내가 있었다. 무사로 보이는 사내는 재빠르게 싸움에 끼어들면서 점원의 어깨를 칼집으로 가격하는 동시에 발로 점원의 배를 걷어찼다. 배를 잡고 쓰러진 점원은 넘어지면서 좌판에 이마를 부딪쳤다. 그가 동여맨 흰 머리띠 위로 붉은 피가 번졌다. 점원은 피가 흐르는 이마를 잡고 일어나면서 옆에 있던 몽둥이를 들어 사내를 내리쳤다. 몽둥이를 순간적으로 피한 사내의 얼굴에 햇빛이 스쳤고, 그의 얼굴을 가로지르는 칼자국 또한 주변인들의 눈에 들어왔다. 바로 어제 계림장업단의 행사장에 있었던 일본 무사 마쯔이였다. 마쯔이는 번개같이 칼을 빼어 점원이 다시 내려치는 몽둥이를 막아내고는 발로 점원의 복부를 가격했다. 점원이 또 한번 쓰러진 것을 그는 놓치지 않았다. 점원의 가슴팍을 발로 강하게 찍으면서 도배(刀背), 칼등마루로 점원의 손을 강하게 쳤다.

악! 처절한 비명소리가 시장 안에 울려 퍼졌다. 겁에 질린 점원은 얼굴이 하얗게 질려, 마쯔이의 발 아래 깔린 채 오른손에서는 붉은 피를 쏟으며 고통을 참고 있었다. 칼날에 베이지는 않았으나 워낙 세게 칼등으로 맞았기 때문에 점원의 손마디 뼈는 부서지고 살이 찢어진 상태였다. 그는 아무런 항변도 못하고, 엄동설한 북풍에 문풍지 떨듯이 덜덜 떨면서 마쯔이의 얼굴만 쳐다볼 뿐이었다. 싸움을 지켜보던 시장통 사람들은 두려움 하나로 이들의 행동을 지켜보고 있었다.

백가객주 대행수 백춘삼의 아들, 준마는 객주 문밖에서 사람들이 웅성거리는 소리에 점포 밖으로 고개를 삐죽 내밀었다. 시장 초입에서 웬 일본사람들과 건어물 객주의 점원이 다투고 있었다. 몰린 사람들 사이로 왜상들과 허리에 칼을 차고 있는 무사들이 무리를 이루어 모여 있는 것 또한 보였다. 일본 무사로 보이는 사내가 바둥거리고 있는 객주 점원의 가슴을 발로 밟고 있었고, 무사의 칼로 찍어 눌린 점원의 손에서는 피가 낭자하게 흐르고 있었다. 순간, 일본 무사가 들고 있는 검의 하얀 속살이 빛을 받아 반짝였고 검에서 뿜어져 나오는 차가운 살기가 검객의 매서운 눈과 하나가 되어 아침의 공기를 싸늘하게 식혔다.

평소 친구들과 재미로 무술연습을 해오던 준마는 진검에서 나오는 시린 듯한 살기가 몸까지 섬뜩하게 전해지는 것을 느꼈다. 이전에 친구들과 대련하면서 목검을 휘두를 때는 전혀 느끼지 못했던, 서글픔과 같은 뜨거운 감정의 불덩어리가 몸을 감싸며 치밀어 올랐다. 준마는 검을 손에 잡을 때마다 적을 의식한 적이 없었고 땀이 날 때까지 신명이 날 때까지 목검이 가는 대로 휘두를 뿐이었다.

하지만 일본 무사가 들고 있는 검의 차가운 속살을 보는 순간, 저자의 진검이 준마 자신 아니 자신이 몸담는 모든 존재를 찔러올 듯한 두려움이 덮쳤다. 동시에 그 두려움을 떨치려는 강렬한 몸의 저항을 온몸으로 느꼈다. 마음 깊은 곳에서 뜨겁고도 서늘한 냉기가 솟아올라 온몸으로 퍼져 나갔다. 복잡하고 강렬한 충격을 받아 준마의 어지러움 속에 하나의 확실한 의문이 고개를 들었다.

저 일본 상인들을 조선이 초대한 적이 있었던가? 그들은 초대받지 않은 이방인들이었다.

2

벼랑 끝에 선 조선의 물상객주들

　이른 아침부터 닭의 울음소리로 장터의 개장을 알리자 사람들이 저마다 물건들을 머리에 이거나 지게에 지고 하나둘씩 나타나기 시작했다. 채 1시간이 지나지 않아 장터는 이내 사람들로 흥청거렸다.
　나지막한 초가지붕을 얹은 주막에는 마당 한구석에 걸어 놓은 가마솥에 고깃국이 끓고 있었다. 손님 맞을 준비로 부산하게 움직이는 주모의 바쁜 손놀림이 반쯤 가려진 장막 사이로 보였다. 주막 아래로 난 길을 조금 내려가면 길을 따라 양편으로 행상들이 좌판을 앞에 늘어놓고 저마다 가져온 물건들을 펼쳐 놓고 있거나 지게를 세워놓고 손님을 기다리는 행상들이 늘어서 있었다. 여기저기서 물건을 사고파는 흥정소리로 시끌벅적한 장터는 해가 중천에 솟으면서 이내 어깨를 비켜 가야 할 정도로 사람들이 붐비기 시작했다.
　용우물에서 물을 가득 채운 물동이를 지게에 매고 어물전과 주막을 오가면서 배달하는 상투잡이 물장수들이 사람들 사이를 헤집고 다니고 있고, 어물전 앞에서는 손님을 부르는 호객꾼들의 외침이 골목 안에 소란스럽게 울려 퍼지고 있었다. 소란스러운 중심에서 백가객주의 대행수와 차인행수가 심각한 표정으로 말을 주고받고 있었다.

"그동안 취급해 오던 조선산 면직물과 잡화물 장사가 일본과 서양에서 들어오는 값싼 제품에 밀려 어려움이 계속되고 있으니 이참에 새로운 품목을 도입해서 팔아보려고 하는데, 차인행수 생각은 어떻소? 그렇다고 조선물건이 값이 비싼 대신 서양물건에 비해 품질이 딱히 좋은 것도 아니고."

백가객주 대행수, 백춘만은 썩 내키지 않는 얼굴로 조선산 면직물을 몇 번씩이나 이리저리 들었다 놓으면서 차인행수 송원적을 쳐다봤다.

"서양에서는 이미 기계라는 것을 이용해서 대량으로 물건을 생산하니까 값이 싸질 수밖에 없지요? 무슨 대책을 세우긴 해야 할 것 같습니다."

차인행수가 걱정스런 표정을 지으면서 말을 건넸다.

"얼마 전부터 청나라에서 들여온 채소를 눈여겨보고 있었는데, 이 채소들을 한번 판매해 볼 생각을 하고 있네. 청나라 산동성에서 왔다는 상인들이 조선에 씨를 들여와 재배한 양파, 양배추, 당근, 토마토, 시금치, 우엉, 부추 같은 채소들이 요즘 일본인들을 비롯한 서양인들과 조선의 부유층 사이에 인기가 있다고 하네. 처음 푸성귀전에서 팔 때는 잘 알려지지 않아서 고생하였으나 지금은 제법 소문이 나면서 장사가 잘 된다고 들었네."

백춘삼은 이제 거래품목을 더 늘려 점차 경쟁이 치열해지고 있는 면직물과 잡화물품 외에 새로운 거래품목을 들여올 생각을 하던 중이었다.

"준마야! 오늘 오후에 나하고 청국조계지에 좀 가자. 담대행수와 왕대행수를 좀 만나서 상의할 일이 있으니 어디 가지 말고 점포 일을 돕다가 때가 되면 나와 같이 가야 한다. 알겠느냐? …… 왜 대답이 없어!"

"…알았어요."

심드렁하니 대답하는 말본새로 보아서 준마는 영 마땅치 않은 기색이다. 오늘 오후에 친구들과 오랜만에 창 검술 대련을 할 생각이었는데, 꼼짝없이 아버지를 따라 나서야 했으니 영 내키질 않고 마음은 콩밭에 가 있었다.

이곳 인천은 원래는 조금만 어촌이었던 곳인데, 조선에서는 서울과 가장 가까운 거리에 있는 항구였다. 원래 부산과 원산이 더 일찍이 개항되었으나 인천이 지리적으로 서울에 더 가까워 청나라와 일본 그리고 각국의 외교관들이 이곳에 모이게 되었다. 물상객주들은 주로 인천의 탁포를 중심으로 문을 열고 있었고 배다리골에도 일부 물상객주들이 장을 열고 활동하고 있었다. 이들은 어물, 채소, 곡물, 면포, 잡화, 석유 등 다양한 물건들을 중개하는 상인들이었다.

객주는 보부상들을 소속 단원들로 두었고 소속 보부상들은 내륙지방으로 물건들을 팔러 다녔다. 물건들을 맡아 보관하기도 하였다가 구매자들에게 중개하기도 하였다. 주로 표구를 중심으로 객주들이 형성

되었으며 개항이 되면서 인천과 부산 원산 목포 등에서는 큰 규모의 객주들이 주로 활동하게 되었다. 보부상들은 여전히 객주들로부터 물건을 받아 산간 오지의 내륙과 장터로 물건을 지게에 지거나 봇짐을 메고 다니면서 장사를 하였다. 보부상(褓負商)은 부상(負商)과 보상(褓商)을 합쳐서 부르는 말이다. 부상은 지게에 물건을 지고 다니며 파는 행상을 말하는데 부상은 주로 부피가 큰 항아리, 소금, 나무, 철제품, 어물, 면 직물 등을 취급하였고 보상은 부피가 작고 값이 비싼 귀금속 장식품과 잡제품을 봇짐에 싸서 행상을 다녔다.

그리고 그날 임방에 모인 보부상들은 오늘따라 별로 말이 없이 무표정하게 앉아 있었다.

"그동안 우리 보부상 조직을 관할해 오던 혜상공국이 황국협회 소속으로 바뀌더니 다시 상무사로 개편된다고 합니다. 일본이 계속해서 보부상 조직을 해체하도록 조정에 압력을 넣고 있다고 합니다, 게다가 최근에는 일본의 계림장업단이 인천에 사무소를 내고 본격적으로 조선 내륙지방의 행상을 시작했다는 소문이 있습니다."

접장 백춘삼이 심각한 얼굴로 말문을 열었다.

"무슨 대책이라도 세워야 할 것 같은데 걱정입니다."

"이전부터 이미 일본의 상인들이 조선에서 개별적으로 지방을 다니며 장사를 한 적은 있었으나 이제 본격적으로 일본 정부가 나서서 행상

조직을 만들어 지원한다고 하니 그게 더 걱정이지요."

무시로 객주 심태평 행수가 아침부터 낮술을 마셨는지 불그스름한 콧등을 오른손으로 문지르면서 말을 이었다.

"그동안 일본은 조선의 소정과 상대하면서 각종 이권을 가져갔는데 이제는 실제로 일본 본토의 상인들을 투입해서 아예 조선의 상권을 밑바닥부터 다 장악하려는 것 같습니다. 이제 우리 보부상 조직만이라도 이러한 일본의 계략을 깨부수어야 합니다. 우리 보부상이 무너지면 조선의 민생경제는 그야말로 다 일본인들의 손으로 넘어가게 될 것입니다."

"맞습니다!"

푸성귀 객주의 안중원 행수가 곰방대에 불을 붙여 한 모금을 깊게 빨아들이고는, 이내 연기를 길게 내뿜으며 말을 이어 나갔다.

"이제는 계림장업단의 활동이 우리 보부상들에게만 문제가 되는 것이 아니라 조선의 모든 상인을 말살시키려는 수작인 게죠. 이대로 그냥 두고 보고만 있을 것이 아니라 우리도 하루빨리 무슨 대책이라도 세워야 할 것이 아닙니까?"

인천의 객주회와 수산물객주, 곡물객주, 지물객주 등 인천의 모든 조선 상인들이 한자리에 모여 머리를 싸맸으나 딱히 무슨 대책이 나온 건 없었다. 밤늦도록 이어진 회합에서는 달아오른 열기로 금방 무슨 뾰족한 수라도 낼 것처럼 격렬하게 말만 주고받다가, 일단 더 두고 보자는 것으로 끝이 나고 말았다.

　　탁포와 싸리재 사이에는 공터가 있다. 준마를 비롯한 젊은 놈들이 때만 되면 모여 축구와 씨름을 하면서 뒹굴고 놀기엔 딱 좋은 곳이었다. 요즘 준마와 친구들은 조선의 군사훈련 교재인 [무예도보통지]를 보면서 선조들의 무예를 익히는데 푹 빠져 있었다. 최근 조선 고유의 검술인 본국검을 주로 연마하고 있었다.
　　조선 검술의 기본은 권법이다. 무기 없이 맨손으로 상대를 제압하는 우리 고유의 무술로써 수벽치기라고 한다. 검술의 기본은 단단한 어깨와 허벅지로 굳건히 버틸 수 있는 힘이 있어야 했다. 보부상들은 이미 어릴 때부터 물지게를 지거나, 지게를 지고 장사를 다니면서 자연스럽게 허벅지가 단단하게 단련되어 있었다.
　　조선의 검법은 세를 중심으로 하는데 호흡과 함께 보행법도 중요하다. 준마는 조선의 검법의 중심인 예도를 연마하면서 마음까지도 침착해짐을 느꼈다. 거정세(머리높이로 검을 들어 내려치는 자세)에 이어 점검세(칼을 가늠하며 상대를 찌르는 자세), 그리고 표두세(표범 머리를 치는 듯한 자세), 좌익세(왼편날개를 치는 자세), 탄복세(배를 헤치고 찌르는 자세) 등으로 연속 동작을 익혀야 했다.
　　이 검법은 혼자서 여럿을 상대할 경우 유용하게 쓰였다. 이에 비해서 일본 검은 치고 찌르기 등으로 단순한 동작을 주로 하는데 빠르기와 힘은 있으나 세가 없다. 다음으로는 숨쉬는 법을 익혀 마음과 몸이 하나가 되도록 훈련을 했다. 적의 조그만 움직임이나 소리도 느낄 수 있어야 했다. 보행법의 경우 발을 끌고 나아가기와 물러나기로 발을 바꾸어 나아가다가 갑자기 옆으로 노는 동작이 있있다.

준마가 복만의 목검을 받으면서 좌로 돌자 이번에 복만이 우로 돌면서 좌익세로 목검을 다시 한번 준마의 옆구리를 향해 내리쳤다. 준마가 강하게 튕기면서 막아내고는 다시 금계독립세(닭이 상대를 공격할 때처럼 한쪽 다리를 들어 올리는 자세)의 자세로 호흡을 가다듬고 좌요격세(왼쪽 어깨위로 검을 들러 사선으로 내려치는 자세)로 빠르게 공격했다. 복만이 목검으로 막다가 힘없이 밀리면서 준마의 목검이 복만의 옆구리를 스치고 지나갔다. 조금만 더 강하게 베였다면 복만의 옆구리가 크게 다칠 뻔했다. 사실 복만은 요즘 들어 기죽어 있고 힘이 없어 보였다.

"복만아, 너 왜 그렇게 힘이 없어! 좀 더 빠르게 공격해봐!"

"응, 알았어."

얏! 복만이 자세를 가다듬고 다시 공격을 시작했다. 몇 번의 목검이 부딪히기를 반복하다가 준마가 소리쳤다.

"오늘은 그만하도록 하자. 복만이 너 지금 무슨 고민이 있지? 도무지 집중을 못 하고 있잖아. 내일 다시 하자."

"...알았어. 미안해. 요즘 좀, 몸과 마음이 편찮아서 그런가봐."

'복만이 오늘 주인집에서 또 무슨 언짢은 소리를 듣고 온 것이다.'

준마는 속으로 생각하며 기운이 없어 보이는 복만을 장터로 데리고 갔다.

"여기 국밥 좀 말아 주세요!"

준마, 길재, 정택, 석태, 복만이 다섯이 늘 공터에 모이는 놈들이다. 가끔은 임방의 공원인 대길이 시간 날 때마다 같이 어울리곤 했다. 길재는 부친이 생원으로 몰락한 양반집에서 태어났다. 집안이 부유하지는 않았으나 농사를 지어 그럭저럭 밥은 굶지 않고 지낼 만하였다. 부친으로부터 어릴 적부터 글을 배우고 서당에서도 계속 글을 익혀서 사서삼경이며 논어와 소학을 열심히 공부해서 글솜씨가 뛰어났다. 체격은 크지 않았으나 생각이 깊고 신중한 성격이어서 친구들끼리 다툼이 있으면 항상 나서서 조곤조곤 말로 풀어서 화해를 시키는 재주가 있었다. 정택은 부친이 보부상으로 백가객주에서 물건을 떼어 행상을 하며 장사를 하였고 석태는 평범한 상민 집안으로 적은 밭뙈기에 농사를 지어 생활하고 있었으며, 둘은 다섯 중 가장 체격이 우람하였다. 복만은 부친이 성진사 댁 외거노비로 성진사 댁 옆 담에 붙여 지은 토담집에 살고 있었다. 복만의 부모는 타고난 재주도 없는 터라 성진사 댁 노비가 주어진 운명이라 여기고 살고 있었다.

준마는 적당한 큰 키에 체격이 단단하고 몸이 매우 빨랐다. 무술 대련을 하면 항상 민첩하게 상대를 제압하곤 했는데 타고난 무인의 혈통을 이어받은 듯했다.

이렇게 무술을 배우자고 해서 시작한 것이 벌써 수년이 지났다. 이제 어렴풋이 조선의 무예라는 것이 무엇인지를 알기 시작했다. 무술연습을 하자고 처음 말을 꺼낸 것은 바로 준마였다. 부친의 방 한구석에 쌓여 있던 책들]을 들치다가 무예도보통지라는 책을 우연히 본 것이다. 그 책 안에 있는 병법과 검법, 그림들을 보고는 신기한 듯이 자랑을 한 것이 계기가 되어 이제는 다들 무술연마에 빠지게 된 것이다. 부친은 조상이 무신이었다는 말을 넋두리 삼아 준마에게 자랑스럽게 이야기한 적은 있으나 무술을 배우라고 하거나, 검법에 관해서는 한마디도 하지 않았다. 도리어 무술연습을 한다고 목검을 들고 나가는 것을 못마땅하게 생각하였다. 이 시대에 검법을 배워 어디에 쓸 것이냐며 차라리 장사를 잘 배워 상인으로 성공하는 것이 낫다고 편잔을 주곤 했다.

한동안 준마도 객주 일을 돕느라 친구들을 만나지 못했다. 오랜만에 모여 무술연습을 하자고 했으나 복만이 저리도 힘이 없어 보이니 다들 같이 맥이 풀려서 흥이 나질 않았다. 그래서 국밥이나 다같이 먹으러 온 것이다.

"길재 너 요즘 장가간다던 소문이 있더라, 문학골에 사는 예쁜 처자라고 하던데 누구냐?"

정택이 짓궂게 농을 건넸다. 이리 건네는 데에는 나름의 사연이 있었다.

갑오개혁으로 단발령이 내리자 제일 먼저 상투를 싹둑 자르고 나타난 길재를 보고는 다들 경악했다. 길재의 부친은 빗자루를 들고는 길재의 머리통을 후려치며 이성을 잃은 듯 매질을 하였다. 무릎을 꿇고 앉아 있는 길재에게 양반의 체통을 다 잊은 듯이 소리를 지르며 두들겼다. 정말로 마치 조상의 혼이 빠져나가고 집안이 다 박살 난 것처럼 절망하였다. 집안어른들은 가문에 먹칠을 한 놈이 나타났다고 들고 일어났고, 아예 가문에서 이름자를 빼내야 한다고 난리법석이었다. 잘못하면 문중에서도 쫓겨날 지경에 이르자, 모친이 집안의 대를 이을 장손인데 어찌 그럴 수가 있느냐고 울며불며 매달리는 바람에 겨우 쫓겨나지는 않았다. 하지만 요즘도 집안의 모두는 길재에게 경계의 눈초리를 늦추지 않고 있었다. 얻어맞아 머리에 난 밤송이 같은 혹이 겨우 가라앉고 나서도 달포가 지난 무렵에서야 소동은 그런대로 가라앉았다. 부친이 생각한 결론은 길재를 하루빨리 장가를 보내는 것이었다. 장가를 가게 되면 아무래도 가정을 돌봐야 하고, 가장으로의 책임감도 생기게 되어 경솔한 행동을 못 할 것이라는 생각이 담겨 있었다.

"아, 집에서 장가가라고 은근히 독촉하긴 하는데 요즘 세상에 신부가 될 여성을 보지도 않고 장가를 간다는 게 말이 되냐? 세상이 변하고 있는데 집안 어른들의 고리타분한 생각 때문에 답답할 지경이다. 난 이미 내가 좋아하는 처자를 내가 고르겠다고 선언했어."

풋! 정택이 비아냥거리며 농을 던지자 입안 가득히 넣고 씹던 국밥의 쌀 알갱이들이 튕겨 나왔다.

"그래, 좋은 생각이긴 한데, 네가 그럴만한 배짱이 있을지 걱정이다."

3

계림장업단과 준마와의 조우

　계림장업단의 창립식이 열리는 날이다. 창립식은 일본인 계류지에 있는 3층의 서양식 호텔인 대불호텔의 연회장에서 거행되었다. 연회에는 각국 조계지의 공사와 외교관들, 그리고 일본과 조선상단의 대행수들이 참석하였는데, 백가객주의 대행수와 청국의 동순태 상단 등 몇 명의 청국 상인들도 초대받았다.
　인천에 최초로 설립된 호텔인 대불호텔은 일본인 사업가가 투자하여 건축한 서양식 호텔이었다. 붉은색 석조 건물로 파리의 고풍스러운 고급건물을 그대로 옮겨 놓은 듯 외관과 실내는 호화롭게 꾸며져 있었다. 식전에 귀빈실에서 마주한 무라야마 대장과 후쿠이 사브로는 커피를 마시면서 간단한 담소를 나누었다.
　무라야마 대장은 커피잔을 천천히 내려 놓으며 사브로에게 말을 건넸다.
　"최근 대일본제국이 청국과의 전쟁에서 승리한 이후 조선의 민심이 일본에 대해 별로 좋지 않은 것 같습니다."
　사브로가 어깨를 약간 움츠린듯한 자세로 말을 받았다.
　"민비의 죽음과 단발령 등으로 일본에 대한 조선사람들의 민심이 악화되고 있는 것은 사실입니다."

무라야마는 사브로의 말이 끝나자마자 단호하게 명령조로 말했다.

"그동안 조선에서 개별적으로 장사를 하던 본국의 상인들이 이런저런 여러 잡음을 일으키고 다닌다는 정보가 올라오고 있습니다."

"계림장업단의 창립을 계기로 이들을 일본에서 새로 들어오는 단원들과 합쳐서 조직화해, 조선 상권을 보다 확실하게 장악하도록 해야 할 것입니다."

"예 잘 알고 있습니다! 무라야마 대장님."

"후쿠이 단장도 알다시피 지금 본국의 상황이 상당히 복잡하게 돌아가고 있어요. 조선을 어떤 방식으로 끌고 가느냐 그 여부에 대한 논의가 비밀리에 진행되고 있지요.

첫째는 조선을 병합하여 조선인들을 일본의 제2 신민으로 만드는 방법입니다, 다른 하나는 영국의 인도 식민지화 정책을 참고해 합병은 어렵다고 판단해 동인도회사 같은 회사를 만들어 본국의 식량이나 자원공급처로 삼는 식민지화 전략입니다. 영국은 인도의 인구가 많아 합병은 어려울 테죠. 그래서 식민지화 정책으로 가고 있습니다. 조선은 우리 일본보다 인구가 적으므로 차라리 합병하는 것이 대일본제국으로서도 유리할 것입니다.

지금 계림장업단의 성과를 봐서 동인도회사와 같은 자원보급기지로 만드는 방법도 하나의 대안이 될 수 있을 것입니다, 그래서 지금 후쿠이 단장의 역할이 대단히 중요한 것입니다. 잘 아시겠습니까?"

"예, 잘 알고 있습니다, 고맙습니다, 대장님."

연회가 시작되었다. 웅성거림 속에 후쿠이 사브로 단장이 단상에 올라 조용해진 주위를 둘러보며 연회의 시작을 알리는 인사말을 했다.

"에~ 오늘 각국의 공사님들과 인천의 지역 유지들을 모시고 이렇게 귀한 자리를 갖게 되어 영광입니다. 조선은 우리 대일본제국과는 거리도 가깝고 오랜 역사를 통해서 교류해온 친구의 나라입니다. 우리 모두 조선의 발전이 세계의 번영에 도움이 된다는 점을 잘 알고 있습니다.

여기 모이신 여러 각국의 귀빈들께서도 이러한 우리의 노력에 공감하고 이해해주실 것으로 믿고 있습니다. 조선의 경제번영을 돕기 위해 우리 대일본제국은 항상 예의주시해 왔으며, 이제부터는 실질적인 조선 백성들의 실생활을 개선하고자 오늘 이렇게 일본의 상인들이 모여 계림장업단이라는 단체를 결성하게 되었습니다. 계림장업단은 순수한 상업단체로서 조선의 유통을 개선하고 조선 백성들의 생활 개선에 많은 기여를 하리라 확신하는 바입니다."

계림장업단의 단장, 후쿠이 사브로는 엄숙한 표정으로 일본과 조선의 상호 협력을 강조하는 연설을 이어 나갔다. 준마는 어색한 듯 구석에서 서양 음료를 들고 있는데, 연회장 건너편에서 서양식 치장을 한 여성이 자신 쪽을 계속 바라보고 있음을 알아차렸다. 고개를 얼른 돌려 모른 척하려는 데, 여인이 어느새 큰 쟁반에 음료와 다과를 얹어 이쪽으로 향하고 있었다.

"행수님, 이 다과 좀 드시지요."

"예, 감사합니다."

붉게 물든 얼굴을 감춘 준마는 손을 내밀어 탄산음료를 집어 들었다. 눈이 마주치자 그녀는 생긋이 웃어 보였다. 답례로 고개를 숙이며 가늘게 "고맙습니다" 하고, 기어 들어가는 목소리로 준마가 대답했다. 음료를 건넨 여인은 화려한 장식이 달린 일본 기모노를 입고 있었다. 머리 위에는 꽃장식을 달아 전형적인 일본 귀족 여성의 모습과 다를 바 없었다. 허구한 날 진흙 구덩이 속에서 친구들과 뒹굴고 장사할 때는 때가 절은 바지저고리를 아무렇게 걸치고 다니던 준마도 오늘은 한복 위에 흰 두루마기를 걸쳐 입고 멋을 내고 왔다. 여러 나라에서 온 사람들이 입고 온 다양한 복장으로 연회장은 조용한 서양음악과 함께 엄숙하고도 화려한 분위기를 자아내고 있었다.

연회가 무르익어가면서 갑자기 먼 발치에서 준마를 부르는 소리가 들렸다.

"준마 오라버니!"

갑자기 자신의 이름이 나오자 깜짝 놀란 준마는 그쪽을 향해 고개를 돌렸다. 웬 여성이 손을 흔들며 반가워하는데, 자세히 보니 동순태 상단의 진홍이었다. 안 그래도 아는 사람도 별로 없어 주눅이 들어 한쪽 구석에서 연신 차와 주스만 들이켜고 있었는데, 여기서 진홍이를 보니 반갑기 그지없었다. 같이 손을 흔들어 답례하였다. 준마는 어릴 때부터 백가객주 대행수인 아버지와 담걸생 대행수를 만날 때 같이 동행했다. 이때 준마처럼 항상 담대행수를 따라 나온 진홍이었기에 둘은 잘 알고 지내던 터였다.

붉은색의 중국 전통의상인 치파오를 입고 서양 구두를 신은 진홍의 자태는 그동안 보아왔던 진홍의 모습과는 전혀 다른 분위기를 나타내고 있었다. 한껏 멋을 올린 머리 모양이며 붉은 연지를 입술에 바르고 곱게 화장한 얼굴은 샹들리에 조명 불빛으로 아름다운 여인의 미모를 더욱 돋보이게 하고 있었다. 그녀가 우아한 몸짓으로 천천히 준마를 향해 걸어오는데 그 자태와 품위가 중국 전통 가문의 후예임을 그대로 보여주는 듯했다. 항상 오라버니라고 부르며 준마를 잘 따르곤 했는데 어느새 어엿한 여성으로 성장하였다. 점포에서 바지저고리를 아무렇게 걸치고 다니던 진홍의 예전 모습과는 전혀 딴판이었다.

"아니 이게 누구신가, 진홍이 아니야? 잘 몰라보겠어. 화장한 얼굴 처음 보네, 완전 미인인데!"

"언제 왔어, 오라버니?"

"응, 좀 전에 왔어. 갑자기 부친이 같이 가자고 해서 왔는데, 분위기가 나한테는 잘 안 맞는 것 같아, 좀 있다가 눈치 봐서 나가려고."

"그래? 그럼 좀 있다가 우리 둘이 몰래 빠져나가자. 나도 오래 있으면 지루할 것 같았어. 곧 올 테니, 그때 같이 나가자. 알았지?"

"응, 그렇게 해."

얼떨결에 대답을 한 준마가 이리저리 사방을 둘러봤다. 연회장 내에는 잔잔한 서양음악이 흘러나오는데 이상하게도 준마는 장례식장에 온 것 같은 착각을 느꼈다. 고개를 돌리다가 저 멀리서 조금 전에 본 일본 여성이 자신을 쳐다보는 것을 직시하고는 재빨리 눈인사를 하고 고개를 돌리고 말았다. 지루한 시간이 30여 분이나 더 지나가자 이제 이 자리를 어서 빨리 떠나고 싶었다.

연회장 내에는 주로 일본의 상인들과 무사로 보이는 자들이 대부분이었다. 그중 일본 상인으로 보이는 젊은 인상의 사내가 조금 전부터 준마를 주시하고 있었다. 준마도 그자가 자신을 쳐다보고 있음을 진작에 알아차리고 호기심과 함께 의아스럽게 생각하고 있었다. 여전히 적응하지 못하던 준마는 음료를 마시기 위해 연회장 내부 한쪽에 마련된 음료 코너로 갔다. 음료를 따르려는 차에 음료수병을 들고 있던 그 사내가 준마의 컵에 오렌지 주스를 따라준다. 깜짝 놀란 준마가 직접 따르겠다고 해도 사내는 웃으면서 준마의 컵에 주스를 채워 줄 뿐이었다.

"저는 일본의 상인으로 이름이 하리모토라고 합니다. 반갑습니다."

"아, 예. 저는 조선 백가객주의 백준마라고 합니다."

준마는 이 일본 상인의 첫인상에 대해 가볍게 정리했다. 더듬거리는 말투로 자기소개를 하는데 조선말을 약간은 할 줄 아는 듯했다. 이자가 왜 나에게 자기소개를 할까? 나이도 비슷해 보이고 인상이 그다지 나빠 보이지 않았다.

"조선은 처음이고, 장사 경험도 또한 많지 않아서 앞으로 잘 좀 부탁합니다."

겸손하게 하리모토가 고개를 숙이며 조용히 인사했다. 준마는 그자가 그렇게 밉상으로 보이진 않았다.

"예, 다음에 다시 뵙지요. 감사합니다."

하리모토와의 가벼운 만남이 끝나고도 30여 분의 시간이 지루하게 흘러갔을 무렵, 진홍이 옆으로 와서 옆구리를 쿡 찔렀다.

"지금 나가자."

그러면서 한쪽 팔을 슬며시 당기기에 준마는 못 이기는 척하면서 뒷걸음질을 치다, 슬쩍 문을 열고 나와 진홍이 이끄는 대로 1층으로 내려가 연회장 건물을 빠져나왔다.

서양식 화장실도 깨끗하였고 화려한 내부장식으로 치장한 건물의 분위기가 엄숙하기까지 한데 준마는 몸에 맞지 않는 옷을 입은 것처럼 불편하기만 하였다. 어색한 장소에서 입맛에 잘 맞지도 않는 음식에 음료수만 들이켜는 것보다는 시원한 공기를 마시면서 그렇게 걷는 것이 차라리 마음도 편하고 좋았다. 조선의 경제발전을 돕는다고 하는데 일본이 조선을 위해 무엇을 해준다는 것인지 도무지 이해도 되지 않는 말을 들으며 그 자리에 계속 있으려니 답답하기 짝이 없는 일이었다.

진홍은 연신 좋아서 맑은 표정으로 준마에게 말을 걸며 신나는 모습이었다. 밤하늘에 별은 총총히 떠 있고 저 멀리 어렴풋이 바다가 보였다. 달빛에 비친 바다는 물비늘이 사방으로 반짝거리고 가벼운 파도가 낭화(浪花)를 만들어 연신 해안가로 밀어내고 있었다. 시가지에 줄지어 늘어선 건물에서 나오는 불빛은 화려한 항구 도시의 야경을 빚어냈다.

앞서가는 준마를 따라가던 진홍이 슬며시 준마 곁으로 다가와 팔짱을 끼었다. 팔에 닿은 성숙한 진홍의 젖가슴이 준마의 가슴으로 느껴지고 진홍의 향기로운 체취가 바다 내음에 섞여 밀려오는데, 서로가 마주 보지 않아도 달에 비친 진홍과 준마의 얼굴은 점점 홍조를 띠었다.

조계지를 벗어나면서 멀리 아래, 해안가가 보이는 숲속으로 난 길옆에 앉아 준마와 진홍은 서로 손을 잡고 밤하늘의 별을 쳐다보았다. 준마가 몸을 돌려 진홍의 입술에 가볍게 입맞춤을 했다. 뜨거운 진홍의 입술이 준마의 입술을 뜨겁게 맞으며 준마를 끌어안았다.

한편, 창립식을 마친 후 계림장업단의 단장인 후쿠이 사브로는 인천 주재 일본영사관으로부터 정식 상업 허가를 받아내었다. 1차로 등록된 인원은 219명이었고, 계속해서 일본에서 모집된 단원들이 조선으로 들어오고 있었다. 다음해에는 2000명의 단원이 조선으로 더 들어올 예정이라고 하였다. 사브로는 요시무라에게 계림장업단 소속 상인들과 무사들을 한 조로 짜서 소단위 행상조직을 구성하고 이를 전국적인 조직으로 만들도록 지시했다. 다음으로 요시무라는 헌병대와 협력하여 필요한 지원을 요청하도록 명령체계를 일원화하였다.

계림장업단은 인천에 총본부를 두고 본부 산하에 서울, 부산 대구, 원산에 지부(支部)를 두었다. 평양에 제1대구, 개성에 제2대구, 강경에 제3대구, 목포에 제4대구를 만들었고 진남포에 소구를 각각 개설하여 조선의 보부상조직과 상응하는 세력을 갖추었다. 인천, 부산, 목포, 서울, 개성, 원산, 의주, 예산, 박천, 안동 등 대부분의 주요 장터에서 계림장업단 소속의 상인들이 지역별로 품목을 선정하여 낭인조직과 한 조를 이루어 조선의 내륙 장터로 침투하기 시작했다. 안전을 위해 무사를 포함해서 약 30여명 정도를 한 조로 구성해서 활동하도록 했다.

계림장업단은 단원들에게 상품 매매를 중개하기도 하였고 조선 장시에서의 행상에 필요한 여권을 발부하기도 하였다. 또 통신계를 두어 우편물을 직접 발송하고, 세금 징수와 송금 및 소화물 수송 등의 사무를 취급하는 한편, 조선 전국의 경제 동향과 곡물의 경작 상황은 물론, 조선인의 동향 등을 정탐하고 수집해서 일본 영사관에 보고하는 등 조선 장악을 위한 첨병역할을 수행하였다.

다음날 오후, 연회에서 만났던 일본 상인 하리모토가 백가객주를 찾아왔다. 마침 준마도 오전에 바깥일을 마치고 백가객주로 돌아오는 길이었다. 준마는 하리모토를 부친인 백춘삼 대행수와 차인행수인 송원적에게 소개하였다. 하리모토는 시종 고개를 숙이고 겸손한 태도로 인사를 했다. 춘삼은 준마더러 손님을 안으로 모시고 들어오라고 말했다.

"안으로 드시지요. 오셨으니, 얘기도 좀 나누시고 차라도 한잔하고 가세요."

차를 들면서 하리모토 지로는 자기가 조선으로 오게 된 얘기를 털어놓았다.

"저희 가문은 과거 조선인이었습니다. 선대 조상이 백 년 전 조선의 바닷가 가까운 마을에서 일본인들에 의해 납치가 되었는데 한동안 막부 가문의 종으로 살다가 면천이 되어 지금은 평민이 되었습니다, 하리모토(張本)라는 성도 실은 조선의 성을 이어받은 것입니다, 모친은 규수 지역의 일본인인데 부친과 혼인하여 아들 둘을 낳았습니다, 저의 이름은 하리모토 지로하고 하고, 형은 하리모토 다로라고 하는데 형은 지금은 일본 규수의 나가사키에서 모친을 모시고 살고 있습니다. 조선에서 장사를 할 상인을 모집한다고 하여, 지원을 하고 싶어 모친께 상의했는데 저희 조부가 조선에서 건너왔다는 사실을 알려주었습니다. 조부의 고향인 조선에서 한번 장사를 해보는 것도 좋을 것이라고 했죠. 그래서 기꺼이 지원해서 조선으로 오게 되었습니다. 모친이 일본에서 음식점을 하고 있지만 저는 장사를 해본 경험이 별로 없습니다. 여기 오기 전에 나가사끼에서 잠시 서양물건을 거래하는 상점에서 일을 배우긴 했습니다만 아직 많이 부족합니다."

말을 잇던 하리모토가 눈을 감았다 뜨며 춘삼과 준마를 바라보았다.

"조선에서 장사를 하려면 조선의 물정과 장사에 대해 알아야 합니다. 저는 백가객주와 거래를 하면서 장사에 대해 배우고 싶습니다."

춘삼은 일본인 상인의 얼굴을 유심히 바라봤다. 콕 집어 말하지는 못하겠지만 전체적인 이목구비와 그 분위기가 조선인과 매우 닮았다는 느낌이 들었다. 같은 동양인인 일본인과 조선인이 그 생김새는 비슷할지라도 서양인과 비교되는 상황에서 성립되는 감상이었지, 둘만 두고 보면 그 느낌은 확연히 다르다고 생각하던 춘삼이었다.

"장사라는 것이 어느 나라나 다 마찬가지로 이문을 남길 수 있는 물목을 찾아내는 것이 가장 중요하겠지요, 서로 필요한 물목을 계산해보고 사고팔 수 있다면 거래도 가능하겠지요."

"예, 저는 지금 서양에서 일본으로 들어온 물목 중 약품과 기타 생활용품들을 조선으로 들여왔습니다, 제가 내일 그 물건들을 한번 보여드리겠습니다."

"그럽시다, 우리도 장사가 될만한 물건이면 거래를 하도록 하지요."

당시의 조선은 일본으로부터 도자기, 유황, 약품, 석유, 면직물, 화장품, 기타 황아물을 들여오고 일본으로는 인삼, 우피, 미곡, 문구류 등을 수출하였다. 백가객주의 입장에서는 금계랍(말라리아 치료제로 정식명칭은 키니네) 등 의약품과 석유 기타 황아물의 수입이 필요하던 참이었다. 하리모토를 통해서 다양한 서양 물품을 수입해서 팔 수 있었을 뿐만 아니라, 무엇보다 하리모토가 전해주는 정보를 통해 서양과 일본의 신제품에 대해 귀중한 소식을 들을 수 있었다.

준마는 하리모토가 조선의 후손이라는 것을 알고는 과거와 현재를 이어주는 막연한 끈이 이어져 오는 것 같은, 알 수 없는 연민의 정과 같은 감정이 일어났다.

이자의 소상을 알 수도 없고 사실 누구인지도 자세히 모르는데, 하리모토에 대해 솟아나는 이런 느낌은 무엇인가?

그의 입에서 나온 조선, 후손, 납치, 포로라는 말들은 혈육과 같은 지극히 가까운 것 같으면서도, 한편으로는 까마득히 먼 것 같은 생경스러운 느낌으로 다가왔다.

동시에 준마는 임진년의 전쟁과 도요토미 히데요시를 떠올렸다. 도요토미 히데요시는 매우 영리한 인물이었다고 했다. 임진년에 조선을 침략하기 전부터 일본은 수시로 조선의 해안가 마을들을 약탈하였다. 해안 깊숙이까지 쳐들어와 민가를 습격하여 많은 수의 조선인을 노예로 잡아갔다고 했다. 잡아간 조선인을 평소에는 논밭에서 농사짓게 하였다가 전쟁이 나면 이들에게 무기를 쥐여 주고 전쟁터로 내몰았다고 했다.

준마는 하리모토를 보면서 동지와 적이 한 몸 안에서 동거하는 것 같은, 그러한 묘한 감정이 솟아났다.

4

격랑 속으로 빠져드는 장터

　계림장업단원들이 조선의 내륙 지방에 속속 진출하면서 장터에서는 보부상과의 암투가 점점 심해지고 있었다. 값싼 무명을 앞세워 지방의 장시를 장악하거나 고객에게 강매를 하는 일이 도처에서 발생하고 심지어 무사들이 나서서 고객을 칼로 협박하는가 하면 보부상 간판을 뗄 것을 요구하기도 하였다.

　해가 서서히 넘어가면서 장터 사람들도 대부분 빠져나가고 남아있던 장사꾼들도 짐들을 정리하고 있을 때였다. 장터에서 갑자기 소란이 일면서 사람들이 웅성거리기 시작했다. 계림장업단의 한 단원이 조선 상인과 금건을 거래하는데 일본산 목면을 영국산 금건으로 속여서 팔았다는 것이다. 금건 1필당 가격을 기준으로 4할이 넘게 바가지를 씌운 것이었다. 이에 송파임방 소속의 보부상이 거칠게 항의했고, 그 과정에서 계림장업단 소속 무사들이 보부상 단원을 심하게 구타하는 일이 벌어졌다.

　"상도의라고는 없는 놈이구나. 물건을 속여 팔지 말라. 이건 장사의 기본인데 어떻게 거짓말로 속여 팔 수가 있냐 말이다. 이 날강도 같은 놈아!"

보부상 전수태가 계림장업단 단원에게 소리치며 항의했다.

"이미 거래는 끝났는데, 무슨 소리야. 네 놈이 싼 것을 찾으니까, 그 물건을 주었을 뿐이다. 영국산 금건이면 그 값에 어림도 없지. 네놈이 영국산 금건이냐 묻길래 난 아무 소리도 안 했고 웃기만 했을 뿐이다. 네놈이 그렇게 알고 산 것이 내 잘못이냐? 이놈아! 네놈이 그 물건이 좋다고 만져보고 산 것이 아니냐?"

일본 상인은 속은 네놈이 바보지, 이제 와 무르는 게 어디 있냐고 윽박지르며 절대 그럴 수 없다고 고함을 지르고 있었다. 몇 번의 고성이 오가다가 결국에는 두 사람이 멱살잡이하는 싸움판이 벌어졌다. 보부상 전수태가 놈의 전대를 뺏으려고 하자, 일본 상인이 전수태의 얼굴을 주먹으로 가격한 다음 발로 전수태의 아래 급소를 강하게 쳤다. 사색이 되어 주저앉은 전수태는 하지를 붙들고는 몸을 부르르 떨면서 바닥에 뒹굴었다. 잠시 후 몸을 추스른 전수태가 일어나 물미장으로 놈의 머리를 후려쳤다. 일본 상인이 머리를 정통으로 맞고는 비틀거렸는데 머리 한쪽에서는 피가 흘러내렸다. 그 순간 어디서 나타났는지 일본 무사들 여러 명이 전수태의 물미장을 낚아채고는 그의 옆구리를 발로 차 쓰러뜨렸다. 주위 보부상 단원들의 만류에도 계림장업단의 무사들은 폭행을 멈추지 않았고, 결국 일인 무사가 휘두른 물미장에 맞아 전수태가 팔이 부러지는 중상을 입고 쓰러졌다.

다음날, 송파임방의 접장 이덕만이 단원 몇 명을 계림장업단의 사무소로 보내 사과와 보상을 하도록 요청하였다. 계림장업단은 사과는 고사하고 도리어 찾아갔던 송파임방의 단원들에게 욕지거리를 하며 심지어는 칼을 겨누며 그들을 내쫓았다.

계림장업단은 전국 조선의 장시에서 객주를 설립할 목적으로, 주요 점포 자리를 양도하도록 조선 상인들에게 위협을 가하거나 아예 싼 값으로 탈취하는 일까지 자행하였다. 계림장업단의 행패는 조선의 장터 도처에서 일어나고 있었고 이러한 소문은 소리 없이 퍼져 나가고 있었다.

동이 트자 장꾼들이 지게에 물건들을 잔뜩 지고 신포장으로 하나둘씩 나타나기 시작했다. 장꾼들은 각자가 늘 정해진 자리에서 장사를 해왔다. 일부는 기둥을 세우고 장막을 쳐서 물건을 깔아 놓기도 하고 지게를 세워놓고 팔기도 하였다. 보통 한 장터에는 40여 개의 장막이 설치되었고 큰 장터에는 이보다 갑절이 더 많은 장막이 들어서기도 해서 장터는 늘 사람들로 흥청거렸다. 하지만 이날의 장터 분위기란 평소와 다른 것이었다. 장꾼들이 여느 때처럼 장에 자리를 잡고자 들어섰을 때엔, 웬 낯선 사람들이 이미 장막을 친 채 자리를 잡고 물건들을 늘어놓고 있었다.

"아니 이게 어찌 된 일이여! 누가 우리 자리에 자리를 깔고 있는 게야?"

"아니 당신들 지금 여기서 뭐 하는 거야? 여긴 우리가 수십 년 동안

터를 잡고 장사를 하고 있는 곳인데, 누구 맘대로 여기에 장을 펴고 있는 것이냐?"

막 들어선 장꾼들이 웅성거리자 자리를 잡고 물건을 늘어놓던 한 일본 상인이 자랑스레 말했다.

"우리는 계림장업단 소속 단원이다. 이 땅은 관에서 허가를 받아 정식으로 매입하여 사용하게 되었다. 그러니 이제부터는 우리가 여기를 관리하게 되었다. 너희는 여기서 떠나라!"

"아니 이게 무슨 자다가 봉창 뜯는 소리야, 너희가 뭔데 조선 땅을 마음대로 사고팔고 한다는 거야? 우리는 그런 얘기 들은 적도 없으니 잔말 말고 여기서 자리를 떠라!"

당황과 분노를 토하던 장꾼 중에는 준마의 친구, 정택도 있었다. 하필 정택도 오늘 그릇이며 항아리들을 잔뜩 지고 왔는데 그의 자리가 없어진 것이었다.

"우리도 여기서 오랫동안 세금을 내고 채장을 받아 정당하게 장사를 하고 있는데 이게 무슨 말도 안 되는 짓거리야. 야, 이 왜놈들아. 여기가 어디라고 너희들 마음대로 휘젓고 장사를 하고 다니는 게냐?"

"여기서 나가지 않으면 그냥 두지 않겠다. 어서 꺼지지 않고 뭐해, 혼이 나야 나갈 테냐, 이놈들아!"

"뭣이라고? 우리는 조선 조정과 우리 일본 정부가 합의한 조약에 의해 조선에서 장사를 하도록 허가를 받아서 하는 거다. 너희 보부상 조직도 이젠 우리의 장사에 시비를 걸거나 방해하지 않는 게 좋을 거다!"

"뭐야? 이놈이 찢어진 입이라고 말을 함부로 내뱉는 게야! 조약 같은 소리하고 있네. 남의 나라에 와서 장사를 하려면 염치와 체면이 있어야 할 것인즉, 어디서 남의 나라에 와서 포악질이냐!"

"아니 이 무식한 조선놈이 뭐라고 떠드는 것이야? 우리 대일본제국이 미개한 조선을 얼마나 도와주고 있는데, 은혜도 모르는 놈들 같으니."

"이 개뼈다귀 같은 놈이 어디 터진 입이라고 함부로 떠들어, 우리 조선이 언제 너희 보고 도와달라고 했냐? 틈만 나면 조선 해안가를 습격해서 노략질이나 하던 왜적 놈들이 이제 조금 살만하니까 눈에 뵈는 게 없느냐 이 놈들아."

"이 건방진 조선 놈이 어디서 우리한테 눈을 부라리고 대들어."

왜상이 주먹을 정택에게 올려붙였다. 정택이 갑작스러운 놈의 공격에 얼굴을 맞고 지게 위로 넘어지면서 그가 가져온 항아리며 그릇들이 박살이 났다.

"아니 이놈이, 사람을 쳐!"

정택도 지지 않고 솥뚜껑 같은 손바닥으로 따귀를 올려붙이자 놈이 뒤로 벌렁 나가 자빠졌다. 놈이 일어나더니 다시 정택의 얼굴을 가격하고 정택도 지지 않고 맞받아쳤다. 몇 번을 땅바닥에서 뒹굴며 싸우다가, 씩씩거리며 노려보던 놈이 갑자기 허리춤에서 칼을 꺼내 들었다. 그리고는 순식간에 정택을 향해 칼을 휘둘렀다. 순간적으로 몸을 피한 정택이었으나, 칼은 가볍게 정택의 어깨를 스쳐 베고 지나갔다. 붉은 피가 옷 저고리로 배어들기 시작했다. 정택은 바로 놈의 멱살을 잡고는 번쩍 들어 내동댕이쳤다. 놈이 나동그라시자, 이번엔 정택이 놈의 가슴에 올라타고는 사정없이 두들겨 팼고 놈의 입술이 터졌는지 피가 입 언저리로 흘러나왔다.

"바악~까 야로!(이 바보 새끼!)"

어디선가 날카로운 고함이 들렸다. 이번에도 멀찌감치 떨어져 지켜보던 검은 옷을 입은 무사가 재빠르게 다가오더니 정택을 발로 차며 밀어냈다. 정택이 무사의 발길에 차이면서 옆으로 나동그라졌다.

"이놈 봐라. 넌 또 누구냐? 어디서 굴러먹다 온 왜놈이냐!"

정택이 일어나면서 놈의 멱살을 잡으려는 순간 사나이는 발을 빼면서 허리춤의 칼에 손을 가져갔다.

"야 이 놈아 어디서 칼을 빼려고 해 이 놈아!"

정택이 놈의 허리춤을 잽싸게 잡아 내동댕이쳤다. 이번에는 놈이 쓰러졌다 일어나면서 정택의 가슴을 두 손을 뻗어 밀치며 가격하고 정택이 뒤로 넘어졌다. 정택은 일어나 주먹을 쥐고 놈의 면상을 내리치는데 옆으로 날쌔게 피하는 놈도 무술을 익힌 놈인지 쉽사리 걸려들지 않았다. 둘이 호흡을 가다듬으며 몇 번의 주먹과 거친 몸싸움을 벌였으나 서로 만만치 않은 상대임을 알고는 쉽사리 접근해서 싸우기가 쉽질 않았다. 이미 주위에는 구경꾼들이 모여들고 보부상 단원들과 일본 상인들 그리고 청국사람들까지 모두가 다 모여서 싸움을 지켜보고 있었다. 그리고 구경꾼들 중엔 일인무사들이 함께 섞여 싸움을 지켜보고 있었다. 개중에는 일본의 첩자인 듯한 사내의 모습도 보였다.

이미 싸움판이 커져 돌이킬 수 없는 사태에 이르게 되었다. 놈이 큰 소리로 외친다.

"야, 이 조선놈아 네가 덩치가 좀 크고 완력을 자랑하고 싶은 모양인데 정확히 5일 후, 이 자리에서 다시 만나 한번 정정당당하게 겨루어 보자. 어떠냐, 사내 답게 무술로 결판을 내자. 무섭다면 지금 도망가도 된다!"

정택은 놈이 던지는 대결 신청이 도저히 물러설 수 없는 일임을 알았다. 이대로 물러나면 정택만의 불명예가 아닌, 조선 보부상단에 먹칠이 될 게 뻔했다. 그는 지지 않고 놈의 결투 신청을 받아들였다.

"좋다 이 왜놈. 제대로 한번 겨뤄 보자!"

정택도 그동안 준마와 복만, 석태, 길재와 어울리며 무술을 연마해 왔기 때문에 칼이며 창은 꽤나 잘 쓰는 무인이었다. 무예도보통지를 보고 조선의 무예인 본국검을 연마하기도 하였고 일본의 오륜서에 나오는 무술을 함께 공부하기도 하였다. 무술에는 어느 정도 자신이 있었다.

그러나 친구 석태, 길재, 복만은 생각이 달랐다. 일본 낭인들은 검술을 직업으로 삼고 싸우는 사무라이로, 친구끼리 연습에 불과한 자신들의 경험에 비춰 실전 감각이 뛰어났다. 그리고 정택이 아무리 무술에 능하다 해도 실제로 진검으로 사람을 죽여본 적은 없었다. 다들 준마가 오면 상의를 해서 결정하자고, 그때까지 보류하자고 정택을 만류하였으나 그는 끝까지 고집을 세우며 듣지 않았다.

"정택아, 네가 다치거나 하면 우리 그 꼴 못 본다. 제발 흥분을 가라앉히고 냉정하게 생각하자. 그리고 준마가 올 때까지 대책을 세운 후에 해도 늦지 않는다."

울면서 만류를 해도 도무지 듣지 않는 정택을 어찌할 수 없었다.

"내가 지금 여기서 물러나면 저 왜놈들 앞에 무릎 꿇는 거다, 조선 무인의 후손으로서 당당히 그 놈과 싸워 이겨서 보부상의 결기와 힘을 보여줘야 돼, 그렇지 않으면 저 왜놈들은 앞으로 우릴 계속 우습게 보고 무시하게 될 것이다."

보부상의 장터를 강제로 빼앗고 단원을 매타작하여 중상을 입힌 놈들을 징치해야 하는데 그럴 수도 없다. 그렇다고 보부상의 장문법을 그들에게 시행할 수도 없는 것이 안타까울 뿐이다.

"그러니 절대 물러설 수 없다. 우리 보부상조직과 동패들에게 행패를 부린 자들은 어디든 쫓아가서 당한 것을 갚는 것이 보부상의 불문율이다. 내 저놈들을 응징해서 보부상의 계율이 얼마나 무서운지를 보여줘야 해!"

5일 후, 물상객주촌 앞 공터에는 사람들이 구름처럼 모여들었다. 보부상과 계림장업단과의 검투 승부가 벌어진다는 소식은 온 시내에 퍼져 나가, 조계지 바깥의 탁포는 물론이고 내리와 싸리재까지 구경 온 사람들로 메워졌다. 해가 하늘의 끝까지 올라간 정오, 정택과 일본 무사는 광장에 마주보고 섰다.

　"싸우기 전에 통성명이나 하자. 그래야 네놈의 비석에 이름자라도 적을 것이 아니? 내 이름은 조선의 보부상 정택이다."

　"나는 일본 나가사키현의 지겐류 무사 마쯔이다. 오늘 죽을 놈은 내가 아니라 바로 네놈인 듯한데, 죽을 각오는 되어있느냐? 지금이라도 용서를 구하고 사죄하면 너를 살려 줄 것이다. 늦기 전에 사과하고 물러나거라!"

　"이놈이 싸움도 하기 전에 웬 되 먹지도 않은 각설을 이리 늘어놓는 것이냐. 두려우면 네놈이나 이 자리를 뜨거라. 어디 갈 데가 없어서 남의 나라에 와서 흉악한 패악질을 하고 다니는 것이냐? 조선에 네놈 묫자리라도 장만해 놓는 것이냐? 자, 잔말 그만하고 들어오너라."

　도발과 동시에 정택은 검을 꺼내 상대를 겨눴다.

　마쯔이는 허리에 장검과 단검을 차고 나왔다. 그는 지겐류파의 검객으로, 장검으로 순식간에 공격을 밀어붙여 상대를 베는 것으로 유명하였다. 반면 상대에 대한 정보도 없고 실전 검술이라고는 처음일 수밖에 없는 정택이었다. 다른 나라, 다른 길을 걸어온 두 사내가 검을 들고 마주 서자 그들의 예리한 칼날 위에 강렬한 햇빛이 번쩍하면서 반사되었다.

마쯔이는 서서히 앞으로 나오면서 쌍수도를 어깨 위로 들어 올려 곧바로 강하게 정택을 내려친다. 정택이 놈의 검을 받아 밀면서 강하게 튕겨내자 '쨍' 하고 날카로운 쇳소리가 광장에 울린다. 몇 번을 가볍게 받아치고 뒤로 물러나기를 반복하였다. 정택도 물러나지 않고 가볍게 칼을 받으면서 옆으로 돌면서 좌요격세(左右腰擊 : 오른쪽에서 왼쪽으로 목덜미를 옆으로 후려치듯 베는 자세)로 공격하다 후일자세(後一刺勢 : 왼발로 몸을 밀면서 오른발이 땅을 구르는 순간 뒤로 돌아 상대의 목 부분을 찌르는 자세)로 돌고, 다시 우요격세(左右腰擊勢 : 왼쪽에서 오른쪽 목을 씻어 베는 자세)로 이때는 왼발을 구르며 오른발을 들어 치는 자세로 공격하면서 검을 빠르게 움직였다. 이내 장교분수세(長蛟噴水勢 : 좌측 수평 공격을 막은 뒤 크게 들어가 하단을 베는 검법)로 놈의 하단을 향해 찔러 나가자 놈은 강하게 받아치면서 잠시 뒤로 물러났다.

순식간에 시끄러운 몇 합이 지나고, 둘은 다시 고요히 마주 보는 자세를 취했다. 쉬지 않고 마쯔이가 검을 높이 쳐들었고 그의 칼날이 빛을 받아 번쩍 반사되는 순간, 그는 순식간에 몸을 날리면서 1장이나 뛰어올랐다. 장검을 앞세워 팔을 길게 뻗고는 힘껏 내리치는데 그 기세가 전광석화처럼 빠르고 강했다.

수많은 전쟁 속에서 싸운 경험이 있는 마쯔이는 상대를 꿰뚫어 보고 있었다. 정택은 이전의 합에서 마쯔이의 검을 막으며 상대가 강한 힘을 가지고 있음을 체득했다. 그리고 이번에 들어오는 마쯔이의 공격이란, 조금 전 정택이 막아냈던 공격에 실린 힘의 배의 것이었다. 칼이 정택의 가슴을 향해 들어오고 있었다. 그가 빠르게 검을 막고 몸을 뒤로 빼면서 버티었지만 상대의 칼날 이미 정택의 손을 파고들고 있었다. 손가락 깊은 혈맥에서 붉은 피가 한 자나 치솟아 올랐다.
　"앗!"
　순간적으로 햇빛을 정면으로 받음을 느끼며, 마쯔이의 검이 햇빛에 부서지며 번쩍이는 것을 눈에 담는 순간이었다.
　'아! 방심했다.'
　손가락이 잘리진 않았어도 이미 혈맥이 잘려 제대로 힘을 쓸 수가 없었다. 그럼에도 불구하고 정택은 지지 않고 두 손으로 검을 쥔 채 몸을 오른쪽으로 돌면서 놈의 옆구리를 내리친다. 그러자 놈이 정택의 검을 막으면서 재빠르게 정택 가까이로 들어와 정택을 발길질로 넘어뜨렸다. 중심을 잃고 쓰러진 정택은 다시 일어났다.
　"이제 항복하라, 그러면 목숨을 살려준다. 용서를 빌어라!"
　서서히 다시 일어난 정택은 놈의 앞에 꼿꼿이 다시 마주 보고 섰다. 손가락 마디에서 피가 조금씩 흘러내리고 있었다. 정택은 다시 두 손으로 검을 들어 좌익세(左翼勢 : 오른쪽 어깨 위로 들어 좌익으로 내려치려는 자세)를 잡으면서 놈을 주시했다.

"무슨 용서 같은 소리냐. 남의 집에 와서 강도질을 한 놈이 도리어 주인더러 용서를 빌라고? 이 도적놈아, 어서 오너라!"

마쯔이는 다시 서서히 검을 잡아 위로 새운다. 거정세(擧鼎勢), 그야말로 솥을 드는 자세였다. 놈은 정택이 다친 손으로 인해 그 세력이 약해지는 것을 알아차리고 있었다. 다시 강하게 앞으로 밀면서 내리치는데, 정택이 옆으로 피하면서 몸을 돌리자 이번에는 칼로 정택의 검을 튕기면서 밀어내고 순식간에 정택의 가슴팍으로 파고들었다. 순간 마쯔이는 단도를 꺼내어 정택의 가슴에 내리꽂았다. 정택은 가슴에서 선혈을 쏟으며 그 자리에 주저앉았다. 멈추지 않고, 마쯔이는 장검을 크게 휘둘러 정택의 목을 베었다. 정택의 목에서 피가 솟구쳤다. 머리를 잠시 세웠으나 이내 머리가 꺾이며 옆으로 쓰러졌다. 순식간에 온몸은 피로 물들었고 가쁜 숨을 몰아쉬는 정택의 눈은 안타까움을 담아 바닥에 떨어진 칼만 바라보고 있었다.

마쯔이는 쓰러진 정택이 숨을 헐떡이다 점차 숨소리가 잦아드는 것을 확인한 후 칼을 거두었다. 주위에 서 있던 계림장업단의 단원들이 함성을 지르면서 마쯔이를 외쳤다.

마쯔이 대장 만세!

주위 보부상 단원들의 탄식과 한숨이 쏟아졌다. 한쪽에선 사람들이 흐느끼고, 청국 상인들도 안타까움에 비통의 한숨을 지었다. 외국인들은 일본의 검술에 대해 놀라워하면서도 계림장업단이라는 조직에 대한 두려움으로 겁에 질린 표정이었다.

정택이 쓰러질 그때 준마가 도착했다. 부친을 따라 원행 길에 나섰다가 정택의 결투소식을 들은 준마는, 이를 말리고자 급하게 집으로 돌아왔으나 이미 싸움은 끝나고 정택은 가슴에 선혈이 낭자한 채로 숨진 뒤였다. 준마는 주저앉아 정택을 끌어안고 치를 떨며 오열했다. 준마와 석태, 복만, 길재, 그리고 대길. 친구들과 가족 모두 정택의 시신 옆에 주저앉아 눈물을 떨구었고 동몽청 사람들과 장터의 상인들까지도 비통한 표정으로 슬퍼했다.

준마는 소식을 들은 순간부터 이미 정택의 패배를 예감하고 있었다. 덩치가 큰 정택의 신체적 조건이란 검투에서는 절대적으로 불리한 것이었다. 적당한 키에 민첩하고 빠른 직감으로 상대를 제압해야 하는데 정택은 마쯔이의 도발에 감정적으로 말려든 것이었다. 단칼에 상대의 숨통을 끊는 마쯔이의 필살검을 정택이 당해내지 못할 것을 준마는 예견했었다. 비통함에 정택을 하염없이 안고만 있는데, 준마의 허리춤에서 무엇인가 떨어지는 소리가 났다.

어릴 적 동몽청에서 함께 공부하고 무술을 익힐 때 준마는 정택과 피의 맹세를 한 적이 있다. 준마, 정택, 석태, 길재, 복만은 죽을 때까지 서로 돕고 의리를 지킬 것을 약속하였다. 그 증표로 각자의 이름을 목판에 새기었다.

"붕우동생사고락(朋友同生死苦樂 : 친구들이 생사고락을 함께한다)"이라고 둥글게 쓰고 가운데에 각자의 이름(준마 정택 길재 석태 복만)을 넣고 똑같이 만들어 각자 보관했었다. 그 증표가 정택의 허리춤에서 떨어지고 말았다. 이를 본 준마와 친구들은 더 격하게 몸을 떨면서 오열하였다.

5

명운을 건 결투

내리를 한참 벗어난 숲속에 난 좁은 길을 따라 내려가면 바다가 보이는 길옆에 공터가 있다. 준마, 복만, 석태, 길재가 바다를 바라보며 우두커니 앉아 있었다.

"다 내 탓이야. 정택이 나설 때 막아야 했는데, 그냥 정택을 두고 보고만 있었어!" 길재가 울음 섞인 목소리로 조그맣게 내뱉었다.

"상대가 누군지도 모르는데. 설마 정택이 질 줄을 생각지도 못했어." 복만이 한숨을 지었다.

먼 섬들 사이로 해가 피를 흘리듯, 하늘을 붉게 물들이는 바다를 바라보는 준마의 눈은 처연하게 눈물을 머금고 있었다. 장터에서 처음 보았던 놈의 검에서 느꼈던 살의가 준마의 몸 속 깊은 곳에서 다시 솟아오르고 있었다. 뜨거우면서도 차가운 냉정함이 한데 뒤섞인 덩어리로 몸속을 드나들고 있었다. 저 멀리 솟아 있는 초생달에 정택이 걸쳐 앉아 있는 것처럼 느껴졌다.

'친구야 잘 가라. 달에서 행복하게 잘 살아라.'

정택의 원혼을 달래기 위해서라도 복수는 어떻게 하든 해야 했다. 어릴 적부터 같은 동네에서 자란 제일 친한 친구 정택의 죽음에 준마는 비통함과 억울함으로 가슴은 무너져 내리고 있었다. 준마와 정택 사이의 사적인 관계만 문제인 것이 아니었다. 그날을 기점으로 계림장업단은 앞으로 더욱 보부상들을 깔보고 짓누르려고 할 것이다. 이미 원로 보부상들은 나이도 많아 적극직으로 계림장업단에 맞서기도 어려운 상황이었고 이제는 젊은 보부상들이 나서서 이들을 막아야 했다.

두 달 후 계림장업단의 사무실에 나타난 준마는 마쯔이를 찾았다. 하지만 마쯔이는 자리에 없었다. 그가 어느 곳으로 장사하러 떠났다는 말만 돌아왔다. 할 수 없이 준마는 계림장업단 직원에게 경고의 말을 전하고 돌아왔다.

"나는 마쯔이가 죽인 보부상, 정택의 친구인 준마다. 부상당한 사람을 죽일 필요까지는 없었는데 그렇게 숨을 끊어 놓는 것은 야비한 짓이다. 게다가 너희 계림장업단이 우리 보부상지역에 와서 행패를 부리면서 먼저 싸움을 걸었다. 이제 너희 계림장업단이 보부상 간판까지 내리라고 행패를 부리는데 더이상 우리도 너희를 그냥 두지 않을 것이다. 이것은 너희에게 주는 보부상의 경고이다."

계림장업단 사무실을 방문한 지 얼마 안 되어, 한 사내가 보부상 상단 임방으로 찾아왔다. 마쯔이가 인천으로 돌아왔는데, 한 보부상이 찾아와 검투를 신청한 것을 알고 기꺼이 응할 것이라는 전갈이었다. 열흘 뒤에는 계림장업단에서 마쯔이가 나올 것이니 보부상단에서 누가 나오는지, 그 이름을 대라고 요구했다. 준마가 앞으로 나서며 큰 소리로 말을 받았다.

"백가객주의 준마 행수가 직접 나선다고 전해라."

이미 엎질러진 물이다. 아들이라고 하지만 이제는 장성해서 제 의지대로 결정한 일을 이제 와서 말릴 수도 없었다. 새벽 일찍 일어나 좌정한 백춘삼은 방 한쪽에 놓여있는 오래된 서랍장을 열고 그 속에서 길게 말아 놓은 검은 보따리를 하나 꺼냈다. 보따리를 풀자 손잡이 부분에 화려한 용 무늬 장식을 한 검이 한 자루 들어 있었다. 100여 년 전, 정조대왕이 창설한 장용영에서 조선의 전통무예를 연구하고 조선의 검법을 체계적으로 정리하여 조선군대를 훈련시킨 군관, 바로 백동수 선대의 장검이었다. 춘삼이 아들을 방으로 불렀다.

"준마야. 오늘 너에게 줄 것이 하나 있다. 이제는 성장한 너를 이 아비도 말릴 수가 없구나. 네가 하는 일이 아무리 옳다고 해도 부모 심정은 자식이 위험한 일을 겪는 것은 못 볼 일이다. 그러나 이제 어쩔 수 없구나."

비장한 한숨을 쉰 춘삼이 검을 꺼내 들었다.

"여기 이 검을 받거라. 선대 가문에 내려오는 보검이다. 일본 계림장업단의 무사와 검투를 하기로 하였다는 얘기 들었다. 이제 조선과 일본 민족의 대결이 되었다고, 우리 물상객주들을 포함한 모든 객주들이 다 주시하고 있다고 하는구나. 이 보검을 남은 시간 동안 손에 익혀 단련해 보거라. 이왕 대결을 할 바에는 꼭 이기거라. 그리해서 조선인의 기백을 보여 주거라."

준마는 말없이 그러나 여느 때보다 진지한 태도로 검을 받아 들었다. 부친을 보면서 마음속에 불효를 하는 것 같아 마음 한 컨이 아리이 왔다. 그날 밤, 준마는 마당 뒤편에서 부친이 준 검을 꺼내 달빛을 향해 높이 들어보았다. 검의 손잡이를 가볍게 쥐고 좌우로 휘둘러 본다. 발뒤꿈치를 들고, 발가락 앞부분에 몸의 중심을 두고, 가볍게 몸을 앞으로 내 뻗고 뒤로 가볍게 회전해 보았다. 손을 높이 들어 올리는 자세인 거정세로 위를 살하고 왼 다리와 오른손으로 평대세를 취하며 앞을 향하여 베어 치고, 가운데로 살하여 퇴보군란세를 취하며 연속 동작으로 몸을 가볍게 움직여 보았다. 검과 몸이 하나가 되는 느낌이 왔다.

"명검이다!"

내 몸에 이렇게 맞는 검은 본 적이 없다. 조상의 혼이 칼끝을 통해서 준마에게 전해 오는 것이 느껴졌다.

"조선의 혼이여, 단군 이래 제사장의 후손인 백의민족인 우리 조선인들을 위기에서 구해 주시옵소서! 내 비록 일개 상인으로 일본인 무사와 대적을 하게 되었으나 이미 모든 조선의 상인들과 백성들이 기대를 갖고 지켜보는 대결이 되었습니다. 소문이 곧 조선에 날 것입니다. 지금 조선인의 기백을 일본인들에게 보여 주지 못하면 영혼도 힘도 없는 민족으로 영원히 멸시를 받게 될 것입니다."

결국에 시간은 흘러 보부상단의 준마와 계림장업단의 마쯔이가 혈투가 벌어지는 날이 되었다. 검투가 벌어지는 청국 조계지와 일본 조계지 사이, 공터에는 아침부터 하나둘 구경꾼이 나타나기 시작하여 이제는 온 거리를 다 메우고 산 위쪽까지 구름처럼 모여들었다. 마쯔이는 일본 무사들을 대표하는 지휘관, 준마는 보부상 상인의 대표로서 이는 조선과 일본의 무술을 대표한다는 상징성이 박힌 결투였다. 소문은 꼬리를 물고 이어지고 불려 나갔다.

'일본 최고의 검객과 조선의 검객이 나라의 체면을 걸고 대결을 한다', '일본 무사는 상인으로 가장한 일본 제일의 무사로 조선의 기를 꺾어 놓으라는 일본천황의 밀명으로 조선에 파견된 자다' 등 별의별 소문이 자자하였다.

밤새 준마의 모친은 집 뒤뜰에 촛불을 켜 놓고 자식이 제발 무탈하게 돌아오기를 기원하며 빌었다. 아침에 준마는 부친에게 문안 인사를 드리기 위해 안방으로 들었다. 부친은 아침 일찍부터 일어나 정좌를 하고 있었고 모친은 부친 옆에 묵묵히 앉아 있었다. 준마가 큰절로 인사를 드리고 자리에 앉자, 방안에는 잠시 무거운 침묵이 흘렀다. 가슴을 저미는 모친의 숨소리에서 묻어 나오는 옅은 한숨 소리가 앉아 있는 이들의 마음속에 아련하게 스며들었다.

"준마야, 이 전갑을 안에 걸치고 가거라!"

한지로 만든 전갑은 가슴을 보호하는 조그만 갑옷이었다. 조선은 한

지를 이용한 다양한 물건을 생산했는데 장롱이나 갑옷도 이 한지로 만들곤 했다.

"괜찮습니다. 그냥 제 편한 옷으로 입고 가겠습니다."

"아니다, 내 말 대로 하거라. 무게도 가볍고 안에 껴져도 움직이는 데 불편함이 없을 것이다."

"내가 듣기에는 상대는 일본 지겐류의 유파로 빠르게 찌르는 것이 특기라고 들었다. 그러니 첫 번째 공격은 무조건 피하도록 해라. 그리고는 그 이후부터는 네가 배운 대로 하도록 해라. 이 아비도 이미 네가 결심한 싸움이니 말리진 못할 것으로 알고 있다, 그러나 이 싸움이 이미 조선과 일본의 자존심이 걸린 검투의 양상으로 벌어지고 있으니 조선 무인들의 명예를 위해서도 승리하도록 해라. 마음을 조용히 가라앉히고 심검(心劍)으로 하늘의 기운을 모으도록 집중하거라."

"예 아버님, 다녀오겠습니다!"

메이지유신 때 활약한 지겐류는 바쿠후를 지키기 위해 싸우는 신선조를 물리친 무사들이다. 정면베기를 내세우며 일격필살로 상대를 죽이는 것으로 명성이 높았다. 이들은 하루에 통나무치기만 만 번을 할 정도로 강한 힘을 길렀고 그런 힘으로 빠르게 상대를 공격했다. 이렇게 탄생한 지겐류는 그 후 일본의 메이지유신 탄생기에 더욱 유명해졌다. 사쓰마가 에도 바쿠후를 무너뜨리고 새로운 일본을 만들기 위한 대열의 선봉에 서면서, 바쿠후를 지키려는 무사들인 신선조와 수많은 싸움을 해야 했다. 단지 정면 베기 한 기술만으로 일격필살하여 상대를 죽이는 지겐류에 어찌나 혼이 났는지 신선조의 국장 곤도 이사미는 "지겐류의 첫 일격은 일단 피하고 봐라"라는 지시를 내릴 정도였다고 한다. 이들이 검을 휘두르는 힘이나 속도가 강하고 빨라서 피하기도 쉽지 않고 막더라도 상대가 베어지거나 칼이 두 동강이 날 정도였다.

지겐류의 창시자 도고 시케타다는 싸움에 나선 무사에게 다음과 같이 명령했다.

"첫 공격을 의심하지 않고 삼천지옥(三千地獄)까지 베라, 그리고는 첫 일격에 모든 것을 담아 적을 죽여라, 그렇지 못하다면 죽음으로써 적을 죽여라."

이미 한낮의 해가 하늘 높이 솟아 있었다. 많은 인파가 구름처럼 검투장에 몰려들었다. 한쪽에는 조선사람들이 긴장한 표정으로 서 있고, 다른 편에는 일본사람들 그리고 한쪽으로는 청국사람들과 서양인들이 빙 둘러싸고 있었다. 뒤편에는 일본군들이 멀리서 대기 중이었다. 건너편 쪽으로는 청국 병들이 대기하고 있었다. 순검청에서 나온 순검들은 애써 모른 척하며 곁눈질로 이 싸움을 보고 있었다. 모두가 결투에 대해 한마디씩 내뱉고 있던 어수선한 그때, 모두의 웅성거림을 멈추는 목소리가 들려왔다.

"나는 조선의 보부상 백준마다!"

"나는 일본의 제겐류의 무사 마쯔이다! 네가 친구의 복수를 하겠다고 내게 도전을 했다는 놈이구나? 그 용기가 가상하다, 하지만 그 용기도 오늘이 마지막이다. 너 같은 장사치가 어찌 검술을 알겠으며 네 친구의 복수를 한다고 감히 내게 도전하겠다고 하니 그 만용이 얼마나 헛된 것인지를 오늘 깨닫게 해주겠다."

"말이 많구나, 네가 일본의 알아주는 검객이라고 들었다. 나 같은 장사치가 너 같은 검객을 꺾는다면 넌 아마 일본의 수치가 될 것이다! 자, 이제 시작해보자. 나도 일본의 검술과 한 번쯤 겨뤄 보고 싶었다."

마쯔이는 비웃듯 가볍게 미소를 지었다. 그리고는 장검을 서서히 들어올렸다. 죽은 정택을 당황케 했던 그 검이다. 준마는 정택을 그리며, 조용히 서서 자세를 낮추어 앞으로 검을 겨눈다. 가보로 물려준 검의 무게가 가볍게 느껴지고 몸에 편하게 와 닿았다. 준마는 놈의 눈빛을 예의 주시하고 있었다.

첫 번째 공격은 자세로 보아 바로 찌르기로 치고 들어올 자세다. 가보인 장검은 명검 중 명검으로 쉽게 부러질 검이 아니다. 그러나 첫 공격을 같이 맞받아치면 힘으로 밀고 들어올 기세다. 힘으로는 준마도 밀리지는 않지만, 일단 일합은 피할 것이다. 생각을 정리하고 있던 참에 놈이 바로 손을 길게 뻗으면서 펄쩍 뛰는가 싶더니 머리치기로 전광석화처럼 빠르게 공격해 들어왔다. 몸을 슬쩍 돌려 피하는데 그 공격속도가 생각했던 것 이상으로 민첩하게 찌르며 들어와 긴장하지 않을 수 없었다. 다시 한번 검을 마주 부딪쳤다. 강하고 맑은 쇳소리가 나면서 불꽃이 튀었다. 손으로 느껴지는 상대의 검이 강하고 무거운 듯하나 손에 잡은 명검이 몸과 하나가 된 듯이 편하고 가벼웠다. 놈은 지금 가슴속에 단검을 품고 있다, 내가 검을 잘못 휘두르다 상대가 피하게 되면 순식간에 접근을 하면서 단검을 뽑아 찌를 것이다. 기회가 올 때까지 적당한 거리를 유지하는 것이 그 시점의 준마에게는 최선이었다.

첫 공격이 실패로 끝나자 마쯔이는 당황한 표정을 완전히 숨길 수 없었다. 장사꾼이라고 가볍게 볼 상대가 아님을 그는 깨달았다.

'이자는 분명 무술을 제대로 익힌 자가 분명하다. 수많은 전투를 치르면서 내 공격을 막아낸 자가 거의 없었다. 거기다 이자는 묵직하고 강한 힘으로 내 칼을 받아 내고 있는 것이 아닌가? 이런 자는 일본에서도 보기 드문 검객이다.'

"이제 보니 네놈이 무술을 꽤나 익힌 모양이구나? 제법 내 칼을 잘 받아 치는 것을 보니 나도 오랜만에 한 번 겨뤄볼 상대를 만난 것 같아 좋구나!"

조선에도 검을 제대로 검을 쓰는 자가 있다니. 마쯔이는 내심 놀라지 않을 수가 없었다. 일본검술은 세계 최강이라고 자부하고 있었다. 그런데 다 망해가는 조선에서 그것도 일개 장사치가 이런 검술을 구사하다니 놀라지 않을 수 없었다. 그러나 마쯔이는 이미 실전의 경험이 풍부

한 검객이었다. 내심 놀라는 기색 없이 여유 있게 계속 검을 들어 치기를 반복하며 준마를 밀어붙였다.

놈의 검법은 의외로 단순했다. 경신법(輕身法)의 빠른 보법으로 좌우로 돌면서 놈을 현란하게 만들었다. 때로는 능파미보(凌波迷步)로 놈과 일정 거리를 두면서 좌우 앞뒤로 움직이면서 적의 공격을 피하면서 놈의 검을 강하게 튕겨 나갔다. 시간이 가면서 오히려 초조해지는 쪽은 마쯔이였다. 수많은 구경꾼이 보는 데서 일본 최고의 검객이라고 자부하는 무사로서, 조선의 일개 장사치 하나 처리하지 못하고 시간을 오래 끌게 되자 초조감이 밀려오기 시작했다.

"자 이제 제대로 내 검을 받아보거라!"

다시 한번 호흡을 가다듬은 마쯔이는 길게 숨을 들이켜면서 조용히 준마를 응시했다. 그러다 갑자기 검을 길게 쭈욱 뻗으며 몸을 앞으로 날리며 들어왔다.

천근추(千斤墜), 그는 공중으로 치솟아 오르며 몸의 무게를 실어 빠르게 아래로 내리쳐 준마의 머리를 두 동강이 내려고 했다. 궁신탄영(弓身彈影)으로 준마는 몸을 활처럼 휘면서 그 탄력으로 순식간에 몸을 옆으로 슬쩍 돌리고는 놈의 검을 튕기면서 강하게 밀어 제쳤다. 순간 마쯔이의 검이 옆으로 튕겨지며 준마의 가슴을 스치듯 베어 나갔다. 동시에 준마도 몸을 솟구치면서 좌익세로 검을 휘둘러 찔러 넣곤, 마쯔이의 팔목을 베어 나갔다. 마쯔이는 순간적으로 준마를 향해 몸을 날리면서 허리에서 재빠르게 단검을 뽑아 준마의 가슴을 향해 찔렀다. 준마는 이형환위(以形環位)로 빠르게 몸을 날려 재빠르게 뒤로 돌면서 손을 뻗어 마쯔이의 목 부분으로 검을 빠르게 휘둘렀다. 검이 마쯔이의 목을 치면서 피가 솟구쳤다.

"억" 하는 비명소리와 함께 마쯔이의 몸이 흔들리기 시작했다. 준마도 역시 칼에 베인 가슴에서 피가 흘러내려, 그의 옷이 붉게 물들고 있었다. 쓰러지는 쪽은 마쯔이였다. 그가 목이 깊게 베인 채 준마를 쳐다보면서 털썩 주저앉았다. 일시에 함성이 울려 퍼졌다.

"준마가 이겼다, 조선 만세! 보부상 만세! 조선 만세!"

마쯔이를 응원하러 나왔던 일본인 무리들은 당황하였다.

"아! 일본 최고의 무사가 조선의 일개 보부상에게 당하다니!"

일부 일본군이 총을 잡아 드는 것이 보였다. 그러자 반대편의 청국군 역시 총을 들어 보였다. 순식간에 분위기가 흉악해졌다. 뒤이어 계림장업단의 스치다 단장이 소리쳤다.

"이 싸움은 조선의 보부상이 이겼다, 싸움의 승패를 정중히 인정할 것이고 더이상 문제삼지 않을 것이다!"

며칠 후 장터 입구를 강제로 차지하고 장사를 해왔던 계림장업단은 임시로 세운 점포와 천막을 모두 철수했고, 쫓겨났던 장터 사람들은 다시 들어오기 시작했다.

계림장업단의 무사들을 지휘하는 대장인 요시무라는 마쯔이가 조선의 일개 보부상에게 패하자, 호위무사들의 책임자로서 체면이 말이 아니었다. 일본에서 그 수많은 전투를 치르면서 단련된 일본의 사무라이들은 세계 최강의 검술이라고 자부해왔다. 그리고 마쯔이는 사무라이를 내표하는 최고의 검객이었다. 그런 그가 패했다는 것이 실감이 나지 않았다. 전쟁에서는 이기기도 하고 질 수도 있다. 군대의 전투경험과 조직력, 전략 물자와 장수의 지도력과 병사들의 사기, 병법과 정신상태 그리고 지도자의 순간적인 판단으로 승패가 갈리기도 한다. 그러나 일대일 대결은 검을 다루는 검객의 실력이 가장 중요하다. 마쯔이는 이미 일본에서도 수많은 검투에서 검증된 검객이었다. 조선에도 무술이 있었단 말인가?

조선의 병사들을 훈련하는 교본, 무예도보통지를 전에 한번 본 적이 있었다. 그러나 이 교본의 내용은 그다지 특별한 내용은 없었다. 그렇다면 그자는 일개 상인이었지만 검객으로서도 타고난 무인의 기질을 가진 자가 틀림없다. 우리가 조선의 검법을 너무 쉽게 생각했던 것이다. 임진왜란 때 이순신 장군에게 일본은 바다에서 대패하지 않았던가? 지금 조선은 겉으로는 미개하게 보일지라도 그 숨은 저력을 무시할 수가 없다

그런 생각이 한동안 요시무라의 머릿속을 떠나질 않았다.

조선 조정에 있는 대부분의 대신은 이미 자존심이나 국가관이라고는 없었기에 일개 상인조직인 보부상이 이렇게 지조가 있을 줄은 더더

욱 몰랐다. 무서운 것은 조선의 대신들이 아니라 밑바닥에 있는 백성들이라는 생각이 그의 머리를 강하게 스치고 지나갔다.

6

인천 감옥, 역사적 조우

옥문이 열리면서 간수가 한 사내를 감옥 안으로 밀어 넣었다.

"오늘부터 너희들과 같이 지낼 죄수이니 그리들 알고 잘 지내거라."

퉁명스럽게 한마디 던진 간수는 옥문을 걸어 잠그고 돌아갔다.

11월이라 아직은 가을의 끝자락에 걸쳐 있어 감옥소 뒤편 산 쪽으로 보이는 숲에는 가지를 앙상하게 드러낸 나무들이 누런 낙엽들을 매달고 있었다. 오래된 소나무들이 터줏대감 마냥 넓게 자리 잡고 있어서인지 녹색의 솔잎들이 산등성이를 초록색으로 풍성하게 덮고 있었다. 여름내 더위에 잔뜩 찌들었던 비릿한 땅 냄새와 송장 썩은 냄새 같은 악취가 코를 찔렀고 나무로 겹겹이 이은 벽과 곰삭은 돗자리 바닥은 온통 빈대를 잡은 핏자국으로 얼룩져 있었다.

새로운 얼굴의 죄수, 준마는 주위를 두리번거리며 처음 보는 사내들에게 가볍게 허리를 숙여 인사했다.

"초면에 실례하겠습니다. 앞으로 잘 부탁합니다!"

고개를 들어보니 맞은편 벽에 기대어 앉아 있는 한 사내가 준마를 빤히 쳐다봤다. 이내 준마를 향해 이리 오라고 손짓을 하며 자기 옆으로 와 앉기를 권했다. 준마보다는 나이가 몇 살이나 더 들어 보이는 사내였다.

　무뚝뚝하고 우직해 보이는 사내는 준마에게 넌지시 말을 건넸다.

　"나는 김창수라고 하오. 해주에서 이쪽으로 이감되었소. 여기 수감된 지는 수개월 되었지요. 무슨 죄목으로 여기 온 지는 모르겠지만 있는 동안 서로 편하게 지내봅시다."

　김창수라는 사내는 준마를 호기심 어린 눈으로 바라보며 얘기를 건넸다. 오늘 처음 수감된 젊은이에게 굳이 그 죄목을 캐묻는 것도 적당치 않은 것 같아 더이상 묻지 않고 그냥 조용히 내버려 두기로 판단한 모양이다. 준마는 말도 하기 싫은 듯 한동안 넋을 놓고는 우두커니 앉아 있었다. 그렇게 한참을 앉아 있다가 쪼그려 앉은 채로 바로 잠이 들었다.

　늦은 오후 무렵 사내는 옥졸이 갖다 준 음식을 받아 들고는 준마 곁으로 와서 앉았다. 그리고는 같이 먹자고 권하는데 준마는 고맙다고 하면서 사양하였다. 보리밥과 나물 두어 가지에 멀건 된장국물이 다였지만 감옥 안에서는 그 정도만 해도 제법 괜찮은 끼니였다. 죄수들은 자기가 먹는 음식은 스스로 해결해야 했는데 집에 돈이 없는 대부분의 죄수들은 일하거나 하여 밥값을 충당해야 했고 일부는 외부에서 옥바라지하는 사람이나 가족이 보내주는 음식으로 해결하였다.

　식사를 마치고 둘은 오랫동안 서로 말없이 한동안 서먹하게 앉아 있었다. 어색함을 깨려고 했는지 김창수가 드디어 입을 열었다.

　"한 번 더 정식으로 인사드립니다. 내 이름은 김창수라 합니다. 올해

초에 일본 놈 하나를 때려죽이고 해주감옥에 들어갔다가 3개월 전에 이곳 인천감옥으로 이송되어 왔습니다. 간수들 말로는 올해 내가 사형을 받게 될지도 모른다고 하는데 어차피 사람은 한번은 죽는 것이니까 전혀 개의치 않습니다. 언제 죽을지는 모르겠지만 이렇게 한방에서 만난 것도 인연인 듯하니 두려워하지 말고 동포끼리 잘 지내도록 합시다."

"저는 인천 보부상단 백가객주의 백준마라고 합니다. 제 친구가 일본 낭인에게 죽임을 당했기에 제가 그 복수하기 위해 결투를 하였고 그때 상대방을 죽였습니다. 정정당당하게 검으로 결투로 했는데 일본 헌병들이 조계법에 따라 자국국민을 죽인 죄로 체포를 하고는 저를 감옥에 넣었습니다. 재판을 해봐야 하겠지만, 제 친구가 죽었을 때는 일본 헌병들까지 나서서 두둔하고 그자는 풀려났었지요. 이제 세상이 완전히 왜놈이 판치는 그런 세상이 오는 것 같습니다."

김창수는 골격이 크고 건장한 사내였는데 잘생긴 외모는 아니었으나 당당하고 기품이 있어 보였다. 초췌하고 주눅이 든 감방 안의 다른 죄수와는 달리 꼿꼿한 자세로 앉아 있는 모습에서 그가 범상치 않은 인물임을 알 수 있었다.

1896년 1월 아침, 김창수가 해주의 한 주막에서 식사를 주문하고 앉아 있는데 한 사내가 주막으로 들어왔다. 얼굴 오른쪽 눈 위에는 칼자국이 희미하게 있는데 일견 보아도 범상치 않은 사람임을 알 수가 있었다. 일인 같은데 조선사람의 옷을 입고 있었다. 자리에 앉으면서 허리를 잠깐 숙이는데 걸쳐 입은 옷 허리춤에는 장검과 단검을 차고 있었다. 눈매와 앉은 자세로 보아 장사꾼이나 민간인은 아니고 무사이거나 조선을 염탐하러 들어온 첩자인 듯하였다. 들어오자마자 음식을 주문한 그는 빨리 가져오라고 주모에게 다그치는데, 주모가 먼저 주문하고 기다리던 김창수를 제쳐 놓고는 음식을 그자에게 먼저 갖다 주었다. 그 광경을 바라보고 있던 김창수가 물었다.

"주모, 어째서 내가 먼저 음식을 주문했는데 그자에게 먼저 음식을 내는 것이요?"

"으음, 그게…"

"안 그래도 지금 국모를 살해한 일본 자객들을 못 찾아서 온 나라가 시끄러운데 저 일본인이 뭔데 그렇게 쩔쩔매는 거요? 저자의 허리에 찬 칼을 보아하니 상인은 아니듯 하고 내 한번 물어봐야겠습니다!"

그리곤 일인 쪽으로 몸을 돌려 말을 걸었다.

"여보시오 일인 양반, 내 말 좀 물어봅시다. 당신 지금 어디서 오는 길이요? 혹시 한양의 경복궁에 간 적은 없었소? 지난 을미사변 때 일인들이 우리 국모를 살해한 사실을 당신은 잘 알지 않소? 누가 그런 천인공노할 짓을 한 것인지 당신은 잘 알 듯싶은데, 얘기나 들어봅시다."

식사를 먼저 받아서 먹고 있던 사내, 쓰치다의 눈이 옆으로 치켜 올라갔다. 이내 그는 김창수에게 거칠게 말을 내뱉었다.

"이런 조선놈이 무슨 소릴 하는 거야. 왜 갑자기 민비가 죽은 일을 일면식도 없는 나에게 묻는 것이냐? 나는 그 일과는 아무 상관도 없는 사람이다."

김창수는 쓰치다의 말을 받으며 궁금한 듯이 되물었다.

"그런데 당신은 장사하는 사람 같이 보이지 않는데 뭘 하는 사람이요?"

김창수가 자꾸 꼬치꼬치 캐묻는 데 짜증이 난 쓰치다가 결국 큰 소리로 화를 내었다.

"내가 장사를 하든 뭘 하든 왜 너 한데 그런 걸 말해야 되느냐? 민비는 내가 죽이지 않았다. 그렇다고 내가 죽였어도 하찮은 네놈에게 발설이라도 할 것 같으냐?"

김창수는 상대가 언성을 높이고 버럭 화를 내면서 험상궂게 노려보자 맞받아서 고개를 뒤로 젖히고는 고함을 쳤다.

"왜 이리 언성을 높이는 게냐? 아무래도 네놈이 뭔가 질리는 것이 있는 모양이구나!"

"네놈같이 무식한 놈하고 더이상 언쟁하고 싶지 않고 내 할 일이 바빠 그냥 가야겠다."

쓰치다가 더이상 대꾸도 하기 싫다는 듯이 밥숟가락을 놓고는 자리를 박차고 일어나 나가려고 하는데,

"잠깐, 네놈이 상인이라면 네가 가진 물건들을 좀 봐야겠다. 무슨 물건을 파는 건지?"

김창수가 나가려는 쓰치다의 앞을 가로막으며 버티고 섰다.

"너에겐 팔 생각도 없다. 길을 비키거라! 이 무식한 조선놈아, 민비가 도대체 뭐가 그렇게 훌륭하다고 그렇게 난리를 치는 게냐. 그래도 우리 일본이 너희 조선을 개화시키기 위해 많은 지원을 하고 있는데 그것을 알고는 있는 것이냐? 제 나라 돌아가는 꼴도 모르는 너희 무지렁이들을 위해 우리가 조선을 위해서 돕고 있다는 걸 알고나 말해라."

김창수도 같이 역정을 내고 큰소리로 응했다.

"아니 이놈이 물건 좀 보자는데 물목을 좀 보여주면 될 것을 그리하지는 않고 되려 엉뚱한 말로 감언이설 하네. 우리 조선이 언제 너희 일본에 뭘 도와달라고 한 적이 있었느냐? 너희를 진정으로 초청한 적이 있었더냐? 네놈들이 스스로 와서 난리를 치는 게지. 너희가 언제 조선을 걱정한 적이 있었으며, 과거를 돌려보아도 임진왜란과 정유재란을 일으켜 그렇게 조선을 괴롭혔으며, 얼마 전까지도 걸핏하면 조선의 해안으로 쳐들어와서 조선인들을 잡아가고 괴롭히던 놈들이었다. 그런 놈들이 이제 와서 무슨 농으로 조선을 보호한다고 남의 땅에 들어와 온갖 포악질이냐? 이놈아!"

"조선이 정치를 어떻게 하고 하는 것은 우리 조선인의 문제이지 너희가 궁에 들어가 국모를 살해하는 일은 어떤 구실로도 변명이 되지 않는 것이다. 너희 일본 천황은 조선인들에게 사죄하고 모든 일본군대는 하루빨리 조선을 떠나야 할 것이다."

"이 무식한 조선놈이 감히 대일본제국의 천황 폐하를 함부로 입에 올리다니 더 두고 볼 수가 없구나!"

쓰치다는 자리를 박차고 일어나면서 허리춤으로 손을 옮겨 칼을 뽑으려고 하였다.

순간 김창수는 번개같이 몸을 날려 녀석의 목을 잡고 힘껏 밀어 제쳤다. 일격을 당한 쓰치다가 그와 함께 뒤로 나가떨어졌다. 그는 바로 일어나자마자 검을 뽑아 들어, 검을 들어 내리치고 다시 좌에서 우로 크게 휘두르며 공격하였다. 김창수는 빠르게 몸을 뒤로 날려 피하면서 옆의 의자를 들어 놈의 면상에 집어 던졌다. 쓰치다가 잠시 고개를 돌려 피하는 순간 재빠르게 마당의 장작을 주워서 그 놈의 머리를 후려쳤다. 일격을 크게 당한 놈이 비틀대자 다시 한번 발로 가격하는데, 그 충격으로 놈은 몸을 앞으로 웅크리면서 쓰러졌다. 그리고는 크게 몸을 한번 떨다가 이내 움직임이 없이 잠잠해졌다.

일본 정부는 메이지 유신 이후 서양에 대해 문호를 개방하고 서양의 문물을 적극적으로 받아들이면서 무역을 통해서 경제 강국으로 성장하였다. 외교적으로도 정치력을 발휘하여 국제사회에서 영향력을 계속 키워 나가고 있었다. 특히 전세계에 탐방사절단을 파견하는 것은 물론이고 조선에도 수많은 밀정을 보내 조선의 사정을 수시로 염탐하고 있었다. 밀정을 파견하는 데는 상인으로 위장하는 것이 가장 손쉬운 방법이었다. 1896년 2월 일본에서는 조선 상권을 장악하기 위한 선발대로 계림장업단이 결성되었는데, 쓰치다는 사전 조사관으로 위장하여 파견된 인물 중 하나였다.

이에 쓰치다 중위는 이미 오래전 상인으로 위장한 채 조선에 잠입하여 조선내륙의 지방을 다니면서 염탐을 계속해왔다. 조선의 경제 상황과 거래되는 물목들 그리고 조선의 민심과 정치 동향을 낱낱이 파악하여 일본 정부에 보고해 왔었다. 민간인으로 위장하기 위해서 그 당시에 정식으로 설립되는 계림장업단 소속의 상인으로 등록하였다. 이미 남쪽의 조선 지방은 대부분 조사하여 보고를 마쳤으며, 이제 남은 지역인 조선의 북부지역인 평양과 의주 황해도 지역을 계속 다니면서 자료를 수집할 계획이었다. 그날도 밀정 업무의 일환으로 객주에서 아침을 먹은 뒤 조선인 일꾼과 함께 평양과 해주지방으로 떠날 참이었는데, 김창수를 맞닥뜨렸던 것이다.

순식간에 벌어진 일이었다. 김창수는 도피할 생각이 없었다. 지금 장안에 떠도는 소문에는 일본 자객들이 미우라 공사의 지휘하에 민간인과 상인들로 위장한 군인들 수십 명이 경복궁 안으로 들어가 중전을 욕보이고 시신을 불에 태워 죽였다는 것이다. 어떻게 조선의 국모가 왕궁 안에서 일본 자객들에게 능욕을 당하고 화형을 당할 수가 있단 말인가? 어차피 조선의 국모를 죽인 자객을 죽인 것은 떳떳한 일이었고 피할 일도 아니었다.

'내가 한 일이 죄가 된다면 차라리 당당히 맞서다 죽을 것이다.'

그렇게 해주의 한 객주에서 김창수(훗날 김구로 개명)는 1896년 2월 하순에 순순히 체포되어 5월에는 해주감영의 감옥에 수감되었다. 얼마 지나지 않아 8월경에는 다시 인천감옥으로 이송되어 수감되었다.

김창수는 이 사건으로 외국인 살해죄라는 명목으로 이듬해 사형을 언도받았다. 인천감옥에 수감된 후에도 일본 헌병대는 죄 없는 민간인을 살해한 것은 국제법 위반이니 하루 빨리 처형을 해야 한다고 계속 항의를 하던 차였다.

김창수의 말투는 조용하면서도 단호했다.

"지금 조선의 운명은 풍전등화와도 같습니다. 청나라는 이미 일본과 서양 각국이 개항을 핑계로 군대를 주둔시켜 멸망하기 직전에 있습니다. 일본은 우리 조선을 호시탐탐 노리며 식민지로 삼기 위한 계획을 짜고 있습니다, 청·일 전쟁에서 청나라가 패한 뒤 조선 조정은 일본의 간섭으로 자유롭게 할 수 있는 것이 아무것도 없는 지경에 이르렀습니다. 이제 조선의 백성들이라도 일어나 각자 1명씩만 일본 놈들을 죽이면 함부로 조선을 넘보지 못할 겁니다."

준마는 김창수와 감옥서 한방에서 지내면서 조선을 둘러싼 외국세력과 일본, 청나라 등에 관한 이야기를 들었다. 종일 김창수와 얼굴을 마주 대하고 얘기하면서 나라에 대해 걱정하는 그의 애국지심을 읽을 수

벼랑 끝의 조선

가 있었다.

"지난 수백 년 동안 조선은 주자학파들의 철학을 기반으로 통치된 계급 독재 국가였지. 이 주자학이 정치는 물론 사상·학문·사회·가정은 물론 백성 개개인의 사생활까지 규제하고 통제하는 이념과 수단이 되다 보니 주자학 이외의 다른 실용주의 학문은 그 싹을 틔울 수 없었어. 그러다 보니 예술·경제·산업 전반에 지대한 영향을 끼치다 보니 우리나라가 망하고 백성들은 도탄에 빠지고 말았어. 제 아무리 뛰어난 식견과 경륜을 지닌 훌륭한 인재라 하더라도 주류 주자학파 집권 계층에 속하지 않으면 죽었다 다시 깨어난다 해도 그 아까운 재능과 식견을 사회와 나라를 위해 이바지할 수 없었지. 지난 5백 년 동안 청운의 꿈을 품고도 생전에 이를 펼치지 못하고 이슬처럼 사라져간 백성들이 부지기수지."

"열렬히 동감합니다. 창수 형님한테 세상 돌아가는 정세도 배우고 제가 어떻게 살아가야 하는지 여러 교훈과 안목을 배우고 있습니다. 누가 뭐라고 해도 형님은 진정한 애국자이십니다."

"백척간두에 있는 우리 백성들이 정신을 바싹 차려야 해. 조선이 이렇게 힘을 못 쓰고 망한 이유는 바로 돈이 없기 때문이고, 조정의 대신들이 썩어서 부패하고 애국심이 없기 때문이지, 지금 조선의 경제는 다 무너져 버렸고 온 백성들이 다 굶어 죽는 판이네. 그나마 보부상 같은 상인들이 전국적으로 활동하면서 경제를 지탱하고 있는데 그게 바로 조선을 위한 애국의 길이네, 준마와 같은 상인이 얼른 많은 돈을 벌어 일본이며 서양에 빚지고 있는 부채를 갚아야 제대로 나라가 돌아가게 될 것이네."

준마의 모진은 거의 매일 감옥으로 와서 고기며 생선, 전 등 푸짐히게 준비해온 음식을 넣어주고 있었다. 인천의 보부상 상단을 움직이는 객주의 아들이라 먹는 것은 걱정이 없었고, 임방에서도 조정에 줄을 넣어 준마를 석방시키기 위해 노력하고 있었다.

한편 김창수의 모친(곽낙원 여사)은 감리서 아래의 물상객주촌에서 일을 거들면서 김창수의 옥바라지를 하고 있었다. 오늘도 물상객주촌에 일을 나가기 전 잠시 근처에 있는 내리교회에 들려 김창수가 석방되기를 기도하고 있었다.

"오늘도 일찍 나오셨습니다. 아드님 건강은 괜찮은지요?"

아침 예배에 참석하는 김 집사가 곽낙원 여사를 보면서 반겼다. 곽낙원 여사는 자식을 생각하며 항상 같은 시간에 예배당 앞마당을 들어서곤 했다. 옥바라지를 위해 저녁 늦게까지 이일 저일 닥치는 대로 하다가 피곤한 몸을 이끌고 좁은 골방으로 돌아와 지쳐 잠이 들어도 오직 자식을 걱정하는 정신 하나로 버티고 있었다. 혹시라도 일이 일찍 끝나면 밤늦게까지 교회당으로 와서 기도하고, 새벽이면 일찍 일어나 내리교회를 찾아 기적을 일으켜 달라고 계속 기도했다. 아침에 밥을 지어 좁은 길을 따라 부지런히 걸어 감리서 감옥을 들려 밥을 전하고, 김창수가 밥을 먹은 것을 확인하고는 다시 부지런히 언덕길을 내려와 객주촌 일터로 향했다. 그녀는 어미보다 아들이 먼저 죽을 거라고는 생각을 해본 적도 없었다. 대신해서 죽을 수만 있다면 기꺼이 죽을 수도 있을 것이다. 해주에서 이곳 인천까지 내려와 사형집행일 이전까지라도 아들 곁에서 뒷바라지를 하고 싶었다.

김창수의 사형집행일 날, 새벽에 내리교회를 찾은 곽낙원 여사는 죽음을 맞이하는 김창수에게 하나님이 축복의 은사를 내려 주시기를 빌고 또 빌었다.

'전능하신 하나님 아버지, 오늘 창수가 사형집행이 있는 날입니다. 제가 자식을 잘못 키운 것입니까, 내 아들 김창수가 죽을 만큼 세상에 큰 잘못을 한 것입니까, 죄가 있다면 자식을 죽도록 내버려 둔 이 어미에게 있사오니 저를 데려가시고 제발 창수를 죽게 하지 마시옵소서, 창수는 자기 한 몸 편하자고 폭거를 하는 사람이 아닙니다. 세상 사는 이치를 바르게 생각하고 올바른 행실을 행하기를 힘써온 아이입니다, 이제 곧 날이 밝아옵니다. 자식이 죽어가는 것을 보는 어미의 마음은 천 갈래 만 갈래로 찢어지는 고통을 받사오며 이보다 더한 지옥은 없을 것입니다.'

"주께, 비옵니다. 지옥이 있다면 저를 데려가시고 창수를 죽음에서 주해 주소서, 우리 주 하나님 아버지께 다시 한번 비옵니다. 창수를 구명하여 주시기를 비옵니다!"

눈물을 떨구면서 곽낙원 여사는 하나님께 빌고 또 빌었다.

모든 것이 절망적인 방향으로 흘러가고 있었다. 간수로부터 이제 곧 감리서에서 멀리 떨어져 있지 않은 우각동 형장으로 사형수를 끌고 가, 오후에 교수형을 집행한다고 들었다. 간수는 여사에게 마음의 준비를 단단히 하도록 하고, 사형수에게 전할 말이 있으면 전해주겠다고 했다.

곽낙원 여사는 밤새 뜬 눈으로 기도하고 마지막으로 다시 한번, 하나님께 창수를 지옥불로 들어가지 않게 해주시기를 기도했다. 내리교회의 담임목사인 존스 목사(한국명: 조원시)와 김기범 집사(조선인 최초의 목사), 강집사, 길재가 옆에서 눈물의 기도를 올리고 있었다. 주위의 모든 신도들도 이제 몇 시간 남지 않은 창수의 교수형을 막아달라고 기도하고 지옥으로 가지 않도록 통곡하는데 교회당은 눈물과 소망의 기도로 메아리치고 있었다.

오전에 떨어지지 않는 발을 끌면서 자식을 위해 마지막 밥이나 먹이려고 감옥에 도착했다. 새벽 일찍 일어나 눈물을 삼키면서 정성스럽게 준비해온 밥을 전해달라고 간수에게 부탁했다. 이미 황성신문에는 1897년 8월 26일, 김창수의 처형에 대한 날짜가 기사로 나오기까지 했다. 곽낙원 여사는 이미 자식의 생명을 구할 수 없음을 알았다. 그렇지만 형장까지 끌려가는 자식을 끝까지 따라가리라고 작정했다.

저녁노을이 떼를 지어 붉게 쏟아져 내리고 하늘에는 새떼들이 높이 날아오르고 있었다. 새벽 안개를 뚫고 이내 해가 먼 바다 위로 붉게 솟아오르고 바다 위로 무지개가 나타났다. 하늘에서 천사가 내려오듯이 모든 것이 평안했다. 절망 속에서도 마음은 편안했다. 이미 예정된 고통의 시간이 다가오는데도 오히려 마음이 편안했다. 그 모든 것을 하늘의 뜻으로 받아들이고 내려놓자 우연히 입에서 흘러나온 "주님의 뜻대로 하옵소서!"라는 큰 외침이 끝난 직후였다.

간밤에 나타난 전조가 예사롭지 않았다 꿈속에서 하늘에서 천사가 내려오고 있었다. 천사가 한 손에는 십자가를 든 채 그 머리 위에는 커다란 별이 떠있는데, 천사가 미소를 지으며 작은 십자가를 곽낙원 여사를 향해 흔들자 무수한 별들이 쏟아지며 갑자기 온 세상이 밝아졌다. 큰 별 하나가 곽 여사의 가슴속으로 들어오는 순간 잠이 깨었다. 무슨 전조인가? 기도가 하느님께 상달한 것일까. 갑자기 교수형 당일에 형 집행이 중지되었다고 했다.

곽낙원 여사는 귀를 의심했다. 간수가 전하기를 김창수의 의거를 알고 형 집행을 보류해달라고 입직 승지가 고종 임금께 간청하였다고 했다. 집행을 즉시 보류하라는 어명까지 떨어졌으나 이미 시간상 형 집행을 중지하기에는 너무 늦었다는 것이었다.

그러나 기적은 다른 데서도 일어나고 있었다.

7

지성이면 감천

　불과 3일 전 개통된 전어통(전화기. 전어통, 덕률풍, 어화통 등으로 불렸다)이 인천 감리서까지 연결되어 있었다. 시험 삼아 처음으로 전화를 시도해 보자고 했는데 감리서와 통화가 이루어졌다. 인천 감리서의 감옥장이 김창수의 형 집행준비를 지시하고 자리로 돌아오는데, 때마침 새로 설치한 전어통에서 전화벨이 울렸다. 신기하기도 하거니와 누가 이렇게 아침에 전어통을 사용 하나 싶기도 하고, 마치 오래전부터 기다린 것처럼, 그는 전어통을 힘차게 잡아 들었다.

　"여보세요, 여기는 인천 감리서입니다."

　"게 [지지직] 이냐?"

　소리가 잘 안 들리며 잡음만 들렸다.

　"예? 게라구요? 지금은 게가 많이 안 잡힐 때입니다!"

　아니, 도대체 누가 아침부터 꽃게 얘기를 하는 건지 참 이상하다고 생각되었다.

　"여기 [지지직] 경운궁, 함녕전이란 말일세!"

　이번에는 목소리가 뚜렷하게 들렸다. 처음에는 설마 임금이 여기까지 전화를 할 것이라고는 생각지도 못한 감옥장이었다. 그리고는 전어통이 경복궁 함녕전과 연결되어 있다는 기술자들의 말이 생각났다. 아, 정말 고종 임금님이셨다.

"전하!"

꽈당!

"갑자기 왠 소리냐?"

"예. 전어통이 머리를 박았나이다, 전하!"

"참 괴이한 일이 다 있구나."

감옥장은 전어통을 두 손으로 받들고는 엎드려 4번이나 절을 올렸다.

"전하", "망극하옵니다!"

평생 임금의 용안을 본 적도 없고 목소리 또한 들어본 적이 없는 감옥장은 감개무량하여 온몸이 떨리고 있었다.

"오늘 사형을 집행하는 죄수 중에서 김창수라는 청년이 있다고 들었는데 사실인가?"

"예 오늘 김창수의 사형집행이 있습니다. 전하! 차질 없이 진행하도록 준비하고 있사옵니다."

"감옥장은 내가 하는 말을 잘 들을 지어다! 지금 즉시 김창수 청년의 사형을 [지지직] 하도록 명하네."

"예? 빨리 집행하기를 명하셨습니까? 전하?" 전화가 잘 들리지 않았다. 전화라 조금만 잡음이 있어도 들리질 않았다.

"거기 간수들 모두 나가 있게, 전하의 어명이 도무지 들리질 않네."

얼핏 듣기로는 서두르라고는 하는 것 같은데 좀 정확히 들어볼 필요가 있었다.

"예 차질 없이 시행하려고 합니다. 전하, 긱정 마시옵소서!"

"아니! 그. 만. 두. 라. 고. 했네!"

"예. 그만하라 하셨습니까? 전하!"

"그래, 교수형 중지하고 보류하게!"

"중지라고 하셨나이까, 전하?"

"그렇다네, 김. 창. 수, 형 집행을 중지! [지지직]"

잡음과 함께, 중지라는 두 글자만은 분명히 들렸다.

"김창수의 교수형을 중지하라는 어명이십니까?"

"그렇다, 어명이니 즉시 중지하도록 하라!"

"예, 명 받들겠습니다 전하!"

"즉시 중지하도록 하겠습니다. … 꽝!"

"꽝?"

"성은이 망극하옵니다. 전하!"

감독장은 즉시 주사를 불렀다. 거기 누구 없느냐? 아니, 내가 직접 가야지! 관모를 머리에 얹을 사이도 없이 발바닥에 불이 나게 죄수 호송을 준비하는 간수를 향해 감옥장이 달려갔다.

"여봐라, 간수! 중지! 중지!"

소리를 지르며 창수를 묶어 호송하려는 간수를 붙잡았다. 달려가는 감옥장의 마음은 한편으로 이렇게 반가울 수가 없었다.

어제부터 감옥 안은 김창수의 사형집행 시간이 다가오자, 간수들이나 심지어 죄수들까지도 안타까움으로 침통한 분위기에 휩싸였다. 김창수는 보기 드문 조선의 애국자였다. 우리 손으로 이런 조선의 애국청년을 죽인다는 일에 죄스러운 마음으로 침통하기까지 했다. 하지만 뜻밖의 기적에, 준마와 친구들 그리고 내리교회 신도와 선교사들까지도 모두 하나님이 기적을 행하셨다고 모두 모여 축복의 기도를 올렸다.

"이런 기적을 행하신 주 예수님 감사합니다. 주님의 영광, 영원히."

특히 얼마 전부터 내리교회에 출석을 하던 길재는 하나님의 기적이 일어났다고 흥분해서 소리치면서 두 손을 모아 감사의 기도를 올렸다. 도저히 하나님이 역사하지 않고는 일어나 날 수 없는 기적이 일어났다. 사형집행일에 임금께서 직접 나서서 죄인을 구명하셨다니 이런 기적이 어떻게 인간의 힘으로 이뤄질 수 있는 일인가 싶었다.

김창수의 형 집행이 중지되고 난 후, 감옥에 수감 된 지 6개월 만에 준마는 풀려나게 되었다. 그날은 물상객주들이 준마의 출감을 축하하기 위해 주선한 조촐한 모임이 있는 날이다.

"준마 행수, 수고했습니다. 우리 조선의 객주들을 위해 애쓰다 이렇게 고초를 겪은 데 대해 우리 모두 감사의 말씀드립니다. 그래 몸은 어디

상한 곳이라도 없습니까?"

"예, 여러 객주행수님 감사합니다. 여러 행수님이 걱정해 주시고 저의 석방을 위해서 조정에 탄원서까지 올려주셔서 무탈하게 잘 있다가 나왔습니다."

술잔이 오가면서 무시로 객주의 심태평 행수가 술이 좀 올랐는지 노래를 한 자락 하면서 흥을 돋우었다. 과거 경북의 봉화에서 행상하며 길을 오르내리던 시절이 생각이 나는 모양인지 보부상 노래인 "십이령 고개길~" 하며 노래를 부르는데, 가락에 운율을 넣어 선질꾼 노래를 구성지게 뽑는다.

미역 소금 어물지고 춘양장을 언제 가노.
가노 가노 언제 가노, 열두 고개 언제 가노.
시그라기 우는 고개 내 고개를 언제 가노.
한평생 넘는 고개 이 고개를 넘는구나.
꼬불꼬불 열두 고개 조물주도 야속하다.

"참, 준마 행수, 감옥에서 김창수라는 의인과 같이 있었다고 하던데, 그래 그 사람을 만나서 얘기도 좀 해봤습니까?"

"예, 같은 방에 있었습니다. 김창수 선생은 제가 생각한 이상으로 훌륭한 지식인이었고 조선을 아끼는 사람이었습니다. 국모를 죽인 일본인에게 복수하고자 살인을 하였으니 결코 사사로운 이익을 위하여 그런 것이 아니었습니다. 제가 그분께 서양의 문물과 조선의 역사에 대해 가르침을 받았습니다."

"참 그런데 모친이 객주촌에서 허드렛일을 하며 김창수 선생의 옥바라지를 하고 있다고 들었습니다."

"아, 얼마 전에는 우리 객주에서 한동안 일을 한 적이 있었지요."

얼굴이 술로 벌겋게 달아오른 푸성귀객전의 안중원 행수가 막걸리 잔을 들이켜다 멈추고 대답했다.

"예, 모친 되시는 곽낙원 여사께서 음식을 감옥으로 보내주셔서 저도 가끔 다른 죄수들과 함께 먹곤 했습니다. 의인의 모친이 고생이 많은 것 같습니다."

심태평 행수가 노래가 끝나고 숙연한 표정으로 미안한 듯이 말을 건넸다. "참, 오늘 이렇게 오랜만에 객주님들 모인 자리에서 한 말씀 올리겠습니다. 우리가 아무리 장사를 하여 생업을 이어가고 있지만, 우리도 엄연히 조선의 백성이 아니겠습니까? 또 우리 보부상들의 절목에 보면 나라에 대한 충성과 효를 다 할 것을 제일 먼저 강조하고 있지요. 해서 건의를 하나 드리고자 합니다."

사람들의 이목을 모은 그가 조금 더 상기된 목소리로 말을 이어갔다.

"사람의 만나고 헤어짐은 다 인연으로 해서 이어진다고 했습니다.

이런 의인이 우리 객주촌에서 멀지 않은 내리 감옥에 있는데 우리가 모른 척을 하는 것도 도리가 아닐 성싶어서 드리는 말씀입니다. 우리 객주들이 작은 돈이라도 성의껏 거두어 곽낙원 여사께서 김창수 선생의 옥바라지에 쓰도록 돕는 게 어떻겠습니까? 제가 일단 500원을 내놓겠습니다."

"좋은 생각입니다, 우리가 그냥 모른척한다면 보부상의 도리를 포기하는 것이지요. 나도 거들겠습니다."

안중원이 큰소리로 화답했다. 이어서 심태평이 구체적인 액수를 정하고 매월 모금하자고 의견을 냈다. 김창수가 감옥에 있는 동안 매월 1원을 기준으로 내되 각자 형편에 따라 알아서 더 내기로 하였다.

준마는 바로 김창수의 모친을 찾아갔다.

"저는 김창수 형님과 같은 감옥에 있던 백가객주의 백준마라고 합니다. 감옥안에서 창수 형님으로부터 많은 것을 배우고 형님을 존경하게 되었습니다. 저를 잘 보살펴 주셨지요. 여사님께서 객주촌에서 일을 하면서 형님 옥바라지를 하신다고 들었습니다, 그동안 고생 많으셨습니다. 지금부터는 우리 물상객주들이 돕기로 했으니 모친께서는 창수 형님 옥바라지에만 신경을 쓰시면 어떻겠습니까?"

"고맙습니다. 준마 행수님, 창수한테서 말씀 많이 들었습니다. 창수와 함께 있었다니 고생 많으셨습니다. 이렇게 도움까지 주시니 고맙기 그지없습니다."

벼랑 끝의 조선

이렇게 여러 물상객주들이 힘을 합쳐서 김창수의 옥바라지를 돕기로 하면서 곽낙원 여사는 아들의 옥바라지에만 전념할 수 있게 되었다.

서서히 여름이 지나가고 있었다.
나라란 무엇인가. 왜 나라가 있어야 하는가. 이전까지는 조선이라는 나라에 대해 걱정도, 장래에 대한 생각도 가져본 적이 없던 준마였다. 감옥에서 온종일 갇혀 있어야 하는 수감생활을 겪으면서 준마는 이미 마구잡이로 설치던 애송이 청년이 아니라 스스로 깊은 생각에 잠길 줄 아는 청년이 되었다. 아울러 앞으로의 삶에 대한 어떤 목표 같은 것이 자리잡기 시작했다. 감옥에서 김창수를 만난 후로 준마는 완전히 다른 사람이 되었다.

"지금 세계는 사람이 수작업으로 물건을 만들던 방식에서 벗어나 기계들을 만들어 물건 대량생산을 하고 있다네, 게다가 증기기관으로 움직이는 선박으로 큰 배를 만들어 먼 바다까지 운송을 할 수가 있다 하네."

"이것이 모두 상인의 도전정신에서 시작된 것이지, 위험을 두려워하지 않는 모험정신이 바로 새로운 세상을 만드는 원동력이 된 것이지."

"세상을 움직이는 그 중심에는 돈이 있고, 그 돈을 벌어 세상이 돌아가게 만드는 사람들이 바로 상인들이지, 이 평범한 진리를 우리 조선은 몰랐던 것이네."

"상인에게 있어 상재라 함은 과거나 지금이나 정확한 분석력과 과감한 결단력으로 낯선 곳을 찾아가 교환할 물목을 찾아내고 필요하다면 합리적으로 현지인들을 설득하는 능력이라고 생각하네."

"상인에게는 귀를 기울여 듣고 관찰하고 평가할 수 있는 능력, 시장을 파악할 수 있는 전체적인 지식이 중요하다네, 그리고 이러한 지식을 바탕으로 스스로 체득한 경험과 직관으로 거래의 기회를 찾아내야 하고 이것이 곧 상재라고 할 것이네."

준마는 김창수(김구)가 직접 장사를 하지 않고 있음에도 장사에 대한 놀라울 정도의 혜안을 가지고 있다는 사실에 감탄하고 있었다. 김창수(김구)의 세상을 꿰뚫어 보는 지식과 생각에 준마가 무한한 존경과 경의심을 갖게 된 것은, 그가 조선의 역사를 통해서 보부상과 같은 상인들의 역할을 설명할 때 절정에 이르렀다.

"우리 조선의 선비 중에 상업을 천시하는 것은 나라를 망치는 것이고 장사를 나라 운영의 중요한 업으로 부흥해야 한다고 주장한 사람이 있다는 것을 아시는가?"

"아니요, 모르겠습니다. 조선은 장사를 천하게 여겨 억제해야 하는 업으로 여겼다는 것만 들어 알고 있습니다."

"그렇겠지, 사실 뜻있는 선비들 가운데는 이미 장사의 중요성을 깨닫고 임금에게 주장한 분들이 많이 있었다네, 이른바 실학파라고 하는 분들이지. 지금이야 나라에서 임금이 나서서 직접 상업을 장려하는 세상이 되었지만 말이지, 성리학이 정치의 중심이었던 과거에는 드러내 놓고 주장하는 선비가 드물었다네. 잘못하다가는 일가가 폐족 당할 수 있기에 적극적으로 공론화되지 못하고 묻혀 버리고 말았지. 마침 요즘 내가 읽고 있는 책들이 조선의 실학자들인 북학파의 학문을 공부하고 있었네, 들어보시게."

"우리 조선 백성이라면 누구나 존경하는 율곡 이이 선생은 사대부들이 하는 일 없이 오만 방자하게 생활하며 백성들에게 피해가 되는 일을 꾸짖고 계도하기 위해서 황해도 해주 석담마을에 내려가 직접 장사를 하면서 마을 주민들과 생계를 함께 하셨지. 말년에 관직과 봉록을 사양하고 대장간에서 풀무질을 하여 농기구를 만들어 팔았었지, 물자의 수요와 공급을 안정시키기 위해서 보부상의 필요성과 지원을 주장하셨네."

김창수는 어디서 구했는지 낡아서 곧 찢어질 것처럼 다 헤진 서책을 구석에 놓인 작은 보자기 속에서 끄집어내어 보이면서 말을 계속했다.

"또 한 분의 선각자이신 토정 이지함 선생은 목은 이색의 6대손으로 최초로 드러내 놓고 장사에 종사한 양반 상인이었네. 이지함 선생은 현감을 사직하고 어물과 소금 장사를 하는 부상들과 함께했네. 흉년을 당했을 때는 큰 장사를 영위해서 많은 이득을 얻으면 굶주린 백성들에게 나눠주었는데 토정은 장사로 재물을 쌓으려는 욕심은 없었고 청빈한 생활을 하였기에 토정의 식구들은 항상 가난하게 살았다고 하네, 오주연

문장전산고를 저술한 오주 이규경 선생도 실학의 중요성을 주장하고 과학과 상업을 통한 부국강병과 해외통상을 주장하셨지."

준마가 멈칫했다.

"이규경 선생은 정조대왕 내 무예도보통지를 편찬한 이덕무 선생의 후손이 아닌지요?"

"맞네. 준마가 그걸 어찌 아는가?"

"예, 제가 감옥에 오기 전에 친구들과 조선의 검술을 공부하고 때만 되면 모여서 연습을 했습니다. 부친이 보던 책을 제가 몰래 들고 나가 친구들과 같이 무예를 익히곤 하였지요."

"아 그랬구먼, 그 책은 이덕무, 박제가, 그리고 무인 백동수가 저술한 책으로 조선의 무예를 집대성한 책으로 알고 있네."

"저의 선대 조상이 바로 백동수 어른이십니다. 부친이신 백춘삼 대행수께서 말씀하시길, 정조임금이 승하하신 후 백동수 선대께서는 기린협 강원도 인제 방태산 근처 계곡의 깊고 험한 산속 지역으로 들어가셔서 아예 바깥세상과 단절하셨다고 합니다. 최근에 이르러서야 제가 부친이 간직하고 있던 무예도보통지를 우연히 찾아 읽는 것을 보고서는 백동수 선대에 대해 말씀을 해 주셨습니다."

"아 그런가? 우리 준마 아우가 바로 무인가문의 후예셨구먼! 새삼스레 다시 한번 반갑네, 준마 아우! 자, 이런 과거 이야기는 좀 지루하니까 다음에 또 계속하기로 하세."

"예. 이미 조선에 상공업의 중요성에 관해 주장하신 분들이 그렇게 많이 있는 줄은 몰랐습니다."

"권력만 좇는 정치인들이 앞장서서 사리사욕을 챙기느라 충신들을 아예 정치에서 몰아냈으니 오늘날 조선이 이렇게 수모를 당하고 있는 것이지."

김창수를 만나면서 내면 세계의 깊은 곳에서 알 수 없는 변화가 일어나고 있었다. 그동안 장사꾼의 아들로 태어나 고객들을 상대하면서 이문을 얻는 상인의 길, 그것이 백준마 스스로 삶의 전부이자 한계였다. 민족이니 나라니 하는 말들은 조금도 그의 관심거리가 아니었다. 어차피 한양의 조정 대신들과 왕으로부터 어떠한 기대 같은 것은 아예 없었을뿐더러 그들은 보이지 않는 존재였다. 조정은 조정, 백성은 백성, 그리고 상인은 상인의 일로 족하다고 생각했을 뿐이다. 조정과 관아로부터 장사에 방해가 되지 않도록 요령껏 피하고 나머지는 장사만 잘하면 그것으로 족하다고만 생각했다. 그런데 김창수를 만나고부터는 스스로가 나라의 주인이며 왕이 있든 없든 내 것을 지켜야 한다는 생각이 꼬리를 물고 이어졌다. 왜상과 무사들을 만나면서는 마음속에 적이라는 형상이 뚜렷하게 그려져, 지키기 위해서는 적과 싸워야 한다는 신념이 몸 안에 무겁게 자리잡기 시작했다.

어느 날부터 칼을 잡는 순간 검의 아픔과 울림이 손끝으로 와닿았다. 검을 꺼내 하늘을 향해 들면 햇빛을 받아 번쩍이는 칼날에서 뻗어 나오는 살의가 준마의 몸속으로 숨어드는 것을 느꼈다. 스스로를 지키고 또 무언가를 지키기 위해서는 검을 들어야 하고 쳐들어오는 적을 막아야 했다. 먼 바다 건너로부터 밀려오는 밀물처럼 마음속 깊은 곳에서 무언가 용트림 같은 것이 치밀어 오르고 있었다.

그 적은 스스로 조선에 들어왔다. 이 땅의 주인 조선이 와 달라고 초청하지도 않았었다. 그래서 그 적이 더 두려웠다. 그런 적들이 모사로 꾸미고 있는 숨은 뜻을 모르기 때문이었다.

8

탈옥, 보부상 행상 길

 "방금 뭐라 그랬나? 김창수의 형 집행을 취소했다니, 그게 무슨 얘기야?"
 "예, 고종임금이 형 집행을 취소하라고 했답니다."
 후쿠이 사브로는 놀란 표정으로 요시무라를 쳐다보며 고함을 쳤다.
 "아니, 그럼 조선 조정이 외국인 보호를 위한 영사조약을 무시했다는 것이 아닌가? 지금부터 감리서를 잘 감시하도록 하게. 김창수를 어떻게 처리하는지 잘 지켜보란 말이다!"
 일단 김창수의 사형은 면했다고는 하나 일본공사의 계속되는 항의와 위협으로 언제 다시 그에게 보복이 있을지는 모르는 일이었다. 그러한 바깥 분위기를 접한 김창수는 항상 경계하는 하루하루를 이어갔다. 감옥은 난방이 되질 않아서 몹시 추웠다. 흙과 볏짚을 섞어 만든 얇은 벽을 통해 매섭게 몰아치는 칼바람과 추위가 죄수들을 죽음의 공포로 몰아넣었다. 간밤에는 죄수 하나가 얼어 죽은 채로 발견되었다. 새벽부터 간수들이 시체를 거적에 싸서 들고나가느라 아침 내내 몹시 분주하였다.
 유난히도 춥고 매서웠던 겨울이 서서히 지나가고 있었다. 준마는 틈나는 대로 김창수의 면회를 갔다. 간수에게 틈틈이 찔러주는 엽전이 큰 효과가 있어서 준마와 김창수가 만나는 동안에는 창살을 마주하고 앉아 세상일에 대해 침을 튀겨가며 한없이 얘기하곤 했다. 준마가 넣어준 담요며 이불 능 겨울을 나는 데 큰 도움이 되었다.

김창수는 겨울을 나면서 많이 수척해 있었다.

'이대로 더 있다가는 필시 병이 나서 죽을 것이야. 아침이 무섭구나.'

김창수는 초저녁부터 깊은 잠을 잘 때면 희미한 무의식 속으로 빠져들면서 내가 죽었는지 살았는지 모르는 아늑한 심연으로 빨려 들어갔다. 그러다 아침 새벽녘에 눈이 떠지면서 살아있음을 느끼는 순간, 바로 살을 에는 추위가 온몸을 감싸면서 사지가 덜덜 떨리는 극심한 고통이 밀물처럼 들어왔다. 온몸이 떨리면서 이빨이 맞부딪쳐 깨지지 않을까 걱정이 되었다.

김창수는 가끔 오던 준마가 한동안 보이지 않자 준마의 모습이 그리워지기까지 했다. 사형이 중지된 후 찾아오던 많은 방문객의 발길도 끊겼다. 모친은 매일 아침마다 직접 만든 사식을 넣어주었다. 빈 밥그릇을 깨끗하게 비워 보내면서 이 빈 그릇이 모친께 드리는 위안이며 스스로가 죽지 않고 무사히 살아있음을 알리는 인사라는 것을 잘 알고 있었다.

여윈 몸은 그렇게 긴 겨울을 하루하루 잘 버텨 나갔다. 매서운 겨울을 얼어 죽지 않고 넘기고, 어느덧 3월을 맞으면서 점점 따뜻한 봄기운이 완연히 올라오고 있었다. 가늘게 평옥의 창살로 넘어 들어오는 햇살은 봄의 소식을 생생하게 피부에 전해주었다. 김창수는 언제 죽을지 모른다는 절박감도 이제는 다 떨쳐버렸다. 언제든 죽음이 오면 운명으로 받을 것이다. 창살 너머로 들어오는 따뜻한 해를 얼굴로 맞으며 문득, 그는 본인의 명줄이 쉽게 끊기지는 않을 것이라는 느낌이 머릿속으로 스쳐 지나갔다. 감옥 주위를 둘러싸고 있는 숲에서 향긋한 들풀 냄새가 갈라진 창살 틈새로 흘러 들어와 생경스럽게 온몸을 씻어주었다. 이런 기분은 도대체 뭘까? 나는 사형수인데 말이지!

그때 반가운 소리가 들렸다.

"김창수. 면회다!"

"형님 잘 지내셨습니까? 고생 많으시지요. 지난 달포 동안은 새로 시작한 사업 때문에 정신없이 바빠서 면회를 못 왔습니다. 많이 수척해 있습니다."

"아닐세, 이렇게 동생이 찾아주니 얼마나 고마운지 모르겠네. 내 모친도 얼마 전 다녀가셨는데, 이제 다시 오지 말라고 했네. 아우님도 장사일에 바쁜데 자주 올 것까지는 없네."

속마음은 그렇지 않은데 말은 그렇게 하고 있었다.

"아닙니다. 그럴 수 없습니다. 제가 형님으로 모시기로 했는데 자주 찾아 뵈어야지요. 이대로 그냥 더 있다가는 몸에 병이라도 얻을 것 같습니다. 무슨 수를 내야 합니다."

결국에 재판에서는 민간인 살인죄로 사형이 언도되었다. 김창수를 사형시키지 않으면 군대를 파견하여 민간인 살해에 대한 보상을 청구할 것이라는 일본공사의 협박이 계속되고 있었다.

"지금 인천의 헌병사령부와 계림장업난 놈들은 형님이 병이라도 나서 제풀에 죽어 나가길 바라는 놈들 아니니까? 지금 수시로 인천 감옥 앞을 순찰하면서 감시를 한답니다. 밥이나 물에 독이라도 넣을지, 무슨 짓이라도 할까 두렵습니다."

"그래도 조선이라는 나라의 법이 있고 여기는 조선의 땅인데 그렇게 하진 못할 것이네."

"예, 조만간 다시 오겠습니다. 몸조리 잘하세요."

준마는 작별 인사를 하며 김창수에게 자연스레 악수를 청했다. 그러고는 굳게 맞잡은 손 안으로 작게 접은 종이 하나를 간수가 눈치 못하도록 김창수에게 슬쩍 건넸다.

다음날은 김창수의 부친이 감옥으로 면회를 왔다. 한동안 김창수를 쳐다보던 부친은 "네가 하는 일은 다 조선을 위한 일임을 다 알고 있다. 무엇을 하던 나는 네가 하는 일을 믿고 도울 것이다"라고 말했다. 자식이 감옥에 갇혀 고생하는 모습을 보면서 부친은 애써 눈물을 보이지 않으려고 지그시 눈을 감았다.

"아버님, 소자가 부모님을 편히 모시지 못하고 이렇게 불효를 하게 되었습니다. 저는 이미 조선을 위해 저 한 목숨을 내놓은 지 오래됩니다.

아마 남은 일생도 여전히 부모님께 걱정을 끼쳐드릴 생각에 마음이 무겁기 짝이 없습니다."

"창수야. 네 마음을 다 알고 있으니, 네가 하고자 하는 일을 우리 걱정하지 말고 네 생각대로 하거라. 우리는 그런 너를 장하게 여길지언정 어떤 원망도 하지 않을 것이다."

면회시간이 끝나고 일어나면서 부친은 김창수의 손을 꼭 잡았다. 창수도 한참을 잡을 손을 놓지 않고 작별의 인사를 고했다.

저녁 무렵 간수가 주먹밥을 바가지에 담아 죄수들에게 돌리고 있었다. 간수는 김창수에게 여느 주먹밥보다 조금 큰 게 보이는 듯한 주먹밥을 하나 내밀며 눈을 마주쳤다.

입춘이 지났다고는 하지만 아침저녁으로는 여전히 추위가 남아 있었다. 저녁을 먹은 후로 감옥 안은 가끔 하늘을 나는 새소리만 들릴 뿐 조용하고 적막하기까지 하였다. 밤이 깊어지며 하늘도 구름에 덮여서 달빛을 가리고 있고 사방이 어두운데 아직도 남아 있는 늦은 추위에 싸늘한 냉기가 감옥 안을 휘감듯이 돌면서 죄수들의 지친 몸을 더욱 움츠리게 하였다.

어둠이 짙게 내려앉은 사경(새벽 1~3시)에 들면서 온 주위가 다 죽은 듯이 잠들고, 추위에 모든 것이 얼어붙은 듯 조용하였다. 저 멀리 동네에서 간간이 들려오던 개 짖는 소리조차 사라진 칠흑의 어둠 속에서, 복면을 한 건장한 사내 여러 명이 감옥 뒤편 담장 밑으로 모여들었다.

　김창수는 초저녁부터 담요를 뒤집어쓰고 죽은 듯이 자고 있었다. 밤이 깊어지고 사방이 고요하게 잠들어 있을 때 김창수가 조용히 몸을 일으켰다. 주위를 천천히 둘러본 후, 몸을 숙여 거적 밑에 숨겨 두었던 삼지창을 꺼내어 바닥을 뜯어내기 시작했다. 구들장을 들어내고 흙을 파내기 시작하자 이내 바닥 밑으로 구멍이 보였다. 자그맣고 귀엽게 생긴 두더지 한 마리가 놀라서 죽어라 도망쳤다. 한참을 파낸 구멍 밑으로 기어 내려가니 바로 감옥 밖이었다. 감옥 밖으로 나간 김창수는 곯아떨어진 간수의 허리춤에서 열쇠를 꺼냈다. 이전에 그는 준마가 면회를 오면서 놓고 간 돈을 간수에게 집어주며 술과 아편을 사 먹으라고 부추겼고, 생각대로 간수는 술과 아편에 취해 있었다. 열쇠로 옆방의 문을 잽싸게 연 김창수는 엎드려 자고 있는 조덕근과 양백석을 흔들어 깨웠다. 두 사람이 깜짝 놀라며 소리를 지르려는 데 김창수가 잽싸게 손으로 입을 막았다.

　"빨리 일어나게, 탈출할 생각이 있으면 지금 나가야 하네."

　김창수의 말투로 봐서 시간이 없고 다급한 듯이 보였다. 둘은 얼른 일어나 뒤를 따라 나섰다. 감옥의 마지막 칸은 독방이었고 감옥을 지키는 순검이 때 맞춰 순찰하는데, 오늘 따라 모든 주위가 조용하였다. 일단 감옥을 나와 뒤로 돌아가니 높은 감리서 담이 그들을 가로막고 있었다. 담 뒤로는 산언덕이 있고 주위는 숲으로 둘러싸여 있었다. 일단 조가와 양가를 차례로 한 사람씩 다리를 들어 담장 위로 밀어 올렸다. 갑자기 뒤에서 인기척이 나서 화들짝 놀라 뒤를 돌아보니 황가와 강가 두 사람이 어느새 뒤에 따라붙었다. 할 수 없어 김창수는 다시 이 두 사람을 모두 담장 위로 밀어 올렸다. 일단 모두 담장을 무사히 넘어갔으나 정작 김창수 자신은 누가 뒤에서 들어 올려줄 사람이 없었다.

한참을 망설이면서 이리저리 궁리하고 있는데, 좀 전에 담을 넘어간 두 사람이 무엇을 밟았는지 소리를 내면서 순검에게 발각이 되었다. 탈옥수를 쫓는다고 순검들이 다 출동을 하고 순식간에 감옥은 아수라장이 되었다. 침착하게 마당으로 나와 주위를 살피던 김창수는 순검들이 바깥으로 출동해 도리어 감리서 정문은 신경을 쓰지 않고 있음을 파악했다. 대담하고 당당하게, 그는 정문으로 모른 척하며 나가기로 마음을 먹었다. 담장을 넘기 위해 준비했던 긴 막대기를 손에 단단히 잡고 태연하게 정문으로 걸어 나갔다. 누군가 자신을 알아보고 제지를 할 경우에는 막대기로 공격해서라도 탈출을 할 작정이었다.

김창수가 운이 좋은 것인가, 아니면 하늘이 돕는 것인가. 순검들이 우왕좌왕하는 가운데 누구 하나 눈여겨보거나 제지하는 사람이 없었다. 감리서 정문을 대범하게 통과한 김창수는 그대로 옆걸음을 치다가 이내 담을 돌아 뒤쪽으로 쏜살같이 뛰어올라갔다. 뒤쪽 언덕을 오르자 눈에 띄는 소나무 위에 붉은 천 하나가 걸려있는 것이 보였다. 붉은 천을 향해 잽싸게 달렸다. 그러자 숲에서 누군가 불쑥 일어서서 손을 흔들며 오라는 신호를 보냈다. 복면으로 얼굴을 가린 4명의 사내들은 이미 오래 전부터 숲속에서 김창수를 기다리고 있었다.

　김창수는 이들을 따라 아무 말 없이 숲속으로 따라 걸어 들어갔다. 한참을 걷다 보니 낮은 신등성이 주위의 나무들과 숲이 눈에 들어오면서 멀리 해안가가 보이기 시작했다. 일본의 헌병부대가 출동하기 전에 얼른 그곳을 탈출해야 했다. 자칫 시간을 끌다가는 꼼짝없이 다시 잡혀 갈 수가 있었다. 이번에 잡히는 날에는 탈옥한 중죄인이 되어 바로 처형될 것이다. 당시의 부근은 일본 조계지가 있는 곳이기에 최소한 이 근처는 빨리 벗어나야 했다. 산을 뒤로 돌아 넘어서 일단은 감리서 근처를 벗어나고자 했다. 해가 뜨기 전에 인천을 벗어나거나 아니면 조선인들이 사는 곳으로 가야만 했다. 나뭇잎 밟히는 소리도 죽여가며 적막이 흐르는 언덕길을 조용히 오르는데, 어디서 나타났는지 갑자기 일단의 무리들이 앞을 가로막았다. 이들이 움직이는 몸짓을 보아서는 낭인들처럼 보였다.

　낭인들은 김창수에게 자국의 일원이 살해당한 보복을 어떻게든 하지 않으면 앞으로 조선 상인들이 일본 상인들을 만만하게 볼 것이라 생각해 왔다. 그러니 어떻게든 김창수를 죽여야 했다.

　"헌병대가 직접 나서서 민간인인 김창수를 죽이면 조선 조정과의 마찰이 예상되니 이번 일은 계림장업단이 알아서 처리해 주길 바라오!"

　무라야마 대장은 후쿠이 사브로에게 낮은 목소리로 부탁이자 명령조로 상부의 지시사항을 전달했다.

"예 알겠습니다." 계림장업단 단장 후꾸이 사브로는 즉시 계림장업단 임원회의를 소집하고 김창수가 수감되어 있는 인천 감옥을 철저히 감시하도록 지시하였다.

앞을 가로막은 자들은 오래전부터 인천 감옥 주위를 감시해온 듯했다. 앞을 막은 낭인들은 모두 4명이었고, 김창수 편의 복면의 사내들 역시 3명이어서 김창수까지 4명이었다. 한 낭인이 두 손으로 검을 앞으로 모은 채 위에서 아래로 베기로 공격해 왔다. 검은 복면을 한 사내가 먼저 김창수 일행을 뒤로 물리고 앞에 서서 장검으로 그들과 대적했다.

"쨍!"

날카로운 검날이 부딪치면서 검투가 벌어졌다. 이어서 복면의 사내 2명이 더 합세하여 길을 막아 선 4명의 낭인들과 검투가 시작되었다. 낭인들의 칼 솜씨 또한 예사롭지 않았다. 계속되는 싸움에서 승부가 좀처럼 날 것 같지 않았다. 낭인들이 강하게 찌르면 튕겨서 막고, 우측을 찌르면 낭인들은 순식간에 밀면서 다시 공격했다.

"얏"

"휙!"

시간을 더 끌어 날이 밝아오게 되면 모든 것이 수포로 돌아간다. 어찌하든 탈출을 서두르지 않으면 헌병들이 시가지 전체를 막고 추적해 올 것이다. 어찌 되었든 날이 밝기 전에 거기를 빠져나가야 했다. 복면의 사내 중 한 명이 김창수에게 조용히 귀엣말로 속삭였다.

"여길 혼자 빠져나가세요. 감옥 뒤편의 언덕을 넘어 오른쪽으로 돌아 내려오다 보면 숲속으로 조그만 산길이 해안가로 나 있습니다. 계속 내려가다 보면 탁포인데 소선인들이 많이 실고 있고 해안기 주위에 물상객주촌이 있습니다. 거기서 쪽지에 적힌 장소를 찾아가시면 누군가 기다리고 있을 겁니다. 여기는 저희가 막을 터이니 어서 달아나세요."

일인 자객들도 복면을 한 사내들의 칼 솜씨가 만만치 않을 것을 보고는 쉽사리 나서지 못하고 있었다. 그들은 아무래도 해가 뜰 때까지 시간을 버는 것 같았다.

이때 뒤편 언덕의 나무 뒤에서 한 사내가 순식간에 표창을 날렸다. 갑자기 표창이 날아들면서 일본 자객의 목에 박혔다. 선두에 서 있던 낭인이 앞으로 쓰러지는데 곧이어 계속 표창이 날아들면서 두 번째 낭인이 쓰러졌다. 이때를 기다렸다는 듯이 복면의 사내들이 칼을 휘두르며 상대를 제압하였고 이미 전의를 상실한 낭인들은 뒤로 도망치기 시작했다. 표창에 다친 자객을 부축하고 뒤로 물러나면서 뒷걸음을 쳤다. 이때를 놓치지 않고 복면의 사내들은 일제히 옆으로 나 있는 숲속으로 빠져나가 어둠 속으로 멀리 사라져 갔다. 다음날 묘시(오전 5~7시)에 아침 동이 트기 바로 전 백가객주의 문을 두드리는 한 사내가 있었다. 이윽고 문이 열리면서 사내는 조용히 문안으로 사라졌다.

그날 백가객주는 상단을 꾸려 오랜만에 행상을 떠날 차비로 새벽부터 분주히 움직였다. 이번에 청에서 들여온 면직물과 남포등(석유램프), 자기황, 성냥, 금계랍 키니네(말라리아 치료제)등 수입물목을 갖고 지방으로 돌면서 새로운 거래선을 찾기 위해 삼남지방까지 돌아볼 작정으로 원행길을 떠났다. 이번 행상은 일단 서울로 가서 시전과 난전의 물목이며 시세를 알아본 후에 삼남지방으로 내려가기로 하였다. 물들어름(탁포)과 용동큰우물을 지나 일행은 신흥동(화개동) 마루턱에 올랐다. 이곳은 꽤나 높은 고지대로, 사람이 많이 살지 않고 화장터와 공동묘지가 있는 곳으로 일행들은 이곳에서 잠시 쉬면서 인천항을 한동안 내려다보았다.

인천항은 외국인들이 서울로 가는 길목이어서 크고 작은 배들이 쉴 새 없이 드나들고 있었고, 배에서 내리는 물건들을 옮기느라 많은 인부들이 어깨에 짐을 지고 오가는 모습이 보였다. 이 바다도 아마 수개월은 볼 수 없을 것 같았다. 싸리재를 넘어 내려와 배다리골을 지나며 인천을 빠져나온 준마 일행은 서서히 서울을 향해 발걸음을 떼었다. 일행들은 가급적이면 사람들 눈에 잘 띄지 않는 좁은 길들을 택해서 빠른 걸음을 재촉하여 서둘러, 해가 중천에 뜨기 전에 이미 인천을 벗어나기 시작했다. 학익동, 문학동을 지나 부평 만월산을 넘어 양화진 나루에 도착하였다. 그렇게 아침 새벽에 출발한 일행은 해가 중천을 넘어 질 무렵에야 남대문을 지났고 늦은 저녁이 되어서 송파에 도착했다. 양화진에서 배를 빌려 내려가기보다는 차라리 내륙을 거쳐 육로로 가기로 했다.

준마와 김창수는 보부상 상단에 끼여 계속 남쪽으로 내려갔다. 광주를 벗어나 안성을 지나 예산 공주 쪽으로 내려가, 여기서 다시 전라도 쪽으로 방향을 바꿔 전남 보성까지 내려살 작정이었다. 서해안 해인이나 강 포구는 이미 일본 헌병이나 계림장업단 낭인들이 지키고 있을 것이다. 계림장업단에서도 조선의 주요 장터나 지방에 객주나 점포들을 여는 자가 꽤 많았다.

9

일개 장꾼들의 나라 걱정

　안성은 조선 3대 시장으로 경상, 전라, 충청의 물화가 모이는 곳이다. 다시 말해 교통의 요지이며 물류의 중심지였다. 허생전에 나오는 허생이 서울의 제일부자 변씨에게서 1만 냥을 빌려 과일을 매점매석하여 큰돈을 번 곳이 바로 안성장이었다. 한양에 없는 것이 안성장에는 있다고 할 정도로 안성장은 조선의 큰 시장이었다.
　안성 임방의 접장 임기혁은 백가객주와는 그동안 꾸준히 거래를 해오고 있는 터라 반갑게 준마 일행을 맞아 주었다. 가지고 온 몇 가지 물건을 넘기고 바로 길을 떠나려 했으나 임행수가 길을 막으며 하루 쉬어가기를 청하니 차마 그대로 내치고 떠날 수가 없었다. 그는 준마 일행을 유명한 안성의 소고기 구이와 전 등으로 정성껏 대접하였다.
　"그래 부친 되시는 백대행수께서는 잘 지내시는지요? 준마 동무는 참으로 오랜만에 뵙는구려. 인천에 계림장업단이라는 일본의 행상조직이 생겼다고 들었는데 요즘 여기도 왜상들이 나타나더니 낭인들을 앞세워 횡포를 일삼고 있습니다."
　"왜상들이 면직물을 터무니없는 값으로 시장에 풀어놓는데 아예 조선의 면직물 생산은 다 망하게 생겼습니다. 왜상들은 일본 정부로부터 무이자로 자금을 지원받고 있다고 합니다. 게다가 낭인들을 앞세워 조금이라도 저들의 비위를 거슬리면 여지없이 보복을 하는데 심지어 지난달에는 낭인들의 칼에 죽은 보부상이 있었지요. 삽다리를 넘다가 습격을 당했는데, 딱 잡아 떼더구만요. 하지만 분명 칼을 쓰는 김술과 검의 생김새로 보아 낭인들이 분명했답니다. 낮에 장터에서 고객과 흥정을 하고 있었는데 중간에 끼어들어 싼값으로 회유하면서 장사를 방해하는 왜상들과 심한 다툼이 있었는데, 일을 마치고 집으로 돌아가다가 변을 당했답니다. 지금 임방에서도 자객들을 잡으려고 추적을 하고 있는데 일본 헌병들까지 나서서 관아의 조사활동을 막고 있다고 합니다."

"관아에서는 무슨 조치가 없었습니까?"

준마가 물었다.

"조치는 무슨 조치입니까, 되려 눈치를 보느라 시간만 질질 끌고 있지 뭡니까!"

임기혁 행수가 목에 핏대를 올리고 불만을 쏟아냈다.

"이제 조선의 관아가 일본의 헌병들 눈치까지 볼 정도가 되었으니 나라 꼴이 말이 아닌 듯 합니다. 청·일 전쟁 이후 청나라 상인들이 속속 귀국하더니 이젠 아예 왜상들이 제 세상 만난 듯 설치고 있습니다. 이대로 가다가는 조선의 상권은 아예 다 왜상들에게 다 넘어갈 지경입니다."

임행수가 준마의 대답에 다시 응했다.

"우리도 사발통문이라도 돌려 궁 앞에서 계림장업단의 횡포를 막아

달라는 시위라도 한번 해야 할 듯 합니다."

"안 그래도 주요 장시마다 계림장업단 상인들과 다툼이 벌어지고 있습니다. 조만간 올라가는 대로 의논을 해보겠습니다."

다음날 아침, 일찍이 준마 일행은 임행수와 작별을 고하고 다시 남으로 길을 잡아 서둘러 떠났다. 예산에 당도하자 예덕상무사가 있는 예산의 조가객주에 들렸다. 반갑게 맞아 주는 조덕원 대행수로부터 극진히 대접을 받고 며칠 쉬어가라는 행수의 환대에 감사할 따름이었다. 예산 조가객주 대행수인 조덕원은 준마 일행에게 김창수의 애국적인 행동과 기개에 탄복하여 적잖은 돈을 노자에 쓰라고 주었다. 이미 일본공사는 조선 왕을 위협해서 탈옥한 김창수를 잡도록 추포령이 내려져 있는 상태이고 고을마다 방이 붙어 있었다. 다행히도 준마는 수배자 명단에 없어서 움직이는 동안 필요한 음식이며 필요한 물건들을 구하는 데 어려움이 없었다.

김창수는 준마와 같이 보부상단을 따라 이동하면서 놀라움을 금치 못했다. 들어 지식으로 알고는 있었으나, 실제로 보부상단이 상부상조하는 그 단합된 모습에 감탄할 뿐이었다. 이들은 허리에 항상 채장을 지니고 다니는데, 채장 뒤편에는 4계명이 새겨져 있었다. 그 4계명은 물망언 (헛된 말로 속이지 말라), 물도적 (도둑질하지 말라), 물패행 (장시에서 행패를 부리지 말라), 물음란 (여자 보부상이나 여성들에게 함부로 대하지 말라)으로 이 계명을 어기면 장문법으로 죄를 묻는데 나라 법보다 더 엄중하다고 했다.

조선의 조정은 다 썩어서 나라가 일본으로 넘어가게 되었는데, 사대부나 양반이라는 벼슬아치들이 나라 걱정은 조금도 하지 않고 개인의 영달에만 관심이 있었다. 도리어 일개 장꾼들이 상노의를 실전하고 나라를 걱정하고 스스로 계율을 정하여 절도 있는 생활을 지켜나가는 형국이었다.

다음날도 부지런히 길을 잡아 공주에 도착하였다. 공주약령시를 들러 중국에서 가져온 환약과 약재를 넘겨주고 눈에 보이는 대로 홍삼을 구입하였다. 조선시대 180년간이나 지속되어 오던 공주 약령시는 쇠락의 길을 걸어오다가 갑오경장 이후 임방에서는 약령시를 부흥하고자 단원들과 함께 힘을 쏟고 있었다. 공주 시장은 왜상들이 서양의 금계랍(키니네) 등 신약재를 들여와 팔고 있는데 조선에서 나는 약재에는 물량이 크게 못 미치고 있어서 그런지 조선상인들과의 다툼은 좀 덜한 듯이 보였다.

공주 임방의 신임 접장인 안길상객주에서 하룻밤을 묵은 후 다시 길을 잡아 충남 은진의 강경시장까지 가기로 하였다. 하루 더 묵고 가라는 안행수의 손길을 간신히 뿌리치고 다시 길을 재촉했다. 이번에는 강경이었다.

강경은 금강의 지류가 합류하여 서해로 연결되는 육로와 수로가 교차하는 평야 지대로서 백제 시대부터 많은 인구가 살고 있었다. 수상 교통을 바탕으로 고려 중기 무렵에도 제주에서 미역, 고구마, 좁쌀을 실은 배들이 드나들었고 중국의 무역선들도 비단, 소금 등을 싣고 무역로를 텄다. 금강이 흐르고 충청도와 전라북도를 연결하는 중부 지역의 중심지여서 강경포에는 시장이 크게 발달했다. 1870년경 강경의 옥녀봉 동쪽으로 곡물을 취급하는 상(上)시장과 강경천 주변에 수산물을 취급하는 하(下)시장이 개설되어 평양·대구의 시장과 함께 조선 3대 시장으로 불릴 만큼 큰 장이 강경에 있었다.

강경은 조선 말기까지 원산·마산과 함께 대표적인 어물(魚物)의 집산지이기도 했다. 고군산 어장을 비롯한 서해어장의 수산물이 이곳에 모였고 중국산 소금을 수입하여 조기 등 어류를 염장, 가공하는 중심지로 매우 번창하였다. 군산항 개항 초기인 1890년대에는 군산항 수입화물의 대부분이 강경시장을 통하여 출하되었으며 당시의 상권은 청주, 공주, 전주까지를 포함하는 충청도와 전라북도 및 경기도 남부에 이르도록 광대하였다.

강경시장에 도착하자 시장 안은 삭힌 젓갈 냄새와 생선의 비린내로 가득하였다. 포구에는 크고 작은 상선과 운반선이 정박해 있이고 가까운 곳에 자리 잡은 객주가를 중심으로 사람들이 분주하게 들락거렸다. 강경객주 오만석은 여전히 상인들 틈에서 소리를 지르고 흥정을 하느라 백준마가 코앞에 온 것도 모르고 있었다. 한참을 지난 후에야 사람들이 뜸해지자 그제야 준마 일행을 알아보고는 하던 일을 멈추고 깜짝 놀라

급히 걸음을 옮겨 왔다.

"아니, 백 행수! 이 먼 곳을 온다는 기별도 없이 언제 오셨습니까? 하! 정말 반갑구먼. 대행수께서는 여전히 잘 지내시는가?"

"예, 대행수께서는 요즘은 원기리 행상은 하지 않고 제기 대신해서 다니고 있습니다. 인천객주 일도 많이 바쁘셔서 요즘은 자리를 비우기도 어렵습니다."

"자 이리들 오시요. 보아하니 특별히 장사할 물목은 가지고 오지 않은 것 같은데, 기왕 오셨으니 술이나 한 잔씩 하고 좀 묵었다 가시는 게 어떻습니까?"

"아닙니다. 기실, 요즘 전국 장시에 나타나 조선의 상권을 약탈해가는 왜상들의 움직임도 살필 겸 해서 남쪽으로 길을 잡아 목포까지 내려갈 작정입니다. 가는 길에 목포 객주 행수를 만나보고 기회가 되면 해남까지 다녀올 생각입니다."

"그렇습니까? 어쨌든 잘 오셨습니다. 이곳도 왜상들이 미곡이며 곡물들을 매집하고 면직물을 들여와서 팔고 있습니다."

이미 이곳 강경도 왜상들이 값싼 면직물을 들여와 미곡으로 교환해 일본으로 실어내고 있었다. 조선이 외국에서 수입하는 물목 중에 가장 많은 양을 차지하는 것이 면직물인데 이중에 일본에서 들어오는 것이 가장 많았다.

"요즘 이곳에 곧 철도를 놓는다면서 일본인들이 와서 측량을 시작했네. 온 김에 서양 약 중에 금계랍(키니네)나 성냥 같은 물품이 좀 있으면 놓고 가시게나. 요즘 이 물건들이 부족해서 난리네."

"예, 그렇다면 제가 좀 가지고 온 것이 있습니다."

"그런데 요즘 왜상들이 왜 이렇게 갑자기 강경포구에 나타나는 것인지 모르겠구먼."

"이곳뿐만이 아닙니다. 이미 전국에 계림장업단 소속 왜상들이 조선의 지방 곳곳을 다니면서 동태를 살피고 있습니다. 조만간 보부상 간판을 떼어내도록 조정에 압력을 넣고 있답니다. 보부상에만 특혜를 주어 자기들을 차별하고 있다면서 보부상조직을 해체하라고 압력을 넣고 있답니다."

"아니 지들이 일본 정부로부터 갖은 지원을 다 받아가면서 장사를 하는데도 그런 억지를 쓴단 말인가? 아, 그리고 전에 우리가 인천에서 만났던 최봉준 행수나 이승훈 행수도 다들 잘 지내시는가? 만나 뵌 지도 오래 됐구먼. 그래 가끔은 그 행수님들은 보는가?"

"예. 두 분은 인천에 지점을 내고 있어서 인천에 올 때마다 뵙고 있습니다."

"전에 이승훈 행수는 계몽사업에 관심이 많은 것 같던데, 그리고 최봉준 행수는 시베리아에서 조선인들을 지원한다고 들었는데, 다들 잘 어떻게 지내는지 궁금하구먼. 두 행수님들 나라 사랑하는 마음에 내가 몸 둘 바를 모르겠네. 나도 도울 일이 있으면 돕겠네."

강경객주 오만석의 초대로 일행들은 자리를 풀고 앉아 생선요리와 돼지고기로 포식을 하였다. 지녁이 늦도록 오랜만에 만난 보부상들은 밀린 회포를 풀면서 세상 돌아가는 이야기에 시간 가는 줄 모르고 어느덧 술 한 독을 다 비우고 나서야 잠자리에 들었다. 밤이 깊어 일행들이 세상 모르게 잠에 곯아떨어질 즈음에 갑자기 방문이 열리면서 어둠 속에서 한 사내가 방안으로 들어서면서 준마를 급히 흔들어 깨웠다.

"준마 행수! 어서 일어나 짐을 챙기셔야 합니다. 지금 일본 계림장업단과 낭인들 그리고 헌병들까지 합세해서 우리 객주로 쳐들어온다고 합니다!"

헐떡이는 강경객주 오만석이 숨을 내쉬곤 급히 말을 이었다.

"어제 시장에서 준마 행수와 얘기를 나누는 것을 근처를 지나가던 왜상이 본 것 같습니다. 이자가 계림장업단 인천본부에 있을 때 준마 행수를 만난 적이 있었던가 봅니다. 이자가 뒤 늦게 준마 행수를 알아보고 계림장업단 사무실에 연락을 했는데, 밤중에 인근 일본주둔지에 연락을 하고 계림장업단 소속 낭인들을 소집했다고 합니다. 오늘 아침에 집결을 해서 우리가 있는 곳으로 쳐들어온다는 첩보입니다. 마침 강경 임방의 공원이 건너편 계림장업단의 왜상들이 저녁 늦게 부산히 움직이는 것을 보고는 저한테 밤에 연락을 해왔습니다. 아마도 준마 행수가 강경에 나타난 것도 그렇고 같이 다니는 일행들을 예사롭게 보지 않고 수상쩍게 본 것 같습니다. 아무래도 아침에 그들이 출동하기 전에 여기를 뜨는 게 좋을 듯합니다."

"예, 알겠습니다. 우리가 떠난 후에 행수께서 큰 화를 입지 않을까 걱정입니다."

"그런 걱정은 안 하셔도 됩니다. 저들도 일단 확증은 없고, 추측으로 일단 쳐들어 오는 것 같으니 염려 마십시오. 뒤는 제가 알아서 잘 처리할 것이니 무사히 목적지까지 가시기 바랍니다. 만약 저들이 확신을 가지고 움직였다면 아마 어제 저녁이나 밤에 우리를 덮쳤을 것입니다. 자 여기 행로에 요기할 음식을 좀 챙겼으니 가시면서 드시기 바랍니다."

그렇게 준마일행은 동이 트기 전에 짐을 챙겨 객주 뒤편에 있는 쪽문 밖의 좁은 길을 따라 급히 강경을 떠났다. 계림장업단의 낭인들이 강경객주를 덮쳤을 때는 이미 준마일행이 자리를 뜨고도 한참 지난 아침이 되었을 무렵이었다. 강경객주 오만석은 계림장업단과 낭인들이 몰려오자 보부상 임방의 단원들을 데리고 나타나 객전 앞을 막아섰다.

"이놈들이 아예 장사를 방해하려고 나대는구나!"라고 하면서 대갈하였다.

"장사를 하려면 상도의가 있어야지. 아침 마수부터 이렇게 남의 장사를 방해하다니 너희 계림장업단은 상도의도 없는 자들이냐? 그리고 우리 보부상들은 전국 어디를 다니면서 원행길도 종종 하는 법인데 여기에는 다른 지역의 상인들은 오면 안 되는 법이라도 있더란 말이냐? 너희가 누구를 찾는지는 모르겠다만, 그건 나라가 알아서 할 일이고 너희 상인들이 왜 나서서 아침부터 객주 문 앞에서 사람을 내놓아라 말아라 하고 난리냐. 어디 마음대로 찾아보아라, 이놈들아! 자세히 알지도 못하면서, 비슷하게 생긴 사람이 어디 한둘이냐?"

난처해진 쪽은 계림장업단이었다. 신참인 모리다의 말만 듣고, 무슨 큰 대역죄인이나 잡을 것처럼 난리를 치고 보니 확실한 것은 아무것도 없었다. 게다가 계림장업단 측에서도 강경객주 오만석과는 곡물이나 직물의 거래를 해오던 터라 강경에서는 함부로 대할 인물이 아니었다. 게다가 본부에서는 당분간 조선의 보부상과의 충돌을 피하라는 지시가 있었다. 지난해 계림장업단이 조선 장시에서 장사를 하면서 무리하게 상권을 쟁탈하고 협박을 해서 조선 상인들의 불만이 전국적으로 터져 나오고 있었다. 얼마 전에는 인천과 송파에서 보부상과의 큰 충돌이 있었고, 인천에서는 계림장업단과 보부상 사이에 검투까지 벌어진 적이 있었다. 조선의 상인들이 집단적으로 반발을 일으킬 조짐이 있으니 가급적 보부상 조직과의 충돌을 피하라는 지시가 내려와 있었다.

"선생님, 이제 우린 여기서 헤어져야 할 것 같습니다. 여기서 보성까지는 한나절이면 족히 도달할 수 있을 것입니다. 고생이 많았습니다."

"백준마 동지! 김주경 동지! 고맙습니다. 동지를 아니었으면 내 여기까지 별 탈 없이 무사하게 올 수 없었을 것이오."

벼랑 끝의 조선

"선생님, 반드시 무탈하게 살아남으셔야 합니다. 지금 조선의 운명은 풍전등화 같은 운명입니다. 선생님 같은 분이 살아 계셔야 그나마 조선의 백성들이 왜놈들의 마수에서 벗어날 희망이라도 갖게 되는 것입니다."

강화사람 김주경은 가산을 털어가며 김창수 선생을 옥바라지하며 도왔었다. 이제는 준마의 상단에 행상으로 참여하여 김창수 선생을 거기까지 동행하면서 뒷바라지를 해왔다. 인천의 물상객주 박영문과 안호연도 물심양면으로 김창수의 옥중 뒷바라지를 하였고 이번 탈옥에도 물적으로 많은 지원을 하였다. 객주 일이 바빠서 준마와 동행은 못하였으나 이들 객주인들과 나머지 탁포나 배다리골의 객주들은 마음을 모아 김창수의 탈옥이 성공하기를 성원하고 있었다.

한편, 경시청에서는 김창수의 탈옥을 계기로 조선의 치안을 더 강화하기 위해 경찰 인원을 보강하기 시작했다. 게다가 지난해에 조선으로 들어온 일본 상인들의 숫자가 2배 이상으로 증가하였고 그 숫자는 계속 늘어나고 있었다. 하루빨리 보부상을 처리해야 대일본제국이 조선의 내륙지방과 해안 그리고 도시지역을 완전히 장악하게 된다. 계속 늘어나는 계림장업단의 상인들을 위해서 본국의 정부로부터 더 많은 무사들을 조선에 보내 줄 것을 요청해야 했다. 경시청의 다께다는 계림장업단을 방문하여 자기가 발탁한 조선인 순사보조 변철상을 요시무라에게 특별히 소개하였다.

"인천지역의 사정을 잘 아는, 믿을 만한 우리 경시청 직원입니다, 조선인 순사 변철상이 조선 상인들의 움직임을 파악하는 데 도움이 될 것입니다."

"알겠습니다. 안 그래도 보부상조직의 움직임을 파악하는 데 어려움을 겪고 있었습니다."

요시무라는 계림장업단의 검객 마쯔이가 조선 보부상에게 패한 후 의기가 소침하여 한동안 꼼짝도 않고 조용히 지내고 있던 참이었다.

"고맙소, 변순사. 잘 부탁합니다."

"예, 대일본 제국을 위해 충성을 다하겠습니다. 도움이 필요하시면 언제든지 말씀하십시오. 최선을 다하겠습니다. 특히 이곳 보부상의 움직임은 지금부터 제가 철저히 조사하여 보고하도록 하겠습니다. 최근에 임방의 단원들의 움직임이 심상치 않은 것 같습니다."

"아, 변순사는 개명을 하였다지?" 충성심 넘치는 변철상의 자기소개에 다께다가 기분이 좋은 듯 변철상에게 물었다.

"예. 천황폐하의 신민이 되는 영광을 얻게 되었습니다. 개명은 '바쿠야마'입니다."

"그렇습니까? '바쿠야마'라... 참 좋은 이름입니다."

"감사합니다."

나라가 틀리고 출신이 달라도 눈앞의 이익을 위해서는 마음이 하나가 될 수 있다. 술을 목구멍으로 울컥 넘기면서 변철상은 속으로 중얼거렸다. 그는 노비 출신으로 태어나 어릴 적 시절부터 준마와 같은 부잣집 상단의 아이들이나 양반집 자제들 앞에서는 항상 고개를 숙이고 제대로 어울려 놀지도 못했다. 항상 주인집의 눈치를 보고 살아야 했다. 이들에 대한 부러움과 두려움을 함께 느끼며 자란 그는 노비로 태어난 자신의 운명을 저주했고 한편으로는 자기를 낳은 부모조차 미워했었다. 모든 게 운명이라고 생각하고 체념하고 살아가던 중에, 이제 일본이라는 구세주가 나타나 자신을 노비에서 구해주고, 게다가 순사라는 벼슬까지 주었으니 이게 도무지 꿈인지 생시인지 모를 지경이었다. 어차피 이래 살거나 저래 살거나 짧은 인생 사는데, 사는 동안만이라도 사람다운 대접을 받고 살고 싶었다. 조선 황실은 자신과 같은 천민들에게 평생을 짐승보다도 못한 대접을 해 왔었다. 불운한 인생이라 외치며 살아왔던 나날들이 변철상의 정체성을 이루고 있었으므로, 그가 조선이 아닌 일본 편에 붙어 누구보다도 충성을 다하는 것은 그에게 있어 이상하지 않은 일이었다.

　최근에 도처에서 일어나는 의병 활동을 감시하고 대일본제국에 대항하는 세력을 추적하는 일이 변철상에게 주어졌다. 열정 가득한 변철상은 요즘 백가객주의 준마 행수를 주목하고 있었다. 준마 행수는 자리를 비우는 일이 부쩍 많아졌다. 장거리 행상과 서양물건을 취급하기 위해 원행을 다녀온다고는 하는데 준마가 이전에 만났던 사람들을 돌이켜 생각해보면 준마의 행적이 의심스러울 수밖에 없었다. 아무래도 준마의 뒤를 더 자세하게 조사해봐야 할 것 같았다. 변철상은 준마의 행적을 빠심없이 추적하고 기록하기 시작했다. 일마 진에도 원거리 행상을 간다면서 근 한달 이상이나 자리를 비웠었다. 분명히 뭔가 있다. 이것을 밝혀내야 했다.

10

이용익, 황제의 밀지

　멀리 부두에 쌓여 있던 화물들이 선적을 끝내자 드디어 넓은 공터가 맨살을 드러냈다. 부두는 항상 채워졌다가 비우기를 반복하면서 외국에서 들어오는 배들을 마중하고 내보내고 있었다. 바닷가 작은 마을 앞 항구가 개항되자 점차 외국인들과 서양물건들이 쏟아져 들어오면서 인천은 조선에서 가장 국제화된 도시가 되었다. 배로 들어오고 나가는 물건들이 늘어날수록 부두 노동자들도 늘어났고 사람들도 늘어났다. 사람 사는 집을 짓기 위해 바닷가를 둘러싸고 있던 숲을 없애고 산을 깎아 집을 지었다. 갯벌을 메워 선착장을 만들고 창고를 만들었다. 여름이면 늘 제집처럼 바닷가 갯벌을 찾아오던 저어새가 어디론가 사라졌다. 이제는 외국 사람들이 조선사람보다 더 많았다. 그 중에서도 일본인들이 가장 많았다. 여기가 조선 땅인지 일본 땅인지 분간이 안 될 정도로 일본사람들이 많이 들어와 살았다.

　해가 좀 더 기울자. 멀리 낙조가 붉은 물을 드리우며 햇살 무늬처럼 사방으로 퍼져왔다. 야적장 공터 너머로 멀리 보이는 바다 위로 어둠이 서서히 깔리면서 내내 혼잡하던 장터도 조금씩 사람들의 발길이 뜸해졌다. 준마가 객전의 문을 막 닫으려는 참이었다. 나이가 좀 된 듯한 갓을 쓴 사내가 서울에서 왔다고 하면서 대행수를 찾았다.

"보부상 인사법으로 인사 올립니다."

"동무시오니까."

"예 동무시오니까."

"초인사는 올렸습니다마는 거주지를 상달치 못했습니다."

"피차 그리 되었습니다."

"서울사는 이도표라고 합니다. 조정에 계시는 이용익 대감의 전갈을 전하기 위해서 왔습니다."

"예. 인천에 사는 백준마라고 합니다. 안으로 드시지요."

준마는 사내를 사랑으로 안내하였다.

"이용익 대감도 보부상 출신으로 평안도 관찰사를 하시다가 지금은 내장원경과 탁지부대신으로 고종황제를 보필하고 있습니다. 저는 이용익 대감의 조카로서 이용익 대감의 명을 받아 이곳에 왔습니다."

"예, 이렇게 찾아주시니 영광입니다. 저는 백가객주 대행수 백춘삼이라 합니다. 지금은 제 아들인 백준마 행수가 백가객주를 이끌고 있습니다."

"예, 일전에 애국지사 김창수를 백가객주에서 도와준 일을 잘 알고 있습니다. 요즘은 일본의 무장행상조직인 계림장업단에 맞서 싸우고 있다는 이야기도 잘 알고 있습니다."

"저희 인천의 보부상단뿐만이 아니고 전국의 보부상단이 조선의

벼랑 끝의 조선 133

백성으로 해야 할 일을 했던 것입니다. 그리 과찬하시니 부끄러울 뿐입니다."

"아닙니다, 상인들이 직접 나서서 일본의 행패에 맞서는 일이 보통 사람들이 할 수 있는 일은 아니지요."

"지금 조선 조정은 행정과 외교, 국방 등 모든 국사를 일본의 눈치를 보고 간섭을 받아 처리해야 하는 지경에 이르렀습니다. 고종황제께서는 이런 사정을 외국에 알려 조선이 독립국임을 인정받고자 하십니다. 그런데 각국에 알리기도 전에 일본 정부가 방해를 놓아 번번이 실패하였습니다. 고종황제께서는 보부상단이 채장 납입금을 모아 조정에 올리는 일에 대해 대단히 고맙게 생각하고 계십니다. 지금 고종황제께서는 보부상단의 대표자 몇 분을 만나 보고 싶어 하십니다. 모레 서울로 오시면 고종황제를 알현토록 주선하겠습니다."

"황제께서 어찌 미천한 저희 같은 장사치들을 뵙겠다고 하시는지요? 망극할 뿐입니다."

"이미 황제께서 결정하신 일입니다."

"예 알겠습니다. 분부 받들도록 하겠습니다. 망극할 뿐입니다."

아침 동이 트면서 준마는 경운궁 동문인 대안문(大安門)에 도착하였다. 서울도 새로운 문물이 도입되면서 날로 새롭게 변하고 있었다. 오는 길에 철로를 놓는 공사가 한참이었고, 육조 앞으로 나 있는 길에서 배오개로 이어지는 길을 넓히고 새로 집을 짓느라 공사가 한창이었다.

호위군관이 직접 나와 준마를 준명당(浚明堂)으로 안내하였다. 대안문을 들어서자 넓은 길이 앞으로 나 있고 바로 금천교가 나왔다. 다리 밑으로 인왕산에서 흘러내리는 맑은 물이 흐르고 있있다. 넓은 궁 인에는 수많은 기와집들이 자리 잡고 있고 그 규모도 웅장하였다. 즉조당과 이어져 지은 건물이 바로 준명당이었고, 준명당은 바로 고종황제의 집무실이었다. 고이는 침을 한번 삼킨 준마는 곧장 안으로 발걸음을 옮겼다.

들어서니 이용익 대감이 기다리고 있었다. 조심스럽게 발을 떼면서 따라 들어가니 용상 위에 고종황제가 앉아 있었다. 즉시 준마는 머리를 조아리고 절을 했다.

"네 이름이 백준마라고 하느냐?"

"예, 폐하, 망극하옵니다."

"고개를 들라."

"예, 폐하!"

"아직 한창 청년이라고 들었다. 그래, 젊은 나이에 사업을 하느라 그 용기가 가상하구나. 네가 개항지에서 일본의 왜상들과 맞서 싸웠다고 들었다. 일본의 검객들과 당당히 싸워 이겼다고 소문이 자자하더구나. 네가 무술을 따로 익힌 것이더냐? 일본의 무사들은 평생을 검객으로 살아온 자들이라 들었는데."

"예, 어릴 때부터 무예연습을 조금씩 해왔습니다."

"누구에게 검법을 배웠느냐?"

"스스로 조금씩 연습했을 뿐입니다. 무예도보통지라는 책을 보면서 동무들과 연습하곤 했습니다."

"무예도보통지… 음! 훈련도감의 훈련교본이었지, 아마?"

"예, 그러하옵니다. 저희 조상이 정조대왕 시절 장용영의 장관이셨던 충정공 백동수입니다."

"오오, 그 무인 백동수 말이더냐? 정조대왕을 지켜준 그 충신 백동수의 후손이로구나!"

"예, 황공하옵니다. 폐하!"

"이렇게 반가울 수가 있는가? 네가 우리 조선의 기백을 보여주었다. 장하도다!"

완연한 미소를 띤 고종이 이용익에게로 시선을 옮겼다.

"이용익 대감, 그대도 한때 보부상 행상을 한 적이 있다 하지 않았던가?"

"예, 폐하, 소신 또한 젊은 시절 보부상 행상으로 장사에 대한 많은 경험을 했습니다."

이용익 대감은 보부상으로 돈을 벌어 민영익 대감의 눈에 들어 벼슬길에 들어섰다. 그의 부친 이병효가 고산현감을 지낸 무인출신 가문이었는데 보부상이 되었고, 지금은 조정에서 고종황제를 가장 가까이에서 보필하는 최측근이 되었다. 보부상 시절에도 빠르게 달리기에는 그를 당할 사람이 없었고 힘이 장사였다. 단단한 체구에 수염을 길러 외모로는 강인한 인상을 주는 인물이었다. 이용익은 황실의 비자금인 내탕금을 관리하는 내장원경을 겸하고 있었다. 많은 돈을 벌었으나 돈을 모두 황실과 소정을 시원하는 데 썼다. 청년교육을 위해 학교를 세우고 조선의 산업을 일으키기 위해서 공장 설립과 철도 개설을 주관하는 등 조선의 산업을 개발하는데 힘을 쏟았다. 청렴하고 우직하게 살면서 사욕을 탐내지 않았다.

"내 미처 상업에 대한 중요성을 깨닫지 못해서 이렇게 나라를 곤경에 빠뜨렸구나! 지금 일본이 나와 조정을 겁박하는 것이 오로지 재정을 무기로 함이 아니더냐? 어찌 진작부터 실용과 무역을 중용하지 않았던고, 한탄스러울 따름이다."

"폐하, 어찌 그것이 폐하의 탓이라고 하옵니까, 망극하옵니다. 오로지 폐하를 잘못 보필하고 상업의 중요성을 깨닫지 못하고 오로지 패권정치에만 몰두했던 중신들의 탓이옵니다."

"그래. 지난해도 보부상들이 채장으로 걷어낸 돈이 50만 냥이 넘었다 했느냐?"

"예 폐하, 그러하옵니다. 지금 일본의 계림장업단이 들어오면서 보부상들이 점차 어려움을 겪고 있어 걷히는 채장 납입금이 조금씩 떨어지고 있사옵니다."

"일본 무장행상들과 경쟁하고 상권을 지켜내느라 그 속사정이 오죽하겠느냐."

"안 그래도 보부상을 해체하라는 일본의 협박이 나날이 심해지는구나. 그래도 내 보부상만은 지켜낼 터이니 걱정하지 말거라."

"예, 폐하! 성은이 망극하옵니다."

준마는 슬쩍, 하지만 빤히 고종황제의 용안을 살펴보았다. 후덕한 인상에 위엄이 서려 있었으나 어딘지 어둡고 슬픈 비애가 서려 있는 듯이 보였다. 만 백성의 고뇌를 어깨에 짊어지고 사는 황제야말로 세상에서 가장 외로운 사람이겠다는 생각이 들었다.

"일전에 송파에 사는 어떤 보부상에게 벼슬을 내린 적이 있지 않았더냐?"

"예, 송파 임방의 박승직이란 자입니다."

"함경도 성진감리서의 주사로 명하였나이다. 장사 일을 쉽게 끊지 못하여 아직 부임하지는 않은 줄로 아옵니다. 박승직은 조정이 일본에 진 빚 때문에 곤경에 빠진 것을 한탄하여 우리 보부상들이 돈을 벌어 민족자본을 만들어 하루빨리 나라 빚을 갚는 길이 애국하는 길이라고 앞장서고 있다고 합니다."

"그래, 참 갸륵한 자로구나. 조정이 무능하여 이렇게 온 백성이 고생을 하는구나."

허공을 일별한 고종황제가 다시 준마를 마주 보았다.

"내가 지금 조선의 어려움을 세계 만방에 알리고자 백방으로 노력하고 있다. 많은 청년들을 뽑아서 외국으로 보내어 공부를 시키고 있기는 하지만 아직 소식이 없으니 답답하고 내 일국의 황제로서 너무나 힘이 미약하구나."

"내가 조금만 움직여도 일본이 사사건건 간섭을 하고 감시를 하고 있으니 마음대로 얘기할 수도 움직일 수도 없는 지경에 이르렀도다."

"망극하옵니다."

"이 어려운 시기에 조선을 위해 애쓰는 준마 행수 같은 보부상들이 있으니 어찌 감동하지 않을 것인가? 준마 행수는 듣거라! 여기 내가 내 탕금으로 쓰는 돈을 조금 하사할 터이니, 조선의 자강과 자립을 위해 필요한 사업에 쓰도록 하거라. 향후에 김창수 같은 애국청년을 도와주는 일에도 나서 주길 바랄 뿐이다. 이용익 대감에게 연락을 하면 내 즉시 너를 만날 것이다."

"성은이 망극하옵니다, 폐하!"

고종은 이미 알고 있었다. 준마가 김창수를 도와 조선의 독립운동을 지원하고 있다는 사실을 말이다. 그가 러시아와 만주를 오가며 조선을 일본의 침략으로 지키기 위해 애쓰고 있다고 굳게 믿었다.

고종황제를 알현한 후 준마가 준명당을 나서기 전 이용익 대감께 작별 인사를 올리자 이용익 대감이 준마의 손을 꼭 잡았다. 그리고 조그맣게 접은 서신 하나를 아무도 눈치채지 못하게 준마의 손에 슬쩍 쥐여 주었다. 서신의 표지에는 밀지(密旨)라는 글자가 쓰여 있었다. 임금이 비밀리에 내리던 명령을 의미하는 것이었다. 준마는 편지를 받고는 급하게 저고리 안쪽에 집어넣었다.

궁궐을 나온 준마는 송파에 들렀다. 이득만 행수는 준마를 보자 반색을 하며 반겼다.

"준마 아우. 오랜만에 뵙는구먼."

"예 이행수님 잘 지내셨는지요? 사업은 여전히 잘 되십니까?"

"요즘 잘되는 게 뭐 있는가? 그럭저럭 밥 굶지 않고 살고 있네. 어서 올라오시게!"

준마가 사랑으로 들자, 득만은 준마에게 먼저 와서 자리에 앉아 있던 사람을 소개했다.

"마침 손님이 한 분 오셨는데 잘됐네, 인사나 하시게나."

"저는 송파의 박승직이라 합니다. 전에 한번 뵌 적이 있지요?"

"인천의 백가객주 백준마입니다. 예, 수입산 면직물 거래로 여러 번 만난 적이 있지요. 구면입니다."

"준마 행수 반갑습니다. 인천의 계림장업단과 혈투를 벌였다는 소식 들어 알고 있습니다. 조선의 힘을 보여주었다고 이곳 보부상들이 모두 고마워하고 있습니다."

"하하, 다 송파 임방의 도움 때문에 힘을 얻은 것입니다."

이때 이득만 행수가 끼어들었다.

"박승직 행수는 그동안 충청과 호남 등지로 보부상 행상을 하다가 얼마 전에 배오개에다 면직물 점포를 내셨다네. 오늘 귀한 분들 오셨는데 술이나 한 잔 하러 가십시다. 하. 하. 하!"

송파나루 주막은 나그네 손님들로 흥청거렸다. 삼전니룻터에는 크고 작은 배들이 강가에 묶여있었고 선착장에는 들고 나는 사람들로 붐볐다.

"고종 황제께서는 보부상들에 대한 각별한 애정과 관심을 갖고 걱정하고 계셨습니다. 조선에서 그나마 자주적으로 버티고 있는 곳이 보부상이 지키고 있는 내륙상권이라고 하셨습니다, 황제께서는 그마저 일본의 손으로 넘어가면 자주독립의 기회는 영원히 사라질 것으로 보고 계십니다."

"육의전도 다 폐점이 되었고 이제 조선의 상권은 우리 보부상 조직만이라도 온전히 보존되었으면 합니다. 오래전에 만든 상업회의소 회원들의 사업도 일본과 서양 세력에 비해 자본도 부족하고 경영능력도 많이 모자라는 형편입니다."

박승직 행수는 조선 조정이 일본에 막대한 부채를 지고 있고, 일본은 이를 빌미로 조선 조정에 온갖 간섭을 하면서 조선을 자기들 뜻대로 하려고 한다고 울분을 쏟아냈다.

"박승직 행수께서 일본의 횡포에 대해 조선의 민족자본을 만들어 일본에 대항할 것을 주장해서 조선의 보부상들과 여러 상인들의 힘을 모으고 있다고 들었습니다. 고종황제께서도 박승직 행수에 대해 많은 칭찬을 하셨습니다. 얼마 전 고종황제로부터 성진감리서 주사로 명을 받으셨다면서요?"

"부끄럽습니다. 헌데, 지금 장사를 그만두고 성진으로 가기에는 좀 힘들 것 같아서 고민 중에 있습니다."

"그러시군요. 음, 제가 최근에 러시아와 무역을 하고 있습니다. 일부 물건을 원산이나 성진에서 러시아의 블라디보스토크로 실어 나갈 예정인데 혹시 성진으로 가시면 거기서 한번 뵙겠습니다."

"예, 기다리겠습니다."

"최근 인천에서도 객주들이 신상협회를 만들어 서양식의 회사체제를 만들어 보려고 노력하고 있습니다만, 여의치 않습니다. 개항장의 물상객주들을 통합하여 객주상회소를 만들어 일본에 대항하도록 해야 한다고 힘을 모으고는 있습니다. 보부상조직을 좀 더 조직적으로 만들려면 자본력이 있는 물상객주들이 중심이 되어 보부상들이 단합할 필요가 있습니다."

오랜만에 만난 세 사람은 세상 돌아가는 이야기로 밤을 지새우고 새벽이 되어서야 자리를 파하고 일어섰다. 준마의 뇌리에는 인천 집으로 돌아오는 내내 고종황제의 고독하고도 고뇌에 찬 모습이 떠올랐다. 지금은 결코 태평성대의 시대는 아니었다. 황제는 격동기를 맞아 어찌해야 할 바를 찾지 못하고 있었다. 그렇다고 시원한 해결책이 있는 것도 아니었다.

초청하지도 않은 자들이 조선으로 들어와 고종황제를 돕겠다고 주위를 맴돌고 조정을 누르고 있었다. 그들은 황제를 노리는 것이 아니라 황세를 지렛대로 조신의 모든 깃을 손에 넣으려고 호시탐탐 기회를 엿보고 있었다.

11

조선의 마지막 선비

　스산하고 서늘한 새벽의 냉기가 홑겹 저고리 사이로 스며들면서 김진사는 오싹한 한기를 느꼈다. 이미 여름은 그 꼬리가 한 자락은 줄어든 것처럼, 점차 어둠이 길게 느껴지는 그런 새벽이었다. 선잠으로 설치다가 이제 방구들 아랫목도 서서히 식어서 누워 있는 것보다 차라리 일어나 움직이는 것이 나을 성싶었다. 위 구석에 놓인 곰방대를 끌어 와 담배를 꾸역꾸역 쑤셔 넣었다. 담배에 불을 붙이고 길게 한 모금을 들이켰다.
　어제 최 생원이 자랑삼아 꺼내 피우던 서양 궐련을 보았던 것이 계속 생각났다. 외국에서 수입된 담배에 안경, 화분, 남포등(석유램프), 백등유, 성냥, 유럽의 면직물 등 온갖 서양물건이 다 들어왔다. 이러한 물건들을 만드는 서양이라는 나라에 대해 두렵기도 하고 은근히 화가 치밀기도 했다.
　'도대체 왜 저놈들은 조용히 잘사는 조선에 들어와 교류를 빙자하여 조선에 개항할 것을 요구하고 있는지. 울화가 솟기도 하면서 도대체 조정의 관리들은 뭘 하길래 이렇게도 일본이나 서양 오랑캐들을 쫓아내질 못하고, 또 저들이 저렇게 조선에서 설치고 다니는 데도 아무런 대응도 못 하고 있단 말인가?'

대궐에 들어가 국모인 중전을 살해한 자들이 일본의 자객들이라는 소문이 자자한데 조정에서는 아직도 범인을 밝혀내지 못하고, 일본은 하급관리에만 책임을 물이 적당히 사건을 얼버무리고는 미무리되었다.

지난번 문학동에서 열린 유림계 모임에서는 양반이라는 자들이 체통은 다 버리고 장사에 뛰어들어 이문을 크게 남겼다는 등의 사설을 늘어놓았다. 이미 세상의 체통과 세속이 다 무너져버린 듯 하여 이제 더이상 모임에도 참가할 생각이 없어졌다.

이런저런 생각들을 이어가다 담배를 끄고 나서 문밖을 나서니 냉기 서린 방구석보다는 그래도 한기가 더 차갑게 느껴졌다. 마른 볏짚을 쌓아 놓은 뒤편 창고로 가서는 전날 만들다가 내팽개쳐 놓은 짚신을 마저 묶을 생각이었다. 요즘은 시간 나는 대로 새끼를 꼬고 짚신을 만들어 장시에 내다 파는 것이 일과가 되었다. 이렇게 몸으로 때우는 잔일이라도 하지 않으면 아마도 김 진사는 정신 줄을 이미 놓아 버렸을 것이다. 나이가 들면서, 머리를 써 가며 생각하는 것보다 차라리 움직일 수 있을 때까지 몸을 움직이면서 사는 것이 가슴에 묻어두고 있는 과거의 기억을 지우는데 조금이라도 나을 성싶었다. 자리에 앉은 지 얼마 지나지 않아 갑득이가 마당 청소를 끝내고 창고로 들어와 같이 새끼를 꼬기 시작했다.

"진사어른. 요즘 수척해 보이시는데 적당히 하고 들어가 쉬시지요. 남은 일은 제가 마무리하고 장시에 내다 팔고 오겠습니다요."

평생을 노비로 들어와 집안일을 거들며 사는 갑득이는 이제 노비라기보다는 그저 한 식구처럼 지내고 있었다. 갑득이 다가와 볏 짚단을 내려 자기 무릎 앞으로 당겨 놓았다. 이미 세상이 개벽하여 반상을 구분하지 않는다는 임금의 칙령이 선포되고 이미 숙종임금 이후로 누구도 돈만 있으면 공명첩을 사서 양반이 되는 세상이었다.

갑득과 그의 처 순례에게 이제 노비 문서를 태웠으니 자유롭게 나가서 살도록 했다. 하지만 갑득네는 절대로 김 진사 곁을 떠날 수 없다며 끝까지 남는다고 했었다. 평생을 집안 궂은일을 도맡아 하던 갑득 내외에게는 자식도 없는 데다가 늙어가면서 한 식구처럼 지내고 있고, 죽는 날까지 김 진사를 모시고 사는 것이 소망이었다. 내 후년이면 50에 들어서는 나이다. 이웃집 노비인 순례와 늦게 혼례를 올려 일가를 이루게 해 준 진사 어른께 그저 고맙게 생각하고 감사할 따름이었다.

김진사는 몰락한 향반이다. 선대 조상이 참판을 지낸 명문가의 후손으로, 서당에서 훈장을 하고 있는데 워낙 성정이 고지식하여 도리와 예식을 매우 따지는 사람이었다. 그는 그동안 수차례나 과거에 응시했으나 계속 낙방을 하여 지금은 관직에 나서기를 아예 포기한 지가 오래되었다. 매년 과거시험을 볼 때마다 합격자가 이미 내정되어 있다느니, 시험을 아무리 잘 본다 해도 따로 뇌물을 쓰지 않으면 합격할 수 없다는 등의 이야기를 수없이 들어왔다. 그래도 과거시험은 여전히 선비가 뜻을 펼칠 수 있는 기회이자 등용문으로 생각되었다. 낙방할 때마다 미련 없이 짐을 싸고 집으로 내려와서는 글 읽기를 반복하였다.

이제 과거시험을 볼 나이도 훨씬 지났고, 김 진사가 잘할 수 있는 일이라고는 그저 하루종일 책을 읽는 것밖에 없었다. 수년 전 지극정성으로 모시던 모친이 돌아가시자 모친의 묘소 옆에 움막을 짓고 3년 동안이나 시묘살이를 하며 제사를 지냈다. 가족들의 생계는 돌볼 생각은 안 하고 오로지 책 읽기를 낙으로 삼고 지내니 부인이 삯 바느질로 겨우 입에 풀칠이나 하면서 지내는 처지였다.

장사라도 나가보라는 부인 성화에 절대로 양반 체면에 장사는 할 수 없다며 버티다가 그나마 최근에 돈이라도 벌어보겠다고 시작한 것이 새끼를 꼬고 짚신을 엮는 것이었다. 가지고 있던 밭떼기도 춘궁기에 빌린 환곡을 갚느라 죄다 팔아 버려 이제는 몇 식구가 겨우 농사를 지을 만한 손바닥만 한 땅이 조금 남아 있을 뿐이었다.

김 진사 내외는 지난 임오군란때 사간헌 지평으로 일하던 아들을 잃고 하늘이 무너져 내리는 아픔을 겪은 후 반쯤 넋이 나간 채로 살아왔다. 1882년 신식 군대인 별기군에 대해 구식군대에 대한 불만이 터져 나오면서 일어난 싸움에서 소식을 듣고 사태를 조사하러 가던 중 갑자기 날아든 총탄을 맞아 숨진 것이었다. 조정의 부패와 관료의 무능이 나라를 지키는 군대의 충돌로 엉뚱한 곳에서 터지고야 말았다. 가슴에 총을 맞고 피를 흘리고 죽은 아들의 시신을 떠올리며 어디에 원망을 할 엄두도 나지 않을 정도로, 김 진사는 숨이 막혔다.

'조선이라는 나라가 도대체 무엇인가? 이 땅에 사는 백성들에게 어

떤 존재인가?'

아들이 그렇게 허망하게 죽은 후 말수도 눈에 띄게 줄어들었고 죽기를 각오한 듯이 한동안 음식을 먹지도 않았다.

자식을 먼저 보낸 부모의 마음이야 더 말할 것도 없었다. 차라리 자식을 대신해서 본인이 죽는 게 나을 것 같은 심정이었다. 그 애틋함과 서운함은 끝도 없이 이어지는 절망감으로 이어지기도 하였다. 사람은 누구나 다 세상을 떠나기 마련이지만, 김 진사는 사는 것이 허망하고 마치 부질없는 것처럼 느껴졌다. 어떠한 위로의 말도 허공의 메아리로 들리고 마음이 허물어 지면 몸도 서서히 무너져 내리게 된다는 것을 하루하루 느끼고 있었다. 때때로 잠들기 전 아침에 눈을 뜨지 말고 이대로 그냥 영원히 잠들기를 소망하기도 하였다. 그러나 사람이 살고 죽는 것이 마음대로 되는 것이 아니었다.

한해도 이제 서서히 끝나가는가 싶더니 매서운 찬 바람이 아침저녁으로 온몸을 움 추리게 만들었다.

'올 겨울에는 굶거나 얼어 죽는 사람이 없어야 할 텐데.'

김 진사는 얼마 전 우울한 마음도 추스를 겸 하여 서울 나들이를 했었다. 돌아오기 전에 서울 북촌에 있는 4촌 친척인 김진학을 방문했다. 김진학은 김 진사와는 어린 시절을 같이 보낸 동문수학이기도 한데, 부친이 종3품인 홍문관 전한에 임명되어 서울로 가서 살았다. 김진학의 부친 김직수는 본시 성격이 꼿꼿하고 청렴하였으며 학문에만 전념했던 조선의 선비였다.

왕실의 재정이 파탄이 나서 녹봉을 제대로 받는 관리가 없었다. 부친이 홍문관을 사임하고 나온 후 가세가 기울고 김진학마저 마땅한 벼슬이나 일자리를 구하지 못하여 가세가 곤궁하였다. 세상 돌아가는 이치를 살피면서 재빠르게 변신하고 권세가에게 붙은 일부 양반들은 백성들이야 죽든 말든 본인들은 호의호식 하며 지내고 있었다.

반갑게 맞은 김진학은 김 진사를 보자 반가워 두 손을 잡고 눈물을 글썽거렸다. 오랜만에 보는 어릴 적 동무였고, 가끔씩 종친들 회합에서 보기는 했어도 이젠 그런 모임마저도 옛날처럼 자주 갖기도 힘들었다. 김 진사가 오후가 지나 자리를 뜨려는 차였다. 이렇게 먼 길 마다하지 않고 왔는데 하루는 자고 가야 한다면서 한사코 김 진사를 붙잡았다. 차마 잡는 손길을 뿌리치지 못하고 하루를 자기로 하였다.

김진학은 부친을 닮아 성품이 굳고 기품이 있었다. 가풍과 학문을 하는 선비로 무엇으로 먹고 사는지는 알 수가 없었다. 주름이 진 마른 얼굴은 매우 수척해 보였다. 아침밥상을 정성스럽게 차려 나오는데 채소 두 가지와 보리와 흰 쌀을 섞은 잡곡밥을 내왔다. 집안 사정은 인척들로부터 들어 대강은 짐작하였지만 살림이 여간 어려워 보이지 않았다. 아마도 여러 달 전부터 하루에 한 끼만 먹고 살아온 것이 분명하였다.

김 진사는 대문을 나서면서 허리춤에서 엽전을 꺼내어 김진학의 손에 쥐여 준다.

"이번에 서울 와서 쓰고 남은 돈이니 내 따로 쓸 일은 없는 듯하여 자네에게 놓고 가겠네. 필요한 데 쓰도록 하게!"

김진학은 놀란 눈으로 김진사를 바라보며 한사코 두 손으로 뿌리치는데, 김진사가 하도 강하게 손을 잡고 쥐여 주니 마지못해 받는다. "형편도 어려울 텐데 뭘 이런 걸 주시는가. 오랜만에 방문한 친구에게 제대로 대접도 못 하여 미안할 따름인데 이렇게 사람을 면박을 주시는가?"

"그게 아닐세, 내 다음에 올 때 또 들를 터이니 그때 또 만나서 서울 구경이나 하세." 눈물을 글썽거리며 배웅하는 김진학을 뒤로 하고 문을 나서는 김 진사는 마음이 그지없이 무거웠다.

사대부가 무엇인가, 선비란 무엇인가? 조선 5백년을 지탱해온 양반 사대부들이 이끌어 온 이 나라가 이제 왕실도 무너지고 조정도 다 무너져 내리고 있다. 평생을 공자와 맹자의 가르침으로 선비의 도리를 지켜온 수많은 인재들은 다 어디로 가고 이제 권력을 탐하는 모리배들만 남아서 일본세력과 야합하고 있었다. 굶어 죽을지라도 함부로 몸을 굴리지 않는다는 선비의 길이 과연 지금에 와서 어떤 의미를 갖는 것인가?

일본의 잔혹하고 무도한 칼잡이들이라는 무사들은 평소엔 농사를 짓고 농부로 지내다가 전쟁이 나면 칼을 들고 전장에 달려갔다고 들었다. 서양의 나라들도 장사하는 상인들이 귀족이 되고 양반들로 행세하여 나라를 세우고 부강하게 하였다고 들었다.

조선의 선비들이 무엇을 잘못했는가? 해야 할 일을 하지 않고, 버려야 할 것을 버리지 않았고, 소중히 해야 할 것을 천하게 여겨 버리고, 욕심을 내지 말아야 할 곳에 욕심을 낸 우리 모두의 책임이었다. 공자도 선비가 상사하는 일이 부끄럽지 않은 일이라 하였는데 왜 조선의 선비들은 사농공상의 신분적 차별을 당연시하고 서로 간의 당파싸움으로 나라가 이 지경이 되도록 했는지 부끄러울 따름이었다.

양반인 김 진사 자신도 양반의 특권을 누리기 위해 이런 모순을 모른 척하지 않았던 것이 아닌가. 이 모든 것은 사대부의 지나친 욕심과 이기적인 생각으로 그들이 이익만을 탐한 결과였다.

인간의 본성은 다 같은 것이거늘 제도적으로 억누를 수 있는 것이 아니다. 인간의 욕망을 무지함으로 제어할 수 있는 것은 더욱 아니며 결국 세종대왕께서 한글을 만드신 연유도 거기에 있었다. 모든 백성이 글을 깨우쳐 배우면 자각하게 되고 사리를 구분할 수 있게 되어 사람 사는 이치를 더욱 잘 깨닫게 될 것이라 하였다. 그러나 집단의 이기심과 탐욕은 모든 사람에게 공평하게 나누는 것을 내버려두질 않는다. 권력도 그렇고 재물도 그렇다. 이것이 인간의 원래 가지고 있는 본심이라 했다. 끝없는 욕망과 집착이 사람과 인간사회를 병들게 한다.

아래위가 같이 적당히 나누고 함께 산다는 생각을 진작부터 했더라면 나라가 이 지경까지 이르지는 않았을 것이다.

내려오는 내내 이런저런 무거운 생각이 김 진사를 누르고 있었다.

12

콩나물 장사의 기술

　이른 아침 새벽닭 우는 소리에 설 잠을 깬 준마는 두 팔을 쭉 뻗어 뒤로 제쳐 기지개를 한껏 켰다. 바로 일어나 바지춤을 대충 추스르고 마루를 내려와 빠른 걸음으로 뒤뜰로 향했다. 뒤뜰 담장 밑에는 넓적한 돌로 평평하게 다진 장독대가 있고 그 위로 작고 높이가 낮은 떡시루 모양의 장독 여러 개가 가지런히 놓여 있었다.

　준마는 첫 번째 장독의 뚜껑을 두 손으로 조심스럽게 들어 올려 장독 속을 들여다보았다. 그리고 밑바닥에 덮여 있는 삼베의 한쪽 모퉁이를 살짝 들치고는 호기심이 가득 찬 얼굴로 장독 속을 꼼꼼히 확인한 다음, 다시 조심스럽게 삼베를 제자리에 내려놓았다. 그러곤 우물에서 길어온 물을 바가지로 퍼서 넓게 편 손바닥 위로 흩뿌리기 시작했다. 물이 골고루 삼베 위로 퍼지도록 조심스럽게 다루는데 아이들이 잡은 송사리를 손바닥에 담아 바가지에 옮기듯 했다.

　오늘도 준마는 장독 속의 물에 담긴 썩은 콩들을 걷어 내면서 서책에 무엇인가 적고 있었다. 콩은 물에 오래 담그면 썩게 된다. 썩은 콩을 유심히 쳐다보면서 준마는 깊은 생각에 잠겼다.

조선의 겨울은 매섭게 춥고 또한 길었다. 겨울에는 매서운 추위에 채소도 자라질 않아 채소를 생산할 수가 없었다. 겨울에도 사람들이 채소를 먹을 수 있도록 할 수 없을까? 조선은 쌀이 수식이었고 경작물의 대부분도 쌀이었다. 겨울에도 쌀을 주식으로 해서 생활하는데 춘궁기에 대비해서 옥수수를 말렸다가 겨울에 쪄서 먹었다. 잘사는 양반들이야 쌀과 갖은 곡식으로 떡을 해 먹거나 말린 해산물이나 꿀 등으로 여러 가지 음식을 해먹을 수 있었으나, 가난한 형편의 백성들로서는 쌀도 구하기 어려운 형편에 다른 음식 재료는 생각도 못할 터였다.

한의원 김 생원이 사람은 한 가지 음식만 먹으면 안 되고 골고루 음식을 먹어야 몸의 병이 생기지 않는다고 했다. 특히 고기나 채소를 골고루 먹는 것이 중요한데 죽으로 하루 두 끼 때우기도 어려운 서민들이 값비싼 고기는 쉽게 사 먹을 수 없었다. 채소 또한 조그만 밭떼기조차도 없는 백성이면 구하기가 쉽지 않았다. 게다가 언감생심으로 겨울에 채소는 구경도 못하니, 병으로 단명하는 것을 당연한 하늘의 이치로만 알고 지냈다.

김 생원은 물의 중요성을 특히 강조했다.

"사람의 몸은 대부분이 물로 되어있다. 그래서 사람이 살아가는 데는 물이 가장 중요한 것이다. 또한 살과 뼈를 이루는 여러 물질이 있는데, 인간이 살아가는 데 필요한 영양분들은 대부분 음식물에서 얻게 된다. 사람들이 병을 얻는 것도 실은 따지고 보면 제대로 골고루 음식물을 섭취하지 못해서 생기는 것이다."

생각을 이어가던 준마는 오래전 부친과 함께 상단의 거래일로 만났던 청나라 상인 동순태상단의 대행수 담걸생을 만났던 일이 기억났다. 담걸생 대행수와 점심식사를 하는데, 잘 차려 내놓은 채소 중에 하얀 나물이 있었고 깨끗한 것이 보기에 좋았다. 맛이 좀 비리기는 했지만 양념을 잘 하여 찬으로 내놓았는데 정갈하면서도 먹을 만하였다. 숙주를 넣어 끓인 국을 밥과 함께 먹었는데 특이한 향과 맛이 있었다.

"상해에서는 사람들이 숙주나물을 주로 먹습니다. 겨울에도 녹두를 물에 불렸다가 물만 주면 숙주가 자라는데, 이것이 겨울에 먹기엔 가장 좋은 채소가 됩니다. 겨울에는 채소를 기를 수가 없으니 구할 수가 없지요. 그런데 이 숙주나물은 녹두로 보관하고 있다가 물을 주면 싹을 틔워 채소가 되니 겨울에도 영양분을 얻을 수가 있는 겁니다. 청나라에선 사람들이 이렇게 해서 음식을 골고루 먹으니 병도 예방이 된답니다."

담걸생은 고향 상해에 대한 자랑을 하면서 숙주나물을 소개하였다. 준마는 난생 처음 먹어보는 숙주나물이 특이하면서도 인상 깊게 기억에 남았다.

'겨울에도 사람들이 먹을 수 있는 채소를 조선에서 만들 수만 있다면 어떨까?'

그런 생각이 불현듯 준마의 뇌리를 스치고 지나갔다. 숙주는 주로 남방에서 나는 녹두를 사용하는데 조선에서는 녹두가 많이 나질 않아서 값이 비쌌다.

'그렇다면, 비슷하게 생긴 콩이면 어떨까?'

콩이라면 조선 천지 어디라도 흔하게 생산되었다. 조선은 콩의 나라라고 해도 과언이 아니었다. 중국과 일본보다 그 종류가 훨씬 많고 세계에서도 이렇게 콩의 종류가 많은 나라는 없었다. 조선의 토양이 콩의 재배에는 더할 나위 없이 좋았다. 콩으로 싹을 틔워 채소를 만들 수 있다면 겨울에도 값싸게 채소를 먹을 수 있을 것이다. 그렇게 하여 사람들이 영양부족으로 병이 생기는 것을 막게 된다면, 이는 사람들에게 크게 이로운 일이다.

'그래! 콩이라고 안될 것도 없지.'

준마는 그 가능성을 생각하면 할수록 심장이 뛰면서 기분이 날아오르는 것을 느꼈다. 그 길로 준마는 방에 틀어박혀 옛 문헌들을 찾기 시작했다. 의원에게 부탁해서 책을 빌리고 콩에 대해 여러 차례 묻고 배우기를 하면서 콩에 대한 연구를 시작했다.

준마는 마당 뒤편에 장독대를 여러 개 늘어놓고 콩을 종류별로 넣어두고는 물을 주고 있었다. 장독 밑으로 촘촘히 구멍을 내고 그 위에 대나무 받침을 놓은 다음 물에 불린 콩을 넣고 계속 물을 주면 되었다. 첫 번째 독에는 아침과 점심 저녁에 한 번씩 세 번 물을 주고 다른 독에 든 통에는 하루에 한 번, 그 다음 독에는 하루에 네 번 주었다. 그 다음 독에는 종류별로 콩을 넣는데 다른 독에는 한 가지의 콩을 넣어두었다. 콩나물은 물을 자주 주어야 하는데 콩이 물속에 잠길 정도가 되면 콩이 썩어 버렸다. 그래서 물이 고이지 않도록 물이 아래로 빠지도록 했다. 콩의 상태를 보아가면서도 물을 주어야 했다.

수확한 콩에는 흙, 돌, 모래, 짚 등 여러 불순물이 섞여 있어 이것을 물로 깨끗이 씻어 제거해야 했다. 이때 콩 표면과 표면이 마주치는 마찰로 인해 껍질이 조금 파괴되는데 이 과정에서 수분이 잘 침투하여 발아를 잘되게 하였다. 콩 눈의 발아를 촉진하기 위해서는 콩을 대략 4~6시간, 약간 따뜻한 물에 불려야 하고 물속에서 자주 저어 주어야 했다. 물에 너무 오래 담그면 생장력이 약해지기 때문이었다.

한편 속성으로 하려면 뜨거운 물에 약 3시간 정도 담그는 방법이 있는데 이럴 경우는 콩을 소독하는 효과도 얻고 발아를 일찍 일으켰다. 콩나물을 재배하면서 물을 계속 부어주는 것은 수분을 공급함은 물론이고 성장과정에서 생기는 열을 식혀주기 때문이었다. 콩나물 재배에 있어서 물이 부족하면 콩이 변질 또는 생육상태가 나빠지게 된다. 그래서 처음 싹이 나오게 되면 열이 많이 나기 때문에 물을 더 자주 주어야 했다. 콩나물 싹이 두 세치 정도 올라왔을 때는 물을 다른 시기보다 더 많이 주어야 했다. 또한 물이 부족하면 잔뿌리가 많이 생기게 되므로 충분한 양을 주어야 하는데 적합한 수량은 콩나물 중량에 대하여 100~150배 정도이다. 3일이 지나면 반쯤 자라고 7일이면 3치 정도 자라는데 대개 이 정도면 다 자란 것이다.

"준마야! 어디니? 진홍이 왔다."
어릴 때부터 늘 보고 자란 진홍이는 마치 자기 집 마냥 백가객주를 들락거렸다.
"웬일이야?" 준마는 장독 속의 물에 잠긴 콩을 살펴보며 손으로 저어 주고 있었다.
"아빠가 홍삼 견본을 가져오라고 해서 잠깐 들렀어! 뭐해?"
"콩을 불리고 있어. 이렇게 물에 불려야 돼."
"어디 봐."
진홍이 장독 있는 곳으로 다가서며 손을 장독 속으로 불쑥 집어 넣었다.
"이 콩으로 뭐하게?"
시원한 콩알들이 좌르르 진홍의 손가락 사이로 빠져나갔다. 그러다가 준마가 미처 손을 빼기도 전에, 진홍의 손과 준마의 손이 맞닿았다. 부드러운 진홍의 손이 가볍게 준마의 손을 잡았다. 서늘한 물과 동글동글한 콩들의 감촉이 진홍의 부드러운 손과 함께 잡히면서 준마는 얼굴이 금세 붉어졌다. 진홍의 몸에서 나는 상큼한 향기를 느끼는 순간, 마주친 진홍의 두 눈에서 짜릿한 느낌이 몸속으로 스쳐 들어왔다. 진홍의 얼굴도 이내 붉은 빛으로 물들었다. 한참을 그저 그렇게 물속에서 손을 잡고 있었다. 그냥 그렇게 있었다. 가볍고도 즐거운 흥분이 마음속에 일어났다.

"진홍아 저녁 먹고 가라!"

그때 준마의 모친이 집 부엌에서 불렀다.

"아니요, 일찍 가봐야 돼요. 홍삼 견본이 준비되면 바로 가봐야 해서요."

콩나물로 이용되는 콩들은 다양하게 많은데 이들 중에서 가장 적합한 종자를 선택하는 일이 중요하였다. 최근에 백가객주에서 콩을 거래해 본 경험이 있는 터라 다양한 콩의 종자를 구하는 일은 어렵지 않았다. 하지만 크게 자랄 수 있고, 쉽게 썩지 않고, 맛이 좋은 종자를 찾는 일에 생각 외로 많은 시간이 소요되었다. 조선에서 나는 콩의 종류는 약 30여종이 있는데 콩나물로 쓰는 콩은 중간크기보다 작은 종자를 주로 사용했다. 콩나물 원료가 되는 콩은 크게 세 종류를 사용했다. 첫 번째는 쥐 눈처럼 작고 검게 생긴 서목태(쥐눈이 콩)로 약콩이라고도 부르는데 조선 어디에서도 잘 자랐다. 두 번째는 중남부지방에서 많이 나는 오리알태로 오리알과 같이 생기고 바탕에 검은 반점이 있다. 세 번째로 준저리콩은 황색바탕의 극소립으로 성장 속도가 빠른데 진도, 해남, 완도, 제주 등 주로 남해안 일부에서 생산되었다. 나물콩은 같은 품종이라도 생산지와 수확 후 의 건조 및 저장조건 등에 따라서 발아율(發芽率),

신장률(伸張率) 및 생산량 등에 현저한 차이가 있으므로 적절한 품종을 선택하는 것이 콩나물 생산의 중요한 요소였다.

동의보감에 콩나물은 온몸이 무겁고 저리거나 근육과 뼈기 이플 때 치료되고 제반 염증소견을 억제하고 수분대사를 촉진하며 위의 울열을 제거하는 효과가 뛰어나다고 기록되어 있다. 조선에서는 채소나 식물을 재배할 때 대부분 인분을 비료로 쓰는데 불결하기 짝이 없었다. 게다가 각종 해충이 싹을 갉아먹고 날씨에 따라서 채소의 생산이 불규칙하여 가격 또한 제각각 변하였다. 그에 비하면 콩나물은 물로만 재배할 수 있고 사람이 그저 물만 주면 되니 생산비도 저렴하고 깨끗하게 먹을 수가 있으니 건강에도 좋고 병에 걸릴 염려도 없었다.

이런 좋은 채소를 두고 약으로만 겨우 사용했다니 준마는 믿을 수가 없었다. 이제 채소를 먹는 방법을 찾고 좋은 점을 고객들에게 알려주면 되는 것이다. 이미 중국에서도 콩이 고기 못지않게 좋은 양분이 있어서 여러 가지 음식 재료로 가공해서 먹고 있었다. 두부도 그렇고 기름을 짜거나 삶아서 그냥 먹기도 했다.

"요즘 준마가 좀 이상해진 것 같지 않아요?"
행수부인 김진옥이 아들 걱정에 백춘삼에게 넌지시 물었다.
"요즘 밖에 나가 돌아다니지도 않고 방에 틀어박혀서 종일 저러고 있어요. 의원에게서 책들을 빌려와서는 하루종일 책과 씨름을 하지 않나, 그러다 어느 틈엔가는 한참을 사라지고 없지요, 무슨 일이 있는 것 같으니 행수께서 잘 좀 살펴보시구려."

"사내놈이 이제는 장가를 가고 제힘으로 살림을 낼 정도로 나이도 찼는데 부인께서 뭘 그리 걱정하시는 게요. 그냥 두고 봅시다. 준마도 이제 스스로 뭔가 하고 싶은 걸 찾은 모양이니 그냥 모른 척 두고 보는 게 좋을 듯 하오."

"어디 아픈 거 아닌가요? 갑자기 왜 의서를 보는 건지 모르겠습니다."

"준마는 타고난 건강 체질이라 아픈 것은 아닐 거요. 뭐 나름대로 궁리하는 게 있을 테니 더 두고 봅시다."

그로부터 며칠, 백가객주는 오늘도 바쁘게 하루 장사를 끝냈다. 백춘삼이 객주의 문을 닫고 저녁상을 받는데 밥상에 처음 보는 나물이 한 접시 올려져 있었다.

"이건 처음 보는 나물인데 어디서 난 것인가? 임자."

"한번 드셔 보시지요, 살짝 데쳐 양념을 해서 올렸는데 맛은 괜찮은지요? 반찬으로 어떨지 여쭤봅니다."

"맛은 그런대로 먹을 만합니다. 싱싱해 보이고 맛도 괜찮소. 그런데 도대체 이 나물은 무엇이고 이름은 무엇입니까?"

모친이 얼굴을 돌려 멀리서 조용히 이 광경을 지켜보던 준마에게 눈짓했다.

"준마야, 어서 아버지께 소상하게 이 나물에 대해 말씀을 드리거라."

놀란 얼굴의 백춘삼이 얼굴을 들어 준마를 쳐다보았다. 이윽고 준마가 천천히 다가와 앉으며 설명하기 시작했다.

"제가 요즘 새로운 채소를 하나 길러봤습니다. 이 채소는 기르는 데도 간단하고 물로만 자라는 채소라 깨끗하고 건강에도 좋지요. 조선에서는 사람들이 그동안 먹지 않았던 채소입니다."

접시 쪽을 일별한 준마는 다시 입을 열었다.

"사실 그동안 부모님께 말씀을 드리지 않고 비밀스럽게 연구해 오던 것이 바로 이 채소를 기르는 방법을 찾고 있었던 것입니다. 오래전에 담걸생 대행수 댁에서 식사를 하던 중, 숙주나물을 찬으로 먹어본 적이 있었습니다. 그때 숙주를 녹두로 만든다는 것을 듣고 제 나름대로 녹두와 비슷한 콩을 떠올렸습니다. 그리고 의원이신 생원댁에서 의서를 찾아보았는데 조선시대에도 콩에 싹을 내서 약으로 썼다는 기록을 보게 되었습니다. 그때부터 이 콩을 숙주나물처럼 길러서 사람들이 먹을 수 있지 않을까 생각하여, 이 나물을 기르는 방법을 연구하게 되었던 것입니다. 그동안 부모님께 말씀을 드리지 못한 것은 죄송하오나 사실 연구에 지장을 받을까 염려하였기에 그리하였던 것입니다."

백춘삼은 놀라운 기색이 역력하였다. 그동안 준마가 상단 일에 별 관심이 없어 보이고 꾀를 피운다고 생각하여 아들에 대한 걱정이 많았다. 하지만 이제 이렇게 나름대로 장사에 대해 궁리해 왔다니 놀라움과 기특함에 가슴이 메어 오는 것 같았다.

'준마가 어느새 이토록 의젓하게 생각이 깊어졌단 말인가?'

그는 벅찬 감동으로 준마를 쳐다보았다.

"그래. 이 채소를 물로만 키운다는 얘기냐? 땅에서 비료를 주지 않아도 된다는 것이냐?"

"예 그렇습니다. 땅도 필요 없고 그저 제가 개발한 옹기에서 물만 주면 됩니다."

"이름은 무엇이냐?"

"콩나물이라고 이름을 지었습니다."

좀 있다가 부엌에서 미리 준비된 콩나물탕이 들어왔다.

"좀 드셔 보시지요. 끓는 물에 콩나물을 넣어 탕으로 만들어 먹으면 국물 맛이 시원합니다. 그리고 생으로 이렇게 양념을 넣고 묻혀서 먹어도 됩니다. 물론 깨끗하니까 많이 씻지 않아도 됩니다. 그저 조금 물로 조금만 씻고는 바로 양념을 해서 드시면 됩니다."

그렇게 준마는 콩나물이라는 새로운 채소를 만드는 데는 성공했다. 하루하루 싹이 터서 자라는 콩나물을 보면서 준마는 스스로가 신비롭게만 느껴졌다.

"콩님이시여, 이 콩나물로 제가 조선의 제일 갑부가 되게 해 주시옵소서!"

문제는 파는 일이 남았다. 이것을 조선사람들이 먹도록 알리는 것 또한 중요했다. 어떻게 팔 것이냐? 좋은 물건일지라도 고객에게 알리고 인정받는 것이 중요하다. 콩나물의 좋은 점을 고객들에게 알리는 것과 판매하는 방법도 찾아야 했다. 그리고 대량생산을 하고 판매조직을 갖추는 일도 중요한 일이었는데 상당한 자금이 필요했다. 자금을 마련하고 판매조직을 만드는 일이 생각처럼 간단하지가 않았다.

잠시 머리도 식힐 겸 객전을 나와 먼바다를 바라보았다. 바다 밑으로는 섬들 밖으로 밀려 나갔던 물길이 어느새 해안가로 다시 돌아올 채비를 하는 듯, 바다 위로 잔물결이 조금씩 일어나고 있었다. 서서히 해가 넘어가는 늦은 오후도 항상 그렇듯이 바다로부터 시작되고 있었다.

준마는 앞을 내다보며 일전의 문제를 다시 떠올렸다. 대량 생산을 하여도 유통이 어렵다면 민간에서는 쉽게 먹을 수가 없다. 준마는 보부상의 유통조직을 이용하면 마을 단위로 많은 양을 만들어도 쉽게 고객들에게 팔 수 있을 것 같았다. 어떻게 시작을 해야 하나, 궁리를 거듭하던 중에 딱 떠오르는 인물이 있었다. 바로 청나라 동순태 상단이었다.

13

해와 달의 동업자

　내일은 백가객주와 청국상인 동순태 상단의 콩나물 사업 동업을 기념하는 축하잔치가 열리는 날이다. 오늘의 해가 질 무렵 준마는 잠시 객전을 나와 언덕 위 공터에서 바닷가를 바라보며 한동안 우두커니 서 있었다. 그동안 콩나물을 만들기 위해 고생했던 일들을 생각하며, 이제 점차 사업에 대한 눈을 뜨기 시작하는 자신이 대견스럽기도 하였다. 다른 한편으로는 인천 감옥에서 김창수를 만나 나누었던 얘기들이 떠올랐다. 여러 생각을 환기해 주는 바닷가 노을은 언제나 그랬듯이 여전히 작은 섬들과 수평선 위에 넓게 번지면서 붉게 물들어갔다. 전에 잠시 하늘에 스쳐 보였던 붉은 노루 한 마리가 나타나 먼 바다 위로 달려가면서 사라지는 것이 보였다. 눈이 맑게 빛나는 노루였다. 준마는 그렇게 신기루인지 무엇인지 모를 노루의 형상을 가끔씩 포착했다. 딱히 기이하고 놀랄 만큼 환상적이기 보다는 흘러가는 구름처럼 자연스러웠으므로, 준마는 그저 바라만 볼 뿐이었다.

　잔치 당일 아침, 일찍부터 동순태 객주 문 앞에는 붉은 등이 걸리고 사람들은 갖가지 동물의 형상을 한 연등이며 장신구들을 열을 맞추어 공중에 매달았다. 다채로운 등의 불빛들이 마당을 가로질러 매달려 주위를 밝히자 축제의 분위기가 한껏 달아오르기 시작했다. 모여든 사람들은 풍악 소리와 화려한 연등의 불빛에 저절로 흥이 났다. 조용히 돼지 머리나 올려놓고 축원제(祝願祭)나 지내자고 했으나, 담행수기 잔치를 크게 하자고 우기는 바람에 이렇게 온 시가지를 떠들썩하게 만든, 거창한 축하 행사가 되어버렸다.

대청마루 안쪽 한쪽 벽에는 재물의 신인 관운장을 모신 사당이 있고 그 관운장상 옆엔 콩나물 신을 모신 그림이 크게 자리 잡고 있다. 콩나물 신은 호리호리한 모습으로 날렵하게 하늘을 날아오를 듯이 옷을 펄럭이는 모습으로 서 있었다. 그 형상이 마치 하늘에서 신선이 내려온 듯했다. 조선의 콩나물 신이 탄생하는 순간이었다.

그 앞에서 담걸생 대행수가 사업을 번창하게 해달라는 축문을 큰소리로 읽어 내려갔다.

"재물의 신인 관운장이시여. 동순태의 새로운 사업에 큰 재물을 내려 주시기를 비나이다. 콩나물 신이시여, 조선사람들이 콩나물을 먹고 건강하게 살도록 간청하오니 도와주시옵고 콩나물사업으로 많은 돈을 벌게 해주소서."

잔치라는 말 하나만으로 몰려 와 행사의 목적이 무엇인지도 잘 몰랐던 사람들은 잘 차려진 음식을 먹으며 콩나물에 대한 궁금증이 더해 갔다.

"콩나물이 뭐지?"

"콩의 싹을 틔워서 만든 채소라고 하네. 채소에 똥 거름도 주지 않고 만들었다고 하니까 깨끗하고 해충도 없어서 사람들이 먹으면 병도 안 걸린다고 한다네."

"동의보감과 향약구급방이라는 의서에도 병을 고친다는 기록이 있데요."

모인 사람들은 처음 보는 콩나물에 대한 호기심으로 저마다 한마디씩 했다. 풍악 소리와 징 소리가 거리에 떠들썩하게 울려 퍼지고 한바탕 질펀한 놀이마당이 펼쳐진다. 용과 사자탈을 쓴 탈춤꾼이 소리에 맞춰 신나게 뛰어 날고 나팔소리와 꽹과리 소리로 흥을 돋우는데 참석한 사람들도 덩달아 흥이 났다. 청나라 상인들이 많이 참석하고 외국인들과 일인들도 많이 참석하였다.

준마는 그 중심에 서 있었다. 훈훈한 마음으로 잔치를 즐기는 사람들을 지켜볼 제, 사람들 사이를 분주히 오가면서 음식을 들고 나르는 진홍의 모습이 보였다. 치파오로 잔뜩 멋을 낸 진홍은 준마를 발견하고는 웃음을 띠며 고개를 살짝 숙여 인사를 한다. 여러 개의 시식 탁자에는 콩나물을 다양하게 요리하여 종류별로 대형 접시에 보기 좋게 담아 놓았다. 사람들은 처음 보는 콩나물을 신기한 듯 이것저것 맛을 보았다.

"콩나물이 깨끗해서 위생적인 것 같아."

"이제까지 본 채소 중에 제일 깨끗하고 신선하네."

"맛도 좋은데?"

사람들은 저마다 콩나물에 대해 다양한 생각들을 쏟아 냈다. 아이들을 데려온 부인 쪽에서는 이러한 대화도 들렸다.

"이 채소 먹으면 키가 큰다더라."

"정말이에요? 그럼 저 먹어 볼래요, 어서 사주세요!"

아이들은 키가 장대같이 커진다는 말에 너도나도 콩나물을 사달라고 졸랐다.

이윽고 해가 저물어 가면서 한바탕의 축제가 끝나고 서서히 사람들이 하나 둘 자리를 뜨기 시작했다. 콩나물 신에 대한 축하연은 사람들에게 콩나물에 대한 궁금증을 더하게 만들었고 성황리에 막을 내렸다. 담걸생은 잔치를 마치고 사람들을 배웅하면서 이만하면 조만간 콩나물에 대한 소문이 온 동네에 퍼져 나갈 것으로 확신하였다. 콩나물 공장 상량식은 이렇게 거창하게 끝났다.

이제 동순태 상점과 백춘삼 상단과의 본격적인 동업이 시작되었다. 콩나물을 만드는 것은 동순태에서 주도하여 만들되, 백가객주에서 기술을 제공하고 품질관리를 하는 협업으로 생산하기로 했다. 특히 서울에서 큰 객주를 운영하는 동순태 상점이 서울지역을 맡아서 팔기로 하였다. 인천지역의 판매는 백춘삼 상단이 맡기로 했다. 자금은 대부분 동순태 상단이 투자하기로 하였다.

준마는 콩나물을 일단 푸성귀전에서 팔아 보기로 하였다. 푸성귀전 몇 군데에서 콩나물시루에서 기르는 그대로의 상태를 가게 좌판에 놓고 팔기 시작했다. 한편으로 보부상들이 콩나물시루를 지게에 지고 다니면서 팔거나, 또는 물지게처럼 어깨에 콩나물시루를 메고 다니면서 팔도록 했다. 사람이 많이 사는 시가지 중심지에서 콩나물시루를 쉽게 운반할 수 있는 수레도 특별히 제작하였다.

아침 일찍 백가객주 앞에 보부상들이 줄을 길게 늘어섰다. 콩나물시루를 지게에 지고는 각자 맡은 구역으로 다들 흩어져서 골목골목을 다니면서 콩나물을 팔러 나갔다. 사람들은 처음에는 콩나물을 신기하게 쳐다보고는 좀처럼 사려고 하질 않았다. 그래서 콩나물을 고춧가루 양념에 잘 무쳐서 사람들에게 먹어보게 하였더니 그 맛을 보고 조금씩 입소문이 나기 시작했다. 이제는 콩나물을 사려고 때에 맞춰 보부상이 지나가기를 기다리는 사람들이 점차 늘어났다.

서울에서는 동순태 상단이 서울 중심가에서 판매를 시작했고 송파에서는 이득만 송파 접장이 판매를 담당했다. 점차로 콩나물이 아이들 키도 크게 하고 몸에 좋다는 소문이 퍼지기 시작하자 순식간에 판매가 급증하기 시작했다. 무슨 일이든 하찮아 보이는 것도 조금만 생각을 다르게 하면 새로운 사업기회가 생기는 법이다. 이제 두 상단은 콩나물사업을 공동으로 운영하는 국제 합작회사를 만들어서 운영하게 되었다. 이미 상해에서 국제적인 사업운영과 숙주나물을 판매해 본 경험이 있는 동순태 상단의 힘이 많이 도움이 되었다.

그렇게 동순태 상단과 백가객주는 콩나물사업으로 막대한 이익을 올리게 되었다. 동순태는 콩나물 외에도 청나라에서 들어온 새로운 채소들을 함께 팔면서 백가객주와 협력하며 점차로 사업분야를 늘려 나갔다. 농순태는 이미 조선에서도 알아주는 대상단으로 올라시게 되었고 백가객주 또한 거상으로 자리 잡게 되었다. 이때까지 백가객주가 벌어들인 돈을 불과 1년에 다 벌어들일 것 같았다. 사업이란 한번 궤도에 오르면 생각지도 않은 엄청난 수익을 올릴 수 있는 분야였다. 운일 수도 있고 때를 잘 맞춘 탓일 수도 있다. 그러나 어찌되었던 준마는 사람들에게 필요한 채소를 개발했고, 이제까지 사람들이 구경도 못하였던 새로운 채소를 생산했다. 수많은 실패 끝에 스스로의 창의적인 생각과 노력으로 새로운 물건을 만들어 냈다.

준마는 요즘 콩나물에 쓸 좋은 콩을 구하느라 정신없이 바쁜 나날을 보내고 있었다. 콩 산지로 소문이 난 내륙지방을 일일이 찾아다니면서 콩을 직접 고르고 구매하는 일을 담당했다. 내일은 콩나물에 쓸 콩 산지로 이름난 충청북도 보은으로 갈 예정이다. 최근 그곳에서 생산된 쥐눈이콩이 콩나물 생산에 적합하고 풍작이라 값도 많이 내렸다고 했다. 먼저 수원을 거쳐 오산, 천안을 지나 보은으로 갈 것이다. 가는 길에 공주에 들러 밤 시세를 알아보고 다음으로 인근의 마곡사에 잠시 들러 볼 예정이었다.

시간은 흐르고 작년보다 콩이 잘 여물어 갔다. 준마는 보은에서 콩을 밭떼기로 선매하는 조건으로 값을 깎아서 구매했다. 계약금을 치르고 서둘러 공주약령시를 들른 다음 일전에 만났던 공주임방 안길상 접장을 방문하였다. 안행수는 요즘 왜상들의 발길이 잦아지는데 왜상들이 점포를 내려고 토지를 사겠다고 알아보고 다닌다고 하였다. 일본으로 콩을 가져가겠다고 대량 매집을 시도하는 왜상들도 자주 온다고 하였다.

마지막으로 준마는 공주 태화산에 있는 마곡사를 찾았다. 온통 굴참나무와 소나무가 우거진 길을 한참을 따라 오르니 규모가 큰 절이 나왔다.

"원종 스님을 뵈러 왔습니다."

"예, 잠시 기다리시죠." 보살은 잠시 후 준마에게 들어올 것을 안내했다. 보살을 따라 백련암 앞에 이르자 원종 스님, 김창수가 나와서 준마를 반갑게 맞았다.

"준마 아우님 아니신가? 어서 오게."

"예, 형님! 아니, 스님!"

"하하, 이게 얼마만인가? 들어오시게."

암자는 작지만 깨끗하고 정갈했다. 김창수가 이곳에 들어와 원종스님으로 있는 것도 어느덧 일 년이 다 되어가고 있었다.

"몸은 건강하신지요?"

"다행히도 무탈하게 잘 지내고 있네, 그래 사업은 잘되어 가시는가?"

"예. 최근에 콩나물사업을 새로 시작했는데 장사가 제법 잘되고 있습니다."

"콩나물?"

"예, 중국의 숙주나물처럼 콩에 물을 주고 기르면 야채가 되는데 이것이 바로 콩나물입니다."

"준마 아우가 상재가 있어서 무엇이든 예사로 듣고 보는 것이 없었지, 잘 되었네."

"얼마 전엔 고종황제를 알현했습니다. 황제께서 형님 이야기를 하시더군요. 형님이 탈출한 것까지 소상히 알고 계셨습니다. 이용익 대감이 그 자리를 주선했는데, 보부상 출신인 대감이 저에 대한 소문을 듣고 사람을 보냈던 것입니다."

오랜만에 만난 두 사람은 밤이 깊어지도록 이야기를 계속했다. 원종 스님, 김창수는 준마를 보자 이루 말할 수 없이 기뻐했다, 인천 감옥에서 동생처럼 아끼고 제자처럼 돌봐 주었던 준마에게 세상 돌아가는 얘기를 전해주고 가르쳤다. 그는 진실로 준마를 동생이며 제자로 생각하였다.

"그러게, 독립협회는 무엇이고 황실협회는 다 무엇인가? 다 나라 사랑하는 마음은 같은 것인데, 방법을 몰랐을 뿐이고 시기가 달랐던 것뿐이지. 다 마음은 거기가 거긴 것을, 서로 다툴 일도 없는 것이지. 이걸 보면서 왜놈들이나 서양 놈들이 뭐라 하겠는가? 다 우리가 힘이 없고 세

벼랑 끝의 조선

상 돌아가는 사태를 보는 분별함이 부족한 탓일세, 나라를 움직이는 상하좌우를 지탱하는 큰 틀의 조화가 깨지면 도무지 회생이 어려운 지경에 이른다는 것을 조선이 톡톡히 깨닫는 것이지.”

감창수의 말에 준마가 긍정의 고개를 끄덕이며 말했다.

"아, 그러고 보니 말입니다. 요즘 제가 가끔 꿈을 꾸거나 저녁노을을 쳐다볼 때, 노루가 스쳐 지나는 것이 보일 때가 있습니다, 환상으로 보이지만 그래도 어떨 때는 생생하게 보이기도 합니다, 왜 그러는지는 저도 모르겠습니다. 혹시 형님은 이러한 노루에 대해 아시는 바가 있으실지요?”

"그랬구먼? 뭐 특별히 신경 쓸 것은 없네, 피곤하거나 하는 일이 복잡할 때 나도 그런 환상이 보이는 적이 더러 있지. 노루는 하늘과 연결되어 있어서 하늘의 소식을 전하는 신성한 동물이라고도 하지, 그래서 행운을 가져다 준다고 하네. 그러나 동시에 불행을 가져다 주는 불길한 징조로 여겨지기도 하지.”

김창수가 사뭇 진지해지더니 차를 한 모금 마신 다음 이야기를 이었다.

"행운과 불행이 노루 안에 다 있다? 이것은 뭘 얘기하겠는가, 이것은 자네가 생각하기에 따라 하는 일이 좋은 일이 될 수도 있고 아닐 수도 있다는 뜻 아닌가. 지금 우리가 지내오면서 하고 있는 모든 일들이 생각하기에 따라 행운으로 나타날 수도 있고 아닐 수도 있다는 것이지.”

"제 생각 말씀인지요. 하하, 언제나 복잡한 생각거리만 가득한 터인데 이거 어쩌지요?"

"나 또한 그렇다네. 크게 괘념지 말고 노루의 맑은 눈을 상상하시게, 그러면 하늘은 우리 편이 되어 줄 것이네. 하하하하."

"예, 스님은 앞으로 어떻게 하실 예정이십니까? 이곳 암자에 계속 계실 것인지요?"

"지금으로서는 당분간 여기서 지낼 걸세, 앞날이 어떻게 될지는 좀 더 두고 보세. 내 무슨 변동이 있을라치면 아우에게 바로 연락하겠네!"

태화산 깊은 곳의 암자에서 두 사내는 밤하늘을 쳐다보며 얘기했고 또 두 사람은 나란히 누워 함께 부엉이 우는 소리를 들었다.

다음날 아침상을 사이에 두고 마주 앉은 두 사람은 다시 감회가 새록새록 솟아오름을 느꼈다, 지난날 인천 감옥의 밤에 그 독한 벼룩과 빈대와 싸우면서 잠을 청하면서도 아침에는 눈을 뜨고 일어나 서로 살아 있음에 감사하며 밥을 나눠 먹던 일들이 생각났다. 드디어 준마의 눈에 맺힌 눈물 한 방울이 보리밥 공기 위에 뚝 떨어졌다. 준마를 쳐다보던 김창수의 눈에도 이슬이 맺히고 있었다.

'제 나라에서, 그것도 주인도 아닌 왜놈들한테 쫓겨 다니는 신세가 다 무엇인가.'

'세상에 어디 이런 나라와 백성들이 또 있을꼬....'

벼랑 끝의 조선 173

김창수는 헤어지기 전 준마와 한참을 서로 부둥켜안고 헤어짐을 아쉬워했다. 암자 앞 바위에 서서 산 아래로 보이는, 길게 뻗어 있는 작은 길 끝으로 준마가 사라질 때까지 준마를 바라보았다. 준마를 배웅하는 김창수의 눈이 잠깐 가늘어졌다. 그가 암자에서 은거하는 동안 초청받지 않은 자들이 계속 조선의 깊은 곳으로 들어오는 것이 분명했다. 적이 조선의 깊은 곳으로 더 들어올수록 터를 잡고 살고 있던 사람들은 더욱더 멀리 밀려나고 있었다.

14

권세가, 공명첩 선비

천득을 부르는 성 진사의 쉰 목소리가 뒤뜰을 돌아 들려왔다. 천득은 장작을 패다 말고 득달같이 달려 성진사 앞에 조아리고 섰다.
"왜 이리 굼뜬 게야!"
"예 죄송합니다요, 진사어른, 장작을 캐고 있었습니다."
"오늘 관교 유림계 모임에 다녀올 테니 지금 따라나설 채비들 하거라."
"예, 계모임엔 시간이 오래 걸리는지요?"
"그건 왜 묻는 게야? 그냥 시키는 대로 하지 왜 물어."
"오늘 날이 흐린 걸로 봐서 비가 오기 전에 장작을 다 패서 창고에 쌓아 놓으려고요."
"잔말 말고, 곧 따라나설 채비를 하거라!"
관교까지의 길은 5리 길로 멀지도 않고 험한 길도 아니어서 혼자 봇짐을 지고 가도 되는 길이지만 성 진사는 항시 천득을 데리고 갔다.
계가 열리는 곽 생원집에서는 오늘 주지육림에 시를 짓고 기생을 불러 질펀하게 잔치를 열 예정이었다. 계 모임에서는 매월 1냥씩 추렴해서 모아 두었다가 마을 행사나 관아행사에 쓰는데 주로 신임현감 부임 때 크게 사용되었다. 오늘은 곽 생원이 모친 회갑연을 위해 마을 향반들을 불렀다.

성판학은 원래 양반 집안이 아니었다. 고조부가 외거 사노비였다가 젓갈 장수를 해서 돈을 모았다. 그리고 2000냥을 주고 속량하고, 부친 때는 결국 양반을 돈으로 사서 지금은 2대째 양반행세를 하고 있었다. 그가 양반들 모임엔 빠진 적이 없는데 그들에게 본인이 뚜렷한 양반 가문임을 주지시키기 위해서라도 매번 참석했던 것이다.

조선중기 선조 때 임진왜란에서 왜병의 목을 가져오면 노비가 속량하는 길로 면천을 해주었다. 왜병 1명의 목을 가져오면 상을 주고 2명의 목은 면천을 해주었다. 3명은 벼슬을 준다고 하여 당시 많은 노비들이 전쟁에 적극적으로 참가하였으나, 이마저 양반들이 결사 반대하여 결국 노비 면천 제도를 없애 버렸다. 결국 이후의 병자호란에서는 조정에 등을 돌린 백성들이 아예 전쟁에 참여하지 않거나 적극적으로 나서 싸우기를 꺼려하였다.

사실 수년 전까지 성 진사는 모임에 초대조차 받지 못했었다. 아무리 공명첩을 사서 양반이 되었다 한들, 고을에서는 모든 사람이 이미 근본을 다 알고 있는데 고을의 유림들이 인정해 줄 리가 만무하였다. 혼자 큰 갓만 쓰고 동네를 이리저리 다니면서 양반 흉내만 하고 다니던 성 진사는 결국 마을 사또와 연줄이 닿게 되었다. 뇌물로 사또의 환심을 사고 아전을 잘 구워삶아서 무시할 수 없는 연줄을 만들었다. 사또와 함께 유림 모임에 수차례 참석한 후에는 자연스럽게 계모임에도 참석 허락을 받았다. 물론 향리의 큰 어른, 한양에서 참판을 하고 귀향해서 노모를 모시고 살고 있는, 송 참판을 수시로 찾아가 공들인 결과였다. 송 참판이 다음과 같이 이야기해줌으로써 성 진사는 고개를 들 수 있었다.

"이제 세상이 바뀌고 주상께서도 반상의 구별을 두지 말고 노예 또한 해방을 하라는 칙령도 발표하셨습니다. 지금 일본과 서양의 문물이 쏟아져 들어오는데 언제까지 반상을 구별하고 있을 수는 없는지라, 성 진사의 과거 족보야 어찌되었던 이미 공명첩으로 양반의 반열에 올랐으니 인정하고 받아 주기로 승낙하였습니다. 이에 여러 선비들도 저의 생각을 따라 주셨으면 합니다."

일부 젊은 유생들이 반대를 하였으나 송 참판의 위압적인 언사에 눌려 이내 잠잠해졌다.

"그럼 오늘은 잔칫날이니 다들 한잔 하시지요."

이내 풍악소리와 함께 술이 여러 순배를 돌아 꽤나 거나하게 취기가 돌았다. 해가 서서히 넘어갈 때쯤에서야 다들 하나 둘 자리를 뜨기 시작했다. 천득은 마당 뒤편에서 기다리다 성 진사가 마당을 나오는 걸 보고 얼른 따라 나섰다.

"저녁은 먹었느냐?"

"예, 오늘은 마님 잔칫날이라 그런지 이놈 배가 터지도록 잘 먹었습니다."

"그래 잘 했구나. 네놈이 우리 집에 있은 지도 벌써 30년이 더 된 것 같구나."

"예. 햇수로 35년 입니다."

"오래도 되었구나, 세월이 그새 그렇게 갔구나."

여름의 끝자락에 걸쳐 있는 후덥지근하던 날씨도 저녁이 되자 조금은 죽은 듯하였다. 대청마루 뒤에서 불어오는 바람에 밀려서 조금은 서늘하게도 느껴졌다. 대청마루를 올라 방으로 들어가면서 성 진사는 천득에게 매실이를 불러 다리를 주무르라 명했다.

해가 서산에 걸리는 듯하더니 이내 어둠이 깔리기 시작했다. 매실이는 준마의 죽마고우 중 한 명, 복만의 누이이다. 이제 스물다섯이 넘어가는 나이로 수년 전부터인가 성진사가 저녁이면 가끔 불러서 다리를 주무르라고 해 왔다.

복만은 성진사가 누이를 부를 때마다 누이의 얼굴이 어두워지고 긴장하는 모습을 보았다. 언제부터인가는 누이도 체념한 모습이었다. 가끔은 얼굴에 멍이 든 자국까지 보였는데 아무 감정도 없는, 혼이 빠진 얼굴로 아침에 나타나서는 수심이 가득한 얼굴을 하고 밥도 잘 먹지를 않았다. 오늘도 성 진사의 방으로 고개를 푹 숙이면서 들어가는 누이의 모습을 보면서 복만은 속에서 무언가 끓어오르고 가슴이 메는 것을 느꼈다.

이제 복만도 어느덧 20이 넘어가는 어엿한 총각이었다. 누이가 저

늙은 성진사의 방으로 끌려 들어가는 모습에 비통한 생각이 자꾸 들곤 했다. 가끔은 그런 모습을 본 천득은 크게 놀라 복만에게 타이르곤 했다.

"무슨 생각을 하는지 모르겠다만, 주인댁에서 우리 식구들 그저 밥 굶지 않고 가족끼리 모여서 사는 것만으로도 고맙게 생각해야 한다, 타고난 팔자는 누구도 거역할 수 없는 법이다."

복만은 아버지에게 하고 싶은 말이 있었으나 그저 목구멍으로 꿀꺽 삼키고 말았다. 얼마 전 진펄이 마을에서 열린 천주 모임에서 서양선교사가 한 얘기를 떠올렸다. 경서동에 있는 진펄이 마을은 개항장인 인천에서 천주교인들이 많이 모여 사는 곳이다. 지난 신유박해를 피해 인천의 천주교인들은 낮에는 옹기와 새우젓 장사로 생계를 삼았고 밤에는 기도와 교리를 외우며 신앙공동체를 이어 나가고 있었다. 가끔은 같은 노비 처지인 칠복이의 안내로 진펄이 마을로 가서 선교사가 하는 얘기를 듣곤 했다. 얼마 전에는 가까운 곳에 답동성당이 건축되어 많은 천주교인들이 예배를 드리게 되었다고 했다.

요즘은 시간이 날 때면 가끔 마을에 들리곤 하는데, 그가 방문할 때마다 신부님과 신자들이 반상의 구별을 두지 않고 반갑게 맞아주었고, 성당 안에만 들어가면 다른 세상에 온 것 같은 편안함을 느끼곤 했다. 선교사는 설교를 하면서 항상 사람은 누구나 평등하다고 했다. 나면서부터 천한 사람 귀한 사람은 없고 만인은 평등하다고, 모든 인간은 하나

벼랑 끝의 조선

님 아래서는 다 같은 존재라고 했다. 복만은 태어나면서부터 노비로 살아온 자신이 한없이 원망스러웠던 적이 한두 번이 아니었다. 서당에서 친구들과 글을 깨우치면서 이러한 생각은 더욱 사무쳤다. 세상이 변했다고는 하나 아직도 반상의 차별은 여전히 모든 일상에 구석구석까지 뿌리내리고 있었다.

복만은 잠자리에 들기 전에 선교사의 설교를 다시 한번 속삭인다. 그래, 언젠가는 모든 사람이 진정하게 평등하게 대접받고 사는 그런 날이 올 것이다. 3년 아니 5년 10년이라도 좋으니 나는 그런 날이 올 때까지 기다릴 거야. 십자가와 예수의 얼굴을 다시 한번 그리면서 복만은 마음속으로 기도했다.

'주 예수의 이름으로 기도합니다. 아멘.'

어릴 때부터 같이 자란 친구들(준마, 길재, 석태, 정택)과는 영원히 우정을 지키기로 맹세를 했다. 노비의 아들인 자신을 차별 없이 대해주는 친구들이 항상 고마웠다. 동시에 죽은 정택의 모습이 새삼 기억 속에 떠 올랐다.

복만의 집은 성 진사댁 담벼락에 붙여서 지어 놓은 움막이나 다름없었다. 이렇게 발을 뻗고 편히 누울 수 있는 집이 있다는 게 얼마나 다행스러운 일이냐고 부친이 얘기할 때마다 복만은 거적을 깔고 누우면서 말없는 탄식을 쏟아 내곤 했다. 빈대와 이가 득실거리는 거적 위의 삶도 온 가족이 내거 노비를 할 때보다는 그래도 배속이 편했다. 시도 때도 없이 성 진사 앞에 끌려가 야단을 맞는 부친을 볼 때마다 복만은 어린 가슴에도 마음의 상처를 받곤 했었다.

전득은 그릴 때마다 가족을 생각해서인지 성 진사에게 말대꾸조차 한번 한 적이 없었다. 심지어는 유림모임에 가서 가짜 양반이라고 놀림을 받았다고 화가 치밀어 올라서는 집에 오자마자 천득에게 발길질을 해대면서 화풀이를 하는 날도 있었다. 그런 천득이 성 진사에게 아들 복만을 서당에 보내 글이라도 깨우치도록 해 줄 것을 간곡히 호소한 덕분에 친구들과 같이 서당에 다닐 수 있었다. 이외에도 복만에게 장사라도 시키고, 일을 제대로 부려 먹으려면 복만이를 글이라도 깨우치게 해야 된다고 매달리며 성 진사에게 간청했다.

복만이 오늘도 아침 일찍 장작을 쪼개서 창고에 쌓아 놓고는, 이내 쟁기를 들고 밭에 가서 풀을 뽑고 돌을 골랐다. 이렇게 빨리 움직여서 일을 미리 끝내야 조금이라도 친구들과 어울려 요즘 한창 재미를 붙인 무술연습에 매달릴 수가 있었다. 겨우 밭일을 다 마치고 장터 뒷면 공터로 달려갔다. 이미 준마, 석태, 길재가 봉과 검법 대련으로 수련을 하고 있었다. 복만도 숨 고르기부터 기본동작을 다시 복습했다. 천천히 기를 모으고 한 동작 한 동작을 호흡과 함께 모으면서 기본동작을 취했다. 어제는 백동수와 이덕무가 쓴 무예도보통지를 보면서 검법의 기본이 되는 동작을 하나하나 익혔었다. 오늘은 계속 반복해서 동작이 몸에 익숙해질 때까지 연습을 할 작정이었다.

무예도보통지 외에도 준마와 친구들은 요즘은 일본 검법 배우기를 시작했다. 조선에서 건너간 검법이, 일본에서는 수많은 각 지역의 번이 수시로 싸움을 벌이면서 독특한 일본만의 검술이 탄생하게 되었다. 각 지역마다 검법의 특징이 있어서 저마다 독특한 검술을 자랑하고 있었다. 일본 무사들은 전 세계에서 일본 검술 이야말로 세계 최강의 검술이라고 자부한다. 일본검법은 대체로 빠른 속도로 상대를 제압하는 속도와 날카로움을 우선으로 하고 있었다. 검투는 대개 순식간에 끝나며 한번 약점을 보이거나 밀리면 바로 죽임을 당하기 십상이었다.

　반면 조선의 검법은 힘과 고요함이 특징이었다. 상대를 관찰하면서 좌우로 유연하게 움직이다가 결정적인 순간에 강하게 상대를 치고 제압한다. 임진왜란 때 제대로 된 병서가 하나도 없어서 명나라의 척계광이 쓴 전법서인 [기효신서]를 참고해서 만든 것이 제대로 만든 조선최초의 전서인 [무예도보통지]였다. 이덕무, 박제가와 장용영의 장교인 백동수가 정조의 명을 받아 편찬한 군사훈련용 무예 교본이었다. 물론 이전에 선조 때 한교가 지은 [무예제보]가 있었으나 [무예도보통지]야말로 병법과 모든 병기와 검술에 대한 내용을 담은 최초의 병법서였다.

　복만은 목검을 들어 준비동작을 취했다. 복만은 지금 무예도보통지에 있는 본국검과 쌍검을 수련하고 있었다. 보부상들은 주로 환도인 중도와 소도를 사용했다. 행상을 하면서 장검을 소지하기는 어려웠기 때문에 보통은 중도를 지니고 다녔다. 일본도에 비해서는 길이가 조금 짧은 것이 그 특징이다. 보통 왜검은 장검을 주로 쓰는데 칼의 길이가 5자에 자루 길이가 1자 5척이었다. 키가 작은 왜놈이라도 일거에 1장을 뛰어나가면서 가격을 하면 1장 5척을 일시에 앞서가면서 가격을 하게 되는 것이다.

임진왜란 때 왜병의 검술에 명나라와 조선군은 속수무책으로 쓰러졌다. 힘있게 내리치는 장검을 막아도 힘으로 밀고 내리치는 예리한 검 앞에서는 추풍낙엽으로 쓰러졌다. 이들의 검술에 놀란 조선의 군사들은 싸우기도 전에 지레 겁을 먹고 싸울 엄두를 내기도 어려웠다고 했다.

지금 계림장업단에 소속된 무사들은 지겐류의 검객들이 주축이 되어있다고 했다. 일본의 메이지유신을 이끈 정통 검파 신겐류의 무사들도 동류의 검객을 만나면 일단 피하고 본다고 할 정도로 살벌한 무사들이었다.

오늘도 준마와 친구들은 마치 일본 검객들과 일전을 겨루기나 하는 듯이 조심스럽게 검술을 연마했다. 해를 거듭할수록 본인도 모르게 흐트러짐 없는 자세와 부드럽고 가벼운 몸놀림으로 검을 다루고 있었다. 무술은 서서히 높은 경지를 향해 나아가고 있었다. 몸의 중심은 쉬이 흐트러짐이 없고 발은 가벼웠다. 놀라운 것은 이들의 무술이 일취월장하면서 과거의 치기 어린 모습에서 점차 묵직하고 침착한 진정한 사내의 모습으로 변해가고 있다는 점이었다. 이들은 진정한 검객으로 다시 태어나고 있었다.

땅거미가 내려앉기 전, 이마엔 땀방울이 맺히고 옷이 땀으로 젖고 나서야 연습이 끝이 났다. 집으로 가기 전에 허기진 배를 달래기 위해 다 같이 주막에서 저녁을 먹고 가기로 했다. 주저앉을 것 같은 토담집의 주막은, 부엌 아궁이에서 나오는 연기 그리고 고깃국을 끓이는 솥에서 나오는 기름때 섞인 뽀얀 김이 겹겹이 서려 벽 한쪽은 새까맣게 기름때에 절어 있었다. 이제 막 일을 마쳤는지 부두에서 일하는 일꾼들이 한패가 주막에 모여서 이미 전골탕을 먹고 있었다. 준마와 친구들도 허기진 배를 채우기 위해 둘러앉아 탕을 떠서 한입 가득히 국물을 쏟아붓고 김치를 손으로 집어 한입 가득히 입으로 넣는데, 복만이 문뜩 뭔가 생각이 난 듯 말을 꺼냈다.

"가끔 진펄이 마을 교회당에 같이 가는 칠복이가 요즘 일본 조계지에 있는 일본인 관사에서 일을 도와주고 있어. 만국공원 바로 밑에 있는 넓은 마당이 있는 집인데, 저녁에만 가서 대문밖에 잔뜩 쌓아 놓은 흙을 수레로 날라 개펄 공사장에 갖다 버리기만 하면 되는 일이더라. 품삯을 제법 많이 준다고 했어. 쌀 한두 되씩 준다더라고."

길재가 물었다.

"그럼 그 흙은 어디서 파 온대?"

"당연히 그 집 안에서 파온 것이겠지 뭐."

"그럼 흙을 마당에서 파내는 일꾼은 따로 쓴다는 거야?"

"그렇겠지?"

"집 안에는 안 들어가 봤니?"

"응, 안에는 못 들어가 봤고 저녁에 가서 문 박에 쌓인 흙을 치워 주기만 하면 된다는 거야."

석태가 퉁명스럽게 한마디 던졌다.

"뭔, 지랄이래, 무슨 금이라도 캐는 모양이지?"

복만의 친구 칠복이는 교회에서 만나면 돈을 벌 일터가 생겨서 기분이 좋은 듯 복만에게 자랑하곤 했다. 그런데 이상한 것은 안에서 일하는 사람이 통 누구인지 모른다는 것이었다. 그저 자기는 저녁에 가서 수레에 흙만 퍼 담아 개펄 매립지에 버리기만 하면 된다는 것이었다. 전에 슬쩍 문 틈으로 안을 엿본 적이 있는데, 마당 뒤편에 있는 산 쪽으로 구멍을 판 자리가 있고 입구를 거적으로 가려 놓았다는 것이다. 안에 있는 사람이 눈을 부라리는 바람에 얼른 고개를 돌렸다고 했다. 벌써 흙 버리기를 7개월째 하고 있는데 아직도 더 해야 한다고 했다.

준마와 일행들은 이상한 점은 있으나 뭐 집을 수리하는 공사를 하겠거니 하고 단순히 생각했다. 이내 더이상 재미난 얘기도 아니다 싶어 화제를 전환했다.

길재가 최근 들어온 서양의 신기한 물건 이야기를 꺼냈다. 망원경이 얼마나 먼 곳까지 보이는지 길재는 입에서 침이 튀도록 신이 나서 설명을 했다. 이런저런 얘기로 시간을 보내는 동안 어느덧 땅거미는 내려앉은 지 오래되었다. 저 멀리 시가지에 드문드문 불을 밝힌 남포등을 보면서 각자 익숙한 발걸음을 더듬어 집으로 갔다.

　준마는 며칠 후 객전을 나와 오랜만에 내리교회 김 집사를 뵈러 언덕을 오르고 있었다. 가는 길에 복만이 이야기했던 일본인 관리의 집을 우연히 지나치게 되어 대문 안쪽을 한번 슬쩍 들여다보았다. 집 위쪽으로는 만국공원이 있고 주위는 온통 숲으로 둘러싸여 있고 여러 일본인 재력가들과 관리들의 집이 근처에 모여 있었다. 복만이 말했던 이 집은 마당이 꽤 넓은 집이었으나 집안을 자세히 볼 수는 없었다.

　그로부터 얼마 지나지도 않아 준마는 기이한 소식을 들었다.

　얼마 전, 부두 노동자 한 사람이 우연히 백가객주에 와서 물건을 사면서 이런저런 신세타령을 늘어놓다가 나온 이야기였다. 부두 노동자와 몇 달 전 함께 일하던 한 일꾼이 더 좋은 일자리가 있다고 하면서 떠났는데, 최근에 그가 월미도 앞바다에서 시체로 발견되었다는 것이었다. 죽은 이가 찾아 떠났던 그 좋은 일자리란 바로 일본 관리의 관사였다고 한다. 주로 땅을 파는 일이라 일도 그렇게 힘들지 않고 임금도 많이 준다고 했다는 것까지 복만의 이야기와 일치했다.

　호기심이 동할 수밖에 없던 준마가 이야기에 더욱 깊이 귀를 기울였다. 듣기로는 죽은 사람은 해주에서 내려와 막일을 하는 노동자였는데 흉년으로 집에 풀칠하기가 어려워 이곳 인천까지 와서 부두에서 짐 나르는 일을 했다고 한다. 같이 일하던 사람의 소개로 그리로 갔는데 부두에서 일하는 품삯보다 3배를 더 받을 수 있다고 했더란다. 그런데 이상한 것은 그 소개를 했던 사람도 행방불명이 되어 종적을 알 수가 없다는 것이었다. 그 후에도 일본인 관사로 일하러 간다고 한 사람이 더 있었는데, 역시 돈을 벌어 이곳을 떠났는지 더이상 나타나지 않는다고 했다. 하기야 이곳 부두의 노동자들이라는 부류는 대부분 외지에서 온 뜨내기들이었다. 이 뜨내기 부두 노동자들은 서양에서 큰 선박이라도 들어오면 때에 맞춰 모자라는 일손을 보태곤 하였다. 큰 배가 들어오고 나감에 따라 일이 있다가 없다가 했으니 서로 누가 왔는지, 누가 갔는지조차 모르고 지내는 것이 다반사였다. 설사 오늘 같이 일한 이가 내일 보이지 않아도 이들에게는 그다지 이상하지도 않았고 관심 둘 일도 아니었다.

준마는 뭔가 심상치 않은 일들이 벌어지고 있음을 느꼈다. 흙이 계속 나오고 일꾼이 시체로 발견되고 사람들이 실종되는 일이 그렇게 연쇄적으로 일어난다는 것이 우연이라 하기에는 너무 석연치 않았다. 게다가 최근에는 어떠한 큰 보자기에 싼 짐들과 궤짝들이 하루 이틀이 멀다 하고 그 집으로 들어가고 있었다.

15

분노와 좌절 그리고 희망의 끈

　늦은 봄이 길게 꼬리를 늘어뜨려서 인지 아직도 아침저녁으로는 제법 쌀쌀한 기운이 옷자락 사이로 스며들고 있었다. 저녁상을 치운 성 진사가 복만의 누이 매실을 부르는 소리가 들렸다. 복만의 누이 매실이 오늘따라 영 내키지 않는 얼굴로 수심이 가득해 보였다. 요즘 들어 매실은 갈수록 기운이 없어 보이더니 역시 체념이 가득한 얼굴로 마당을 가로질러 성 진사의 안방으로 들어갔다.
　매실이 나가는 모습을 지켜보는 천득과 복만 모친의 모습은 애써 태연한 듯 모른 척하고 있었고, 복만은 마음 한구석에서 누이에 대한 애잔한 동정과 서러움이 가슴 한편으로 치밀고 있었다.
　밤이 깊어 갈 무렵 갑자기 성진사가 기거하는 사랑방 쪽에서 찢어지는 듯한 비명이 들리더니 회초리로 때리는 소리가 들렸다. 성진사가 뭔가 마음에 안 들었는지 매실을 회초리로 때리는 것이었다.
　"주인이 그리하라면 하는 것이지, 네 년이 감히 어디서 토를 다는 것이냐! 이미 건넛마을에 보내기로 하였으니 이상 소란을 피우면 네 년을 아예 요절을 낼 것이다."
　성 진사는 어떤 논의도 없이, 다짜고짜 매실을 사당패에 팔아 넘기기로 하고 천득에게는 마음의 준비를 하도록 했었다. 매실은 부모와 떨어져 있기 싫어 계속해서 성 진사에게 사정하고 울고 매달렸다,

"부모님이 이세 기력도 다 하셔서 제가 좀 더 모시고자 하오니 진사어른께서 부모와 함께 살 수 있도록 허락해 주시기를 간청합니다."

마당 한가운데 쓰러져 연신 매를 맞고 있는 누이를 보던 복만이 분을 못 참고 드디어 방문을 뛰쳐나갔다. 천득이 이런 복만을 말리려고 일어섰으나 이미 복만의 발은 방을 떠난 뒤였다. 쏜살같이 달려나간 복만은 성진사의 손을 잡아챘다. 손에서 나무 몽둥이가 떨어져 나가고 손이 잡힌 성 진사는 엉겁결에 직면한 돌발사태에 분노가 더욱 치밀어 소리를 질러 댔다.

"아니, 이놈의 종놈이 감히 어디라고 함부로 뛰어드는 게냐, 이놈! 이 손 놓지 못하겠느냐!"

"진사어른, 제발 우리 누이를 그만 때리십시오. 안 그래도 연약한 몸인데 왜 그렇게 매질을 하는 겁니까?"

"이놈이 감히 어디라고 말대꾸를 하는 것이야, 노비가 주인한테 항거하면 어떻게 되는지 네놈이 잘 알렸다. 네 이놈 바로 관아로 끌고 가서 양반을 능멸한 죄를 물어 사지를 찢어놓을 테다. 이놈!"

"지금 고종 황제께서도 반상의 구별을 없애고 노비를 면천하라는 칙령도 내리셨는데, 어찌 진사어른은 이렇듯 우리 가족을 노비보다 못한 짐승처럼 대한 단 말입니까?"

"이놈 봐라, 네놈 식구들을 흉년에 온 마을 사람들이 굶어 죽어 나갈 때도 굶어 죽지 않도록 돌봐줬거늘, 지금 세상이 바뀌었다고 감히 상전한테 눈을 부라리고 대들다니, 이놈 쳐 죽일 놈아! 너 오늘 나한테 죽어봐라, 더이상 네놈을 봐줄 수가 없구나."

소리를 벼락같이 지른 성 진사가 갑자기 마당 한 켠에 있는 창고로 가더니 큰 몽둥이를 들고나와 복만의 머리를 향해 휘둘렀다. 복만이 피하려고 했으나 이미 몽둥이가 복만의 머리를 내리쳤고 복만의 머리에서는 피가 낭자하게 흘러내렸다. 분이 안 풀렸는지 성 진사는 몽둥이로 한 번 더 복만의 머리를 내리쳤다.

그러나 이번에는 복만이 순순히 맞아주지 않았다. 뒤로 한발 물러나 몽둥이를 피하면서 발을 들어 성 진사의 옆구리를 세게 걷어찼다. 발길질에 채인 성 진사의 몸뚱이는 그대로 거꾸러지면서 마루 밑 돌계단에 처박힌다. 두 손을 위로 쳐들고 버둥거리는 성진사를 복만은 다시 한 번 얼굴을 향해 발길질을 해대었다. 이윽고 성진사의 눈동자가 풀리는 듯하더니 이내 미동도 않은 채 잠잠해졌다. 성진사의 부인은 얼굴이 하얗게 질려서 말도 못하고 있다가 기절해 버렸고, 마름인 쇠돌이도 그저 순식간에 일어 일이라 정신없이 바라만 볼 뿐이었다.

어느덧 복만이 정신을 차려보니 이미 엎질러진 물이었다. 그는 제정신이 아니었다. 오직 분노에 차서 순식간에 저지른 일이라 하나, 눈앞에 성진사가 늘어져 죽은 것 같은 모습에 망연자실할 뿐이었다. 천득은 정신줄을 잡지 못하는 복만을 마당 뒤쪽으로 얼른 끌고 나왔다.

"복만아. 어서 빨리 여기서 도망을 쳐라, 뒷일은 어떻게든 이 아비가 감당을 할 테니 지금 바로 옷가지를 챙겨서 어디는 떠나거라. 시간이 없다."

"아버님! 차라리 자수하겠습니다. 저 못된 성진사를 이렇게나마 응징하게 되니 후회는 없습니다. 여태껏 성 진사에게 사람 같지 않은 대접을 받고 천시받고 살아온 것만 해도 저놈의 식구들을 죄다 처치하고 픈 마음이나 차마 부모님께 더 누가 될까 두려워 차마 그렇게는 못하겠습니다. 이 길로 자수하고 성 진사의 못된 죄상을 밝히고 죄를 받도록 하겠습니다. 이제 세상이 바뀌어 무조건 양반 편만 들지는 못할 것입니다."

"복만아! 그러지 말고 아비 말을 듣고 어서 피하거라. 아무리 세상이 바뀌었다고는 하나 아직 남아 있는 반상의 차별은 쉽게 사라지지 않을 것이다. 결국 너만 더 크게 다치게 될 것이니 뒷일은 내게 맡기고 너는 어서 떠나거라. 네가 만약 우리 앞에서 모진 일을 당하는 것을 보느니 차라리 내가 먼저 세상을 하직할 것이다. 내 마음을 알거든 어서 자리를 피하거라."

부친과 복만의 눈이 짧게, 그러나 고요하게 마주쳤다.

"언젠가는 우리도 좋은 세상에서 다시 만날 날이 있을 거다. 우리 걱정은 하지 말고 그리하도록 해라."

복만을 끌어안고 처절하게 부르짖는 늙은 부친의 얼굴에서는 하염

없는 눈물이 쏟아져 내렸고, 이러한 부친의 모습을 바라보는 복만의 가슴은 찢어질 듯이 아파왔다. 순식간에 무슨 일이 일어났는지 복만도 몰랐다. 몸과 마음은 분리되어 따로 움직였고 마음이 가는 대로 그저 몸은 따라 움직였다. 정신을 차리고 보니 이미 일은 저질러졌다. 복만도 어쩔 수 없이 부친의 말 대로 떠나기로 했다. 노비로 살아온 한 많은 세상, 이제는 사람까지 죽인 살인자로 세상에서 도망쳐야 했다.

    달빛 아래 길게 드리운 그림자를 따라 발걸음을 재촉하여 부지런히 마을 어귀를 벗어났다. 태어나서 어릴 적부터 정 붙이고 살아온 정든 동네를 떠나야 했다. 정신없이 발걸음을 떼면서 한편으로 친구들-준마, 석태, 길재, 정택-의 얼굴이 떠올랐다. 그동안 함께 했던 추억이 떠오르면서 그동안 마음 깊이 담아왔던 모든 추억과 가지고 있던 모든 것을 버려야 할지 모른다는 두려움이 온몸을 두드리며 밀려 들어왔다.

    해가 중천에 뜰 무렵에는 복만은 이미 인천을 벗어나 서울로 향해서 한참을 가고 있었다. 정신없이 길을 재촉하다 보니 어느덧 옷은 땀으로 범벅이 되었고 멀리 보이는 만국공원을 바라보면서 흐르는 눈물이 땀범벅이 된 얼굴 위로 흘러내렸다.

    하늘이 무너져 내리는 것과 같은 슬픔과 두려움으로 어떻게 발길을 옮기는 줄도 모르고 그저 발이 움직이는 대로 몸은 따라가고 있었다. 노비로 태어난 자신의 운명을 저주하기도 하고 아무리 용을 써도 벗어날 길이 없어 보였던 자신의 삶이 아니었던가, 걸음을 옮기면서 마음 한편으로는 사는 데까지 살아보자, 선교사의 말씀대로 이것도 하늘의 뜻이라고 생각하자, 이제는 더 잃을 것도 없는 몸뚱이. 언제라도 죽을 각오는 되어 있었다. 무슨 정해진 목표가 있는 것도 아닌 데노 시친 발걸음은 쉬지 않고 풀을 헤치면서 앞으로 내달리고 있었다.

동이 트자 석태와 길재가 백가객주 대문 앞에서 요란하게 준마를 찾는 소리가 들렸다. 준마가 놀라서 문을 열고 나가니 석태가 혼이 빠진 듯 말문을 잇지 못했다.

"그, 저, 저, 복, 복! 있잖아! 만, 만이 가. 최, 최."

"뭐라는 거야? 정신 좀 차려!"

준마가 석태의 어깨를 단단히 잡고 소리쳤다. 옆에 있던 길재가 거친 숨을 쉬며 말문을 열었다.

"어젯밤에 복만이 성 진사를 때려서 지금 인사불성이라는 데 아마도 죽은 것 같데."

놀란 준마의 표정을 두고 숨을 잠깐 돌린 길재와 석태는 사건을 설명했다. 복만이 도망을 가 지금은 어디에 있는지 누구도 모른다는 이야기까지 모두 전해 들은 준마는 어지러운 심정이지만 일단은 복만이네 집을 찾아가기로 하였다. 그가 잠시 객전을 다녀오더니 100원을 길재에게 건네며 말했다.

"길재야, 네가 먼저 복만이네에 가서 복만이 부친께 조만간 내가 간다고 말씀드리고 이것 좀 갖다 드려라."

한 달 후 백가객주 백춘삼은 성 진사댁을 찾아갔다, 다행히 성진사는 명줄이 고무줄만큼이나 길게 타고난 팔자인지 죽지는 않고 혼절했다가 구사일생으로 다시 일어났다. 다행히도 갈비뼈 몇 대만 부러졌는데 그중 굵은 갈비뼈 2개가 아주 심하게 부러져 치료를 받고 있는 중이었다.

"성 진사 어른이 이렇게 다치셨다니 큰일 날 뻔했습니다, 그래도 이만하니 불행 중 다행이라 해야겠습니다."

"백가객주 대행수가 이렇게 병문안을 다 와 주시니 고맙습니다. 장사 일에 바쁘실 텐데 이렇게 염려해 주시니 감사할 뿐입니다."

겨우 몸을 일으킨 성진사를 지긋이 바라보던 춘삼은 딱하다는 듯한 표정을 지으면서 입을 떼었다.

"다름이 아니라, 제 아들 준마가 복만이하고 좀 가깝게 지내지 않았습니까? 아무래도 그 동안 어릴 때부터 같이 붙어 다니던 친구인지라 정이 쌓여 그런지 복만이 사라진 후 마음이 아프다며 낙담이 크지 뭡니까."

"예, 준마 행수가 마음 씀이 큽니다 그려, 그런 망나니 같은 노비 놈을 뭘 그리 신경을 씁니까? 내 이놈이 잡히는 대로 요절을 내고 말 것입니다."

"성 진사 어른, 지금 그런 녀석을 신경 쓸 게 뭐 있습니까? 포악한 성정을 가진 놈이라 더 상대해봐야 진사어른한테 또 무슨 패악을 부릴까 걱정입니다."

흘긋 성 신사의 눈치를 보며 춘삼이 말을 이었다.

"그래서 말인데, 차라리 그 일가를 아예 팔아버리는 것이 어떻습니까?"

"예?"

이해가 되지 않는다는 듯 성 진사가 되묻는다. 진지한 표정을 얼굴에 띄운 채로 춘삼이 성 진사를 교묘히 설득했다.

"생각해 보십시오, 어차피 그 노비 내외는 늙어서 좀 있으면 일도 제대로 못할 것이고, 매실이도 그 지경에 진사어른 댁에서 일이나 제대로 거들 수가 있습니까?"

"음, 그 인간들을 살 사람은 있답니까? 그래도 그 어미와 아비는 성정이 착하여 시키는 대로 순종하기에 아직은 제법 일도 잘 합니다. 게다가 딸년 매실은 성격이 앙칼지기는 해도 낮에는 밭일에다가 저녁에는 안마와 시중을 들게 해도 될 정도니 값이 만만치 않을 겁니다."

어쩌다 조선의 양반이란 자들이 저렇게 썩어빠질 수가 있단 말인가? 그춘삼은 화가 치밀었다. 성진사의 부서진 갈비짝을 아예 더 부수어 놓고 싶은 심정이 울컥 일었지만 최대한 억누르며 대화를 이어갔다.

"...그래, 값을 한번 매겨 보시지요."

"천득이와 아내는 노예 둘로 잡아 한 사람에 값이 나귀 5마리 값이라 치고 매실이는 여자인지라 일도 잘하고 아이까지 낳을 수 있으니 나귀 10마리 값은 쳐 줘야 할 겁니다."

통상 노비의 몸값은 늙은 노비의 경우 노비 반 마리 값을 치는 게 상례였으나 속이 시커먼 성 진사는 아예 바가지를 씌울 작정이었다. 어차피 이제 저 천득이네는 얼굴만 봐도 지겨울 지경이고, 데리고 있어 봐야 쌀만 축낼 것이니 마음속으로는 안 그래도 어떻게 저들을 내칠까 생각하던 성 진사였다.

"진사어른, 그러지 마시고 잘 생각해 보시지요, 이미 상전에게 몹쓸 짓을 하고 눈 밖에 난 노비들인데 더 데리고 있어봐야 득이 될 것이 없겠지요. 지금 황제께서는 더이상 반상의 구별을 하지 말라는 칙령까지 내리셨는데 어디 양반에게 대들었다고 관아에 고해봐야 예전처럼 순순히 양반 편만 들지는 않을 것입니다. 500원을 드릴 터이니 그들을 면천해서 저에게 보내는 것이 어떨지요."

"그건 안될 말씀입니다, 백가객주 대행수가 장사에 능하기는 하나 그렇게 함부로 사람 값을 후려치는 것이 아니외다. 사람은 하늘이 내린 존재인 지라, 사람 파고 사는 일을 물건 사고팔 듯이 하여 사람을 천시하면 안 될 일이지요, 요즘 천주학에서도 그런다지요? 사람은 하느님 앞에 귀한 존재라고 합니다, 사람을 그렇게 함부로 다루고 짐승보다 못한 값으로 셈을 하다니 백가객주 대행수를 다시 볼 것입니다."

"흠." 춘삼이 가볍게 한숨을 내쉬었다.

"어림도 없으니 그리 아시오."

"하여간 잘 알아들었으니 저는 이만 물러갑니다, 제가 제안한 얘기 잘 생각해 보고 연락 주시기 바랍니다."

3일 후에 성 진사는 백가객주 백춘삼 대행수를 만나고 싶다는 연락을 해왔다. 그날 협상으로 700원에 천득이네 식구들을 면천하고 노비 문서를 없애기로 하였다. 준마, 석태, 길재 그리고 새로운 객주 식구인 원삼이 합세하여 용동 끝자락에 오래된 집 하나를 구해 천득이네 식구들을 그리로 데려왔다. 오는 동안 천득 내외와 매실은 하염없이 눈물을 계속 흘리고, 한편으로는 이게 꿈인지 생시인지 모를 정도로 감회에 젖어 있었다. 그들이 집에 당도하니 이미 집안이 잘 정돈되어 청소도 되어있는데 움막을 치고 살던 담벼락 집에 비하면 궁궐 같은 집이었다. 게다가 준마가 쌀을 장독에 가득 채워놓고 몸을 추스르라고 고기까지 부엌에 놓고 갔다.

천득 내외와 매실은 감격에 젖어 멍하니 천장을 바라보다 자리에 없는 복만을 생각하며 서럽게 흐느끼기 시작했다. 복만이 없으니 집안은 휑하고 다들 정신줄 놓은 듯이 멍하니 앉아 있을 뿐이었다. 그나마 매실이 억지로 기운을 차려 조석으로 밥을 지어 부모를 모시고 있었다. 복만이 난 자리가 너무 커서 그런지 남은 식구들의 가슴을 더욱 아프게 하였다. 매실은 모든 일이 저 때문에 생긴 일이라 생각되어 하루하루 사는 것이 고통이었다. 동생을 챙겨주지는 못할 망정 동생이 누이를 구한다고 하다가 지금은 죄인이 되어 생이별을 하게 되었으니 밤마다 이불을 뒤집어 쓴 채 눈물로 하루하루를 보내고 있었다.

그렇게 수개월이 지난 후, 이제 겨우 어느 정도 몸을 추스른 천득의 집으로 준마가 찾아왔다. 그는 집안을 둘러보며 살림살이를 살펴보고는 방으로 들었다. 굳이 말리는 데도 저녁을 꼭 들고 가야 한다고 매실과 천득 아내가 부지런히 음식을 준비하는데 그 모습을 보는 준마는 이제야 조금 마음이 놓이는 것 같았다. 이윽고 정성스레 준비한 저녁이 들어오고, 탁주까지 곁들여 준마를 대접했다. 복만네 식구들과는 그다지 자주 왕래가 있었던 것은 아니지만 준마는 복만 내외의 얼굴 한편에 그늘진 모습을 보면 항상 측은하고 미안한 마음까지 들곤 했다.

"부친께 드릴 말씀이 있습니다."

그리고는 봉투를 하나 내어놓는다.

"열어 보시지요."

놀란 표정으로 봉투를 열어보던 천득은 기겁을 하고 말았다. 그 안에는 자그마치 2000원이 들어있었다.

"아니 준마 행수께서 이렇게 큰돈을 왜 주시는 것인지요? 그동안 저희를 면천하여 집까지 구해주고 살게 해 주셨는데 무슨 염치로 이런 돈을 받을 수 있겠습니까?"

천득은 받았던 봉투를 준마 앞으로 내려놓았다.

"준마 행수께 더이상 폐를 끼치는 것은 안 될 일입니다, 안 그래도 양반을 매 타작한 죄인을 두둔한다고 말들이 많은데 이렇게 하시면 저희가 더 폐를 끼치게 됨을 스스로 용서할 수가 없을 것입니다. 하오니 이제 더 이상의 호의는 거두어 주시기 바랍니다."

"부친께서는 제 말을 잘 들으셔야 합니다."

준마가 단호하게 고개를 내저으며 설명했다.

"이 돈은 그냥 드리는 것이 아닙니다. 지난해 제가 러시아와 해외사업을 시작하였습니다. 곡물이나 가축 등을 러시아와 만주에 파는 장사인데, 운이 좋았는지 크게 성공하여 돈을 많이 벌고 있습니다. 장사를 하면서 복만이 중요한 일을 맡아 저를 많이 도와주었지요. 해외사업을 하는 데에 복만을 동업자로 생각해서 일했기 때문에, 제가 드리는 돈은 복만이 번 돈이라 생각하시고 편하게 받으셔도 됩니다. 그리고 복만이 지금은 소식이 없으나 언젠가 식구들 앞에 나타날 것입니다. 그러니 마음을 편하게 하시고 건강히 지내시기 바랍니다. 그간 많은 고생을 하셨는데 좀 쉬시면서 차차 호구지책을 찾아보시면 어떨지요?"

"...지금껏 배운 일이라고는 고작 주인집에서 농사일하고 집안의 잡일을 거드는 게 다였는데 무슨 재주가 있어서 스스로 무엇을 할 수 있을지 걱정입니다."

"천천히 생각해 보도록 하시지요, 근처에 전답을 좀 사서 농사를 지으셔도 좋을 것 같습니다. 아니면 부친께서는 이 기회에 장사를 좀 해보시는 게 어떠신지요? 요즘 잘되고 있는 푸성귀전을 열어 장사를 해보시는 것도 좋을 것 같기도 합니다. 백가객주에서 일을 좀 배우셔서 할 수가 있을 것입니다."

"이렇게까지 과분하게 도와주시니 이 은혜를 어찌 갚아야 할지 몸 둘 바를 모르겠습니다."

매실은 머리를 깊이 수그리고 앉아 죄인처럼 얼굴을 들지 못하고 눈물만 떨구고 있었다. 준마는 매실의 처지가 처량하고 안쓰럽게 느껴져, 그녀에게 하고 싶은 말이 있었으나 그냥 모른 척하기로 했다.

복잡한 일은 때로는 시간이 해결하기도 한다.

16

한 치 앞 내다볼 수 없는 운명

아침 동이 트면서 백가객주 안마당에는 대형 장막이 걸리고 사람들이 잔치준비를 하느라 부산하게 움직이고 있었다. 아낙네들은 음식을 만드느라 전을 지지고 한쪽에서는 잔치에 쓸 소를 잡아 요리하느라 바쁘게 움직이고 있었다.

오늘은 김 진사댁 숙향과 백가객주의 준마가 혼례를 치르는 날이다. 그동안 백가객주의 백춘삼은 장사 길에 가끔 들렀던 김 진사댁의 외동딸 숙향을 눈여겨보고 있었다. 지금은 가세가 기울어 손바닥만 한 논에 벼를 심어 겨우 입에 풀칠만 할 정도로 가난하게 살고 있으나, 과거 정승까지 지낸 가문의 집안으로 김 진사는 이곳 고을에서는 알아주는 양반 가문이었다. 중간에 매파를 넣어 김 진사의 의중을 물어보았으나 수개월 동안 김 진사는 대답을 미루어 오다가 이제서야 혼인이 이루어졌다. 그는 부친을 따라왔던 준마를 가끔 보았는데 성격도 활발하면서도 글도 남들보다 빠르게 익힐 정도로 영특한 아이였다.

하지만 그가 대답을 미루었던 이유는 다른 데에 있었다. 지금은 비록 집안이 기울어 빈한하게 살고는 있으나 뼈대 있는 양반의 집안으로 장사를 하는 집안과 사돈을 맺는 것에 조금은 마음이 쓰였다. 세상이 아무리 양반과 상민의 구별이 없어지고 돈이 행세하는 세상이라고는 하나 마음 깊이 자리잡고 있는 선비로서의 체면과 자존심은 쉽게 버릴 수 없었다.

저녁상을 물린 후 김 진사는 조용히 숙향을 안방으로 불렀다.

"숙향아! 내 오늘 너에게 한 가지 물어볼 것이 있느니라, 네 나이도 이제 스물이 넘어 혼기가 찬 나이인지라, 이제 시집을 가야 하지 않겠느냐?"

"아버님, 저는 그냥 이대로 부모님 모시고 혼자 사는 것이 좋습니다. 하오니 저에게 혼인을 하라는 말씀은 거두어 주십시오."

"아니다. 네 생각이 무엇인지 나도 잘 알고 있다. 하지만 우리는 이제 살날도 그리 많이 남지 않았다. 그러니 혼인은 내 말대로 하거라. 너도 알 게다, 저 아래 동네에 사는 백가객주의 백춘삼 대행수의 자식인 준마를 어떻게 생각하느냐? 허우대도 그만하면 멀쩡하고 싹싹하고 부지런한 성품과 매사 일을 처리하는 것으로 봐서는 너를 그렇게 고생시킬 것 같지는 않아 보이더구나, 단 한 가지 흠은 그래도 우리는 뼈대 있는 양반의 가문으로 상민과 혼례를 한다는 것이 조상들께 죄송한 것 같기는 하다. 요즘 나라에서도 양반과 상민을 가리지 말고 장사에 종사하기를 조정에서도 권하고 있고, 세상도 많이 변해서 반상을 구별하지 않는다고는 하나 아직은 집안 어른들도 쉽사리 받아들이기가 쉽진 않을 듯하여 걱정이긴 하다. 그래 일단 네 생각이 어떤지 물어보고 싶구나."

"제가 다니는 천주회는 모든 사람은 하느님의 자손으로 평등하다고 하였습니다. 태어날 때부터 귀천이 있는 것이 아니라고 합니다. 저는 아버님의 말씀내로 따를 것이오니 괘념치 마십시오."

사실 숙향 또한 준마가 오래전부터 대행수를 따라 방문할 때마다 그를 보곤 했다. 가끔 더위에 땀을 흘리며 들어오는 준마에게 물도 떠다 주고, 집에서 짜 놓은 짚신을 같이 나르기도 하였다. 어느 때인가는 지독한 가뭄에 벼가 다 타들어 갈 적 준마가 와서 물길을 터주기도 하고 필요한 물건들을 구해다 주기도 했다. 그의 마음 씀씀이가 정이 많은 사람임을 그녀는 충분히 느끼고 있었다.

그러던 지난여름 어느 날, 바가지에 물을 담아 건네주면서 준마의 손길이 닿자 왠지 가슴이 뛰고 부끄러움이 느껴지기 시작했다. 준마가 장사 일이 바빠서 한동안 보이지 않으면 무슨 일이 있는지 궁금해지기까지 하였다.

사실 김 진사는 이런 숙향의 마음을 전부터 조금씩 눈치를 채고 있었다. 이제 세상이 변하고 있었다.

'내가 아무리 선비의 체통을 지키고 도리를 말한다 해도, 지금 나라까지 망하는 지경에 이르렀고 서양과 왜인들이 이 땅에 와서 개벽을 일으키고 있는데 쓸데없는 고집을 부려서도 아니 될 것이다. 그저 짧은 한평생 좋아하는 사람끼리 만나 밥걱정 안 하고 살 수 있다면 그것도 나쁘진 않을 것이다.'

결국에 김 진사는 여러 번을 숙고한 끝에 마음의 결정을 내리게 되었다.

아침부터 준마는 숙향과 부부가 된다는 것이 실감나지 않는 듯 여느 때 보다 마음이 들떠 있었다. 부친이 김 진사댁을 갈 때마다 마다않고 따라다닌 이유가 사실 숙향을 보는 즐거움에도 있었다. 김 진사와 부친이 얘기하는 동안 한쪽 구석에서 짐을 정리하거나 마당의 짐을 옮겨주면서 숙향과 얼굴을 맞대고 잡담하며 일하는 것이 마냥 즐거웠다.

가슴속에 쌓여가는 연민의 정은 그다지 많은 말과 시간이 필요 없었다. 사랑과 연민이라는 것은 오랫동안 저 멀리서 모르는 듯이 머물러 있다가 어느 틈엔가 갑자기 안개가 걷히듯이 깨어나 연인들의 가슴에 불을 질러 놓기 마련이다.

가슴에 품고 있던 준마의 속마음을 부친이 이미 알고 있었는지, 아니면 잘못 빗나갈 수도 있는 혈기왕성한 준마의 치기를 가정을 꾸림으로써 일찌감치 잡아 두겠다는 부친의 계획이었는지는 누구도 모르는 것이었다. 어쨌든 미래는 미래이고 오늘은 오늘이었다. 준마는 가장으로서의 걱정보다는 오늘의 이 기쁨과 설렘을 영원히 간직하고 살 수 있기를 하늘에 빌고 또 빌었다.

잔치에는 인천지역의 주요 상단의 행수들과 청국의 행수, 그리고 군수와 감리서 직원들과 일부 서양의 외교관들도 참석했다. 먼저 신랑이 신붓집에 말을 타고 가는 초례를 하는데 주위에는 준마의 친구 길재, 석태와 동몽청의 친구들 그리고 임방의 대길이 앞장서서 신부의 집을 향했다. 신부의 집에서는 혼례청이 차려지고 풍물놀이와 비나리(상에 돈이나 곡식을 얹어 놓고 고사를 외는 사람)로 한껏 흥을 돋우었다. 저마다 사람들은 오랜만에 보는 조선의 혼례식 광경을 재미있게 바라보고 환호했다. 외국인들도 처음 보는 조선의 전통 혼례를 호기심으로 바라보고 있었다.

신부의 집에 도착하여 신부의 혼주에게 기러기를 전달하는 전안지례를 하고 신부 측은 전안상을 차렸다. 신부의 모친은 기러기를 조심스럽게 치마에 담아 신부방에 던졌다. 다음에는 신랑과 신부가 맞절하는 교배지례가 있었다. 교배상이 차려지고 두 사람이 교배상 앞에 섰다. 교배상에는 촛대, 소나무, 대나무, 꽃, 닭, 쌀, 대추, 술잔 등이 놓여 있다.

사모관대를 갖춰 입은 준마는 싱글벙글 연신 입에 미소가 떠나질 않았다. 화려한 색상의 활옷을 입고 족두리를 쓴 신부는 시종 차분한 모습이었다. 신상 신부가 조례상 앞에서 맞절 했다. 이어서 신랑과 신부가 술을 나누어 마시는 합근지례가 치러졌다.

식이 끝나면 신랑이 신부의 집에서 3일을 보내는데, 이때 신부의 일가친척에게 인사를 하게 된다. 떠들썩한 잔치도 어느덧 다 끝나고, 드디어 준마와 숙향은 신혼 첫날을 보내게 되었다. 여러 날 동안 혼례를 준비하고 식을 치르느라 두 사람은 몹시 지쳐 있었다. 이제야 두 사람만 오붓하게 남게 되었다.

그토록 마음속으로만 사모하여 먼발치에서만 바라보던 두 사람은 이제 부부로서 남은 인생을 함께하게 되었다. 유난히도 밝은 달이 뜬 밤하늘 아래 이러한 운명적인 만남이 시작되었다. 남포등의 불이 꺼졌다. 숙향이 수줍은 듯 옷고름을 풀고 서서히 옷 저고리를 벗는 정감 어린 실루엣이 창을 통해서 달에 걸리었다.

혼례가 치러지는 대문 밖에서 조용히 잔치를 지켜보던 사내가 있었다. 일본 통감부의 이사청 소속 다께다 경사는 모자를 깊게 눌러 쓰고 오전부터 계속 집안을 살펴보며 잔치에 참석한 하객들을 살피고 있었다. 그의 날카로운 눈매는 마치 매가 먹이를 찾는 것처럼 집 주위를 주시하고 있었다.

한편 이날 한양의 송파 임방에서는 또 한 쌍의 부부가 혼례를 치르고 있었다. 송파 임방의 이득만이 큰소리로 외친다.
"신랑과 신부는 입장하시오!"
양반 성 진사를 구타한 죄명으로 도피했던 복만이 결혼을 하는데, 신부는 바로 한동안 종적이 없었던 성 진사의 딸, 채령 낭자였다. 채령은 18살로 어릴 때 복만이 가끔씩 본 이후로 최근에는 안마당으로 잘 나오지도 않던 차였다. 성 진사는 천신만고 끝에 지성으로 낳은 아들이 죽은 후로, 오직 외동딸인 채령을 지극히 애지중지하며 키웠다. 복만과의 사건이 있기 전 그는 채령을 뼈대 있는 양반 가문에 시집을 보내려고 매파에게 혼처를 부탁해 놓기도 했다. 채령의 혼인을 기회로 삼아 가문이 있는 진짜 양반과 연을 맺어 제대로 된 양반이 되어보고 싶있던 성 진사였다. 그런데 그 채령이 복만과 결혼하게 되었다.

성 진사는 그동안 콩이나 곡물들을 매점하여 크게 돈을 벌려고 하다가 도리어 큰 손실을 보게 되었다. 최근 콩나물이 유행을 하자 콩 값이 뛰기 시작했다. 성 진사는 콩을 매점매석하면 큰돈을 벌 수 있다는 뜨내기 상인의 말을 믿고 인근의 콩을 죄다 매점할 기세로 사들였다. 그러나 장사는 하늘의 운이 따라 주어야 하는 법이다. 창고에 잔뜩 쌓아 놓고 이제 값만 뛰기를 기다리기를 달포가 지났다.

마침 콩을 사겠다고 나선 상인을 만났다. 성 진사는 장사가 이렇게 쉽고 재미있는 줄 몰랐다. 마음속으로 쾌재를 부르면서 사겠다는 도고(물건을 미리 사서 창고에 보관했다가 되파는 도매상인)를 창고로 데려갔다. 성 진사는 창고 문을 열고 안으로 들어섰다가 쌓아 놓은 콩을 쳐다보고는 눈앞이 노래지면서 그대로 주저앉고 말았다.

수일 전 내린 장대비로 쌓아 놓은 콩이 물에 젖어 대부분 못쓰게 되어버렸다. 창고 지붕에 구멍이 뚫려 있는 것을 몰랐다. 그동안 성심성의껏 성 진사집 일을 보아주던 천득 내외가 나가자 집안일을 제대로 챙겨주는 사람이 없어서 일어난 일이었다. 매년 천득 내외는 장마철이 오기 전에 창고를 고치고 전답의 고랑을 치며 하루도 쉬지 않고 부지런히 집

안팎의 일을 챙겼었다. 천득의 빈 자리가 너무도 크다는 것을 성진사는 그제서야 뼈저리게 깨달았다.

　막대한 손실을 본 성진사는 엎친 데 덮친 격으로 헐값에 싸다고 덥석 사들인 토지가 쓸모가 없는 땅으로 밝혀져 땅을 판 사람과 소송이 붙었는데, 이자가 서울의 민씨 집안과 연결되어 있었다. 성진사가 올린 소지(所志 : 서면으로 관부에 올린 소장이나 청원서)를 관아에서는 차일피일 미루면서 성 진사에게 일방적으로 불리하게 사건을 몰고 갔다.

　불 같은 성격에 호의호식 하면서 평생을 별걱정 없이 잘살 것 같던 성 진사도 이제는 고령에다가 몸까지 만신창이가 되어 결국은 화병으로 세상을 뜨게 되었다. 죽으면서도 두 눈을 부릅뜨고 아직 못다 한 일이 남아 있었던지 누워서 두 팔을 뻗어 허공에 흔들면서 "쌀! 뒤~ 쌀~주! 쌀~" 이라고 연신 외치다 그대로 두 팔을 뻗은 채로 죽었다고 했다. 이 두 팔을 사람들이 달려들어 꺾듯이 힘껏 당기고 나서야 겨우 반듯이 자세를 잡아 염을 하였다고 했다. 그 모습을 본 사람들은 성 진사가 죽어서도 뭔가 가져갈 게 있었던 것 모양이라고 수군거렸다. 그렇게 권세를 누리던 성 진사도 결국 죽음 앞에서는 어쩔 수가 없었다. 이어서 부인마저 병이 들어 죽자, 집안이 그대로 몰락하고 말았다. 평소 채령을 눈 여겨 보던 복만이 채령을 설득하여 이제 둘이 혼인을 올리게 되었다.

　악명 높았던 성판학과 다르게 딸 채령은 부친과는 전혀 다른 심성을 가지고 있었다. 평소 천득 내외가 고생하는 것을 안타깝게 여겨 몰래 식량을 내주기도 하였고, 복만이 글공부를 하는 것을 보고는 가끔 책을 구해다 주기도 하였다. 비록 복만이 자기 집 노비 출신이라고는 하나 부예를 익히고 글공부를 열심히 하는 복만에게 채령은 은근히 마음을 두고 있었다.

둘은 이득만이 소개한 과부 보부상, 심점례의 집 옆에 붙여 지은 조그마한 방에 신혼을 차렸다. 비록 제대로 된 혼례식을 치르지는 못했으나 복만은 평소 마음속에 몰래 품었던 채령을 아내로 맞아들이게 되어 꿈만 같았다. 이제 조금만 더 기반을 잡으면 점포도 내고 인천과 송파를 오가면서 제대로 장사를 해볼 참이었다.

남포등이 꺼졌다. 그러나 창을 통해서 들어온 은은한 달은 깊은 밤에도 그렇게 두 사람을 포근하게 감싸고 있었다. 서서히 채령의 옷고름을 벗기는 복만의 얼굴은 두려움과 부끄러움으로 가볍게 떨리고 있었다.

'채령! 고마워요, 아씨!'

복만은 마음속으로 불러보았다. 이제는 그의 연인이 된 채령이다. 달빛 아래의 채령은 눈이 부실 정도로 아름다웠다. 사람의 운명은 한 치 앞을 알 수가 없다. 열 길 물속은 알아도 한 길 사람 속은 모르는 법이다.

17

검은 복면 사내의 만행

　한양의 송파는 삼남의 물목이 송파나루로 들어오는 상거래의 요지였다. 물건을 잔뜩 싣고 와서는 다른 물건들을 가득히 싣고 떠나는 크고 작은 선박들, 나루터를 오가는 등짐장수로 선착장은 쉴 새 없이 붐볐다. 선착장 근처 장터에서는 상인들의 호객 소리와 흥정 소리로 시끌벅적하고 오가는 사람들로 어수선하였다. 해가 질 무렵 일본 상인 10여 명이 송파나루의 한 주막에 앉아 삶은 돼지고기를 안주 삼아 탁주로 목을 축이고 있었다.
　어쩌다 한두 명 간간이 보이던 일본 상인들이 최근에는 무리를 지어 송파에 나타나곤 했다. 오늘도 일본 상인들이 오후 반나절을 나루터 여기저기를 다니면서 선박에서 오르내리는 물목들을 유심히 살펴보고 있었다. 그리고는 장터로 옮겨와서는 늘어놓은 물건들을 보고 다녔고 가끔은 이것저것 값도 물어보기도 하였다. 그들은 여관에 가져온 짐들을 내려놓고 오후 내내 나루터를 돌아보다가 저녁 늦게 잠자리에 들었다. 그러고는 아침 동이 트자마자 일어나 가져온 짐들을 지게에 잔뜩 싣고 장터로 나왔다.
　아직은 이른 아침이라 장이 채 서기도 전이지만 부지런한 상인들은 벌써 나와서 자리를 잡기 위해 부지런히 움직이고 있었다. 일본 상인들은 막 개장하기 시작한 시장의 중심부에 자리를 잡고 지게로 잔뜩 실어 온 물건들을 내려놓기 시작했다. 상인 7명이 각자의 짐을 내려서 가지런하게 늘어놓자 장검을 허리에 꿰찬 무사 3명이 그들 주위에 서서 보호하고 있었다.

부지런한 장터의 사람들로 순식간에 시장은 붐비기 시작했다. 아침 일찍부터 장터를 찾은 조선 상인들은 낯선 이방인들의 출몰에 호기심을 가지고 모여들었고, 이들이 가져온 물목을 신기한 듯이 쳐다보았다. 각종의 물목을 장시에서 파는 것보다 싼값으로 파는데 직물이나 화장품, 세공품, 담배, 향료, 성냥, 기름과 종이와 신기한 서양물건들을 주로 팔았다. 면직물은 조선 것보다 색상이 더 화려하고 값은 거의 반값 정도로 팔았다. 처음 보는 신기한 물건도 많고 가격도 싼데 품질도 좋아 이들이 가져온 물건들은 정오가 지나면서 이른 오후에 물건 대부분이 팔렸다. 난데없이 나타난 경쟁자의 출현으로 같은 종류의 물목을 가져온 보부상이나 시장 안의 점포는 물건이 팔리지 않아 울상이었다.

일찌감치 물건을 팔아 치운 일본 상인들은 주막에 둘러앉아 고기를 썰어 놓고 술잔을 기울이면서 떠들썩하게 자축하고 있었다. 이들 주위에는 짐을 실어주고 따라온 조선의 짐꾼 여러 사람이 따로 둘러앉아 국밥을 먹고 있었다. 장시마다 계속해서 이들이 나타나서 싼값으로 물건을 팔기 시작하자 점차 보부상들과 장시의 객주들은 일이 심각하게 돌

벼랑 끝의 조선 211

아감을 인식하기 시작했다.

저녁 무렵 해가 지면서 봉노방에 보부상 접장 이득만을 비롯한 임원들과 단원들이 둘러앉아 심각한 표정으로 말을 꺼냈다. 일본 장사꾼들이 계속 우리 장시에서 장사하도록 내버려 둬야 하는지에 대한 회의가 시작되었다. 젊은 패들을 중심으로 격한 성토의 목소리가 터져 나오기 시작했다.

"이대로 당하기만 하고 있어서는 안 됩니다. 어떻게든 더이상 왜상들이 장사를 못 하도록 막아야 합니다. 이러다가는 우리 보부상은 물론 조선의 상권이 일본 상인들에게 다 넘어가게 생겼습니다."

"지금 조정에서는 이러한 사실을 아는지 모르겠습니다. 아니면 알면서도 모르는 척하는 건지, 우리가 이대로 있어서는 안 됩니다. 모두 일어나서 관아에 가서 대책을 세워달라고 항의를 해야 합니다."

"우리는 정당하게 세금을 내면서 채장을 받아 장사하고 있는데 일본의 계림장업단 소속 상인들은 막무가내로 우리 장시에 들어와 장사하고 있으니, 이건 일본이 우리나라를 우습게 보고 하는 행동입니다."

한 사람씩 돌아가면서 성토와 울분이 쏟아지기 시작하면서 격한 분위기가 고조되어 가고 있었다. 이윽고 송파 임방의 접장 이득만이 말문을 열었다.

"지금 전국적으로 일본의 계림장업단 상인들이 조선의 상권을 장악하여 우리 보부상들을 없애버리겠다고 행패를 부리고 있다는 소식이 들려오고 있습니다, 이들은 무사를 대동하고 다니면서 조선의 상인들을 위협하고 때로는 살상을 자행하고 있답니다. 지난 원산장에서는 물목을 싸게 파는 셰림장업단의 상인들과 장시의 상인이 시비가 붙있는데 일본의 낭인들에게 칼 맞은 상인이 결국 숨지는 일이 발생했답니다. 아직 우리 보부상 조직과는 크게 충돌은 없었으나 우리 보부상 조직 입장에서도 이들의 행패를 이대로 방관만 할 수는 없을 것 같습니다."

"한성의 도존위는 뭐라고 합니까?"

"일단 조정에서는 보부상 조직을 해체하고 새로운 근대화된 상업체계를 다시 구축해야 한다는 일본의 협박에, 말도 안 되는 얘기라고 하면서 버티고 있는 상황입니다."

"일본으로부터 막대한 부채를 안고 있는 조정으로서도 언제까지 버틸 수가 있을지 걱정입니다. 이미 철도부설권, 산림개발권, 광산개발권 등 조선의 자원들이 외국인들의 손에 넘어가고 있고 특히나! 일본은 서양과의 무역으로 번 돈으로 외국에서 총포와 군함 등 각종 최신 무기를 사들이고 있답니다. 이대로 가다가는 조선은 일본에 침략을 당할 수도 있습니다."

"지금 인천에는 계림장업단 본부가 설치되어 우리 보부상의 상권을 빼앗기 위해 전국에 단원들을 파견하고 있답니다. 인천의 보부상 임방을 아예 없애기 위해 전국에서 일본 낭인들을 불러 모으고 있답니다."

"조만간 인천에서 보부상과 계림장업단의 일전이 벌어질 것 같습니다. 만약 이 싸움에서 보부상이 패한다면 계림장업단은 마음 놓고 조선의 상권을 약탈할 것입니다. 일전에 송파를 방문한 백준마 행수를 만나서 얘기를 들어보니 이들의 행패가 도를 넘을 지경이라고 합니다. 이미 인천에서도 계림장업단의 검객의 칼에 인천 임방의 단원이 숨지는 일이 발생하기도 했답니다."

"인천에 계림장업단의 본부가 있으니 그 상징성을 감안해서라도 인천의 임방을 없애야 자기들의 힘을 대외적으로 과시할 수 있으니 그런 것이지요."

다음날 아침, 계림장업단과 관련한 사건이 하나 더 터졌다. 송파임방의 공원인 전동삼이 이득만에게 숨을 헐떡이며 달려왔다.

"지난밤 송파 문정골에서 계림장업단원이 보부상 단원을 겁탈하고 살해한 일이 벌어졌습니다. 황화물을 파는 보상인 심점례가 어제 장에서 일을 마치고 집으로 가는데, 문정골을 넘어가는 길에 묘지 옆에서 갑자기 나타난 사내 둘에게 겁탈을 당했답니다. 계림장업단의 소행으로 추정된다 하며, 심점례는 심하게 다쳤는데 목숨이 위태롭다고 합니다. 싸우는 소리를 듣고 달려온 복만 행수의 처도 크게 다쳤다고 합니다."

그동안 복만은 채령과 혼인을 하여 심점례가 사는 집 옆에 방을 이어 붙여 지은 집에 함께 살고 있었다. 심점례는 보부상이었던 남편이 행상 길에서 죽은 후에 혼자서 봇짐 행상을 하며 시어머니와 남매를 키우는 억척같은 여성 보부상 단원이었다. 심점례가 하루 일정을 마치고 집으로 돌아가는데, 혼사가 있는 이 진사댁 마님에게 혼례에 쓸 물건들을 갖다 주고 오느라 시각이 좀 지체되었다. 광주로 넘어가는 큰길에서 멀리 떨어져 있시 않은 소ㄴ만 마을로 가는 샛길은 양쪽으로 숲이 우서져 있다. 평소 사람의 왕래가 적은 곳이기는 하나 큰길로는 제법 사람들의 통행이 많아 평소라면 그다지 위험한 길은 아니었다. 달은 이미 중천에 떠있고 평소에 늘 다니던 익숙한 길이라 별 두려움 없이 숲을 따라 걷는데, 개롱골을 지나 문정골의 공동묘지 옆에서 시커먼 복장을 하고 얼굴에 검은 복면을 한 사내가 불쑥 나타나 앞을 가로막았다.

"아니, 누구 신데 갑자기 나타나 사람을 놀라게 하는 거요!"

소리치기가 무섭게 복면을 한 사내 뒤에서 또 한 사내가 나타나더니 점례를 잡아 넘어뜨렸다.

"아니 이놈들이 어디서 행패를 부리는 게야? 사람 살려요!"

"가만히 있으면 목숨은 살려준다. 그러니 가만히 있는 게 좋을 게야!"

"이 밤중에 아무리 소리쳐봐야 구하러 올 사람도 없어."

허리에는 칼을 차고 있는 자는 무사로 보였다. 말이 어눌한 것으로 보아 분명 조선사람은 아니었다.

"네 이놈들 하늘이 무섭지 않느냐! 어서 날 놓지 못하겠느냐!"

심점례가 악을 쓰면서 고래고래 소리를 질러 보았지만 소용없는 일이었다. 악을 쓰고 대들었지만, 놈들은 짐승만도 못한 불량배들이었다. 점례의 옷을 찢은 놈이 눈이 뒤집히면서 점례 위를 덮쳤다. 점례는 놈을 밀어 내려고 발버둥을 쳤지만 이미 놈은 이성을 잃고 미친 듯이 달려들었다. 계속해서 반항하자 그들은 점례의 머리를 주먹으로 가격하였다. 그 충격으로 점례는 기절하였고 놈들은 짐승같이 달려들어 더러운 욕망을 채우기 시작했다.

마침 복만의 처, 채령은 마을 어귀에 나와 복만이 오기를 기다리고 있는데 날카로운 여자의 비명이 들렸다. 채령은 소리가 들리는 곳으로 급히 달려왔다. 만신창이가 된 채 쓰러져 있는 점례가 눈에 들어왔고 놈들은 점례를 능욕하고 있었다.

채령이 비명을 지르고 사람 살려달라는 소리를 질렀다. 놈들은 갑자기 사람이 나타나자 당황하였고, 채령이 계속 소리를 지르자 한 놈이 달려들어 채령의 목을 잡아챘다. 목덜미를 잡힌 채령이 품속에서 은장도를 꺼내어 놈을 찔렀다. 은장도는 놈의 손을 베었다. 얼굴이 고통으로 일그러지면서 놈은 채령을 발길로 걷어찼다. 채령이 뒤로 넘어지자 이번에는 다른 한 놈이 칼로 채령을 찔렀다. 칼날이 달빛에 잠시 번쩍이는가 싶더니 순식간에 채령은 칼에 찔려 쓰러졌다. 놈들은 채령이 쓰러져 피를 흘리는 것을 보고는, 이내 몇 마디 수군거리더니 서둘러 뒤로 물러나면서 도망가기 시작했다.

이득만은 급히 심점례의 집을 찾았다. 심점례의 팔에는 긁힌 자국이 선명하고 찢어진 옷이 방 한구석에 놓여있는데 심하게 다친 것처럼 보였다. 넘어지면서 목을 다쳤는지 움직이지 못했다. 심점례의 남편 고대만은 이득만과 보부상 행상길을 같이 다니었던 적이 있다. 이득만이 도적떼에 습격을 당해서 부상을 입었을 때, 끝까지 남아 득만을 치료해주고 병이 나을 때까지 기다려 주었기에 이득만이 구사일생으로 살아남았었다. 고대만이 원행길에 벼랑으로 추락하여 죽은 후, 득만은 그 가족을 불쌍히 여겨 항상 신경을 쓰며 보살펴 왔었다.

한편, 준마와 의형제를 맺은 복만의 집에는 채령이 사경을 헤매고 있었다. 어깨를 크게 찔린 채령은 심하게 다쳐 치료 중이었다. 얼굴도 심하게 맞아 부어올랐다. 복만이 칼을 들고 나가는 것을 겨우 붙잡아 방 안에 앉혔다.

"복만 행수, 지금 이 무슨 날벼락 같은 일이요, 내 결단코 이놈들 잡아 죽이리다. 하지만 혼자 나서면 저들에게 당합니다. 저들은 이미 증거를 감추었을 것이고 먼 곳으로 도망을 했을 것이요. 이 일은 우리 보부상 전체에 대한 살인 행위니 우리 보부상단이 장문법으로 처리해야 할 일입니다. 일단 놈들을 잡는 것이 급합니다. 원수는 그때 복만 행수가 갚도록 할 것입니다."

이제 겨우 채령과 살림을 차려 행복하게 잘살고 있는데, 채령이 저렇게 사경을 헤매고 있으니 복만을 쳐다보는 득만과 단원들 모두가 눈물을 떨구었다.

홀로 남겨진 심점례의 모친과 어린 아들이 심점례의 상여를 따라갔다. 처량하고 애통한 그 모습에 단원들은 치를 떨었다. 점례는 집에서 멀지 않은 문정골의 묘지에 묻혔다.

다행히 채령은 급소를 찔리진 않아서 목숨을 구할 수 있었다. 준마, 석태, 길재는 복만의 넋이 빠진 모습에 할 말을 잊고 바라볼 뿐이었다. 그래도 다행히 구사일생으로 목숨을 건졌다고 하니 그나마 불행 중 다행이었다.

"수 일전 계림장업장 단원이 여성 보부상 단원, 심점례를 밤길에 능욕하고 처참하게 살해했습니다. 뿐만 아니라 이를 말리려던 보부상의 아내를 칼로 찔러 중상을 입혔습니다. 우리 보부상 계율에는 여성 단원의 짚신도 타 넘지 못하도록 하고 있으며, 여성 단원을 희롱하는 자는 장문법으로 다스리도록 하고 있지요. 이제부터 내 이놈들을 찾아내어 징치를 하고자 합니다."

"아니, 어찌 이런 일이 다 있는가? 아무리 천하에 야만족이라도 해도 여성 행상한테 이리 행패를 부릴 수가 있단 말입니까?"

"당연히 놈들을 찾아내어 응분의 벌을 주어야 합니다."

임방의 임원들이 대책을 논의하면서 울분을 삭였다.

18

보부상 장문법의 숨은 뜻

다음날 접장 이득만은 계림장업단 송파분회를 찾아갔다.

"수일 전 문정골에서 우리 여성보상을 능욕하고 살해한 사람들 중에 일인 상인이 있다는 고변이 있었다. 당신들 중에 손목 등에 국화 문신을 하였거나 손등에 칼자국이 있는 자가 있으면 그자를 우리에게 내어주시오."

"무슨 소리요? 우리 계림장업단에는 그런 일을 한 사람이 없습니다. 괜한 억지 부리지 말고 당장 돌아가시오."

일단은 사무실에 있던 왜상들 중 손에 문신이 있는 자를 찾을 수가 없었다.

"아마 이놈들이 그런 사고를 치고 송파분회로 돌아오지는 않을 것입니다. 지금쯤 멀리 도망을 갔을 것이요."

이득만은 즉시로 인근 지방으로 사발통문을 돌리도록 했다.

저녁 무렵 준마는 친구들과 국밥을 먹기 위해 배다리골의 주막에 들렀다. 복만의 일로 한동안 우울한 심정으로 지내던 터였다. 모처럼 어울려서 답답함이나 풀어보려고 오랜만에 무술연습을 하고, 헤어지기 전에 요기나 할 요량으로 주막을 찾았다. 주막에는 서울에서 온 듯한 왜상들이 앉아서 국밥을 먹고 있었다.
"주모! 여기 술 좀 내오시고 국밥 세 그릇만 말아 주시오."
"예, 준마 행수 어서 오세요!"
주모가 반가운 얼굴로 준마 일행을 맞았다.
준마 일행이 자리에 앉아 이런저런 애길 나누다 고개를 돌려 왜상들이 있는 곳으로 눈길을 돌렸다. 마침 때 이른 저녁이라 주막에는 사람들이 없었다. 왜상들은 준마 일행에게 눈길도 주질 않고 허겁지겁 밥과 접시 위에 놓인 삶은 고기를 입에 집어넣고 있었다.
"저놈들은 아무래도 서울에서 내려온 왜상들 같아 보이는데 며칠을 굶었나, 개걸신이 들렸는가 보이."
그제야 한 놈이 눈을 부라리며 고개를 돌려 쳐다보는데 수저를 든 손에 국화 문신이 유난히도 돋보였다. 일본 상인들은 다시 남은 국밥과 고기 접시를 다 비우고는 자리를 뜨기 시작했다.
준마와 석태, 대길이 서로의 눈을 무엇에 놀란 듯이 쳐다본다.
"아니, 얼마 전 통문에서 국화 문신 이야기가 있었는데. 그 송파에서 여성 보부상들을 겁탈하고 살해한 계림장업단 놈들을 추포한다는 사발통문 말이야."
임방의 공원인 대길이 급히 말을 내뱉는다. 말이 떨어지기가 무섭게 준마 일행은 즉시 자리에서 일어났다. 저 앞에서 빠르게 걸음을 옮기는 놈들이 보였다.

"거기, 앞서가는 분들 잠깐 멈추시오! 물어볼 것이 있소이다."

대길이 크게 소리치자 놈들은 놀란 듯이 멈춰서 뒤를 돌아보았다.

"지금 행상들은 어디서 오는 길이요?"

"우리가 어디서 왔던 그건 왜 묻는 거요?"

"하나 궁금한 점이 있어 그렇소이다. 혹시 당신들 송파에서 오는 길이 아니오?" 바로 이 말에 한 놈이 얼굴이 하얗게 질리면서 고개를 숙였다.

"무슨 소리요? 우린 송파에 간 적도 없소이다. 만일 그렇다 한들 당신들하고 무슨 관계요?"

"송파에서 우리 보부상 여성 행상에게 행패를 부려 사람을 크게 다치게 하고 사람을 죽인 일이 있었소이다."

"그건 우리가 모르는 일이니 더이상 귀찮게 하지 말고 어서 갈 길이나 가시오."

"당신들 손목을 좀 보여 주시오."

"뭐요, 남의 손목을 왜 보이라는 거요?"

신경질적인 반응을 보이며 한 놈이 칼집에 손을 얹었다.

"더이상 귀찮게 하면 네놈들에게 경을 칠 테니 우리 길을 막지 말고 어서 꺼지는 것이 좋을 것이다."

"뭐야? 이놈들이 찔리는 것이 있기는 한가 보구나. 내 보아하니 네놈들이 틀림없이 그 난봉꾼들이 틀림없구나."

"뭐야 이 더러운 조선 놈들이, 어디서 사람을 모함하는 것이냐, 이놈들 말로 해서는 안 되겠다. 한번 혼이 나야 물러나겠느냐?"

상인들 가운데 허리에 칼을 차고 있는 자가 앞으로 나서면서 칼을 들어 보였다.

"오냐, 이놈들이 드디어 본색을 드러내는구나. 네 이놈들, 당장 잡아다 장문법으로 다스려야 정신을 차릴 놈들이구나!"

칼을 치켜든 놈이 미쳐 검을 뽑기도 전에 준마가 한발 앞으로 내지르면서 면상을 주먹으로 내리쳤다. 억! 하고 소리를 내지르면 놈이 나가떨어지며 숨을 헐떡였다. 나머지 두 놈은 모두 석태와 대길이 날린 발길질에 맥없이 나가떨어졌다. 넘어진 놈이 다시 일어나더니 재빠르게 칼을 뽑아 준마에게 내려쳤다. 준마는 목검으로 막으며 몸을 재빠르게 돌려 놈의 무릎을 가격했다. 눈 깜빡할 사이에 반격을 당한 놈은 그대로 무릎을 꿇고 주저앉았다. 그 틈을 타고 재빠르게 석태가 놈의 얼굴을 사정없이 가격하자 놈은 눈이 뒤집히더니 뒤로 자빠지면서 길게 드러누웠다. 석태와 길재까지 나서서 놈들을 발길질과 주먹으로 마구잡이로 두들겼다. 준마가 소리쳤다.

"이제 그만하자. 더이상 두들겼다간 이놈들 목숨이 끊어지겠다."

잡은 놈들을 밧줄로 꽁꽁 묶은 후 이들의 행랑을 펼치자 계림장업단 송파분회의 단원증이 나왔다. 그중 한 놈의 신분증에는 '계림장업단 문화교류위원' 직책이 표시되어 있었다.

"이놈들 송파에서 사건을 일으킨 범인들이 맞네 그려."

"네 이놈들, 남의 나라에 와서 장사를 해 처먹으려면 조용히 장사나 할 것이지. 왜 여염집 부녀자에게 행패는 부리고 다니는 깃이냐? 네놈들이 내 친구의 처에게 중상을 입혔겠다. 바로 죽여주마!"

석태가 놈의 칼을 빼어 내려치려는 데 준마가 석태의 손을 잡았다.

"석태야, 이놈들은 송파임방에 넘겨야 한다. 복만에게 이놈들을 처리하도록 넘겨야 돼! 네 이놈들, 여기로 도망쳐오면 너희를 못 찾을 줄 알았더냐!"

"조선 땅 어디에도 우리 보부상들이 연락이 통하지 않는 곳이 없다는 것을 네가 정녕 모르는 모양이구나."

그리고는 놈들을 모조리 굴비 엮듯이 다시 한번 묶어 임방으로 끌고 갔다.

길재가 놈들의 짐에서 이상한 물건을 발견했다. 나무상자 속에는 보자기로 싼 몰건 들이 있었다. 보자기를 풀어보니 속에는 조선의 오래된 서책들이 나왔다. 그리고 옆에는 여러 겹을 싼 보자기가 두 개가 더 있었는데, 술병 모양의 푸른 청자기가 두 개 있었다.

"아! 이건 조선의 무덤을 도굴한 물건들이 틀림없어!"

준마가 탄식하며 말했다.

일전에 준마가 고종황제를 알현했을 때 이용익 대감이 한 말이 생각났다. 지금 일본이 조선의 국사에 참견하면서 조선의 서고와 조정의 모든 문서를 조사한다면서 규장각에서 일부 물건들을 몰래 빼 내가는 것 같다고 했다. 조선의 조정이 기관마다 제대로 통제가 되지 않아 서고에 있는 중요한 책들을 빼돌려도 신경을 쓰지도 못하고, 설상가상으로 관리들이 뇌물을 주면 눈감고 모른 척한다는 것이었다.

특히 조선 침략의 주도자인 이토 히로부미를 비롯한 일본의 정치가와 재력가들이 조선의 청자와 불상, 그림, 고서들에 관심이 많아 이미 많은 조선의 귀중한 유물들을 일본으로 실어갔다고 했다. 조선 팔도의 왕릉과 사찰을 도굴하고 있는데 심지어 경주에 있는 많은 왕릉도 도굴을 당한 상태라는 것이다. 이 자료 중 일부는 지금 일본 황실의 사무를 관장하는 궁내청으로 옮겨지고 있다고 했다. 이렇게 탈취한 유물들을 배로 실어 나르고 있다고 했고 서울에서 가장 가까운 항구라면 바로 백가객주가 있는 인천인데, 도무지 어디에서 그 많은 자료들을 모아 어떻게 빼돌리는지 알 수가 없다고 하였다.

준마는 어렴풋이 상황을 짐작할 수 있었다. 계림장업단은 인천에서 결성하기 전에도 이미 오래전부터 조선에 들어와 행상을 다니며 조선의 유물들을 도굴하여 빼돌리고 있었던 것이다. 조정의 대신 누구 하나 나라의 정통성을 보존하는 이런 유물에 대해 신경조차 쓰는 자가 없으니 한마디로 조선은 뿔뿔이 흩어져 체제 자체가 무너지고 있었다. 한 나라이든 어떤 조직이든 기본 틀이 무너지면 사욕으로 가득 찬 사람들만 남게 된다.

준마는 짐작이 가는 데가 있었으나, 확실한 증거를 찾을 때까지는 이 문제에 대해 더이상 얘기하지 않기로 하고 마음속에 묻어두기로 했다.

대길은 전통으로 송파임방에 놈들을 잡았다고 기별을 하였다. 송파 접장 이득만은 장문으로 놈들을 다스릴 터이니 송파로 보내 줄 것을 요청하였다. 다음날 해가 뜰 무렵 송파임방의 사람이 대길을 찾아왔다. 소문이 안 나도록 입단속을 하고 이들을 즉시 송파로 데리고 가기로 했다.

"인천 임방 단원들께 감사드립니다. 지금 송파 보부상들은 이놈들을 추포하느라 백방으로 찾던 참이었습니다. 다행히 인천 임방에서 이놈들을 잡았다니 저희로서는 이렇게 빨리 잡을 줄 몰랐습니다. 지금 출발하면 오늘 안으로 송파에 도착할 수 있습니다. 송파 임방의 이득만 접장께서는 내일 날이 밝는 대로 바로 장문법으로 이놈들을 징치한다고 합니다."

간단한 요기를 끝낸 후 송파에서 온 단원들은 서둘러 출발했다.

날이 밝자 송파 마방 앞에는 장문이 세워지고 마당에는 거적이 깔렸다. 거적 위에는 왜상 셋이 포박을 당한 채로 무릎을 꿇고 앉아 있고 이들 주위에 보부상들이 둘러싸고 서 있다.

"우리 보부상은 행상을 하면서도 보부상의 절목을 지키고 우리의 계율을 목숨처럼 중히 여기며 살아왔다. 특히 4계명 중에서도 여성 보부상들에게 행패를 부리는 자에게는 그 죄를 엄하게 묻도록 하고 있다.

이제 장문법에 따라 이놈들에게 죄를 묻고 장문을 시행할 것이다. 이 죄인들을 멍석에 말도록 하시오!"

옆에 서있던 보부상 단원들이 재빠르게 놈들의 옷을 다 벗기고 물을 잔뜩 먹인 멍석에 말았다. 그리고는 물 한 동이씩 세 놈의 멍석 위에 다시 부었다.

"이제 이놈들을 그만 치라고 할 때까지 사정을 두지 말고 매질을 하시오."

사정없이 내려치는 몽둥이세례에 놈들은 죽는다고 소리치며 비명을 지른다. 쉴 새 없이 매타작이 가해지는데, 어디서 들었는지 계림장업단 임원이 장문이 열리고 있는 마당으로 헐레벌떡 달려와 들어오고자 했다. 그러자 입구를 막고 있던 보부상 단원이 이들을 막았다.

"보부상의 장문이 열리는 곳에는 관원들도 들어올 수 없으며 장문에 간섭하지 못하는 것이 우리의 법도다."

"무슨 소리냐? 우리는 외국인으로서 죄를 물어도 일본의 법에 따라 죄를 묻기로 되어있다."

"무슨 개뼈다귀 뜯는 소리를 하는 것이냐! 보부상의 장문법은 조선의 조정에서도 함부로 간섭하지 못했다. 그런데 너희 일본이 남의 나라에 와서 무슨 자격으로 감히 우리 보부상의 장문법을 가로막는다는 게냐?"

"장문법이라니? 이건 무슨 법이냐?"

옆에 서 있던 조선의 관리가 한마디 거들었다.

"보부상의 장문법은 오랫동안 조선의 보부상들이 자율적으로 시행하던 규율입니다. 장문이 열리면 관아의 사또도 함부로 들어갈 수 없는 것입니다."

"상인들이 스스로 규칙을 만들고 지킨다니 도무지 이해가 안 됩니다, 아무튼 지금 속히 접장에게 사람이 죽으면 큰일이 나니 즉시 매질을 중지하도록 조치하여 주시오."

"글쎄 내 맘대로 할 수 있는 게 아닙니다. 나도 잘못하면 보부상이 경을 칠 수 있단 말이요."

관원이 평소에 안면이 있는 보부상 한 명에게 다가가 슬쩍 말을 건넸다.

"저러다 죽는 거 아녀? 지금 여기서 일본인을 죽이면 국제적으로 문제가 될 것인즉, 그러니 저들을 일본법에 의해 처벌받도록 일본공사에 넘겨야 할 것인데."

"그거야 저놈들이 매질을 잘 견디면야 죽기야 하겠소?"

"지금 사또가 처지가 난처해서 그러네. 외국인이라 외교 문제도 있고 하여 잘 좀 처리하도록 해주게."

계림장업단은 상황이 난처했다. 단원이 조선의 여자 행상을 겁탈하고 행패를 부린 것도 망신스러운 일인데, 살해까지 하였으니 상부에 보고하면서도 걱정이 태산이었다. 최근에는 계림장업단의 행패에 다른 나라 외교관들조차 항의하고 있다고 했다.

이번에는 보부상의 장문법인가 뭔가 하는 법에 따라 계림장업단원이 매타작을 당하고 있으니 소식을 듣고 달려온 계림장업단 임원은 그야말로 안절부절이었다. 사령부에 보고해서 외교적 조치를 주장할 수 있으나 이미 벌어진 일이고, 계림장업단원이 이번 일은 계림장업단으로서도 입 밖에 내기도 망신스러운 일이었다. 게다가 이 무식한 집단인 보부상들과 마구잡이로 싸움을 벌일 수도 없는 상황이었다.

결국에 계림장업단의 분회장이 이득만 접장을 찾아가 타협을 시도하기로 하였다.

"이번에 보부상 임방이 잡아다 가둔 상인은 우리 계림장업단 소속 단원입니다. 그런데 이 상인은 일본사람으로 국제조약에 따라 우리 일본이 재판해야 할 사건이므로, 당연히 그 범인들을 우리에게 넘겨주셔야 합니다. 우리가 일본법에 따라 범인들을 처벌할 것이니 어서 우리에게 그 사람들을 넘겨 주시오."

"무슨 소리입니까? 조선에는 보부상들이 수백 년 동안 지켜 내려온 장문법이 있어 보부상과 관련된 일은 장문으로 다스려왔습니다. 장문의 시행은 조선 관아에서도 간섭한 적이 없는데 어찌 일본 정부가 우리의 일을 가지고 이래라저래라 간섭한단 말이오. 절대 그런 일은 없을 터이니 그만 돌아가시오."

일본공사까지 나서서 협상을 청하고 계림의 임원이 사정하면서, 몇 번의 실랑이 끝에 결국 보상금과 치료비로 채령에게 500백 원을, 그리고 죽은 심점례에게는 2000원을 물어 주기로 하고 계림장업단 단원을 풀어 주기로 합의하였다.

　매타작을 당한 놈들은 몸이 만신창이가 되어 겨우 목숨만 붙은 채로 주위의 부축을 받으며 장문에서 끌려 나와 의원으로 실려 갔다. 갈비뼈는 대부분 부러졌고 팔과 다리도 부러진 상태였다. 얼굴은 눈이 보이지 않을 정도로 부었고 머리는 피가 범벅이 된 채로 들것에 실려 나갔다. 다행히도 숨은 붙어있었으나 평생을 지팡이를 집고 살아야 할 것이라고 의원이 말했다.

　수개월 후 어느 정도 몸을 추스르고 앉을 정도가 되자 이들은 강제로 일본으로 돌아가야 했다. 의원 주위를 얼씬거리는 보부상 단원들이 언제 무슨 일을 벌일지 몰라 지레 겁을 먹은 계림장업단은 아예 이들을 일본으로 강제 소환시켜 버리기로 한 것이다.

　보부상의 규칙 중에는, 일단 장문법으로 벌을 받은 자는 장사를 다시 할 수 없다는 내용이 있었다. 계림장업단으로서도 더이상 보부상과의 마찰을 피하고자 내린 결단이었다.

　얼마 후 인천에서 배편을 기다리며 숙소에서 대기하고 있던 놈들은 저녁을 먹고는 다음날 배를 타기 위해 짐들을 정리하고 일찍 잠자리에 들었다. 아침이 되어서도 방에서 인기척이 없자 여곽 주인이 문을 열었다. 하지만 사람들은 이미 떠났는지 방이 텅 비어 있었다.

얼마 후, 목이 잘린 시체들이 월미도 앞의 먼바다 위에 떠올랐다. 검은 바다의 하늘은 잔뜩 흐려 있었다. 초대하지도 않은 자가 와서 주인행세를 하다가 세상을 떴다. 남의 것을 내 것이라고 착각하는 순간 불행은 그렇게 시작되었다.

19

유기전 보부상, 이승훈 인간 승리

　몇 년 전의 일이다. 이른 아침부터 유기전 문 앞에서 일대 소란이 일어났다. 개시도 하기 전에 웬 거지꼴을 한 사내 녀석이 가게 앞에서 생떼를 쓰는데, 자기에게 일을 하게 해 달라는 것이었다. 점원이 아무리 내쫓아도 막무가내로 물러날 줄을 모르고 생떼를 썼다. 끝내 주인이 나오면서 웬 소란이냐고 묻는데 이 녀석이 납죽 엎드리더니 얘기를 좀 들어달라고 우겼다.
　"뭐 하는 놈인데 아침부터 남의 가게 앞에서 생떼를 쓰는 것이냐?"
　"저는 이승훈이라고 합니다. 제 아버지가 얼마 전 돌아가셔서 이제 고아가 되었습니다. 제가 여기서 일을 좀 하게 해주세요! 시켜만 주시면 무슨 일이든지 열심히 하겠습니다."
　"우리 가게는 더이상 일손이 필요 없으니 다른 가게에 가서 알아보거라."
　"저에게 일을 시켜 보시고 맘에 안 들면 바로 내보내도 좋습니다, 그러니 하루라도 좋으니 일을 시켜봐 주세요."
　그날 유기전 행수는 이승훈이라는 소년을 돌려보냈으나, 계속해서 이승훈은 유기전을 찾아와 날마다 귀찮게 하였다. 유기전 행수는 벌써 며칠째 찾아와 떼를 쓰는 녀석에게 질린 표정이었다. 그러나 한편으로는 녀석의 절박함과 일을 배우겠다는 열정에 마음 한구석이 흔들리기 시작했다. 행수 역시 어린 시절 고아가 되어 그 많은 숱한 어려움을 이겨내고 오늘에 이르렀다.

"제가 아직 어려도 이미 유기를 파는 데 자신이 있습니다. 일찍부터 아버지한테 장사하는 일을 배웠습니다."

"그래. 네 아버지가 유기전 행상이었다고?"

"예 이석주라는 유기전의 보부상이었습니다."

"이석주라구? 들어 본 이름이구나! 오래전에 우리 유기전에서 유기물을 받아서 판 적이 있었지. 흠, 그럼 이렇게 하자, 내 너에게 일을 줄 터이니 열심히 해보거라. 그러나 급여는 없을 터이니 그리 알고 일을 배우도록 해라. 어떠냐?"

"좋습니다, 그리 하겠습니다."

승훈은 이렇게 해서 당시 유기 제조의 중심지인 평안북도 납청정 임일권 상점의 사환으로 장사를 처음 배우게 되었으며 이때가 그의 나이 불과 15세 때였다. 그는 타고난 상재가 있어 고객을 잘 알아보고 물목을 보는 안목이 탁월했다. 정성을 다해 고객을 대하는데 매상이 눈에 띄게 올라가는지라 행수는 승훈의 행동거지를 눈여겨보았다. 물건을 가져가는 보부상이나, 어쩌다 들르는 고객들까지 한번 사간 고객들을 하나하나 기억해서 고객이 필요한 물건을 미리 준비했다가 내어놓는데 한번 거래한 고객을 놓치는 법이 없었다. 게다가 틈만 나면 그릇이며 대야며 유기물을 닦고 문지르고 하여 광을 내는데 부지런하게 몸을 움직이는 것이 타고난 장사꾼의 상재였다.

"승훈아, 이제 네가 여기 온 지도 벌써 10년이 지났구나, 네 나이가 얼마나 되었느냐?"

"이제 25살입니다."

"내 그동안 너를 유심히 지켜보고 있었는데 한 사람 몫은 충분히 할 정도로 장사를 익힌 것 같구나, 그래 네가 하고 싶은 것을 말해보거라. 너도 여기서 한낱 허드렛일이나 하며 살기에는 아까운 상재를 가졌구나. 내 한번 너를 도와줄 요량으로 묻는 것이니 얘기를 해 보거라."

"예, 보부상으로 행상 다니면서 장사를 해보고 싶습니다. 물건만 좀 내어 주시면 성심껏 팔아 보겠습니다."

"음, 알았다. 네가 손님을 대하는 정성을 보면 장사에는 타고난 것 같구나. 내 물건을 내어 줄 테니 열심히 해보거라."

그렇게 비록 나이는 어리지만 이미 뼈대가 튼튼한 사내로 성장한 승훈은 지게에 유기물을 잔뜩 지고 행상을 시작했다. 유기전 행수의 주선으로 2냥의 입회금을 내어 보부상의 상표인 채장까지 받았다. 승훈은 일단 고객들을 일일이 찾아다니면서 물건을 팔기 시작했다. 주막에서 집안의 제사나 경사가 있는 양반댁을 알아내고는 찾아다니면서 물건을 보여주었다.

"이모님, 여기 국밥 한 그릇 주세요. 고기 좀 듬뿍 넣어 주세요."

"승훈 보부상이 왔네, 장사는 잘 하고 있지?"

"예, 요즘 동네에 혼사나 제사가 있는 집이 없는지요?"

"가만 있어봐라, 있지! 저 아래께 박 진사댁에 혼사가 있지, 사기막골 김 생원댁과 매파가 오고 가는데 곧 혼사가 있을 거라고 하던데."

"예 감사합니다, 잘 먹었습니다."

"응, 승훈 총각 자주 와. 장사 잘 하구."

보부상만큼 정보가 빠른 조직은 조선에 없었다. 고객에 대한 정보는 주로 마을의 우물가나 주막 등 사람이 많이 모이는 곳에서 나왔다. 장사에 다른 비법은 없었다. 고객이 어디에 있는지를 알아내고, 고객이 원하는 것이 무엇인지를 알아내야 했다. 그리고 그 물건을 찾아내어 정성을 다해 고객에게 알리고 전달하면 되었다. 하지만 이 중에서도 항상 고객만을 생각하는 정성을 담은 마음가짐이 가장 중요하였다. 아마도 승훈이 다른 장사꾼과 다른 점이 있다면 그건 바로 그가 고객들을 생각하는 마음이 남달랐다는 점이다.

윤 진사댁 마님이 병환이 났을 때 승훈이 서양에서 들어온 약을 구해 지극정성으로 치료한 적이 있었다. 그 정성이 지극하여 윤 진사는 크게 감동하였다. 윤 진사는 이런 승훈의 마음가짐을 고맙게 여겨 여러 친지들과 유림계의 회원들에게 소개까지 해 준 적이 있었다.

윤 진사와 안면이 있는 아무개가 물었다.

"진사어른, 부인께서 얼마 전 편찮으시다고 들었습니다. 그래 지금은 괜차하셨습니까?"

"염려 덕분에 지금은 많이 회복했습니다. 장에 염증이 생겨서 자주 체하고 복통이 있었는데 지금은 상당히 치료가 되었습니다."

"다행입니다, 어떻게 치료를 하셨기에 그렇게 빨리 쾌차하셨는지요?"

"예, 정말 우연치 않게 젊은 보부상 한 사람을 만나게 되었는데 무슨 인연이 있었는지, 이 청년 덕분에 병을 치료하게 되었습니다. 이 보부상이 어느 날 물건을 팔 요량으로 저희 집을 들렸는데 저희 마름으로부터 부인의 병 증세에 대해 들은 후 서양 선교사에 물어보고는 병에 맞는 약을 직접 구해 가져오지 않았겠습니까. 결국 반신반의하면서 이 약을 복용하였는데 다행히도 지금은 거의 완치가 되었습니다."

"예, 정말 불행 중 다행이었습니다."

다들 이구동성으로 축하의 인사를 전했다.

25세에 보부상으로 독립한 승훈은 정주와 재정 안악까지 장사를 다니면서 악착같이 일을 했다. 타고난 부지런한 천성으로 이제는 단골 거래처도 생기고 팔 물건이 부족하게 되자 평안북도의 납청정에 유기 공장을 직접 세우게 되었다. 평양과 인천에 점포를 내어 여러 가지 물건을 취급하는 잡화장사를 하면서 젊은 나이에 거부가 되었다. 승훈은 가지고 온 유기와 잡화를 점포에 풀어놓고 점포 안을 감회에 젖은 듯 바라봤다. 하루하루 번창해가는 가게를 보면서 이제는 어느 정도 밥걱정은 하지 않아도 되었다.

"중전마마께서 일본 자객들에게 살해되었다고 합니다."
임방에서는 심각한 표정으로 몇몇 임원들이 걱정을 하고 있었다.
"궁궐에 침입하여 살해한 후 시신을 불에 태웠답니다."
"아니, 도대체 궁을 지키는 군인들은 어디 갔다는 말입니까? 조선 군인들은 지키는 병사도 없었고 일본 군인들이 총검을 들고 낭인들과 함께 살육을 벌였답니다."
"나라가 어쩌다 이런 수모를 당하게 되었는지 모르겠습니다. 우리 보부상들이 나서야 하지 않겠습니까? 나라가 망하고 나면 우리 같은 장사치들도 장사하는 터전을 잃는 것인데 두고만 볼 수는 없지 않겠습니까!"
임방의 임원 공명원 행수가 좌중을 향해 울분에 찬 목소리로 말했다.
"허나 우리 보부상들이야 아는 것이라고는 장사뿐인데 정치며 국제 정세도 잘 모르는 상황에서 함부로 나설 수도 없는 노릇입니다. 지금 안 그래도 인천에는 계림장업단들이 낭인들과 함께 들어와 상업회의소를 만들어 보부상 임방과 상권을 놓고 치열하게 다투고 있답니다. 일본 조계지가 정해져 있다고는 하나 이미 그들이 전국 상권을 장악하기 위해서 장시마다 침투하고 있답니다. 때로는 낭인들을 앞세워 폭력과 살인도 서슴지 않는다고 합니다."

"그러게 말입니다, 더 두고 보고만 있으면 안 되겠습니다."

해주 유기전 주대현 행수가 말을 거들었다.

"몸조심을 각별히 하셔야 합니다, 지금 일본 헌병들이 우리 보부상단을 예의 주시하고 경계를 강화하고 있습니다. 저는 조심해서 다녀오겠습니다."

이승훈이 조심스럽게 좌중을 들러보며 말했다. 그는 인천의 보부상 백가객주와 물상객주인 몇 사람과 긴밀히 연락을 하고 있었다. 이제는 평양에서 해주를 지나 개성의 유기전 객주를 만나 일을 보고, 바로 인천의 백가객주로 갈 예정이었다.

20

구사일생, 시베리아 보부상 최봉준

　설원과 하늘이 맞닿은 지평선 끝부분이 붉게 물들기 시작하면서 태양이 솟구쳤다. 솟아오른 태양은 그 뜨거운 열정으로도 온통 눈으로 덮인 시베리아의 설원은 쉽게 녹이지 못하고 있었다. 그 차가움은 모스크바에서 동쪽 시베리아로 올수록 더욱 매서워져서 러시아의 상징이 되었다.
　동토의 나라, 그중에서도 시베리아의 겨울은 이방인에겐 더욱 혹독했다. 11월에서 4월까지 설원으로 덮인 시베리아는 해가 질 때면 이글거리는 붉은 노을마저도 추위로 떨며 하얀 지평선 너머로 사라졌다. 밤이 점차 다가오면 이방인들은 지독한 추위와 늑대들의 습격으로 그날 밤을 견뎌내고 다음날 아침을 맞이할지 두려움에 떨며 잠이 들었다.
　시베리아로 가는 길은 추위와의 싸움이었다. 이곳에는 조선에서 온 이방인, 최봉준이 있었다. 최봉준이 나고 자란 함경도 경흥 땅은 조선에서도 가장 추운 곳이었는데 이곳 시베리아는 그냥 사람이 오줌을 누면 그대로 얼어버릴 정도였다. 최봉준의 장삿길은 조선과는 사뭇 다른, 장사라기보다는 생존을 건 전쟁이었다.
　얼마전 러시아가 모스크바와 영토의 동쪽 끝인 블라디보스트크를 연결하는 횡단 열차를 놓는 공사를 시작하면서 이곳 동토의 땅에도 사람들이 들어와 살기 시작했다. 주로 만주와 조선에서 넘어온 노동자들로 붐비기 시작했다. 모스크바에서 하바로프스크까지의 철로 개설작업 또한 한창 진행 중이었다. 청일전쟁 이후 러시아와 일본 간에 전쟁이 곧 시작될 거라는 소문이 러시아 전역에 퍼지면서 러시아의 극동 주둔군은 군수물자의 보급에 어려움이 더 커져갔다.

불이 뜨겁게 달아오른 장작 난로 위에서는 끓는 찻주전자의 주둥이에서 연신 하얀 김이 모락모락 솟아오르고 있었다. 찻주전자를 들어 탁자 위에 놓인 유리잔에 따르던 야린스키는 상기된 표정으로 봉준에게 짧게 말을 건넸다.

"이르쿠츠크는 모스크바에서 하바로프스크 그리고 블라디보스토크로 이어지는 시베리아 철도의 경유지로 지금 러시아의 남진정책에 중요한 거점이다. 지금 겨울이라 군수품을 조달하기가 쉽지 않은데 정부에서는 우리에게 식량과 소고기 등을 납품해 줄 것을 요청해 왔다. 지금 소를 구해서 운반해 오는 일이 만만치 않을 것 같은데, 소와 가죽뿐만 아니라 곡물과 옷, 기름 등 많은 물자를 공급해주길 희망하고 있다."

"이번 납품은 우리에게도 워낙 큰 장사이고, 러시아 정부도 우리가 잘 해낼 것으로 믿고 기대하는 분위기다. 우리는 이번 납품을 꼭 성사시켜야만 정부의 신임을 얻어 앞으로도 더 큰 장사를 할 수 있을 것 같다.

봉준아, 네가 이번 일을 맡아서 잘 추진해 보거라, 지금껏 배운 장사경험을 잘 활용하면 네 능력으로 보아 충분히 잘 해낼 수 있을 것으로 믿는다. 네 상재가 훌륭하여 믿고 맡길 테니 잘 추진해 보도록 해라."

"예 아버님, 실망시키지 않고 꼭 성공시키도록 하겠습니다."

야린스키가 늑대들에게 물려 다 죽어가는 최봉준을 발견하고 가족처럼 돌본지도 벌써 4년이 되었다. 야린스키 부부는 때로는 모스크바로 가서 몇 달씩 일을 보고 오는 일이 많아서 만주와 시베리아에서 일어나는 업무는 최봉준이 도맡아서 처리하고 있었다.

최봉준은 12살 무렵 조실부모하고 고아가 되었다. 어려운 친척 집에 얹혀사는 것도 염치가 없어서 행상들을 따라다니면서 장사도 배우고 때론 날품을 팔기도 하면서 생계를 유지하였다. 몇 년을 부지런히 따라다닌 끝에 성실함을 인정받아 만상의 보부상 단원으로 들어가게 되었다.

만상을 따라다니며 주로 청나라에서 오는 물건들을 거래하고 있었는데, 당시에는 조정에서 허가한 책문거래가 아니면 국경을 넘어 장사하는 것이 금지되어 있었다. 몰래 국경을 넘어서 밀무역을 하다 들키면 사형에 처해지기도 하였다. 그러나 때로는 목숨을 걸고서라도 두만강을 넘어 만주인들과 장사를 하지 않을 수 없었다. 관군들 몰래 국경을 넘었다 해도 만주에서 마적을 만나는 날이면 죽기 살기로 도망을 쳐야 했으며 때로는 관군들에게 쫓기다가 구사일생으로 살아나기도 하였다.

4년 전, 늦은 11월 하순이었다. 여느 해처럼 벌써 차가운 바람과 옷

속에 겹겹이 털을 댄 외투 위로 스며드는 매서운 추위는 살을 벨 듯이 온몸에 엄습해왔다. 봉준은 지친 당나귀 수레에 물건을 싣고 눈길 위로 무거운 발걸음을 한발 한발 떼면서 원행 길을 재촉하였다. 보부상단의 행상에 끼여 상단의 잡일을 거들면서 호구를 해결하던 최봉준은 이날도 일행들과 함께 만주를 넘어 아무르 강을 넘고 있었다. 홍삼이며 면포, 성냥, 기름, 금계랍, 그릇 등을 지고 만주 내륙으로 시베리아까지 넘어가 장사를 할 작정이었다.

그날따라 하늘에는 검은 구름이 짙게 끼고 스산한 날씨에 뭔가 불길한 예감이 머리를 스치고 지나갔다. 불길한 예감이 화를 불러온 것인지, 멀리 들판에 점점이 보이던 한 떼의 군마가 상단을 향해 가까이 오면서 그 모습을 드러냈는데 마침내 두려워하던 일이 일어나고야 말았다. 상단의 뒤를 몰래 뒤쫓던 마적 떼가 총을 쏘면서 맹렬한 기세로 돌진해 오는데 대적하기에는 그 숫자가 너무 많았다. 한편으로는 총을 쏘면서 싸우다가 일단 각자 뿔뿔이 흩어지기로 하였다.

봉준은 죽을 듯이 하얀 눈밭을 달려 도망쳤다. 그는 시베리아를 향해 내달리고 있었다. 멀리 숲이 보이자 일단 숲속으로 들어가 몸을 숨기기로 하였다. 겨울 문턱으로 들어가는 시베리아 날씨는 이미 조선의 한겨울 날씨보다 더 춥고 매서웠다. 눈발이 휘날리는 가도 가도 끝없이 펼쳐지는 넓은 시베리아 땅을 헤매다 저녁 무렵이 되었다.

마적들을 겨우 피했는가 싶었는데 이번에는 갑자기 늑대들이 떼로 몰려왔다. 보부상들이 사용하는 지팡이인 물미장을 들고 앞서 달려드는 놈을 내리치면 다음 놈이 다리를 물고 늘어졌다. 봉준은 사방으로 달려드는 늑대를 향해 정신없이 지팡이를 휘둘러 내리쳤다. 굶주림에 지친 늑대들은 쉬지 않고 달려들었다. 한참을 싸우고 나자 더이상 버틸 힘도 없었던 봉준은 드디어 서서히 다리에 힘이 빠지면서 주저앉기 시작했다. 쓰러지며 의식을 잃어가는 중에 어디서 총소리가 들렸던 것만도 같다.

이틀 후 봉준은 눈을 떴다. 의식을 회복하고 주위를 둘러보니 낯선 서양 부부가 옆에 있었다. 뭐라고 얘기를 하는데 이해할 수는 없었으나 분명히 러시아 말이었다. 전에 만주에서 러시아 상인들과 거래를 하면서 인사말 몇 마디를 배운 적이 있어서 고맙다는 가벼운 인사말을 겨우 전할 수가 있었다.

"쓰파씨~바(감사합니다), 쓰파씨~바!(감사합니다)"

구사일생으로 목숨을 건진 최봉준을 야린스키 부부는 지극정성을 다해 보살폈다. 생전 부모에게서 받아 보지 못한 정을 느낀 봉준은 친부모 이상으로 야린스키 부부를 존경하고 따랐다. 사람의 운명은 참으로 알 수가 없었다. 조선 땅에서 일찍이 부모를 여의고 수천 리 길이나 떨어진 이곳 시베리아에서 생명의 은인을 만나 양부모를 얻었으니 이런 기막힌 인연이 또 있을까 생각되었다.

봉준은 조선 땅에서 남의 집 머슴살이로 살아야 하는 주어진 운명이 너무 싫었다. 자기 앞에 주어진 운명을 자기 힘으로 바꾸고 싶었다. 죽기를 각오하고 스스로 독립하기를 소망하여 보부상단을 따라 다닌 지가 수 년이었다. 차라리 운명이 자기 목을 당겨 시베리아에서 얼어 죽을지라도 그는 기꺼이 그렇게 죽음을 맞이할 것이다. 조선에서의 타고난 운명은 지난 과거일 뿐이다.

21

시베리아의 반짝이는 푸른 별

　마침 자식이 없던 야린스키 부부는 최봉준을 자식처럼 아끼고 사랑을 주었다. 최봉준의 부지런하고 성실한 모습을 보고는 최봉준을 학교까지 보내어 교육을 받게 하였다. 그때부터 러시아 말을 배우기 시작하여 중국어와 만주어까지 능숙하게 할 줄 알게 되었고 신식 문물과 서양에 대한 견문을 넓힐 수가 있었다.
　러시아는 블라디보스토크를 부동항으로 개발하면서 만주 일대에 군대를 주둔시켰다. 군대가 주둔하면서 군량과 고기, 소가죽 등 보급품들을 조달해야 했다. 소를 사들여서 도축하면 고기는 식량으로 쓰고 소가죽은 군화와 옷으로 만들었다. 최봉준이 고향인 경흥에서 소를 사서 개마고원을 넘어 두만강을 건너 러시아로 이동시키는 것은 그야말로 대모험이었다.
　그런 봉준이 야린스키 부모와 작별 인사를 나누고 만주를 지나 조선으로 들어온 지도 벌써 달포가 넘어가고 있었다. 힘들었지만 소를 모는 인부들을 관리하는 것도 여간 쉬운일이 아니었다. 조선에서 30원에 소를 사서 러시아로 몰고 가면 10배의 이문을 보고 팔았다. 콩을 러시아에 수출하기도 했는데 조선의 콩은 세계에서도 품종이 다양하고 보관

성도 좋아 인기가 좋았다.

　마적 떼의 습격과 원거리 이동에 따르는 어려움도 그렇지만, 운송 기간을 줄이기 위해 봉준은 선박을 사들여 해상운송도 겸하게 되었나. 봉준의 장사는 해를 거듭할수록 번창하여 조선에서는 누구에게도 뒤지지 않을 정도의 갑부가 되었다.

　이제 그는 인천 점포에 들러서 백가객주 상단을 만나볼 생각이었다. 인천으로 가는 길에 평양의 이승훈 상단도 들려 몇 가지 장사 얘기를 할 참이었으나 유가객주 점원의 밀로는 승훈 또한 인천에 일이 있어 인천으로 갔다고 했다. 이대로 빠른 길을 재촉하면 인천에서 두 사람을 만날 수 있을 것이다.

　청나라와의 전쟁에서 승리한 일본은 배상금으로 받은 돈으로 영국으로부터 군함을 사들여 만주에 주둔하고 있는 군대를 증강하고 있었다. 요즈음은 어느 거리를 가든 한 소문이 나돌고 있었다: 일본이 러시아와 전쟁을 준비하고 있으며 조만간 전쟁이 터질 것이다.

　언제나 그렇듯이 이번에도 일본은 소련에 선제공격할 것이라고 했다. 일본의 전쟁 방식은 선제공격으로부터 시작한다는 것이었다. 일본이 적을 선제공격한다는 것은 일본은 항상 적을 침략할 준비를 하고 있었다는 의미다.

　평양에서 다시 인천까지는 마차를 타고 가야 했다. 개성을 들러보고 인천으로 가자면 사흘 이상이 걸릴 것으로 생각했으나 다행히 일이 일찍 끝나, 이틀 후 봉준은 바로 인천으로 들어올 수 있었다.

백가객주를 찾은 것은 늦은 오후가 되어서였다. 마침 백가객주 행수 백춘삼이 최봉준을 알아보고 마루를 내려와 대문까지 나와 마중을 한다.

"최행수, 이게 도대체 얼마 만입니까? 시베리아와 만주에서 무역을 잘해서 거부가 되었다는 소식은 임방을 통해서 잘 알고 있었습니다. 이렇게 먼 곳까지 찾아주시니 반갑기 그지없습니다. 동무."

"백행수님! 정말 반갑습니다. 저도 이렇게 살아 돌아와 행수님을 뵙게 될 줄은 꿈에도 생각을 못했습니다. 정주에서 제가 어려움에 처했을 때 도와주신 일 지금도 잊지 않고 있습니다. 그때 제게 쥐어주신 5냥으로 죽을 고비를 면했으니까요."

반가이 웃으며 맞이를 받은 봉준이 기쁘게 악수를 청했다.

"그래 요즘은 장사는 잘되시지요? 준마는 어디 갔습니까?"

"아, 준마는 지금 잠시 출타 중인데 곧 올 것입니다. 안으로 드시지요. 최행수!"

다반 위에 놓인 차를 마시며 두 사람은 지난날을 회상했다. 그동안 살아온 얘기며 현재와 미래의 사업에 대한 이야기로 쉴새 없이 대화가 이어졌다.

"준마는 얼마 전에 계림장업단 소속 낭인들을 살해한 죄명으로 감옥에 가서 큰 걱정을 했지요. 다행히도 일본인들이 먼저 조선의 보부상을 살해한 일도 있었고, 서로 합의 하에 결투를 한 것이라는 정당성이 인정되어 풀려났습니다.

하지만 그때부터 계림장업단 놈늘이 계속 준마와 우리 상단을 감시하고 있고, 우리 상단의 장사에 훼방을 놓고 있습니다. 인천에서 터를 잡은 저희 상단으로서는 놈들이 눈엣가시 같은 존재지요. 남의 나라에 와서 도리어 주인행세를 하려 드니 이런 적반하장이 어디 있습니까?" 술상을 앞에 놓고 두 사내는 밤새도록 얘기를 해도 모자랄 성싶은 얘기들을 새벽닭이 울 때까지 토해내고 있었다.

"벌써 일본이 만주를 장악하고 시베리아와 전쟁을 준비중에 있습니다. 사실 이번에 행수님과 장사 일로 상의를 하고자 겸사겸사 왔습니다. 참, 여기 인천에 이승훈 행수도 와있다고 들었습니다. 혹시 여기로 오지 않았는지요?"

"안 그래도 2일 전에 여기 왔었습니다. 가지고 온 유기들을 팔고 있는데 저녁이면 들어올 것입니다."

"다행입니다, 이번 일은 행수님과 이승훈 상단의 도움이 필요해서 이렇게 다 함께 만나자고 한 것입니다."

밤늦은 이경이 되어서야 이승훈이 대문을 열고 들어오는 소리가 들렸다.

"늦었습니다."

"저녁은 하셨는가? 어서 이리 들게나. 안 그래도 반가운 동무가 왔구먼."

"예, 누구 신데 이렇게 반색을 하시는지요?"

방문을 열고 들어서는 승훈을 봉준은 처음엔 낯설게 바라보았다. 서로 한참을 보더니 불현듯 생각이 난 듯 둘은 동시에 말문을 열었다.

"아하, 이거…!"

"최봉준 행수님 아니십니까? 세월이 꽤나 흘렀습니다. 바로 못 알아봤습니다. 죄송합니다. 하하!"

"예, 이승훈 행수 맞지요?"

"예. 정말 우리가 이전에 상봉한 지가 수년 전 아니겠습니까?"

나이로 보면 백춘삼이 제일 연상이었다. 최봉준이 1860년생이고 이승훈이 1864년생으로 가장 어렸다.

"이렇게 선배님들을 뵈니 정말 반갑기 그지없습니다." 승훈이 감격해서 말이 떨리고 있었다.

"승훈 행수께서 과한 말씀을 하십니다. 형님에 비해 한참이나 연배가 모자라는 절 보고 놀리는 말씀이요."

"그냥 편하게 말씀하시오. 동무!"

"아니지요, 여느 하루해가 무서운데 10년이면 해가 3천 번은 더 바뀌었으니 가볍게 볼일은 아니지요."

"하하하. 농담도 잘하시외다."

술 세 동이를 다 비우도록 사내들은 밤이 질 때까지 그동안 못했던 회포를 풀어나갔다. 특히나 조선 땅을 떠나 멀리 시베리아에서 주로 생활했던 최봉준은 조선말이 마려웠던지 그 누구보다 더 낳은 말들을 하늘의 별처럼 무수히 쏟아냈다. 시베리아의 반짝이는 푸른 별들이 최봉준의 입에서 쏟아지고 있었다. 다음날 아침에는 준마도 지방 행상 길에서 돌아와 이승훈과 최봉준 행수들과 조우했다.

"이젠 준마도 벌써 어른이 됐구먼."

"그간 그렇게 빨리 흘렀나 보네. 이제 백가객주의 행수가 되었으니 훌륭하신 부친께 장사를 잘 배워 조선 제일의 상단을 만들어야지. 안 그런가? 준마 행수!"

"과찬의 말씀입니다, 장사는 이제 겨우 걸음마를 뗀 정도입니다. 대행수님들이 많이 가르쳐 주세요, 열심히 하겠습니다!"

"그래. 상인 정신 하나만 똑바로 가지고 있으면 장사하는데 큰 실수는 없을 것이네."

아침상을 물리고 사내들은 가운데 탁자를 두고 둥글게 둘러앉아 숙향이 내온 차를 마셨다. 차를 한번 머금은 봉준이 말을 꺼냈다.

"제가 이렇게 인천까지 급하게 동무들을 뵙자고 찾아온 연유는 제가 이번에 주문을 받은 러시아 정부에 납품할 물자를 조달하는 데 있어 행수님들의 도움을 요청코자 해서입니다. 저희가 그동안 모스크바에서 하바로프스크까지 연결하는 시베리아 횡단 열차의 철도 부설에 필요한 자재들을 납품해서 많은 이득을 보았습니다만, 조만간 블라디보스토크까지 연결공사가 진행될 것 같습니다. 하지만 그런데 이번에 여기 온 목적은 또 따로 있습니다.

조금 있으면 일본과 러시아 사이에 곧 전쟁이 일어날 것이라는 소문은 여러 행수님도 들어 알고 계실 겁니다. 사실 러시아 정부에서 저희에게 전쟁에 대비한 군수물자를 보급해 줄 것을 요청해 왔습니다. 물론 비밀리에 저희 의붓부친인 야린스키님에게 부탁한 것이지요. 저희 부친인 야린스키님은 러시아의 귀족 출신으로 중앙정부에 많은 관계를 맺고 있습니다. 이번 일은 워낙 규모도 크고 저희 혼자 해결하기엔 부족함이 많아 행수님들의 도움을 요청하러 온 것입니다."

다른 이들은 봉준의 말을 경청하며 고개를 천천히 끄덕였다. 그 태도에 마음이 든든해진 봉준이 본격적으로 구체적인 사명에 대해 설명하기 시작했다.

"먼저 군량미에 관한 건입니다. 조선에서 조달이 가능한 쌀, 콩, 조, 등 각종의 곡물을 조달하는 것입니다. 다음으로는 소나 소가죽 등 가축이나 가죽 등 물건들을 모아 만주와 시베리아로 실어가는 것이지요."

22

극동 지역 하늘에 전운이 감돌고

　혼례를 치른 후 한동안 숙향과 신혼의 단꿈에 젖어 외출도 하지 않고 집에서 두문불출하던 준마가 갑자기 행상 길을 가겠다고 나섰다. 결혼 전에는 가끔씩 행상 길을 떠나 며칠씩 집을 비운 적이 있었으나 신혼을 치른 후로는 먼 거리 행상은 가질 않았었다. 그런데 갑자기 숙향에게 먼 행상 길을 떠난다고 알리며 짐을 챙겼다.
　"내일 아침 일찍 최봉준 행수를 만나러 군산지방에 좀 다녀올 것이오. 아마도 1달 정도의 여정이 될 것 같으니 부모님 잘 보살펴 주길 바라오. 최봉준 상단과는 시베리아 철도공사에 납품하는 일이 있어서 가는 것이니 염려하지 마시구려, 혹시라도 좀 지체될 일이 있으면 내가 기별을 넣을 것이니 그리 아시오."
　"부디 몸조심해서 다녀오시고 너무 무리하진 마시기 바랍니다."
　"알겠소, 이젠 내가 가족을 거느린 가장인데 예전처럼 함부로 몸을 굴리진 않을 것이니 부인은 너무 염려치 마시오."
　인천과 군산, 목포, 원산은 조선의 쌀을 일본으로 실어내는 주요 항구가 있는 곳이다. 값싼 조선의 쌀을 일본으로 싣고 가면 대략 갑절 이상의 이익을 볼 수가 있었다. 점차 쌀이 일본으로 나가는 양이 많아지면서 거꾸로 조선의 쌀값은 오르는 일이 벌어지고 있었다. 가뜩이나 생활이 어려운 조선 백성들은 이제는 쌀값이 오르면서 쌀밥을 먹기가 더욱 어려운 지경으로 몰리게 되었다.

게다가 지금 청·일전쟁에서 승리한 일본은 이참에 러시아를 공격할 계획을 세우고 있었다. 일본은 누구하고 싸워도 뒤지지 않을 만한 최고의 무력을 보유하고 있다고 자신했다. 아시아로 남하하려는 러시아를 지금 견제하지 않으면 일본의 조선 진출은 물론 향후 중국 진출에도 장애가 된다는 것을 잘 알고 있었다. 이에 일본은 전쟁 준비를 하면서 필요한 지원물자를 비축하고, 쌀이며 고기 등 각종 물자를 지속적으로 구입하기 시작했다. 조선 백성들이 쌀을 먹기가 더 어려워지는 그 나름의 이유가 있었다.

일본의 이런 움직임을 주시하고 있는 러시아 또한 극동의 부동항인 블라디보스토크와 하바로프스크에 거점을 확보하고, 중국의 뤼순반도를 확보하여 만주 일대를 장악하려는 준비를 진행하고 있었다. 러시아 횡단철도를 연장하고 이에 필요한 물자를 극동의 인근 지역에서 조달해야 했다. 아울러 일본과의 군사적 충돌에 대비해야 했기에 러시아 역시 가능한 군수 물자를 비축하는 데 힘을 쏟고 있었다. 이러한 와중에 조선은 필요한 물자를 공급받기에 좋은 시장이었다.

준마는 이미 봉준으로부터 소와 쌀을 구매할 자금 일부를 선불로 받았다. 석태, 길재와 함께 군산을 들러 쌀, 곡식, 소와 우피를 사서 인천과 목포, 원산으로 들어오는 배에다 실어낼 준비를 서둘렀다. 동시에 준마는 복만을 따로 송파 임방으로 보내 이득만 행수를 도와주도록 했다. 송파에서 우피와 곡물 그리고 소를 모으는 일이 중요한데, 매집하는 양이 상당하고 인천과 송파의 사정을 잘 아는 복만이 그 일에 적임자였다. 또한 군산 임방에 미리 연통하여 배가 도착하는 날짜를 알려준 상황인데, 그 시각 전에 도착하여 준비된 사항을 점검해야 했다. 이번 일만 잘 성사 시키면 큰 이익을 올릴 수가 있다.

일단 군산에서 우피와 쌀, 콩, 조 등의 곡식을 사 모으는 일은 차질 없이 잘 진행되고 있었다. 문제는 소를 사 모으는 일이었다. 최근 삼남지역에 소 전염병이 돌아 일부 지방에서 소를 사 모으는 일에 차질이 생겼다. 일단 건강한 소들을 모으고 있으나 남아 있는 소들도 언제 병에 걸릴지 몰라 소농가들은 걱정이 태산이었다. 안성 쪽에서도 사정은 마찬가지여서 안성 마방에 들렀을 때는 이미 소들이 병에 걸려 잔뜩 거품을 물고는 길게 누워있었다. 사정이 다급했다. 일단 최봉준 대행수에게 사태가 심각함을 알리는 기별을 넣었다. 얼마 후 봉준에게서 기별이 왔다. 지금 만주에서도 소 전염병이 돌고 있는데, 이를 치료할 백신이 서양에서 개발되었다는 것이다. 백신을 구해서 보낼 테니 병든 소들을 치료해 보라고 하였다.

며칠 후 최봉준이 직접 백신을 가지고 군산으로 왔다. 급하게 오느라 얼굴은 지친 표정이 역력하였다. 여러 날을 쉬지 않고 마차를 타고 달려왔다고 했다. 가지고 온 백신을 병든 소에 투입했는데 이 삼 일이 지나면서 증세가 좋아지는 것이 눈에 띄게 나타났다.

"됐습니다. 이렇게 되면 소들이 완치됩니다. 만주에서도 소들이 이렇게 좋아지다가 병이 다 나았습니다. 준마 행수, 이제 농가를 돌면서 병든 소들을 다 사 모으시게."

다음날 준마와 석태, 길재 등은 일꾼들과 함께 지방 곳곳을 돌면서 병든 소를 싸게 사 모았다. 일단 건강한 소는 30원으로 사고 병든 소는 10원에 매입하였다. 농가에서는 다 죽어가는 소를 10원이라도 준다고 하니 그저 고마울 따름이었다. 이웃집에서 애써 키운 소들이 병들어 죽어 나가는 것을 안타깝게 바라보던 농가에서는 그나마 10원씩이라도 받고 팔게 되어 이만저만 고마운 것이 아니었다. 일단 백신을 놓고, 며칠 있다가 소를 끌고 나올 때만 해도 소들은 천천히 겨우 걸음을 떼었다. 그러나 회복 속도가 워낙 빨라 마방으로 데리고 온 지 며칠이 지나면 감쪽같이 병이 나았다. 병든 소를 치료해 팔면 통상 건강한 소를 사들이는 것에 비해 약값과 경비를 다 제하고도 이익이 몇 갑절도 훨씬 더 남는 장사였다. 그리고 다시 러시아에 군납을 하면 여기서 다시 10갑절은 남았다.

군산항까지 흙먼지를 일으키며 어마어마한 숫자의 소들을 몰고 오는 사람은 송파 임방의 이득만 행수와 복만이었다. 전국적인 마방으로부터 신임을 얻고 있는 이득만은 이번에 중요한 일을 맡아서 무리 없이 잘 처리하고 있었다. 이득만 행수도 백신을 건네받아 송파 마방의 병든 소들을 치료하여 인천으로 보내고, 이제 다시 삼남으로 내려오면서 소들을 사 모으는 일을 진행하고 있었다. 이번에 우피를 가장 많이 구해준 사람은 다름 아닌 송파의 이득민 행수였다. 일전에 김창수 선생을 탈출시키면서 송파 임방의 도움을 받은 적이 있었는데 호방한 성품의 이득만은 준마와 서로 호형호제 하는 사이가 되었다. 지금 군산의 소를 선적하면 이행수와 복만은 다시 원산으로 올라가 그쪽 마방 행수들과 작업을 하여 원산에서 모은 소들을 군산에서 출발한 배에 싣는 일까지 맡기로 되어있었다.

군산에는 통감부의 이사청이 설치되어 통감부 업무를 관할하고 있었다. 엄청난 숫자의 소를 배에 실어 나르는 광경을 본 아베 이사관은 궁금하지 않을 수 없었다. 도대체 이 많은 소를 누가 사서 어디로 가져가는 것인지 알 수가 없었다.

"이 많은 소들을 어디로 가져가는 것인가?"

아베 이사관이 직접 나와서 심문을 했다.

"예, 지금 만주와 시베리아의 한인촌에서 소 농장을 만들려고 하는데 조선의 소를 데려가 키우는 것이지요. 조선에 한때 기근이 들어 굶어 죽지 않으려고 북만주와 시베리아로 많은 조선인들이 이민 갔지요. 이제 농사일도 어느 정도 정착이 되었고 이제는 자급자족을 위한 가축을 기르기로 하였는데 조선에서 기른 소를 데려다 키우고 싶다고 합니다. 이제 조선에서 나는 소고기를 먹을 수 있다고 다들 기대에 부풀어 있습니다."

"아 그런가, 듣고 보니 그럴 만하구만. 고향을 떠나서 먼 객지에서 살아간다는 것이 쉬운 일은 아니지. 특히 물과 먹거리는 더더욱 고향 생각나게 하거든. 그런데 자네 고베 소고기 맛을 본적은 있나? 내 고향 고베도 소산지로 유명한 곳인데, 맛이 그만일세. 내가 보기엔 조선의 소고기 맛보다 일본의 고베 소고기가 훨씬 맛이 좋고 상질이라네."

"고베 소고기는 맛본 적이 없습니다요. 언젠가는 고베 소고기가 조선에도 들어올 날이 있겠지요? 그때 한번 먹어 보겠습니다. 아무래도 천황폐하의 은덕을 입은 소이니 맛보지 않아도 더 맛있지 않을까 생각됩니다."

"자네 타고난 말솜씨가 있네 그려. 장사 하나는 잘하겠어! 하여튼 알겠네. 잘 실어 시베리아의 한인촌에 무사히 전달해 주게. 언젠가는 내가 거기서 그 소고기를 먹을 날이 있을지도 모르니까. 하하하."

아베가 들은 바와는 다르게 러시아로 이 소들이 넘어간다는 것은 절대적인 비밀로 하도록 당부해둔 상태였기에 이행수는 적당히 넉살 좋게 둘러대었다.

일단 소는 선적이 잘 진행되고 있으니 다음으로 군산 임방의 임재천 대행수와 쌀과 곡식을 배에 싣는 작업을 진행해야 했다. 임 대행수는 이곳 일대에서는 신망이 두터운 보부상으로, 쌀을 매집하는 데는 어려움이 없었으나 쌀을 배에 옮겨 싣는 일에 일본 이사청의 시선이 무겁게 느껴졌다, 가급적이면 쌀은 저녁에 일본 관리들이 다 퇴근한 후에 조선인 감독자를 구슬려 야간에 싣도록 하였다.

조선에서 나는 쌀은 일본에서도 많은 양을 매입하는 품목이라 꼬치꼬치 캐물을 가능성이 있다. 어차피 한인촌으로 보낸다고 해도 될 것이나 한인촌에서 농사를 짓고 사는 것을 다 아는데 쌀을 이렇게나 많이 사간다는 것은 고개를 갸우뚱하게 했다.

"오늘 저의 임방에서 공원들을 풀어 이사청 관리들의 동태를 살피도록 하겠습니다. 다행히 오늘은 대부분 일찍 퇴근한다고 하고 일부 남아서 지키는 직원들은 조선인들이라고 합니다. 저희가 적당히 구슬려서 술이나 한잔 먹여 처리하겠습니다. 혹시 말이 나더라도 제가 서울 조운창으로 가는 쌀이라고 둘러대겠습니다. 잘 처리하도록 하겠습니다."

"지금 일본으로 가는 조선 쌀의 4할이 군산항에서 실어 나갈 정도로 쌀의 매집과 수송이 활발합니다. 계림장업단 단원들이 쌀 거래로 많은 돈을 벌어들이고 있습니다. 이들을 뒤에서 봐주는 무장행상들이 이곳에서 유난히 설치고 있습니다. 현지 쌀 수집상에 대한 위협은 물론이고 살상도 서슴지 않고 있습니다."

준마가 입술이 부르튼 얼굴로 일행을 격려하였다.

"일단 여기 일이 끝나면 우리 일행들은 바로 원산으로 갈 것입니다. 거기서 소와 우피를 무사히 배에 실으면 우리 일은 다 끝납니다. 마지막까지 최선을 다해 일을 마무리합시다."

준마는 일행보다 먼저 원산으로 떠나 소를 사서 모으는 복만의 소식이 궁금하였다. 마침 원산에서 복만의 서신이 군산 임방에 도착했다고 연락이 왔다. 원산에서는 소 2천 마리를 모아 지금 원산항으로 몰고 가는 중이니, 한 달 이내로 선적할 수 있도록 준비하겠다는 소식이었다.

얼마 전 함경도 남쪽 성진 감리서에 박승직이라는 송파 면포객주 행수가 주사로 임명을 받았다고 했다. 그는 송파나루에서 보부상을 하면서 돈을 벌어 지금은 배오개에 점포도 내고 성공한 객주가 되었다. 박승직 행수는 드러나지는 않았지만 나름 일본의 조선에 대한 내정 간섭에 울분을 지니고 있고 보부상의 정신이 뚜렷한 사람이었다. 발령을 받아 임지로 부임했는지는 아직 확실하지 않았다.

"만약 원산 쪽에 도움이 필요하면 박승직 행수한테 도움을 청하도록 하십시오."

"잘 알겠네. 박행수면 믿을만한 사람이지, 내 확인해 보겠네."

이득만 행수가 대답했다. 박승직 행수는 이득만 접장과 같은 송파임방의 단원으로 서로를 잘 알고 있었다.

모든 일이 순조롭게 진행되고 있었으나 인원이 부족하여 각 지역 임방의 직원들과 보부상 단원들을 비롯해 노인들까지 다 동원해야 했다. 느린 소들을 재촉해서 흩어지지 않도록 몰고 간다는 것이 말 대로 쉬운 일이 아니었다. 아마도 이번 일은 전국 지방마다 뻗쳐 있는 보부상 조직의 힘이 아니었으면 어려웠을 것이었다. 그만큼 보부상조직에는 상부상조의 정신과 동지애가 내포돼 있었다.

"최근 복면을 한 도적들이 일본 상인들을 습격하는 일이 자주 일어나고 있다는 보고가 있었다. 도적들이 상해임시정부와 조선의 독립운동 조직에도 자금을 지원하고 있다는 것이다. 대일본제국의 원대한 대륙 진출의 꿈을 완성하는 데 있어 방해가 되는 이런 불순분자들을 하루빨리 잡아들이라는 본부의 명이다."

후꾸다는 아침 일찍 소집된 회의에서 복면강도단 사건에 대한 질책을 쏟아부었다. 조선인으로서 의심이 가는 용의자들을 일단 추리고 이들을 대상으로 일거수일투족을 감시하도록 했다. 후꾸다 경위는 일본에 반기를 들고 극렬하게 저항하고 있는 조선 민족단체의 지도자들을 1차 용의선상에 올려놓았다. 그러곤 그들의 가족을 포함해서 누구를 만나는지 어디를 가는지 밀정을 붙여서 감시하도록 했다. 그렇게 회의를 주도하던 중, 후꾸다는 불현 듯 "잠깐!" 하며, 갑자기 무엇인가가 생각난 듯이 소리를 높여 질문을 던졌다.

"전에 일본인 쓰치다를 살해한 김창수가 인천 감옥에 있을 때 그를 탈출하도록 도운 자들이 있었지 않은가? 그때의 관련자들을 조사해 보라! 그리고 김창수와 같은 시기에 감옥에 있었던 조선인들이 누군지 찾아 보고하도록 하라!"

벼랑 끝의 조선 259

"예, 즉시 조사해 보겠습니다."

다께다 경사는 명령대로 인천 감옥의 죄수 명단을 입수했다. 그리고 김창수가 감옥에 갇혀있는 시기에 같이 수감 되었던 죄수들의 명단을 조사했다. 김창수의 탈출을 지원한 자들은 조선의 독립운동단체라는 소문이 당시에 돌았었다. 거기에 일부 조선의 상인들이 자금을 대어 김창수를 지원했다는 말들도 있었다.

"참 그때, 왜 일본 검객과 싸워서 감옥에 갔던 조선 상인이 하나 있었지? 그때 그의 부모가 백방으로 탄원해서 결국 몇 개월 만에 석방된 자가 있지 않았나?"

"아, 그때 백가객주의 아들 백준마가 당시 6개월인가 수감된 적이 있었습니다. 그러나 그때 실제로는 정정당당한 검투에서 이긴 것이어서, 우리로서도 크게 문제 삼지 않고 석방에 동의한 적이 있습니다. 게다가 백가객주는 인천지역에서도 알아주는 보부상의 접장이며 제법 큰 재산을 모은 재력가인 데다가, 사업에만 전념하고 있는 것으로 파악되고 있습니다. 강도 사건을 일으킬 만한 동기가 전혀 없습니다."

"그렇기는 하구먼."

"일단 제외하도록 하겠습니다."

"알겠네, 그렇지만 모든 조선인은 우리가 항상 감시해야 할 대상이라는 점을 명심하게."

"예, 명심하겠습니다."

23

활개치는 일본군 첩자들 · 왈패들

　　동래에서 대구로 향하는 일단의 계림장업단원들은 조선에서 시작한 장사가 나날이 번창하자 기쁨을 감추지 못했다. 오늘도 일본을 통해 들어온 서양의 물목과 일본산 잡화를 잔뜩 짊어지고 양산과 황산역을 지나 밀양으로 향하고 있었다. 오늘 부지런히 걸으면 밀양까지 갈 수가 있다. 서울까지 가는 이 길은 대구를 거쳐 문경, 조령, 충주, 용인을 거쳐 서울로 가는 영남대로 좌도라고 했다. 이들은 부산에 도착한 물건들을 찾느라 조금 지체하여 계림장업단의 선발진보다 좀 늦게 출발하였다.

　　최근 조선사람들이 일본사람들을 대하는 것이 심상치 않으니 30명에서 40명씩 무리를 지어 다니라는 훈령이 내려왔다. 갑오개혁으로 인한 단발령에 민비 살해, 아관파천 등의 사건으로 곳곳에서 조선사람들이 일본인들을 공격하는 일이 빈번하게 발생했다. 와다나베는 사실 일행들과 좀 떨어져 이동하기를 내심 바랐다. 사람이 너무 많아 왁자지껄하게 소란을 떠는 것보다 조용히 빠르게 이동하는 것이 나을 성싶었다. 12명이 행상단을 꾸려서 출발했는데 검객인 후지모리를 포함해서 무사들만 5명이나 되었다.

　　"일본에서 장사에 실패하고 하는 일도 없이 빈둥거리면서 놀다가 조선 땅에 와서 우리가 횡재를 하는구먼."

"그러게, 조선에서 상업하고 싶은 자를 특별히 뽑는다고 해서 호기심에 지원했는데 이제 보니 우리가 횡재를 한 것이네 그려. 살다가 이런 날도 다 있네."

"통감부에서 장사할 밑천도 빌려주겠다, 게다가 무사들을 함께 보내서 우리를 보호해 주기까지 하고!"

"조선이 선비의 고장이고 전통문화가 우리보다 훨씬 앞선 줄 알았는데, 이제 와보니 속 빈 강정이었네 그려. 양반이란 자들은 그저 놀고먹으면서 상민들과 노비들의 상전 노릇이나 하고 뒷짐이나 지고 있고, 겉치레만 번드르르하게 차려 입고 다니면서 말만 요란할 뿐 실제로 가족이나 나라에 도움이 되는 놈들은 하나도 없는 것 같네."

"장사를 우습게 보고, 그저 노는 게 자랑인 줄 알고 있으니, 이제 조선 땅에서 돈이나 벌어보세!"

"벌어 보세!"

이 일본 상인들은 소리 높여 기세를 올려 힘차게 걸음을 당겼다.

밀양에서 삼랑진을 지나 오치고개를 지나고 청도로 가는 내리고개로 들어가면서 길 양쪽으로는 길게 뻗은 나무가 서 있고 숲이 무성하게 우거졌다. 멀리 험하고 높은 산들이 보였다. 산 중턱을 넘어 고개를 넘는데 갑자기 숲속에서 복면한 사내들이 뛰쳐나오면서 에워싸기 시작했다.

산적 떼가 나타난 줄 알고 기겁을 한 일본 상인들은 일단 칼을 꺼내

들고 방어의 자세를 취했다.

"너희들은 웬 놈들이냐? 우리는 통감부에서 발행한 정식 상업허가증을 받아 장사하는 계림장업단 상인늘이다. 우리 상사를 방해하면 헌병사령부에서 너희들을 그냥 두지 않을 것이다. 그러니 어서 길을 비켜서거라!"

"이놈 말 한번 번지르르하게 잘하는구나. 잔소리 그만하고 가지고 있는 물건들을 모두 내놓고 하루빨리 너희 나라로 돌아가도록 해라!"

말의 낌새로 보아 산적들은 아닌 것처럼 보였다. 무사들이 칼을 뽑아 들고 앞으로 나섰다. 검을 앞으로 내밀어 방어 자세를 취한 채로 복면을 쓴 자들을 노려보며 이들의 정체를 파악하고자 신중하게 주위를 둘러보았다. 좀 있다가 복면을 쓴 한 사내가 칼을 들어 공격했다.

일합, 이합, 좌우 공격이 이어지면서 복면의 사내들과 일인 무사들의 검이 부딪히고 "쨍" 하는 날카로운 쇳소리가 하늘을 찌르듯이 울려 퍼졌다. 오후의 햇살이 검날에 반사되어 번쩍이며 순식간에 혈투가 벌어졌다. 앞으로 나선 일인 낭인들이 복면강도들을 막아내면서 일진일퇴의 공방을 벌이고 있었다. 그러자 좀 뒤에 처져 있던 복면의 사내가 앞으로 나오면서 발초심사세 자세로 크게 팔을 들어 정면을 치는 듯이 하다, 바로 좌우베기로 공격해 들어갔다. 복면의 사내가 빠르고 움직이며 강하게 검을 휘둘렀다. 앞에 나선 낭인이 검을 내밀어 막는 순간 쨍 소리와 함께 순식간에 낭인의 배가 베어지며 피를 쏟아냈다. 진전살적세로 칼을 위로 들어 옆베기로 내려치는데 전광석화처럼 빠른 공격에 놈들은 순식간에 한 놈씩 쓰러져갔다.

좌요격세, 우요격세, 장교분수세로 앞으로 계속 찔러 나갔다가 바로 백원출동세로 빠져나오면서 바로 찬격세로 공격을 이어가는데 몸이 보이지 않을 정도로 빠르고 강하여 순식간에 앞에 있던 무사 둘이 피를 쏟으며 주저앉았다. 당황한 듯 뒤쪽에 있던 놈들이 급하게 앞으로 나오면서 협공을 하는데 복면의 검객은 침착하게 이들의 검을 받으며 강하게 튕겨 나갔다. 동시에 좌우로 에워싼 놈들을 막는 듯하더니 순식간에 검을 들어 좌우로 놈들을 베었다. 앞에 선 낭인 두 놈이 동시에 배에서 붉은 피를 흘리면서 쓰러졌다. 상인들을 호위하는 낭인들이 하나둘씩 쓰러지자 나머지 일행들은 점차로 뒤로 밀리면서 이내 숲속으로 흩어져 도망치기 시작했다.

도망가는 놈들을 쫓을 생각이 없는지, 놈들의 뒷모습을 한참을 바라보던 복면 사내들은 이들이 남기고 간 짐을 풀어보았다. 서양에서 들어온 각종 향료와 잡화, 의약품 등 각종 평범한 물건 외에도 조그만 보따리 꾸러미 하나가 발견되었다.

"찾았습니다."
"어디 봅시다. 역시 우리 정보가 맞았습니다. 이놈들이 조선에 아편을 숨겨 들여와 퍼뜨리려던 참이었습니다."

계림장업단을 위장해서 들어온 상인들 가운데는 일본군의 첩자와 일본에서 온갖 못된 짓을 하던 왈패들이 함께 들어오기도 하였다. 동래 임방의 정보로는 계림장업단으로 위장한 왈패들이 아편을 몰래 들여와 조선에 팔아먹으려는 정보가 있었다. 그런데 이들을 일본헌병대가 보호하여 몰래 조선으로 아편을 들여오는 것을 눈감아주고 있다고 했다.

"일단 쓸 만한 물건들을 추려 인근 고을의 굶는 백성들을 찾아 전달하도록 합시다. 나머지는 돈으로 바꿔 안 동지가 내려올 때 전달하도록 하는 것이 좋겠습니다."

"아편은 어떻게 할까요? 그 물건은 조선 땅에 있는 한 누군가에 피해를 주는 물건이니 태워 없애도록 합시다."

진주에서의 계림장업단원 습격사건에 이어 도처에서 계림장업단을 노리는 사건들이 조선 전국에서 일어나고 있었다. 원산과 군산에서 일어난 사건은 일본으로 보내는 쌀을 강탈한 일이었다. 일본은 자국의 부족한 쌀을 조선에서 실어왔다. 흉년이 들어 쌀값이 폭등하자 조선으로부터 쌀을 수입하여 자국의 부족한 분량을 채웠다. 원산과 군산은 조선으로부터 쌀을 실어 나르는 항구이자 쌀 매집의 거점이었다. 이 두 곳에서 지난 2달 사이, 연속적으로 부두 창고를 강탈당하는 사건이 발생했다. 원산에서 2천 석을 탈취당했고 군산에서 3천 석이나 탈취를 당했다. 그들이 탈취당한 쌀은 고을의 가난한 사람들에게 분배되었다는 소문이 조선에 퍼져 나가기 시작했다.

24

매국에 항거하는 복면 의적단

　　아침 동이 트자 준마는 일찍 객주대문을 나섰다. 곡물객주 정흠치를 만나러 가는 참이었다. 길옆 가까운 해안가에서 부연 흙먼지가 일어나는 것이 보였다. 이른 아침부터 갯벌을 메우는 매립공사가 한창인데, 때에 절고 먼지로 누렇게 퇴색된 바지저고리에 바지는 반쯤 걷어 올린 채로 흰 머리띠를 동여맨 일꾼들이 지게에 흙과 돌을 싣고 부지런히 공사장을 오가는 모습이 보였다.

　　얼마 전에 새워진 쌀과 곡식을 보관하고 거래하는 미두취인소(米豆取引所 : 쌀과 콩 등 7가지 상품을 거래하기 위해 만든 거래소. 채권과 유가증권으로 거래를 하는 증권거래소) 옆으로 창고를 짓고 있었다. 이미 매립된 땅 위에는 수만 가마니(일본명 카마스: 일본이 조선에서 쌀을 실어가기 위해 볏짚으로 짠 가마니)의 쌀들이 그 꼬리가 안 보일 정도로 해안가를 따라 쌓여 있다.

　　"이러다 조선의 쌀이 다 동이 나겠네." 혼잣말을 중얼거리며 준마는 곡물객주인 정흠치를 찾아갔다.

　　"저 많은 쌀이 다 일본으로 나가는 겁니까?"

　　"그렇습니다. 요즘 들어 더 많은 쌀이 일본으로 나가는데 하루에도 몇 차례씩 쌀이 배에 선적되고 있습니다."

"일본 놈들은 쌀을 왜 그렇게 많이 실어 간답니까?"

"지금 일본은 여러 해 농안 흉년이 들어 노시를 중심으로 쌀이 많이 모자란답니다. 그래서 쌀을 많이 생산하는 조선에서 쌀을 수입해가는 것이지요. 조선을 일본의 쌀 공급기지로 만들어야 한다는 얘기도 있지요."

"아, 그래서 지금 조선에서는 쌀이나 콩값이 자꾸 오르고 있었군요. 도무지 콩값이 너무 뛰어 콩나물장사에도 어려움이 많습니다."

"그나저나 일본이 저렇게 쌀을 자꾸 실어가면 조선의 쌀값이 오를 터인데 겨울이 닥치면 또 굶어 죽어 나가는 사람들이 많이 늘겠습니다."

"조선 쌀의 3할 이상이 일본으로 실려 나간답니다. 개항장 부산과 인천, 원산, 진남포 등지에서 쌀을 실어 나르다가 조만간 군산까지 개항할 예정이랍니다. 수년 전 황해도 관찰사가 방곡령을 선포하고 원산으로 빠져나가는 왜상의 쌀을 강제로 빼앗았다가 일본의 협박으로 최근에 이자까지 합쳐서 서너 배의 배상을 하고 해결했다고 합니다."

밤이 깊어 4경 3점(새벽 2시경)에 들어설 무렵, 군산항에서 그리 멀리 않은 곳 조그만 기와집 안채에서는 느닷없이 비명소리가 났다. 개항장의 서무를 담당하는 옥구감리서의 주사 임경순의 집이었다. 임경순은 잠결에 문밖에서 인기척을 들었다. 누군가 담을 넘어 들어오는 소리였다. 그는 자리에서 일어나 조용히 머리맡에 놓인 칼을 집어 들었다. 갑자기 문이 열리면서 검은 복면을 쓴 자객들이 검을 뽑아 들고 들이닥쳤다. 소리를 질렀으나 마당에는 이미 먹쇠가 가슴에 피를 흘리고 죽어 있었다.

자객들은 임경순이 일어나면서 칼을 뽑아 들자 당황한 기색이었으나, 일순간 칼을 내리치며 공격해 왔다. 임경순은 칼로 공격을 방어하면서 옆으로 피했다. 자객의 뒤로 서너 명이 더 들이닥치면서 임경순은 혼자서 사방으로 공격을 받았다. 첫 번째 놈의 검을 피한 후 검을 막아낸 놈을 깊이 베었으나 옆에서 들어오는 다른 자객의 검을 피하지 못한 채 배를 찔렸다. 순식간에 임경순은 온몸에 칼을 받고 쓰러졌다. 옆에서 떨고 있는 아내와 아이까지 무참히 칼로 찌르고 일가를 모조리 살육한 일당들은 재빠르게 사라졌다.

개항하면서 임경순은 군산항구의 세관 업무와 서무를 담당하기 위해 새로 개설된 전주부 관할인 옥구감리서 주사로 발령을 받았었다. 발령을 받고 부임해 보니 이곳 군산은 조선인보다 일본인이 더 많았다. 왜상들은 주로 쌀과 콩을 거래하고 있었는데 쌀을 호남과 충청에서 대량 매집하여 일본으로 실어 나르고 있었다. 이들은 관세를 제대로 내지 않고 몰래 밀수를 하거나, 조선인들로부터 쌀을 반강제로 매집하면서 가격을 후려치고 고리로 농사자금을 미리 빌려주고는 협박하여 헐값에 쌀을 매집하기도 하였다.

"이대로 일본인들이 쌀을 수탈해가는 것을 두고 볼 수는 없는 지경입니다. 부윤께서도 보고를 올리시고 방곡령을 내리든지, 아니면 무슨 조치라도 해야 할 것 같습니다."

"좀 더 두고 보세, 왜상들이 그냥 물건을 뺏는 것은 아닐 터이니. 좀 더 기다렸다가 확실하게 무슨 증거라도 나오면 그때 가서 소지를 올리도록 하세."

"이미 말씀드린 지가 오래되었습니다. 이제는 무슨 수를 써야 합니다."

"원, 뭐가 그리 급한가? 조금 기다려 보라 하지 않았나."

군산 부윤이면 누구나 한 번쯤은 가기를 원하는 자리였다. 물자가 풍족하고 세금도 잘 걷히니 별걱정 없이 소임을 다할 수 있었고, 집의 곳간도 적당히 채울 수도 있는 자리였다. 이익이 되는 상황을 괜히 긁어 부스럼 만들 필요가 없었다. 왜상들도 이런저런 눈치를 아는 자들이라, 임경순이 부임한 후로 별 탈 없이 잘 지내오고 있는 터였다. 그리고 소문은 순식간에 퍼져 나갔다. 일본으로 쌀이 나가는 것을 막으려던 순천감리서의 주사가 살해되었다는 소식이 전해지자 사람들은 공포에 떨었다. 일본에서 들어온 자객들의 짓이다, 또는 금품을 노린 도적 떼의 짓이라는 등등 소문은 계속 부풀려 지면서 퍼져 나갔다. 동시에 세상은 계속 돌아가 금강을 통해서 운반되어온 쌀과 콩 등의 곡식은 군산항을 통해서 순풍에 돛 단 듯이 일본으로 빠져나갔다.

가을이 들판을 누런빛으로 물들이면서 밀려 들어오고 바닷가의 가을은 어선이 건져 올리는 물고기들로부터 시작되었다. 살이 잔뜩 오른 전어와 큰 새우, 고등어, 비단고둥 등을 실은 배가 만선이 되어 항구로 들어오고 해안가 아이들은 바닷가에 나가 지렁이를 미끼 삼아 작은 고기들을 건져 올리는 재미로 하루를 보냈다.

담 하나를 사이에 두고 해관의 망루에서는 조선인들의 움직임과 해안의 배들을 관찰하는 관원들의 눈이 매서웠다. 밤이 되면서 간조가 되자 밀물이 달에 실려 물비늘을 반짝이면서 해안가 가까이 깊숙이 몰려들어왔다.

구름이 잔뜩 낀 탓인지 칠흑같이 어두운 밤이 지났다. 아침이 밝아오자 쌀을 선적하려고 새벽 일찍 나온 왜상 아오끼는 대경실색하였다. 두 눈을 손으로 다시 문질렀다. 어저께 분명히 야적장에 쌓아 둔 쌀 3천 석이 갑자기 자취를 감춘 것이었다. 눈이 까뒤집히며 얼굴이 노래지면서 다리가 후들거렸다. 간신히 버티다가 온몸에 힘이 다 빠지면서 입에 거품을 물고 주저앉았다. 항구에는 가을 고기잡이 철을 맞아 분주히 드나드는 크고 작은 배들로 가득하고 어디를 쳐다봐도 쌀은 간 곳이 없었다. 망루잡이는 어제저녁을 잘 먹은 후 아예 망루에서 주저앉아 잠들어 버렸으며 관원들도 죄다 쌀의 행방을 모른다고 했다. 서해와 남해는 섬들이 많아 조금만 섬을 벗어나면 시야가 가려 배들을 찾기도 쉽지 않았다. 아오끼와 함께 투자한 동업자들은 수만 원이 넘는 막대한 손해를 입었다. 아오끼는 그날 밤으로 군산을 빠져나가 어디론가 사라졌다.

통감부에서는 이제 더이상 사건을 방치만 하고 있을 수는 없었다. 통감부 대신 가무치와 아오지마 헌병사령관은 긴급히 소집된 회의에서 심각한 표정으로 시로의 얼굴을 마주 보고 앉았다. 기무치는 기금 올 통째로 날린 내색은 보이지 않았다. 계속 품어내는 담배 연기가 동그라미를 그리며 허공으로 피어 올라가는데 마치 돈이 하늘로 승천하는 듯하다. 한동안 회의장에는 헛기침을 내뱉고 한숨을 길게 내쉬는 소리만 들리는데, 누군가 말을 꺼냈다.

"도대체 이들의 일본에 대한 노골적인 적대행위가, 여러 달이 지났는데 그 정체도 파악하지 못하고 있다니 이게 말이 되는가? 대일본제국과 군대를 너무 우습게 보고 있다는 것 아닌가 말이다."

"조만간 이들의 정체를 모두 밝혀 모두 체포하도록 하겠습니다."

"후꾸다 경위, 오늘부터 자네는 복면도적과 군산 쌀 도적놈들을 잡는 데 총력을 쏟도록 하라!"

"예 공사님, 어떻게든 하루속히 도적들을 잡아 끌고 오겠습니다."

이미 조선의 백성들과 상인들 사이에서는 의인이 나타났다고 입소문으로 칭송이 자자하였다. 그렇지 않아도 일인들에 짓눌려 한숨만 쉬면서 일인들의 횡포를 보고만 있었는데, 이제 의인들이 나타나 이들을 혼내고 게다가 빼앗은 물건들을 인근의 어려운 사람들에게 나눠준다고 하니 얼마나 고마운 일인가? 조선사람들로서는 두 손 모아 제발 이들이 잡히지 않도록 기도하는 형국이 되었다.

후꾸다 경위는 복면 도적을 체포하라는 명령이 떨어지자 부하들을 소집하여 대책을 논의하기 시작했다. "일단 이들의 근거지를 찾아내는 것이 시급하다, 그리고 이들이 중국과 러시아에서 활동하고 있는 조선의 반역자들과 연계되어 있다는 정보가 있다. 언젠가는 반드시 정체가 드러나게 되어있다. 하지만 여전히 근거지는 물론 무엇을 하는 놈들인지 조차 파악하지 못하고 있는 형편이다. 내가 생각하기에는 이들이 대단한 정보력과 조직을 이루고 있으리라 짐작된다."

"이제부터 제군들은 수단과 방법을 가리지 말고 이들의 정체파악과 체포에 만전 기해야 한다, 알았는가?"

"예, 경위님!"

대답하는 경위의 부하들 가운데는 노무라 중위가 있었다. 그는 6개월 전 일본에서 파견된 신참 헌병이며 대일본제국의 신민인 것을 자랑스럽게 생각하는, 자부심이 강하고 사명감이 투철한 군인이었다. 노무라는 이번 사건을 지휘하는 임무를 맡게 되었다. 통감부에서는 이번 사건을 일본제국에 대항하는 조선인들의 항쟁이라고 평가하고, 어떻게든 이들 조직을 뿌리 뽑을 것을 지시하였다. 이들 세력이 더이상 커지는 것을 막아야 하며 이를 막지 못하면 이들에 동조하는 무리가 합세하게 되어 일본의 대조선 책략에 막대한 지장을 초래한다고 여겼다. 노무라는 주어진 임무를 꼭 완수하리라, 굳게 되뇌었다.

25

태풍 전야의 고요

아침 일찍 임방에 모인 객주대표와 보부상들은 심각한 표정으로 어제 받은 통감부의 통지 내용에 대한 대책을 논의하고 있었다. 보부상의 간판을 떼라고 하니 보부상으로서는 도저히 받아들일 수가 없는 일이다. 임방에 모인 보부상 단원들은 굳은 표정으로 격앙된 울분을 토해내고 있었다. 일부 상인들은 눈물까지 흘리며 우리는 이제부터 무엇을 하고 살아야 하느냐고 걱정을 토로했다. 장사를 그만두면 이제 죽은 목숨인데 어떻게든 방안을 강구 해야 한다고, 임방 안은 왜인들을 원망하는 욕지거리로 그야말로 격정의 도가니였다.

"인천에 처음 계림장업단이 처음 발을 들여놓은 이후로 지금 조선의 주요 장시에는 이들이 안 들어간 곳이 없습니다. 수일 전에 임방에서 돌린 통문에 따르면 이들의 행패가 날로 심하여 도저히 이대로 두고만 볼 수가 없는 지경에 이르렀다고 합니다. 매점과 매석은 물론이고 일본 군대를 앞세워 장시에서 갖은 행패를 다 부리고 있답니다."

준마가 일어서서 객주대표들에게 조정의 지침과 전국 임방에서 수집된 내용을 설명하였다.

"그리고 며칠 전 통감부에서는 상무사 도방과 전국의 임방을 해체하고 현판을 내리도록 칙령을 발표했습니다. 우리 보부상 조직을 완전히 해체하고 모든 상권을 일본이 지배하겠다는 것이죠. 물론 이 칙령은 조선의 조정이 자발적으로 만든 것은 아닙니다. 지금 일본 통감부는 조선의 모든 행정을 장악하고 사소한 것까지 간섭하고 지시하고 있습니다. 조만간 조·일 보호조약까지 체결하여 조선의 모든 실권을 일본이 움켜쥐려는 음모를 꾸미고 있다고 합니다."

순간 장내에 무거운 침묵이 웃돌았다.

"이제 우리 보부상 단원들이 일어나야 할 때입니다."

준마는 그동안 김칭수(김구) 선생을 만났던 일이며 고종황제를 만났던 일까지 설명하며 계림장업단을 막지 못하면 보부상은 조선에서 영원히 사라질 것이라고 힘주어 말했다.

"고종황제도 분명히 우리 보부상을 지켜줄 것이라고 말씀하셨습니다. 지금 조정에서 일어나는 일들을 보면 일본이 조선의 조정을 완전히 장악하고 저희 마음대로 움직이고 있다고 생각됩니다. 우리도 이제는 스스로 방향을 잡고 살길을 찾아 나서야 합니다."

"맞습니다. 안 그러면 우리의 상권을 그대로 다 일본 상인들에게 송두리째 넘겨주게 됩니다. 우리라도 상업을 지켜야 그나마 남아 있는 조선의 자본세력이 존재하는 것입니다, 굶어 죽으나 싸우다 죽으나 매한가지입니다. 죽을 때 죽더라도 싸워야 합니다. 조선 태조 대왕 이래 우리 상업을 억제하고 장사하는 우리 같은 행상을 달갑게 여기지는 않았다고는 하나, 그래도 내가 태어나고 자란 곳인데 우리 땅을 누가 지키겠습니까? 이미 조정은 힘이 없고 대신들도 모두 자기 살겠다고 눈치를 보는 현실입니다."

얼굴이 불그스름하게 달아오른 무시로 객주의 심태평 행수가 목에 힘줄을 세우고 목소리를 높였다.

"그나마 일본이 겁내고 함부로 다룰 수 없는 조선의 사람들이 우리 보부상이라고 합니다. 이제 우리가 수백 년을 이어온 보부상조직의 힘을 보여줄 때가 온 것 같습니다."

"우리 조선의 상권은 우리가 지켜내야 자손들에게도 미래가 있을 것입니다."

"옳소, 싸웁시다!"

"보부상의 절목을 다시 한번 외치고 분연히 일어섭시다!"

위상애당(爲上愛黨), 윗사람을 섬기고 무리를 사랑한다.
환난상구(患難相救), 어려운 일을 당하면 서로 도와준다.
상부상조(相扶相助), 서로서로 돕는다.
병구사장(病救死葬), 병이 나면 도와주고 죽으면 장례를 치러 준다.

보부상 사계명,
물망언(勿妄言), 헛된 말로 속이지 말 것.

물패행(勿悖行), 행패 부리지 말 것.
물음란(勿淫亂), 여성에게 못된 짓을 하지 말 것.
물도적(勿盜賊), 도둑질하지 말 것.

이러한 규칙들을 다 함께 제창한 뒤 마지막으로는 충효(忠孝), 나라에 충성하고 부모에 효도할 것을 두어 번 목이 터지도록 외쳤다. 그날로 각 보부상 임방으로 통문이 돌아가고 날짜를 잡아 장터에서 보부상들이 모여 궐기하기로 하였다. 인천신상협회는 계림장업단의 불법성을 규탄하고 단체 해산을 촉구하는 성명서를 작성해 발표했다.

아침부터 인천 신포동 물상객주 거리에 일단의 무리가 나타나기 시작했다. 계림장업단과 이를 호위하는 낭인 집단이었다. 이들은 상점가에 들어서자 바로 초입에 자리한 유기전 객주를 덮치면서 현판을 뜯어내기 시작했다. 사다리를 놓고 올라가서 강제로 현판을 뜯기 시작했다. 유기전객주 보부상 단원들이 이를 막기 위해 밀고 당기는 등 일대 혼란이 벌어지고 있었다.

뒤에 있던 낭인들이 앞으로 나서 목검으로 저항하는 점원들을 제압해 나가기 시작했다. 일부 보부상 단원들이 머리를 맞아 피를 낭자하게 흘리고 일부는 계림장업단 무사들의 바짓가랑이를 붙잡고 매달리고 있었다. 사정하는 점포 점원을 낭인들은 사정없이 매질하고 발길질로 걷어차자 점원들이 머리며 입에서 피를 흘리면서 하나둘 쓰러졌다. 드디어 참다못한 보부상 단원들이 용장을 들고 맞서 싸우면서 격투가 벌어지면서 장터 앞에서는 일대 혼전이 시작되었다.

낭인이라 하지만 일본의 무사 출신들인 이들은 무예가 보통이 아니었다. 한 낭인이 칼을 뽑아 들고 진검으로 상대를 제압하기 시작했다. 낭인들이 휘두른 예리한 검에 보부상 단원들이 팔과 가슴을 베여 쓰러지면서 흰옷이 붉은 피로 물들었다. 이제는 서로가 살육을 부르는 피의 전쟁으로 양상이 바뀌고 있었다.

그러나 놀란 쪽은 오히려 일본의 무사들이었다. 보부상들의 무예 또한 예사롭지 않았기 때문이었다. 보부상을 그저 지게나 지고 다니는 장사꾼으로 쉽게 보았는데, 이들의 검법은 절도가 있으며 그들이 검을 제대로 다룰 줄 알고 있기 때문이었다.

'아니, 이 장사꾼들이 무술을 익혔다는 것인가?'

낭인들은 그제야 조심스럽게 검투 자세를 취하기 시작했다. 다 망해가는 조선에 아직 검법이 살아있었다는 말인가?

준마와 친구들처럼, 보부상 단원들은 이미 어릴 때부터 글과 장사를 배우면서 검법도 배워왔다. 험한 길을 가다 보면 때로는 산적들을 만나서 싸울 때도 있고 짐승을 만날 때도 있다. 항상 스스로 보호하기 위해서 무술을 단련해야 했다. 그 단련의 시간이 있었기에 불가항력적 위기 상황에 직면해서 호신술 발휘 이상의 무술을 구사해 거뜬히 위기를 돌파해 나갈 수 있었다.

점차 싸움이 격해지면서 장터 곳곳에서 전투가 벌어지고 있었다. 쉽게 생각하고 쳐들어 왔던 계림장업단 낭인들이 조금씩 뒤로 밀리기 시작했다. 준마가 목검으로 중심에 서서 일본 낭인들과 대적을 하는 동안 석태는 준마 옆에서 좌우로 오는 낭인들을 막아내고 있었다. 복만과 길재 또한 그동안 단련했던 무술로 낭인들이 더이상 진입하는 것을 막아내고 있었다. 낭인들이 주춤하는 사이를 놓치지 않고, 뒤에 처져 있던 보부상 단원들이 용기를 얻어 일제히 함성을 지르고 앞으로 밀고 나가자 계림장업단 낭인들이 후퇴하기 시작했다. 주위에서 이를 보고 있던 조선의 백성들이 일제히 함성을 지르며 환호했다.

"만세! 만세! 계림장업단 물러가라! 일본은 조선에서 떠나라! 국모를 죽인 철천지원수 일본은 물러가라!"

"일단 오늘은 우리가 잘 막기는 했습니다. 그러나 이들이 또 들이닥칠 것입니다. 또한 도임방과 서울 조정 대신들에게 보부상 조직을 해체하지 못하도록 탄원서를 보내긴 했습니다. 그러나 이미 힘을 잃은 조정이 우리를 도와주기는 어려울 것입니다. 우리 보부상 조직도 20여만 명이 넘으니 이대로 단합하여 싸운다면 일본의 헌병대가 나서더라도 함부로 우리를 어떻게 하지는 못할 것입니다."

"아, 다만 우리에게 최신 무기만이라도 있다면 한번 겨뤄볼 만하겠습니다. 헌병이 나서면 분명 최신형 장총과 기관총까지 동원할 것입니다, 잘못하면 우리의 희생이 클 수도 있습니다."

"예, 그럴지도 모르지요. 그러나 이대로 순순히 물러난다면 일본은 앞으로 우리 조선의 상권을 마음대로 주무를 것입니다. 조선은 왜놈들의 노예로 살아가게 될 것입니다. 지금 여기에 서양의 많은 선교사들과 외교관들이 들어와 있으니 마음대로 총을 가지고 민간인을 쏘지는 못할 것입니다. 그들이 화약을 동원한다면 우리도 최소한의 준비는 해야 할 것 같습니다, 이미 러시아의 최봉준 동무와 이승훈 동무도 우리를 지원하겠다고 연락이 왔습니다, 각 지방의 임방에서는 만반의 준비를 하도록 통문을 보내야 할 것입니다."

"바로 통문을 만들어 전국의 임방에 보내도록 하겠습니다."

전국적으로 일어나기 시작한 보부상들의 일본에 대한 저항은 일대 격변을 예고하고 있었다. 그리고 뒤이어 동래장에서 계림장업단이 나타나 현판을 부수고 상점을 약탈하는 사건이 일어났다. 목포, 원산 등에서도 계림장업단원들이 행패를 부리면서 상무사 간판을 떼는 등 행패를 부리기 시작했다고 연락이 왔다. 인천에서는 이미 양측이 10여 명이 죽거나 다쳤다. 심각한 소식이 들려올 때마다 보부상 단원들은 입을 모았다.

"다음은 우리가 아예 인천의 해관을 습격하도록 합시다. 왜 일본이 우리 조선의 물목의 세금을 거두고 통관을 관리하는 것인지요?"

"지금 우리의 조직으로는 일단 계림장업단과 맞서는 데 힘을 집중해야 합니다. 그러니 해관을 습격하는 것은 장기적 관점에서 보류하는 쪽을 생각해 보도록 하지요. 개항지 인천은 서양 외교관들이 특별히 주목하고 있는 곳입니다."

"이미 일본 세력이 해관까지 직접 관할하겠다고 접수한 상황입니다. 좀 더 계획적으로 준비해야 할 것입니다."

첫 번째 계림장업단과 보부상과의 요란스러운 싸움이 있던 후로부터 잠잠해진 이후로 여러 달이 지나고 있었다. 양측은 조용한 긴장감을 소리 없이 지켜내고 있었다. 이 조용함이 언젠가는 깨어질 것이라는 불안한 예감과 두려움이 계속 항구 인천의 하늘을 감싸고 있었다.

일본 조계지에서는 이른 아침부터 때아닌 작은 소동이 일어났다. 일본의 무사 집단 우두머리인 요시무라가 인천과 서울의 계림장업단 소속 무사들을 소집하자, 일본 조계지 초입 광장에는 낭인들의 무리와 많은 일본 상인들이 모였다. 낭인들은 각자 검으로 무장하고 상인들도 검이며 죽창으로 무장을 하고 모여들었다. 이미 인천에 거주하는 일본인들의 수가 조선인들과 비슷했다. 헌병사령부 군인들까지 합하면 인천은 이미 일본인들의 땅이라 해도 과언이 아니었다. 인천에 각국 조계지에서 거주하고 있는 외국인들조차 일본의 지나친 세력확장에 대해 두려워하고 있었다.

요시무라가 모여든 일본인들을 보며 근엄하게 입을 열었다.

"지난해 우리 계림장업단이 일개 행상들의 모임인 조선의 보부상조직에 맥없이 패하여 보부상의 임방을 없애는 데 실패하였다. 우리가 누구인가? 일본을 대표하는 무사들인 사무라이들이 아닌가! 메이지유신이 일어나기 전 우리는 여러 번에서 각자 최고의 검객으로 자부하던 무사들이었다. 세계 최고의 검술을 자랑하던 사무라이들인 우리가 미개한 조선의 행상조직 하나를 꺾지 못하고 크나큰 수모를 당했다. 저들은 행상하는 장사꾼에 불과하다. 그 가운데서 겨우 몇 명만이 검을 다룰 줄 아는 자들이다. 이제 우리가 보부상을 완전히 뿌리째 뽑아서 괴멸해야 할 것이다. 조선 내륙 곳곳에서 우리는 보부상과 충돌하고 있고 보부상은 곧 소멸할 것이다. 이제 우리 계림장업단의 총본부가 있는 이곳 인천에서 보부상 임방을 끝장내는 것이야말로 계림장업단의 승리를 상징하는 것이다! 가네다! 나를 따르라. 모두 물상객주촌으로 간다! 임방을 접수하고 불태워 버려라. 알겠는가! 깃발을 세워라!"

"예 알겠습니다. 요시무라 대장!"

"가네다가 앞장을 서서 공격하라! 나는 무사들을 데리고 보부상 점포들을 모조리 부수어 버릴 것이다. 가능하면 살상을 피하되 불가피한 경우에는 죽여도 좋다!"

그 잔혹한 계획을 이미 통감부와 헌병사령부에는 통보해 놓았다. 통감부와 헌병사령부 측에서는 이번 싸움이 오로지 민간인들인 계림장업단과 보부상의 상권싸움으로 명분을 주장해야 할 것이며, 헌병대는 위급한 상황에만 출동할 것이라고 전해왔다.

"우리는 이번 기회에 이들 보부상을 없애지 못하면 계림장업단의 체면과 조직의 존재까지도 의심받을 것이다. 각자 사무라이의 명예를 걸고 이번 싸움에 나서 주기 바란다!

상인들 중에서 일부 완력이 센 자들을 뽑아서 상인들로 위장한 무사들과 함께 앞장서게 하고 목검으로 일단 일전을 벌이되, 필요한 경우에는 진검으로 보부상들을 위협하여 물러나게 할 것이다. 상대가 진검 승부 하겠다고 나서면 그때는 진검으로 베어도 좋다. 오늘은 보부상들의 마지막 날이 될 것이다."

한편, 일본 측의 공격 계획을 전해들은 보부상 임방에서는 접장 준마와 복만, 석태, 길재, 대길과 공원들, 그리고 객주들이 모여 대책을 논의하고 있었다.

"지금 계림장업단 본부가 지난해의 참패를 갚고자 이번에는 단단히 벼르고 준비하고 있다고 합니다."

"인천의 낭인들은 물론이고 서울과 목포 원산 등지에 있는 무사들을 불러 모으고 있다고 합니다. 우리 인천의 임방과 단원들 객주들 모두 모아 봐야 그 수가 일본 계림장업단보다 많이 부족한 실정입니다."

"지금 지방에서도 계림장업단과 보부상들이 수차례 싸움이 벌어졌으며 이번 인천에서의 결전을 지켜보고 있는 상황이 되었습니다. 계림장업단의 본부가 있는 이곳 인천에서 우리가 패한다면 전국의 보부상조직은 여지없이 무너지고 말 것입니다."

모인 상인들은 저마다 분을 잠지 못하고 울분을 토로하고 있었다.

"이제 더이상 장사를 못 하게 되면 우리 가족들의 생계는 무엇으로 할 것이며 또 어떻게 살아가야 할지 막막할 따름입니다."

"겨우 입에 풀칠이나 하고 사는 우리네 형편인데 이마저 왜놈들에게 빼앗긴다면 죽는 것이나 매한가지입니다."

준마는 깊은 생각에 잠겼는지 울분에 찬 목소리를 듣고 있기만 했다. 그런 준마를 바라보던 상인 중 한 명이 준마의 입장을 듣고자 했다.

"준마 접장께서 어떤 대책이라도 마련하고 있는지요? 조정에서도 어쩌지 못하는 왜놈들의 협박을 어찌 우리 상인들이 쉽게 막을 수 있겠습니까? 하지만 조정이 우리를 지켜주지 못한다고 해서 우리도 그냥 이대로 손을 놓고 있을 수는 없습니다."

준마가 지그시 눈을 감고 이야기했다.

"잘 알겠습니다. 어찌되었던 우리도 할 수 있는 데까지는 최선을 다해서 계림장업단의 준동을 막아야 하겠지요. 일단 여기 모인 분들 중에 길재, 복만, 대길, 그리고 수산객주와 곡물객주를 비롯해서 각 업종별 객주대표께서 남아서 저와 대책을 마련해 보도록 하겠습니다."

26

외나무다리의 혈투

　　무술년(광무 2년)은 을미사변이 지난 지 3년이 되는 해였다. 인천에서는 일본이 미국인으로부터 철도부설권을 인계받아 인천에서 서울까지 철도를 놓는 공사가 한참 진행되고 있었다. 하루길을 잡았던 서울이 철도가 완공되면 3시간이면 갈 수 있다는 광고가 여기저기서 보였다. 세상이 하루가 다르게 변하고 있었다. 여전히 까막눈의 조선인들은 일본이 조선에서 벌이고 있는 일들을 가만히 지켜볼 뿐이었다. 그들에게 앞으로 무슨 일이 일어날지는 관심도 없었고 미래에 대해서는 생각할 수도 없었다. 생각이 있는 사람들이라고 해도 이미 장독이 깨져서 장이 다 쏟아져 버린 마당에 무엇을 더 어찌하겠는가.

　　대부분의 백성들은 나라가 어찌 되어가는 건지, 조정의 대신들이 무엇을 하는지조차 관심도 없는 듯하였다. 임금이 백성들을 버리는데 더이상 임금과 조정은 그들이 저질러 놓은 참담함에 관심조차 외면한 듯 싶었다.

　　'척왜양청의(斥倭洋倡 : 일본과 서양세력을 배척하여 의병을 일으킨다는 뜻으로 동학교도들이 보은집회에서 처음으로 부르짖었다)'를 주장하며 조선을 고립으로 몰아넣는데 앞장섰던 흥선대원군도 그해 2월에 파

란만장했던 세상을 떠났다. 풍전등화의 조선을 두고 한때는 천하의 권세를 누렸고 며느리인 명성황후와 끝없는 권력투쟁을 벌였던 대원군이었다. 조선 밖에 있는 세상을 너무나도 몰랐고 알기조차 거부하던 까막눈에 고집불통 대원군도 세월 앞에는 어쩔 수가 없었다. 7월에는 동학교주 최시형이 처형되어 민중 속에서 일어났던 삶의 몸부림도 끝이 나는가 싶었다.

11월에는 황국협회에서 만민공동회를 습격하는 사건까지 벌어졌다. 급기야 조정에서는 두 단체를 해체하도록 하였다. 이 과정에서 황국협회를 도왔던 보부상도 난처한 처지에 빠지긴 마찬가지였다. 독립협회가 주도하여 서양 세력으로부터 조선의 참된 독립을 주장하며 서재필, 이승만, 홍정하 등의 청년인사들, 박정양 등의 조정 관료들이 참여하고, 신분에 관계없이 일반 백성들은 물론 상인들까지 너도나도 만민공동회에 참여하여 조선의 독립을 주장하며 집회를 가졌다. 보부상들은 그동안 정치와는 항상 거리를 두고 활동하는 것이 관례였다. 허나 흥선대원군이 보부상의 수장을 맡으며 전략적으로 정치에 끌어들였었다. 고종은 황권에 도전하는, 민중정권을 주장하는 만민공동회를 그냥 두고 볼 수는 없었다. 그는 결국 전국의 보부상 조직을 끌어들여 강제로 만민공동회를 해체했다. 보부상으로서는 그동안의 의리로 조선의 황실을 일본으로부터 보호하고자 하였다. 이제 조선의 독립과 황실의 보호라는 양단의 싸움에서 그동안 지켜왔던 황실 편에 선 것이었다. 결국 황실보호협회와 만민공동회가 공동으로 해체되면서 이 싸움은 끝이 났다.

이 와중에도 대부분 보부상 임방은 계림장업단이라는 일본의 무장 상단과 생사를 건 싸움을 벌이고 있었다. 이 혼란 속에서 보부상들이 일본으로부터 상권을 지켜내는 일이 쉽지 않은 상황이었다.

한동안 잠잠하던 장터에 드디어 운명의 날이 다가왔다. 날이 밝기도 전에 어느새 나타났는지 일단의 무리가 뿌연 흙먼지를 일으키면서 물상객주촌을 향해 들이닥쳤다. 계림장업단 소속의 무사들이 깃발을 세운 채 목검과 죽창을 들고 있었고 일부는 칼을 차고 있었다. 이들을 향해 막아서는 조선상인들을 향해 무자비하게 몽둥이를 휘두르면서 구타하기 시작했다. 보부상 임방의 일부 공원들이 피를 흘리면서 쓰러졌다. 대길이 앞장서서 용장을 휘두르며 고군분투하고 있었다. 수적으로도 불리하고 게다가 점차로 일인들의 숫자가 늘어나는 것이 보였다.

곧바로 소식을 들은 다른 보부상 단원들이 일본 낭인들을 막아 나섰고 객주촌 장터 입구에서부터 무차별적인 구타와 싸움이 벌어지기 시작했다. 요시무라와 가네다가 이끄는 낭인 무리들이 중간중간에 섞여서 싸움을 주도하는 것이 보였다. 대부분의 보부상들은 일본 낭인들에게 치명상을 입고 나가떨어지고 있었다. 일본 낭인들은 아직까지 진검을 쓰지 않고 있었다. 드디어 일부 보부상 단원들이 검과 낫 등을 들고 대항하기 시작하자, 기다렸다는 듯이 낭인들이 일제히 검을 뽑아 들었다.

　점포들이 부서지고 일부 점원들이 점차 뒷걸음치기 시작할 무렵이었다. 준마 일행이 동몽정의 청년들을 이끌고 나타났다. 길재와 복만 등이 이들을 지휘하면서 낭인들의 무리 앞에 서서 막았다. 대길이 낭인의 칼에 쓰러지는 것이 보였다. 준마가 재빠르게 달려가 두번째 공격을 하는 낭인의 옆구리를 가격하자 낭인이 움찔하며 옆으로 나가떨어졌다. 왼팔을 베인 대길이 피를 흘리며 겨우 버티고 있었다. 사람이 다치고 부상자가 속출하는 와중에도 일본인들은 움직였다. 낭인들의 대장 가네다를 지원하기 위해 우두머리인 요시무라가 낭인들을 이끌고 합세하기 위해 달려 들어오고 있었다. 이미 수적으로 상대가 안 될 정도로 열세였던 보부상에 치명상을 입혀 궤멸시키려고 하는 것 같았다. 뒤로 밀려 나면서 점차로 점포들은 하나 둘씩 점령을 당하고 가게들은 부서지고 있었다. 싸움이 격해지면서 장터 대부분이 전쟁터가 되었다.

　보부상 단원들도 이미 두려움에 사기가 떨어져 심지어 도망가는 자들도 있었다. 잠시 소강상태가 지난 후, 낭인들은 점령한 임방을 철저히 부수고 가게들의 간판을 떼어내기 시작했다. 다행히 대길은 보부상 인감과 청감록, 완문을 비롯한 서류와 장부들을 모두 싸서 다른 데로 옮겨 놓은 후였다.

　잠시 거리를 두고 대치하고 있던 가네다가 다시 공격을 명령하였다. 앞장선 무사들이 칼을 뽑아 들고 마지막으로 끝장을 내려는 기세로 무섭게 돌진하였다. 보부상들이 낭인들의 마지막 공격에 두려움에 떨며 맞서 싸울 엄두를 못 내고 있을 무렵, 준마가 검을 들고 앞장서며 무사들과 대적하기 시작했다. 이어서 길재와 복만 그리고 동몽청의 학생들이 합세하면서 낭인들을 막아 싸우기 시작했다. 동몽청 젊은 사내 하나가 낭인의 칼을 맞아 쓰러지는 것이 보였다. 사방에서 날카롭게 칼이 부딪히는 소리가 들리고 비명소리와 신음소리도 들렸다.

준마는 가네다가 검을 휘두르며 지속적으로 보부상들을 쓰러뜨리는 것을 보았다. 몸을 재빠르게 움직여 가네다를 향해 나갔다.

"가네다, 이놈 이리 오너라. 나하고 한번 붙어보자!"

가네다는 일순간 고개를 돌리고 준마를 보자마자 그를 향해 돌진해 왔다. 바로 검을 앞으로 뻗으면서 찌르기를 하였다. 재빠르게 몸을 피한 준마가 이번에는 검을 들어 세게 놈의 머리를 향해 내리친다. 칼이 부딪히는 소리가 "쨍" 하면서 울려 퍼졌다. 다시 자세를 잡고 둘은 몇 합을 겨뤘다. 가네다는 중키에 단단한 체구를 가진 자였다. 빠른 동작으로 준마의 틈을 파고 들기 시작했다. 준마는 가네다의 눈을 바라보았다. 강한 눈빛을 내며 준마를 주시하는데 자세가 흐트러짐이 없었다. 준마는 신중히 좌우로 조금씩 이동을 하면서 놈이 공격해 오기를 기다렸다. 먼저 공격하기보다는 상대가 먼저 공격하기를 기다렸다. 놈이 공격을 할 때 강하게 막으면서 그 틈을 노려 공격할 기회를 찾아야 했다. 준마는 호흡을 가다듬으며 정신을 가다듬었다. 조용히 검을 좌우로 한번 휘두르며 놈의 움직임을 살폈다.

드디어 놈이 정면으로 공격해왔다. 검으로 막으면서 놈의 공격을 피하는 순간 놈이 칼을 들어 옆으로 몸을 베러고 들어왔다. 강하게 김으로 막으려는 순간 놈의 검이 준마의 검의 콧등이 앞의 덧쇠를 강하게 타격하였다. 순간 놈의 강한 검의 힘이 준마의 손목으로 전해왔다. '찡'하는 느낌과 함께 놈의 힘이 느껴졌다. 조금만 늦었어도 손을 크게 베일 뻔한 순간이었다. 덧쇠가 약하게 고정되거나 쇠가 약하면 이런 경우 힘에 밀려 덧쇠가 부러지고 손을 크게 다칠 수 있었다.

'이놈은 내 손을 노리고 있다.'

준마는 조용히 호흡을 다시 한번 가다듬었다. 검을 조용히 앞으로 내밀며 길게 찌를 듯한 자세를 취했다. 뒤로 검을 한번 뺏다가 이윽고 바로 검을 위에서 내려치는 동작을 취했다. 놈이 순간 방어를 하기 위한 동작으로 검을 당기는 것이 보였다. 그는 준마의 공격을 막고 동시에 공격을 할 것이다. 준마는 위에서 힘껏 검을 내려치며 다시 두 번 연속 공격을 가했다. 그리고는 몸을 밀어붙여 가네다를 강하게 밀었다. 움찟하며 가네다가 자세가 흐트러지는 순간 준마의 발길이 가네다의 배를 걷어찼다. 가네다가 넘어지면서 검을 재빠르게 휘둘렀다. 놈의 검을 피한 준마는 순간 놈의 손목을 가격하면서 놈의 손에서 피가 솟아올랐다.

이제 이놈은 힘을 쓸 수가 없다. 준마가 안도의 한숨을 내쉬는 순간이었다. 그런데 갑자기 가네다가 온몸을 던지면서 준마의 가슴을 파고들면서 공격을 해왔다. 손에 부상당해 피하는 것이 아니라 도리어 역습을 가해왔다. 섬뜩함이 피부를 스치고 칼날이 가슴에 차갑게 닿았다. 몸을 뒤로 빼면서 칼을 재빠르게 휘두르며 놈을 막았다. 놈이 재빠르게 단검을 뽑아 준마의 가슴을 향해 찌르고 있었다. 일순간 준마의 검이 놈의 공격보다 빠르게 놈의 목을 베었다. 놈이 단검을 든 채로 준마 앞에서 무릎을 꿇고 주저앉았다.

한편, 요시무라는 선두에 서서 무수히 조선의 보부상들을 베었다. 일본 최고의 무사집단인 신겐조의 대를 이은 명성이 자자한 일본의 사무라이였다. 그에 맞선 사람들이 한 둘씩 쓰러져갔다. 계림장업단 무사들의 수가 보부상들의 수보다 워낙 많아 보부상으로서는 힘의 열세로 인해 패색이 점점 깊었다.

절망의 한숨 소리가 사방에서 터져 나오는 가운데 갑자기 뒤편에서 꽹과리 소리가 요란하게 울리면서 검을 든 일단의 무리가 나타나기 시작했다. 건장한 체격의 장정들이 검으로 무장한 채 낭인들을 공격하기 시작했다. 갑자기 나타난 사람들이 강하게 공격을 해오자 당황한 쪽은 계림장업단의 요시무라였다.

'어디서 온 놈들인가? 인천에 이렇게 검을 다루는 검객들이 많았다는 것인가?'

"준마 행수! 이쪽은 우리가 막을 것이요, 조심하시오!"

"이행수! 고맙습니다. 조심하시오."

준마는 이득만에게 눈짓을 보내며 앞으로 달려나갔다.

이들은 모두 송파와 개성의 임방에서 온 보부상들이었다. 원래 송파는 물류의 요충지로 삼남에서 오는 물목이 움직이는 조선의 대표적인 나루였으며 삼전동나루 인근에는 마방이 또한 유명하였다. 마방에서 멀리 떨어지지 않은 곳에는 조선의 무장들이 모여 살던 무인촌이 있었다. 삼전동과 문정동에 흩어져 살던 이들이 장사를 시작하면서 송파의 보부상단에는 무인 출신들이 자연스레 많아졌다. 본래 개성은 고려의 수도로서 보부상단의 근간이루는 사람들 중에는 개성 출신이 많았다. 대부분 이성계의 역성혁명에 항거하고 숨어 지내던 무인들의 후예였다.

준마의 소식을 접하자 인천의 임방을 지원하기 위해 이들이 대거 몰려온 것이었다. 이들은 대부분 장검을 지니고 있었고 검술 또한 놀라울 정도로 절도가 있었다. 일본이 자랑하는 검술로도 이들을 쉽게 제압할 수가 없었다.

'조선에 아직도 검객들이 있었단 말인가? 저들이 쓰는 검법은 예사롭지 않다. 대부분 무장의 기품을 지니고 우리 무사들과 대등하게 대적을 하고 있지 않은가.'

당황하는 와중 저쪽 한편에서 가네다가 목이 베인 채로 피를 흘리며 처참하게 쓰러져 있는 것이 요시무라의 눈에 들어왔다.

'아, 가네다! 세계 제일의 일본 검객 중에서도 뛰어나다는 검객이 일개 행상에게 이렇게 당하다니.'

일순간 그동안 멸시하고 조롱했던 조선의 저력이 아직도 살이 있다는 사실에 전율을 느껴야 했다.

이제 더이상 일방적인 보부상의 열세가 아니게 되어 양측의 사상자가 비등하게 발생했다. 보부상이 쉽게 굴복하지 않고 사생결단으로 나오자 요시무라는 이 싸움을 계속하는 것이 무모하다는 것을 직감적으로 느꼈다.

"철수하라! 계림장업단은 철수한다!"

요시무라가 큰소리로 외치자 일순간 정적이 흐르고 계립장업단의 무사들과 상인들이 검을 거두고 뒤로 도망치기 시작했다. 잠시 뒤쫓던 조선 상인들이 돌멩이를 들어 집어 던지고 작대기를 날렸다.

"만세! 만세! 조선 만세! 조선 만세! 보부상 만세! 보부상 만세!"

시장통의 상인들과 주위에서 두려움에 떨며 싸움을 지켜보던 사람들이 일제히 함성을 질렀다. 상인들은 장터에 주저앉아 통곡하며 눈물을 쏟았고 가족들도 모두 나와 끌어안고 흐느꼈다. 일부는 껑충껑충 뛰면서 얼싸안았고 한편으로 쓰러져 다친 사람들과 죽은 사람들을 부축하고 통곡했다.

준마는 칼을 들고 있는 송파 이득만을 발견하고 높이 칼을 쳐들었다. 개성의 임접장에게도 손을 들어 감사의 인사를 전했다. 온몸에 피가 튀어 피범벅이 된 옷을 입은 채로 세 사람은 손을 맞잡았다. 준마는 가쁜 숨을 잠시 고르고 이들의 손을 굳게 잡았다.

"고맙습니다, 동무들. 생사를 건 싸움에 발 벗고 나서 주니 정말 고맙습니다."

"잠깐 준마 동지 얼굴도 볼 겸 해서 왔는데 뭘, 그리 감사할 것까지는 없습니다! 안 그렇습니까? 개성 임행수!"

"하하 맞습니다, 맞아요. 인천에 좋은 술이 있다고 해서 바람 한번 쐬러 왔지요!"

임행수가 목이 제쳐지도록 호방하게 웃으면 칼을 흔들었다.

철수를 결정하고 사무실로 돌아온 요시무라는 침통한 얼굴로 책상에 앉아 창밖으로 먼 허공을 쳐다보고 있었다.

'우리 일본이 미개한 조선이라고 얕잡아 봤던 조선이 기실 오래 전에는 일본에 문물을 전해주던 문명국이 아니었던가? 조선 침략의 계획을 보다 더 치밀하게 전개해야 할 것이다. 이들의 저력으로 보아 조선인들이 그렇게 녹녹하게 우리에게 당하지는 않을 것이다. 우리가 지금까지 손쉽게 조선을 야금야금 먹어왔던 것은, 조선보다 조금 일찍 서양의 문물을 받아들였으며 우리 막부가 청렴하게 전국을 이끌어와 메이지유신 이래 천황폐하의 은덕으로 일본이 일치단결하여 온 덕분이었다. 하지만 조선이 깨어나는 날 우리 일본도 쉽게 조선을 식민지로 다루기란 쉽지 않을 것이다.'

요시무라는 길게 한숨을 쉬었다.

보부상이 계림장업단을 꺾었다는 소식은 전국의 보부상 임방과 장시에 전해져 조선의 기개를 되살리는 계기가 되었다. 그로부터 수개월이 지나면서 서서히 계림장업단의 위세가 떨어지기 시작했고 지방에서는 계림장업단의 간판이 내려지는 곳도 나타나기 시작했다. 성대한 승리였다.

27

끝없는 감시와 미행

"그런데 요즘 이승훈 대행수께서는 교육사업에서도 많은 활동을 하신다고 들었습니다."

"예. 안창호 선생을 모시고 학교를 하나 세울까 합니다. 그나마 외세에 대항해서 자립할 수 있는 길은 민족교육이라고 생각됩니다."

이승훈이 쑥스러운 듯한 표정을 지으며 답했다.

"참 대단한 생각이십니다. 형님!"

"뭘, 쑥스럽게 그러시는가, 준마 동무. 하하!"

"최봉준 대행수께서는 시베리아에서 장사가 크게 번창하고 있다고 들었습니다, 축하드립니다!"

"지난번 러시아납품 일을 도와주신 덕분에 큰 성공을 거두었습니다. 다 행수님들 덕분이지요."

최봉준이 좌중을 둘러보며 감사의 뜻을 표하였다. 오랜만에 모인 자리였다. 러시아 무역으로 객주들이 큰돈을 벌은 이후로 처음으로 다시 모인 자리였다. 보부상들은 오랜만에 만나 피곤할 줄 모르고 얘기를 이어 나갔다.

다음날 일행들과 헤어진 준마는 서울로 향했다. 이용익 대감을 본지도 한 해가 더 지났다. 이용익 대감은 준마를 집으로 불렀다. 덕수궁 남쪽 담을 경계로 하여 서소문(西小門)에 이르는 남서쪽을 지역을 소정동(小貞洞)이라 하였고, 그 북동쪽은 대정동(大貞洞)이라 했다. 소정동에 금송아지 대감댁으로 알려진 큰 기와집이 이용익 대감의 집이었다. 대문을 들어서자 하인이 사랑으로 안내하였다. 이용익 대감은 앞에 먼저 와 있던 손님과 얘기를 하고 있었다.

"어서 오시게. 준마 행수. 이게 얼마 만인가?"

이용익은 환한 미소로 준마를 반갑게 맞았다.

"예 대감, 오래되었습니다. 자주 뵙지 못했습니다."

"그래 하시는 사업은 잘되시는가?"

"대감께서 많이 도와주시는 덕분에 그럭저럭 어려움 없이 잘 꾸려가고 있습니다."

"하하 그런가? 준마 행수를 보니 정말 반갑구먼. 이리 가까이 앉으시게."

그러면서 자기 앞으로 오라고 손짓을 했다.

"준마 행수 인사하시게, 이분은 한성주보 기자인 오세창 선생이네, 서예도 하시는데 조선의 문화 보존 활동에 많은 일을 하고 계시네."

"백가객주 행수 백준마라고 합니다. 선생을 뵙게 되어 반갑습니다."

"준마 행수에 대해서는 이 대감을 통해서 많이 들었습니다. 일전에 김창수 선생을 많이 도와줬다고 들었는데 직접 뵈니 믿음직합니다."

"대궐에서는 온통 자기 잇속만 챙기려는 사람들뿐입니다. 이런 사람들 사이에서 시달리다 오늘 모처럼 마음을 터놓고 얘기할 분들을 뵙게 되니 기분이 한결 편해지는 것 같습니다."

준마는 그동안 마곡사에서 김창수 선생을 만났던 얘기와 안영근에게 대한 자금을 지원했던 일들을 자세히 설명하였다. 이용익 대감은 요즘 들어 일본인들이 자주 규장각에 나타나 자료를 좀 보자고 하는 요구가 부쩍 늘었다고 하였다. 조선의 호구조사 기록과 생산물에 대한 자료, 지리서와 각종 서화나 문집 등에 관심을 많이 보인다는 것이었다. 조선의 대신들이나 관리들은 규장각과 강화에 있는 외규장각에 보존된 서류들이 잘 보존되고 있는지에 대해 관심조차 없다고 하였다.

"달포 전에 규장각을 방문한 일본 영사관 소속 직원이 자료를 몰래 빼내 가다 들켰는데 조정의 관리가 돈냥이나 받아먹고 들고 나가는 것을 봐줬다고 했네. 다행히 입직을 서기 위해 들어오던 관원에게 발각되어 서책의 유출은 막아냈다네."

"들리는 소문에 의하면 이미 조선의 문화재가 상당히 많이 일본으로 흘러 들어갔다고 합니다."

준마는 최근 일본 왜상들의 움직임이 예사롭지 않은데, 특히 해 질 무렵에 물건들을 급하게 싣고 일본으로 출항하는 배들이 자주 보였다고 보고했다. 한참 동안 조용히 듣고만 있던 오세창이 드디어 입을 열었다.

"사실 제가 얼마 전 일본을 잠깐 다녀왔습니다. 그런데 일본의 돈 좀 있고 권력깨나 있다 하는 자들은 지금 조선의 고려청자나 불상 등을 모으는 게 취미가 되었다고 자랑삼아 얘기하더군요. 이를 듣고 깜짝 놀랐습니다."

목이 마른 듯 앞에 놓인 찻잔을 들어 한 모금 들이켜고는 다시 말을 이었다.

"지금 조선에 있는 왕릉이 도굴을 어떻게 당하는지, 궁중의 귀중한 사료들이 어떻게 빼돌려져 어디로 가는지 신경조차 쓰는 사람이 없습니다. 조선의 화가 안견의 그림인 몽유도원도가 일본으로 들어왔다고 일본인들이 자랑하는 것 또한 똑똑히 들었습니다. 수년 전에 들어왔다고 하는데 아마도 행상들이 돌아다니다 돈을 주고 싸게 사거나 훔쳐 일본으로 실어갔을 것이라고 짐작이 됩니다. 그러니 이제는 더이상 이런 조선의 문화자산들이 마구잡이로 일본으로 실려 가는 것을 막아야 합니다."

"오 선생님 말씀 잘 들었습니다. 안 그래도 지금 인천에서 의심이 가는 일들이 일어나고 있어서 조사하고 있습니다. 조만간 상황을 파악하게 되면 선생께 연락을 드리도록 하겠습니다."

준마가 뭔가 생각한 게 있다는 듯이 확신에 차서 말했다.

"차라리 우리 조선의 재력 있고 뜻있는 인사들이라도 이러한 문화자산을 사들여 일본으로 흘러가는 것을 막거나 일본이 도굴이나 약탈하는 증거라도 잡아서 만방에 알려야 할 것입니다. 더이상 우리 조상의 유물을 훔쳐 가는 것을 막아야 합니다."

오세창은 준마의 적극적인 답변에 힘을 얻은 듯 비로소 얼굴에 화기를 띠며 말을 이었다.

한편 이토 히로부미는 요세가와 일본군 사령관을 만나 특별히 당부하였다. 본국에서는 통감부에 최근 반일운동에 참여하는 조선의 항일운동가들과, 이를 지원하는 조선 상인들을 색출해 사전에 조선 진출 방해세력을 차단해줄 것을 요청해왔다는 점을 강조했다.

"청국과의 전쟁에서 우리 일본이 승리한 후 지금 러시아와 일전을 앞둔 상황에서, 시베리아에서 독립운동을 하는 조선인들을 뿌리 뽑지 않으면 안 됩니다. 최근 시베리아 주둔 러시아군이 군수물자와 식량 등을 조선에서 조달하고 있다는 정보가 있습니다. 이들을 하루빨리 찾아내 잡아들이는 것이 급합니다."

일본은 영국과 영일동맹을 맺고 미국과는 가쓰라 테프트 조약을 맺어 실질적인 조선의 지배를 인정받았다. 이제는 러시아만 제거하면 조선은 그야말로 대일본제국의 식민지가 되는 것이었다. 오세가와 사령관은 이토 히로부미의 말을 경청하면서 강한 어조로 반드시 항일분자들을 색출하겠다고 약속했다.

개항지 인천. 조선의 물상객주들이 모여 있는 신포동을 지나 나즈막한 언덕길을 오르는 초입에 흙벽으로 쌓은 허름하고 작은 봉노방에서 건장한 사내 몇이 삶은 돼지고기를 안주 삼아 술잔을 기울이고 있었다. 어둠이 짙게 깔린 한밤, 벽에 걸려있는 희미한 남포등 아래 모인 사내들은 그동안 마음속 깊이 가둬 두었던 얘기를 풀어놓느라 밤이 새는 줄 모르고 있었다.

"요즘 흉년에 장사도 예전 같지 않으니 걱정입니다, 이미 보부상을 관할하는 상무사도 해체되었고 모든 상거래를 관장하는 권한이 일본의 통감부로 이전되었다고 합니다."

"서양에서 값싸게 들어오는 물목들과 비교해 조선에서 나는 물목들 가격으로는 경쟁이 되지 않으니 무슨 대책이라도 세워야 할 것 같은데 말입니다."

"서양에서는 동력으로 움직이는 기계로 짠 면직물을 값싸게 대량으로 생산하여 전 세계를 상대로 팔고 있는데 우리 조선은 여전히 집에서 베틀로 직물을 짜고 있으니 이길 방법이 없지요, 일본만 하더라도 그들은 20년 전에 이미 서양에서 면직물을 짜는 기계를 수입해다 직물을 대량생산하고 있었답니다."

술이 몇 잔 오갔을 때, 한 사내가 문을 조심스럽게 두드렸다. 문을 열자 머리를 숙이며 들어오는 사람은 안영근이었다. 중절모를 깊이 눌러 쓰고 둥근 검은색 안경을 쓴 사내는 가볍게 모자를 벗고 고개를 숙여 가볍게 인사를 했다.

"반갑습니다, 안 선생님!"

"예, 객주님들, 이렇게 늦은 밤에 염치불구하고 찾아왔습니다."

"아닙니다. 이제 사업 얘기는 다 끝내고 잡담을 늘어놓는 중입니다. 하하!"

"하하, 그런가요? 안녕하십니까. 안영근이라고 합니다."

자신을 안영근이라고 소개한, 깡마른 얼굴에 콧수염을 기른 사내는 매서운 눈을 하고 있었다. 준마는 모여 있던 일행들에게 안영근을 소개했다. 그러곤 조심스럽게 서랍장을 열어 보자기에 싼 서류를 꺼내 안영근에게 건넸다.

"1만 냥입니다. 우리 보부상단에서 모은 자금입니다. 적은 돈이지만 나라를 되찾는 데 도움이 됐으면 합니다."

말을 계속하던 준마는 숙향이 생선이며 고기 안주로 정성스럽게 차린 술상을 방으로 들고 들어오자 얼른 받아 손님들 앞으로 가져다 놓았다. 안영근이 자금을 받은 채 대답했다.

"예. 객주님들의 지원으로 지금 중국과 시베리아에서 고생하는 동지들에게는 큰 힘이 되고 있습니다."

"아, 그런데 안 선생께서 꼭 약조해야 할 일이 있습니다. 우리가 선생을 돕는다는 사실이 외부에 알려지면 안 됩니다. 저희같이 장사하는 사람들은 장부를 기록해서도 안 되고, 소문이 나서도 안 됩니다. 이런 사실을 일본에서 알면 그냥 있지 않을 것입니다. 그러니 이점을 각별히 유념해 주시기 바랍니다."

벼랑 끝의 조선 301

"예. 잘 알겠습니다."

"만반에 몸조심하십시오!"

그리고 싸리나무 담장 너머로, 오래전부터 봉노방을 주시하는 한 사내가 있었다. 다께다 경사였다. 그는 이 범상치 않은 이들의 움직임을 처음부터 주시하고 있었다. 그는 봉노방으로 한 사내가 다급히 들어가는 것을 보았다. 다께다는 볼 수 없었지만, 안에 모여 있던 사내들은 뒤로 나 있는 쪽문을 통해서 하나둘씩 밖으로 빠져나갔다. 봉노방을 빠져나간 사내들은 어둠에 익숙한 듯 내동으로 내달렸고 일부는 싸리재를 넘어 배다리골 밑 고랑을 끼고 내달렸다. 그리고 어두운 밤의 정적 속으로 사라졌다.

멀찍감치 밖에서 대기하던 다께다는 뭔가 이상한 느낌이 들었다. 당장 집안으로 가 봉노방을 열어 제치는 데, 방안은 텅 비어 있었다. 안에 있던 사내들은 이미 뒷문으로 도망을 친 뒤였다. 급히 호루라기를 불어 대기하고 있던 순사들을 불러모았다 도망간 사람들의 뒤를 급히 뒤쫓아 갔으나 이미 종적을 감춘 뒤였다. 일본 도쿄 경시청 강력계에서 이름을 날리던 다께다가 조선의 치안을 담당할 경찰 조직의 핵심요원으로 차출되어 온 이후 반일 분자를 색출하기 위한 첫 번째 체포 작전이 실패로 끝난 것이었다. 누군가 정보를 누설한 게 틀림없었다!

조선 땅에 와서 이런 대망신을 당하다니 얼굴을 들고 다닐 수가 없었다.

'이놈들을 만만히 보았다가는 큰코다치겠구먼! 이놈들 조직이 만만 치가 않다고 하더니 예상보다 더 대단하군!'

그는 아침부터 이사청 책상에 앉아서 울화가 치미는 것을 겨우 참고 있었다.

어디서부터 놓쳐버린 그들의 실마리를 찾아야 할지, 종일 매달려도 도무지 감을 잡을 수가 없었다. 부산에서 일어난 일본 상인 습격사건도 아직 범인을 잡지 못하고 있었다. 최근에는 도처에서 복면강도들이 나타나 계림장업단 상인들을 대상으로 강도짓을 하고 있는데 상부에서는 빨리 범인을 잡으라고 성화였다. 게다가 대일본제국에 대항하는 조선독립군들에게 자금을 대는 자들을 색출하라고 총독부에서까지 지시가 떨어진 상황이었다. 일단은 복면강도부터 찾아야 했다. 복면강도들이 노리는 것이 무엇인지를 파악하는 것이 급선무였다.

"지금 이들의 주된 공격대상은 계림장업단 상인들입니다. 아무래도 이들과 경쟁 관계에 있는 조선의 상인들이 뒤로 이들을 조종하는 것은 아닐까요?"

"그럴 수도 있지만, 일단 상인들은 물건과 돈을 가지고 다니니까 누구든지 노릴만한 대상이 되겠지. 그게 꼭 조선의 상인이라고는 볼 수는 없을 것 같은데."

"그렇기는 합니다만."

"참, 전에 장터에서 일본 사무라이와 싸움을 벌인 백준마는 계속 감시하고 있겠지?"

"계속 감시하고 있습니다만, 아직까지 특별히 수상한 점은 없다는 보고입니다."

"알겠네. 계속 주시하도록 하게! 그리고 그자의 주변 인물들도 빠짐없이 조사해서 보고하도록 하게."

"예 알겠습니다!"

변철상은 요즘 백준마가 객주를 비우고 자주 행상길에 나서는 것을 수상쩍게 여기고 있었다. 상인 간의 경쟁이 치열해 지면서 일본과 청나라 심지어 서양 상인들까지 내륙으로 행상을 다니며 물건을 파는 상황이니 가만히 앉아서 장사할 수만은 없을 것이다. 그런데 요즘은 너무 자주 행상을 다니는 것이 좀 미심쩍었다.

변철상은 조선인으로 일본 경시청에 순사보조로 특채되어 활동하고 있었다. 그는 이제 제법 번듯한 직장인, 그것도 모두가 두려워하는 일본 경시청에 취업이 되어 어깨에 힘이 잔뜩 들어가 있는 중이었다. 천민 출신으로 갑오개혁 당시 겨우 면천이 되었고 이제는 순사가 되어 호령을 하게 되었으니 세상에 부러울 것이 없었다. 따지고 보면 노비로 태어난 철상은 양반들 앞에서 온갖 서러움을 당하면서 개보다 못한 인생을 살아왔다. 일본은 그래도 사람 차별을 하지 않고 그를 한 인간으로 대접해주니 조선이라는 나라는 그에게 아무런 의미가 없는 나라요 차라리 일본 천황의 신민이 되어 충성을 다하면서 새로운 세상을 살아가는 것이 훨씬 더 나았다. 세상이 개벽한다더니 이렇게 세상이 뒤바뀔 줄이야 누가 상상이나 했겠는가.

28

여기서 준마를 지켜주지 못한다면

　수년 전, 저잣거리에서 백석골에 사는 이 생원한테 당한 기억이 수사를 진행하던 철상의 머릿속에 새삼스럽게 떠올랐다. 밭을 사면서 계약서까지 작성하고 돈을 다 지급했는데 갖은 핑계를 대면서 제 때에 밭을 넘겨주지 않았다. 그래서 참다못해 이 생원 집으로 가서 항의를 하다가 양반한테 대들었다는 이유로 그 집 하인들한테 죽도록 얻어맞고 땅까지 빼앗긴 적이 있었다. 억울해서 다시 찾아가 낫을 들고 이 생원을 죽이겠다고 휘두르다 이 생원은 죽이지도 못한 채 다리에 생채기만 내고 말았다.
　땅까지 빼앗기고 이제는 경찰서까지 끌려와 감옥에 갈 신세가 되었다. 어디에 하소연도 하지 못한 채 천민으로 태어난 자신의 신세만 한탄한 채로 눈물짓고 있었다. 이때 경찰서에 수사책임자인 다께다 경사가 억울한 사정을 듣고는 철상을 정당방위로 인정하여 풀어주었다. 며칠이 지난 후 다께다 형사가 철상을 다시 찾았다.
　"변철상! 자네 우리 경시청에서 일해보지 않겠는가? 이번에 순사보조 특채를 하는데 자네가 원하면 내가 특별히 추천해주겠네. 자넨 조선인으로서는 드물게 의협심이 있고 체격도 그만하면 순사로 활동하기에 적당하다고 생각되는데, 어떤가? 이제 조선은 곧 일본 천황이 다스리는 나라가 될 것이야, 이미 청나라도 일본에 무릎을 꿇었고, 모든 조선의 지방관아는 물론이고 치안과 외교까지 모두 일본이 대신하고 있네. 조만간 곧 합병이 멀지 않았지. 어차피 같은 나라가 될 것인데 기회가 왔을 때 하루라도 빨리 좋은 자리를 먼저 차지하는 것이 좋지 않겠는가?"

그로부터 며칠이 지난 후 변철상은 스스로 다께다 형사를 찾아갔다.

"경사님, 저를 추천해 주신다면 천황폐하를 위해서 이 한 몸을 다 바쳐서 충성하겠습니다. 여기서 일하도록 하게 해 주시면 이 은혜를 평생 잊지 않겠습니다."

"알았네, 결심이 섰다니 다행이네. 내가 조만간 자네 집으로 기별을 해 줄 것이니 기다리게."

그렇게 변철상은 총독부 산하 경시청에 순사보조로 채용이 되었다. 일년내내 때에 찌들어 악취가 진동하던 바지와 저고리를 벗고 이제는 순사복으로 갈아입으니 세상에 다시 태어난 기분이었다. 게다가 평생 처음으로 월급이라는 것을 받아보곤 먹고 살 걱정은 안 해도 된다는 생각에 하늘을 날듯이 기뻤다. 가끔씩 동네를 한 바퀴 순찰할 때마다 사람들이 두려워서 고개를 숙이는 것을 보면서는 태어나 기득권이라는 대접을 받는 것이 꿈같이 느껴졌다.

그는 오래전부터 백가객주를 감시하고 수시로 들러 조사를 해왔으나 단서가 될만한 물증을 잡을 수가 없었다. 그러던 어느 날, 준마의 행방을 캐묻다가 이상한 점을 발견했다. 행상길을 나섰다는 준마가 가벼운 봇짐 하나만 걸친 채로 객전을 나서는 것이었다. 물건은 고사하고 같이 동행하는 짐꾼들도 없이 혼자 길을 나서는 것은 드문 일이었다. 철상은 곧장 그 길로 준마를 찾아갔다.

"준마 행수 안녕하십니까, 어디 바쁜 일이 있어서 출타하는 길인가 봅니다?"

"어이 이게 누군가? 철상이 아닌가! 그래 여긴 다 어쩐 일인가? 순사 일도 바쁠 텐데 놀러 온 건 아닐 테고. 하하하!"

"예, 요즘 조선 팔도에 복면 도적 떼가 나타나 소란을 피운다고 순찰을 강화하도록 지시가 내려왔습니다. 지금 순찰하러 다니다가 마침 여기를 지나가게 되어 인사드립니다."

"아 그러신가! 그래 경시청 일은 할 만한가?"

"예 이젠 먹고 살 걱정은 안 해도 될 것 같습니다. 재미도 있습니다. 행수님도 몸조심하세요. 요즘 같은 세상 그저 조용히 제 할 일 하면서 먹고 사는 게 제일입죠."

"그런가? 자네도 몸조심하게. 세상살이가 항상 좋은 일만 있는 건 아니니까 말일세."

그리고 변철상은 드디어 백가객주의 꼬리를 잡았다. 평양에서 환전한 어음 중에 독립운동가로 지목된 자를 신문하던 중에 백가객주의 어음이 나왔다. 이자가 군수물자를 구입하려고 물건값으로 지불한 어음 중에 백가객주의 어음이 있었다. 백가객주는 지난해 최봉준 대행수와 러시아로 가는 군수물자를 납품한 적이 있있다. 이때 그들은 믹대한 이익을 남기고, 수익금 중 일부는 독립운동 자금으로 지원했었다. 어음을 만주에서 돌리겠다고 했는데 이 어음이 평양에서 발견되고 말았다. 경시청은 발칵 뒤집혔다. 인천경시청으로 연락을 해서 백가객주를 용의자로 조사하여 보고하고 조금이라도 수상쩍은 움직임이 있을 때는 지체없이 체포하라는 명령이 내려졌다.

"일단 어음의 발행인으로 되어있는 백춘삼을 잡아들이도록 명령이 떨어졌다."

일본 이사청 경찰 및 모든 순사보조원들이 총출동해서 백가객주를 포위했다. 다께다 경사는 백가객주에 들어서자마자 백춘삼 대행수를 찾았다. 아무 영문도 모르는 채 백춘삼은 다께다를 보고는 놀라서 물었다.

"아니 이게 무슨 짓이요?"

변철상이 옆에 있다가 한마디 내뱉었다.

"지금 백가객주의 어음이 독립운동을 하는 반군들의 군수물자 구입자금으로 쓰였다는 증거가 나왔습니다. 일단 경찰서로 가셔야 되겠습니다. 조용히 따라오시는 게 좋습니다. 지금 통감부에서도 주목하고 있는 사건이니 여기서 분란을 일으켜 봐야 백가객주로서도 하나도 이로

울 것이 없습니다."

일단 백춘삼은 순순히 따라 나섰다. 경찰들이 춘삼을 사방으로 에워싸고 연행했다. 조선 조정은 모든 치안업무를 이미 일본으로 넘긴 상황이었다.

"백춘삼 대행수, 순순히 자백하는 게 좋을 것이다. 이미 백가객주의 어음으로 유통된 증거가 나왔으니 이것만으로도 반역죄로 처벌이 가능하다."

춘삼은 지금까지 일어난 사건을 곰곰이 생각해 보았다. 무조건 잡아뗄 일만은 아닌 상황이었다. 분명히 백가객주의 인장이 찍힌 정확한 어음이었다. 요즘 준마가 일전에 러시아 무역을 통해 막대한 이문을 본 것을 알고 있다. 게다가 요즘 만나고 다니는 사람들이 러시아와 만주를 다니면서 장사를 하는 사람들이라고 하는데, 보부상 출신으로서 교육사업을 하고 시베리아에서 동포들을 위한 사업을 하는 사람들이라는 것을 알고 있었다. 준마가 혹시나 백가객주에 해가 될까봐 자세한 내막은 숨기고 얘기를 하지는 않았지만, 백춘삼은 아들이 대충은 무슨 일을 하고 다니는지 짐작하고 있었다.

"무슨 오해가 있는 것 같소만. 장사하는 사람이 무슨 이득이 될 것이라고 독립운동이니 하는 운동에 뛰어든단 말입니까? 장사하는 사람은 그저 직원들 생계도 책임져야 하고 거래처 관리에도 하루가 바쁠 지경인데, 아마도 장사를 하다가 무슨 오해가 생긴 듯합니다."

"아니 이자가 뻔한 사실을 두고 무슨 거짓말을 하는 게야?"

"오늘 네 자식인 준마 행수는 마침 자리에 없어서 체포하지는 않았으나 조만간 체포되어 끌려 올 것이다."

"아니, 그 어음에 찍힌 인장은 제가 발행한 것이 맞습니다. 죄가 있다면 내가 책임을 지면 될 일이지 아들은 무슨 죄가 있다고 이러십니까?"

"백준마가 지금 몰래 다니면서 독립운동을 하는 반역단체들 사람들과 내통하고 다니는 걸 우리가 모르는 줄 아는가? 지난해 그가 러시아에서 활동하는 반역단체의 수장과 몰래 만난 사실을 알고 있다. 게다가 러시아에 군수 물자를 공급한 사실도 이미 파악하고 있다. 모든 것을 순순히 자백하면 극형만은 면해줄 수 있으니 그간의 일들을 소상히 자백하는 게 좋을 것이다."

백춘삼을 일단 서울의 형무소에 가두라는 지령이 떨어졌지만 대행수의 나이도 있고 하여 이곳 인천에서 신문하겠다고 허락을 받아 둔 상태였다. 지독한 구타와 고문이 춘삼에게 가해졌다. 손톱 밑으로 송곳을 찔러 넣거나 거꾸로 매달아 코에 물을 퍼붓는 물고문까지 온갖 고문이 행해졌다. 그러나 보부상 출신으로 어릴 때부터 장사를 시작해서 산전수전 온갖 풍파를 이겨온 백춘삼이었다. 설사 살점이 떨어져 나가는 고문이 가해진다 할지라도 쉽사리 항복할 위인이 아니었다.

지금 백춘삼은 아들 준마에게 해가 돌아가지 않도록 버티는 것만 생각하고 있었다. 부모의 마음이라는 것이 그런 것이다. 이미 백춘삼은 죽을 각오를 하고 있었다. 이제 살 만큼 살았다. 보부상으로 어렵게 살아오면서 그 숱한 고생을 겪으면서도 여기까지 왔다. 보부상으로 성공하여 거대한 객주를 꾸리고 임방의 접장으로 선출되면서 부럽지 않은 자리에까지 올랐다.

'여기서 준마를 지켜주지 못하면 내 앞의 삶이 무슨 의미가 있겠는가?'

계속되는 고문으로 몸은 점점 쇠약해 갔다. 게다가 준마의 행방을 대라는 다께다의 집요한 고문에 더욱 몸은 만신창이가 되어갔다. 손가락 하나하나가 고문으로 짓이겨져 피가 낭자했고 얼굴과 온몸은 피투성이가 되었다.

보름 후 준마가 행상에서 돌아왔다. 객주 직원들은 할 말을 잃은 듯 주저앉아 있었고 대체 장사를 할 생각이 있는 건지 모두 손을 놓고 있었다. 자초지종을 들은 준마는 심각히, 잠시 생각을 더듬었다. 일전에 봉노방에서 독립운동가를 만나 어음을 전달했던 기억이 났다. 조선 땅에선 어음을 사용하지 말도록 주의를 당부했건만 아마 그가 평양에서 긴급하게 사야 할 물건이 있어서 그 어음으로 대금을 결제했던 게 분명해 보였다.

준마는 다음날 이사청에 자진 출두했다.

"무슨 오해가 있어 그런 것인지 몰라 자진 출두한 것입니다. 내가 다

해명할 터이니 대행수는 풀어 주시기 바랍니다. 그 어음은 제가 대행수 명의로 발행한 것입니다. 러시아에서 유황과 석유를 들여온다 해서 크게 한탕 하려고 어음을 부친 몰래 발행했던 것입니다. 그 어음이 어떻게 쓰일지는 전혀 알지 못했습니다. 지금 그 어음 값으로 받은 물건은 고스란히 백가객주 창고에 그대로 있습니다."

"그런 거짓말이 여기서 통할 줄 아느냐? 분명히 독립운동 자금으로 그 돈을 준 것이 틀림없다."

"아니, 진실로 상거래로 지불한 것입니다. 물건도 여기 창고에 그대로 있다 하지 않았습니까. 그러니 부친은 풀어드리고 저와 얘기를 합시다."

"이놈이 어디서 고개를 빳빳이 들고 눈을 치켜뜨는 것이냐? 네가 아무리 거짓말을 한들 누가 그 말을 믿어줄 것 같으냐? 차라리 모든 사실을 다 털어놓으면 그나마 선처를 할 것이다."

백가객주 대행수가 경찰서에 잡혀간 지 벌써 2달이 지나고 있었다. 아들인 준마까지 감옥에 넣었으니 그야말로 인천 보부상 조직의 대표를 가족까지 다 잡아들인 것이다. 그러한 소문이 꼬리를 물고 전국의 보부상 조직으로 전달되었다.

"이번 일은 우리 인천객주회도 묵과할 수가 없습니다. 우리 같이 장사를 하는 사람들은 상대가 누군지 어떤 거래자인지 일일이 다 파악하는 것이 불가능합니다. 어음이 러시아로 들어가는 물자의 구매에 쓰였다고는 하나 물건을 파는 사람의 입장에서는 딱히 이문이 남는 장사를 포기할 수 없는 것이지요. 어음이 돌아가는 것까지 우리가 책임을 질 수는 없는 것입니다."

"예 그렇습니다. 이번 일은 계림장업단이 우리 보부상 조직을 악의적으로 무너뜨리려는 의도로 볼 수밖에 없습니다. 보부상 임방의 대표인 접장은 나라에서도 함부로 대하진 않았습니다. 보부상은 잘못한 자가 있으면 장문법에 따라 우리 스스로 처결하도록 되어 있습니다. 이제 일본이 조선의 조정을 대신한다고는 하나 그 이전부터 우리 보부상의 법도는 관아에서 처리하지 않고 장문법에 처리해 왔소. 그리고 이런 장문법의 법도에 따라 처결한 것은 국법보다 우선이었으며 그 처리과정이 상행위나 인간 법도에 조금도 어긋남이 없었으니 여태까지 조선의 조정도 이를 인정하고 용인하였던 것입니다. 이제 일본이 이런 보부상의 장문법을 완전히 무시하고 저희 마음대로 처리하겠다는 것은 20만 보부상을 짓밟는 것과도 같은 행위로 도저히 묵과할 수가 없습니다. 내일이라도 당장 이사청으로 쳐들어가 부당함을 알리고 항의하도록 합시다."

"옳소. 갑시다! 그럼 정확히 5일 후, 정오에 이사청 앞으로 모두 모이도록 합시다."

약속한 날, 이른 아침부터 서서히 모이는 인파로 이사청 앞은 인산인해를 이루었다. 어디서 이렇게 많은 조선인이 왔는지 다께다 경사를 비롯한 경시청장은 깜짝 놀랄 지경이었다.

"이게 어떻게 된 것인가?"

"다께다! 이게 다 무슨 일인가 말이야!"

"예. 지금 반역도당을 잡아 심문 중에 있습니다... 그런데 이들이 사람들을 충동질해서 이렇게 떼를 쓰고 있습니다. 즉시 처리하도록 하겠습니다."

다께다는 즉시로 군중들을 진압하고자 총검으로 무장한 병력을 동원했다. 경찰들은 일렬 정대로 서서 군중들을 향해 총구를 겨냥했다. 그런데 갈수록 조선인들의 수가 불어나고 있으며 대다수의 손에는 죽창이며 낫 등의 무기가 들려 있었다. 자칫하면 피바람이 불 것 같은 상황이었다. 지금 이사청의 인원은 총동원 해봐야 50명이 안 되는 인원이었다. 사건이 터지면 이사청이 도리어 쑥밭이 될 상황이다. 청장이 다께다를 긴급히 호출하는 소리가 들렸다.

"다께다, 지금 밖에서 벌어지고 있는 일이 무슨 일인지 아는가? 자세히 설명해보라!"

"예, 반역자들을 잡으려고 심문을 하다가 이놈들이 제멋대로 저렇게..."

"다께다 경사!, 한·일협약을 맺은 일이 아직 잉크도 채 마르지 않은 때다. 우리 대일본제국은 장차 조선을 우리 신민으로 만들기 위해 서서히 미래를 내다보고 계획을 시행하고 있는 중요한 시기임을 아는가? 지금 자네가 벌이고 있는 짓이 우리 대일본제국의 계획을 망쳐 놓고 있다는 것을 모르는가? 아무리 그것이 옳은 일이라 해도 세상일에는 순서가 있고 상대를 보아가면서 적절한 처리방법을 택하라는 이야기다. 지금 저 성난 조선인들을 잘못 건드리면 어떤 일이 벌어질지 상상이라도 해보았는가? 설사 군인들을 동원한다고 해도 명분도 없거니와 지금 상황에서는 조선인들을 잘 다독여서 포섭하는 것이 필요한 시점이다. 자네 생각은 어떤가?"

"예. 전 그저 우두머리 몇 명만 혼내면 밑에 있는 놈들은 그냥 순종할 거라고 생각했습니다."

"이봐, 다께다 군!, 여기 오기 전에 보부상에 대해 들어 보기는 했는가? 이들은 조선의 역사 속에서 스스로 자립하고 스스로 상도의를 지키며 장문법을 만들어 거래해온 전통이 몸에 밴 상인들이다. 이들은 일단 무엇이 옳다고 판단되면 주저 없이 나서는 사람들이야. 우리가 그동안 보아왔던 썩은 조정의 양반들과는 그 마음 씀이 다르다는 말이네. 조정의 대신들이야 자기 영달을 위해서 돈 몇 푼에 몸이라도 팔 놈들이지만, 모든 조선의 백성들이 다 그런 것은 아니라고 생각하네. 내 말뜻이 뭔지 알겠나?"

"예, 잘 알겠습니다."

"자네가 대일본제국을 위해 열심히 일하는 것을 내 모르는 바는 아니지만, 여기는 우리가 살아왔던 땅이 아니고 조선이라는 땅이다. 미래 우리의 식민지가 될 땅이란 말일세. 이제부터는 좀 세심히 일을 처리하도록 하게."

"예, 알겠습니다. 명심하도록 하겠습니다! 지금 낭장 적절한 조치를 하도록 하겠습니다. 먼저 보부상 대표들과 객주연합 대표단을 만나서 그들의 의견을 들어보고 적당한 해결책을 찾아보도록 하겠습니다."

그렇게 며칠 후 백춘삼 대행수는 석방되었다. 준마의 경우 어음 발행의 부주의에 대한 책임을 물어 6개월간 인천-서울 사이의 철도 공사장에서 노역하도록 하는 것으로 마무리하고, 그 이상으로는 책임을 묻지 않기로 하였다. 준마는 속으로 걱정을 하면서도 더욱 일이 번지지 않은 것을 다행으로 여겨 그 제안을 순순히 받아들였다.

29

조선의 노비에서 일본의 순사로

　백가객주 어음 사건이 일어나기 전의 어느 날. 후쿠다 경위는 출근 직후에 바로 부하 직원들을 소집했다. 영사관 옆에 자리 잡은 통감부 이사청 건물은 크지는 않았지만, 그들이 하는 일의 무게를 상징하듯 권위적인 분위기를 자아내고 있었다.

　통감부에서는 복면강도단에 대해 깊이 우려하고 있었다. 조선의 반일 선동가들의 준동을 막기 위해서는 더 강력한 조직이 필요했다. 전국의 10개 이사청을 13개소로 확대하고 지청 또한 8개소에서 11개소로 확대 개편하였다. 아울러 전국의 군마다 5~10명씩 조선인들을 선발하여 정보원으로 교육시키기로 했다. 순사도 대폭 증원할 계획이었다. 실제로 조선족 출신 일본 정보원들은 훗날 조선의 독립군들과 일본에 대항하는 조선인들을 색출하는 데 결정적인 역할을 하였다. 수많은 독립투사와 의인들이 이들의 밀고로 잡혀가 죽임을 당하였다.

　"이들 복면강도단의 소행으로 보아 조선 전역의 일본 13개 일본 거류민단과 전국의 계림장업단사무소, 거주민회가 언제 이들의 습격을 받을지 모르는 상황이다! 통감부는 조선 전역에 있는 일본인들을 보호하는 대책을 세울 것을 하달하여 왔다. 우리 인천 이사청도 복면강도단을 체포하는데 만전기해야 할 것이다."

후쿠다 경위는 좌중을 둘러보며 미간을 잔뜩 찌푸린 얼굴로, 앞니를 들어내면서 힘을 주어 강조했다. 구체적인 계획과 지침이 상부로부터 계속 내려오면서 이사청도 긴장이 고조되고 있었다.

"필요한 경우 헌병사령부에서도 적극적으로 개입하여 우리를 지원할 수 있다고 한다. 이제 제군들은 인천에서 의심이 가는 인물들을 조사하고 파악하여 집중 감시해야 할 것이다. 조선인들이 아무래도 지역 사정에는 밝을 것이니 이들을 활용하는 방안 또한 찾아야 한다. 다시 말해 우리를 도와줄 만한 인적자원을 찾아내고 회유하는 노력도 같이해야 할 것이다. 이번에 뽑는 조선인들은 과거에 채용했던 경시청의 단순 보조원이 아니라 경시청의 정식 순사로 임명하여 우리 대일본제국의 핵심요원으로 양성하는 것이 이번 조선인 채용의 목적이다."

후쿠다 경위는 벽에 걸려있는 대일본제국 천황의 사진을 응시하며 목소리를 높였다.

"일단 포섭된 자는 직장을 제공하고 대일본 제국의 신민으로서 합당한 대우를 제공할 것이다. 조선에 거주하는 우리 일본의 신민들이 자그마치 10만 명이 넘고 있으므로 이들의 안전을 지키는 것이 우리의 주된 임무가 될 것이다. 이점을 참고하여 자질이 우수한 자를 추천해야 할 것이다. 후쿠이 사브로 단장도 좋은 사람이 있으면 추천하도록 하시오. 어차피 계림장업단 단원들의 활동을 지원하고 단원들을 보호하기 위해 더 많은 인원을 충원해야 하니까."

"예, 잘 알겠습니다. 저희 계림장업단도 주위에 협력할 만한 조선인들을 적극적으로 찾아 추천하도록 하겠습니다. 우리 단원들이 조선 전국을 다니며 활동하기 때문에 이들을 보호하기 위해서 좀 더 많은 지원이 필요한 상황입니다. 감사합니다."

첫 번째 고려대상은 일본에 동조하고 있는 양반층의 자제들이었다. 이들을 우선 선발대상으로 하고, 조선에서 핍박을 받아온 천출인 노비들 중에서 선발하는 것이 두 번째였다. 이들 천민 신분은 조선조정과 양반들에 대한 원망 그리고 멸시에 대한 적개심으로 가득 차 있었다. 일단 이들에게 일본이 자기들을 해방시켜 부자로 살게 해 줄 수 있다는 가능성의 희망을 주면 반드시 이들은 일본을 위해 협조할 게 뻔했다. 이미 임진왜란 당시에 이들은 도요토미 히데요시 막부의 조선 침략을 환영하여 심지어 조선의 궁궐을 열어 제치고 일본군을 맞이한 사실도 있었다.

"조선은 이들 노비 신분의 천민들을 자기네 백성으로 여기지 않는다고 생각하고 자포자기한 거나 마찬가지다. 이미 우리에게 협조하고 있는 양반들은 당연히 그들의 자식들이 우리 일본에 협력하도록 할 것이다. 유교 전통이 있는 조선은 부모의 명을 거역하는 것이 천륜을 어기는 것으로 알고 있으니 당연히 그렇게 할 것이다. 자, 이제 각자 우리를 도와줄 조선인들을 찾아 추천하도록 하라."

그렇게 통감부에 모인 조선인들은 자신들이 장차 무슨 일을 하게 될지 아무도 모르고 있었다. 그곳에 모인 이들 중 한 명의 사내, 황기춘은 자기가 거기에 온 이유와 선발기준이 영 못마땅하고 탐탁하지 않았다. 안 그래도 자신은 소선의 뼈내 있는 양반의 집안이며 장자 일본을 위해 크게 쓰일 재목이라고 부친이 추천했는데, 막상 와보니 평민 출신에 심지어 노비들까지 함께 모여 있으니 심기가 불편하기 짝이 없었다. 통감부는 인재를 뽑는다고 하면서 명문 양반가 출신인 그를 당시 그런 노비들과 같이 불러서 뭘 어쩌자는 것인가? 화가 날 지경이었다.

노비 중에는 박정철이란 사내도 있었다. 그는 때에 절은 바지저고리에 무릎은 반쯤 걷어 올리고는 맨 뒤편 구석에 조용히 고개를 숙이고 서 있었다.

한 달 전의 일이었다. 거름을 밭에 뿌리고 있는데 지나가던 신조 순사가 목이 마르니 물을 좀 마실 수 없겠느냐고 하여 바가지에 물을 떠서 갖다 주었다. 순사는 한참을 얼굴을 쳐다보더니 밭일하는 것이 힘들지 않느냐고 다짜고짜 물었다.

"난 일본의 순사인 신조라고 하오. 목이 몹시 마르던 참에 덕분에 물을 잘 마셨습니다. 농부인 것 같은데 이름이 어떻게 됩니까?"

"예, 박정철이라고 합니다, 황 판서댁 노비입니다. 남의 종살이를 하는 노비가 힘들고 안 들고가 어디 있겠습니까? 일이 있으면 다 마칠 때까지 해야 하는 것이고, 주인이 시키는 일이 있으면 무조건 하는 것이지 우리 같은 노비가 무슨 주장이 있겠습니까?"

"노비라고요? 아니, 지난 갑오개혁 이후로 노비니 양반이니 하는 신분 차별은 다 없어지지 않았습니까?"

"겉으로는 그렇지만 저희는 아직 그대로 살고 있습니다. 딱히 가진 논도 없고 장사하는 재주도 없는지라 그냥 주인집에 붙어서 살고 있습니다."

"그런가요. 혹시 당신, 이번에 일본 정부에서 초급관원을 뽑는데 한 번 지원해 보세요. 조선인을 대상으로 일본 정부를 도와줄 순사를 뽑는데 월급도 괜찮고 일만 잘하면 승진도 할 수 있지요. 일본에서는 노비제도로 사람을 차별하는 일은 이미 수백 년 전에 없어졌습니다. 모두가 똑같은 천황의 신민으로 자기가 부지런히 노력만 하면 얼마든지 잘 살 수 있습니다."

"예? 일본에서는 자기가 번 것은 자기가 가질 수 있다고요? 양반이니 노비니 하는 차별도 없다고 했습니까?"

"당연하지요. 내달 중순에 기별을 넣을 테니 나를 찾아 오시오."

신조는 자기의 사무실 위치와 이름을 적은 쪽지를 주고 갔다.

1차로 최종 선발된 사람은 황기춘과 박정철을 포함한 총 5명이었다. 일본 통감부는 이들을 철저히 일본의 정보원으로 훈련했다. 6개월의 교육 기간을 거쳐서 순사 보조원으로 임명이 되었는데 글을 깨우치고 학식이 있는 황기춘은 해외정보국이라는 곳에 배치되어 만주와 시베리아 조선인들의 활동을 보고하는 일을 담당하게 되었다. 부친에 이어 대대로 일본에 충성하게 된 황기춘은 철저히 일본 천황의 신민으로 살기를 결심하였다. 교육을 받는 동안 부친 또한 열심히 격려하였고 일본의 통감부 고위층에 부탁하여 이들을 잘 봐 달라고 손까지 써 놓았다. 박정철은 순사보조원으로 순찰을 돌면서 치안과 사람들의 동태를 신조순사에게 보고하는 일을 맡게 되었다. 그는 태어나서 처음으로 관서에서 지급한 제복이라는 것을 입었는데 목욕을 하고 머리까지 감고 밖을 나서니 과거 노비 박정철과는 전혀 딴사람이 되어 나타났다. 월급도 충분히 먹고살 만큼 받았고 부모도 아들의 이런 모습을 장하게 여기니 이제야 세상이 자신에게 열린 것 같았다. 일본 천황이 누구인지는 모르지만 이렇게 자기를 사람으로 대우해주니 고마울 따름이었다.

'나는 비록 조선에서 천민으로 태어났지만, 이제부터는 일본 천황의 신민으로 다시 태어났다. 과거의 나는 껍질이었지만 일본의 나라에서 나는 알맹이로 살겠다.'

박정철은 이를 지그시 물었다.

교육을 받는 동안에도 월급은 꼬박꼬박 나왔다. 한 달 동안 행정교육을 받고 비밀훈련을 5개월간 받는다고 했다. 훈련은 생각보다 힘들었다. 사람을 죽이는 법도 배웠고, 각종 무선장비라는 기계를 다루는 법도 배웠다. 더욱 놀란 것은 사람을 고문해서 자백을 받아내는 기술이었다. 난생처음 배우는 고문기술과 사람을 협박하는 일은 평생을 노비로 살아온 박정철에게는 이해가 전혀 안 되는 일들이었다. 평생 시키는 일만 하면서 주인이 죽으라면 죽는 시늉도 마다하지 않고 살아왔는데 사람을 때리고 구타하고 고문을 하라니 떨려서 몸이 움직여 주질 않았다. 고문 기술은 한두 가지가 아니었고 무수히 많았다. 저런 고문을 당하지 말아야 한다는 생각만이 머리에서 떠나질 않았다.

'무서운 나라, 일본이다.'

한편 어음 사건이 종료된 이후, 준마는 객전에서 장부 정리를 서둘러 마감하고 이번에 새로 백가객주에 견습 점원으로 들어온 원삼을 불렀다. 나이는 어리나 눈치가 빠르고 영리한 사내아이였다. 원삼은 행상을 하던 부친이 죽은 후 백가객주에 들어와 한참 일을 배우고 있었다.

"오늘 나하고 잠깐 다녀올 데가 있으니 다른 볼일이 없으면 같이 갈 준비를 해라."

"예. 바로 준비하겠습니다."

준마와 원삼은 객주촌을 빠져나와 장터 초입에 있는 주막으로 향했다. 이미 길재와 복만, 석태가 와서 국밥을 먹고 있었다.

"내 동생같이 생각하고 잘 대해주게."

준마는 원삼을 간단하게 소개하고 자리에 앉았다. 해가 지면서 장터에는 그 많던 사람들이 빠져나가고 어느새 황량하게 공터로 변했다.

준마는 길재에게 복만이 얘기했던 만국공원 밑에 있는 일본인 관사를 감시해 줄 것을 부탁했다. 그리고는 데리고 온 원삼을 길재를 돕도록 붙여 주었다. 수일 후 길재는 일본인 관사에 주둔군 사령부의 장군이 살고 가까운 곳에는 계림장업단의 후꾸이 사브로 단장과 후꾸이 경위, 다수의 일본인 무역상들이 살고 있다는 것을 알아내었다.

한편, 복만의 친구 칠복이 흙을 실어 날랐다는 집에는 가끔 밤이 깊어지면 행상으로 보이는 일본인들이 무사들과 함께 수레로 물건들을 실어 나르고 있었다.

그런데 이상한 점은 물건이 들어가면 밖으로 나오질 않는다는 것이다. 먹는 곡식이나 채소 등 식생활용품들이라고 해도 들어가는 양이 뻔한데 수레에 싣고 들어간 물건들이나 궤짝들은 밖으로 나온 적이 없다는 것이다. 인근에 있는 사람들에게 물어보니 일본조계지가 만들어진 후 언제부터인지 정확하게는 모르지만, 그 집에서는 무슨 공사를 그렇게 많이 하는지 항상 흙을 밖으로 내다 버리고 있다고 했다. 주위에는 군인들이 지키고 순찰을 돌고 있어서 집안으로 들어가 알아보기도 쉽지 않다고 하였다.

준마, 복만, 석태, 길재, 대길이 늦은 오후에 주막으로 모였다. 길재가 그동안 일본관사에 대한 의문점에 관해 조사한 것을 소상히 설명하였다.

"그럼 이야기한 대로 한번 해보자."

준마가 얘기를 마치면서 길재에게 다시 한 번 각자 맡은 임무를 확인하도록 했다. 이번에는 확실히 그 동굴의 실체를 파악해야 했다.

30

빼앗으려는 자, 지키려는 자

추석 한가위가 얼마 남지 않았다. 조선의 일 년 중 사람들의 마음이나 표정 씀씀이가 가장 풍요로운 시기였다. 장터에는 오랜만에 풍물패들이 와서 풍악을 울리고 탈춤을 추며 신명나게 놀고 있었다.

쿵. 쿵. 쿵 덕 쿵! 쿠궁. 쿵. 쿵 덕 쿵! 꽤갱! 꽹꽹! 꽤갱! 꽹!

한바탕 놀이마당이 펼쳐지고 한낮이 지나면서 사람들이 구경거리를 보기 위해 몰려들기 시작했다. 꽹과리 소리와 장구 소리는 산을 타고 올라 만국공원 꼭대기까지 메아리쳐 올랐다가, "휘!"하며 다시 돌아 내려왔다.

만국공원 아래 일본인들이 모여 사는 지역의 끝자락에 있는 장군의 관사 정문 앞에도 웬 꼭두각시 탈을 쓴 남사당패들이 나타났다. "깨갱!" 하고 울리는 꽹과리 소리에 맞춰 팔을 들어 덩실덩실 춤을 추고, 다리를 펄쩍펄쩍 들면서 흥을 돋우었다. 정문을 지키는 헌병은 소리를 지르면서 저리 가라고 고함을 쳤다. 사당패는 아무리 고함을 쳐도 물러나기는커녕 도리어 고개를 설레설레 흔들면서, 정문 앞을 지키는 헌병의 얼굴에 탈바가지를 디밀었다. 그러곤 새까맣게 때가 낀 손으로 엿을 꺼내서는 먹으라고 군인에게 내밀었다. 놀란 군인이 총을 겨누고 눈을 부라리는데도 가기는커녕 도리어 그 총구 앞에서 고개를 흔들면서 춤을 추었다. 총을 세워 밀치면서 쫓아내기를 여러 번 도무지 말을 듣지 않았다. 장군이 출근해서 집에 없었기에 망정이지 아니었으면, 당장 치도곤(몽둥이 곤장)을 당할 판국이었다. 이때 순찰하던 다른 군인 하나가 합세하여 총대로 마구 밀쳐내었다.

 준마는 관사 정문에서 실랑이가 벌어지자, 손에 들고 있던 공을 가볍게 발로 차서 관사 담장 너머의 안마당으로 날려 보냈다. 그리고는 석태의 어깨를 발로 올라타 산 위쪽의 낮아 보이는 담을 훌쩍 뛰어넘었다. 낮다고 해도 2미터가 넘는 높은 담이었다. 공을 찾는 척하면서 집 뒤편에 있는, 복만이 얘기했던 동굴로 쏜살같이 달려갔다. 아직 공사가 덜 끝난 탓인지 문에 자물쇠는 채우질 않았고 일부 땅을 파는데 사용했던 곡괭이며 삽, 징, 작은 수레 등이 널려 있었다. 문을 열고 재빠르게 동굴 속으로 들어갔다. 동굴 안으로 들어서자 입구가 낮아서 고개를 약간 숙여야 했다. 조금 더 들어가자 길은 곧 왼쪽으로 휘어져 있었고 앞으로 한참을 가다가 다시 오른쪽으로 계속 이어져 있었다. 중간중간 불이 켜진 남포등이 벽을 따라 걸려있어 다행히 앞을 잘 볼 수가 있었다. 동굴은 두 번을 굽이 돌다가 서서히 내리막으로 이어지는데 끝이 보이지 않았다. 한참을 내려가자 해안가 바다에서 밀려 들어오는 것 같은 비릿하고 무거운 바다 기운이 느껴졌다.

 이제는 지체할 시간이 없었다. 너무 시간을 오래 끌었다. 아마도 길이가 약 2리(약 700미터)는 더 될 것 같았다. 준마가 급히 돌아 나오려는데 앞에 물건을 쌓아 놓은 듯한 커다란 거적을 덮은 물체가 희미하게 보였다. 얼른 다가가 거적을 들쳐 보니 그 속에는 이용익 대감이 말하던 그 [조선왕실의계]와 [대전회통] 등 조선의 서책 수백 권, 고려청자 등의 골동품들이 셀 수 없을 정도로 쌓여 있었다. 어떤 책에는 '외규'라고 쓰여 있기도 하고 내규라고 쓰여 있기도 하였다. 그 의미를 가늠하던 준마는 마침내 이마를 탁하고 쳤다.

"아하!"

'외규'는 강화도에 있는 왕실의 서고인 외규장각을 말하는 것이고 '내규'는 바로 창덕궁의 내규장각을 의미하였다. 정말 치밀한 일본인들이었다. 그들은 약탈도 이렇게 치밀하게 진행하고 있었다.

물품들 옆에는 좀 더 큰 나무 궤짝이 있어 이 또한 슬쩍 들추어 보았다.

"헉!"

하마터면 소리를 지를 뻔하였다. 그 안에는 죽은 남자의 시체가 쭈그린 채로 들어있었는데 일꾼으로 보이는 조선 사람이었다. 죽은 지 얼마 되지 않은 것처럼 보였다. 숨을 크게 한번 쉬고는, 오던 길로 다시 잽싸게 달려 올라갔다. 동굴 속에 갇히면, 그대로 독 안에 든 쥐 꼴이 될 것이다. 평소 단련된 강한 발걸음으로 빠르게 달려 나왔다. 벌써 정문 앞의 소란은 점차 끝나가고 있었고 꼭두각시 탈을 쓴 풍물패들은 헌병들 손에 목덜미가 잡혀 길바닥에 내동댕이쳐지고 있었다.

동굴 밖으로 나와 집 옆으로 서 있는 담을 향해 급하게 걸어 나오는데 웬 검은 그림자 하나가 갑자기 앞에 나타났다. 순간 준마는 품에 있는 칼을 잡았다. 눈을 들어보니 웬 여성이 서서, 준마가 집안으로 차 넣었던 축구공을 들고 있는 것이 보였다. 그녀는 조용히 들고 있던 공을 들어 준마에게 건넸다. 놀랐거나 소리를 지를 생각이 없어 보였다. 자세히 보니 오래전 계림창업단의 창단식 연회장에서 본 바로 그 여성이었다. 준마는 가볍게 고개를 숙여 인사를 하고는 담 밑에 받혀 놓았던 낮은 나무 상자를 딛고 담 위로 훌쩍 몸을 날렸다. 담을 넘어 사뿐히 땅에 발을 딛자마자, 헌병이 꼭두각시 탈을 쓴 사당패들을 발로 내질러 차 놓고는 갑자기 이쪽으로 몸을 돌리는 것이 보였다.

턱, 석태는 준마의 어깨를 치면서 흔들고는 어깨동무를 하였다.

"자, 우리도 저 아래 사당패 놀이 구경이나 하세!"

준마와 석태는 헌병에게 손을 흔들며 가볍게 고개를 숙여 인사를 하고 유유히 담벼락을 뒤로한 채 산 밑을 향해 내려왔다.

준마는 어제 동굴에서 보았던 광경을 똑똑히 되새겨 보았다. 이제부터는 해안가를 따라 배를 댈 만한 곳 중 동굴이 산을 따라 내려와 해안가에 연결될 만한 지점을 찾아내야 했다. 동굴 속에서는 길이 해안가 어느 방향으로 나 있는지 정확히 알 수가 없었다. 준마와 친구들은 각자 흩어져 동굴이 연결될 만한 지점을 찾기 위해 해안가를 뒤졌다. 썰물에 드러난 갯벌을 뒤지기도 했고 부두 제방 돌벽 담을 살펴보기도 하였다.

그리고 해안가 끝으로, 웬 수상쩍은 오두막이 하나 서 있었다. 준마와 석태가 조용히 다가가 앞에 가려진 장막을 확 들추자 한 사내가 쪼그리고 앉아서 볼일을 보고 있었다.

"허, 이거 참 급해서 찾았더니 임자가 있었네 그려, 시원하게 일 보시구려! 하하."

달포를 헤매도 동굴과 연결된 입구를 찾을 수가 없었다. 그러던 어느 날, 준마는 일본무역상사가 운영하는 해안가에 있는 창고를 지나가게 되었다. 붉은 벽돌로 쌓은 창고에서 한 인부가 수레를 끌고 나오는 것이 보였다. 준마는 수레를 보는 순간 어디서 본 것 같다는 생각이 문득 들었다.

아! 바로 그 수레였다. 앞 바퀴가 하나가 달린 삼각형 모양의 손수레 옆에는 검은색 글씨로 '文'이라고 선명하게 쓰여 있었다. 준마가 동굴 속에서 보았던 수레에 쓰여 있던 것과 같은 문양이었다. 인부에게 달려가 여기서 실어낸 물건이 언제 출항하느냐고 물었다. 인부는 별것을 다 물어본다는 표정으로 귀찮다는 듯이, 선적은 다 끝나고 지금 출항하고 있다고 답변했다.

역시 준마가 지나가는 척을 하며 창고 안을 슬쩍 들여다보니 창고는 텅 비어 있고 이미 물건들은 배에 실려 일본으로 출발하기 직전이었다. 선박은 뱃고동 소리를 크게 울리며 서서히 항구를 빠져나가기 시작했다. 바다 위에는 갈매기 떼가 줄지어 하늘로 날아오르고 있었다.

"아, 조선왕실의궤!"

조선이 초대하지도 않은 사람들은 여전히 해안가에서 노략질해 가고 있었다. 식량을 빼앗긴 것은 아닌데 왜 이렇게 섭섭하고 마음이 공허한 것인지 알 수 없었고 몸 깊은 곳에서 올라오는 울분의 덩어리가 함께 느껴지기도 하였다. 이제는 저 창고를 잘 감시해야 했다. 빼앗으려는 자와 지키려는 자의 싸움이 시작되었다.

전에 송파 임방으로 넘긴 계림장업단 단원들로부터 빼앗은 물건들은 이용익 대감의 소개로 만났던 한성순보의 기자, 오세창 선생과 상의하여 처리하기로 하였다. 그는 20세에 역관으로 관직에 들어 대한제국 농상공부 참서관과 통신원 국장을 지냈으며 초대신문인 한성순보 기자로도 활동한 독립운동가였다. 고서화 감식은 당대 최고였으며 서예에도 능했고 조선 문화재 약탈을 막고자 힘쓰고 있었다. 일단 오세창 선생은 자기가 물건들을 보관하였다가 조선의 뜻있는 인사에게 맡겨 조선에서 빠져나가지 못하도록 하는 방안을 찾겠다고 했다.

가을 한가운데로 깊숙이 접어들면서 길 주위 들판으로는 벼 이삭이 고개를 숙이고 있었고 멀리 보이는 산은 온통 노란색과 붉은색으로 물들어 있었다. 꽤 따갑게 느껴지는 가을 햇볕은 벼의 알곡을 향해 내리쏘는데 껍질을 다 태워 버릴 듯이 뜨거웠다. 그렇게 태울 듯이 뜨거워야 알곡은 제구실을 단단히 한다고 했나. 올해도 그럭저럭 풍년을 맞을 것 같다.

솔안말을 지나서 인천으로 가기 위해서는 송현으로 들어가게 되어 있다. 길은 나지막한 산 아래 계곡을 따라 나 있었다. 계곡 양쪽으로는 소나무와 여러 종류의 나무들이 숲을 이루고 있었고 노란색으로 가을을 덮어쓰고 있었다.

그런 그림 같은 광경 속, 멀리서 한 무리의 사람들이 나타났다. 해가 뉘엿뉘엿 넘어가는 늦은 저녁이 다가오자 사람들의 통행도 거의 끊긴 시각이었다. 조금 전까지도 산 위로 붉게 물들이던 노을이 순식간에 산을 넘어 사라지고 있었다. 산골 계곡의 밤은 바다와 다르게 먼 산에서 시작되는 어둠의 그림자로부터 시작되었다. 10여 명 정도 되는 사내들의 대부분은 머리에 하치마키를 두르고 하오리를 입은 사람들이었다. 등에는 궤짝을 지거나 아니면 보자기에 싼 봇짐을 둘러멘 상인들이었다. 짐을 둘러메지 않은 일부의 사람들은 허리 옆에 장검과 단검을 하나씩 차고 있는 무사들이었다.

이들은 꽤 시끄럽게 떠들면서 계곡 가운데로 난 길로 들어서기 시작했다. 마치 어둡고 조용한 밤길을 걸으면서 마음속의 두려움과 적막함을 깨어보려는 듯 더욱 목청을 높였다. 이들의 왁자지껄 떠드는 소리에 놀란 새들과 짐승들이 숲속에서 후드득 날아오르고 후다닥 도망가는 소리가 들렸다. 이들이 곧게 나 있는 길을 한참을 걸어가는데, 갑자기 고함지르는 소리가 들리더니 계곡 숲속에서 복면을 쓴 괴한들이 나타났다.

"네 이놈들! 지고 있는 보따리들을 다 놓고 냉큼 꺼지거라. 무슨 귀중품을 훔쳐 가길래 이렇게 밤길을 잡아가는 것이냐?"

3명의 무사가 무리의 앞으로 나섰다.

"이 산 도적놈들 오늘 제대로 걸렸다. 안 그래도 웬 좀도둑들이 복면을 쓰고 설친다고 소문이 자자하더니 바로 네놈들이었구나. 오늘 네놈들 제삿날인 줄 알아라."

선두에선 무사가 장검을 길게 뽑아 들고는 소리쳤다. 복면의 사내들 가운데 하나가 앞으로 나서면서 칼을 겨눴다. 밤이 어둠으로 완전히 뒤덮이기 직전이라 서로가 잘 보이지 않았다. 달도 오늘따라 구름에 가려서인지 시야가 어두웠다. 칼을 잡은 검객들은 오로지 검에서 나오는 살기와 번뜩이는 섬광을 의지하여 싸워야 했다. 처음 맞붙은 검객들은 좌로 돌면서 신중하게 상대를 탐색했다. 쨍! 칼이 부딪치는 소리가 계곡 사이로 울려 퍼졌다. 이어서 나머지 검객들의 결투 소리가 요란하게 울려 퍼졌다. 일인 무사 하나가 팔에 베인 듯 한쪽 팔을 잡고 뒤로 물러났다.

"휙!" 쨍!

나머지 일본 상인들은 뒤로 물러나면서 짐을 단속하기 바빴다. 일부는 뒤에서 몰래 돌을 집어 들거나 품 안에서 비수를 꺼내 들고 있는 자도 있었다. 첫 번째 사무라이가 복면 괴한을 강하게 밀어붙이고 있었다. 복면 괴한은 적극적으로 공격하기보다는 놈들이 지치기를 바라는지 방어에 치중하고 있었다. 복면 괴한 하나가 상인으로 보이는 자가 던진 돌을 갑자기 피하느라 몸을 옆으로 돌린 사이, 틈을 타서 상대 무사는 재빠르게 검을 휘둘렀다. 중심을 잃은 복면 괴한은 급히 피하였으나 이미 한쪽 어깨 쪽이 칼에 베였다. 그리고는 일본 무사의 내려치기를 피하다가 돌부리에 걸려 넘어지고 말았다. 일본 무사가 검을 높이 쳐들어 쓰러진 복면 괴한의 머리를 둘로 가를 듯 내리치려는 절체절명의 순간이었다. 어두운 숲속에서 가볍게 바람을 가르는 '휙'하는 소리가 나면서 표창이 날아들었고 일본 무사의 목에 꽂혔다.

"악!"

비명을 지르면서 일본 무사는 목을 잡고 쓰러졌다. 이어서 다시 표창이 좀 떨어진 곳에서 날아들었다. 이번에는 뒤에서 싸우던 일본 무사의 얼굴을 향해 날아들었다. 눈에 정통으로 표창이 꽂혔다. 또다시 표창이 날아들면서 이번에는 비수를 들고 있던 상인의 목에 꽂혔다. 보이지 않는 숲속 여기저기서 날아드는 표창으로 일본 상인들은 무서운 공포 속에 휩싸였다. 보이지 않는 적, 그리고 이곳 지리에 익숙하지도 않은 낯선 이방인으로서는 어디로 도망쳐야 할지조차 모르는 상황이었다. 표창이 날아오는 숲속으로 피할 수는 없었다. 이들은 싣고 가던 물건을 놔두고 일단 오던 길로 되돌아 황급히 줄행랑을 놓았다.

　격렬했던 싸움이 끝나고 일본 상인의 무리가 사라지자 숲은 다시 평온하게 제자리로 돌아왔다. 숲속에서 복면 괴한들을 도와 표창을 날렸던 사람들이 정체를 드러내었다.

　"와!"

　"칼 다루는 재주는 별로인데 표창 던지는 솜씨 하나는 대단하다. 과연 내 수제자 삼아도 되겠어!"

　길재가 다친 어깨를 누르면서 원삼을 향해서 손을 흔들었다.

　"어리다고만 생각을 했는데, 어른 한 몫은 충분히 하겠네."

　"하하하."

　이들은 말을 끌어와 결투 끝에 빼앗은 짐들을 말 등에 얹고는 바로 자리를 떴다. 먼저 도망친 자들과 마주치지 않기 위해 인천으로 가기로 했다. 길재는 다행히 크게 다치지는 않아서 약초를 바르고 상처를 천으로 감싸 묶으니 옷을 입어도 겉으로는 부상당한 흔적이 보이지 않았다. 길재 일행은 배다리골에 새로 장만한 창고에 물건을 들여놓고 빼앗은 짐을 하나씩 풀어보았다.

　"역시 이용익 대감의 말이 맞았어!"

　규장각에서 훔쳐낸 책들이 대부분이었다. 조선의 호구를 조사한 장부, 지도, 불경 등 다양한 서적들과 금불상 같은 조선의 유물들이었다. 일본은 개항이 되자 인천항만 일본 조계지 안에 조선 문화재들을 밀반출하기 위해 남의 눈에 띄지 않도록 동굴을 파고 있었다. 그리고 계림장업단이 들어오기 전부터 이미 일본 조계지에서 해안까지 뚫어놓은 동굴을 통해 조선의 유물들을 밀반출하고 있었다.

이용익 대감의 말로는 규장각 문서라든지 조선의 문화재 밀반출과 왕릉 도굴을 하지 못하도록 일본에 강력히 항의해야 한다고 주장했다. 그러나 박제순, 이완용을 비롯한 대부분의 대신들이 딱하다는 듯 쳐다보면서 가당치도 않다고 그 주장을 묵살했다고 한다. 그깟 서책이나 조선왕실의궤 따위가 뭐가 그렇게 중요하냐는 이유였다. 이미 이전에 임진왜란이나 병자호란 때도 불타고 잃어버린 것이 하나둘이 아닌데, 지금에 와서 그것 하나 지킨다고 나라가 다시 살아나겠느냐고도 하였다. 도리어 이들은 기가 차다는 듯이 이용익을 쳐다볼 뿐이었다. 망조도 이런 망조가 없었다. 조선의 몰락은 마음이 다 얽은 얼금뱅이 대신들의 탐욕으로부터 그렇게 시작되고 있었다.

31

경각으로 치닫는 조선의 명운

 한 나라가 이렇게 쉽게 통째로 사라지는 일은 세계역사상 드문 일이었다. 전쟁을 해서 진 것도 아닌데 조정의 대신들이 고스란히 나라를 일본에 갖다 바친 것이다. 그렇다고 조선 백성이 일본이라는 나라를 기꺼이 초청한 것도 아니었다. 또 언제 조선이 일본에게 뭘 달라고 행패를 부린 것도 아니었다.
 은둔의 나라 조선은 늘 그래왔듯이 그냥 가만히 그 자리에 있었고 누구에게 만나자고 한 적도 없으며 소란을 피워서 남에게 피해를 준 적도 없었다. 하지만 부지불식간에 나라의 명운이 경각으로 치닫고 있었다. 누가 적인지도 모르게 조선의 몸 한구석에는 이미 균이 번식하여 적이 조선의 신체를 갉아먹고 있었다. 몸속에 깊숙이 들어와 있는 적을 잘못 치면 어느 틈에 자기 몸을 누군가 아프게 한다고 소리치고 도리어 역정을 내니 그리할 수도 없었다.
 합의로 조약을 체결했다고는 하나 그렇지 않다는 것은 하늘이 알고 아이들조차 알았다. 못된 이웃이 있으면 평생이 괴롭다더니 그 꼴이었다. 이미 조선 백성의 몸과 조선의 산하와 숨 쉬는 모든 것들이 일본으로 넘어갔다. 산에 핀 꽃 한 송이부터 나뭇잎 하나까지, 그리고 압록강과 대동강, 한강과 금강의 모든 강의 물고기까지 모두 일본이 관리하겠다고 했다.

다행히도 일본이 빼앗을 수 없는 것이 있다면 그것은 하늘이 주는 공기와 흐르는 물, 그리고 사람들의 마음속에 들어있는 생각이었다. 숨쉬는 것과 마음 쓰는 것까지 일본의 허가를 받아야 했다면 이미 조선사람은 씨가 마르고 이 지구상에 존재하지 못했을 것이다.

이 불행을 조선의 백성들은 아는지, 무슨 일이 일어났는지 장차 어떤 일이 벌어질지도 모르는 채로 천진난만하게 뛰어노는 아이들, 그리고 미소까지 띠면서 어슬렁거리면서 유유자적 다니는 어른들을 보면서 청나라의 양계초는 걱정인 듯 조롱인 듯 훗날 조선의 백성들에게 글을 남겼다.

"조선멸망의 원인: 그들은 스스로 망했다."

이 글을 읽은 조선의 양심 있는 선비들은 통탄하였고 황실의 무능함에 탄식하였고 조정 대신들의 권력 탐욕에 좌절하였다. 한나라가 망하는 데는 그 원인이 있는 법, 애초에 조선에서 일어난 역성혁명이 그 시작이었다면 다음으로는 아마도 조선의 정치 철학이었던 유학이었다. 양반과 노예로 차별화된 신분 사회를 만들고 세계역사상 가장 교묘한 정치로 기득권을 유지한 사대부들의 바로 그 정치 이념이었다.

일본의 관리하에 들어가면 이러한 몹쓸 의식은 악화하리라는 게 양계초의 숨은 뜻이라는 바를 웬만한 식자들은 다 아는 바였다. 백의민족의 온순한 심성이 순종에 익숙해져 500년을 이어오고 앞으로 100년이 더 갈지 200년이 더 갈지 아무도 모르는 운명이었다.

    1905년(광무 9년) 11월 17일 새벽, 일본군이 덕수궁 대안문을 막고 담장 주위를 에워쌌다. 참정대신을 비롯하여 8명의 대신이 중명전 서쪽에 있는 휴게실에 모였다. 중요한 회의가 있다고 해서 모였는데 사실은 고종황제의 이름을 빌려 반강제적으로 소집된 모임이었다. 좀 있다가 이토 히로부미가 나타났다. 회의의 주된 내용은 일본이 조선 조정을 대신해서 조선을 관리한다는 것이었다.

    열이 올라 할 말을 잃은 고종은 오후가 되자 회의 도중에 함녕전으로 돌아갔고, 그나마 조약에 반대하는 한규설 대신은 휴게실에 꼼짝달싹하지 못하게 감금되었다. 학부대신 이완용, 내부대신 이지용, 외부대신 박제순, 군부대신 이근택, 농상공대신 권중제 등의 동의로, 중명전 2층에서 이날 오전 1시 하야시 일본공사와 박제순 외상 간 을사늑약의 조인이 이뤄졌다. 일본군 조선군 사령관 하세가와 요시미치(長谷川好道)는 대안문 맞은편에 있는 일본군사령부 관저에서 군대를 지휘하고 있었다.

    을사늑약 이후 민영환, 조병세, 이상철, 김봉학 등 많은 우국지사가 자결하고 독립운동 단체를 결성하고 의병을 일으켜 반일항쟁을 하였다. 살아남아야 할 사람이 죽고, 꼭 죽어줬으면 하는 사람이 살아남아 백성들을 울분에 차게 만들었고, 엉뚱한 놈들이 살아남아 조선을 지지리도 못나게 만드는 일은 역사를 통해서도 한두 번이 아니었다. 이전까지 일본은 조선의 반발을 염려해서 독립운동가들에 대한 가혹한 핍박을 자제하고 있었으나 이러한 관용도 더 용납해서는 안 된다는 것이 일본 정부의 정책이었디.

준마, 봉준, 석태, 승훈, 복만, 길재와, 지난번 김구를 인천 감옥에서 탈출하도록 도왔던 물상객주 몇이 모였다.

"아마도 저는 한동안 조선 땅에 머무르지 못할 것 같습니다. 일본 경시청이 계속 감시를 하고 있어 어떠한 활동도 하지 못하도록 막는 실정입니다. 조만간 해외로 나가 있어야 할 것 같습니다."

"어디로 가실 생각이십니까?"

봉준이 물었다.

"아마도 중국의 상해로 갈 것 같습니다."

"만주나 시베리아로 오시면 제가 거처를 마련해 드릴 수도 있습니다."

"아니요, 봉준 형님. 사업하는 사람이 눈에 나게 저 같은 반일운동가로 찍혀 있는 사람과 곁에 있으면 안 되는 법이요. 눈에 거슬린다고, 또는 독립운동을 지원한다는 죄목을 씌워서 조선인이 사업하지 못하게 하는 것을 여러 번 보았습니다. 사업가 처지에서는 행여 반일활동을 지원하는 내용이 장부에 기록되거나 행여 눈치라도 보이면 안 될 것이요, 앞으로 일본 정부의 방해로 조선 사업가들이 더욱 난처한 상황에 직면

할 것입니다. 이것이 봉준 형님의 제안은 고마우나 거절할 수밖에 없는 이유입니다."

"잘 알겠습니다."

"조만간 상해로 가면 동지들께도 사람을 시켜 연락할 것입니다. 언젠가는 조선이 독립하는 날이 올 것입니다. 그 때까지 우리가 참고 견디면 조선 민족이 다시 태어나는 영광된 날이 올 것입니다."

다께다는 간부 회의가 끝난 후 변철상을 자기 방으로 조용히 불렀다. 변철상은 전에 백가객주 사건으로 직속 상관인 다께다 경사가 상부로부터 심하게 질책을 받은 일이 마치 자기가 잘못해서 일어난 것 같아 잔뜩 어깨가 움츠러져 있었다.

"변철상 군! 백가객주 사건은 이미 엎질러진 물이니 더이상 신경 쓸 일이 아니네, 단 다시 한번 그런 실수가 재발되면 자네나 나나 끝장일세. 알겠는가?"

"예. 잘 알고 있습니다."

"그래, 자네가 날 보자고 한 이유가 무엇인가 얘기해 보게."

"예. 다름이 아니고 최근 백가객주의 준마 행수와 인천 감옥에 수감돼 있던 김구가 은밀히 만난 것이 목격되었습니다. 김구는 전에 계림장업단의 쓰치다를 살해한 죄로 인천 감옥에 수감되었는데 최근에는 조선의 독립운동가들을 만나고 다니면서 선동하는 자입니다. 처음 인천감옥을 탈옥한 후에는 이름도 김창수에서 김구로 개명을 하였습니다. 지금 백가객주 준마 행수의 행적이 날이 갈수록 수상쩍습니다. 요즘은 각지의 보부상 접장을 만나고 심지어 만주나 시베리아에서 활동하는 보부상들을 만나기도 한답니다. 원래 보부상들이란 전국적인 조직을 지니고 있어 장사하다 보면 그럴 수도 있겠거니 했는데, 김구 같은 독립운동가들을 몰래 만나고 다니는 걸 보면 틀림없이 반일운동에 개입하고 지원하는 것이 확실합니다. 아울러 을사보호조약 체결 후 항일운동에 직접 참여하거나 뒤에서 자금을 지원한 보부상들이 많다고 합니다. 준마 행수와 어울려 다니는 사람들을 보면 이승훈, 김구, 최봉준, 안창호, 최해영은 물론이고 여러 인사와 교류가 있습니다. 특히 친하게 지내는 이승훈은 같은 보부상 출신으로 돈을 많이 벌어 재력이 제법 탄탄한데, 지금은 계몽사업을 한다고 평양에서 학교를 세우고 신문을 발행하는 등 적극적으로 반일운동에 나서고 있는 자입니다."

밤이 깊어지고 떠들썩하던 객주촌이 조용한 적막 속으로 잦아들 무렵, 누군가 급한 듯이 백가객주의 대문을 두드렸다. 준마가 문을 열어주자 하리모토가 머리를 들이밀었다.

"이렇게 늦은 밤에 무슨 일이요? 하리모토."

"준마 행수님. 지금 빨리 몸을 피하셔야 합니다. 경시청에서 준마 행수를 잡으려고 순사들이 이곳으로 내일 올 예정입니다. 일단 몸을 피하셔야 합니다! 오늘 오후에 준마 행수를 반일 행위 및 조선과 일본의 친선을 방해하는 위험인물로 체포할 것이라는 결정이 있었답니다."

준마가 이승훈 그리고 최봉준과 함께 반일운동에 나선 것을 눈치챈 것이 틀림없었다. 러시아에 군수물자를 납품한 것도 일본의 경시청이 이미 파악한 것으로 짐작되었다. 준마는 숙향에게 간단히 짐을 챙기도록 당부하고 중요한 장부를 챙겼다. 사람을 보내 길재, 복만, 석태를 내리교회로 오도록 했다. 송원적 행수에게 무언가 몇 마디 얘기를 주고받고는 어린 아들을 안고 숙향과 함께 대문을 나서는데 대문밖에는 경시청 밀정이 이미 백가객주를 감시하고 있었다. 문을 다시 닫고는 뒷문을 통해 난 좁은 길을 올라 숲 쪽으로 향했다. 길재와 복만이 숲속에서 기다리고 있다가 숙향이 들고 있던 짐을 받아 들었다.

동이 트고 아침이 밝아오자 경시청 순사들이 백가객주에 들이닥쳤다. 하지만 이미 준마는 원행길 장사를 떠나고 저리에 없었다. 송행수와 점원들이 마구잡이로 객주를 수색하고 기물을 파손하는 순사들과 맞서 실랑이를 하였으나 아무 소용이 없는 일이었다. 경시청은 즉시 준마를 체포하려고 대대적인 수배령을 내리고 추적하기 시작했다.

"이제 이미 경시청에서 나에 대해 단단히 올가미를 씌울 작정을 하고 움직이는 것 같군. 이번 경우는 전번과는 달리 빠져나가기 어렵다고 생각되네."

준마가 말을 꺼냈다.

"경시청 순사 말로는 이번에 준마 행수를 어떻게든 잡아넣으려고 한다고 하네. 백가객주의 어음분만이 아니라 일전에 찾아왔던 안영창 농지가 모진 고문 끝에 백가객주 준마 행수가 준 사금이라고 토설을 하였다고 하네. 게다가 김구 선생과도 엮어 백가객주 자체를 아예 없애버릴 계획을 하고 있다고 하는군."

복만이 그동안 경시청의 담당관에게서 들은 이야기를 전해주었다. 복만은 송파에서 사고를 겪은 후 오래전에 채령과 함께 인천으로 돌아와 가족과 함께 살고 있었다. 부상한 채령의 몸도 다 회복이 되었다.

"자, 지금부터 다들 내가 하는 얘기를 잘 듣게."

상황을 파악하고 입장을 정리한 듯 준마가 담담한 목소리로 말문을 열었다.

"이 상황에서 내가 나서서 장사를 드러내 놓고 하기는 쉽지 않을 것 같네. 그래서 내 당분간 여기를 떠나 있기로 결심했네."

그의 말에 일행들은 다들 깜짝 놀라 숨을 죽였다.

"여기 백가객주는 내가 자리를 비우는 동안 복만이 맡아 주게. 그리고 길재와 석태는 복만을 도우면서 지내고 있다가 내가 기별을 하면 그때 해외무역 일을 도와주게. 그리고 당신은 아이가 아직 어리니 친정집에 당분간 가 있도록 하시오."

"아닙니다, 저도 행수님 따라 같이 가겠습니다. 아녀자가 어찌 내 한 몸 편하자고 남편을 두고 따로 지낸단 말입니까? 광복이도 이제 자기 걸음을 뗄 정도는 되니 같이 가도록 해주시기를 간청합니다."

"그건 아니 됩니다. 지금 내가 가고자 하는 길이 어디가 될 줄 알고 그런 소리를 한단 말입니까? 지금 떠나면 머나먼 외국이 될지도 모를 길이라 말이요."

"그래도 저는 서방님과 떨어져 살 수 없습니다."

숙향이 이미 마음을 작정한 듯했다. 준마도 도저히 숙향의 마음을 꺾을 수는 없을 것 같았다.

32

세상에 공짜는 없다

밤이 이미 깊어져 구름 사이로 간간이 보이는 달빛을 더듬어 싸릿재를 넘기 시작했다. 이 밤 안으로 인천을 벗어나야 했다. 준마는 일단 복만을 백가객주로 보내어 동향을 살피도록 하고, 중요한 소지품만 챙겨 봇짐을 메고 아이는 숙향이 업었다. 그러곤 길재와 석태와 함께 서울로 동행하기로 했다. 낮에는 산길을 따라 걷다 보니 발걸음은 조금씩 늦어졌고 평소 잘 알고 지내는 마포 나루터의 물상객주집을 찾은 때는 이미 날이 저물어 칠흑 같은 어두운 밤이 되어서였다. 남의 눈을 피해오느라 일부러 변장하고 사람들 인적이 드물 때 이동을 하느라 시간을 많이 지체하였다. 변장이라 해봐야 그래도 장사꾼 행색이 여러모로 편하고 손쉬웠다. 옷을 남루하게 보이려고 복만과 환의(換衣)를 하고 나오니 영락없는 보부상 행색이 그대로 배어 나왔다.

가을이 깊어가면서 이미 아침저녁으로는 쌀쌀한 기운이 들었다. 을사늑약 이후 개통된 경의선 철도가 이젠 만주를 지나 유럽까지 연결된다고 했다. 부산에서 출발하여 신의주까지 연결되는 급행열차인 융휘호는 이미 사람들로 만석이 되었다. 신의주로 가는 열차가 검은 연기를 뿜어내면서 드디어 용산역에 천천히 들어오고 있었다. 열차가 도착하자 준마는 숙향과 아들 광복을 데리고 열차에 올랐다. 서양식 양복과 양장으로 멋을 낸 준마 부부는 다시 한번 주위를 조심스럽게 둘러보고는 천천히 열차에 올랐다. 신의주행 철도는 압록강을 건너 만주를 지나 유럽까지 연결되었다. 일본은 철도 부설을 하면서 미개한 조선이 이 철도를 통해 산업이 발전하고 조선사람들의 생활을 크게 개선하는데 일본 정부가 큰 도움을 준다고 선전해왔다. 일부 어리석은 조선의 귀족이 앞장서서 마치 일본이 조선을 위해 큰일을 하는 것으로 떠들고 다녔다.

그러나 정복욕에 불타오르는 일본인들이 조선을 위해 그렇게 선심을 쓸 사람들이 아니라는 것을 웬만한 사람들은 잘 알고 있었다. 조선에 체류했던 맥킨지는 일본이 조선의 철도를 부설하는 과정을 지켜보면서 이렇게 개탄했다.

"일제가 조선에서 제국주의 통치의 가장 거칠고도 무자비한 모습을 나타냈다."

당시 세계의 철도 건설을 위해 1마일당 16만 원의 비용이 들었으나, 조선에서의 철도 건설비용은 불과 6만 2천 원에 불과했다. 철도 건설에 필요한 토지매입과 건설과정은 거의 조선인들에게서 땅을 무상으로 빼앗거나 싸게 매입하였는데 선로용지와 정거장 부지를 시가의 10분의 1이나 20분의 1 가격으로 탈취하였다. 농민이나 부녀자 아이들까지 강제 동원하여 노역을 시켰으며 이에 반항하는 조선인들을 무자비하게 공개 처형하였다. 마치 철도를 공짜로 부설하여 준 것으로 선전하였으나 실제 철도 부설 비용은 싸게 공사하는 만큼 일본 정부가 그대로 곡물이나 광물 또는 다른 이권으로 빼앗아간 착취나 다름없었다.

세상에 공짜는 없었다. 초청하지도 않은 일본이 아무런 이유 없이 조선을 위해서 철도를 놓아 주었을까. 철도가 검은 연기를 뿜어내면서 앞으로 달려나가는 것을 보고는 두려워하면서 눈물까지 흘리는 사람들이 많았다. 이들은 이게 천지개벽할 일이라고 하면서 고마워서 손을 들어 환영하기까지 했다. 실은 천지개벽은 맞았으나 고마워할 일은 추호도 아니었는데 말이다. 까막눈이 조선 백성은 그렇게 세상 물정을 모르는 순진한 백의민족이었다. 조선의 상업과 백성들의 생활이 나아질 것이라는 선전에도 불구하고 실제로는 조선 백성들에게 큰 혜택이 주어지지 않았다. 애초에 이 철도는 조선을 위한 것이 아니라 만주침략을 위한 병참이나 군수물자를 수송하기 위한 일본을 위한 수단이었다.

오가는 사람들의 왁자지껄하는 소리, 어수선하게 짐 옮기는 소리가 잠잠해지면서 기차는 서서히 역을 출발하였다. 길게 이어 붙인 열차 뒤편에는 일본이 전쟁의 승리 후 러시아로부터 인수받은 남만주 랴오둥반도(遼東半島)에 새로 만든 관동주(關東州) 소속 관동도독부 주둔지를 향해 일본 군인들이 총검과 배낭을 든 채로 줄을 지어 올라타는 것이 보였다.

용산을 떠난 지 한참이 지난 후 열차는 개성에 도착했다. 목재로 지은 크지 않은 역사에서 중절모자와 양복을 차려 입고 가죽가방을 든 사내들을 태우고, 열차는 다시 북쪽을 향해 출발하였다. 열차의 창밖으로 보이는 산과 들은 여전히 한적한 은둔의 조선 그대로의 모습이었고 역에서 벌어지고 있는 공사판의 소란스러운 광경은 평면적인 한가함과 평온함에 잊혔다.

평양역에 도착하자 일단의 일본 군인들을 내려놓고 열차는 다시 계속 철로 위를 달렸다. 이제 날은 서서히 어두워지고 노을이 산과 들을 붉게 물들이고 있었다. 양떼구름에 걸린 붉은 노을 사이로 눈망울에 눈물이 고인듯한 노루 한 마리가 노을 위로 잠시 스쳐 가는 광경이 보이더니 이내 먼 대지 위로 밤이 내려앉기 시작했다.

출입문이 열리면서 객실 검표원이 표를 검사하기 시작했다. 옆에는 눈을 매섭게 뜬 한 사내, 박정철이 검표원과 함께 승객들을 하나하나 유심히 살펴보고 있었다. 마치 하늘을 나는 매가 사냥감을 찾는 듯한 표정이었다. 검표원이 드디어 준마에게 다가왔다. 표를 받아 들고 확인하는 동안 옆에 있는 박정철이 말을 걸었다.

"어디서 오는 길입니까?"

"만주에 있는 친척 집에 잠시 가는 중입니다."

"내가 언제 어디 가느냐고 물었습니까? 어디서 오느냐고 물었지."

"예, 서울 송파에 살고 있습니다."

"직업은 뭐요?"

"집에서 농사를 짓고 있습니다. 친척이 만주에서 곡물을 재배하고 있는 데 큰 성공을 했다고 하면서 만주로 와서 같이 농사를 짓자고 제안하기에 한번 보려고 가는 중입니다."

박정철은 어디서 본듯한 이 사내가 의심쩍었다. 어디서 한빈 본 얼굴인 듯한데 도무지 생각이 나질 않았다. 계속 의심의 눈초리로 같이 앉아 있는 여자와 아이를 훔쳐보면서 신분증을 대조하였다. 신분증은 서울에서 총독부가 발행한 것으로 서류상으로는 이상이 없었다. 앉아 있는 숙향은 계속 초조한 얼굴로 다리를 떨고 있었다. 치마를 두르지 않았더라면 아마도 떨고 있는 그 모습만으로도 의심을 샀을 것이다. 그렇게 검표 과정은 무사히 지나갔다. 이제 막 보이기 시작하는 앞의 압록강만 넘어서면 중국 땅으로 들어가게 된다. 조금만 더 가면 압록강 철교를 지나게 된다. 밤이 깊어지면서 대부분의 승객들은 이미 깊은 잠에 빨려 들었다.

안도의 한숨을 쉰 준마는 잠시 화장실을 다녀올 요량으로 객실 뒤편으로 향했다. 한참을 지난 후 객실로 들어오려는데 전에 검표원과 같이 왔던 사내가 아내 숙향에게 무슨 말을 걸고 있는 것이었다. 그리고는 이윽고 숙향은 얼굴이 검은빛이 되어 그 사내에게 팔을 잡혀 객실 뒤편으로 끌려 나가고 있었다.

창밖은 이미 사방에 어둠이 깔리고 있었고 따라가는 숙향은 무엇인가 연신 애절하게 애원하는 듯 보였다. 그의 모습을 보면서 준마는 불현듯 생각이 스쳤다.

벼랑 끝의 조선 351

'아, 저놈은! 분명 백가객주를 고발해서 변철상과 함께 부친과 나를 감옥에 가두었던 순사보조원들 가운데 하나다. 이놈이 여기까지 어떻게!'

검표를 마친 박정철은 아까 마주친 낯익은 얼굴을 두고 도무지 그들이 누구인지 생각이 나질 않아 계속 고민하고 있었다.

'그 부부는 분명히 어디선가 내가 만났던 사람들이다. 농사를 짓는다고 했지만 그들의 손은 농사를 짓는 거친 손이 아니었다.'

박정철은 계속 경시청에 전보를 넣으면서 요주의 인물에 대한 자료를 요청하였다. 남편 이름이 조영춘, 아내는 김진설. 전혀 모르는 이름들이었다. 하지만 지금 저 여자는 두려움에 떨고 있다. 남편이 없는 동안 아내를 겁을 주면 틀림없이 무엇인가 자백을 할 것이다. 그렇게 박정철은 다시 객차로 갔다.

"절 혹시 모르겠습니까?"

박정철은 느글거리는 얼굴로 점잖게 숙향에게 다가서면서 물었다.

"잘 모르겠습니다. 저를 아시는지요?"

"예. 저는 인천 경시청에서 나왔습니다!"

그 순간 숙향은 얼굴이 사색이 되었고 온몸이 굳어버렸다. 턱이 덜덜 떨리면서 말이 나오질 않았다. 분명히 이자들은 도망 중인 자들이다. 정확한 신원을 알아차린 것은 아니었으나, 당장 자신이 잡아야 할 인물임을 눈치챈 박정철은 바로 윽박지르기 시작했다.

"지금 이 열차에는 헌병대 군인들과 경시청 순사들이 타고 있소. 지금 순순히 나를 따라 열차 뒤로 가서 잠시 묻는 말에 대답하겠소? 아니면 여기서 이러다가 헌병들에게 끌려 나갈 것이요?"

잠시 뒤 숙향과 박정철이 객실 뒤편으로 가는 것이 준마의 눈에 보였다. 이미 밤이 깊어 대부분의 승객들은 잠이 들어 숙향과 한 사내가 객실 뒤의 문을 열고서 나가는 데는 신경 쓰는 사람조차 없었다. 준마는 얼른 좌석으로 달렸다. 그리고는 좌석 밑에 숨겨 놓아둔 권총을 꺼내 주머니에 놓고 숙향이 나간 문으로 쫓아 달려갔다.

준마가 다급히 문을 여는 순간이었다. 열차 탑승구 문이 열린 채 숙향이 박정철을 바깥으로 밀고 있었는데, 순간 박정철이 숙향을 당기면서 둘이 열차 밖으로 튕겨 나가는 광경이 보였다. 준마의 시야에서 순식간에 두 사람이 사라졌다. 그의 눈은 허공만을 담고 있었다.

준마는 난간 손잡이를 잡고 숙향이 떨어진 곳을 바라보며 그 자리에 주저앉았다.

"아! 숙향! 여보!"

그의 흐느끼는 소리는 이내 철거덕거리는 기차 바퀴의 요란한 소리에 묻혔다. 머리를 쥐어뜯으면서 흐르는 눈물을 주체할 수가 없었다. 시간이 어떻게 가는지도 몰랐다. 기차는 이윽고 압록강을 지나 중국 단동으로 향할 뿐이었다.

정신을 문득 차리고 보니 광복이 잠에서 깨어 혼자 울고 있었다. 준마는 우는 아이를 데리고 단동역에서 내렸다. 아이는 엄마를 찾으며 계속 울었다.

"엄마가 지금 바쁜 일이 있어서 먼저 간다고 했어."

광복의 울음은 멈추지 않았다.

"자, 울지 말고 어서 엄마 찾으러 가야지. 이렇게 울고 있으면 언제 엄마를 만나러 가겠니? 자, 어서 가자…"

안동현 단동역에는 이륭양행의 선박이 상해로 간다고 했다. 다행히도 다음날 상해로 가는 배가 있다고 했다. 상해로 가는 배를 타는 그 순간까지 준마는 마음속으로 절망만 할 뿐이었다. 천진난만하게 가슴에 안겨 있는 아이는 바다 멀리 하늘을 쳐다보며 계속 눈물을 흘리는 준마의 얼굴을 옷소매로 닦아주었다.

저 먼바다 위로 떠다니는 구름 사이로 갈매기 떼가 가지런히 날아올랐다. 파도를 갈라 하얀 포말을 일으키며 달려나가는 배 위에서 준마는 앞날에 대한 생각을 정리해보려고 했으나 도무지 생각이 잡히지 않았다. 앞으로 어떻게 살아야 하는가? 몸과 마음 한구석이 떨어져 나간 것 같았다. 숙향! 내 어찌 살기를 바라겠소, 당신이 날 위해 죽은 그 마지막 모습을 내 가슴속에 품고 어찌 살라는 말이요? 차라리 같이 죽는 것이 더 나을 것이었다. 이제부터 사는 인생은 사는 것이 아닐 듯했다. 준마는 아이를 힘껏 가슴에 품었다. 충격적인 일 때문이었는지 준마의 시야가 이내 깜깜해졌다.

33

고립무원의 대한제국 황제

　준마가 눈을 뜬 것은 그로부터 며칠 후였다. 병원에서는 준마가 독에 중독되어 죽기 직전이었다고 했다.
　"광복이는 어디 있는 거지? 간호사님, 제 아이가 같이 있었는데 어디 있는지요?"
　도무지 무슨 일이 있었는지 알 수가 없었다. 저녁나절이 되어서야 준마를 찾는 손님이 왔다는 소식이 들렸다. 누군가 병실로 들어오는데 어디서 본 듯한 얼굴이다.
　"저 아시겠습니까? 백가객주와 홍삼 거래를 하던 개성홍삼상회 김형식입니다"
　"여기를 어떻게 아시고 찾아오셨는지요?"
　"준마 행수 오랜만이요. 일어나지 말고 그대로 편하게 누워 계시오. 일단 몸조리부터 하는 게 우선이요."
　"아니, 제가 어떻게 된 건지 모르겠습니다! 제 아이는 어디 있는지요?"
　"아이는 염려 마시오. 곧 데리고 올 테니."
　"준마 행수는 일본 앞잡이인 황기춘이라는 자에게 독살당할 뻔했습니다. 벌써 여러 명의 조선사람이 그자의 독침에 맞거나 독이 든 음료를 마시고 암살당했습니다. 상해로 오는 배에 우리 상단의 차인 행수 한 사람이 타고 있었습니다. 준마 행수를 누군가 뒤쫓는 것 같아 겉으로 나서지 않고 조용히 뒤를 밟았답니다. 그자가 배에서 내리면서 안내한다고 데리고 간 많은 조선인들이 암살을 당했습니다."

그는 말을 이었다.

"마침 뒤따르던 차인 행수가 준마 행수와 그 미행자가 여관까지 가는 것은 확인했는데, 얼마 후 그자는 나왔음에도 준마 행수가 한참을 지나도 나오질 않아 직접 여관으로 들어가 봤답니다. 문을 열어 보니 준마 행수가 사경을 헤매고 있는 것을 발견하고는 즉시 병원에 연락해서 응급조치를 한 것입니다. 준마 행수가 여기까지 오게 된 그간의 사정은 내 소상히 들어서 알고 있소이다. 김구 선생이 편지를 보내 준마 행수를 잘 보살펴 달라고 신신당부하는 편지를 보냈습니다. 그동안 이곳 상해에서 홍삼을 취급하는 조선의 상인들이 상해로 오는 조선의 애국지사들을 조금씩 돕고 있었습니다. 지금 김구 선생은 조선에서 교육사업을 하느라 상해로 오시지는 못하고 대신 저에게 준마 행수를 보살펴 달라고 부탁을 해왔습니다."

며칠 후 준마는 겨우 몸을 추스르고 일어나게 되었다. 아침상을 물리고 자리에서 일어나 앉았다. 오늘은 아들 광복이가 어디 있는지 물어서 데려오겠다고 할 작정이었는데, 마침 아이의 목소리가 들려왔다. 광복이를 데려온 사람은 한 여성이었다. 붉은 치파오를 아름답게 차려 입은 여성이 아들 광복을 데리고 서 있는 것이 보였다. 한참을 쳐다보던 준마는 깜짝 놀랐다.

"진홍이?"

'아, 이런 우연이 다 있을까. 진홍을 여기서 만나다니?'

"준마 오라버니! 오빠 소식은 조금씩 듣고 있었어."

반가이 그러나 쓸쓸히 웃는 진홍이 입을 열었다.

"조선에 대한 일본의 간섭이 점차 심해지면서 아빠가 사업의 일부를 중국으로 이전하기 시작했어. 그래서 나보고 상해 본점으로 가 있으라고 해서 여기로 나와 있었지. 그동안 준마 오빠 애기는 듣고 있었어. 숙향 언니에 관한 얘기도 들었고. 정말 불쌍해, 숙향 언니가."

그녀는 눈물을 글썽이면서 아이를 쳐다보았다. 준마도 그동안 겪었던 끔찍한 일들을 떠올리면서 눈물을 떨구었다.

상해는 중국에서 가장 먼저 개방된 국제도시였다. 항구를 통해서 들어오고 나가는 물건들의 양이 조선의 인천과는 비교가 되지 않을 정도로 많았다. 게다가 정기적으로 다니는 대형화물선뿐만 아니라 전 세계를 다니는 대형여객선이 무수히 많은 사람과 물건들을 싣고 드나들고 있었다.

준마가 몸을 회복하고 병원을 나온 것은 광복과 진홍을 다시 만난 날로부터 한 달 뒤였다. 개성홍삼상회의 김형식 객주가 상해에서 임시로 머무를 거처를 마련해주었다. 도심에서 좀 떨어진 외각으로 사람들이 많이 붐비지 않는 곳으로, 다행히 진홍의 동순태 상단과도 그다지 멀지 않은 곳이었다.

임시 거처로 들어온 주머니에서 편지 하나를 꺼내 들었다. 병원을 떠나기 전 김형식 행수는 준마에게 서신 한 통을 전달해 주었었다. 겉봉을 뜯어보니 발신이 이용익 대감이었기에 그 자리에서 바로 읽지 못하고, 얼른 접어 주머니에 넣어두었다. 준마는 이용익 대감이 보내준 편지를 펼쳤다. 고종황제가 직접 준마 행수에게 보내는 서신이었다.

[너를 본 지가 해를 넘어 오래되었구나.

지금 짐의 주위에는 말을 하는 자들의 말이 있을 뿐이다.

짐이 그동안 수많은 조선의 청년들을 외국으로 보내었다. 서양을 배워서 조선이 나가야 할 바를 전해주기를 기다리고 있으나 한 사람도 들어온 자가 없구나.

을사년의 치욕을 너는 들어 알 것이다. 말하는 자들이 일본의 말로써 조선을 능욕하는구나. 지난 인조대왕이 병자년에 남한산성에서 치욕을 견디고 있을 때 말하던 자들은 비통의 눈물을 흘리며 말했다. 더 견디어야 한다고 했다. 다른 말하는 자는 죽기를 각오하고 끝까지 싸워야 한다고 말했다. 지금의 말하는 자들은 견디라고 하지 않고 싸우라고도 하지 않는구나. 저들 말하는 자들은 그냥 내려놓으라고 하는구나.

500년 사직을 내려놓고 백성들을 버리라고 하는구나….

 짐의 주위에는 지금 더불어 논의할 자가 없다. 네가 의로운 일로 일본의 핍박을 받아 지금 상해로 가게 되었다니 통탄할 일이다. 너를 구하지 못하는 짐의 부덕이 개탄스러울 뿐이구나. 네 비록 미천한 상인이라 하나 그래도 지조가 한결같으니 너를 믿고 말하노라. 을사늑약은 짐의 뜻이 결코 아니다.

 일본의 뒤에 숨어 말하는 자들이 짐을 겁박하여 강제로 국새(國璽)를 탈취하여 찍었으니 이는 무례하고도 무도한 도둑의 짓이라 할 것이다. 조선이 이렇게 도둑의 무리들에게 어려움을 당하게 되었으니 세계만방에 조선의 억울함을 알려야 할 것이다. 허나 낮의 말과 밤의 말들이 모두 말하는 자들의 귀에 들어가 훼방할 것이 심히 염려되는구나.

 지난 1899년 1차 세계만국회의에는 조선이 당당한 세계국의 일원으로 가입이 되었으나, 이제 1907년에 열리는 2차 세계만국회의에는 조선을 초청하지 아니하였다. 이는 필시 일본의 계략과 모함임을 알 것이다. 따라서 2차 만국회의에는 기필코 조선의 대표단을 파견하여 조선의 억울함을 세계만방에 알리고자 함이 짐의 뜻이다. 조만간 이준, 이상설, 이위종을 헤이그에 밀사로 파견할 것이다.

 지금 짐과 조선이 처한 어려운 상황에서 너에게 실로 무거운 책임을 맡기고자 하니 짐의 뜻을 헤아리기를 바라노라. 네가 진정 의인의 길을 가고자 한다면 헤이그에 가는 조선의 대표단을 도와 조선의 억울함

을 씻는데 나서야 할 것이다. 조만간 내장원경 이용익이 너를 찾을 것이다….]

황제는 지금 고립되어 있었다.

제2부

조선을 넘어 세계로

34

백가객주의 복만을 찾아온 사내

　상해 숙소에서 준마를 여러모로 도와주는 함흥사람 명진댁은 만주에서 살다가 중국으로 넘어온 조선사람으로, 부모를 따라온 가족이 만주로 가서 농사를 지었다고 했다. 지금의 남편인 홍달성과 결혼한 그녀는 만주에서 이곳 상해로 넘어와 고려상점 김형석 대행수의 일을 도와주면서 살아가고 있었다. 준마의 망명과 탈출 과정에서 사망한 준마의 처 숙향의 얘기를 듣고는, 남편과 함께 지극정성으로 준마와 아들 광복이를 돌봐 주었다.

　준마는 잠을 못 이룰 때가 많았다. 아이를 큰방 구석에 눕히고는 한쪽 벽에 우두커니 기대어 멍하니 아이를 쳐다보며 앉아 있는 날이 많았다. 숙향 생각에 가슴이 울컥하는 날이면 자리에서 떨쳐 일어나 문을 박차고 나가 대청마루에 앉아서는 높이 떠 있는 달을 우두커니 바라보면서 날을 지새웠다.

　여러 달이 지났다. 준마도 조금씩 객지 생활에 익숙해지기 시작해지면서 집안에 틀어박혀 있는 일 또한 답답하기 그지없었다. 이제 어느 정도 몸도 회복이 되었고 더이상 과거의 일에 매달려 피폐한 상태로 지낼 수는 없었다. 진홍이 준마의 집에 거의 매일 들러 광복이를 돌보고, 진홍이 올 때마다 들려주는 조선과 일본에 관한 얘기와 장사 얘기, 그리고 중국에 있는 외국 공관들로부터 들은 국제정세 얘기를 들을 때면 준마는 하루바삐 몸을 털고 일어나 새로운 삶에 대한 계획을 준비해야 한다는 강한 의욕이 일어나곤 했다.

일단 그는 인천 백가객주의 상황부터 알아봐야 했다. 급하게 피하느라 일단 복만에게 백가객주의 경영을 맡기고 떠나왔었다. 어릴 적부터 같이 지내어 복만의 인간성을 잘 알기에 그에게 뒷일을 맡길 수 있었다. 그동안 복만은 송파에서 백가객주를 대신해 장사를 잘 해왔고 그가 백가객주의 거래에 대해 속속들이 파악하고 있었다.

땅거미가 깔리기 전 어둠이 서서히 먼 바다로부터 밀려오는 것을 보면서 복만은 점포의 문을 닫으려 막 나오려던 참이었다. 갑자기 가벼운 행상 차림의 한 사내가 복만에게 다가오면서 인사를 건넸다. 사내는 해가 지기 전 오래전부터 먼발치에서 백가객주를 주시하고 주위를 살피다 이상이 없음을 확인한 후 복만을 향해 다가왔다.

"저는 상해에서 온 홍달성이라고 합니다. 복만 행수를 뵙고자 보름 전부터 근처에 머물다 지금에서야 뵙기를 청하게 되었습니다. 상해에 계신 준마 대행수의 심부름으로 지금에서야 복만 행수를 찾아 뵙게 되었습니다."

복만은 준마라는 말이 상대의 입에서 나오자 놀라움과 반가움에

조선을 넘어 세계로 365

온몸을 떨었다. 잠시 충격을 받은 듯 한동안 서 있다가 이윽고 정신을 가다듬고는 사내의 용모를 아래위로 살펴보았다. 사내로부터 받은 서찰의 필체는 준마의 필체가 분명했고 사내에게 준마에 대한 몇 가지 상세한 질문을 하고 확인한 후에야 이자의 말이 거짓이 아니라고 확신했다. 주위를 잠깐 살펴본 후 달성의 손을 잡고 그를 안으로 끌어들였다.

"어서 들어오시오, 동무!"

거처 깊숙한 곳으로 사내를 데리고 들어간 복만은 채령에게 저녁과 술상을 봐 달라고 주문했다.

복만이 그의 처 채령을 송파에서 이곳 백가객주로 데리고 와 산지도 벌써 몇 해가 흘렀다. 이제 겨우 젖을 뗀 딸과 함께 고향인 이곳 인천으로 와서 모든 일을 새로 시작하게 되었다. 이곳으로 오기 전 채령은 과거 문정골에서 당한 궂은일로 한동안 괴로워하다 마침내 서서히 안정을 찾아가고 있었다. 송파에서 새롭게 시작한 푸성귀전이 제법 잘되어 집도 장만하고 돈도 모아가면서 자리를 잡을 만할 즈음이었다. 갑자기 복만이 인천으로 장사를 옮겨야 한다고 해서 따라와 보니 그곳이 바로 백가객주였다. 준마가 해외로 망명한 사실과 준마를 대신해 복만이 백가객주를 맡게 되었다는 사실을 알게 되자, 그녀는 복만을 믿어주고 일을 맡긴 준마에게 고마운 생각이 들면서도 또 한편으로는 준마가 없는 백가객주가 어떻게 될지 걱정이 앞섰다. 다행히도 백가객주 가까운 곳에 복만의 누이 매실이 복만의 부모를 모시고 살고 있기에 그동안 정 붙일 데가 없이 외롭게 지내던 채령의 입장에서는 가까이에 말 붙일 곳이 생겨 그나마 위안이 되었다.

복만은 준마가 망명하면서 서울에서 기차를 타고 중국으로 간 것까지는 알고 있었으나 그 후에 어떤 일이 벌어졌는지 도무지 알 수가 없었다. 어쩌다 경시청에 있는 변철상에게 슬쩍 떠보듯이 준마의 행방을 물어봐도 준마가 종적을 감추어 죽었는지 살았는지 준마의 행적을 알 수가 없다는 말만 되풀이했다.

밤이 깊어지면서 복만과 사내가 술상을 마주하고 앉자 이윽고 복만이 준마에 대해 꼬치꼬치 캐물었다. 사내는 그동안 준마가 겪었던 일들에 대해 자초지종을 설명하였다. 준마의 처 숙향이 박정철에게 죽은 일이며 조선인 밀정에게 살해당할 뻔했던 일들을 자세히 설명하였다.

준마가 살아 있었다니! 어릴 때부터 둘도 없는 친구였고 노비로 태어난 비천한 신분이었던 그를 조금도 허물없이 대해 주던 준마였다. 풍비박산이 날 지경이었던 집안을 구해주었고 부모님까지 모셔서 호구지책을 마련해주었던 준마였다. 동시에 복만은 준마의 처 숙향이 죽은 비보를 전해 듣고 가슴을 치며 애통해 했다. 그렇게 고생을 하며 백가객주를 위해 준마를 돕고, 복만은 물론 친구들에게도 지극정성으로 도움을 주었던 숙향 낭자였다. 마음 같아서는 당장에라도 준마에게 달려가고 싶었으나 준마의 서찰을 자세히 읽은 후 찬찬히 마음을 다잡기로 하였다. 그러곤 달성이 한동안 집안에 머무르면서 지낼 수 있도록 안채 깊숙한 곳에 거처를 마련해 주었다.

며칠 후, 복만은 각 행수를 불러 홍삼과 약재들을 사들이도록 일러 놓았다. 그리고는 길재와 석태에게는 백가객주로 모이도록 따로 기별을 넣었다. 달포가 지나자 제법 많은 홍삼과 약재가 싸리재 너머에 따로 마련해 둔 허름한 비밀창고에 가득히 쌓이기 시작했다.

사실 준마가 경시청의 체포를 피해 망명을 떠나면서, 한동안 백가객주에 대한 감시는 여간 심한 것이 아니었다. 감시가 심해진 만큼 객주에 집중하는 것이 중요했다. 복만은 백가객주의 점원들과 행수들, 그리고 거래하던 보부상들과 기존에 다져 놓은 고객들을 붙들어 매는 일에 온갖 정성을 쏟았다. 이전의 백가객주가 사람들의 신뢰를 얻어 번창할 수 있었던 것은 모두 준마의 입지로부터 비롯되었다고 해도 전혀 과언이 아니었다. 따라서 복만이 백가객주를 임시로 맡게 되었을 당시에는, 시장 사람들 대부분이 백가객주가 곧 문을 닫을 것으로 여겨 거래를 끊겠다고 했었다. 하지만 복만은 그동안 송파에서 익힌 장사 솜씨로 고객들을 구슬리고, 조만간 분명히 준마 대행수가 나타날 것이라고 다독이면서 점차로 장사를 안정시켜왔다.

여러 해가 지나고 경시청의 감시도 뜸해지면서 복만에 의해 운영되는 백가객주의 장사도 이제 겨우 자리를 잡아가고 있었다. 마침 백가객주를 방문한 길재와 석태를 창고로 데리고 가서 쌓아 놓은 홍삼과 약재를 보여 주었다. 길재가 깜짝 놀라 목소리를 높였다.

"아니, 지금 이 많은 홍삼을 조선 땅 어디에다 팔 생각으로 이렇게 사 모았는가?"

석태도 도무지 이해할 수 없나는 표정으로 복만을 쳐다보았다. 자신 또한 창고를 둘러본 후 복만은 석태와 길재를 누이 매실이 사는 곳으로 데리고 갔다. 마침 매실이 집에 있어서 반갑게 일행들을 맞아 주었다. 석태가 매실을 보자 반가운 얼굴로 "누이 잘 지내셨지요!" 하고 넌지시 말을 건넸다. 매실은 오랜만에 보는 복만의 친구들이 반가웠던지, 가볍게 얼굴에 미소를 띠고 어서 들어오라고 손짓하며 일행을 사랑방으로 안내했다. 잠시 후 매실이 고기 삶은 솥과 술동이를 들고 방으로 들어왔다.

"오랜만에 친구들이 모였는데 차린 것은 없지만 많이 드세요."

술상을 건네는 매실의 표정 한구석이 조금 어두워 보였다. 항상 어울려 다니던 친구 중에 준마가 없으니 무엇인가 허전한 듯한 표정이었다. 석태가 얼른 일어나 술상을 받아 방 한가운데 놓았다. 술 한 동이가 바닥을 드러낼 즈음, 복만이 낮은 목소리로 조용히 준마의 얘기를 꺼냈다. 준마가 살아 있으며 상해에서 전갈을 보내왔다는 사실을 털어놓았다. 석태와 길재는 술이 확 깬 듯이 눈을 동그랗게 뜨면서 술상 앞으로 바싹 다가와 앉았다. 복만은 숙향이 그렇게 처참하게 죽은 일이며, 지금은 준마가 아들 광복이와 상해에 머무르고 있다는 사실을 알려주었다.

숙향이 탈출 과정에서 죽었다는 얘기를 듣고는 다들 넋이 나간 듯 멍하게 복만을 쳐다보았다. 한동안 말이 없이 앉아 그렇게 술만 들이켰다. 그들의 눈에는 눈물이 방울방울 맺히고 있었다.

"당분간 준마 대행수가 살아 있다는 얘기는 우리만 알고 있도록 하세. 오늘 봤던 홍삼은 준마가 전갈로 지시한 업무의 일환이었다네. 앞으로 우리가 함께해야 할 일들이 많으니 마음을 다잡아야 할 것이야. 내일 아침에 다시 창고에 모이도록 하세."

새벽녘이 되어서야 술상이 파하고 각자의 집으로 돌아갔다. 길재는 지난해에 장가를 가서 살림을 차린 지 1년이 되어가고 있었다. 아내가 밤새 길재를 기다린 듯 바로 나와 문을 열어주었다.

"왜 자지 않고 기다리셨소, 오랜만에 친구들과 만나 이런저런 얘기를 하다 보니 늦었구려!"

"안으로 드시지요, 무탈하게 집으로 오셨으니 되었습니다. 자리를 펴 놓았으니 쉬시지요!"

길재의 처는 문학동에서 수 대에 걸쳐 향반으로 살고 있는 선비 심학균의 둘째 여식으로 이름은 영화라고 하였다. 길재의 부친은 길재의 단발 사건 이후 하루바삐 장가를 보내야겠다고 서둘렀으나, 길재가 혼인 생각이 없다고 아예 한술 더 뜨니 길재 때문에 화병이 날 지경이었다. 그러던 어느 날 길재가 웬 서양 옷을 차려 입은 여성을 데리고 나타났다. 길재와 교회 선생으로 함께 일하는 여성이라고 했다. 길재의 부친은 이 여성이 문학동의 심학균의 여식이라는 것을 알고는 서둘러 길재의 혼례를 앞장서 준비했다. 그렇게 아들을 장가보내고 나서야 겨우 한숨을 돌리고 안심을 하게 되었다.

35

하나둘씩 사라지는 조선의 요인들

　상해는 와이탄이라는 지역에 인천과 마찬가지로 각국의 조계지가 설치되어 있었는데 도시 규모가 인천과는 비교가 되지 않을 정도로 컸다. 그동안 상해의 김형식 행수는 조선의 인삼이 이곳 상해에서 꽤나 인기가 좋아 판매는 걱정이 없었으나, 조선에서 들어오는 인삼의 양이 모자라 늘 물량을 확보하는 일이 큰 현안이었다.

　하지만 이제 준마 행수가 조선 전국의 인삼 산지에서 인삼을 구해 보내주니 인삼장사는 순풍에 돛을 단 것처럼 크게 성장하였다. 이제는 중국 전역에서 인삼을 구하러 상해의 고려상점 김형식 행수를 찾아올 정도였다.

　한편 상해의 준마는 인천에서 친구들이 보내준 인삼을 집 근처에 마련해 둔 목재창고에서 종류와 등급별로 분류하는 작업을 하고 있었다. 마침 진홍이 준마의 집에 광복을 돌보기 위해 들렀다.

　"광복이는 낮에 실컷 뛰어놀다가 지금은 피곤해서 잠이 들었으니 한참을 지나야 일어날 거야."

　흙이 묻은 광복이의 옷가지들을 빨아 빨랫줄에 널어놓고 나오던 진홍이 알려주었다. 그리고 준마가 인삼 분류작업을 하는 것을 보고는 창고로 와서 작업을 거들고자 했다. 준마가 극구 말렸으나 진홍은 막무가내로 팔을 걷어붙이고 준마의 곁에서 일을 돕기 시작했다.

큰 포대에 쌓인 인삼꾸러미를 풀고 크기별로 나누어 작은 포장 상자에 담는 일이었다.

조선에서는 인삼을 9월 중순부터 10월 중순 사이에 수확하였다. 6년 된 수삼을 모양과 크기별로 따로 모아 껍질을 벗기지 않은 상태에서 장기간 장작불로 쪄서 말린 것이 홍삼이다. 이번에 조선에서 들어온 수삼들은 빨리 정리해서 시장에 넘겨야 했기에 준마는 창고에서 며칠 동안 일에 매달리고 있었다. 홍삼과 약재만 가지고도 거래의 규모가 전혀 작지 않았다. 명신상회라는 상호로 인천의 백가객주에서 인삼과 약재를 상해로 보내면, 준마가 물건들을 다시 잘 선별하여 고려상점의 김형식 행수에게 넘겼다. 물건은 석태와 길재가 교대로 배로 실어와 상해에 전달해 주었다. 이제 진홍이 본격적으로 준마의 일을 도와주니 상해의 명신상회는 인천의 백가객주 보다 규모가 더 큰 상점이 되었다.

진홍이 옆에 다가와 앉자 옅은 화장 냄새와 함께 향긋한 진홍의 체취가 풍겨 나왔다. 진홍은 조선에서 이곳 상해로 나온 지 얼마 지나지 않아 부친의 소개로 상해에서 이름깨나 있는 객주 집안의 장남에게 시집을 갔었다. 그러나 병약한 남편이 두 해를 못 넘기고 죽는 바람에 졸지에 과부가 되었다.

두 사람이 부지런히 움직이니 어느새 쌓인 인삼은 어느 정도 정리가 되어가고 있었다. 진홍이 피곤한 듯 잠시 일어나 허리를 펴고 앞에 보이는 상자를 집어 들다가 그만 발이 삐끗하는 바람에 상체가 옆으로 넘어졌다. 준마가 옆에서 진홍이 넘어지는 것을 보곤 얼른 진홍을 부축했다. 두 팔로 앉은 진홍의 몸에서 짙은 여인의 냄새가 준마의 마음으로 들어왔다. 그녀는 더이상 어릴 적의 진홍이 아니었다. 성숙한 여인으로 성장한 진홍의 육감적인 몸매와 살 냄새는 준마의 추억 속에 있던 진홍의 모습이 아니었다. 서로 마주만 보던 두 사람은 눈빛만 보아도 추억 속이 아닌 바로 그 순간, 서로서로 그리워하고 있음을 알았다. 드디어 입술이 조금씩 가까워졌다. 뜨거운 불꽃 속으로 두 사람은 서로를 격렬하게 몰고 갔다.

광복이를 사이에 두고 오랫동안 참아 왔던 마음속의 쌓인 감정이 한꺼번에 물밀듯 터져 나왔다. 이미 두 사람은 알고 있었다. 언젠가 이날이 올 것이라고. 단지 서로의 속내를 드러내지 않았을 뿐이었다. 숙향도 이미 죽었고 진홍도 혼자 된 몸으로 서로를 의지하지 않고는 살아갈 수 없는 지경에 이르렀다는 것을 서로 느끼고 있었다.

둘의 감정은 시간과 함께 한데 흘러, 준마와 진홍이 혼인하는 날이 되었다. 두 사람 모두 재혼에 혼인식을 마다하였으나 장인인 담걸생 대행수가 극구 주장하여 결국에는 간단히 격식을 줄여서 혼인식을 치르게 되었다.

본래 전통 중국 혼례는 육례(六禮)라고 하는 6번의 절차를 밟게 되어있다.

첫 번째가 납채(納采)라고 하는데 남자 집안에서 중매를 통하여 청혼하면 여자 집안에서 혼인 의사를 받아들이는 절차이다.

두 번째는 문명(問名)이라고 하는데 신랑 집안에서 신부의 이름과 사주를 받아오는 절차이다.

세 번째가 납길(納吉)이라고 하는데 신랑 집에서 조상과 신령의 위폐 앞에서 궁합과 혼인의 길흉을 점쳐 보는 절차이다.

네 번째가 납징(納徵)이라 하는데 점을 쳐서 부부의 운이 좋으면 신랑집에서 혼인이 성사되었음을 알리는 예물을 신붓집에 보내는 절차이다.

다섯 번째는 청기(請期)라고 하는데 신랑 쪽에서 정한 혼인날 중에서 택일을 해 줄 것을 청하는 글을 신붓집에 보내는 절차이다.

여섯 번째가 친영(親迎)이라고 하는데 신붓집에서 혼례식을 올린 후 신랑이 신부를 데려오게 된다.

준마는 다른 절차는 생략하고 마지막 절차인 친영만 하자고 주장하여, 결국 진홍의 집에서 일가 친족들을 모아 놓고 조촐하게 혼례식을 올렸다. 일가 친족이라고 하지만 담걸생의 친족들 중심으로 100명이 넘는 하객들이 참석하였고 준마는 친구인 석태와 길재만이 참석하였다. 와이탄에서 멀지 않은 곳에 살림을 차린 두 사람은 마침내 부부가 되었다.

어릴 때부터 준마를 오빠로 따르던 진홍은 마음속 깊이 준마를 연모하였고 결국 진홍은 마음속의 연인을 남편으로 맞게 되었다. 응봉산에서의 첫사랑을 기억 속으로 묻어두었던 진홍은 준마에게 안기며 그때의 추억을 떠올렸다.

상해의 밤도 인천의 밤과 다르지 않았다. 어릴 적에 인천 응봉산 자락을 오르내리며 뛰어놀던 얘기부터 하나씩 기억하면서 첫날밤을 지새우던 두 사람은 새벽녘이 되어서야 잠자리에 들었다.

꿈속에서 노루가 선명하게 나타났다. 숙향을 잃은 밤에 보였던 형상처럼, 이번에도 노루의 눈동자는 촉촉이 젖어 보였다. 그러나 이번의 노루는 웃는 듯한 모습으로 노을바다 하늘 너머로 사라졌다.

세상사는 아름답게만 흘러가지 않는 법이다. 행복은 어느 날 과분할 정도로 치솟으며 들어왔다가 일시에 깨져버리기도 한다. 상해객주에서 모처럼 꿈같은 나날을 보내던 준마에게 뜻밖의 비보가 들어왔다. 그동안 준마를 돕고 지원해왔던 내장원경 이용익 대감이 일본의 자객들에게 암살되었다는 소식이었다.

이용익 대감과 함께 고종황제를 측근에서 모시던 진필용 대감이 보낸 서신이 준마 앞으로 왔다. 진필용 대감은 이용익 대감을 만날 때 가끔 보았던 인물이었다. 젊은 관리로서 이용익 대감과 함께 일본의 부당함에 격분하던 의협심이 넘치던 젊은 관리였다.

[준마 대행수에게!

지금 이용익 대감이 러시아에서 암살을 당하셨습니다. 비통한 마음으로 준마 대행수에게 이 소식을 알립니다. 고종황제께서도 특별히 준마 대행수에게 직접 알리라고 하명하셨습니다, 부디 몸조심하실 것을 당부하셨습니다.

발신 궁내부 대신 진필용]

 일본과의 을사늑약을 적극적으로 반대하고 늑약의 부당함을 세계에 알리겠다고 러시아로 들어갔던 이용익 대감이 일본의 자객들에게 암살을 당한 것이었다. 보부상 출신으로 전국의 장터를 돌아다니며 돈을 벌었고 광산업에 투신하여 운 좋게도 금광을 발견해 거부가 된 이용익이었다. 번 돈을 나라에 바쳐 고종황제의 측근으로 들어가 내장원경이라는 대한제국의 대신으로 고종황제의 최측근까지 되었다. 준마가 계림장업단과 싸우면서 어려움이 처할 때마다 준마를 도와주었던 은인이기도 했다. 준마는 같은 보부상 출신으로 이용익 대감에게서 강한 동료의식과 함께 대한제국의 독립을 위해 애쓰는 그의 애국심에 깊은 존경심을 갖고 있었다. 준마를 고종황제에게 추천하였던 인물이 바로 이용익 대감이 아니었던가.

　준마가 상해로 망명을 한 이후 이용익 대감이 한 통의 서신을 보내왔었다. 을사늑약은 고종황제의 뜻이 아니고 말하는 자들과 일본이 강제적으로 꾸민 일이라는 것이었다. 그리고 그는 을사늑약의 부당함을 세계에 알리겠다고 유럽으로 출발한다는 내용을 담고 있었다. 먼저 유럽의 파리로 갈 예정이며 훗날 다시 연락을 주겠다고 했었다. 고종황제가 준마 대행수에 대한 기대가 크다며 궁내부 대신 진필용 대감이 자기를 대신해 준마 대행수에게 연락을 할 것이라는 내용도 있었다. 하지만 진필용 대감이 가져온 첫 연락이란 이용익 대감, 그의 죽음을 알리는 것이었다.

　조선의 사람들이 하나둘씩 사라지고 있었다.

36

호가 호위 변철상의 위세

　인적이 드문 이른 아침 안국동 거리에 있는 이준의 집 대문 앞에서 조용히 사람을 부르는 소리가 마당 안으로 들어왔다. 마침 방문을 나서던 하인이 문틈으로 흘러 들어오는 소리를 듣고는 대문을 조금 열고 얼굴을 빼꼼 내밀었다.
　"뉘신데 이른 아침에 이렇게 방문을 하시는 것이요?"
　"궁내부 대신 진필용 대감이 보낸 사람이네, 이준 선생께 아뢰도록 하게."
　잠시 후에 하인은 사내를 이준의 방으로 안내하였다. 단정하게 의복을 차려 입이고 정좌한 이준 앞에 앉은 사내는 소매에서 서찰을 하나 꺼내어 이준에게 내밀었다.
　"궁내부 대신 진필용 대감이 보낸 서찰입니다. 진필용 대감은 지금 선생이 서찰을 읽는 것을 확인한 후 답을 받아오라 하셨습니다."

　짐은 을사년의 늑약을 당한 후 잠을 청해도 잠을 이룰 수 없는 날이 여러 날이다. 짐은 결코 사직을 일본에 넘기는 망극한 일을 수락한 적이 없으며 이 모든 일은 말을 하는 자들이 일본과 합작하여 꾸민 일이다.

짐은 네덜란드 헤이그에서 열리는 제2차 만국평화회의에 이상설을 정사로 하는 대표단을 파견할 것이다. 이준은 대표단에 참가해 을사늑약의 부당함을 세계에 알리고 을사늑약이 무효임을 주장하도록 하라.

서찰은 고종이 보낸 것이었다.
서찰을 읽는 이준의 얼굴이 점차 굳어지며 눈이 매섭게 빛나는 것을 사내는 조용히 보고 있었다. 한층 비장하고 차분해진 목소리로 이준이 답을 전했다.
"알겠소, 내 그리하리다. 무슨 일이 있어도 반드시 일을 해내고야 말겠다고 전해 주시오."
이준은 서찰을 들고 일어서서는 황제가 있는 덕수궁을 향하여 큰절을 두 번 올렸다.

이 시각, 고종황제의 내전에는 미국인 헐버트가 입궁하여 고종과 마주하고 있었다. 진필용이 헐버트의 옆에서 고종께 아뢰었다.
"지금 일본군대가 헐버트 선생의 일거수일투족을 감시하고 있사옵니다. 여기 오기 전에 부득이 헐버트 선생을 보부상으로 변복을 하여 신분을 숨기고 입궁하였나이다. 지금 만국평화회의 개최에 대한 정보를 헐버트 선생이 알려 준 것으로 생각한 일본이 우리의 만국평화회의 참가 움직임을 눈치채고 감시를 계속하고 있사옵니다."

진필용이 말을 계속 이어갔다.

"이상설을 대표로 하고 이준을 부대표로 하여 이위종을 통역과 대변인의 직분을 맡도록 하였사옵니다. 일단 이상설과 이준은 러시아의 블라디보스토크로 가서 시베리아 횡단열차를 타고 모스크바로 이동한 후 거기서 이위종과 합류하기로 되어 있사옵니다. 헐버트 선생은 일행과 따로 출발하여 네덜란드 헤이그에서 합류하기로 하였나이다."

일은 극비리에 진행되고 있었고 전덕기, 이회영이 상동교회와 YMCA 청년회관을 오가며 치밀하게 계획을 진행하고 있었다.

"만국평화회의가 1907년 6월 15일부터 10월 18일 까지 4개월에 걸쳐 개최된다고 하오니 늦어도 4월 말 안으로 출발한다면 회의 개최 시기에 맞춰 당도할 수 있을 것입니다."

이회영이 차분한 어투로 만국평화회의 진행 계획을 설명하였다.

이준은 4월 22일경 서울에서 출발해 블라디보스토크에서 이상설과 만나 함께 모스크바로 출발하도록 하였다. 모스크바에서는 미리 와서 대기하고 있던 이위종과 합류한 후 고종황제의 밀서를 러시아 황제에게 전달하기로 하였다. 러시아 황제에게 고종황제의 밀서를 전달하는 일은 주한 러시아 공사를 지낸 베베르(Veber, K, l)에게 청하기로 하였다. 베베르 공사는 대한제국의 황실에 대해 우호적인 인물이었다.

일행은 이후 6월 말경에 헤이그에 도착한 다음, 헐버트 선생과 평화 회의장에 들어가 회의 의장인 넬리도프(Nelidorf)를 만나 고종의 신임장을 제시하고 조선의 대표는 일본이 아니라 고종황제의 대한제국에서 파견한 대표단에 있음을 선언하고 회의참석을 요구할 예정이었다. 그리고 을사조약의 부당함을 호소하고 조약의 파기를 의제에 넣어 달라고 요구하도록 주장할 작정이었다. 모든 계획은 비밀리에 치밀하게 진행되어야만 했다.

진필용은 준비된 계획의 내용을 고종에게 자세히 설명하였다. 대표단의 활동을 위한 자금은 진필용이 준비하여 헤이그에 머물면서 비밀리에 지원하기로 하였다. 진필용이 갈 수 없는 사정이 되면 준마 대행수를 비밀리에 헤이그에 보내어 대표단을 지원할 계획도 세워 두었다.

미국인 선교사 호머 헐버트는 미국의 지인을 통하여 만국평화회의가 네덜란드 헤이그에서 열린다는 정보를 입수하고 바로 고종황제에게 이 사실을 전하였다. 의정부 참찬을 지낸 이상설은 1905년 을사늑약이 체결되자 종로 4거리에서 머리를 찢으며 자결하려고 하였으나 주위의 만류로 온몸이 피투성이가 된 채 기절을 했고, 의원으로 실려 가 겨우 목숨을 건진 충절을 지닌 사람이었다. 을사늑약이 고종황제의 인준이 없이 체결되었으므로 만국평화회의에서 을사늑약의 무효를 선언해야 한다고 줄기차게 고종황제에게 간청하였었다. 고종황제가 헤이그에 대표단을 파견할 것을 수락하자 헐버트와 상동교회의 교인들인 전덕기, 이회영, 이상설, 이준 등이 모든 일정을 준비하고 계획을 추진하였다.

일본 경시청은 대일본 제국에 대해 사사건건 방해를 놓던 미국인 선교사 헐버트가 최근 며칠간 갑자기 자취를 감추자 헐버트의 행적을 수소문하기 시작했다.

"헐버트가 본국으로 돌아간 흔적은 없습니다."

경시청의 마에다 경사는 똑바로 선 채로 의자 깊숙이 몸을 묻은 채 뒤로 돌아앉아 있는 우에라 경무관을 향해 굳은 목소리로 보고했다. 보고를 받은 우에라는 돌아보지도 않고 분이 깔린 목소리로 명령했다.

"그렇다면 그자가 어디로 갔단 말인가! 무슨 꿍꿍이가 있는지 잘 알아보란 말이다, 알겠나! 최근에 그자가 독일과 프랑스 기자와 만나고 다닌다고 하는데 좀 자세히 알아보게. 그자는 특히 조선의 고종과 가깝게 지내는 자 아닌가 말이다."

"예, 밀정을 붙여 주변을 샅샅이 조사하도록 하겠습니다."

마에다가 답했다.

마침 한국인 밀정으로는 변철상이 차출되어 마에다를 보좌하는 역할을 맡게 되었다. 변철상은 이제 일본 헌병 경찰의 보조 요원으로 채용되어 인천에서 서울로 직장을 옮기게 되었다. 인천과 서울 간 기차가 개통되어 당분간은 집을 옮기지 않고 인천의 집에서 종로의 헌병경찰서로 출퇴근을 할 작정이었다.

출근 첫날, 그동안 결혼 후 한 번도 바깥나들이를 시켜준 적이 없는 아내를 동행하고 경찰서로 출근하였다. 관노비 출신의 아내 막례는 변철상과 결혼하여 아들을 하나 두었다. 멋진 순사복을 차려 입은 남편과 함께 서울 나들이를 가는 막례는 행복에 젖은 얼굴로 남편에 기대어 팔짱을 꼈다. 변철상은 오전 일찍 발령장을 받고는 아내와 서울 구경에 나설 참이었다. 인천과는 비교도 되지 않는 서울의 종로 거리는 인산인해로 사람들로 넘쳐났다.

"우리 서울로 이사 와요. 인천에서는 우릴 보고 천것들이 일본에 붙어 출세했다고 수근거리고 손가락질하는데 차라리 서울로 와서 사람답게 사는 게 어때요?"

"감히 대일본제국의 고참 순사보조원인 나에게 누가 손가락질을 한다는 것이야, 경을 치고 싶지 않으면 몸 조심하라 그래. 자네도 그런 인간들 보면 나에게 얘기하게, 내 톡톡히 혼을 내줄 테니까."

"그래도 한 동네에서 평생을 같이 살아온 사람들인데 어떻게 그래요?"

"무슨 소리야, 이제 세상이 변했어. 세상이 바뀌었다고. 그 망할 놈의 조선은 이제 이 세상에 없는 나라란 말이네. 대일본제국이 바로 우리 조선사람들이 살아나가야 할 나라란 말이지. 그러니 자네도 이제부터는 누굴 만나더라도 어깨를 쭉 펴고 당당하게 할 말을 하란 말이네, 이젠 먹고 살 만한 재물도 모으지 않았는가? 하하하."

며칠 후 형득의 집에 갑자기 일본 순사 몇이 들이닥쳤다. 그리고는 느닷없이 대일본제국에 대항하여 고종황제와 밀통하였다는 죄목으로 현득을 끌고 갔다. 전에 고도현 이장 형득은 변철상의 처 막례와 같이 근무를 했던 자였다.

형득은 조선이야 어떻게 되든지 나라 걱정이라고는 눈곱만큼도 없는 자였다. 어쩌다 관내에 백성들 사이에 분쟁이라도 일어나면 힘센 자들 편에 붙어서 돈냥이나 뜯어내고 적당히 사건을 마무리하는 일이 다였다. 관노인 막례를 시도 때도 없이 불러서 추근거리고 괴롭혔다. 막례가 대들기라도 하는 날이면 온갖 구실로 굶기고 매질을 하였다.

형득은 영문도 모른 채 경시청 지하실로 끌려갔다. 컴컴한 방에 끌려 들어가 포박을 당한 채로 의자에 앉혀졌다. 좀 있다 철문이 열리고는 험상궂게 생긴 건장한 사내가 들어왔다.

"네놈이 조선의 관청에서 꽤 사람들을 괴롭힌 자로구나, 게다가 요즘은 고종황제를 도와 반역을 꾀하고 있다니 네놈이 정말 죽으려고 환장을 하였구나."

"아니, 나리 이게 무슨 아닌 밤중에 홍두깨 같은 이야기요? 사람을 잘못 아신 것 같소. 전 오래전에 동헌에서 일한 적은 있었으나 항상 공명정대하고 조금도 법에 어긋난 일을 한 적이 없는 사람입니다. 게다가 고종황제를 돕는 다니오, 저는 그런 일에는 관심조차 없는 사람입니다."

"이놈이 아직 입은 살아서 변명으로 온갖 죄를 덮으려 하는구나. 이놈 보아하니 순순히 네 가 지은 죄를 실토할 것 같지 않으니 혼을 내야 바른말을 하겠구나."

사내는 옆에 세워놓은 몽둥이로 사정없이 형득의 정강이를 내리쳤다. 이어서 발로 형득의 얼굴이며 등짝을 걷어차고는 주먹으로 얼굴을 사정없이 갈겼다. 형득은 숨이 꽉 막히는 것을 느꼈다. 한동안 몽둥이찜질이 계속되자 드디어 형득은 혼절하였다. 축 늘어진 형득의 얼굴에 차가운 물 한 동이가 퍼부어지자 다시 정신을 차린 형득이 소리쳤다.

"이보시오, 나리. 사람을 잘못 봤소이다! 뭔가 착오가 있는 것 같소이다. 이름을 잘 확인해 주시오."

말이 떨어지기가 무섭게 바로 입으로 주먹이 날아들었다. 입술이 터지고 온몸은 피투성이가 되었다.

"아이고, 이게 웬 청천 하늘에 날벼락이오, 난 아무런 죄가 없소이다."

또다시 주먹이 날아들고 몽둥이가 정강이를 내리쳤다.

"악! 아이고, 사람 살려"

"이놈아 네가 사는 길은 모든 죄상을 자백하고 여기에 서명하는 길 밖에 없다, 알겠느냐?" 혼절한 형득의 머리 위로 차가운 물 한 동이가 다시 쏟아 부어졌다.

"아니 무슨 죄목이며, 서명은 또 무엇이오?"

"네놈이 사는 길은 모든 일을 자백하고 여기에 서명하는 길 밖에 없다."

"서명만 하면 살려준다는 것이요?"

말할 기력조차 남아 있지 않은 형득은 살려만 준다면 뭐든지 할 것이라고 중얼거렸다.

"그렇지. 이제야 말귀를 알아듣는구나. 신즉에 내 말을 들었으면 이렇게 고생을 안 해도 될 것을."

조사관은 자비스러운 미소를 띠며 차를 한잔 들고 왔다.

"그동안 고생하셨소. 나도 개인적인 감정은 없소이다. 하하, 이제 이곳을 나가면 편히 한평생 잘 사시기 바라오." 며칠 후 형득은 피투성이가 된 채로 풀려났다. 그리고는 다 망가진 몸을 추수를 여유도 없이 동네를 떠났다. 전답이며 대부분의 재산은 누군지도 모르는 사람에게 다 넘긴다는 서류에 서명한 후였다.

그때 막례는 친정집에서 벌어진 잔치에 참석하고 있었다. 모친은 갑자기 생긴 전답이며 곳간의 곡식을 보고는 입이 다물어지지 않았다.

"막례야, 변 서방한테 잘해야 한다. 그런 사위 없다. 알았느냐?"

"엄마는 또 그 소리야, 내가 복이 많으니까, 변 서방도 일이 잘 풀리는 거지."

37

갈 곳 잃은 조선의 인재들

　새로 지은 경찰서는 석조건물로 육중하게 지어져 보는 사람을 압도하고 있었다. 3층에 있는 마에다 경사의 집무실에서는 서울의 한복판인 종로를 한눈에 내려다볼 수 있었다. 잠시 후 문을 열고 들어온 변철상을 보자 마에다는 만면에 웃음을 띠고 반갑게 맞았다.
　"변철상군 오랜만이네, 인천에서 시작한 우리의 인연이 이제 서울에서 다시 시작되는구먼. 그래, 그동안 잘 지냈는가?"
　"예, 잘 지내고 있습니다. 다 경사님 덕분입니다."
　"자네 자리는 저쪽에 있네, 자네가 맡을 일은 저기 전갈식 순사가 잘 설명해 줄 것일세, 앞으로 두 사람이 합심해서 나와 함께 대일본제국을 위해 일해 보세."
　"예, 감사합니다."
　전갈식은 본인도 조선 출신이라고 하였으나 본인에 대한 이력에 대해서는 자세히 밝히지 않았다.
　"이번에 우리가 맡은 일은 6월에 유럽의 네덜란드 헤이그에서 열리는 제2차 만국평화회의가 무사히 마칠 수 있도록 지원하는 일입니다. 현재 을사보호조약 체결 이후 조선의 반대분자들이 조약체결을 무효라고 주장하며 유럽의 헤이그에서 난동을 부릴지도 모른다는 정보를 입수하였습니다. 먼저 이를 주동하는 사람들을 찾아 만국평화회의에 이들이 참석하지 못하게 하는 것입니다. 이미 어느 정도는 그 주동자들을 파악하고는 있습니다."

전갈식이 변철상에게 앞으로 해야 할 임무에 대해 자세히 설명했다.

"고종황제를 추종하는 민족주의자들이 주동적으로 움직이고 있고 특히 헐버트라는 미국인 선교사가 이들을 돕고 있다고 합니다."

마에다는 일단 이번 회의의 회장인 러시아의 넬리도프 백작에게 공문을 발송했다. 조선의 국왕이 서명하고 대신들이 합의하여 서명한 서류의 사본을 러시아뿐만 아니라 수년 전 영일동맹을 맺은 영국에 보내어 일단의 조선인 무리가 회의에 참석하여 난동을 피우지 못하도록 협조 요청했다. 그리고 회의가 열리는 전통적인 무역협력국인 네덜란드에도 공문을 보내 협력을 요청했다.

영국은 대사관에 근무하는 자국군인 수십 명을 파견하여 협조하겠다고 했다. 러시아 역시 러일전쟁에서 패한 후 얼마 되지 않은 시점에서 일본의 비위를 건드리지 않는 것이 좋겠다는 본국의 입장을 고려하여 을사조약의 정당성을 인정하기로 이미 마음을 굳힌 상태였다.

모든 상황을 파악한 마에다는 이번에 헤이그에 참석하는 조선의 밀사들을 잡아들여 이들이 더이상 대일본제국에 대항하지 못하도록 해야 했다.

이러한 일본의 치밀한 사전 계략을 모른 채 모스크바에서 출발한 이상설, 이준, 이위종 등은 네덜란드 헤이그로 출발하였다. 6월 25일, 헤이그 만국평화회의장 근처의 융호텔에 숙소를 정한 대표단은 미리 준비한 주장문(항고사라고도 하였다)을 보낼 각국의 대표자 명단을 입수하였다. 자료는 이상설이 주도하여 문안을 작성하고 영어와 러시아어에 밝은 이위종이 번역하였다.

　회의는 이미 6월15일부터 시작되었다. 시간이 촉박하였다. 여장을 풀자마자 바쁘게 움직여서 6월28일에는 일본을 제외한 각국에 주장문을 보낼 수 있었다. 그리고 마침내 비공식 회의보인 'Courrier de la Conference'에 주장문이 게재되었다. 6월 29일 대표단은 회의를 주재한 회장인 러시아의 넬리도프 백작을 방문했다. 하지만 면담은 거절당하였다. 대표단은 넬리도프를 만나기 위해 오전과 오후 내내 기다렸으나 바쁘다는 핑계를 대고는 아예 나타나질 않았다.

　이상설은 이미 일본이 각국에 미리 손을 써 놓은 것을 직감하였다. 여독으로 피곤한 몸을 이끌고 기진맥진 한 채로 호텔로 돌아온 일행은 난감하였다. 그동안 비밀리에 추진하였던 계획을 일본은 이미 다 파악하고 있었다. 그러나 거기까지 와서 포기할 수는 없었다. 이준의 얼굴은 극도의 긴장감과 피로로 얼굴이 몹시 상하였고 몸은 몹시 지쳐 있었다. 힘이 없어 속절없이 당하기만 하는 조선의 운명을 한탄하며 잠을 청하지 못하고 꼬박 앉은 채로 아침을 맞았다.

다음날인 6월 30일, 조선의 밀사는 미국, 영국, 프랑스, 독일의 대표들을 찾아가 도와달라고 요구하였으나 이 또한 거절당하였다. 7월 1일, 마지막으로 개최국인 네덜란드 외무장관을 찾아가 보지만 이마저 거절당하였다. 일이 절망적으로 돌아가고 있었다. 게다가 대표단이 접촉한 각국의 대표들은 조선 밀사들의 활동을 일본에 알려주기까지 했다.

일본측 대표 고무라 주타로(小村壽太郎)의 방해 공작으로 네덜란드 정부와 평화회의 의장 알렉산드르 이바노비치 넬리도프는 을사조약이 이미 국제적으로 승인을 받았으므로 이 문제를 다시 거론한다는 것은 불가능하다고 주장하며 헤이그 밀사들의 회의 참가를 막았다.

헤이그 밀사 파견의 한 가지 성과가 있었다면 이위종이 각국의 기자단 앞에서 연설할 기회를 얻어 조선의 억울함을 알릴 수 있었던 사실이다. 그리고 네덜란드의 유력지인 신문에 이위종의 연설이 실렸다. 그러나 이미 조선이라는 나라는 이 지구상에서 사라진 존재가 되어있었다.

하늘에 짙은 구름이 잔뜩 끼어 금방이라도 비가 쏟아질 것 같은 날씨였다. 이상설과 이위종이 식사를 하러 잠시 외출한 사이 이준은 배가 아프다는 이유로 쉬겠다며 혼자 호텔 방에 남아 있었다.

그는 커튼을 모두 내려 어두운 방에 홀로 의자에 앉아 있었다. 조선을 떠나오면서 이미 다짐을 했었다. 이번 거사가 실패하면 어차피 돌아갈 고국은 없다. 그러면 어찌해야 하는가. 이준은 가지고 온 짐 가방을 풀었다. 옷가지 속에 숨겨온 누런 종이에 싼 약봉지를 꺼냈다. 그러곤 침대를 덮고 있는 흰 천을 거실 가운데 펴서 깔았다. 조선을 떠나올 때 가지고 온 작은 은장도도 꺼내어 한쪽에 놓았다.

준비한 사발에 물을 채워 약봉지를 털어 넣었다. 대한제국의 태극기와 고종황제의 사진을 걸어 놓은 벽을 향해 4번 큰절을 올렸다. 심호흡을 크게 한번 하고는 사발을 들어 단숨에 마셨다.

이상설과 이위종은 식사를 마친 후 커피라도 먹고 갈까 생각했으나, 이준이 식사를 하지 못할 정도로 몸이 아픈듯하여 바로 호텔로 돌아가기로 하였다. 하지만 그들이 문을 들어섰을 때엔 처참한 광경만이 눈에 들어왔다.

"아니 이 사람, 이준! 이게 어찌 된 일인가!"

호텔 거실 바닥에 놓인 흰 천은 붉은 피로 물들어 있었다. 이준은 그 위에 혼자의 시간만이 멈춘 듯이 고요히 누워있었다. 한참을 흔들어 깨웠으나 이준은 이미 숨을 거둔 뒤였다.

'나라를 잃고 나니 갈데없는 조선의 인재들도 하나씩 사라지는구나.'

이상설은 주저앉은 채로 이준 옆에 있는 조그만 칼을 집어 들었다. 이상설이 칼을 집어 드는 것을 본 이위종이 기겁을 하여 달려들어 이상설의 손에서 칼을 빼앗았다.

"대감, 이러시면 안 됩니다. 이는 이준 선생이 바라는 일이 아닙니다.

저기 서신 한 통이 있는 걸로 보아 이준 선생이 남긴 유서인가 봅니다. 일단 이 유서라도 읽어 보시지요."

칼을 빼앗긴 이상설이 정신을 차린 듯 봉투를 받아 열어 보았다.

[이상설 대감, 이위종 선생 두 분께 못난 사람이 이렇게 마지막 인사 올립니다.

이제 소인이 이렇게 먼저 졸렬히 세상을 하직하는 것은 사람의 도리가 아닌 줄 잘 알고 있습니다. 하나 소인이 조선을 떠나올 때 소인은 이미 죽음을 각오하였습니다. 일본의 계략으로 우리가 소임을 다하지 못하고 고종황제와 조선에 폐를 끼치게 됨을 통탄하기 그지없습니다.

저의 죽음을 세계에 알려 조선의 억울함을 조금이라도 씻을 수만 있다면 눈을 감아도 여한이 없겠습니다. 두 분께서는 반드시 살아남아 조선의 아픈 역사를 후세에 알리고 오늘 대표단이 네덜란드에서 치욕을 당한 일을 역사에 길이 남겨야 할 것입니다. 죽음의 길은 소인 한 사람의 결행으로 충분하오며 끝까지 살아남으셔서 조선이 독립하는 날 저의 시신을 조선 땅에 다시 묻어 주시길 청합니다.

<망국의 글>

나라 잃은 백성은 갈 곳도 없구나, 이젠 고향 땅도 내 땅이 아니요, 이 세상 어디가 내가 숨 쉬고 잘 곳이란 말인가. 마음의 공허함은 하늘

과 같이 망망하고 머릿속에 맴도는 아름다운 조선의 산천이 그립구나.

　한세상이 짧다지만 마음 편히 숨 쉴 수 있는 곳, 그곳이 내가 자란 조선 땅이건만 왜놈의 서슬 아래 숨죽이며 살아갈 조선의 백성이 가슴 아프구나.

　나의 죽음이 하늘에 닿아 조선의 억울함을 조금이나마 풀어주길 소망하노라.

이준]

38

쫓는 자, 쫓기는 자

　이준 열사가 헤이그에서 자결했다는 소식은 현지의 신문을 통해서 세상에 알려졌다. 네덜란드 정부와 만국평화회의 의장인 러시아 대표 넬리도프 백작은 난처한 상황이었다. 일본 대사는 기자회견을 자청하여, 특별히 언급할 가치가 없는 사적인 일이며 조선인의 자살은 일본과 조선의 긴밀한 협력에 불만을 품은 개인이 단독으로 저지른 일이라고 서둘러 진화에 나섰다. 회의에 참석한 대표 중 일부는 조선의 처지를 이해하기도 하였으나 일본과 영국의 조직적인 설득과 협박으로 사건은 더 확대되지 않고 조용히 묻혀버렸다.

　그때 준마는 이준 열사가 묵었던 호텔의 건너편 호텔에 묵고 있었다. 대표단의 활동에 필요한 자금을 관리하고 지원하는 임무를 진 채 대표단을 뒤따라 들어왔었다. 대표단의 활동을 궁내부 대신 진필용 대감에 보고하면서 고종황제의 뜻을 대표단에 전달하는 일을 수행하고 있었다. 준마는 즉시 진필용 대감에게 전통을 보냈다.

　[진필용 대감께 소식 올립니다.

지금 헤이그 대표단의 만국평화회의 참석은 일본과 영국의 방해, 믿었던 러시아의 비협조로 좌절되었습니다. 조선과 그토록 친밀하게 협조하였던 러시아의 배신에 대표단은 더 크게 실망하였습니다. 다른 나라의 대표들은 이들의 기세에 눌려 조선의 입장을 돌아볼 여력이 없음을 한탄하옵니다.

그리고, 이준 선생이 죽음으로 조선의 억울함을 세계만방에 알리겠다고 자결을 하였습니다. 일본의 악랄함과 교활한 외교는 우리가 생각한 것보다 더 치밀하였습니다, 이미 대표단이 도착하기도 전에 영국과 러시아 대표단에 힘을 써서 대표단의 활동을 막았으며 각국 대표들에 연락하여 조선 대표단의 활동을 사전에 차단하였습니다. 고종황제의 깊은 뜻을 세계에 알리지도 못하고 이렇게 참담하게 조선의 독립운동이 좌절됨을 통곡하옵니다.

찬란하였던 500년 역사의 조선이 어찌 한낱 왜구에 불과하였던 일본에 속수무책으로 당하는 것인지 억울할 따름입니다. 새삼 세상의 인심과 국제사회의 냉정함에 한탄할 뿐이옵니다.

이미 일본의 형사들이 이번 헤이그 밀사 사건에 관련된 조선인들을 체포하라는 지시가 떨어진 것으로 파악되었습니다. 고종황제께서 만반의 대비를 하시기를 바랍니다. 저는 이준 선생의 시신이 수습되는 대로 상해로 돌아갈 것입니다. 진필용 대감께서도 일본의 행패에 대비하시기를 기원합니다.

헤이그에서 준마.]

순마는 이준 열사가 자결했다는 소식을 듣고 병원으로 달려갔다. 이상설과 이위종은 준마를 보자 손을 잡고 눈시울을 적셨다.
"이준 선생이 자결하셨다니, 이 어찌 된 일입니까."
준마가 두 사람의 얼굴을 보며 탄식했다.
"잠시 식사를 하러 외출한 동안에 혼자 있고 싶다며 호텔에 남아 있던 이준 선생이 이렇게 자결을 할 줄을 몰랐습니다. 식사하러 갈 때 같이 데리고 갔어야 했는데."
이상설이 흰 천에 덮인 이준의 시신을 바라보며 탄식하듯 말했다.
"유서까지 준비해 놓으신 것을 보면 이준 선생은 이미 이러한 사태를 예견하고 계셨던 것 같습니다."
이위종도 눈시울을 적시며 말했다. 이준 열사가 자결한지 3일 후인 7월 17일, 이상설은 헤이그의 공동묘지인 니우 에이컨다위넌(Nieuw Eykenduynen)에 이준의 시신을 묻었다.
"이준 선생을 일단은 네덜란드의 공동묘지에 안치했으나 임시방편으로 모신 것입니다. 언젠가는 조선이 독립하는 날이 올 것입니다. 그때가 언제 될지는 모르겠으나 조선이 다시 독립하는 날 이준 선생의 유해를 반드시 조선으로 모셔야 할 것입니다. 그러기 위해서는 두 분께서 헤이그에 잠시 더 머물러 주시면 좋겠습니다. 제가 진필용 대감과 상의하여 어떻게든 필요한 자금을 마련해 보겠습니다."

준마가 단호하게 말했다. 그러고는 상해에 있는 진홍에게 긴급히 전통을 보냈다. 한 달 하고도 20여 일이 지난 9월 6일에서야 영구히 임대하는 조건으로 묘지를 확보하여 이준 열사의 시신을 이장하였다. 이준 선생의 시신 이장은 준마와 이상설, 이위종이 참석한 가운데 조촐하게 진행되었다.

공원묘원에서 이준 선생의 시신이 안장되는 동안 가까운 곳에서 한시도 감시의 눈을 떼지 않고 지켜보고 있는 사내가 있었다. 중절모를 깊게 눌러쓴 한 동양인이었다. 밀명을 띠고 헤이그로 파견된 일본의 밀정, 바로 그는 변철상이었다. 그리고 또다른 조선인 밀정인 전갈식이 옆에서 변철상을 보좌하고 있었다. 이들은 고종황제가 파견한 조선 밀사들의 활동을 감시하고 필요하면 암살해도 좋다는 특명을 받고 네덜란드 헤이그로 파견된 것이다.

"백준마, 이젠 너도 끝이다."

드디어 만났다. 해외로 사라졌던 준마가 이제 이곳 네덜란드에서 모습을 나타낸 것이다. 드디어 준마의 실체를 잡았다. 준마를 잡기 위해 그토록 오랫동안 기다렸는데 이렇게 먼 네덜란드라는 나라에서 그를 잡게 될 줄은 몰랐다. 변철상은 일본 대사관에 긴급히 연락했다. 지금 대일본제국에 맞서는 골치 아픈 조선의 독립군이 이곳에 왔음을 알리고 지원을 요청했다.

"인천의 백가객주 대행수인 준마가 지금 이곳 네덜란드 헤이그에서 조선의 밀사들을 지원하고 있있습니다. 조선에 있을 때부터 대일본제국에 대항하여 독립운동을 몰래 지원하던 악질분자입니다. 이번에는 이자를 반드시 잡아서 송환하거나 죽이든지 해야 합니다. 통감부에서도 이번 일에 관심을 가지고 총력을 기울여 반드시 준마를 잡도록 지시가 내려와 있습니다. 대사께서도 이점을 이해하시고 그를 잡을 수 있도록 충분한 지원을 부탁드립니다."

변철상의 강한 어조에 눌린 고무라 대사는 알겠다고 대답하며, 즉시로 일본의 병력 10여 명을 변철상에게 지원했다.

한편 이준 열사의 장례를 무사히 치른 세 사람은 후속 조치를 상의하기 위해 이상설의 방에 모였다. 방안은 무거운 침묵이 잠시 흘렀다. 커피를 한 모금 마시고 난 후 준마가 먼저 말을 꺼냈다.

"저는 이제 상해로 돌아가야겠습니다. 그동안 벌여놓은 사업을 좀 챙겨야 할 것 같습니다." 그는 아쉬운 듯 작별의 인사를 건넸다.

"알겠습니다, 준마 동지. 그동안 정말 고생이 많았습니다. 사업가는 당연히 사업을 우선으로 돌봐야 하지요. 지금까지 모든 일을 제쳐 두고 여기까지 와서 저희 대표단의 활동을 도와주신 일에 대해 감사드립니다. 고종황제께서도 준마 대행수의 헌신적인 노력에 감사하고 계실 것입니다. 그동안 대한제국의 독립을 위해 음양으로 지원한 것만으로도 너무 많은 수고를 하고 계십니다."

이상설은 진심으로 준마에게 감사의 말을 건넸다.

"저는 조만간 미국으로 갈 것입니다. 거기서 조선 동포들과 함께 대한제국의 독립을 이루기 위한 여러 일을 계속해 나갈 것입니다. 이위종 선생도 이제 저와 함께 미국으로 가시지요."

이상설이 이위종을 쳐다보며 말했다.

"예, 일단 러시아로 가서 부친과 상의한 후 거취를 결정하겠습니다."

이위종은 헤어지는 것이 아쉬운 듯 침울한 표정으로 이상설을 바라보며 말했다.

이른 아침의 암스테르담 항구는 여느 때처럼 안개가 자욱하게 깔려 있었다. 미국과 중·남미로 가려는 사람들이 저마다 큰 여행 가방을 들고는 뉴콘티넨탈 호를 타려고 긴 줄을 이루고 서 있었다. 멀리 떨어진 곳에 있는 부두에는 아시아로 가는 대형 선박인 이스트 호가 정박해 있었고, 인도를 거쳐 상해와 일본으로 가려는 승객들로 긴 줄을 이루고 있었다.

준마는 가방을 들고는 이스트 호를 타기 위해 긴 행렬 뒤에 섰다. 서서히 승객들이 앞으로 움직이는데 준마 옆으로 한 사내가 다가왔다.

"안녕하십니까, 준마 대행수님."

갑자기 귀에 익은 조선말이 들려왔다. 준마가 놀란 표정으로 소리가 나는 쪽으로 고개를 돌렸다. 낯이 익은 듯한 사내가 흰 이빨을 드러내고 웃는 모습이 보였다.

'앗!'

그자는 틀림없이 변철상이었다. 오랜 세월이 흘렀지만 변철상의 얼굴은 바로 알아볼 수 있었다.

'아니, 변철상이 여기까지?'

준마는 순간적으로 변철상이 자기를 뒤따라서 거기까지 온 것임을 직감했다. 그의 주위에는 여러 명의 사내가 함께 있는 것이 보였다. 준마는 빠르게 머리를 굴려 판단했다. 거기서 잡히면 모든 것이 끝난다.

그 생각을 하자마자 준마는 변철상 앞으로 다가가는 척을 하다 순식간에 몸을 틀어 뒤쪽에 모여 있는 인파 속으로 돌진했다. 준마가 이렇게 갑작스럽게 행동을 할 것을 미처 예상하지 못한 변철상은 호루라기를 불며 주위의 일본 밀정들을 불러 모았다. 총을 꺼내 들기는 하였으나 남의 나라에서 총을 쏘면 외교상의 문제가 생긴다.

준마는 작은 손가방 하나만 들고 일단 뛰기 시작했다. 한순간 저 멀리 항구에서 막 출항하는 한 척의 큰 배가 보였다. 준마는 무조건 그쪽을 향해 달렸다. 뉴콘티넨탈 호의 접안 사다리가 들리는 순간 준마는 사다리로 뛰어올라 선박 위로 올라갔다. 탑승 선원이 소리를 지르며 준마에게 다가왔다. 순간 준마는 선원을 밀치고 무조건 객실이 있는 곳으로 달려 들어가 객실 어디론가 문을 열고 들어갔다. 이미 배는 서서히 출항하여 먼바다를 향해 나아가고 있었다.

선원들이 배를 수색하기 시작했다. 준마가 숨은 객실을 향해 선원들이 다가오기 시작하는데, 건너편에서 누군가 문을 열고는 손을 흔들며 준마에게 오라는 듯 손짓했다. 건너편 객실에 있는 사내는 어디선가 본 듯한 얼굴이었다. 일단 급한 상황을 모면하려고 준마는 사내가 손짓하는 객실로 숨어들었다. 사내는 준마를 욕실 안으로 데리고 가서 욕조의 커튼으로 준마를 가렸다. 뉴콘티넨탈 호는 남아프리카를 돌아 극동의 상해를 지나 페루로 향하는 선박이었다. 멀리서 변철상과 일본 형사들이 준마가 탄 배를 쳐다보는 것이 보였다.

변철상의 추격을 피한 준마는 일단 긴급한 상황이 갈무리된 것에 대하여 안도의 한숨을 쉬었다. 이제는 자기를 위기에서 구해준 사람에 대해 궁금해지기 시작했다. 갑자기 몸을 피하기는 했지만, 타국에서 만난 이 사람이 정말 이방인인 자기를 도울 사람인지 불안할 수밖에 없었다.

한참을 지난 후 욕실 문을 열고 돌아온 사내는 어디선가 본 듯한 얼굴의 서양인이었다. 헤이그에 있을 때 같은 호텔 옆방에 묶으면서 인사를 나누었던 바로 볼리비아의 만국평화회의 수석대표, 세르반테스였다. 헤이그에서 만국평화회의의 참석이 좌절된 후 영국의 수석기자가 주선했던 기자단 협회 회견장에서 이위종 선생이 연설할 때 맨 앞에 앉아 고개를 끄덕이며 동조를 했던 대표이기도 했다. 볼리비아도 주위 군사 대국들과의 충돌로 많은 영토를 빼앗기고 지금은 해안까지 빼앗겨 바다가 없는 나라가 되었다고 했다. 콧수염을 기른 세르반테스는 준마를 보며 반갑게 미소를 지어 보이고는 준마에게 악수를 청했다. 그리고는 손짓으로 객실 의자에 앉으라고 권했다.

"헤이그에서 대한제국 대표단의 활동을 보고 느낀 섬이 많았습니다. 대표단 중 일행인 이준 부대표가 자결했다는 기사를 봤습니다. 정말 애석하게 생각합니다. 일본이 서양제국들과 연합하여 대한제국의 활동을 조직적으로 막았습니다. 저에게도 대한제국의 대표단 활동에 동조하지 말아 줄 것을 여러 차례 요청해 왔었습니다. 이미 영국, 소련 등 회의를 주도하였던 국가들도 일본 편으로 돌아서서 대한제국대표들로서는 아마 어찌할 수도 없었을 것입니다."

다행히도 준마는 제물포에서 장사를 하는 틈틈이 영어와 중국어를 익혔기에 세르반테스와 영어로 의사소통이 어느 정도 가능했다. 당시 보부상 교육기관이었던 동몽청에서는 예비 보부상들을 대상으로 대외무역에 필요한 기본 지식과 더불어 외국어를 교육하기도 했다.

"예, 세르반테스 대표님께 감사드립니다, 그동안 호텔에 있으면서 저를 많이 도와주셨는데 이렇게 다시 신세를 지게 됐습니다."

준마는 세르반테스를 바라보며 답했다. 지친 준마의 눈가를 바라보던 세르반테스가 다시 입을 열었다.

"지금 일본이 각국에 있는 자국대사관에 훈령을 내렸을 것입니다. 당분간 몸조심을 하시는 게 좋을 것 같습니다. 괜찮으시다면 저희 나라로 오십시오, 필요한 수속절차는 제가 개인적으로 살펴봐 드리겠습니다."
　선박 안에서의 생활은 그야말로 숨바꼭질의 생활이었다. 선원들은 외교관의 신분인 세르반테스의 객실을 함부로 뒤질 수는 없었다. 게다가 선박의 선장은 볼리비아 출신의 선장이었다. 배는 남아프리카 동쪽 해안인 석탄수출항 리챠드베이에 일차로 정박하였다. 준마가 머무르는 객실 창밖으로 변철상 일행이 배에 오르는 것이 보였다. 암스테르담에서 준마가 배에 오른 것을 보고도 놓친 변철상은 다음 기항지인 남아프리카의 리챠드베이에 미리 와서 기다리고 있었다.
　마지막 승객이 다 내릴 때까지 준마가 보이지 않자 드디어 변철상은 데리고 온 형사들을 이끌고 승선하기 시작했다. 변철상은 전갈식과 함께 선내의 식당과 통로를 오가며 준마의 행방을 수색하기 시작했다. 준마는 이들과 선내에서 마주치지 않기 위해 대거 세르반테스의 객실 내에서만 머물렀다. 변철상과 백준마를 동시에 실은 배는 다시 출항하여 극동의 상해에 들어갔다.
　이제는 낯익은 항구, 상해였다.
　'지금 진흥이와 광복이, 수연이가 저기서 날 기다리고 있을 텐데.'
　예상대로 항구에는 일본 군대와 형사들이 깔려 있었다. 하역작업을 마친 후 승객들도 모두 내리고, 마지막으로 승선하는 승객들을 다 태운 선박은 일주일을 머무른 후 서서히 항구를 출발하기 시작했다.
　'아! 여기서 지금 내가 못 내리면 도대체 어디까지 가야 하는 걸까.'

그러나 지금 바깥에는 일본군이 도처에 깔려 있어 도저히 탈출할 방법이 없었다.

'진홍, 나는 이대로 그냥 떠나오. 애들과 함께 조금만 더 기다려 주오. 내 반드시 살아 다시 돌아올 것이요.'

그는 처량하고 비장한 마음으로 곱씹으며 멀어져 가는 상해의 푸동항을 바라보았다. 뉴콘티넨탈 호는 태평양을 건너 무려 두 달 만에 남아메리카의 페루의 리마(Lima)항구에 도착했다.

"준마 행수, 저는 칠레의 아리카(Arica)항구에서 내려 기차로 라파스까지 이동할 예정입니다. 아리카는 원래 볼리비아의 항구였으나 태평양전쟁으로 칠레에 바다와 항구를 모두 빼앗겼습니다. 항구는 자유롭게 이용할 수 있어서 저는 기차로 라파스까지 갈 예정입니다. 지금 준마 선생을 추적하는 일본 밀정들은 제가 움직이는 것을 주시하고 있습니다. 이미 저들은 제가 준마 선생을 숨겨주고 있는 것을 아는 눈치입니다. 계속 저와 제 수행원 주위를 맴돌고 감시하고 있지요. 그러니 이렇게 하시죠. 배가 리마항구에 도착해서 사람들이 하선할 때 저와 저의 일행은 식당칸에서 식사하겠습니다. 그러면 저들은 저를 감시하느라 제 주위에 있을 것입니다. 그때 준마 선생은 제가 만들어준 신분증을 가지고 하선하십시오. 저들은 아마도 준마 선생과 제가 칠레까지 갈 것으로 생각할 것입니다. 배는 아르헨티나까지 운항합니다. 일단 페루에서 내린 다음 볼리비아로 날 찾아오시오. 내가 준마 행수를 함께 데리고 가고 싶지만... 외교관으로서 일본과의 마찰을 피해야 하는 처지를 이해해 주시기 바랍니다."

세르반테스는 미안한 듯이 준마를 쳐다보면서 말했다.

"여기까지 숨겨준 것만으로도 너무 감사할 뿐입니다, 제 목숨을 구하셨습니다. 이제부터는 제가 알아서 살길을 찾아보겠습니다."

페루의 항구에서는 세르반테스가 만들어 준 임시체류에 필요한 초청장으로 무사히 세관을 통과하였다. 이미 세르반테스가 손을 써서 현지의 세관과 사전에 양해를 구해 놓았기에 무사히 페루로 들어갈 수가 있었다. 페루에서부터는 가능한 사람들의 눈에 띄지 않는 것이 좋을 것 같아 라파스까지 걸어가기로 했다. 세르반테스가 준 지도를 보면서 볼리비아를 향해서 걸었다.

39

페루에서 맞이하는 뜨거운 일출

준마는 항구를 벗어나 해안을 따라 내려가다 라파스로 이어지는 안데스산맥을 타고 갈 작정이었다. 해안을 따라 남쪽으로 한나절을 걸어 내려가니 저녁 무렵에 푼타 에르모사(Punta Hermosa)라는 작은 마을에 도착했다. 마을 입구로 들어서니 아이들 몇 명이 우르르 몰려와 낯선 동양인의 모습에 신기한 듯이 이리저리 쳐다보며 웃었다. 조금 있다가 촌장인 듯한 노인과 원주민 복장을 한 젊은 사내 몇 명이 함께 나타났다. 준마가 두 손을 모으며 공손하게 인사를 하자 촌장이 답례하듯 미소를 띠면서 준마에게 다가왔다. 준마가 배고픈 듯한 표정을 지으며 배를 문지르는 시늉을 하자 촌장은 들어오라는 시늉을 하며 준마를 집으로 데리고 들어갔다. 이들 중 일부는 원주민인 듯한 사람들도 있었고 나머지는 하얀 백인의 피부를 가진 사람도 있었다.

큰 방에는 여러 명이 함께 사는 것 같았다. 촌장은 조금 있다가 삶은 옥수수와 감자를 큰 쟁반에 담아 내왔다. 준마는 어릴 때 서양 선교사가 감자 종자를 가지고 와서 기르는 것을 본 적이 있었다. 그 감자의 원산지가 바로 '남미'라고 했다. 김구 선생과 같은 감옥에 있을 때 김구 선생이 감자에 대해 말한 적이 있었다. 일본이 본래는 조선보다 인구가 적었는데, 이 감자 덕분에 조선보다 인구가 갑절이나 늘었다고 했다.

잠시 후 촌장이 "차를 내오면서 어디서 왔느냐?"고 묻는 듯했다. 준마는 "꼬레아"라고 대답을 했다.

"꼬레아, 꼬레아."

촌장은 '꼬레아'를 되뇌며 전에도 '꼬레아'가 왔었다는 듯, 손가락으로 준마의 얼굴을 가리키고 또 왔다는 몸짓을 했다. 사람들은 준마에게 친절하게 대했다. 다음날 준마가 떠날 때는 감자와 옥수수 등 식량을 싸주었다.

준마는 남쪽을 향해 계속 걸었다. 하루를 꼬박 걸어서 '쎄료 아술(Cerro Azul)'이라는 해변 마을을 지나니 오른쪽으로 넓은 태평양 바다가 보였다. 해안을 따라 계속 걷다가 내륙 안쪽으로 들어가 닿은 곳이 수남페(Sunampe) 마을이었다.

수남페 마을 촌장은 여행에 지친 동양인인 준마를 보고는 준마를 집안으로 데리고 들어갔다. 낡은 의자에 앉아 있으라고 하고는, 좀 있다가 저녁으로 삶은 감자와 옥수수를 준마에게 권했다. 이미 날이 저물어 촌장은 두 손을 머리에 대고 눕는 시늉을 하며 하루 자고 갈 것을 청했다. 허름한 움막에 누워 잠을 자려고 눈을 감았다. 피곤이 몰려오면서 잠이 들려고 하면 모기떼들이 극성을 부리며 온몸을 쏘았다. 준마는 모기떼들을 쫓느라 밤새 잠을 설쳤다.

날이 밝아오자 준마는 촌장에게 작별인사를 하고 길을 나섰다. 해안가를 따라 계속 걸어가니 피스코(Pisco)라는 마을에 도착하였다. 이곳 촌장은 계속 내려가면 '이카(Ica)'라는 지역인데 그곳은 사막 지역이라 여기서 하루 자고 쉬어 가는 것이 좋다고 하였다. 그대로 계속 가다가는 사막에서 죽을 것이라 하였다.

그렇게 피스코에서 하루를 묵고 다시 걸었다. 사정없이 내리쬐는 햇볕을 머리에 받으며 끝없이 펼쳐진 뜨거운 모래사막을 하루 종일 걷다가 밤이 되자 담요를 뒤집어쓰고 사막 한가운데서 잠 같지도 않은 잠을 잤다. 사막에 동이 트자 담요에 쌓인 모래 먼지를 털고 계속 산맥이 보이는 쪽으로 걸었다. 멀리 안데스산맥의 산들이 눈앞에 나타나기 시작했다. 산 입구에 난 길을 따라 올라갔다. 거기서부터는 서쪽으로 산을 타고 올라가야 했다. 들판을 가로지르고 산언덕을 향해 계속 올라갔다. 한참을 계속 올라가자 '팔파(Palpa)'라고 하는 조그만 마을이 나타나 거기서 쉬면서 식량을 얻었다. 사람들은 친절했고 낯선 이방인의 처지를 동정했다.

산을 오르는 초입에 위치해서인지 선선한 바람이 불어 왔다. 페루에 도착한 후로는 내내 더위에 시달렸다. 낮에는 찌는 더위에 몸은 녹초가 되었고 밤에는 모기와 벌레들에 뜯기며 자다가 깨어나기를 반복하며 새벽까지 버텼다. 그래도 신기한 것은 밤의 추위에 떨고, 잠을 설쳐도 아침에 안데스산맥 너머로 뜨는 뜨거운 태양을 맞으면 언제 그랬냐는 듯이 몸은 이내 생기가 돋아났다. 산등성을 따라 굽이굽이 돌아 오르는 길은 끝이 없어 보였다. 안데스산맥을 이루는 산들이 겹겹이 펼쳐지고 있었다. 그 산맥을 따라 준마가 걷는 길은 과거 잉카인들이 페루에서 볼리비아로 넘어가는 길이었다. 말 한 마리가 겨우 지나갈 정도로 좁은 길을 걸으면서 준마는 조선 전국을 다니면서 보부상으로 장사를 다녔던 시절을 떠올렸다. 깊은 골짜기를 돌아 나 있는 꾸불꾸불한 산길은 마치 조선의 보부상 길과 닮아 있었다. 민가가 없는 산속 깊은 곳에서는 낭떠러지에서 떨어지지 않도록 발길이 조심스러웠다. 밤에는 달빛에 비친 길을 따라 걸었고, 걷다가 지치면 산 중턱 적당한 곳에서 잠을 잤다. 마을 촌장이 싸준 말린 고기는 조금씩 찢어서 입에 넣고 씹었다. 소금으로 염장을 해서 말렸는지 무척이나 짜서 소금을 따로 먹지 않아도 되었다.

'나스카(Nazca)'를 지나면서 산은 높지 않지만 무겁고 웅장했다. 때로는 산허리를 감싸고 있는 구름 사이를 지날 때면 이곳을 지나갔던 잉카인들이 대단하다고 느껴졌다. 나스카를 지나 '왈우와(Huallhua)'를 지나면서 산은 점점 높아져, 조금 빨리 걸으면 숨이 가빠지고 이내 걸음을 멈추고 쉬어가야 했다. 실수로 발을 헛디디면 아득한 벼랑 밑으로 떨어지기에 십상이었다. '루카나스(Lucanas)'와 '산 후안(San Juan)'을 지나 큰 마을인 '뿌끼요(Puquio)'까지 가는 길은 계속 고지대를 향해 올라가는 참이었다. 숨이 계속 가빠지는 것을 보면 아마도 매우 높은 고지대인 것이 틀림없었다. 억센 풀들이 산악 지역 대부분을 뒤덮고 있었고 낮은 관목이 함께 자생하며 산을 뒤덮고 있었다. 간간이 작은 군락을 이루어 나무들이 자라고 있었다. 그 나무들이 울창하게 자라는 지역은 검거나 짙은 푸른색으로 보였다.

그렇게 잘 보이지 않는 길을 더듬이 7일 정도 걸었다. 볼리비아까지 가는 길은 대부분 오르막으로 이어지는 길이 많았다. 가끔은 숨이 가빠지고 빨리 걸음을 옮기면 두통이 오기도 했다. 그럴 때면 걸음을 멈추고 심호흡을 크게 하고 쉬었다 다시 걸었다.

하지만 계속되는 오르막길을 가며 숨이 가빠지고 힘이 들었다. 준마가 다시 미약한 현기증을 느낀 순간, 길가의 가장자리 돌이 무너지면서 발이 미끄러졌다. 몸은 중심을 잃고 순식간에 낭떠러지 밑으로 굴러떨어졌다. 무엇인가에 부딪히며 강한 충격을 받는 순간 세상은 암전이었다.

준마가 의식을 회복한 것은 이틀이 지난 후였다. 눈을 떠보니 움막 같은 집에 누워있었다. 몸을 움직여 보았으나 옆구리와 다리에 통증이 심했다. 온몸은 상처와 멍 자국으로 성한 곳이 없었다. 고향 땅에 돌아가지도 못하고 이대로 여기서 죽는 것이 아닌가 하는 두려움이 엄습해왔다. 주위를 서서히 둘러보니 촌장으로 보이는 노인이 옆에 앉아서 비켜보고 있었다. 원주민으로 보이는 여성이 준마의 상처가 난 부위에 약초 같은 것을 바르고 천으로 상처 부위를 동여 매 주었다. 준마가 일어나려고 몸을 움직였으나 몸은 원하는 대로 움직여주지 않았다. 노인이 그냥 그대로 있으라고 손으로 누르는 시늉을 했다.

    마을 사람들은 이방인인 준마를 정성을 다해 간호했다. 열흘 정도가 지나면서 조금씩 몸을 움직일 수 있었다. 누워있는 동안 마을 사람들이 수시로 움막 안으로 들어와 준마를 살피며 호기심 어린 눈으로 준마를 바라보았다. 신기한 것은 그들이 대부분 여자였다는 점이다. 남자들은 아마도 어디 사냥을 나갔거나 장사하러 나간 것으로 준마는 짐작했다.

40

열정의 늪에 빠지고

　그렇게 보름 정도가 지나서 어느 오후였다. 촌장이 들어와 준마를 한참 살펴보더니 다시 나갔다. 갑작스런 눈초리에 준마는 의아해 했지만 소통이 되지 않았으므로 대수롭지 않게 넘겼고, 이내 밤이 되었다. 움막 바깥에 인기척 소리가 나더니 누군가 움막 안으로 들어오는 것이 보였다. 낯선 자가 가까이 다가오는데 자세히 보니 준마 옆에서 준마를 간호하던 그 젊은 여성이었다. 그 여성은 차를 넣은 다기를 가지고 들어왔다. 그리고는 준마 옆에 다소곳이 앉아 준마에게 차를 권했다. 따뜻한 차를 마시자 몸이 나른해 지면서 잠이 오기 시작했다.
　준마가 차를 그만 마시겠다고 하자 그녀는 찻잔을 옆으로 밀어 놓고 준마 옆에 앉았다. 그리고는 준마의 어깨며 다리를 안마하기 시작했다. 준마가 이제 괜찮으니 가서 자라고 얘기해도 도무지 갈 생각이 없는 것 같았다. 잠을 자겠다고 몇 번을 간곡히 사정하자 그제야 그녀는 입을 굳게 다문 채 나가버렸다.
　다음 날 아침, 촌장이 준마가 거처하는 움막 안으로 들어왔다. 그리고는 준마를 바라보며 뭐라고 얘기를 하는데, 알아들을 수는 없었지만 그가 단단히 화가 나 있음은 분명했다. 잠시 후 촌장이 밖을 향해 손짓을 하더니, 어젯밤에 왔던 그 여성이 움막으로 들어왔다. 촌장은 조그만 칼을 자기 무릎 옆에 놓고서, 여성의 손을 잡아 끌어 준마의 손을 잡도록 했고 다시 준마를 노려보고는 나가버렸다. 한참을 준마 옆에 있던 여성은 묵례를 하고 움막 밖으로 나갔다. 준마는 당황할 뿐이었다. 이곳 멀리 외국에서 여성을 잘못 희롱했다가 죽는 것이 아닌가 하는 두려움이 다가왔다.

저녁이 되자, 또다시 그 여성이 찻잔을 들고 움막 안으로 들어왔다. 준마는 전에 장사를 다니면서 들은 얘기가 얼핏 생각났다. 어느 나라에서는 전쟁으로 마을의 남자들이 다 죽어버려서, 멀리서 온 외지의 남자들을 들여서 아이를 낳아 마을을 이어간다는 얘기였다. 촌장이 왜 그렇게 화를 내는 얼굴로 자기를 대했는 지 어렴풋이 짐작이 갔다.

여성의 이름은 발렌시아였다. 나이는 이제 갓 20살을 넘은 여성이었다. 바구니에 담아온 코카잎을 씹으면서 준마에게도 씹으라고 주었다. 해가 완전히 넘어가고 깊은 밤이 되자 기온이 떨어지면서 싸늘한 추위가 온몸에 스며든다. 그녀가 담요 안으로 들어와 준마의 품에 안겼다. 그녀는 원주민이었지만 얼굴의 윤곽이 서양인의 모습을 또한 닮아 있었다. 보통의 키에 적당한 몸매는 동양 여성과는 조금은 다른 육감적인 매력을 발산하고 있었다.

발렌시아는 매력이 넘치는 여성이었다. 준마의 손이 발렌시아의 손을 잡자 발레시아는 깍지 낀 손을 세게 잡았다. 그리고는 준마의 손을 당겨 자기 가슴 위에 얹었다. 탄력 있는 가슴의 촉감이 느껴졌다. 움막 안은 두 사람의 뜨거운 열기로 서서히 달아올랐다. 준마는 발렌시아의 뜨거운 몸을 온몸으로 느끼면서 서서히 열성의 늪으로 들어갔다. 다음 날 아침이 밝아오자 촌장이 밝은 미소를 지으며 준마가 있는 움막으로 들어왔다. 담배를 준마에게 권한 그는 준마의 손을 굳게 잡았다.

마을은 100여 명이 사는 씨족 마을이었다. 야마를 기르고 감자와 옥수수를 재배하면서 살고 있었다. 준마는 발렌시아와 함께 야마를 몰고 산등성 들판으로 가끔 나가곤 했다. 들판에 지어진 작은 움막 안에서 사랑을 나누다가 야마를 잃어버려 종일 야마를 찾아 헤매는 추억도 생겼다. 어느덧 이곳에 있은 지 석 달이 지나가고 있었다. 준마는 발렌시아와 함께 요즘 아무 생각 없이 하루하루를 보냈다. 그가 인생에서 가장 걱정과 고민 없이 사는 행복한 시간이 아닐까 하는 나태한 착각이 들 정도였다.

'아무도 모르는 이곳에서 그냥 살다가 조용히 죽는다면 그것도 한 인생인데, 모든 것이 운명대로 사는 것이겠지.'

그런 생각을 했다. 하지만 준마가 그동안 걸어왔던 길을 그가 기억하는 한, 그러한 나태함을 만끽한다는 게 생각만큼 쉽지 않았다. 준마는 며칠 동안 생각이 많아지기 시작했다.

오늘도 밤이 되자 발렌시아가 움막 안으로 들어왔다. 둘은 말없이 격정의 시간을 보내고 서로의 몸을 탐닉했다. 오늘따라 발렌시아가 더욱더 격렬하게 준마를 갈망하고 있었다. 그녀는 이미 직감적으로 깨달은 듯했다. 준마가 곧 떠날 거라는 직감 말이다. 눈물을 계속 훔치는 발렌시아를 한참을 껴안고 있다가 겨우 마음을 진정시키고, 준마는 '리마탐보(Limatambo)' 마을을 떠나 볼리비아를 향해서 발길을 재촉했다. 이어지는 험준한 산길을 따라 한참을 걸었다.

정말, 며칠을 묵고 걸었다. 지나친 크고 작은 마을들을 다 세기도 벅차 같은 자리를 빙글빙글 돌고만 있는 것은 아닐지 하는 생각이 들 때, 준마의 앞에 큰 마을이 하나 나타났다. '푸노(Puno)'라는 호숫가 마을이라고 하는데, 볼리비아와 경계를 이루고 있는 티티카카호수에 붙어있는 제법 큰 마을이었다.

이 호수는 세계에서 제일 높은 곳에 있는 호수였다. 호수의 크기를 보면 마치 바다와 같이 넓어 보였다. 빙하의 녹은 물과 5개의 큰 강과 20여개의 작은 강에서 흘러내리는 물이 호수로 흘러들어왔다. 이 호수의 물은 다시 '띠끼나(Tiquina)' 해협으로 흘러 들어갔다. 호수는 3800미터가 넘는 높은 곳에 있어서 준마에게는 숨쉬기도 여간 어려운 게 아니었다.

바로 이곳에서 하루 정도 더 걸어가면 준마가 향하는 볼리비아의 땅이었다. 한나절을 걸어 티티카카 호수의 '윤구요(Yunguyo)'에 도착하자 페루와 볼리비아 국경이 나타났다. 돌로 된 웅장한 석조 대문 하나가 두 나라 사이의 국경이었다. 국경을 단숨에 넘어 볼리비아 국경사무소에 세르반테스가 만들어 준 초청장을 보여 주자, 준마를 아래위로 유심히 훑어보던 경비병은 아무 말 없이 준마를 통과시켰다. 국경을 통과하면 바로 볼리비아의 영토인 '코파카바나(Copacabana)'였다. 볼리비아 국경을 넘으면 '카사니(kasani)'라는 볼리비아의 작은 마을이 있고 한참을 더 걸어가서야 코파카바나의 중심 지역에 들어갈 수 있었다.

코파카바나에서 티티카카호수를 끼고 낮은 산 언덕길에 나 있는 길을 따라 한참을 걸은 후에 닿은 곳이 바로 '띠끼나(Tiquina)'라고 하는 볼리비아의 작은 마을이었다. 이곳을 '산 페드로(San Pedro)'라고도 하였다.

피곤한 몸을 이끌고 준마는 마을 어귀에 들어섰다. 옷은 남루하고 며칠은 굶은 듯, 초췌한 몰골을 한 준마를 본 원주민 복장의 노인이 다가와서는 준마를 조심스럽게 쳐다보았다. 준마는 가벼운 미소를 띠고는 모자를 벗고 가볍게 고개를 숙여 노인에게 인사를 건넸다. 그리고는 배를 잡고는 배가 고프니 먹을 것을 좀 달라는 몸짓을 하였다.

노인은 준마를 보고는 따라오라는 손짓을 하며 준마를 자기 집으로 데리고 갔다. 짚으로 지붕을 얹은 움막 같은 작은 흙집이 보였다. 집안은 어두웠고 가구는 아무것도 없었다. 짐승의 가죽을 바닥에 깐 큰 방 하나가 있었고 한쪽 구석에는 음식을 조리하는 부엌이 있었다. 좀 있으니 노인이 삶은 감자와 옥수수를 들고 왔다. 준마는 음식을 손으로 받아서 허겁지겁 먹기 시작했다. 노인이 안데스의 전통차인 마테차까지 준마에게 주자, 차를 마신 후 준마는 몸을 가누지 못하고 옆으로 쓰러지면서 깊은 잠에 빠져들었다.

한참 후에 일어난 준마에게 촌장은 조그만 목선 한 척을 끌고 와서 타라고 하였다. 마을 바로 앞에 있는 좁은 호수를 건너면 '산 파블로(San Pablo)'라는 마을이 있는데 거기서부터 계속 남쪽으로 하루 정도 더 걸어가야 라파스가 있다고 했다. 남미 대륙의 아래위로 길게 이어지는 안데스산맥은 북쪽의 에콰도르에서 시작하여 페루와 볼리비아를 거쳐 칠레까지 이어져 있었다. 볼리비아의 라파스는 안데스 산맥의 중심 지역에 자리 잡고 있었다.

41

몽둥이 찜질에 그만 혼절하다

종일 걷고 또 걸어도 끝없이 펼쳐지는 산야의 모습은 비슷했다. 끝없이 보이는 산야를 보면서 하루 이틀을 걷다 보면 조그만 마을이나 집이 몇 채 보였다. 마을 근처 산언덕에는 아이들이나 노인들이 야마 떼를 이끌고 풀을 먹이고 있었다. 야마는 사람들이 사육하기에 야마가 있으면 근처 어디엔가는 꼭 민가가 있었다. 집이나 마을만 보이면 들어가서 음식을 구걸했다. 이들은 이방인이라 할지라도 배고픈 나그네를 절대 그냥 보내지 않았다. 라파스로 가는 길에 들리는 마을마다 마을 사람들은 전혀 낯선 이방인인 준마를 친절하게 대해주었다. 착한 심성과 서로 의지하면서 도우면서 살아가는 그 마음은 웅장한 안데스산맥이라는 거대한 자연 앞에 순종하며 살아온 삶에서 비롯되었다는 느낌이 들었다.

비슷한 높이의 산들이 이어지고 있어 준마 그가 서 있는 곳이 해발 4,000미터 가까이에 이른다는 사실을 잊기도 했다. 길을 가면서 보이는 산들이 별로 높은 것 같지 않은 것 같았다.

그러나 조금만 빨리 걷거나 언덕을 걸어 오르면서 이내 그러한 착각은 깨어졌다. 이내 숨이 차서 입을 크게 벌려 공기를 들이마시고 다시 숨을 몰아 내쉬었다. 이럴 때면 온몸의 힘이 빠지면서 시나브로 지구상에 가장 높은 곳에 와있다는 사실을 실감하곤 했다. 그럴 때는 잠시 쉬었다가 가야 했다. 이 산들은 대부분 해발 4,000미터에서 5,000미터를 훌쩍 넘는 높이로 인간의 생존을 쉽게 허락하지 않는 곳이다. 길을 걷다 보면 때로는 멀리 설산이 보이기도 했다.

세계에서 가장 높은 도시 라파스를 향해 남쪽으로 내달리는 길 양쪽으로 고원과 거대한 산들이 이어지고 있었다. 끝이 없을 것 같이 이어지는 회색과 검붉은 색의 돌산에는 푸르른 숲이나 나무는 보이지 않고 어쩌다 보이는 자그마한 관목들과 풀이 산을 푸른 색깔로 살짝 덮고 있을 뿐 지루할 정도로 비슷한 모양의 산들로 이어지고 있었다. 띠끼나를 떠나 라파스로 향했다. 이때 만났던 마을 촌장은 라파스까지 하루나 이틀은 더 걸어가야 한다고 했다.

멀리 보이는 산봉우리 너머로 붉은 석양이 넓게 깔리고 있었다. 어둠이 산들을 타고 넘어와 이내 들판들 가로질러 서서히 온 사방을 덮어왔다. 저 멀리 우뚝 솟아 보이는 조그만 건축물 같은 것이 보였다. 인가를 찾기는 어려웠다. 일단 평평한 곳을 찾아 잠을 청하기로 했다. 서서히 싸늘한 냉기가 걸치고 있는 누더기 같은 옷 속으로 스며들면서 바로 오한이 밀려 들어왔다. 폰쵸에 얼굴까지 파묻고 덜덜 떨다가 새벽 무렵에 잠시 깜빡 잠이 들었다. 정신없이 자는데 누군가 몸을 뾰족한 막대기 같은 것으로 찌르는 느낌에 잠이 깼다. 준마가 깜짝 놀라 몸을 일으켰다.

준마의 주위는 사람들이 둘러싸고 있었고, 그중 누군가 다가와 창으로 준마를 찌르려고 하였다. 준마는 본능적으로 몸을 일으키면서 창을 걷어차고 그 사내를 발길질로 내쳤다. 멀리 나가자빠진 그 사내가 소리를 지르자 주위의 사내들이 한꺼번에 달려들었다. 창과 막대기를 막아내면서 무술로 그들을 사정없이 때려 눕혔다. 갈수록 사람들이 주위로 몰려들고 도저히 감당이 안 될 정도로 공격을 해왔다. 몸은 오랜 여행에 지치고, 제대로 먹지도 못한 준마는 점차 힘이 달리기 시작했다. 순간 뒤쪽에서 누군가 긴 막대기로 준마의 다리를 걸어 넘어뜨렸다. 몽둥이찜질이 이어지고 피투성이가 된 채 정신을 잃었다.

한나절이 지나서야 준마는 겨우 정신이 돌아왔다. 온몸이 결박당하여 꼼짝할 수가 없었다. 한참이 지난 후 촌장인 듯한 노인이 다가와 준마를 한참 쳐다보고 갔다. 그리고는 무슨 회의를 하는지, 여러 사람이 모여 긴 얘기를 나누고 있었다. 좀 있다가 얘기가 끝난 듯 촌장이 앞으로 나와 무슨 지시를 내렸다. 젊은 사내 몇이 달려들어 준마의 옷을 벗기고는 몸에 물을 끼얹기 시작했다.

그리고는 준마의 머리를 잡고는 강제로 준마의 입속으로 약초 같은 물을 흘려 넣었다. 정신이 몽롱해지는 약효가 있는 듯했기에 준마는 정신을 잃지 않으려고 온몸에 기를 집중했다. 그들은 준마를 편편한 돌 위에 눕히고는 묶었다. 그리고는 한 사내가 예리한 작은 칼을 들고 왔다. 준마는 남미 어느 곳에서는 사람의 심장을 도려내어 제물로 바친다는 얘기를 들은 적이 있었다. 정신이 점차 아늑해지는 가운데 정신을 차리려고 이를 악물었다. 사내의 칼이 가슴을 겨냥한 와중에 준마는 무심코 "산 프란시스코, 아멘!" 하며 소리를 질렀다. 칼을 든 사내가 움찔 놀라며 내리 찌르려던 칼을 멈추었다.

그리고 그는 촌장을 바라보았다. 촌장도 같이 놀란 듯 칼을 내리라고 말하는 것 같았다. 준마의 소지품을 살피던 한 사내가 무엇인가를 손에 들고 촌장에게 건넸다. 준마가 네덜란드 헤이그에서 산 조그만 십자가였다. 인천에 있을 때 신부가 목에 걸고 다니던 것이 생각나서 호텔 근처 성당 앞에서 조그만 십자가를 하나 사서 몸에 지니고 있었다.

촌장은 사내에게 준마를 데리고 오라고 했다. 겉옷을 대충 걸쳐주고는 준마를 끌고 촌장 앞으로 데리고 갔다. 준마는 사태를 짐작한 듯 인천에서 천주교 신자들이 하던 것이 생각나 얼른 무릎을 꿇고 앉아 십자가 성호를 손으로 그었다. 그리고 고개를 숙였다. 촌장의 얼굴에서 안도의 모습이 보였다.

안데스 사람들은 천주교를 믿고 안데스의 여러 신도 함께 믿었다. 이전에 준마가 이들 부족의 마을에서 수호신으로 모시는 성모의 제단 위에서 잠을 잔 적이 있다. 그때 십자가를 잠결에 부순 것이었다. 준마가 그들의 신전을 부순 것이었다.

와리나에서 나흘을 묶으면서 다친 몸을 추슬렀다. 촌장은 미안한 듯이 준마에게 사과하면서 다친 부위에 약초를 발라주었고, 야마고기로 만든 음식을 대접했다. 그리고 준마가 마을을 떠날 때 야마 털모자와 옷가지 등을 마련해 주었다. 말린 고기와 과일 등 먹을 것을 보자기에 잔뜩 넣어서 준마의 어깨에 걸어주면서 배웅했다.

라파스로 가는 길은 알티프라노 고원을 계속 걸어가는 지루한 길의 연속이었다. 주위에 이어지는 산들은 크게 높지는 않았고 산정상은 둥글고 부드럽게 솟아 있었으나 여전히 준마에게는 무겁게 이어졌다. '바타야스(Batallas)'라는 마을이 나타났다. 점점 사람들이 자주 보이고, 간간이 오가는 말들과 가축들이 보였다. 라파스에 거의 다다른 듯하였다.

'팔 코코(Pal Coco)'라는 엘알토 마을에 도착했다. 여기서부터는 라파스까지 내리막길을 한참을 가야 했다. 눈 아래 보이는 도시의 모습은 이제까지 보아왔던 다른 도시와는 전혀 다른 모습이었다. 라파스의 모든 가옥은 해발 4,000미터가 넘는 안데스산맥의 평원을 끝없이 달려오다가 엘알토(El Alto)라는 지역에서 갑자기 푹 꺼져 있는 분지에 지어져 있었다. 멀리 평원에서 보면 이런 도시가 있는 줄조차 몰랐을 것이다.

간간이 보이는 나무들과 숲들 그리고 가운데 잘 지어진 서양식의 돌 건물들이 있었고 전차와 말들이 다니고 있었다. 길거리에 다니는 사람들은 깨끗하게 차려 입이고 다녔고 여유로워 보였다. 볼리비아의 수도 라파스는 해발 3,300미터에서 4,200미터에 위치한, 세계에서 가장 높은 곳에 있는 도시였다. 그곳 사람들 대부분은 이곳에서 쉽게 뛰어다니지 못한다. 인간들이 함부로 뛸 때마다 인간의 심장과 피를 대지의 신이 통제하고 있는 듯 보였다.

라파스는 그렇게 멀리 있는 산들과 평원에서부터 시작되었다. 아침에 동이 뜰 때면 강렬한 태양이 머리 위에 쏟아지고 대지의 신 파차마마는 만년설이 하얗게 덮인 설산과 웅대한 산맥을 통해 흐르는 대지의 기운을 멀리 아득하게 구름 너머 몰고 왔는데 안데스의 사람들은 그 거대한 힘 앞에 고개 숙이고 엎드렸다. 특히 라파스에서 남쪽으로 바라보면 도시의 끝에서 멀리 하얀 눈에 덮인 설산 일리마니가 보였다. 볼리비아 사람들이 신성시하는 산으로 어머니의 땅인 파차마마 신의 성령이 깃든 산이라고 하였다.

  한 달이 넘도록 안데스산맥을 걸어서 볼리비아의 엘알토라는 곳에 도착했을 때, 준마는 이전보다 더욱 가슴이 답답하고 머리가 어지러운 것을 느꼈다. 때로는 구토가 나올 것 같았고 밤에 잠도 쉽게 잘 수가 없었다. 크게 아픈 병치레라고는 해본 적이 없는 준마는 도무지 어찌할 수 없는 무기력 증세 때문에 당황하였다. 대지에 등을 깔고 누우면 하늘은 무겁게 느껴졌고, 잠을 잘 때 가위를 들릴 것 같은 기분이 들었다. 답답함에 잠이 깰 때면 숨을 크게 몇 번을 쉬고는 호흡을 가다듬고 다시 잠자리에 들었다. 잠조차 편하게 허락하지 않는 곳 그곳은 볼리비아의 수도 라파스였다.

  라파스까지 오면서 수개월 동안 겪었던, 안데스 평원에서 맞은 아침과 저녁의 쌀쌀한 공기는 조선의 냉혹한 추위와는 전혀 다른 경험이었다. 그리고 페루를 지나오면서 겪은 지독한 더위와 모기 그리고 각종의 벌레들과 싸운 경험은, 볼리비아의 대평원을 지나 라파스까지 오는 동안 겪은 경험과는 사뭇 달랐다. 그렇게 지긋하게 준마를 괴롭히던 모기는 순식간에 사라진 듯 없어지고 벌레조차 없는 이상한 곳이었다. 산속에서 사는 사람들은 일 년 내내 옷을 입은 채로 잠자리에 들었다. 들판이나 산에서 농사일을 하거나 또는 야마 떼를 끌고 산으로 나가서 종일 있다가 집으로 돌아와 잠을 청했다. 흙집으로 된 실내에 모래와 흙을 깔거나 아니면 맨땅에 야마 가죽을 깔고 그 위에 누우면 바로 그곳이 이들의 잠자리였다. 안데스의 계절은 딱히 조선처럼 여름의 지독한 더위와 매서운 겨울이 있는 것도 아니었다. 아침에 동이 튼 이후로 낮 시간에는 더웠다가 밤에는 어디서 오는지도 모르는 냉한 추위가 먼 산과 평원의 대지로부터 와서 흙집 벽을 뚫고 집안으로 흘러 들었다. 이른 새벽녘에 싸늘한 냉기가 옷 속으로 스며들 때는 차가운 냉기가 속까지 흘러 들어오는 듯 추웠다.

볼리비아는 땅은 매우 큰 나라이지만 인구는 조선과 비교해 적었고 수도는 서양의 영향을 받아서인지 이미 조선보다 개화되어 있었다. 시내를 다니는 전차는 조선보다 일찍 개통되었고 관청과 귀족의 집은 육중한 서양식 돌 건물로 지어져 있어서 조선의 초가집은 물론이고 대갓집보다 훨씬 웅장하고 튼튼해 보였다.

중앙광장에는 돌로 지은 샌프란시스코 성당이 웅장한 모습으로 서 있었다. 1400년경에 처음 지어졌다가 화재로 소실된 이후 1700년경에 다시 건축되었다고 하는데, 성당 내부에는 정면과 옆면에 금빛으로 찬란하게 빛나는 성모마리아와 십자가에 못 박힌 예수 그리고 성자들의 모습이 동상으로 조각되어 있었다. 조선에서 그렇게 박해를 받던 천주교 신자들이 여기서는 자유롭게 상당에 들어와 예배를 드리고 있었다.

성당 주위와 밑으로 내려가는 큰길 주위에는 관공서 건물들이 들어서 있었다. 라파스에 나있는 대부분의 도로는 올라가거나 내려가는 경사가 져 있어서 평지가 드물었다. 공기가 부족하여 조금만 빠르게 언덕길을 오르면 이내 숨이 차고 몸은 지쳤다.

42

하늘에서 강림한 무술의 신

 구토를 유발하는 현기증과 같은 증세가 높은 지역에 머무르면 나타나는 고산병 때문이라는 것은 이곳에서 우연히 만난 조선인 고산해의 얘기를 듣고 나서야 이해가 되었다. 그를 찾아낸 것은 준마의 직감이었다. 샌프란시스코성당의 언덕 뒤로 올라가는 로드리게스 장터를 따라가면서 조선인을 발견하는 것은 쉬운 일이 아니었다. 엘알토 입구에 있는 팔코코 마을에 들렸을 때 마을의 촌장이 라파스 시장 골목에 나와 같은 꼬레아가 있다고 스치듯 말했던 것이 준마의 직감을 만들었다. 폰쵸를 덮고 모자를 쓰고 앉아 있는 검게 탄 그의 얼굴에서 조선인의 골격과 얼굴 모습을, 준마는 쉽게 알아볼 수 있었다.
 "안녕하십니까, 혹시 조선사람 아니신지요?"
 모자를 깊게 눌러쓰고 때에 찌든 폰쵸를 뒤집어쓴 사내는 갑작스럽게 조선말이 들려오자 순간 놀라는 모습이 역력했다. 지구의 반대편인 이곳에서 조선말이 들리다니 가슴이 방망이 치며 두근거렸다. 그는 모자를 들어 올리곤 준마를 빤히 올려다보았다.
 "어디서 오신 분이요, 조선에서 오셨습니까?"
 고산해는 놀라움과 반가움이 가득한 얼굴로 준마에게 물었다. 준마 또한 고산해의 조선말을 듣고 서야 반신반의하던 초조함이 가시고 그제야 지푸라기라도 잡은 듯 안도의 한숨이 절로 나왔다. 이 세상 낯선 곳에서 든든한 구원자를 만난 기분이었다.

고산해는 인천에서 배를 타고 멕시코 사탕수수농장으로 일하러 왔다가 악독한 농장주를 만나 임금도 못 받고 밤낮없이 중노동에 시달렸다고 했다. 결국에 멕시코 농장을 탈출하여 온두라스를 거쳐 도망을 다니다가 이곳 볼리비아에 정착한 조선인이었다. 처음에는 코카 재배 농장에서 일하다 아이마라 원주민인 지금의 아내 제시를 만나 아이 둘을 낳았고, 지금은 라파스에서 장사하면서 생활하고 있었다.

조선인을 만난 반가움은 둘째 치고, 준마는 일단 만국평화회의 볼리비아 대표였던 세르반테스를 찾아야 했다. 낯선 이방인 준마로서는 지금 의지할 사람이 이곳의 유력한 인사인 세르반테스밖에 없었다. 그의 집을 찾는 것은 그다지 어렵지 않았다. 외교부의 고위직을 지낸 그는 라파스에서는 유명인사였고 조선인 고산해는 쉽사리 준마를 세르반테스의 집으로 안내하였다.

세르반테스의 집은 라파스의 중심 지역인 세이스 데 오거스트 거리에 있었으며, 집 뒤로는 산이 병풍처럼 둘러싸고 있어서 쉽게 안을 들여다볼 수 없었다. 몇 개월 만에 만난 세르반테스는 준마를 반갑게 맞으며 준마가 힘들게 라파스까지 살아서 온 것을 축하해 주었다. 준마는 일단 그의 집에서 당분간 지내기로 하였다. 그렇게 한 달이 지났을 즈음, 세르반테스가 일터에서 돌아오더니 저녁에 급하게 준마를 불렀다.

"오늘 진분이 있는 한 외교부 징괸을 민났는데, 혹시 조선인 준마를 우리 집에 숨겨준 적이 있는지 물었습니다. 저는 물론 준마라는 사람은 본 적도 없다고 잡아떼고 이런 얘기를 다시 꺼내지 말도록 강하게 얘기하긴 했습니다만 외교부 장관은 의심을 지우지 못하는 눈치였습니다."

세르반테스는 난처한 듯이 말을 꺼냈다.

"그리고 외교부의 동료에게 들은 이야기인데 말입니다. 조선은 일본과 을사보호조약을 맺었으며 모든 조선 국민은 이제부터 일본 정부가 통치한다고 일본 대사가 통보해 왔습니다. 일본 대사관은 준마라는 조선인이 지금 볼리비아로 들어왔는데, 일본의 국가반역자라고 하면서 준마 친구를 찾는 대로 일본 대사관에 넘길 것을 요구하고 있습니다. 일단 한동안 숨어서 조심히 지내야 할 것 같습니다."

"잘 알겠습니다, 오랫동안 숨겨 주신 것만으로도 감사할 따름입니다. 내 조만간 방법을 찾아볼 것입니다."

준마는 그에게 두 손을 모으고는 감사 뜻을 전했다.

"아니, 그런 뜻으로 말씀을 드린 것이 아닙니다."

세르반테스는 미안한 듯이 얼굴이 붉어지며 말을 꺼냈다.

그도 염치와 눈치는 있었기에, 세르반테스 집에서 나온 준마는 고산해가 자기 집에서 머무르도록 배려해 주었기에 숙소는 걱정 없이 해결되었다. 집 마당 구석에 지은 감자창고 한편에 방을 꾸며 준마가 묵도록 했다. 라파스는 겨울과 여름의 구분이 없었다. 조금 선선하다 싶으면 조선의 가을 날씨와 같고 좀 덥다 싶으면 늦봄 정도의 날씨와 같았다. 아침에 약간 쌀쌀하다 싶더니 비가 추적추적 내리고 있었다.

부에노스아이레스 거리 언덕에 있는 고산해의 집은 라파스 시내를 한눈에 내려다볼 수 있는 곳에 있었다. 고산해는 아침 일찍 장사하러 나가곤 했다. 고산해가 요즈음 주로 판매하는 물목은 각종 채소와 감자 등이었다. 준마는 고산해가 파는 채소를 집에서 손질하여 가게로 갖다주는 일을 맡았다.

비가 오는 날이었다. 대문을 막 나서려는 데 고산해의 아들이 맞은편 방 창문으로 고개를 내밀고 인사를 한다.

"행수님 아저씨 우산 안 가져가세요?"

그의 아들은 조선말을 더듬거리기는 하지만 어느 정도의 의사소통은 가능했다. 준마는 그 정도라도 조선말이 기껍게 반가웠다.

"괜찮다. 이 정도 비는 그냥 맞아도 된다. 모자도 쓰고 판쵸를 입었으니 그냥 가는 게 더 편하다."

고산해의 아내는 부엌에서 나오면서 점심으로 감자와 옥수수, 치즈 등을 싼 보자기를 전해주었다. 고산해 처인 제시는 외지인인 준마가 집으로 처음 왔을 때부터 남편과 같은 조선인인 준마의 딱한 사정을 듣고는 준마에게 각별한 신경을 써주었다.

준마가 손질한 채소를 지게에 얹고는 문을 나섰다. 고산해의 가게는 로드리게스라는 시장 안에 있는데 집에서 별로 멀지 않은 곳에 있었다. 평지로 약 10분 정도를 걷다가 언덕 위로 약 10여 분 올라가는 곳에 시장이 있었다. 입구부터 많은 상인이 각종 물건을 좌판에 늘어놓고 손님을 기다리고 있었다. 시장을 보자 보부상 일을 매일같이 하던 과거가 새삼스레 그리웠다.

준마가 골목 안으로 들어가자 손님과 흥정하는 고산해의 모습이 보였다. 그런데 주위에 조금은 험상궂은 얼굴을 한 젊은 사내 서너 명이 가게 옆에서 고산해를 유심히 지켜보는 것이었다. 한 사내는 좀 마른 체구의 백인 사내였고 나머지는 덩치가 제법 큰 원주민들이었다. 고산해가 맞고 있던 손님이 흥정을 끝내고 가자 우두머리로 보이는 백인 사내가 고산해 앞으로 다가오면서 뭐라고 말하는 것 같았다. 고산해가 뭐라고 대꾸하는 순간 그자의 주먹이 고산해의 얼굴을 가격했다. 고산해가 가게 좌판 위에 쓰러졌다. 준마는 이들이 시장에서 돈을 뜯는 건달패임을 직감했다. 조선 장터에서도 이런 건달들은 항상 있게 마련이었다. 빠르게 걸음을 옮겨 고산해 가게로 갔다. 짐을 옆에 풀어놓고는 고산해를 부축해서 일으켰다.

"대체... 이게 무슨 일이십니까?"

고산해는 별 것 아니라면서, 그들이 돈푼이나 뜯으려는 건달들이라고 했다.

"그럼 돈을 주면 고맙게 여기며 가면 될 텐데 왜 시비를 거는 건지요?"

그러자 패거리 중 한 명이 뭐라고 말을 내뱉더니 돈을 받고는 뒤돌아서 사라졌다.

다행히도 고산해는 가벼운 상처만 입고 크게 다치지 않았다. 팔에 난 상처에 약초를 바르고 천으로 동여매었다. 상처를 치료하고 보니 고산해가 좌판 위에 쓰러지면서 엎어진 채소며 감자 등이 아주 난장판으로 어지러웠다. 준마가 얼른 물건들을 거두어 수습하였다.

"고 선생, 앉아서 좀 쉬고 계세요. 제가 정리하겠습니다."

준마가 바르게 몸을 움직여 물건들을 좌판 위에 가져다 정리해 놓았다. 고산해가 넘어지면서 팔을 약간 삐끗했는지 팔을 들어보면서 아픈 듯 얼굴을 찌푸렸다.

"오늘은 일단 가게를 정리하고 집으로 돌아가는 게 좋겠습니다."

준마는 다리를 약간 저는 고산해를 부축하여 집으로 돌아왔다.

저녁을 먹고 난 후, 준마가 고산해에게 낮의 장터에서 일어난 일에 관해 물었다. 역시 고산해는 크게 신경 쓸 일이 아니라고 했다. 결국, 준마가 꼬치꼬치 캐묻자, 제시가 심각한 얼굴로 입을 열었다.

실상은 고산해의 자리를 탐내는 사람들이 고산해의 가게를 빼앗으려고 얼마 전부터 시비를 걸어오고 있다고 했다. 제시는 아이마라족인데, 얼마 전에 캐츄아족인 상인이 가게를 자기에게 넘기라고 했다고 한다. 하지만 제시는 단언컨대 팔지 않겠다고 했고, 그 이후로부터 건달들을 부추겨 고산해가 장사하지 못하도록 행패를 부리고 있다고 했다. 이는 고산해가 동양인임을 알고는 그를 쉽게 보고 가게를 빼앗으려고 하는 것이다. 아마도 피부가 하얀 백인이었다면, 아예 마음도 못 먹었을 것이다.

며칠 후 가게에 건달들이 다시 나타났다. 우두머리인 듯한 사내가 고산해 앞으로 다가왔다. 그러자 준마가 고산해 앞을 가로막으면서 그 사내에게 다가갔다. 준마가 저리 가서 얘기하자고 손짓을 했다. 그들은 별일 다 본다는 표정을 지으면서 준마의 아래위를 훑어보고는 심상찮은 음흉한 미소를 띠곤 준마의 어깨를 밀치듯이 탁하고 쳤다. 그러자 준마는 건달 일행들과 함께 장터 뒤편의 공터로 나왔다. 건달 두목이 눈짓으로 다른 패거리들에게 뭐라 지껄이면서 신호를 보냈다. 건달들이 준마 주위를 에워쌌다. 준마는 가만히 서서 이들의 움직임을 서서히 바라보고 있었다. 체구도 크고 힘이 좋아 보였다.

맨 앞에 있던 사내가 준마 앞으로 나오면서 준마에게 달려들었다. 준마의 얼굴을 향해 주먹을 향해 크게 날렸다. 준마가 순간적으로 얼굴을 옆으로 돌리면서 가볍게 피했다. 그러자 조금 약이 올랐는지 준마를 향해 다시 주먹을 휘둘렀다. 준마가 옆으로 피하면서 그자의 정강이를 발길로 걷어찼다. 순간적인 반격에 녀석은 무릎을 꿇고 주저앉았다. 화가 잔뜩 오른 사내는 얼굴이 일그러지면서 아예 준마를 붙잡고 넘어뜨리려고 덤벼들었다. 준마가 그자의 상의를 잡고 가볍게 들어 메쳤다.

　동료가 흙바닥에 나 둥그레지면서 자빠지자 녀석들의 얼굴이 굳어지면서 몽둥이를 들고 휘두르기 시작했다. 한 녀석은 밀림 칼을 들고 휘두르며 달려들었다. 준마가 몽둥이를 든 녀석의 몽둥이를 피하자마자 그자의 옆구리를 발로 강하게 차서 쓰러뜨렸다. 그리고는 그자가 떨어뜨린 몽둥이를 집어서 옆에서 공격해 오는 다른 녀석의 목 부분을 가격했다. 녀석이 비명을 지르며 쓰러졌다.

　정면에서 칼을 휘두르며 준마의 얼굴을 베러 들어오는 녀석을, 준마는 몽둥이로 강하게 막으면서 재빠르게 그자의 옆구리를 발로 가격했다. 그리고는 바로 몸을 옆으로 틀면서 몽둥이를 들고 공격하는 또 한 녀석을 피하면서 순식간에 턱을 향해서 주먹을 날렸다. 어릴 적부터 단련된 준마의 무술 앞에서 건달들의 어설픈 격투 솜씨는 처음부터 상대가 되질 않았다.

　일어나서 몽둥이며 칼을 줄기차게 휘둘러도 가볍게 피하면서 순식간에 얼굴이며 가슴을 가격하는 준마의 무술에 속수무책으로 당하면서 건달들은 두려움에 떨기 시작했다. 그들의 눈에 준마는 사람이 아닌 것 같았다. 전광석화같이 움직이면서 공격하는 준마의 공격에 네 명의 건달들은 전의를 상실하기 시작했다. 더이상 일어나서 공격했다가는 몸이 성한 곳이 없을 것 같았다. 그나마 준마가 놈들의 급소는 피하면서 공격을 했기에 자신들의 목숨이 붙어있을 수 있었다는 것을 놈들은 알고 있었다. 이 이상으로 이자와 싸워봐야 목숨을 부지하기도 어려울 뿐이었다.

준마는 쓰러져서 일어날 생각을 하지 않고 순마의 얼굴만 멀뚱히 쳐다보는 녀석들을 우뚝 서서 내려봤다. 그는 인천에서 계림장업단 무사들과 싸우던 순간을 떠올려 회상했다. 적을 쓰러뜨리지 않으면 내가 죽는다는 절박함으로 투혼을 발휘했던 그때의 순간이 아득하게만 느껴졌고, 기실로 오랜만에 적을 만난 듯 싸웠다. 차라리 속이 다 후련한 것 같았다.

그러나 이자들은 그때의 적들과는 달랐다. 이자들은 애초에 무술이 뭔지 모르는 단지 건달에 불과했고 그다지 살의도 없는 자들이었다. 교활하지 않고 단지 어리석을 뿐인 자들이었다. 남의 나라의 산과 천지를 다 빼앗으려는 도적 떼는 아니었다. 갑작스럽게 이자들이 측은해 보였다.

준마는 근처 바위에 걸쳐 앉아 이들을 불러 모았다. 녀석들은 아직도 정신이 나간 것 같았다. 도무지 순식간에 무슨 일이 어떻게 벌어졌는지 정신이 하나도 없었다. 정말로 그들에게는 준마가 하늘에서 강림한 무술의 신과도 같았다. 조상들에게 들은 스페인 군대의 장군보다 더 신출귀몰한 것 같았다. 그런데 이 사람은 무기도 없이 자신들을 맨손으로 제압했으므로, 장군보다 더 높은 사람으로 보였다. 이에 그들은 준마를 존경의 눈초리로 멀뚱멀뚱 쳐다보았다.

그때 준마가 걱정되었던지 멀리서 싸움을 바라보던 고산해가 드디어 얼굴을 펴고 준마에게로 다가왔다. 백인인 건달 대장이 고산해에게 물었다.

"도대체 이 사람은 누구인가?"

고산해는 조선의 장군 집안의 무사라고 소개했다. 녀석들이 고개를 끄덕이면서 고개를 숙이기 시작했다. 준마는 미소를 지으면서 녀석들의 손을 하나하나 잡으면서 어깨를 두드려 위로했다. 녀석들은 다시 고산해를 괴롭히지 않겠다고 약속했다. 그리고는 자신들에게 동양의 무술을 가르쳐주기를 간청했다. 준마는 딱히 바쁜 일도 없는 터였기에 흔쾌히 승낙했다. 고산해도 큰 걱정거리 하나를 덜게 되었다.

건달 무리의 두목인 마르테스는 오루로의 노리예가라는 작은 지방에서 왔다. 얼굴이 희다는 것만으로 두목이 되었는데 원래는 고향에서 야마떼를 키우던 목동이었다고 한다. 아버지는 누군지도 모르고, 5형제의 둘째 아들로 혼자 라파스로 와서 좀도둑질하다 패거리의 두목이 되었다. 원래 엘알토 중앙시장 근처에서 노숙하다가 다른 일당들인 리노, 알레한드로, 마그네, 마리오 등 4명과 만났다. 지금은 라파스 산동네인 로드리게스 시장 근처 움막에 모여 살고 있었다. 준마는 틈틈이 만나 이들에게 무술을 가르치게 되었다. 고산해의 꼬레아 아들도 마침 동양의 무술을 배우고 싶다고 해서 같이 참여하게 되었다. 고산해는 페루에서 해산물을 수입해서 팔기 시작한 사업이 조금씩 매출이 늘어가면서 장사도 안정적으로 자리를 잡아갔다.

한편, 헤이그에서 눈앞에 있는 준마를 놓친 변철상은 어디서부터 일이 꼬였는지 도무지 알 수가 없었다. 지금껏 어느 항구에서든 준마가 내린 흔적은 없었다. 그는 조선 통감부에 전문을 보내 준마가 볼리비아 대표와 같은 호텔에 묵었으며 볼리비아 대표는 조선의 입장에 대해 지지하는 태도를 보인 바 있다는 정보를 입수한 바 있다.

변철상은 곰곰이 준마의 행적을 되짚었다. 칠레의 아리카 항에서 세르반테스가 내릴 때에는 준마의 모습이 보이질 않았다.

'그렇다면 백준마가 어디로 갔단 말인가?'

그렇다면 중간 어디에 내렸으리라는 추론에 이르렀다. '페루!' 두 글자의 이름이 변철상의 머리를 스쳤다. 페루 리마항에서 배가 출발하기 전, 세르반테스가 식당에서 때늦은 식사를 하는 모습이 아무래도 의심쩍었다.

'아, 준마가 탄 배가 바로 볼리비아 대표가 탄 배였다. 볼리비아는 항구가 없는 나라다. 그렇다면 볼리비아 대표는 가까운 페루나 칠레의 항구를 이용해서 자국으로 들어갈 것이다. 준마가 볼리비아 대표의 도움을 받았다면 틀림없이 볼리비아로 갈 것이다. 바로 볼리비아다! 전 세계 어디를 가도 일본 대사관이 있고 준마가 도망갈 곳은 없다! 세르반테스는 우리를 따돌리려고 식당 칸에 있었으리라. 백준마, 기다려라. 내 지옥

끝까지라도 쫓아가 너를 잡을 것이다. 내 너를 잡아 대일본제국 형사로서 최고의 공을 세울 것이다. 이제 네가 빠져나갈 곳은 없다. 잡히거나 죽음뿐이다.'

그렇게 이를 악물고 볼리비아로 들어온 변철상과 전갈식은 먼저 일본 대사관을 찾아간 것이다.

"틀림없이 백준마가 이곳 볼리비아에 있을 것입니다. 아마도 만국평화회의 수석대표였던 세르반테스가 그를 돕고 있는 것이 분명합니다. 외교적으로 준마를 일본으로 송환해 줄 것을 볼리비아 정부에 요청해 주시기 바랍니다."

변철상은 일본 대사관의 이치로 대사를 설득했다. 이치로 대사는 난처한 듯이 고개를 잠시 숙이고는 생각에 잠겼다.

"정확한 확증이나 물증이 있는 것도 아니고, 어찌 상황만 가지고 볼리비아 정부를 상대로 범인을 돌려 달라고 할 수 있는지요."

난처한 듯이 이치로 대사는 얼굴색이 붉어지며 말했다.

"그렇다면 저희가 범인을 잡는데 필요한 인력과 편의라도 제공해 주기를 부탁드립니다."

마침내 이치로 일본 대사는 변철상과 전갈식이 일본 정부로부터 밀명을 띠고 볼리비아에 들어온 경시청 소속 순사들임을 확인하고는 일본 군인 6명을 변철상에게 지원하였다.

일단 변철상은 대사관 소속 무관으로 신분을 바꾸고 준마를 추적하기로 하였다. 만국평화회의에 참석한 볼리비아 수석대표였던 세르반테스를 집중적으로 감시하면 준마의 행방을 알 수 있으리라 여겼다. 이 낯선 곳에서 준마가 의지할 곳은 세르반테스밖에 없다. 변칠성은 전갈식과 함께 세르반테스의 집을 감시하기 시작했다.

43

이제는 돌아가야 한다

 그렇게 준마가 볼리비아에 온 지 벌써 6개월의 시간이 훌쩍 흘러갔다. 헤이그에서 변철상에게 쫓겨 얼떨결에 중남미로 가는 배를 타고 이곳 볼리비아까지 왔다. 조선과는 지구의 반대편에 있는 나라에 와서 너무나도 많은 시간을 보냈다. 상해의 상점과 인천의 백가객주의 일이 어떻게 되어 가는지 걱정이 되는 준마였다. 기실 상해의 상점은 진홍이 잘 알아서 해나갈 것이다. 인천의 백가객주도 복만이라면 크게 걱정을 하지 않아도 되었다.
 그러나 오랫동안 행방불명이 된 자신의 소식을 모두 궁금해할 것이었다. 어떻게든 상해로 일단 돌아가야 했다. 그가 죽었는지 살았는지 그들은 생사조차 모르고 있을 것이다. 생존을 건 망명에서 여유를 찾으니, 그런 현실적인 생각이 이제야 들기 시작했다.
 '이제는 돌아가야 한다, 너무 오래 있었다.'
 준마는 떠나기로 마음먹었다. 세르반테스의 집을 나와 고산해의 집에서 기거하며 신세지며 지낸 지 여러 달이 지나고 있었다. 낯선 곳에서 지리도 모르고 일본의 감시를 피하느라 계속 집에만 있었다. 이제는 고산병도 어느 정도 이겨내고 주위 사정을 조금 알게 되었다. 준마는 마지막 작별인사를 하러 세르반테스의 집을 찾았다. 세르반테스는 준마를 반갑게 맞아 주었다.

"준마선생이 저의 집을 떠난 후로 걱정이 많이 되었습니다."

세르반테스는 아직도 그 점이 미안한 듯이 준마를 보며 말했다.

"별말씀을요. 그동안은 여기 동포인 고 선생이 저를 도와줘서 다행히 잘 지낼 수 있었습니다. 사실, 이제는 떠날 때가 온 것 같습니다, 제가 중국의 상해에서 벌여 둔 사업도 있고 여러 가지 해야 할 일도 좀 있습니다. 저를 죽음의 고비에서 구해 준 세르반테스 선생의 은혜에 깊이 감사드립니다."

준마는 그가 건네준 통행증을 안쪽 주머니 깊숙이 넣고 조심스럽게 주위를 살피면서 세르반테스의 집을 나왔다.

세르반테스는 준마의 뒷모습이 사라질 때까지 한 동안을 그렇게 창문 앞에 서서 준마를 바라보았다. 상해로 가기 위해서는 이제 큰 배가 들어오는 항구도시로 일단 가야 했다. 페루와 칠레 중의 어느 항구를 택해야 해 고민하며 걸어가던 와중, 뒤에서 누군가의 인기척이 계속 느껴졌다. 순간적으로 고개를 돌리는데 누군가 급하게 석조 건물 뒤로 숨는 것이 보인다. 준마는 직감적으로 그가 누구인지 알 수 있었다. 변철상이었다.

'그자는 쉽게 포기할 인간이 아니다.'

준마는 옆에서 묵묵히 따라오는 고산해에게 누군가 우리를 미행하고 있다고 간단히 알렸다. 그리고는 일단 거기서 헤어진 후 라파스에서 오루로로 가는 기차역에서 만나자고 하였다. 라파스는 광물을 실어 나르는 기차가 오루로를 거쳐서 우유니(Uyuni)역을 지나 칠레의 항구까지 운행되고 있었다. 중간에 포토시라고 하는 세계적으로 유명한 은광이 있어서 포토시에서 채굴한 은을 실은 차량을 라파스에서 출발한 기차에 매달고 칠레 아리카 항구까지 실어 나르곤 했다.

'일단 라파스를 벗어나 내려 가보자. 그리고 기차를 타고 볼리비아 국경을 넘어 페루이든 칠레이든 항구가 있는 곳으로 갈 것이다.'

석양이 라파스 시내를 둘러싸고 있는 거대한 암벽들을 붉게 물들이면서 역 주위도 서서히 해가 저물기 시작했다. 역 아래 좀 떨어진 골목 언덕 위에서 기다리던 준마는 멀리서 고산해가 천천히 걸어 올라오는 것을 보았다. 옆에 젊은 아이 하나를 데리고 오는 데 아들인 듯하였다. 준마는 얼른 언덕을 내려가 고산해가 올라오는 길목으로 달렸다. 준마는 고산해가 올라오는 길을 따라 누군가 미행이 없었는지 주위를 살폈다. 그러고는 고산해를 조용히 불렀다. 준마는 고산해의 아들을 보자 반갑게 껴안고 얼굴을 부비며 인사를 했다. 아들의 이름은 '꼬레아 고 아드리아노(Corea Ko Adriano)'이었는데, 준마가 고산해의 집에 머무르는 동안 조선의 역사와 말을 가르쳤다. 처음 이 녀석을 만났을 때, 이곳 멀리 남아메리카에서 조선의 핏줄이 대를 이어지는 것을 보고 묘한 연민의 감정이 일었었다.

준마는 꼬레아 고의 손을 잡았다. 그리고는 말없이 소년을 끌어안았다. 아이와 낯선 이방인은 그렇게 한참을 껴안고 서로 가슴이 뛰는 것을 느끼고 있었다. 옆에서 바라보고 있는 고산해의 두 눈에는 어느새 눈물이 고여 있었다.

　　"고 선생, 그동안 저 때문에 고생 많았습니다. 이제부터는 제가 혼자서 빠져나갈 방법을 찾아보겠습니다." 준마는 더는 고산해를 위험에 빠뜨릴 생각이 없었다. 이제는 죽든 살든 혼자 방도를 찾아볼 생각이었다. 눈시울이 아직 붉은 고산해가 대답했다.

　　"준마 행수님, 혼자 여기를 빠져나가는 것은 어려운 일입니다, 제가 고향을 떠나올 때 가족과 주변의 모든 사람과 영영 이별할 것이라 여겨본 적이 없었습니다. 멕시코에서 돈을 벌어 고향으로 언젠가는 돌아갈 꿈을 간직하고 이곳 멀리 볼리비아까지 왔습니다. 그러나 이제는 제게 돌아갈 고향은 없습니다. 대행수님을 무사히 상해로 돌아가시도록 힘이 닿는 데까지 모시고 싶습니다. 조선의 독립을 위해 행수님께서 싸워 주십시오, 저는 멕시코를 탈출할 때 이미 죽은 목숨이라고 생각했습니다. 이제 이곳에서 자식도 둘이나 두었고 크게 여한은 없습니다, 모든 것을 운명이라고 생각하며 살아왔습니다. 이제 대행수님을 지켜드리는 것이 저의 운명이라고 생각합니다."

　　그 말에 준마는 고산해가 굳게 결심하고 있음을 알았다.

　　"알겠습니다. 고 선생, 그럼 페루나 칠레의 국경까지 동행해 주시면 고맙겠습니다."

"예. 제 자식도 함께 데리고 갈 것입니다. 이 아이가 눈썰미도 있고 필요할 때가 있을 것입니다."

고산해는 아이의 손을 잡아 올리며 준마에게 말했다.

"알겠습니다. 자, 이제 출발합시다. 다행히 아무도 우리를 미행하는 사람은 없는 것 같습니다."

세 사람은 서서히 밤길을 따라 움직였다. 다음 날, 세 사람은 라파스에서 출발하는 기차를 이용하여 오루로까지 이동하기로 하였다. 주위를 아무리 살펴보아도 변철상과 수상한 사람들의 모습은 보이질 않았다. 아침에 출발한 기차는 천천히 역사를 빠져나가 넓은 고원을 덜거덕거리면서 천천히 달려나갔다. 철길 좌우로는 멀리 안데스의 산줄기들이 끝없이 이어져 있었다. 철도 차량의 뒤편에는 석탄을 잔뜩 실은 화물차량을 매달고 힘들게 달리고 있었다. 준마는 주위에 추적하는 사람도 없고 이렇게 평온하게 라파스를 벗어나는 것에 도리어 불안감을 느꼈다. 변철상, 과연 내가 그자를 따돌린 것일까.

기차는 6시간째 달려 오후 늦은 시간에 오루로에 도착했다. 조그만 단층으로 지은 역사는 한산했다. 간간이 열차를 오르고 내리는 승객 이외에는 사람들도 보이지 않았다. 이상이 없음을 확인한 준마는 다시 오루로에서 우유니까지 가는 표를 샀다. 기차는 다시 우유니를 향해 달려갔다. 밖은 이미 컴컴해서 아무것도 보이질 않았다. 덜컹거리는 열차 바퀴 소리가 가끔 들릴 뿐, 모든 승객도 잠이 들었다.

열차는 계속 달려 포토시로 가는 길과 갈라지는 '차야파타(Challapata)'를 지나고 있었다. 포토시는 당시 은광산으로 유명하여 당시의 파리와 런던 그리고 스페인의 마드리드와 겨룰 정도로 번창하였다고 했다. 이 철도는 포토시에서 생산되는 은을 칠레의 항구로 실어 나르기 위해 개설되었다고 한다. 라파스에서 출발한 기차는 포토시에서 채굴된 은을 실은 차량을 차야파타에서 매달고 칠레의 '안토파가스타(Antofagasta)' 항구까지 가는 것이었다. 이제 조금만 더 가면 우유니역이다. 달리는 기차 창문으로 안데스 저 멀리서 해가 떠오르고 있었다.

44

기차에서의 목숨 건 탈출

　끝없이 펼쳐지는 평원을 달리고 있는데, 객실 문이 열리면서 판쵸를 입고 원주민 모자인 솜브레를 눌러 쓴 한 사내가 준마가 앉아 있는 좌석을 향해 다가왔다. 준마를 스쳐 지나가는 줄 알았던 사내가 갑자기 돌아서면서 준마를 향해 물었다.
　"혹시 조선에서 온 사람들 아닙니까?"
　갑작스러운 조선말이 이 사내의 이에서 튀어나오자 세 사람은 기겁하고 놀랐다. 준마는 순간적으로 허리춤 속에 감추어 둔 단검을 손에 잡았다. 하지만 사내는 환한 웃음을 지으며 준마 일행을 향해 고개 숙여 인사를 했다.
　"아니, 이곳 멀리 남아메리카의 볼리비아에서 조선사람을 만나다니 이러한 기적이 어디 있겠습니까? 저는 하와이의 사탕수수농장으로 돈을 벌려고 인천에서 출발했던 조선사람입니다. 악덕 농장주한테 걸려 죽을 고생을 하다가 탈출을 해서 브라질로 갔다가 이제 다시 장사를 좀 해볼 요량으로 이곳 볼리비아로 들어온 전태식이라고 합니다. 고향은 김해의 산골 마을 평리입니다."
　그의 말은 꽤나 차분하고 진실성이 있는 듯하였다.

"예, 그러십니까. 저는 고산해라고 합니다. 멕시코 농장에서 탈출해서 지금은 볼리비아에서 살고 있습니다."

고산해는 동병상련의 아픔을 겪은 전태식에게 동성을 느끼며 말했다. 준마도 역시 전태식과 악수를 하며 조선사람을 만나 반갑다고 말을 건넸다.

전태식은 그동안 하와이 농장에서 겪은 일들을 눈시울을 적셔가며 울분에 차서 말을 이어가다, 갑자기 화제를 돌렸다.

"그래 행수님은 어디로 가시는 길인지요? 장삿길이라면 저도 관심이 많습니다."

"아, 예, 아직 이곳 볼리비아에서 뭘 할지 생각 중입니다. 지금은 이곳저곳을 다니면서 물정을 알아보는 중입니다."

준마가 전태식의 몸을 유심히 보면서 얼굴에 미소를 띠고 말했다.

"그런가요, 이제 조금 더 있으면 해가 뜨니 그때 아침 식사나 같이하시죠, 제가 대접을 하겠습니다. 식사시간이 되면 다시 뵙겠습니다."

전태식이 정중히 초대를 청하였다.

"예, 그러시죠, 저도 기쁘게 함께 하겠습니다." 준마가 고맙다는 인사를 하며 고개를 가볍게 숙였다.

기차는 계속 들판을 달려가고 있었다. 기차는 어느 구간에서는 옆으로 넘어지지 않도록 사람의 걸음보다 느릴 정도로 천천히 달리며 속도를 조절했다. 준마가 갑자기 일어나면서 고산해에게 말했다.

"지금 빨리 일어나셔서 뛰어내릴 준비를 하셔야 합니다."

고산해는 놀라서 준마의 얼굴을 쳐다보았다.

"좀 전의 우리에게 말을 걸었던 그 사내가 아무리 봐도 수상합니다, 일단 지금 빨리 기차에서 내리도록 합시다."

준마가 거듭 독촉하자 비로써 사태가 심상치 않음을 느낀 고산해는 급히 일어나 짐을 챙겼다. 그리고는 아이의 손을 잡고 준마를 따라 열차의 난간을 향해 달렸다. 열차는 다행히도 곡선의 구간을 지나면서 속도를 늦추어 천천히 달리다가 직선으로 길게 뻗어 있는 구간에 들어가며 막 속도를 높이기 직전이었다. 즉, 그 순간이 뛰어내리기에 최적의 기차 운행 속도였다.

"제가 먼저 가도록 하겠습니다. 걱정마시고 저를 따라 무조건 뛰어내리셔야 합니다."

준마는 말을 마치자 가방을 열차 난간 밖으로 던지고는 바로 열차 밖으로 몸을 던졌다. 준마가 뛰어 내리는 것을 본 고산해가 아이의 손을 잡고는 열차에서 뛰어내렸다. 다행히 짐을 등에 맨 아이와 고산해는 뛰어내리면서 넘어지긴 했으나 다행히 다친 곳은 없었다. 셋을 뒤로 하고 열차는 점점 속도를 높이면서 앞으로 달려 나갔다.

멀리서 이들이 뛰어내리는 것을 본 전태식, 아니 전갈식은 얼굴이 사색이 되어 총을 꺼내 들고 열차 난간으로 달려나갔다. 총을 쏘기에는 이미 늦었다. 멀리 준마 일행이 안데스 평원 속으로 사라지는 것이 보였다.

우유니 역에서 그를 기다리던 변철상은 전갈식이 준마 일행을 놓치고 혼자 사색이 되어 내리는 것을 보고는 아연실색하였다.

"아니, 전 형사 어떻게 된 것인가? 준마 일행은 도대체 어디로 가고 자네만 여기 있는지 설명을 좀 해보란 말이다. 지금 여기 대사관에서 파견한 요원들까지 모두 기다리고 있는 것이 안 보이는가."

변철상은 머리끝까지 울화가 치미는 것을 참고 목소리를 힘껏 낮추어 말했다. 욕지거리가 목구멍까지 올라왔으나 다른 일행들이 있어서 차마 터트리지 못하고 있었다.

"그게... 저... 제 짐을 가지러 가려고 잠시 감시를 늦춘 사이에 이자들이 눈치를 채고 열차에서 뛰어내렸습니다. 설마 제가 자기들을 추적하고 있다는 사실을 전혀 모르는 눈치였는데.... 제가 잠시 방심했습니다."

"전 형사, 준마라는 자는 인천에서 제일 큰 백가객주를 운영하던 대행수였네, 장사꾼의 눈치로 평생을 산 사람이야 그리고 무술 또한 뛰어난 자로 일본 최고의 무사가 그자의 검 앞에 쓰러졌네. 어차피 엎질러진 일이니 참겠네, 다음에 또 이런 실수를 하는 날이면 그때는 그자들보다 자네가 먼저 내 총에 죽을 줄 알게."

"예 선배님, 명심하겠습니다."

전갈식은 굳은 표정으로 말했다.

"자네나 나나 조선인 출신으로 경찰서 내에서도 일본인들에게 얼마나 눈치를 보며 지내왔는가? 이번에 우리가 어떻게 해서든 공을 세워서 조선인이라고 무시하지 못하도록 우리의 실력을 보여줘야 하네."

"예, 잘 알겠습니다. 다시는 실수 없도록 하겠습니다."

숙소로 돌아온 변철상은 탁자에 볼리비아 지도를 올려놓고 준마가 달아날 만한 곳을 찾아보았다.

'준마는 조선으로는 돌아갈 수가 없다, 그렇다면 그가 현재 사업을 하고 있는 상해, 혹은 독립운동을 하는 반역자들이 모여 있는 곳인 만주나 미국으로 향할 것이다. 해외로 나가기 위해서는 바다가 없는 볼리비아를 떠나 항구가 있는 나라로 갈 것이다. 가까운 항구라면 페루나 칠레의 항구가 있다. 페루의 국제항구라면 리마(Lima)와 이로(Ilo)가 있다. 칠레 쪽의 항구는 아리카(Arica)와 안토파가스타(Antofagasta)가 있는데 우유니를 지나서 아리카항구로 가려면 다시 거꾸로 올라가야 된다. 우유니로 내려왔다면 아마도 안토파가스타 항구로 빠져나갈 가능성이 크다. 그러나 준마가 다시 역으로 아리카항구로 빠져나갈 가능성도 있으니 여러 가능성에 대비해야 할 것이다. 일단 우유니 역 바로 전에 있는 마을인 콜챠니(Colchani)를 지나면서 사라졌다면 우유니역과 콜챠니 마을이 30분도 안 되는 근거리에 있으니 근처를 샅샅이 뒤지면 행방을 찾을 수가 있을 것이다. 놈들은 일단 라파스로 다시 올라가지는 않고 밑으로 내려갈 것이다. 우유니에서 칠레의 항구까지 가는 기차가 있으니 놈은 어떻게든 이 기차를 타려고 할 것이다. 이 기차를 타기 전에 우

리가 먼저 놈을 잡아야 한다.'

생각을 마친 변철상은 지도를 펴 놓고 요원들에게 조별로 나누어 자신의 추리대로 수색하노록 지시했다.

한편, 준마 일행은 기차에서 탈출한 후 철로에서 멀리 보이는 산을 향해 걸어갔다. 한참을 걸어가니 조그만 마을이 눈에 들어왔다. 일단 마을로 직접 들어가지 않고 멀리서 마을의 상황을 살펴보기로 하였다. 한동안 마을을 살피던 준마가 이상이 없음을 확인한 후 마을로 들어가 보기로 하였다. 어제저녁 이후로 전혀 아무것도 먹지를 못했다. 일단 허기를 달래고 쉬어야 했다. 마을 어귀를 지나 좀 큰 집을 찾아 일단 주인을 부르고자 했다.

"아스큐르 우루끼빠나~."

코레아가 아이마라어로 사람을 찾았다. 이곳에서는 원주민 언어인 아이마라어를 주로 사용했다. 조금 지난 후에 녹색의 판쵸를 걸치고 머리에 솜부레를 쓴 늙은 사내가 집 밖으로 모습을 드러냈다. 초록색 판쵸는 마을 촌장을 상징하는 옷이었다. 코레아가 유창한 아이마라어로 상황을 설명했다.

안데스의 사람들은 종족끼리 음식을 나눠 먹거나 종족이 어려움에 처하면 도움을 주는 것이 하나의 풍습이었다. 아이들은 이웃의 어른들을 숙모나 삼촌으로 부르며, 어른들은 마을의 아이들을 자기 자식처럼 대하는 공동체 의식이 있었다.

촌장은 안데스 사람들이 즐겨 마시는 예바차를 끓여 와서 권했다. 그리고는 야마고기를 소금에 절여 말려서 잘게 찢은 쨔르께를 삶은 감자와 함께 접시에 담아 왔다. 촌장은 잠시 쉬어 가라고 방 한쪽 구석에 야마 가죽을 깔아주었다. 잠시 쉬어 간다는 것이 너무 피곤했던지 일행들은 잠시 잠이 들었다. 한참의 시간이 지났을 때였다. 동네 어귀에서 자동차 소리가 나면서 낯선 사람들이 들이닥쳤다.

이들은 촌장을 찾았다. 그리고는 촌장에게 동양에서 온 흉악범을 찾고 있는데 혹시 못 봤냐고 물었다. 촌장은 그런 사람들은 여기에 오지 않았다고 차분하게 말했다. 마을을 여기저기 차로 다니면서 수색을 하던 변철상은 요원들을 이끌고 동네를 떠났다.

한참을 차를 타고 가던 변철상이 갑자기 소리를 질렀다. "차를 돌려라. 아까 그 부락에 그놈들이 있다!"

"촌장은 분명히 마을에 사람들이 오지 않았다고 했다. 그런데 촌장의 집안에는 불을 땐 흔적이 있었고 차를 따른 찻잔이 여러 개가 있었다. 이건 누군가가 그 집에 있었다는 증거이다!"

하지만 변철상이 그 부락을 다시 찾았을 때는 이미 준마는 부락을 떠나 들판을 향해 계속 달리고 있었다.

경찰서의 순사보조로 출발해서 온갖 사건을 처리한 경험이 있는 노련한 변철상은 이제 고참 형사로서 자기의 직감을 굳게 믿고 있었다. 그동안 잡아넣은 독립운동가들이 수도 없이 많았다. 변철상이 나서면 잡지 못하는 독립운동가는 없었다. 그러나 유독 준마만은 여태까지 잡지 못하고 있었다.

"기차에서 내린 지점을 중심으로 다시 추적을 시작한다."

"예, 지금 당장 요원들을 풀어 모든 역 주변과 주요 도로를 감시하도록 하겠습니다."

전갈식은 힘을 주며 말했다.

변철상은 자동차를 세 갈래 방향으로 나누어 준마의 뒤를 쫓았다.

45

볼리비아에도 노루가 있는가

우유니 역 인근 마을과 도로를 수색하던 변철상은 전갈식이 보낸 긴급 보고를 받았다. 한나절쯤 전에 콜챠니(Colchani) 인근 마을에서 우유니 방면으로 급하게 지나가는 동양인들을 보았다는 내용이었다.

'그렇다면 놈들은 죽음을 무릅쓰고 죽음의 소금사막으로 들어갔을 것이다.'

"우리도 놈들을 따라 우유니 소금사막으로 들어갈 것이다. 다들 준비하도록 하라. 차는 1대만 남기고 다 돌려보낸다. 차량 하나로 5명만 추격 조를 만들어 나와 같이 간다. 소금사막으로 들어가는 마을 입구에서 만난다."

"아니, 선배님. 그리 들어가면 생사를 보장할 수 없는데 굳이 소금사막으로 놈들을 따라 들어가야 합니까." 전갈식이 약간은 불만 섞인 어투로 변철상에게 말했다.

"이보게, 전 형사! 지금 무슨 소리를 하는 게야, 이놈을 잡으려고 이곳 멀리 볼리비아까지 왔는데 지금 눈앞에 놈을 두고 그냥 돌아가자는 말인가? 대일본제국에 반항하는 어떤 놈도 그냥 둘 수 없지. 자네 두 번 다시 그따위 소리 꺼내면 당장 돌아가도록 조치하겠네. 특히, 준마라는 놈은 우리 대일본제국에 가장 위험한 인물이네. 그러니 끝까지 추적해서 사살하거나 생포해 와야 하네. 알았으면 즉시 명령을 시행하도록 하게."

"...예, 즉시 시행하도록 하겠습니다." 단호한 변철상의 고함에 전갈식은 기죽은 듯이 떨리는 소리로 말했다.

아무리 바르게 움직여도 자동차를 따돌릴 수는 없었다. 준마 일행이 무작정 앞만 보고 빠르게 걷다 보니 앞에 나타난 곳은 온통 하얀 소금밭이 끝없이 펼쳐진 소금사막이었다. 온통 소금뿐이어서 한번 들어가서 길을 잃으면 살아나올 수 없다는 죽음의 소금사막. 고산해의 말로는 그 크기가 조선의 경상도보다 크다고 했다. 게다가 3,500미터가 넘는 고지대에 있어서 고산병까지 오면 그때는 정말 살아나오기 어렵다고 했다. 하지만 방법은 없었다. 죽음의 호수라 할지라도 일단은 피하고 봐야 했다.

"여기서 고 선생은 꼬레아를 데리고 라파스로 돌아가시오. 나는 어떻게 해서든 방법을 찾아보겠소. 이건 나로 인하여 생긴 일로 괜히 고 선생까지 목숨을 걸 일이 아니오."

준마는 안타까운 얼굴로 고산해를 바라보며 말했다. 어서 돌아가라고 계속해서 고산해를 재촉했다.

"준마 대행수님! 저는 조선을 떠나 멕시코에서 도망칠 때부터 이미 죽은 목숨이었습니다, 이곳 멀리 볼리비아에서 준마 행수님 같은 독립운동가를 만난 것도 하늘의 뜻입니다. 떠나라는 말씀은 마시고 일단 우유니든 뭐든 피하고 봅시다, 저 우유니도 우리가 같이 가야 벗어날 방법을 찾을 수 있습니다. 준마 대행수님을 그대로 죽게 할 수는 없습니다."

고산해는 단호하게 말을 던지고는 준마보다 앞장서 소금사막으로 달려 들어갔다.

첫발을 딛는 순간부터 앞에 보이는 것은 하늘과 땅 모두 온통 하얀색이었다. 아득히 멀리 내다보면 어디가 하늘이고 어디가 땅인지조차 분간이 안 되었다.

이 죽음의 소금사막은 오래전에는 바다였는데, 바다 밑의 땅이 솟아올라 물이 고이면서 호수가 되었고 뜨거운 태양열에 바닷물이 증발하면서 지금의 소금사막이 되었다고 했다. 준마는 조선 땅은 물론 중국에서 살면서도 세상에 이런 곳은 처음 보았다. 온 천지가 다 소금이라니 믿을 수가 없었다. 하얀 눈 같은 소금 평원이 멀리 지평선까지 이어지고 마음과 몸은 백설의 차가운 눈 세상 가운데 있는 것 같았다. 이렇게 아름다운 하얀 눈 세상이 죽음의 소금사막이라니 믿어지지가 않았다. 어떻게든 탈출할 길을 찾아 이 소금사막을 벗어나야 했다.

한참을 정신없이 걸어가다 보니 동물의 뼈 같은 것이 보였다. 계속 걸었다. 그런데 어디로 가는 것인지조차 모르고 걷고 있었다.

"일단 밤이 되면 하늘의 별을 보고 방향을 잡을 수 있을 것입니다.

안 그러면 계속 빙빙 돌다가 죽음을 맞게 됩니다."

그때 고산해가 갑자기 소금사막 위에 귀를 대고 엎드렸다. 한참을 꼼짝하지 않고 엎드려 있던 고산해가 일어나면서 큰 소리로 말했다.

"놈들도 이미 소금사막 안으로 들어왔습니다. 놈들은 우리가 지나온 흔적을 찾아 추적해 올 것입니다. 이곳에서는 발자국이 잘 나지 않기 때문에 우리가 조심스럽게 움직이면 쉽게 우리를 발견하지는 못할 것입니다. 좀 있으면 해가 지고 밤이 옵니다. 저들은 밤에는 자동차를 움직일 수 없을 것입니다. 우유니 호수에는 깊이를 알 수 없을 정도의 깊은 웅덩이가 여러 군데 깔려 있습니다. 어디에 웅덩이가 있는지 모르기 때문에 거기에 빠지면 사람이든 자동차든 빠져나오기 어렵습니다. 그러니 우리는 밤에 움직이는 것이 좋겠습니다. 소금사막은 낮에는 추위를 못 느끼지만, 밤에는 한기가 뼛속까지 스며들 정도로 춥습니다. 다행히도 야마 털가죽 판쵸에 양가죽으로 된 겉옷을 입고 있으니 얼어 죽지는 않을 것입니다. 허나 급하게 도망치느라 물을 넉넉히 준비하지 못했습니다. 물을 최대한 아껴서 마시다가 물이 떨어지면 그때는 비라도 내려주길 빌어야 하겠습니다."

고산해가 담담하게 말했다. 그가 있어 정말 다행이라고 준마는 생각했다.

"식량은 족장이 야마와 소고기 말린 것을 잘게 찢어서 만든 짜르께를 넉넉히 싸주었으므로 열흘 이상은 족히 견딜 수 있을 것입니다. 짜르께를 입에 넣고 씹은 후 물을 조금 마시면 고기가 배에서 불어나 허기를 달래주기 때문에 간편하게 먹는 식사로는 제일 좋습니다."

고산해는 계속 걸어가면서 준마에게 말했다.

"놈들은 자동차로 우리를 추격해 올 것입니다. 우리 걸음으로는 아무리 빨리 걸어도 하루 이내로 놈들에게 포착될 것입니다. 제게 좋은 방안이 하나 있습니다. 저는 오래전 소금사업 때문에 우유니를 여러 번 온 적이 있습니다. 소금사막에는 여러 개의 섬이 있는데 호수 한가운데 인콰시 섬(Isla de Incahuasi)라는 큰 섬이 하나 있습니다. 키가 큰 거대한 선인장들이 자라는 돌산입니다. 아마도 놈들은 이곳에서 쉬어 갈 것입니다. 저희가 거기까지 간 다음 준마 대행수님은 꼬레아와 함께 일단 남쪽으로 계속 가십시오. 그러면 저는 남아서 그 산 뒤쪽 암벽 사이에 숨어 있을 것입니다. 그러다 기회가 오면 제가 놈들의 차량의 기름을 빼놓든가, 아니면 자동차를 고장을 내도록 해야 합니다. 자동차로 우리를 추적을 해 오는 한 우리는 저들의 손에서 벗어날 수가 없습니다. 밤에 움직일 때는 하늘의 별을 보고 방향을 잡아야 합니다. 조선에서는 밤에 북극성을 찾아서 길을 잡아 갈 수가 있지요. 그러나 여기는 지구의 남반구이기 때문에 북극성을 볼 수가 없습니다. 여기서는 남십자성이라는 별을 찾아 길을 잡아야 합니다. 볼리비아에서는 남십자성을 따라 계속 가면 그 방향이 남쪽으로 향하게 되는 것입니다. 그 방향으로 계속 가시면 바로 칠레로 나가게 되어있습니다."

정말로 고산해는 사업분만 아니라 다양한 방면에 해박한 지식을 갖고 있었다. 그리고 고산해가 말한 대로, 일행은 일단 사막 중간에 있는 '인콰시 섬(Isla de Incahuasi)'까지 이동하기로 하였다.

"지금 이동하면 밤에 거기에 도착할 수가 있습니다. 거기까지 가는 길은 주위에 있는 산들을 보면서 방향을 잡을 수 있습니다. 그리고 지금 한낮의 태양 아래 그대로 계속 가면 눈을 상하게 할 수 있습니다. 위에서 내리쬐는 햇볕이 너무 뜨겁고 또한 하얀 눈빛 소금에서 반사되는 강렬한 빛 때문에 시력을 잃을 수가 있습니다. 천으로 얼굴을 완전히 가리시지요. 그리고 얇은 천 사이로 좀 희미하게 보이더라도 앞만 보고 계속 걸어야 합니다."

밤이 다가오면서 추위가 덮쳐왔다. 싸늘한 냉기가 몸속으로 파고 들어오는데 온몸이 얼어붙는 듯했다. 계속 몸을 움직여야 했다. 그렇게 한참을 걸어가자 드디어 하늘과 맞닿은 먼 곳에서 동이 트기 시작했다. 소금사막 위에 물기운이 남아 있는 곳에서는 모든 것이 아래위로 똑같이 겹쳐 보였다. 붉게 떠오르는 태양 아래 깔린 구름이 아래위로 똑같이 나타났다. 태양이 솟구치면서 모든 것이 사라지고 온통 주위가 다 하얀 소금사막이 드러났다. 이내 강렬하게 내리쬐는 해가 머리를 뜨겁게 달구었다. 반사되는 빛은 계속 눈에 쏟아져 들어왔다. 가도 가도 계속 똑같은 하얀 눈 같은 소금이 끝도 없이 이어졌다. 걸으면서 준마는 발밑의 소금을 조금 집어서 입에 넣어 보았다. 서해 염전의 소금보다 더 짠 듯하였다. 고산해의 말로는 소금 축적층의 깊이가 깊은 곳은 수백 미터나 된다고 하였다.

한참을 걸으면서 서서히 몸은 지쳐갔다. 눈앞에 끝없이 이어지는 소금사막에 비추는 하얗고 찬란한 빛은 사람을 아무 감각도 없는 무심의 세계로 이끌어 가는 듯했다. 끊임없이 이어지는 소금사막의 단조로움에 때로는 존재조차도 잊을 정도로 머릿속까지 하얗게 되어갔다.

고산해는 소금사막 입구에 들어서면서 처음에는 주변 산세를 보면서 나아갈 길을 잡아갔다. 소금사막에 접어들면서 오른 쪽으로 과거 화산이 폭발하면서 화산재가 하얗게 쌓인 큰 산이 멀리 보였다.

"계속 더 가면 인콰시 섬이니 거기까지만이라도 무사히 가기를 빌어야겠습니다. 거기서부터는 산의 모양을 보고 다시 방향을 잡을 수 있습니다."

스스로에게 되뇌는 듯 고산해가 힘겹게 말을 내뱉었다.

서서히 석양이 안데스의 산맥 저 너머로부터 붉게 물들어 오고 있었다. 사막에 물이 고여 있는 곳에서는 땅 위의 모든 것이 호수에 반사되어 아래위가 똑같은 모습으로 나타났다. 그 아름다운 광경에 준마는 다가오는 위험조차도 잊은 듯 넋을 잃고 그쪽을 바라보았다. 시시각각 변하는 석양의 모습은 마치 신선의 세계를 세상에 뿌려 놓은 것 같았다. 눈에 다 담을 수 없는 이 아름다운 광경은 생애 처음 보는 것이었다. 양 옆으로 길게 뻗은 검은 줄무늬를 감싼 붉은 불길 같은 석양은 일정한 간격으로 변하면서 하늘과 땅의 경계를 똑같은 모습으로 만들어 내고 있었다. 망명한 이후로 한동안 나타나지 않았던 노루의 모습이 아래위로 겹쳐서 나타났다. 하늘로 자고 올라가는 노루의 눈망울은 호수 위에 밝게 빛나고 있었다.

'이곳 볼리비아에도 노루가 있는 것인가?'

준마는 김창수의 말을 생각했다.

'괘념치 말고 노루의 맑은 눈을 상상하라, 그러면 하늘은 우리 편이 되어 줄 것이다.'

준마는 몸을 잔뜩 움츠리면서도 한 걸음 한 걸음 계속 걸어갔다. 고산해는 꼬레아의 어깨를 오른손으로 꼭 끌어안고 힘겹게 걸어가고 있었다. 입술은 추위에 얼어붙은 것 같아 서로가 대화를 나누기도 벅찬 상황이었다. 걸어가면서 거대한 선인장들이 우뚝 솟아 있는 산이 멀리서 보이자, 고산해가 눈을 크게 뜨며 재빠르게 움직였다.

"제가 말하던 인콰시 섬입니다. 섬을 한 바퀴 돌아 숨을 만한 곳을 찾아보겠습니다. 이제부터 대행수님은 제가 말씀드린 대로 남십자성을 따라 계속 내려가시면 됩니다. 섬에서 보면 지금까지 걸어온 길에서 왼쪽으로 내려가시면 되는 것이지요. 저는 일단 여기서 기다렸다가, 놈들이 방심하는 틈을 타서 자동차의 연료를 못 쓰도록 연결호스를 끊어 보겠습니다. 일이 순조롭게 된다면 한나절 안에 제가 대행수님을 만날 수 있을 것입니다."

"말은 고맙소만 고 선생을 여기다 혼자 두고 갈 수는 없소, 그러니 일단 같이 행동합시다. 어떻게든 가면서 방법을 찾아봅시다."

"아닙니다. 여기서 머뭇거리면 우리 모두 위험에 빠지게 됩니다. 그러니 제 말씀대로 해주시기 바랍니다. 이 산은 제가 누구보다 잘 압니다. 아마도 산 쪽으로 차를 붙이면 그때 제가 내려가서 몰래 연료를 빼낼 수 있습니다. 물론 차를 산에서 멀리 떨어진 곳에 세워둔다면 일이 좀 어려울 수 있으나, 그건 그때 가서 제가 알아서 어떻게든 해보겠습니다. 그러니 대행수께서는 제가 얘기한 대로 바로 남쪽으로 먼저 내려가십시오."

워낙 단호하게 말하는 고산해의 자신에 찬 모습을 보고 준마는 더 참견하지 않았다.

석양의 진한 여운이 이글거리면서 검고 붉게 물든 하늘과 땅의 세계를 하나로 보여주는 동안 추위가 서서히 몸을 감싸왔다. 매서운 추위는 아니더라도 서서히 야마 가죽 판쵸와 양 가죽으로 만든 외투를 뚫고 들어오는 서늘한 기운은 점차 싸늘한 냉기로 바뀌면서 추위가 뼛속까지 스며드는 것 같았다.

고산해는 산을 타고 올라가 산 뒤편에 움푹 파인 골짜기에 몸을 숨겼다. 사방 멀리까지 보이는 높은 곳으로 올라가 몸을 숙이고 엎드렸다. 과거에 바다였던 돌산은 가시가 돋은 산호로 덮여 있어서 자칫 몸에 부딪히면 따갑고 다치기 때문에 조심스럽게 움직여야 했다. 움푹 들어간 작은 계곡 같은 곳의 바닥에 털가죽을 깔고 엎드렸으나 싸늘한 냉기와 추위는 온 사방에서 몰려와 몸을 가누지 못할 정도로 얼어붙게 하였다. 한참의 시간이 지나고 드디어 자동차 소리기 들리면서 한 대의 검은 차량이 인콰시 섬으로 달려오는 것이 보였다.

'됐다, 제대로 이리로 오는구나,'

고산해는 재빠르게 바위틈에 몸을 숨겼다. 차가 속도를 줄이면서 서서히 들어오다가 섬 앞에 다다르자 돌산의 한쪽에 주차하였다. 차가 서자 변철상이 먼저 내리더니 산 쪽을 향해 선 채로 바지춤을 내리고는 오줌을 누기 시작했다. 따라서 내린 일행들도 저마다 산을 향해 오줌을 누기 시작했다. 고산해는 다행히도 차가 잘 보이는 곳에 자리를 잡고 있었다.

"자, 어차피 밤에 차를 몰고 가기도 어려울 테니 오늘 밤은 여기서 쉬다가 날이 밝으면 바로 출발한다. 차량 안에서 모두 눈을 좀 붙이도록 하라."

변철상의 목소리가 호수의 바람을 타고 고산해가 있는 곳까지 생생하게 들렸다.

고산해는 놈들이 잠들 때까지 기다렸다. 밤이 깊어질수록 추위가 온몸을 뒤덮어 왔다. 모자를 깊이 눌러쓰고 눈만 내놓고는 몸을 있는 대로 움츠렸다. 2시경이 넘었을 때 즈음에 차 안에 있는 놈들이 서서히 잠에 떨어지기 시작했다. 고산해는 차 안을 계속 주시하면서 돌산을 한 발한 발 내려왔다. 가파른 산을 거의 내려왔을 때 차 안에서 한 사내가 문을 열고 나왔다. 그리고는 팔을 하늘로 뻗어 기지개를 한껏 켠 뒤에 산을 향해 오줌을 갈겼다. 잠시 후 추위에 몸을 떨던 사내는 몸을 움츠리고는 바로 차 안으로 들어갔다. 다시 한 시간이 흘렀다. 이제 조금 있으면 새벽이 올 것이다.

고산해는 놈들이 차 안에서 완전히 잠에 곯아떨어지기를 기다렸다. 드디어 차 안에서는 아무런 움직임도 없는 듯했다. 고산해는 다시 조금 더 내려왔다. 이제 차가 코앞에 있다. 옆으로 돌아 내려가 차 뒷바퀴 쪽으로 가야 했다. 한 발 한 발 조심스럽게 차가 있는 곳으로 다가갔다. 다행히 차 안에서는 전혀 눈치를 채지 못한 것 같았다. 일단 기어서 차 바퀴 밑으로 들어갔다. 그리고는 조심스럽게 연료통과 엔진을 연결하는 호스를 손으로 더듬어 찾았다. 그는 조심스럽게 연료공급 호스를 날카로운 칼로 힘을 주어 자르기 시작했다. 서서히 연료가 차 밖으로 흘러내리기 시작했다. 그리고는 연료통의 연결호스를 칼로 조심스럽게 찢어 다시 사용하지 못하도록 흠집을 냈다. 이 정도면 차 안에 싣고 온 연료가 있다 해도 연료를 공급하지 못하면 차는 무용지물이 될 것이다. 기름이 차 밑으로 서서히 흘러내리는 것을 확인한 후 기어서 차 밑을 빠져나왔다. 아직 차 안에서는 이렇다 할 움직임이 없었다.

고산해는 차 뒤편으로 빠져나와 서서히 산 쪽으로 다시 올라갔다. 산 뒤로 넘어가 놈들이 안 보이는 지점에서부터 남쪽으로 내려갔다. 이제부터는 어서 빨리 섬을 벗어나 멀리 가야 했다.

46

숙향 어디 가는 거요?

　잠결에 약간은 이상한 느낌이 있었으나 바람 소리로 생각하고 다시 눈을 붙인 변철상이었다. 그들은 이 근처에 설마 사람이 있을 것이라고는 상상도 할 수 없었다. 그럼에도 변철상은 느낌이 이상했다.
　"어이, 전 형사. 무슨 소리 못 들었나? 바람 소리 같긴 한데 좀 이상하네."
　"아닙니다, 뭐 특별히 들은 것이 없습니다. 소변도 좀 눌 겸 밖에 한 번 둘러보고 오겠습니다."
　전갈식이 차 밖으로 나간 후, 잠시 뒤 비명과 함께 전갈식이 다급하게 외치는 소리가 들려왔다.
　"선배님 큰일 났습니다. 이리 잠깐 나와 보십시오."
　변철상이 놀라 차 바깥으로 달려 나왔다. 차 밑부분은 기름으로 흥건히 젖어 있었고 연료공급 호스는 잘린 채로 차 밑으로 축 늘어져 있었다.
　"이게 어찌 된 일인가, 밤새 무슨 일이 있었나? 누가 왔다 갔다는 말인가."
　"그게 어찌 된 일인지 도무지 모르겠습니다."

"아, 준마의 소행이다. 이자를 너무 쉽게 생각했어. 조선에 있을 때도 무슨 일이 있을 때마다 용케도 빠져나가곤 했는데. 방심했어."

변철상은 기가 막힌 듯 허탈하게 말했다.

"아직 놈들이 멀리 가진 못했을 것이다. 우리가 서두르면 충분히 놈들을 잡을 수 있을 것이다."

"예비연료가 조금 있기는 합니다만, 연료 호스라든지 다른 쪽 부품들도 다 들쑤셔 놔서 차가 제대로 잘 운행될지 모르겠습니다."

전갈식이 암담하다는 듯이 풀이 죽은 듯 말했다. 예비연료는 세 통이 더 있으니 연료는 부족하지 않았으나 연료 호스가 손상을 입어 임시방편으로 이음새를 천 같은 것으로 감싸고 동여매야 했다. 정상 운행은 불가능할 것 같았다.

"가능한 빨리 차를 수리해 보도록 해봐! 차가 조금이라도 움직일 수 있으면 놈들을 잡을 것이다."

"자, 준비됐으면 출발 준비하라."

변철상은 요원들을 독촉하여 차를 출발시켰다. 어느 정도를 달리자 멀리 앞에서 한 사내가 급히 도망가는 것이 보였다.

"저놈이다, 우리 차의 기름을 뺀 놈이다, 저놈을 잡으면 준마도 잡을 수 있다, 서둘러라," 변철상이 다급해서 소리쳤다.

"근데 차가 속도가 잘 나지 않습니다. 이대로 가다가는 차가 완전히 움직이지 못할 수 있습니다."

"안 되겠다. 차를 세워라! 여기서 놈을 저격해야겠다."

변철상은 차를 세우고는 차 밖으로 나와 총을 잡았다. 망원렌즈로 놈을 겨냥해 저격하려는 것이었다. 드디어 놈이 포착되었다. 총성이 울렸다. 사내가 앞으로 넘어지는 것이 보였다. 변철상은 쓰러진 사내를 잡기 위해 앞으로 달려나갔다. 발을 내딛는 순간 갑자기 멀리서 총성이 울렸다. 순간 변철상과 일행들은 호수 위에 그대로 엎드렸다. 총알은 멀리 쓰러진 사내가 있는 쪽에서 날라 온 듯이 보였다. 변철상은 일제히 사격할 것을 명령했다. 양쪽에서 수발의 총성이 울렸다. 사방으로 끝이 안 보이는 소금사막 한가운데서 총격전이 벌어졌다. 준마가 고산해를 부축해서 옷가지 등으로 쌓아놓은 곳 뒤편으로 데리고 왔다. 총알이 고산해의 심장 쪽을 스치며 뚫고 지나간 것 같았다. 다행히도 옷을 여러 겹 껴입고 야마 가죽옷을 위에 걸쳐서 치명상은 아닌 듯 보였다. 그러나 계속 조금씩 출혈이 계속되고 있었다. 상처 부위를 천을 찢어 임시로 졸라매고 응급처치를 했다. 양쪽은 계속해서 총격을 가하면서 서로를 압박했다. 한동안 소강상태가 흐르다가 다시 총격전이 이어졌다.

어느 쪽도 앞으로 나갈 수가 없었다. 온 사방이 다 드러난 사막 위에서 목이라도 먼저 들었다가는 바로 저격당할 상황이었다. 딱히 숨을 만한 곳이 있는 것도 아니었다. 답답하기는 양쪽이 다 마찬가지였다.

어느덧 시간이 흘러 해가 서서히 넘어가기 시작했다. 전갈식이 엎드린 채로 변철상에게 말했다.

"여기 소금사막은 밤에는 기온이 많이 떨어져 살을 에는 듯이 춥습니다. 게다가 우리는 차가 고장이 나서 제대로 추격을 할 수도 없는 사정입니다. 더 가다 가는 우리도 다시 돌아가기 힘든 상황이 벌어질지도 모릅니다. 놈들은 내버려 둬도 얼어 죽거나 굶어 죽거나 할 것입니다."

변철상이 버럭 화를 내며 소리를 질렀다.

"무슨 소리 하는 거야, 놈들이 지금 눈앞에 있는데 그따위 소리를 하는 것이야?"

변철상이 소리를 치자, 요원 하나가 변철상을 향해 돌아보면서 머리를 들었다. 순간 총소리가 울리고 요원의 머리에서 피가 솟았다.

"윽!"

피가 눈밭에 뿌려지면서 요원의 머리가 하얀 소금사막 위에 꼬꾸라졌다. 그것을 본 변철상이 눈이 휘둥그레졌다.

'백준마가 저렇게 정확히 총을 쏘다니? 놀랍지 않은가. 칼만 잘 쓰는 검객인 줄 알았던 준마가 총을 저렇게 정확하게 쏘다니 언제 총 쏘는 법을 익혔단 말인가?'

"선배님 어차피 저놈들은 이 죽음의 호수에서 죽을 놈들입니다. 우리가 무리해서까지 놈들을 추적할 필요가 없을 것 같습니다. 게다가 우리는 식량도 충분하지 않습니다. 이제 해가 지고 나면 걸어서 되돌아가는 것도 어려울 것입니다."

변철상은 이를 악물었다. 언제 저놈을 잡을 수 있을 것인가? 여기까지 갖은 고생을 하며 놈을 쫓아왔는데 바로 눈앞에 놈을 두고 포기해야 했다. 네놈이 살아서 이 호수를 빠져나간다면 내 너를 지옥 끝까지 쫓아가서라도 잡을 것이다.

"…철수한다."

그는 짧게 한마디 내뱉었다.

서서히 밤이 깊어지면서 한동안 침묵이 흘렀다. 변철상 쪽의 움직임이 전혀 없었다.

"아마 포기하고 돌아간 것 같습니다. 제가 자동차 연료 호스를 뽑아놓고 다시 쓰지 못하도록 망가뜨렸습니다. 자동차가 움직이지 못하는 이상 우리를 추적하지는 못할 것입니다."

왼쪽 어깨와 가슴을 헝겊으로 동여맨 고산해가 조심스럽게 말을 꺼냈다.

"그런 것 같습니다. 놈들 가운데 한 사람이 제 총에 맞아 쓰러지는 것을 보았는데 어찌 되었는지 모르겠습니다. 어찌 되었든 이제 소식이 없는 것을 보니 놈들은 물러난 것 같습니다."

"다행입니다, 이제부터는 우리도 살길을 찾아 어서 이 호수를 빠져나가야 할 것입니다. 지금 마실 물이 거의 다 바닥이 나서 물을 제대로 마시지 못했습니다. 앞으로 하루나 이틀, 그 이상으로는 더 견디기 어려울 것입니다. 어서 호수에서 가까운 육지로 나가야 합니다." 고산해가 힘에 겨운 듯 겨우 말을 꺼냈다. 고산해의 가슴에서는 계속 피가 조금씩 흘러나오고 있었다.

낮 동안 내리쬐는 뜨거운 태양은 온몸을 가리고 덮어도 그 따가운 햇빛을 피할 수 없게 했고, 며칠 동안 물을 제대로 마시지 못해 온몸에서 기운이 점점 빠져나갔다. 눈앞에 가끔은 신기루 같은 것이 보이기도 했지만 이내 그것은 환상으로 드러났다. 가다가다 똑같은 소금 평원과 하늘뿐이었다.

'보이는 것, 그리고 내가 생각하고 느끼는 것까지 어제와 오늘이 이렇게 똑같을 수가 있는 것인가?'

머리가 텅 비어 아무것도 생각할 수 없는 멍한 날들이 계속 똑같이 반복되어 그대로 소금사막 일부가 되어버린 것만 같았다. 밤에는 추위와 함께 하늘에는 무수히 많은 별이 떠올랐다. 가끔은 빠르게 떨어지는 별똥별이 보였다.

고산해는 준마와 아들 옆에서 조용히, 사력을 다해 걸었다.

'내일까지, 아니 모레까지 버틸 수 있을까?'

온몸은 탈수 증상으로 기력이 다했고 걸음걸이가 느려지며 정신이 아득하게 사라졌다 다시 돌아오곤 했다. 옷가지를 찢어서 동여맨 가슴에서는 여전히 간간이 피가 흘러나와 야마 털가죽 속까지 붉게 물들이고 있었다.

얼굴과 온몸이 타 들어 가는 듯했다. 이글거리는 태양이 뿜어내는 무겁고 서릿발 같은 햇빛이 내리쏟아졌다. 우유니사막은 들어오지 말아야 할 신의 영역에 들어온 인간들을 벌하고 있었다. 하얀 소금 위에 반사되어 나오는 눈부시게 내리쬐는 햇살은 하얀 비늘이 반짝이듯이 영롱하게 빛났다. 그러나 그 빛은 잔인한 비수가 되어 신의 영역에 침입한 자들을 벌하고 있었다. 어디서 불었는지 강한 바람이 불었다. 바닷물이 넘쳐흘러 들어 발부터 몸까지 어느새 물에 잠긴 준마는 계속 헤엄을 쳤다. 점차 힘이 빠지면서 숨이 턱에 차올랐다.

순간 준마는 무의식 가운데서 폐부 깊숙이서 독백을 토해냈다.

"어둠 속에서도 영롱하게 빛나는 한 줄기 광명을 찾아가는 여정이 우리의 삶인가. 삶의 진정한 의미는 숱한 그림자와 함께 춤추는 빛 속에 있는지도 몰라...."

어느 정도의 시간이 흘렀을까. 불현듯 눈에 익은 얼굴이 눈앞에 나타났다. 숙향이 웃고 있었다. 숙향이 다가와 준마의 손을 잡았다.

"어디 갔다가 이제야 오시는 거요, 숙향."

준마는 숙향을 강하게 끌어안았다. 갑자기 바다가 없어지고 산과 언덕이 나타났다. 바다가 보이는 그곳, 어릴 때 놀던 인천의 응봉산 공원이었다. 숙향이 일어나면서 준마의 손에서 손을 뺐다. 숙향이 미소를 띠며 점점 멀어져 갔다.

"숙향! 어디 가는 거요. 숙향! 숙향!"

정신이 아늑히 몸에서 빠져나갔다.

다음날 아침, 해가 서서히 떠오를 때까지도 준마와 고산해는 일어날 줄을 몰랐다. 꼬레아만 일찍 일어나 앉아 멍한 얼굴로 고산해를 바라보고 있었다. 오후가 되어서도 호수 위에 쓰러진 사람들은 일어날 줄을 몰랐다. 또 다른 새벽이 올 때쯤 먼 호수의 하늘이 갑자기 구름을 몰고 왔다. 처음엔 한 방울 두 방울씩 비가 오는 듯 이내 굵은 빗줄기를 뿌리기 시작했다. 꼬레아가 일어나 모자를 벗어 물을 받기 시작했다. 빗물에 깬 준마와 고산해가 머리를 들어 하늘을 쳐다보았다. 빗물을 받기 위해 모자를 뒤집어 놓고 양가죽을 뒤집어 편 채 물이 흐르도록 끝을 오므리고 물통 주둥이를 받쳐놓았다. 한 방울 두 방울씩 모아 입술을 축였다. 동이 트면서 멀리 호수 끝에서 무지개가 올랐다.

바싹 말라 있던 소금사막에 비가 오면서 표면이 비로 젖어가자 마치 거대한 호수가 탄생한 듯 보였다. 호수 위에 있는 모든 것들이 모양과 색깔까지 완벽하게 호수 위에 나타났다. 비에 살짝 덮인 호수는 마치 거대한 깊은 호수처럼 보였다. 준마는 저절로 탄식과 감동의 신음이 나올 수밖에 없었다. 안데스산맥에서는 놀라운 일들이 많이 벌어진다고 하였는데 바로 이 죽음의 호수도 인간이 상상할 수 없는 자연의 변화를 보여주고 있었다.

'내 평생 이 아름다운 광경을 기억하리라.'

안데스 신이 빚어 만든 호수. 이건 죽음의 호수가 아니라 신의 땅이었다. 인간이 신의 땅인 다른 세상으로 들어간 대가를 치루고 있었다.

이곳에 사는 원주민들에게 우유니 소금사막은 다름 아닌 여신이 만든 호수라고 했다. 별의 신이 '투누파(Tunupa)'라는 여신을 만들고, 다시 남자인 '코라코라(Coracora)'를 만들었다. 두 사람은 부부가 되었고 둘 사이엔 '수카라리(Sukalari)'라는 남자 아이가 태어났다. 그런데 투누파는 다른 사내와 바람이 나서 아이와 남편을 버리고 도망을 갔다. 그리고는 아이에게 먹이지 못한 모유가 계속 쌓였고 결국 부풀은 가슴에서 모유가 봇물 터지듯이 몸 밖으로 쏟아져 나왔는데 그 모유가 바로 우유니 호수를 만들었다는 것이다.

'그렇다, 여긴 죽음의 호수가 아닌 신의 땅이다. 지난밤에 숙향이 꿈에 나타나 나를 불렀던 것도 호수의 신이 한 것이다.'

하늘과 땅의 모든 것을 하나로 만들어 보여주는 신의 땅, 그 곳이 바로 우유니 소금사막이었다.

준마 일행이 소금사막으로 들어온 지 벌써 여러 날이 지났다. 인콰시 섬을 떠난 지도 이틀 정도가 지난 것 같았다. 멀리 육지가 보이기 시작했다. 소금사막 남쪽으로 길게 솟아나와 있는 육지가 보였다.

"콜챠카(Colcha 'K')입니다."

고산해가 낮은 목소리로 힘겹게 말을 했다. 하얀 소금사막의 경계를 벗어나면서 소금이 하얗게 덮인 황무지가 끝없이 펼쳐졌다.

"이제 우리가 죽음의 소금사막을 건너온 것 같습니다, 조금만 더 가면 마을이 있을 것입니다..."

그의 말은 얼핏 듣는다면 활기찬 듯이 보였으나, 고산해의 걸음걸이는 갈수록 느려져 한발 한발 딛는 발걸음이 힘들어 보였다. 총상을 입은 고산해를 어서 빨리 수술이 가능한 병원으로 옮겨야 했다. 고산해는 힘들게 버티고 있었다.

곧바로 마을이 나오지는 않았다. 육지로 들어온 후 산길을 따라 길게 나 있는 들판을 보면서 계속 걸었다. 왼쪽으로는 소금에 덮인 소금 황무지가 펼쳐져 있었고 오른쪽으로는 산들이 계속 이어졌다. 한참을 걸은 후에야 작은 마을이 보였다.

"어느 마을인지는 좀 더 가봐야 알 것 같습니다."

숨을 크게 몰아쉬며 고산해는 힘겨운 듯 말을 꺼냈다. 콜챠카의 마을은 작은 마을이었다. 거기에서는 아이마라어를 쓰지 않고 케츄아를 쓴다. 다행히 옆에서 장사하던 사람이 캐츄아 원주민이어서 간단한 캐츄아어를 익히곤 했다.

"이마이 나야~"

꼬레아가 마을 어귀로 들어서면서 사람들에게 인사했다. 사람들은 우유니를 건너왔다는 얘기를 듣고 신기한 듯 모여서 수군거리며 저마다 한마디씩 했다. 준마와 고산해 그리고 꼬레아를 빤히 쳐다보며 손으로 옷 이곳을 저곳 만져보았다. 사람들은 삶은 감자와 옥수수, 말린 고기 등을 가져와 준마 일행 앞에 내놓았다. 비좁지만 따뜻함 가득한 집도 내어 주며, 마을 사람들은 준마 일행들에게 친절히 대해 주었다. 세 명이 한방에 모두 움츠리고 떨면서 잠을 잤지만, 이들은 가족처럼 대접받을 수 있었다. 며칠을 마을에 묵으면서 몸을 회복한 만큼 이제 준마는 항구를 찾아 떠나기로 하였다.

떠나기 전날, 마을 창고 한구석에 누워 하늘을 향해 뚫려 있는 구멍을 통해서 밤하늘을 바라보았다. 안데스의 밤에 뜬 별들이 유난히도 밝고 맑게 빛나고 있었다. 하늘을 에워싸듯이 무수히 펼쳐지는 별들의 반짝임이 눈이 부실 정도였다. 세 사람은 추위에 서로를 꼭 감싸 안은 채 잠이 들었다. 새벽녘에 일찍 잠이 깨어 한참을 추위에 떨다가도 아침 동이 뜨고 해가 하늘로 솟아오르면 언제 그랬냐는 듯 매서운 추위는 가고 몸은 새로운 기운으로 가득 차올랐다.

안데스의 작은 마을 사람들은 평상시 목욕을 하지 않았다. 아침에 일어나 얼굴만 조금 물로 씻을 뿐이었다. 축제나 마을의 큰 행사가 있을 때만 겨우 몸을 씻고 옷을 단장했다. 그러나 그들의 마음 속은 맑았다. 그 맑은 마음 때문에 스페인의 침입자에게 많은 안데스 사람들이 죽임을 당했다. 스페인 침입자들의 가장 강력한 무기는 그들이 가지고 온 전염병이었다. 천연두로 많은 안데스의 원주민들이 죽었다고 했다. 그리고 그들의 강철 무기는 기껏 돌이나 주석으로 만든 약한 무기들을 단숨에 부숴버렸다고 했다. 세상 어디에도 약한 자들이 편하게 살아갈 곳은 없었다. 강대국들의 약탈은 이들을 그대로 가만히 내버려두지 않았다.

세계는 그렇게 변해왔다. 사람들의 생활도 거기에 맞춰서 변해가는 것 같았다.

'조선도 그렇게 변해 갈 것이다. 세계를 등지고 살 수는 없었다. 눈앞에 보이는 조선의 땅이 세상의 모든 것이 아니었다.' 준마는 잠이 들기 전 깊은 생각에 잠겼다. '이제 어디로 가야 하나?'

아침에 일찍 동네 사람들과 얼굴을 비비면서 작별인사를 하고 마을을 떠났다. 고산해의 얼굴은 하얗게 질린 듯이 창백했고 걸음을 걸을 때마다 힘겨워 하는 것이 뚜렷했다. 계속 남쪽으로 한참을 걸어 내려가자 '산 후안(san Juan)'이라는 제법 큰 마을이 나타났다. 피 묻은 천을 새 천으로 바꾸고 졸라매고 상처 부위에 주민들이 주는 간단한 응급약을 바른 후 다시 계속 걸어갔다. 한나절을 계속 걸은 후 작은 마을인 '폴코야(Polcoya)'에 도착했다. 마을에서 약간의 식량을 얻고 다시 걸었다. 정말로 이제 변철상은 추격을 포기한 것 같았다. 끝없이 이어지는 소금 황무지 같은 사막과 하얀 모래사막이 계속 이어지고 있었다. 산등성을 끼고 길게 뻗은 길을 한참을 걸어갔다.

한참을 걸은 후 끝없이 이어지는 하얀 모래사막 가운데로 길게 뻗은 철길이 보였다. 철길 멀리 끝으로 보이는 죽은 화산을 넘으면 거기가 바로 칠레였다. 주위의 산들은 화산이 폭발하면서 꼭대기가 파여 있었고 용암이 흘러내렸던 자리에는 여러 가지 색깔로 덮인 암석 산들이 보였다. 붉은색, 회색 하얀색, 짙은 주홍색 등 다양한 색깔을 띤 화산들이 주위에 펼쳐졌다. 대지는 온통 하얀 모래사막이었다. 멀리 '치구아나(Chiguana)' 기차역이 보였다. 이 역은 오루로를 출발하여 칠레의 '안토파가스타(Antofagasta)'항구까지 이어지는, 철도가 지나는 작은 역이었다. 1904년에 완공되었는데 주로 광물을 실어 나르기 위해 건설되었다고 했다.

"이제 이 길을 따라 좀 더 가다 보면 기차역에 닿을 수 있습니다."

고산해가 손으로 한곳을 가리키면서 말했다. 준마는 기차역에 가까이 다다르자 고산해를 바라보며 말했다.

"이제 우리가 헤어져야 할 때가 온 것 같군요. 고 선생 덕분에 목숨을 부지하고 떠나게 되었습니다."

준마는 고산해를 끌어안고 한참을 그렇게 있다가, 몸을 돌려 서 있는 꼬레아를 끌어안고 볼을 비볐다. 그때 갑자기 고산해가 맥이 풀어지면서 주저앉았다. 그는 정신력으로 버티면서 여기까지 온 것이었다.

"고 선생! 정신 차리시오. 이제 다 왔는데 이렇게 쓰러지면 안 됩니다. 조금만 더 참으면 제가 의사를 모셔오겠습니다. 정신을 잃지 마시고 버티십시오."

준마는 다급하게 고산해를 흔들었다. 하지만 고산해는 가늘게 실눈을 뜨고 준마에게 말했다.

"준마 행수님, 아무래도 저는 가망이 없습니다. 준마 행수님께서는 부디 상해로 돌아가셔서 조선의 독립을 이루도록 해주십시오. 저는 준마 행수님을 모신 것만으로도 이제 죽어도 여한이 없습니다. 단지 아비로서 아들과 아내에게 미안한 마음입니다."

그러고 고산해는 꼬레아를 힘겹게 불렀다.

"꼬레아야, 아비는 더이상 버티기가 힘들구나. 너는 대한제국의 피가 흐르는 조선의 아들임을 자랑스럽게 생각하고 살기 바란다. 엄마에게 너무나 미안하고 고마웠다고 전해다오, 그리고 사랑한다는 말도 전해다오. 그리고 지금부터 네가 엄마를 잘 돌보고 지켜주어야 한다."

고산해의 목소리가 차츰 가라앉기 시작했다. 고산해는 꼬레아의 손을 꼭 잡고 깊은 숨을 몇 번 몰아쉬다가 숨을 거두었다.

"고 선생! 죽으면 안 됩니다. 정신 차리세요. 강한 자가 살아남는 게 아니라 살아남는 자가 강한 자입니다."

준마는 그를 껴안고 계속 흔들었다. 꼬레아는 눈물을 쏟으며 아버지를 불렀다. 마을의 의원이 와서 아무리 애썼으나 이미 고산해는 숨을 거둔 뒤였다. 준마는 고산해를 치구아나역 근처 야산에 묻었다.

"꼬레아야, 듣거라. 너는 이제 대한제국의 남아로서 엄마를 지키고 꿋꿋이 살아가야 한다. 아저씨가 너를 돌보고 싶지만, 아저씨는 조선의 독립을 위해 할 일이 있다."

준마는 가슴에서 보부상의 상징인 험패를 꺼내어 꼬레아의 손에 쥐어 주었다.

"먼 훗날, 조선이 독립하여 밝은 세상이 오는 날... 조선에서 사람들이 여기로 올 것이다. 이 험패에는 대한제국의 상인들이 장사를 하거나 삶을 살아가는데 필요한 지혜들이 새겨져 있다. 네가 이곳에서 살아가는 동안 이 교훈을 마음에 새기도록 해라. 그러면 무슨 일을 하든 어떤 어려운 일이 닥쳐오거든 위기를 이겨낼 힘을 얻을 수 있을 것이다. 지금부터 나를 아버지로 생각하고 무슨 일이 생기면 꼭 연락하거라."

그리고 준마는 입던 옷을 벗어 꼬레아에게 주고 고산해의 옷으로 갈아입었다. 꼬레아에게 얼마간의 여비를 주고 라파스로 돌아가는 기차를 태워 보냈다. 눈물을 흘리며 머리를 숙이고 기차에 오르는 꼬레아를 보면서 준마는 탄식했다.

'나라 잃은 백성의 삶은 후대에까지 가늠하기 힘든 짐을 지우는구나, 서글프다. 나라 잃은 백성의 삶이 고단하구나.'

꼬레아가 창문으로 고산해를 바라보며 멀어져 갔다. 꼬레아의 눈에는 눈물이 가득하였다. 준마는 손을 들어 잘 가라고 흔들었다.

'저 어린 녀석이 앞으로 어떻게 살아갈꼬.'

준마는 그저 마음이 저리고 무거웠다.

47

하얀 비늘 침이 가슴을 찌르고

꼬레아를 그렇게 보낸 준마는, 한참 동안 기차역 의자에 앉아 기다린 후에야 칠레 '안토파가스타(Antofagasta)'항구로 가는 기차를 탈 수 있었다. 다행히 칠레의 항구까지 가는 기차에서는 변철상의 추격이 없는 듯하였다. 저 멀리 '치구아나(Chiquana)' 설산이 보였다. 국경을 향해 조금 더 내려가니 이번에는 해발 6,000미터가 넘는 죽은 화산, '볼칸 오야게(Volcan Ollague)' 산이 보였다. 기차는 국경을 넘어 칠레로 들어갔다. 칠레의 항구도시 안토파가스타는 외국으로 출발하는 사람들과 짐을 배로 옮기는 인부들로 붐볐다. 상해로 돌아가는 긴 여행이 시작되었다.

조선은 준마가 태어난 고향이고 조국이지만, 준마가 돌아갈 수 없는 곳이었다. 돌아가고 싶어도 못 가는 그곳은 이미 남의 나라가 되어있었다. 조선이 전쟁에서 진 것도 아니고, 못된 이웃이 찾아와서 인심 쓰듯이 집안 청소며 잡일 몇 번 도와주다가 자기 집이라고 빼앗은 격이었다.

상해에서 헤이그로, 그리고 이제 조선의 반대편에 있는 남미의 볼리비아까지 다니는 동안 준마는 세상을 보는 눈이 많이 달라져 있었다. 세상의 이치를 모르는 조선의 양반들이 그저 자기 배만 따뜻하면 된다고 생각한 것이 결국 백성들과 국토를 남의 나라에 팔아먹은 꼴이 되고 말았다. 조선은 유학을 정치이념으로 삼아 온갖 명분은 다 찾으며 사공상의 차별과 노예제도를 세계 역사상 유례가 없을 정도로 오래 유지했다. 백성들은 철저히 착취의 대상이었고 지금 세계만방이 주장하는 평등과 사람의 인권에 대한 가치는 개구리 눈알만큼도 없었으니 그 죄를 지금에서야 받는 것 같다는 생각마저 들었다.

준마는 태평양의 바다라는 것이 이렇게 큰 줄 몰랐다. 그가 볼리비아로 들어갈 때는 갑판으로 나오지도 못하고 숨어 지냈다. 그저 조그만 선실 창밖으로 보이는 것이라고는 울렁거리는 검푸른 물과 파도뿐이었다. 파도가 높이 치고 바다 색깔이 검은 것이 그 깊이도 상당한 것 같았다. 배가 커서 웬만한 파도에도 흔들림이 없었다. 밤에 달이 높이 뜨면 조선의 달과 상해의 달이 같이 떠오르는 것을 상상했다. 달이 바다 위에 높이 뜬 어느 날 밤에 갑자기 달에 숙향이 앉아 있는 것 같은 착각이 일어났다. 선실로 내려와 잠을 청해도 너무나도 뚜렷한 숙향의 얼굴이 갑자기 그렇게 선명하게 나타난 것이 이상했다.

'내가 볼리비아의 높은 고지대에서 오랫동안 지내다 보니 고산병이 아직 남아 있는 것이겠지.'

준마는 죽은 숙향이 사무치게 보고 싶어졌다.

'아니다. 오래된 일이다. 이젠 그만 숙향을 하늘나라에서 잘 살도록 보내줘야지.'

달은 바닷물에 반사되어 선실 창안으로 들어왔다. 하얀 비늘들이 침이 되어 자꾸 가슴을 찌르는 듯했다. 늦은 밤까지 설치다가 새벽녘에 겨우 잠이 들었다. 눈을 얼마나 붙였을까, 떠오르는 태양과 함께 상해의 항구가 멀리 보이기 시작했다. 크고 작은 선박들이 들어가고 나오는 것이 보였다. 대륙에 진출하려는 서양의 상선들과 근처 바다에서 고기를 잡으러 나가는 작은 어선들까지 오고 가며 항구는 분주했다. 상해는 국제도시 답게 세계 각국에서 온 외국인들로 붐볐다. 준마는 승객들 사이에 끼여 천천히 갑판을 내려왔다.

여기까지 오면서 조선의 남단인 부산을 지나왔지만 돌아갈 수 있는 곳이 아니었다. 극적이고 벅차오르는 감격으로 조선 땅을 바라보았지만, 배에서 내릴 수는 없었다. 조선 땅은 이미 내가 살아갈 수 있는 땅이 아니었다. 초대받지 않은 사람들이 이미 남의 집을 빼앗아 주인행세를 하고 있었다.

'내가 내 집에 마음대로 못 들어가는 이런 세상이 어디에 있단 말인가?'

배가 조선의 항구를 떠날 때 준마는 하늘을 보고 탄식할 뿐이었다. 가슴이 찢어지는 듯했다. 그냥 바닷물인데도 조선의 바다 내음은 다른 나라의 항구에서 맡는 냄새와는 달랐다. 항구 멀리 보이는 산언덕에 보이는 사람들의 살 냄새와 흙냄새가 바람을 타고 준마의 가슴속으로 들어왔다. 어느덧 눈에는 눈물방울이 맺히고 있었다. 배는 그렇게 조선 땅을 뒤로하고 상해로 향했다. 이젠 상해에서 살아가는 것도 더이상 낯설지 않을 것이다, 그렇게 준마는 되뇌었다. 상해에서도 살아가는 것이 나쁘지 않다... 하지만 되뇌는 그 말에서 아련함을 떨칠 수는 없었다.

상해의 객주는 그대로 있었다. 점포가 잘 보이는 건너편 골목 후미진 곳에서 객주를 바라보았다. 객주는 아침부터 점원들과 손님들이 물건값을 흥정하는 소리가 크게 들렸고 객주를 들락거리며 오가는 사람들로 붐비고 있었다. 진홍이 역시 객주를 잘 운영하고 있었다. 잠시 후 진홍이 딸아이의 손을 잡고 객주 밖으로 나왔다. 아이는 벌써 3살이 지났다. 진홍도 이제는 훨씬 더 성숙한 여인의 모습으로 변해 있었다. 조금 있다가는 낯선, 그러나 낯익은 한 소년이 객주에 모습을 나타냈다. 어려 보이기는 했으나 얼굴이 반듯한 소년이었다. 준마는 그를 알아볼 수 있었다.

'광복아!'

몇 년 사이에 아이는 부쩍 자란 것 같았다. 세 사람은 딸을 가운데 두고 서로 손을 잡고 어디론가 외출을 하는 듯했다. 준마는 그들 뒤를 천천히 따라갔다. 외국인들이 많이 모여 사는 와이탄 거리로 가는 듯했다. 와이탄은 외국인 거주 지역으로 각국의 조계지들이 모여 있어 다양한 서양의 건축물들이 길게 늘어서 있었다. 백화점으로 들어간 진홍은 아이들에게 입힐 옷가지 등을 사고 있었다.

진홍은 옷을 고르다 건너편 가게 쪽에서 누군가가 자기를 뚫어지게 자기를 바라보는 것을 느꼈다. 고개를 들어 그 남자를 바라보는데, 그 남자가 급히 몸을 돌리는 바람에 정확하게 얼굴을 볼 수 없었다. 이상한 생각이 들기는 했지만 별일 아니라고 생각을 한 진홍은 다시 고개를 돌려 광복과 수연의 옷을 이것 저것 골라 입혀보았다. 그러다가 문득 좀 전에 보았던 그 남자가 어디서 많이 본 듯한 사람인 것 같다는 생각이 다시 들었다.

'아니겠지. 설마, 준마 오빠가 갑자기 여기로 나타날 일이 없지.'

그러나 누구보다 남편인 준마를 가장 잘 아는 사람이 진홍이었다.

'잠깐 스치듯이 본 본 옆모습이었지만 너무 닮았어.'

진홍은 계속 의아한 생각이 들어 자꾸 그쪽으로 얼굴을 돌려보았다. 하지만 이미 그 사내는 어디론가 종적을 감추었다. 진홍이 바깥나들이를 끝내고 집으로 들어오고 있었다. 집 문 앞에 거의 다 왔을 때 누군가 뒤에서 나지막이 진홍을 부르는 소리가 들렸다.

"진홍, 광복아!"

어디서 낯익은 목소리가 들렸다.

진홍이 화들짝 놀라며 고개를 뒤로 돌렸다. 회색 코트를 입고 중절모를 쓴 사내였다. 틀림없이 착장이 아까 백화점에서 보았던 그 사내였다. 틀림없이, 준마였다.

"오빠!"

깊은 탄성과 환희에 찬 목소리로 진홍은 준마를 바라보며 소리쳤다. 둘은 서로 격렬하게 끌어안았다. 진홍! 오빠! 진홍의 눈에서는 눈물이 쏟아졌다. 갑작스레 등장한 준마의 모습이 믿기지 않았을까, 진홍이 기절을 한 듯 주저앉았다. 준마가 진홍을 부축하며 진홍을 끌어안았다. 잠시 후 진홍이 정신을 차린 듯 가늘게 실눈을 뜨며 눈에 눈물이 가득 고인 채로 준마를 바라보며 가슴에 안겼다.

"준마 오빠 맞지?"

진홍은 준마의 옷을 당기며 준마의 가슴을 손으로 여러 번 쳤다.

"왜 그동안 연락조차 없었던 거야. 죽은 줄 알고 얼마나 마음 졸였는지 알아?"

감격에 겨워 말이 잘 나오질 않았다. 눈은 이미 눈물로 뒤범벅이 되었다. 죽은 줄 알았던 준마가 눈앞에 나타난 것이었다.

겨우 진홍이 진정을 하고 아이들을 향해 이리 오라고 손짓하며 말했다.

"광복아, 수련아. 이리와, 여기 계신 분이 네 아빠란다."

광복이와 수련이 영문도 모른 채 눈을 동그랗게 뜬 채 준마를 우두커니 바라보았다.

"내가 너희들 아빠다, 광복아, 수련아. 이리 오렴, 내가 집에 없는 동안 몰라보게 많이 컸구나. 그동안 연락도 못 하고 너희들을 내버려둬서 정말 미안하구나."

준마는 광복이를 끌어안고 다른 한 손으로는 수련을 당겨 품 안에 안았다.

그래도 광복이는 아빠의 얼굴을 알아본 듯했다. 광복은 계속해서 마냥 즐거운 듯 준마의 얼굴을 쳐다보았다. 수련은 아직은 아빠의 얼굴이 낯설어서인지 준마의 무릎에 앉아 호기심 어린 눈으로 계속 준마의 얼굴을 바라보았다. 진홍은 조금 진정되었는지 얼굴이 화색이 돌아왔다. 그동안 말 못하고 억눌렀던 감정이 한꺼번에 터지면서 계속해서 쏟아지는 눈물을 훔쳐냈다.

준마의 무사 귀환으로 객주는 물론이고 일가족은 그동안 우울했던 분위기가 일순간에 사라지고 활기가 넘쳐났다. 준마는 이제 이곳 상해에서 이방인 아닌 이방인으로 살아가야 했다. 장인 담걸생 대행수가 중국인으로 귀화를 권유했으나 준마는 거절했다. 지금은 조선이 나라를 빼앗겼으나 언젠가는 독립을 할 것이다. 그때 조선에 가서 제대로 장사를 해볼 작정이라고 도리어 장인을 설득했다.

인천의 백가객주 대행수 백춘삼은 준마가 해외에 있는 동안 결국 세상을 떠났다. 준마의 모친은 대행수가 죽은 후, 한동안 친정집에 머무르다 요즘은 복만의 누이와 함께 지내고 있었다. 인천이나 상해의 지인들은 모두 준마가 이미 죽은 것으로 판단했다. 준마가 돌아오기 전에는 오직 준마의 모친과 진홍만이 준마는 어딘가 살아 있을 것이라고 굳게 믿고 있었다.

　　백춘삼의 장례는 인천 보부상들이 주동이 되어 장사를 치렀다. 운구를 메고 나가는 동안 전국의 보부상 임방에서 온 접장과 임원들이 백춘삼 대행수의 운구행렬을 따랐고 일본 헌병사령부에서는 혹시 소동이라도 일어날 것을 걱정하여 아침부터 군 병력을 군데군데 배치하여 감시하였다.

48

엄습해오는 불길한 예감

"일본이 헤이그 밀사 사건을 고종황제께서 계획한 것으로 만들어 이에 대한 책임을 묻겠다고 합니다. 일본의 이러한 계략에 관해 대비하셔야 하옵니다."

"이미 저들은 조선의 국사까지 마음대로 하는 판국에 무엇을 어떻게 하든 대적할 방법이 어디에도 남아 있을 것 같지 않구나."

"지금 일본은 대한제국의 황실이 보유한 홍콩의 예탁자금을 빼앗으려고 획책을 하고 있다고 합니다. 이 예탁금을 저희가 먼저 찾아야 할 것입니다."

진필용이 머리를 조아리고 고종에게 아뢰었다.

"그렇구나, 지금 진필용 대감은 어서 서둘러서 홍콩으로 가라. 그리고 예탁금을 찾아서 다른 데 맡길 방도를 찾아보도록 하라."

고종의 말은 힘에 겨운 듯 무겁게 느껴졌다.

진필용은 집으로 돌아온 후 부인을 불렀다.

"지금 나라의 사정이 안팎으로 어려운 곤경에 처해 있습니다. 제가 외국에 일이 있어서 출장을 가니 부인은 집안을 잘 보살펴 주시기 바라오."

"그렇다면 언제쯤 돌아오시는지요?"

"언제라고 꼭 답을 드리긴 어렵소이다. 하지만 빨리 돌아오도록 노력하리다."

우둔한 질문인 것을 알지만 굳이 답변을 듣자고 한 질문은 아니었다. 묻는 사람이나 답을 하는 사람 모두 그 답이 어디에도 없음을 알고 있었다.

"여행에 필요한 물건들은 사랑방에 준비해 놓았습니다."

"잘 알겠소, 부인. 내 날이 밝는 대로 출발할 것이오."

새벽안개가 자욱했다. 이른 아침, 동이 트자 진필용은 서둘러 문을 나섰다. 준비해 둔 택시를 타고 노량진역으로 향했다. 인천에서 상해로 가는 배를 타기 위해서는 인천까지 기차를 이용하는 것이 가장 빠른 길이다. 허나 역에 미리 나와 기다리기로 한 수행원이 보이질 않았다. 열차 출발 시간이 다 되어 가는데도 수행원은 나타나질 않았다. 진필용은 할 수 없이 혼자 열차에 올라 인천으로 향했다.

'대한제국의 운명이 어찌 되려는가?'

어쩌다 조선이 이 지경이 되었는지, 열차를 타고 가면서 내내 암울한 느낌을 지울 수가 없었다. 인천에서 상해를 거쳐 홍콩으로 가는 선박을 타려는 긴 행렬을 따라 배에 올랐다. 배가 서서히 움직여 인천항을 벗어나자 갑판에 우두커니 서서 항구를 돌아보았다. 갑자기 진필용은 인천의 항구를 다시는 못 볼 것 같은 예감이 솟구쳤다.

'아니, 웬 불길한 생각을 하는 건가?'

그는 불길한 생각을 떨쳐버리려고 숨을 크게 쉬고는 기지개를 켰다. 오전에 출발한 배는 다음날 새벽녘이 되어서야 상해에 도착했다. 승객들이 내리고 다시 새로운 승객들이 부지런히 선박 위로 올랐다. 배는 천천히 푸동항을 출발하여 홍콩으로 향했다.

멀리 보이는 홍콩은 항구 전체가 온통 불빛으로 빛나고 있었다. 그 화려한 모습은 중국과는 전혀 다른 활기찬 모습을 하고 있었다. 배에서 내린 진필용은 일단 택시를 잡아타고 시내 중심가로 향했다. 시내로 가는 길에는 사람들로 붐비고 빽빽하게 서양풍의 건물이 늘어서 있고, 이곳이 세계에서 가장 개방된 동서양의 관문임을 알려주고 있었다.

그는 홍콩상하이은행 앞에 있는 호텔에 방을 잡았다. 고종이 써준 위임장과 각종 예탁증명서를 점검하고 이상이 없음을 확인한 뒤 잠자리에 들었다. 호텔 창밖으로 들리는 시끄러운 소리에 밤을 깨어보니 아직 아침 6시가 안 되었다. 홍콩은 닭 우는 소리와 교회 종소리, 그리고 자동차 경적소리와 장사꾼들의 호객 소리가 어울려 소란스럽게 새벽이 왔음을 알렸다. 호텔에서 토스트와 커피 한 잔으로 아침을 때우고는 호텔 문을 나섰다. 길 건너편의 홍콩상하이 은행은 이른 아침부터 많은 사람들이 대기석에 앉아 있었다. 예탁금인출 서류를 접수계에 내밀었다. 은행원은 잠시 기다리라고 하였다.

10여 분이 지났다. 30분, 아니 1시간이 더 흘렀을까. 기다리는 시간은 점차 늘어지기만 했다. 진필용은 일어나 접수계 창구로 가서 어찌 된 일인지 문의하였다. 그리고 좀 더 기다리라는 답변밖에 돌아오지 않았다. 오후 마감 시간이 되어서도 아무런 답변이 없었다. 마감 시간이 되어서야 직원은 내일 다시 와달라는 간단한 말만 남기고 퇴근하였다. 아무래도 분위기가 심상치 않았다. 의아해하던 진필용이 다음날 다시 은행을 찾았다. 접수계 직원은 진필용의 얼굴을 올려다보면서 말했다.

"이 계좌에서 돈을 인출할 수가 없습니다."

일본 정부가 조선의 모든 재정을 위탁 관리하고 있는데, 이미 고종이 서명한 서류에는 은행의 계좌도 함께 포함되어 있어서 누구라도 일본 정부의 승인 없이는 돈을 인출 할 수 없다는 것이었다. 진필용은 그 말에 아연실색하였다. 도대체 일본의 집요함이 어디까지 뻗어 올 것인지 두려울 따름이었다. 엄연히 대한제국의 고종황제 이름으로 되어있는 예탁금을 일본이 무슨 자격으로 자기들의 돈이라고 한다는 것인지 아무리 은행직원들에게 따져 물어도 대답은 매한가지였다. 고종황제의 홍콩비밀예탁금은 황실 내에 몇 사람만 알고 있는 비밀이었다. 이 비밀이 일본으로 누설되었다. 일본은 헤이그 밀사 사건을 트집 잡아 고종황제의 돈줄을 모두 끊어 놓고 더이상 독립을 위한 활동을 못하게 하려는 참이었다.

일본 정부는 한발 더 나아가 아예 이번 기회에 한국을 식민지화 하려는 계획을 보다 한 발 더 앞당기기로 하였다. 일본 내각은 고종황제의 퇴위를 비롯한 조선의 남아 있는 주권인 조세권, 군권, 재판권을 이번에 모두 일본이 접수하는 계획을 승인하였다. 일본 내각은 조선의 이토 히로부미 통감에게 다음과 같은 내용의 조선 식민지화 조치를 통보하였다.

<전문내용 요약>
조선의 고종을 퇴위시키고 그의 아들 이척을 대한제국의 순종황제로 세운다.
조선에 남아 있는 재산권, 군권, 재판권을 일본 정부가 맡는다.
기타 모든 대한제국의 행정은 일본이 담당하며 대한제국이 단독으로 시행하는 모든 행위는 일본의 사전 승인을 받아야 한다.

그물에 갇힌 고기처럼 아무리 몸부림을 쳐도 조선이 이미 빠져나갈 곳은 없었다. 총 한 방 쏘지 않고도 한 나라를 이렇게 통째로 먹을 수 있은 일은 세계역사상 드문 일이었다. 500년 역사의 조선왕조는 나라도 아니었던가? 나라의 녹을 먹은 자들이 애국심이라고는 티끌만큼도 없이 자기 영달을 위해 나라를 팔아먹고 있었다. 헤이그 밀사 사건이 터진 후 수개월, 고종을 퇴위시키고 고종의 아들 이척을 대한제국의 27대 순종황제로 옹립한다는 대신들의 서명이 적힌 칙령이 발표되었다.
누가 누구를 폐위하고 누구를 옹립한다는 건지 앞뒤가 바뀐 일들이 마구잡이로 일어나고 있었다. 일제는 고종을 폐위시켜 함녕전에 기거하도록 하면서 일체의 외부인을 만나지 못하도록 감시를 했다. 통감부는 내친김에 고종이 비밀리에 갖고 있던 은행의 계좌를 모두 조사하여 일본으로 귀속시키도록 지시했다. 조선에 빌려주고 투자했던 일본 정부의 자금은 그걸로 모두 회수한 셈이다. 일본 정부에 적극 협력하는 조선의 대신들에게 하사한 수수료를 거기서 빼더라도 일본 정부에게는 완전히 남는 장사였다. 이미 조선의 국토개발 명목으로 추진했던 철도사업도 이미 돈 한 푼 들이지 않고 공짜로 완성했다. 대외적으로는 일본이 조선의 국토개발을 위해 엄청난 투자를 한 것으로 홍보를 해서 일본의 조선 식민지화의 정당성을 세계에 알릴 수가 있었다.

철로를 놓는 부지는 철도를 놓아주는 조건으로 거의 공짜로 인수했고 농촌의 노동력을 싸게 사용해서 비용을 절감했다. 당시 국제시세의 3분의 1도 안되는 싼 가격으로 철도를 완성했다. 대금은 조선에서 나오는 쌀과 콩을 싸게 쳐서 받아갔다. 게다가 가장 중요한 철도운영권을 돈 한푼 들이지도 않고 얻어냈다.

이런 일본의 계략을 모르는 조선사람들은 마치 일본이 큰 선심을 써서 철도를 공짜로 놓아준 것으로 감사하는 이들이 많았다. 사농공상의 차별로 상업을 무시한 조선의 지도층은 간단한 셈법조차 이해 못하는 국제상업계에서는 거의 눈뜬장님이나 다름이 없었다.

진필용은 이제껏 돌아가는 모든 일이 기가 막힐 뿐이었다. 일을 수습하려 손을 뻗었지만 일본의 지배 하에 진행되는 일들은 그의 손에서 모래알 흘러내리듯 빠져나갈 뿐이었다. 일본의 수하가 된 대신들은 진필용이 조금만 반내를 해도 죽일 듯이 날려들었다. 마음 같아서는 이놈들을 칼로 다 쳐 죽이고 싶었으나, 아침저녁으로 안팎을 감시당하는 처지가 되어 낮에 말한 얘기가 바로 말하는 자들의 귀로 들어가니 이도저도 못하는 상황이었다. 이제 마지막으로 고종황제의 비자금이라도 수습을 하여 훗날을 기약하고자 했건만 이마저도 어려운 상황이 되어버렸다.

이럴 때 준마 행수라도 옆에 있으면! 그라도 있다면 일을 상의라도 할 수 있을 터인데 준마 행수도 헤이그에서 사라진 후 행방을 알 수조차 없었다. 헤이그밀사 활동이 실패로 끝나고 이준 선생의 시신을 수습한 뒤 상해로 간다는 서신을 받은 후로 그는 상해에도 나타나지 않았다.

진필용은 마지막으로 독일 국립은행에 예치된 고종황제의 자금을 인출하기 위해 중국의 상해로 향했다. 독일은행에 예치된 금액은 100만 달러가 넘었다. 하지만 독일의 덕화은행 상해지점에서도 그는 아연실색할 수밖에 없었다. 거기도 이미 일본이 손을 써 놓아 자금의 절반을 일본이 찾아갔고 나머지 절반은 인출을 못 하도록 막아 놓은 뒤였다. 고종황제의 비자금은 이제 어디에도 남아 있지 않았다. 비밀 자금의 명세를 누군가가 속속들이 일본에 넘겼던 것이라고 밖에 할 수 없었다. 진필용은 기가 막혔다. 이 정도면 황실의 안팎으로 내통자가 있었던 게 분명했다. 허탈한 마음으로 호텔로 돌아온 진필용은 엘리베이터를 타고 숙소인 6층에 내렸다. 그가 거주하는 607호실은 엘리베이터에서 맨 끝 방이었다. 방을 들어선 진필용은 양복을 벗어 옷장에 걸었다. 넥타이를 풀어 옷장에 걸었다. 그리고 허리를 구부려 가방을 침대 옆에 놓으려는 데, 그는 동작을 멈출 수밖에 없었다. 침대 위에 당일 발간된 신문이 놓여있었다. 분명히 오늘 신문을 본 적도 가져온 적도 없었다. 그런데 침대 한가운데 신문이 반쯤 접힌 채로 덩그러니 놓여있었다. 누군가 방에 침입한 것이 틀림없었다.

온 신경이 곤두섰다. 거기도 안전한 곳이 아니었다. 어서 거기를 떠나야 했다. 그는 짐을 챙기고는 바로 호텔을 나왔다. 주위를 살피면서 택시를 잡아탔다. 우선은 조선독립군들이 터를 잡고 있는 연해주로 가기로 했다. 몇 번이고 차를 옮겨 타고난 후 진필용은 어둠을 이용하여 시내를 벗어났다. 진필용은 끝내, 마지막 희망을 담아 서신을 준마에게 보냈다.

[준마 행수에게.

저는 홍콩을 거쳐 중국 상해로 왔습니다. 중국 상해에 준마 동지가 없다는 얘기를 들었습니다. 저는 블라디보스토크의 신한촌으로 갈 것입니다. 준마 동지가 이 편지를 받으면 연락 주시기 바랍니다.]

49

블라디보스토크의 붉은 여우

　신한촌으로 가는 길은 상해에서 배를 타고 블라디보스토크로 가서 거기서 다시 120여 킬로미터를 더 가야 했다. 헤이그 밀사 사건이 실패로 끝난 후 대표였던 이상설 선생이 신한촌으로 갔다는 말을 들은 바 있다. 진필용은 고심 끝에 일단 블라디보스토크로 가기로 결정했다.

　'고종황제도 폐위되었고, 지금 일본 통감부는 나를 찾기 위해 혈안이 되어있다. 이 상황에서 조선으로 돌아가는 일은 불가능하다.'

　그는 상해의 독일 은행지점에서부터 놈들의 감시를 받고 있었다. 게다가 헤이그 밀사 사건을 문제 삼아 고종황제까지 함녕전에 갇히는 몸이 되었다. 고종황제의 곁으로 돌아가고 싶어도 갈수가 없었고, 돌아가는 즉시 체포되어 죽임을 당할 처지였다. 불가능한 일이라도, 어떻게든 은행에 들어있는 고종황제의 비자금을 찾는 방법을 찾아봐야 했다.

　많은 승객이 부산과 일본을 거쳐서 블라디보스토크로 가기 위해 배를 기다리고 있었다. 도와주는 사람도 없이 혼자 여행을 하는 일이 생각보다 쉽지 않았다. 신참 비서관은 해외로 나가는 출국 전날 사표를 내고 노량진역에 나타나지 않았다. 할 수 없이 혼자 출발하게 되었고 낯선 외국 여행길에 외국어로 소통하는 일도 쉽지 않아서 매사에 조선인을 찾아 도움을 청해야 했다. 주위에 중국어를 하는 사람이라도 만나면 그나마 조금은 소통이 되었다. 많은 조선인이 조선을 떠나 해외로 나가고 있었다.

작은 짐 가방을 하나 들고 배에 오른 진필용은 망망대해 바다를 바라보며 한숨지었다. 고종을 최측근에서 모셨던 대신으로 지금 쫓기는 자신의 모습이 한심할 따름이었다. 차라리 죽더라도 고종황제 곁으로 돌아가지 못한 것을 후회하기도 하였다. 그러나 고종황제가 위임한 서류를 소지하고 있는 터라 언젠가는 비자금을 찾는 방법이라도 찾아야 했기에 일단 해외에서 좀 더 있어야 했다.

블라디보스토크는 소련대륙의 동쪽 끝자락에 있는 작고 황량한 도시였다. 내리자마자 거친 흙먼지를 날리며 세찬 바람이 불어와 모자가 바람에 날려갔다. 땅에 데굴데굴 굴러가는 모자를 잡으러 달려가는데, 한 사내가 모자를 얼른 주어 들고 진필용에게 넘겨주었다.

"여기 바람은 억세고 매섭게 차지요. 특히나 가을이 접어드는 계절이면 바람이 더욱 거세게 불어옵니다."

사내는 미소를 지으며 진필용에게 모자를 건넸다.

"고맙습니다."

"천만에요, 그런데 선생께서는 이곳에 처음 오신 것 같습니다."

"예."

진필용은 답하며 조선말로 부드럽게 물어보는 사내를 쳐다보았다.

머리를 단정하게 빗어 넘긴 사내의 모습과 그의 입에서 나오는 조선말이, 진필용에게는 낯선 이국땅에서 구원군을 만난 듯이 반가웠다.

"저는 이곳에서 일자리나 찾아보려고 온 진필용이라고 합니다."

"예, 그렇습니까, 저는 콩을 수입해서 조선과 일본에 파는 사업을 하고 있습니다. 이름은 변주섭이라고 합니다. 이렇게 만난 것도 인연인데 가까운 곳에서 차라도 한잔하고 가시죠, 이곳은 워낙 땅이 넓어서 어디를 가던 몇 날을 더 가야 합니다. 좀 쉬어 가시죠, 저도 먼 여행을 한 뒤라 좀 피곤하긴 합니다."

사내는 진필용에게 항구 근처의 찻집을 가리키며 같이 가기를 권했다.

"예, 그러시죠. 안 그래도 장거리 여행에 피곤한 참이었습니다."

진필용은 처음 보는 사내의 제안에 좀 꺼림칙하기는 했으나, 같은 조선사람이고 그로선 지리도 잘 모르는 터라 길이라도 물어보자고 따라나섰다. 사내는 조선에서 장사하다가 조금씩 해외무역에 눈을 떠서 지금은 콩을 수입해서 파는 사업을 주로 하고 있다고 했다. 가끔은 우수리스크의 한인촌에 들러 친구들을 만나기도 한다고 했다. 우스리스크의 한인촌이라는 말에 진필용은 눈이 번쩍 뜨였다. 그렇지 않아도 우수리스크까지 가는 길을 찾아야 했는데 한인촌을 간다고 하니까 여간 반가운 것이 아니었다.

"혹시 선생께서 한인촌을 가시면 어떻게 가실 요량이십니까? 실은 제가 한인촌에 볼일이 좀 있어서 그리로 가려고 합니다만."

"예, 그러십니까, 저도 한인촌으로 갈 계획인데 괜찮으시면 함께 가시죠, 길동무하고 심심치 않아 좋을 것 같습니다."

사내는 안면에 미소를 띠면서 진필용을 바라보았다. 우스리스크는 블라디보스토크에서 200여 리 떨어져 있어서 마차를 타고 가더라도 그리 오래 걸리지 않는다고 했다.

'이제 거의 다 왔구나.'

긴 여행 끝에 드디어 한인들이 사는 곳으로 오게 되어 안도의 한숨이 나왔다. 운이 좋으면 이상설 대감을 만날 수도 있을 것 같았다. 이상설 대감이 헤이그를 떠난 후 연해주로 갈 것이라는 얘기를 들은 바 있었다. 독립운동가들이 모여 조선의 독립을 위해 투쟁하는 곳이라니 고종 황제를 위해서라도 굳이 그곳으로 가야 했다. 늦은 오후였지만 마음이 급한 진필용이었다. 기차를 기다리는 것보다는 마차라도 타고 한시라도 빨리 한인촌으로 갈 요량이었다. 사내는 진필용에게 차라리 좀 더 기다려 기차를 타고 가지는 것이 어떠냐고 물었다.

"아니요, 한시라도 빨리 그곳에 가서 만나야 할 사람이 있습니다."

진필용은 서두르는 말투로 사내를 보며 말했다.

"그럼, 제가 한번 알아보겠습니다, 이곳에 잘 아는 지인이 마차를 가지고 있는데 제가 빌려보겠습니다. 그 마차를 이용해서 같이 가도록 하시죠."

사내가 잘 되었다는 듯이 말했다.

"예, 고맙습니다, 신세를 좀 지겠습니다."

진필용은 안도의 표정을 지으며 사내에게 감사의 말을 전했다. 한참이 지난 후 그 사람은 친구인 듯한 건장한 사내와 함께 마차를 몰고 돌아왔다.

"제 친구가 마침 그곳에 갈 일이 있어서 마차를 끌고 같이 가기로 했습니다. 괜찮으시면 함께 가시는 것이 어떻겠습니까."

같이 온 사내는 턱수염을 기른, 조금 살찐 체구였다. 아래위를 잠깐 훑어 본 진필용은 그의 인상이 별로 나빠 보이진 않아 같이 가자고 응수했다. 오후에 출발한 마차는 끝없이 펼쳐지는 대평원을 가로지르며 앞으로 달려나갔다. 길 좌우로는 끝이 안 보이는 지평선이 하늘과 맞닿아 있었다. 몇 시간을 달려도 계속 이어지는 끝없는 평원은 조선의 모습과는 완전히 다른 이국적이고도 황량한 풍경을 자아내고 있었다. 대지를 태울 듯한 붉은 노을이 멀리 지평선 너머로 붉게 물 들다가 곧 어둠이 깔리기 시작했다. 마침 멀지 않은 곳에 작은 집 한 채가 보였다.

"저기서 쉬어 가야 하겠습니다. 밤길에는 마차가 제대로 달리지 못합니다."

말을 몰아가던 턱수염의 사내가 목소리를 높였다. 집 앞마당에 마차를 세웠다. 말에게 여물을 먹이도록 준비가 되어있는 것으로 보아 여행객들이 쉬어 갈 수 있는 주막 같은 곳이었다. 사내가 마차에서 내려 양복의 먼지를 털었다.

"일단 요기부터 해야 하겠습니다, 한참을 달렸더니 시장합니다."

그가 손바닥으로 배를 아래위로 문지르며 목소리를 높였다.

"예 그러시지요, 고생하셨습니다."

진필용이 미안한 듯 대답했다. 주인은 말고기와 삶은 감자 그리고 채소 삶은 것들을 저녁으로 내어 주었다. 진필용은 말고기가 내키진 않았으나 몹시 시장하던 터라 내색하지 않고 접시를 비웠다.

"이곳에 자주 들리신 것 같습니다, 말고기를 맛있게 잘 드십니다."

사내가 미소를 지으며 진필용에게 말을 건넸다.

"시장이 반찬이라고 하지요. 다 먹을 만합니다."

진필용이 대답했다.

황량한 벌판 한가운데 있는 주막은 하늘과 땅 사이에 찍힌 점처럼 고립되어 있었다. 무수한 별들이 둥글게 쏟아져 내리고 있었다. 갑자기 하늘에서 별똥별이 떨어지고 있는 것을 진필용은 보지 못했다.

다음 날 아침, 그들은 서둘러 떠나기 위해 동이 트자마자 갈 채비를 했다. 떠나기 전 간단히 아침 식사를 마친 후 사내가 차를 내어왔다. 그는 차를 좋아해서 항상 자기가 마실 차를 갖고 다닌다고 했다. 중국의 향차로 향기가 은은하고 좋았다.

"어디서 이렇게 좋은 차를 구하셨습니까?"

평소에 차를 즐겨 마시던 진필용은 차의 맛과 향기에 취했다. 최근에는 서양에서 들어온 커피에 맛을 들이긴 했지만 수시로 좋은 차를 구해서 마시곤 했다. 사내는 웃음으로 화답할 뿐이었다.

"맛이 있지요? 자, 이제 서서히 출발해 봅시다."

턱수염의 사내는 마구간에서 말을 몰고 나와 마차에 매달았다. 길은 제법 반듯하게 나 있었다. 한참을 말로 달려나갔다.

"이제 조금만 더 가면 신한촌이 나옵니다."

사내가 진필용을 바라보며 웃었다.

"그리고 이제 곧 저승이 시작될 것입니다."

때아닌 저승이라는 단어에 진필용은 온몸이 섬찟하였다. 그게 무슨 뜻이냐고 입을 움직이려 했으나 몸이 말을 듣지 않았다. 잠이 쏟아지면서 고개가 떨어지기 시작했다. 그 순간 무거운 물체가 진필용의 머리를 가격했다. 미처 손쓸 틈이 없이 진필용의 머리가 피로 물들었다. 사내는 마차에서 진필용을 끌어내린 뒤 축 늘어진 진필용의 목에 손을 댔다.

"처리했다. 놈을 저 숲으로 끌고 가서 묻도록 하자. 이놈의 시체는 백년이 지나서도 찾지 못할 것이다. 이 넓은 대지에서 사람 하나 없어지는 건 발에 무수히 밟히는 개미나 벌레 보다 더 존재감이 없지."

사내가 말했다. 그는 다시 돌아가 작은 쪽지 하나를 썼다.

[모든 서류를 탈취하였고

고종이 써준 위임장도 모두 소각할 것임.
곧 원대 복귀할 것임. 보고 끝.

블라디보스토크에서, 붉은 여우.]

50

손에 꼭 쥔 쇠붙이 장식

　조선이 서서히 일본의 손아귀에 들어가며 몸부림치는 날들이 이어졌다. 오랜만에 준마는 가족과 상해의 번화가인 남경로로 구경을 갔다. 평생을 통해서 준마가 이렇게 가족과 한가롭게 시간을 보내는 것은 처음이었다. 인천에 있을 때는 백가객주를 운영하면서 일본의 계림장업단과 싸우느라 잠시도 쉴 틈이 없었다. 생사를 가르는 결투를 치렀고 보부상 조직들을 이끌면서 가족과 함께 편안하게 시간을 갖는다는 일은 상상할 수도 없었다. 게다가 독립운동까지 뛰어 들고서부터는 가족을 생각할 겨를이라고는 없었다.
　상해에서의 생활은 인천에서 처음 백가객주를 운영하면서 일을 배우던 그 시절로 다시 돌아온 듯하였다. 진홍이 운영하는 객주의 일을 도우며 시간이 날 때마다 아이들을 데리고 공원에 가서 시간을 보냈다. 그동안 못다한 부모 노릇을 아이들에게 보상이라도 하려는 듯이 아이들과 시간을 보냈다.
　이대로 대한제국이 독립하지 않고 영원히 나라가 없어진다는 것은 꿈에라도 상상한 적이 없었다. 그러나 여러 해가 지나면서 대한제국은 이미 조선사람의 뇌리에서조차 지워지는 것 같아 안타까움이 더해갔다. 동시에 준마는 어느덧 서서히 사업가의 모습으로 다시 돌아오는 듯했다.

조선에서는 독립 만세 운동이 전국적으로 퍼져 나가고 독립이라도 될 것 같은 기세로 온 조선사람이 일어났다. 안중근 의사의 이토 히로부미 암살 사건 이후 한동안 잠잠하던 독립운동의 열기가 다시 불같이 일어났다. 수많은 애국지사가 잡혀가 고문을 당하고 총살되었다. 결국에 다시 잡혀간 김구 선생은 얼마 후 일본의 감시를 피해 결국 상해로 망명을 왔다는 소식이 들어왔다. 김구가 왔다는 소식 자체는 맥락을 제외하고는 준마에게 반가운 것이었다. 마당로에 위치한 임시정부를 중심으로 애국지사들이 모여들기 시작하고 김구 선생까지 가세하면서 독립운동도 점차 체계를 잡아가기 시작했다.

"어이구! 어서 오시게, 준마 대행수."

김구는 반갑게 준마를 맞으며 얼굴에 미소를 지어 보였다.

"준마 행수하고 나와의 인연은 참 길고도 별나긴 하네. 하하하! 인천의 감옥에서 시작한 인연이 이제는 상해로 이어지는구먼. 그래 이곳 생활은 어떠한가? 장사를 다시 시작했다는 얘기는 들었네."

"지금은 아무 생각 없이 장사에 전념하고 있습니다. 제가 이렇게 평화롭고 안온한 생활을 하고 있는 것이 신기할 정도입니다."

준마는 김구를 바라보며 환하게 웃으며 말했다.

정말로 준마는 여유가 있었다. 석태가 인천에서 이곳 상해로 옮겨와

객주의 일을 돕고 나서는 많은 시간을 아이들과 보낼 수 있었다. 사실, 석태는 복만의 누이 매실과 얼마 전 혼인을 했다. 석태는 매실을 오래전부터 홀로 마음에 두고 있었다. 준나가 내실과 모친을 위해 새로운 거처를 정해준 후로 그는 수시로 복만의 집을 들락거렸다. 이를 눈치챈 채령이 복만에게 슬쩍 귀띔해줬다. 얼마 후 복만이 술 한잔을 하자고 석태를 누이 집으로 불렀다. 주거니 받거니 술 한 동을 비우면서 복만이 슬쩍 석태에게 물었다.

"야, 이놈아. 너 왜 허구한 날 우리 누이 집에 일도 없이 들락거리는 게냐? 사실대로 말해 보거라."

"뭐, 내가 언제 일도 없이 들락거렸다는 게야. 장작도 패야 하고 손볼 일이 얼마나 많은데? 너야말로 객주일 한답시고 모친이 사는 집을 엉망으로 내버려 두고 있으니 내가 보다 못해 좀 도와주러 간 것뿐인데, 뭐가 그게 할 일이 없어 간 것이냐."

그때 매실이 고기 삶은 접시를 한 상 내어왔다.

"누이도 이리 와서 술 한 잔 받아봐, 술상 심부름만 하지 말고! 자, 한잔하라고."

"으응? 복만아 너 취했구나?"

매실이 얼굴을 붉힌 채 복만이 아닌 석태를 힐끔 쳐다보며 말했다.

"우리 매실 누이, 그동안 고생만 많이 했지. 이제부턴 누이도 좀 편하게 살아야지, 우리도 이제는 먹고 사는 건 걱정이 안 해도 되잖아."

"그래 그건 맞는 말이다."

몸을 제대로 가누기가 어려울 정도로 취기가 오른 석태가 목청을 높였다. 오랜만에 두 사내가 몸도 가누지 못할 정도로 취하도록 마셨다. 달은 높이 솟아올라 인천 앞바다에 살포시 내려앉았다. 석태는 아침 무렵에 정신을 차리고 눈을 떴다. 복만의 누이 매실이 석태 옆에서 자고 있었다. 인천의 바다는 늘 먼 섬에서부터 동이 트고 하루가 시작되었다. 그런 인연으로 석태와 매실은 부부의 연을 맺어 상해로 와 준마를 돕고 있었다. 살아남은 사람들은 나라를 잃은 몸끼리 부대끼며 서로에게 위안과 사랑을 주었다.

한편, 인천의 복만이 용동 너머에 있는 창고의 물목을 살펴보고 오는 참이었다. 오는 길에 내리교회에 들러 길재를 만나볼 요량으로 언덕을 가로질러 걸어가고 있었다. 앞에서 다리를 절며 힘들게 걸어가는 한 여인이 눈에 띄었다. 다 헤진 누더기옷을 입은, 키가 자그마한 여인이 허리를 숙이고는 복만보다 앞서 천천히 걸어가고 있었다. 걷는 모습이 너무 힘들게 보여 복만은 지나가면서 여인을 힐끗 쳐다보았다. 얼굴 이마 쪽에 흉터가 보였고 머리카락은 흰머리가 반쯤 덮고 있는데, 넋이 나간 사람처럼 정신이 온전치 못해 보였다. 아무 생각 없이 복만이 여인을 지나쳐 교회 마당으로 들어서자, 강 집사가 반색하면서 복만을 맞았다. 그리고는 복만을 안으로 안내하며 무심코 한마디 내뱉었다.

"저 미친 여자가 오늘도 또 왔구먼."

"자주 보이는 여자인가요?"

복만이 물었다.

"음, 수개월 전부터 이곳에 수시로 나타나서는 멍하니 교회 내부를 한참을 쳐다보곤 하는데 도무지 말을 걸어도 자기가 누군지도 모르는 데다가 말도 두서없이 더듬거리면서 횡설수설합니다. 어떨 때는 호통을 쳐서 내쫓아도 좀 있으면 또 나타나곤 하는데 기억을 모두 잃어버린 것 같습니다. 밥은 어떻게 얻어먹고 다니는지, 이 동네 저 동네 다니면서 동냥으로 겨우 목숨을 부지하며 사는 모양입니다."

강 집사가 하는 얘기를 흘려 듣고, 복만은 길재를 보자 반색을 하며 소리쳤다.

"이젠 아예 교회에서 살 작정이냐, 요즘 너무 뜸한 것 아닌가?"

귀에 익숙한 복만의 호방한 목소리에 길재가 문을 열고 나오면서 반색을 하며 맞았다.

"아니, 백가객주 대행수가 여긴 어인 일인가? 요즘 한참 바쁠 텐데! 그래. 준마 행수에게서 새로운 소식은 없는가!"

길재는 궁금하다는 듯 복만을 쳐다보며 물었다.

"고종황제께서 파견한 헤이그 밀사를 지원한다고 이용익 대감과 같이 길을 나선 후로 아직 아무 연락이 없네. 조선이 일본과 보호조약을 맺었으므로 해외에 사는 우리 조선인들은 일본의 관리를 받아야 한다고 주장하고 있다고 하네, 그러니 외국에서 활동하는데 더욱 조심해야 할 수밖에 없지. 2년 전에 만주로 간다는 소식 이후로 여전히... 아직 연락이 없네." 교회 집무실에서 밖으로 내다보이는 부두에서는 많이 사람들이 분주히 오가는 광경이 보였다. 준마가 중국으로 망명을 한 지도 벌써 5년이 지나고 있었다. 길재도 창밖을 바라보다 이내 화제를 돌렸다.

"새로 시작한 홍삼 사업은 잘되고 있는가? 요즘 세상이 시끄러운데 장사를 너무 크게 벌리는 것 아닌가."

"상해로 나가는 홍삼 사업은 꾸준히 잘 되고 있네. 참, 자네 바람도 쐴 겸 상해에 한 번 다녀오면 어떻겠나?"

"상해? 좋지, 외국 구경이나 한번 하지 뭐! 언제 갈 수 있는지 알려주게. 나야 뭐 크게 바쁠 일도 없으니까."

"내 알겠네. 그러고 보니 길재, 자네는 언제 아이를 가질 작정인가, 세상이 개벽하더니 대를 잇는 일조차 사양할 참인가?"

복만이 기다렸다는 듯이 길재를 몰아세우며 큰 소리로 추궁하듯이 말을 쏘아붙였다. 길재는 고개를 내저었다.

"난 반드시 아들을 낳아 대를 이어야 세상 이치를 다한다는 생각은 잘못된 거라고 여기네, 자연히 아이가 생기면 낳을 것이고 아들이든 딸이든 차별 없이 키울 것이네."

길재는 자신에 찬 얼굴로 복만을 바라보며 대답했다.

"그래도 아들을 낳아야, 조상의 대를 잇지 않겠는가? 하물며 자네 같은 양반 가문에서야 일가친척들이 가만있지 않을 터인데. 쯧쯧."

복만은 지지 않고 길재를 설득했다.

"그런 소리 말게, 이제 조만간 만인이 평등한 세상이 올 것이네."

길재는 두고 보라는 듯이 확신에 찬 표정으로 성경책 위에 손을 얹고는 얘기를 이어갔다.

"글쎄, 그런 세상이 올까, 좋은 생각이긴 하지만."

복만이 목소리를 낮추고는 체념한 듯 말꼬리를 내렸다.

"참, 아까 지나오면서 봤던 정신 나간 여자 말이야. 낯익은 얼굴 같아서 말이네."

그가 갑자기 생각 난 듯이 길재에게 물었다.

"낯익은 얼굴이 어디 한둘인가? 뭐, 난 전혀 본 적이 없는 얼굴이네. 먼 촌구석에서 화전이나 일구다가 사고로 남편과 가족 잃고 정신 줄 나간 채로 여기저기 떠돌다가 여기까지 흘러들어 온 것이겠지."

길재가 별 관심 없다는 듯이 마지못해 한마디 내뱉는다.

"그렇긴 하네만 왠지 난 오래전부터 알던 사람 같네. 얼굴의 흉터에 거지 차림으로 동냥은 다니고 있지만, 자태로 보아서는 화전을 일구고 살던 사람 같진 않아 보이네. 어디 양반 가문의 아낙 같은 면이 있어서 말이네."

복만은 호기심에 찬 얼굴로 얘기를 계속했다.

"화전민이 아니라면 지금 천지가 개벽하는 시기에 어디 촌구석에서 노름하다 가산을 탕진한 서출 한량의 버림받은 아낙이라 치세. 근데 저렇게 정신 줄 없이 다니니 우리가 저런 비렁거지까지 신경을 쓸 겨를이 있는가 말일세."

"하기야 가난 구제는 나라도 못 한다고 하는데, 저런 비렁거지가 어디 한둘이어야 말이지." 그렇게 대화를 마무리한 복만이었지만, 그는 언덕을 돌아 내려오면서도 그 아낙이 마음 한편에 걸리고 있음을 느끼고 있었다. 복만이 객주 앞에 거의 다 왔을 때 아까의 그 여자가 백가객주 앞에 서서 점포 안쪽을 우두커니 바라보고 있는 것이 보였다. 복만은 그 여자에게 다가갔다.

"안녕하시오. 혹시 어디 누구 아는 사람이라도 있는 거요?"

"버... 버... 버..."

그녀는 몇 마디 외에는 말을 전혀 못 하고 있었다. 안타까운 눈길로 그녀를 쳐다보던 복만이 객주 안으로 들어서서는 채령을 불렀다.

"마침 잘 오셨어요! 장 닭을 한 마리 잡았는데, 어서 들어오세요."

"알겠소, 내 몸 염려하는 사람은 부인밖에 없구려, 하하. 참, 저 밖에 서 있는 저 여자 말이요, 가끔 이 근처를 지나가는 것 같은데, 무슨 사연이 있는 것 같구려."

"예, 몇 번 왔었습니다. 옛적에 곱게 자라 잘살던 집의 여인 같은데 무슨 사연이 있는지 모르겠습니다."

"그래요?"

"외람되지만, 비록 정신줄이 나갔으나 양반 댁에서 곱게 자란 여자라는 것은 단번에 알 수가 있지요."

채령이 차분한 목소리로 낮추어 답한다.

"그렇구려, 나도 왠지 저 여자가 무슨 사연이 있는지 마음이 걸리는 데가 있기는 합니다. 일단 오래 굶은 듯하니 부인께서 밥이라도 한술 줘서 보내도록 하시지요."

"알겠습니다, 제가 알아서 하겠습니다."

채령은 밥을 바가지에 담고 닭다리 하나를 밥에 얹어 여자에게 다가갔다. 여자의 팔을 잡고는 객주 대문 옆 담장 밑으로 데리고 가서 여자에게 밥이 담긴 바가지를 내밀었다. 여자는 김이 모락모락 올라오는 밥을 보자 냉큼 받아 들고는 그대로 담벼락에 쭈그리고 앉아 허겁지겁 먹기 시작했다. 한동안 굶은 모습이었다.

채령은 여자의 처참한 몰골을 보자 불현듯이 송파에서 모진 일을 당했던 기억이 되살아났다. 이 여자도 필시 양반 가문의 여성이 틀림이 없다. 허겁지겁 밥을 먹는 여자의 얼굴을 가만히 들여다보았다. 순간, 채령은 눈을 동그랗게 떴다. 그녀가 분명히 아는 사람의 얼굴이었다. 왜 그제야 알아보았는지 영문 모를 노릇이었다.

'아! 비록 얼굴의 흉터가 있지만 숙향 아씨의 얼굴 모습이다. 죽었다던 숙향 아씨와 너무나도 닮았다. 사람이 이렇게 닮을 수가 있는 것일까? 그래서 전에 이 여성이 점포 앞을 배회할 때 어디서 본 듯한 얼굴이라는 생각이 끊이지 않는다. 그러나 숙향 아씨는 이미 이 세상 사람

아니었다. 백가객주 대행수가 이미 눈으로 확인했다고 하지 않았던가.'

여인은 머리에 서리가 내리고 오른쪽 다리를 심하게 다쳤는지 절뚝거리고 있었다. 왼팔을 완전히 펴지를 못하는 불구의 몸이었다. 이런 몸으로 하루하루를 죽지 않고 살아가고 있다는 것이 기적이었다. 채령은 여인이 밥을 다 먹는 것을 본 후 다음에 다시 오라고 일러주고는 엽전 몇 잎을 손에 쥐어 주었다. 여인은 손에 엽전을 꼭 쥐고는 고개를 푹 숙인 채 절뚝거리면서 시야 속에서 사라졌다. 밤이 깊어지면서 여인이 모습은 장터에서 완전히 자취를 감추었다.

채령이 여인을 발견한 것은 그로부터 사흘 뒤였다. 갖가지 음식과 새로 들어온 서양과자를 들고 시누이인 매실의 집으로 가던 길이었다. 개천가 다리 위를 지나가는데 개천가 뚝방 아래에 사람들이 모여서 웅성거리는 것이 보였다. 사람들 사이로 때에 절고 다 해진 옷을 입은 여인이 옆으로 누운 채 쓰러져 있었다. 바로 그 여인이었다.

'어쩌다가 저런 양반가의 여인이 저런 꼴로 죽어간단 말인가?'

채령은 다리 아래로 뛰어내려갔다. 그리고는 여자에게 다가가 죽었는지 확인했다. 얼굴을 손으로 받쳐 들고는 몇 마디 물어보았다.

"정신이 들어요? 여보시오! 대답을 해봐요."

여자는 아직 죽지 않았는지 겨우 실눈을 뜨고는 채령을 빤히 쳐다보았다. 아직 가늘게 숨이 붙어있었다. 일단 사람을 불러 여인을 급히 매실의 집으로 데리고 갔다. 집사의 말로는 불량배들에게 가진 돈을 빼앗기지 않으려고 버티다가 크게 다쳤다고 했다. 채령이 전에 여자에게 주었던 엽전은 다 빼앗기고 온몸이 상처투성이였다. 일단 다친 부위를 깨끗이 닦고 음식물을 입에 흘려 넣었다.

여자는 좀 있다가 지친 듯 잠이 들었다. 자는 얼굴을 가만히 바라보던 매실도 깜짝 놀라기는 마찬가지였다.

'아니 어떻게 숙향과 이렇게 닮은 사람이 또 있단 말인가? 숙향 아씨가 살아 있다면 아마 지금 저렇게 누워있는 여인이 바로 숙향 아씨가 아니라고 누가 부인할 수 있을까.'

한참을 지난 후 잠에서 깨어난 여인은 무엇인가 찾는 듯 주위를 둘러보았다. 그러다 손에 쥐고 있는 것을 본 후 안심하는 듯 다시 잠이 들었다.

채령은 여인을 매실에게 맡겨 두고 백가객주로 돌아갔다. 며칠 후 궁금해서 다시 매실을 찾은 채령은 놀라운 얘기를 들었다. 그녀가 꼭 쥐고 있던 손에는 무슨 조그만 쇠붙이 장식을 들고 있는데, 몸을 좀 씻기려 해도 손에 쥔 물건을 놓지 않는다는 것이었다. 채령은 반드시 그 쇠붙이의 정체를 알아야 할 것 같다는 궁금함과 약간의 확신에 여인에게 다가갔다. 그리고는 달래듯이 물었다.

"손에 쥔 것이 무엇인지요."

그리고는 손을 쓰다듬었다. 어루만지는 손길에 여인의 눈빛이 풀리면서 그녀가 손을 펴 물건을 보이게 해주었다. 손안에 있는 물건을 보자 채령은 깜짝 놀랐다. 조그마한 옷핀 장신구는 채령이 가지고 있는 것과 똑같은 것이었다.

'세상에, 어떻게 이 여자가 내가 가진 옷핀과 똑같은 것을 가지고 있는 것인가? 아무리 이 여자가 양반가의 여자라고 해도 이렇게 두 사람이 똑같은 물건을 가지고 있을 수 있단 말인가?'

채령의 궁금증은 갈수록 더해갔다.

'죽은 숙향 아씨가 환생이라도 해서 돌아왔다는 말인가?'

요즘 세상에 그런 일은 있을 수도 없는 일이었다. 그렇다면 이 여자도 과거에 누군가로부터 저 장신구를 선물 받았을 것이다.

51

등에 난 검은 점

여름이 지나고 서서히 가을걷이가 시작되고 있었다. 그해는 근래 보기 드문 풍년이 들었다. 알곡이 익어 고개 숙인 누런 논이 저 멀리 산 밑까지 펼쳐지고 산등성이 위로는 사과와 감들이 집집마다 열매를 매달고 있었다. 바닷가 마을 인천도 서울로 이어지는 내륙 안쪽으로는 가을걷이로 농부들이 팔을 걷어붙이고 농사일에 한창이었다. 멀지 않은 바다에서는 어부들이 전어잡이로 그물질이 한창이었다.

해가 서서히 저물고 장터 입구에 인적이 뜸해질 무렵, 중절모를 깊게 눌러쓴 중년의 한 사내가 백가객주에 나타났다. 그는 복만 대행수를 찾는다고 하였다. 사내는 주머니 안쪽에서 조그만 서찰 하나를 꺼내어 복만에게 건넸다. 복만은 서찰 내용을 잠깐 보고는 사내를 안으로 들어오라고 했다. 사내를 사랑채 작은 방으로 안내한 복만이 자리에 앉자마자 사내에게 다그쳤다.

"지금 준마 대행수가 인천에 와 있단 말입니까?"

"예, 그렇습니다. 이름은 개명을 하여 지금은 담준성이라는 가명을 쓰고 있습니다."

사실 준마는 이전에 조선으로 들어온 적이 몇 번 있었다. 합방 전에는 상선을 타고 개성이나 인천의 조그마한 해안가 마을로 야밤에 몇 번 들어올 수 있었으나, 합방 이후로는 조선의 모든 해안을 일본이 철저하게 통제하고 있어 조선으로 몰래 숨어 들어오기가 어려워졌다.

"오늘은 여기서 주무시고, 내일 날이 밝는 대로 저와 함께 가도록 합시다."

새벽 동이 트기 전 복만은 가벼운 행상 차림으로 길을 나섰다. 사내를 앞장세우고 길을 나서면서 채령에게는 인삼밭을 보러 간다고 둘러대었다. 싸리재를 지나 서울로 들어가는 길을 따라 한참을 걸었다. 저 멀리 소래산이 보였다. 시흥 입구에서 갈라지는 길옆 좁은 논둑을 따라 걸었다. 길이 거의 끝나는 산자락의 끝에 조그만 초가집 한 채가 보였다. 토담으로 담을 친 초가집은 동네 어귀에서 전혀 보이질 않는 곳이었다. 집 마당 안으로 들어가자 기다렸다는 듯이 콧수염을 기른 한 사내가 문을 열고는 얼굴을 내밀었다.

"준마!"

"복만이!"

"어서 들어오게, 잘 지냈는가?"

준마는 복만을 얼싸안고 얼굴을 비볐다.

"준마! 이제 우리 모두 늙어 가는구만, 나야 잘 지내고 있었네. 그래 그동안 어찌 지냈는가? 상해에서 만주와 시베리아로 간다는 얘기를 들은 지가 벌써 수년이 지났네."

복만은 눈물을 글썽이며 준마를 끌어안았다. 허리가 한참이나 굽은 집주인 내외가 닭을 잡아 주안상을 차려 내왔다. 집주인 내외는 인천에서 나고 자란 토박이로 젊은 시절 보부상으로 상사를 하던 상인이었다. 인천 백가객주에서 물건을 떼어다 해안가 지방을 돌면서 장사를 하며 평생을 살아왔던 터라 백가객주와는 오랜 인연이 있었다.

"이렇게 마주 앉아 술잔을 나눈 지가 벌써 10여 년은 훌쩍 지난 것 같네."

복만이 준마를 쳐다보며 말했다. 준마도 이미 얼굴에 세월의 흔적이 깊어 보였다. 오랜 외국 생활의 고충이 어떨지 짐작이 갔다.

"복만, 자네가 그동안 백가객주를 이끌면서 얼마나 많은 고충을 겪었는지 얘기 들어서 알고 있네. 그래 그 변철상은 요즘도 자네를 따라다니면서 괴롭히는가?"

"변철상은 요즘 서울로 영전되어 갔네. 조만간 인천 집을 정리하고 서울로 간다고 하네. 자네 이야기 좀 해 보게. 그래 상해에서 만주로 간다고 하고 소식이 끊어졌는데 도대체 어디에 있었는가?"

복만이 궁금함을 참지 못하겠다는 듯 물었다.

"먼저 상해에서 이용익 대감을 만나 헤이그 대표단을 도와주라는 고종황제의 밀서를 받았네. 그리고 블라디보스토크에서 이용익 대감을 다시 만나 필요한 자금을 전달하고, 현지에서 독립운동을 하는 최봉준 대행수도 만났네. 최봉준 대행수가 여러 가지 도움을 요청해서 장사 일을 한동안 거들었네. 최봉준 선생이 러시아에서 한인들을 위한 많은 사업을 하는 것을 보고 감명을 받았지. 보부상 출신으로 그 정도로 사업을 일군 것만 해도 대단한데, 그렇게 벌어들인 많은 돈을 만주로 넘어온 많은 조선인을 위해 쓰고 조선이 독립을 위한 사업에도 많은 돈을 지원하고 계신다네."

준마가 말을 늘어놓았다.

복만은 그의 말을 경청하며 수 년만에 보는 옛 친구의 얼굴을 자세히 들여다보았다. 기실 얼굴뿐만이 아니라, 준마는 많이 변해 있었다. 보부상의 장사꾼이 아니라 조선의 미래를 걱정하는 독립운동가의 면모가 넘쳤다. 얼굴도 이미 장사꾼의 얼굴이 아니었고 눈은 신념에 차서 번득였다.

"그래, 앞으로 어떻게 할 참인가? 우리는 장사꾼일세, 자네도 이제 다시 장사 일로 돌아와야 하지 않겠는가! 이제 세월이 오래 흘러 준마 자네를 알아보는 사람도 없을 듯한데 이제 그만 인천으로 돌아와서 장사를 하는 것이 어떤가."

복만이 조심스럽게 준마를 바라보며 말을 꺼냈다.

"아닐세, 난 이미 장삿길과는 너무 멀리 다른 길로 들어섰네. 게다가 상해의 일도 상당히 바쁜 상황이네. 그러니 장사는 자네가 계속해서 하도록 하게. 백가객주를 잘 운영해서 조선의 제일가는 상업회사로 만들어 보게."

준마가 복만의 손을 잡으며 말했다.

"지금 상해와 하고 있는 홍삼 거래를 틈나는 대로 도와주겠네. 그리고 나는 만주와 시베리아에서 독립운동을 하는 애국지사들을 외면할 수가 없는 상황이네."

단호한 준마의 태도에 복만은 준마의 마음을 바꿀 수 없음을 느꼈다.

"자네의 마음은 알겠네, 언제든지 필요한 것이 있으면 얘기하게, 내가 자네를 도울 일이 있다면 기꺼이 나서겠네."

"참, 나는 상해에서 담진홍 낭자와 다시 결혼했네, 이미 딸도 하나 있지. 광복이도 벌써 10살이 넘었네. 내가 상해에서 독극물로 사경을 헤맬 때 진홍이 많이 돌봐 주었네. 광복이도 친자식처럼 돌봐 주고 말이야. 사람의 인연은 참으로 알 수가 없는 것 같네."

외진 주막에서 상면한 두 사내는 밤이 새도록 숱한 이야기를 쏟아내었다. 새벽이 가까워 오자 복만이 자리에서 일어나 문을 나섰다.

"내 수일 내로 다시 오겠네, 푹 쉬고 있게."

복만은 준마에게 말을 던지고 빠른 걸음으로 저 멀리 논두렁을 가로질러 사라졌다.

다음 날, 채령은 복만과 저녁을 함께 들며 어제 있었던 일을 털어놓았다.

"당신이 오래 전 내게 선물했던 금 장신구 있지요? 그 서양에서 들어 왔다는."

"아, 알고 있소, 그때 준마와 내가 집 식구들 준다고 똑같은 것을 두 개 사서 각자 하나씩 나눠 가졌지요? 그때 당신에게도 하나 주었지요, 아마."

"예 맞아요, 근데 그것을 전에 만난 그 여자가 가지고 있지 뭡니까? 그래서 제가 이상하다고 말씀을 드리는 겁니다."

"그래요? 그때 그게 딱 두 개만 인천으로 들어온 귀한 거라고 해서 준마와 내가 구입한 것인데 말이지요. 어떻게 그 정신 나간 여자가 가지고 있는 것인지 이상하긴 합니다. 하기야 장사를 하다 보면 똑같은 물건을 다른 상인이 들여와 팔 수도 있는 것이니까, 우연의 일치겠지요."

"그래도 우연치고는 너무 이상한 것 같아요, 저를 보면 할 말이 있는 것 같은 표정으로 안타까운 듯이 쳐다보는데 뭔가 깊은 사연이 있는 것 같습니다."

채령은 그동안 그 여자에게서 느꼈던 숙향의 기묘한 느낌, 매실의 집에서 일었던 일을 복만에게 이야기하기 시작했다.

10일이 지난 후 밤이 으슥해질 무렵, 복만은 전에 준마를 만났던 그 외딴집으로 가서 준마를 찾았다.

"여기 필요한 금액을 만들어 왔네, 수금하는데 시간이 걸려 조금 늦었네, 그리고 석태와 길재가 내일쯤 여기로 올 것일세."

"아닐세, 수고했네! 나는 그럼 조만간 수일 내로 만주로 다시 가야겠네. 거기서 최봉준 선생을 만나 한인촌 건설에 힘을 보태야 한다네."

복만을 향해 준마가 씨익 웃어 보이며 말했다. 복만은 준마를 쳐다보며 무언가를 생각하는 듯하더니, 조심스럽지만 아무렇지 않다는 말두로 질문을 던졌다.

"참, 자네 떠나기 전에 숙향 아씨가 어떻게 돌아가셨는지 얘기 좀 해 줄 수 있는가?"

"아니 이 사람 복만, 그 얘기를 왜 묻는가. 숙향을 생각하면 피가 거꾸로 치솟는 기분이네." 준마는 얼굴이 붉게 상기되면서 이내 눈두덩이에 눈물이 고였다.

"아니, 하도 이상한 일이 있어서 그러네. 자네 혹시 그때 숙향 아씨가 죽은 것을 확인은 했는가?"

"그때 박정철을 기차 난간에서 밀고 둘이 열차 문 밖으로 떨어져 나가는 것을 직접 보았네. 지금도 가끔 그 장면이 떠오를 때면 잠을 못 이루곤 하네. 물론 깊은 밤이라 죽은 것을 확인은 할 수 없었네, 하지만 열차 밖으로 떨어진 사람이 살아있을 수는 없지 않은가?"

준마는 괴로운 듯이 한숨을 쉬며 어렵사리 말을 꺼냈다.

"준마, 잘 들어보게. 숙향과 아주 닮은 사람이 가끔 백가객주와 내리교회 앞에 나타나고 있다네. 그녀를 가까이서 본 채령의 말로는 숙향과 너무 닮았다고 하는 것이야. 내 그래서 물어보는 것일세."

복만은 그동안 있었던 일을 준마에게 자세히 얘기하였다. 준마는 믿을 여지도 없다는 듯 대수롭지 않게 받았다.

"일단 숙향이 살아있을 거라고는 상상이 안 되는 일일세. 그저 우연히 비슷한 사람이 있는 것이라고 생각하게."

"그래도 사람 일은 모른다고 하지 않는가? 혹시 다른 뭐라도 짐작할 만한 것이 없는가."

"이사람 참, 죽은 숙향의 얘기는 왜 자꾸 꺼내는지? 그렇다면 한 가지, 숙향의 몸에 있는 특징을 이야기해 주겠네. 숙향의 어깨 등 쪽으로 검은 점이 하나 있었네. 물론 그런 일은 만에 하나라도 없을 테지만 자네가 하도 그렇게 얘기를 하니 말하는 것일세."

준마가 눈을 굴리며 회상하는 듯이 말했다.

"이제 나는 모레 즈음에 서울에서 사람을 한 사람 만나기로 되어있네. 그리고는 곧 시베리아로 떠날 예정이지. 이후 가끔 연락을 주겠네. 그럼 이만 다시 작별이군."

복만은 준마와 작별을 하고 빠른 걸음으로 백가객주로 다시 돌아왔다. 요즘 같은 가을걷이 시기에는 장사가 제법 바쁘게 돌아갈 때였다. 백가객주도 이맘때면 손님들로 장사가 한창이었다. 마지막 손님을 보내고 문을 닫을 무렵 나타난 복만을 보고 채령은 투정하듯이 한마디 한다.

"아니 요즘처럼 바쁠 때 어딜 다녀오셨는지요, 낮 동안 바빠서 제가 고생을 좀 했습니다."

"아, 부인 수고했습니다. 잠깐 밖에 좋은 물건이 있다고 해서 다녀오는 길입니다."

복만이 미안한 듯이 대문을 들어서자, 채령이 이내 만면에 웃음을 띠고 복만을 맞았다.

"참 부인, 전에 그 우리 점포 앞에 나타났던 여인이 요즘도 찾아오는지요?"

"어저께도 왔다 갔지요, 요즘은 매실 시누이 집 앞에도 가끔 나타난답니다, 그때 다쳤을 때 치료해 준 이후로 가끔 들려서 집안을 쳐다보곤 한답니다. 그때마다 시누이가 밥을 먹여 보내곤 하지요."

"지금 그 여자는 어디서 자고 지낸답니까."

복만이 궁금해서 물었다.

"아마도 잠은 뚝방 다리 밑 어딘가에서 자는 것 같습니다. 그러다 어디로 사라졌다가는 다시 이 동네로 오곤 한답니다."

"혹시 그 여자를 다시 보거든 매실 누이보고 목욕을 한번 시키라고 해 보시오. 그리고 등에 무슨 이상이 없나 한번 보라고 하시오."

복만이 조심스럽게 말을 꺼냈다.

"아니, 갑자기 왜 목욕을 시키라고 하는 것인지요?"

"부인이 그 여자를 숙향 낭자가 아닌가 하고 크게 마음 쓰는 것 같아서 드리는 말씀입니다. 전에 준마가 한번 내게 숙향 낭자에 대해 귀띔을 한 적이 있었지요, 첫날밤을 함께 보내는데, 숙향 낭자의 왼쪽 등위로 달 모양의 점이 하나 있었다고 하지요. 그 점이 마치 첫날밤에 뜬 달이 숙향 낭자 어깨 위로 내려와 앉은 것 같다고 농담 삼아 한 말이 기억이 나서요."

"예? 등에 검은 점이요?" 놀란 쪽은 채령이었다.

"전에 뚝방 밑에서 쓰러져 있던 그 여자를 구하러 갔을 때, 찢어진 웃옷 저고리 사이로 그여자의 어깨 쪽을 잠깐 본 적이 있었지요, 그때 아마도 검은 점이 살짝 보였던 것 같았습니다."

채령의 목소리는 가늘게 떨리고 있었다. 복만도 일순간 말을 잃었다. 설마가 확신으로 바뀌는 순간이었다.

'아, 하느님! 그럼 그 여자가 숙향 낭자였단 말인가? 이런 기막힌 일이 어디 있단 말인가?'

겨우 마음을 진정하고 마주 앉은 채령의 손을 잡았다. 그리고 주위를 돌아보고는 채령에게 조용히 얘기를 털어놓았다.

"부인, 사실은 지금 준마가 이곳 인천에 와 있습니다, 일본 경시청의 눈을 피해 인천 밖에 잠시 머물러 있어요. 하지만 그는 조만간 다시 외국으로 나가야 합니다. 물론 이 일은 누구도 알아서는 안 됩니다."

채령은 몸을 가볍게 떨었다. "아니 준마 도련님이 이곳 인천에 와 있다구요?"

믿기지 않은 듯 채령은 다시 물었다.

"그리고 준마는 숙향이 이미 죽은 줄 알고, 이미 담진홍 낭자와 재혼을 해서 아이도 하나 있습니다, 물론 그 여자가 정말로 숙향 낭자인지, 확실한 것은 아직 모르나 이 상황을 어떻게 해야 할지 나는 잘 모르겠소."

"숙향 낭자가 확실하다면 준마 도련님을 만나게 해 드려야 합니다, 이건 천륜이고 하늘의 뜻입니다."

채령은 단호하게 말했다.

"알겠소, 내일 내 바로 준마에게 가겠소, 아직 떠나지 않았다면 좋겠는데, 만약 떠났더라도 이 사실은 어떻게든 준마에게 알리겠소. 부인은 그 여자를 매실 누이 집에 주거하도록 자리를 마련해 주라고 하시오."

52

죽음에서 돌아온 이들의 재회

　날이 새기 전 일찍이 채비를 마치고 복만은 시흥을 향해 빠른 걸음으로 달려나갔다. 어둠이 조금씩 거두기 전 무렵이 되어서야 외딴집에 도착했다. 준마가 묵었던 방문을 열어젖히자 방은 깨끗이 치워져 있었다. 주인 내외가 놀라 마당으로 나와 복만을 쳐다보았다.
　"혹시 여기 묵었던 손님이 벌써 떠난 것이요?"
　"예, 아침 일찍 일을 다 마무리했으니 떠난다고 하며 길을 나섰지요."
　"어디로 길을 잡아간다고 귀띔이라도 준 것이 없었소?"
　"용산을 지나 서울로 간다고 하였습니다."
　노인이 눈을 깜빡이면서 영문을 모르는 듯이 말을 건넸다.
　"예, 알겠습니다. 혹시 그 손님이 다시 오거든 내가 꼭 다시 볼 일이 있다고 전해주시오."
　복만은 즉시 걸음을 오던 길로 돌려 시흥으로 돌아 나왔다. 그리고 기차역이 있는 곳으로 직진했다. 용산으로 가는 길이라면 기차를 타고 갈 것이다. 준마는 가까운 시흥역에서 기차를 탈 것이고, 운이 좋다면 기차를 기다리는 준마를 만날 수 있을 것이다. 그런 희망을 품고 복만은 내달렸다. 기차역이 시야에 들어오고, 그는 빠른 걸음으로 역사로 달려갔다. 동시에 멀리서 기차가 시커먼 연기를 뿜으며 역사를 향해 달려 들어오는 것이 보였다. 복만은 개찰구를 지나 사람들이 서 있는 플랫폼으로 달려갔다.

기차는 서서히 플랫폼으로 들어오고 있었다. 이윽고 사람들이 열차 승강구로 몰려가면서 한 사람씩 열차를 타기 시작했다. 복만은 앞으로 달려가면서 준마가 있는지 살폈다. 이윽고 사람들이 대부분 열차에 올랐을 즈음 앞쪽으로 준마가 기차에 오르는 것이 보였다.

"준마! 백준마!"

열차 객실칸 내부까지 들릴 정도로 목청을 높인 복만이 준마를 불렀다. 준마가 들려오는 목소리를 향해 뒤돌아보았을 때 복만은 이미 앞으로 내달려 준마 바로 앞에 서 있었다. 숨을 몰아쉬는 복만이 준마의 옷소매를 꼬옥 쥔 채 놓지 않고 말을 꺼냈다.

"잠깐 기다리게, 지금 중요한 일이 있네. 확인할 것이 있으니 잠깐 내리게."

복만은 숨이 턱에 차 헐떡이며 말을 건넸다. 준마는 영문도 모른 채 복만의 손에 끌려 일단 차에서 내렸다. 그리고는 주위를 다시 한번 둘러보고는 복만에게 조용히 물었다.

"도대체 무슨 일인가."

"잠시 역을 나가서 얘기하세. 숙향 낭자에 관한 얘길세."

"지금 자네 뭐라고 했는가, 숙향 낭자라고 했는가?"

준마는 놀란 듯이 복만을 쳐다보며 다시 묻는다.

"채령의 얘기로는 그때 내가 말한 그 여성이 숙향 낭자가 틀림없다네. 얼마 전부터 객주 앞에서 서성이던 여인을 돌봐 준 적이 있는데, 얼굴이며 모든 것이 숙향 낭자가 틀림없다고 하네."

역사 밖 외진 길에 선 채로 복만의 얘기를 들은 준마는 복만의 어깨를 잡고 몸을 떨었다. 이내 눈에는 눈물이 맺혔다. 얼굴은 고통으로 일그러져 숨이 막히는 듯했다.

"숙향이 살아 있었다고?"

주저앉을 것 같은 준마를 복만은 겨우 붙들고 진정시켰다.

"아직 확실한 건 아니네. 지금 그 여인이 과거 기억을 모두 잃어버려 완전히 확인할 수는 없었다네. 단지 어깨의 점과 얼굴이 숙향 낭자와 닮았다는 것만 확실할 뿐이네."

잠시 진정한 준마는 복만에게 숙향을 만나봐야 하겠다고 했다. 하지만 준마가 단독으로 공공연히 움직이기에는 무리가 있었다. 복만이 그를 진정시키며 말했다.

"이제 오랜 시간이 지났으니 자네를 알아보는 사람도 없을 것이나, 혹시라도 누군가 알아보면 문제가 커질 것이네. 전에 묵었던 그 집으로 가서 자네가 기다리면 내가 채령과 함께 숙향 낭자를 데리고 가겠네."

다음날 아침 일찍 복만과 채령은 나들이 차림으로 마차를 타고 길을 나섰다. 그리고는 잠시 매실의 집을 들려 매실과 숙향을 태우고는 시흥으로 달렸다. 한참을 달려 시흥의 큰길가에 마차를 세우고 일행은 모두 내리고 마차는 놀려보냈다. 이제부터는 걸어서 좁은 논둑을 지나 한참을 걸어야 했다. 몸이 불편한 여자는 천천히 겨우 부축을 받으며 발걸음을 옮기고 있었다.

준마는 먼발치서 일행들이 오는 것을 바라보고 있었다. 준마는 대문 앞에 가만히 서 있었다. 준마와 여자가 서로를 마주 보는 그 순간, 여자의 입에서 외마디 소리가 흘러나왔다.

"광복... 아아, 버버, 지지..."

그리고는 말을 잇지 못했다. 그러고는 큰 충격을 받았는지 그대로 기절하였다. 준마는 숙향을 끌어안고 몸을 떨었다. 숙향은 기절한 와중에 준마의 손을 꼭 잡고 놓지 않았다. 그렇게 한참을 지나고서야 숙향이 가늘게 실눈을 떴다. 뭔가 하고 싶은 말이 있는 것 같았으나 말하지 못하고 안타까운 듯 준마의 얼굴을 쳐다보고 있었다.

한동안 침묵이 흐른 후 준마가 입을 열었다.

"숙향은 당분간 인천에 머물러 있도록 돌봐 주게. 나는 여기서 며칠 더 머물다가 떠날 것이네. 조만간 다시 연락해서 숙향을 데리러 오겠네."

"낭자는 염려 놓으시게, 매실 누이 집에 기거하면 될 걸세. 이미 매실 누이와는 친해져서 잘 지내고 있네, 기억이 돌아올 때까지 인천에 있는 것이 나을 것 같네."

"지금 일본은 나를 반역자로 몰아 체포하려고 혈안이 되어있네. 다시 나라를 찾는 날이 언제가 될지 모르니, 어떻게든 숙향을 내가 데리고 있어야 하네. 내가 기별을 할 때까지 숙향을 잘 돌봐 주게."

숙향은 다시 아무것도 모르는 듯 일행들을 번갈아 쳐다보면서 겁에 질린 듯이 한구석에 쭈그리고 앉아 있었다. 준마가 다가가서 숙향의 손을 잡고 안타까운 얼굴로 숙향을 바라보았다. 숙향도 준마의 눈을 보며 문득 뭔가 놀라는 듯이 보였다. 그러나 그도 잠시 아무것도 모르는 듯이 다시 멍하게 방바닥을 바라보며 고개를 숙였다.

사흘의 시간이 벌써 지나갔다. 그동안 준마는 어떻게든 아내 숙향의 기억을 조금이나마 되살려 보기 위해 갖은 노력을 다했다. 눈을 마주치고 평소 같이했던 손바닥 마주치기를 강제로 해보기도 하고, 옛날 결혼 전에 숙향의 집에 갈 때마다 숙향 낭자를 보고 고개 숙이며 인사를 했던 그대로 해보기도 했다.

"숙향 낭자께 준마가 문안 인사 올립니다."

그때마다 숙향은 뭔가 안다는 듯이 눈을 깜빡이다가 이내 아무것도 기억이 나지 않는 듯 고개를 숙이고는 외면했다.

내일은 준마가 만주로 떠나는 날이다. 준마는 숙향을 꼭 끌어안았다. 죽은 줄 알았던 아내가 살아와 이렇게 함께 있다니 기적 같은 일이었다. 숙향의 자는 모습을 보며 지금 그녀는 무슨 꿈을 꾸고 있을까 궁금했다.

'상해의 광복에게 엄마가 살아 있다는 사실은 큰 충격일 것이다. 지금 광복은 진홍을 엄마로 알고 따르고 있질 않은가? 광복이는 엄마의 어디까지 기억하고 있을까.'

창문 밖으로 보이는 달을 바라보면서 문득 준마는 신혼 시절 첫날밤에 창밖으로 숙향과 함께 바라보던 달이 새롭게 떠 있는 듯함을 느꼈다. 일단 지금의 현실을 직시해야 했다. 눈앞에 닥친 현실을 받아들이자, 그리고 모든 것을 운명에 맡기기로 마음을 다잡았다.

다음날아침 일찍 준마는 출행 채비를 마쳤다. 준마와 숙향, 복만 일행이 둘러앉아 아침상 앞에 앉았다. 준마가 마른 생선 한 점을 뜯어 숙향의 밥숟가락 위에 놓아주었다. 숙향은 놀란 듯이 준마를 바라보다가 고마워서인지 불편한 손으로 생선 한 조각을 겨우 집어 준마의 밥숟가락 위에 놓아주었다. 그리고는 처음으로 미소를 지어 보였다. 아침 조반을 다 마친 후엔 마당에 서 있는 숙향의 어깨를 끌어안으며 숙향의 눈을 한동안 바라보았다. 숙향도 가만히 준마의 얼굴을 바라보았다. 그리고 준마는 가지고 있던 가락 반지를 숙향에게 끼워주었다. 신혼시절 숙향과 함께 가지고 있던 반지였다. 숙향의 손을 가만히 잡고 있던 준마가 복만에게 이야기했다.

"복만이, 이 사람 잘 부탁하네."

"염려 말게. 그리고 나도 부탁이 하나 있다네. 언제 어디서든 꼭 죽지 말고 살아있도록 하게."

"하하, 알았네. 자네도 항상 몸조심하고 다시 만나세."

준마와 복만은 서로를 끌어안고 한동안 그렇게 서 있다가, 서로의 옷을 바꿔 입었다. 복만 일행은 준마가 보이지 않을 때까지 서서 배웅했다. 숙향의 눈에 가는 이슬이 맺힌 것을 아무도 눈치채지 못했다.

53

죽음의 그림자를 항상 등에 지고

　숙향을 찾은 지도 한동안의 시간이 흘렀다. 석태는 백가객주로 복만을 찾아갔다. 지금 숙향이 누이의 집에 있는데, 몸도 어느 정도 회복된 것 같고 장거리 여행도 무리가 없어 보이니 이참에 숙향을 준마에게 데려다 주는 것이 어떨지 물었다.

　"지금 형편으로는 준마는 한동안 인천으로 들어오기는 어려울 것 같으니 더 이상 부부를 생이별 시키는 것보다는 상해로 데려다 주는 것이 좋을 것 같아."

　석태가 복만에게 넌지시 말을 건넸다. 숙향은 아직까지 완전한 기억은 찾지 못하였지만 가끔은 준마의 이름을 부르기도 하였다. 거동하는 것도 많이 좋아져서 먼 거리를 여행하기에도 무리는 없어 보였다. 복만은 그렇지 않아도 내심 숙향을 상해로 보낼 생각을 하고 있던 참이었다. 숙향이 혼자 우두커니 먼 산을 바라보며 앉아 있는 것을 볼 때마다 가능하면 하루라도 빨리 상해에 있는 준마에게 가도록 하는 것이 옳다고 생각했다.

　여름이 서서히 지나가는 초가을이었다. 오후 무렵에 채령은 매실을 조용히 찾아갔다. 지금 숙향 아씨를 상해로 모시도록 할 계획인데 언니 생각은 어떤지 넌지시 물었다. 매실은 안 그래도 기다렸다는 듯이 말을 꺼냈다.

"몸은 아직 거동이 불편하지만, 기억이 조금씩 돌아오는 것 같아요. 차라리 상해로 모셔서 준마 행수님을 뵙도록 하면 좋아질 수도 있다는 생각입니다. 부부가 너무 오랫동안 떨어져 있었지요."

이에 석태가 숙향을 데리고 상해로 가기로 했다. 숙향은 영문도 모른 채 채령이 갑작스럽게 건네주는 보따리를 가슴에 안았다. 채령은 옷핀을 숙향의 손에 꼭 쥐어서 주었다. 잔뜩 긴장하고 있던 숙향은 손안에 옷핀이 들어오자, 비로소 안심되는 듯 미소를 지어 보였다. 그녀의 미소를 보며 채령이 활짝 웃었다.

"아씨. 이제 준마 도련님을 뵈러 가는 거예요, 배를 타고 가야 하는데 잘 견디셔야 합니다." 채령의 입에서 준마라는 말이 나오자 숙향이 갑자기 눈을 둥그렇게 뜨고 채령을 안타깝게 바라보았다. 뭔가 하고 싶은 말이 있는 것 같은데 말이 나오지 않는 것 같았다.

상해로 가는 배는 저녁에 출발해서 다음 날 늦게 상해에 도착했다. 며칠 전에 인편으로 준마에게 기별을 보냈다. 배는 거의 예정된 시간에 상해에 도착했다. 준마와 진홍, 광복, 그리고 수련이 항구에서 배에서 내리는 사람들을 보면서 숙향을 기다리고 있었다. 드디어 가방을 들고 한 손으로 숙향을 부축하고 내려오는 석태를 발견했다. 한쪽 다리를 절면서 천천히 발길을 옮기는 숙향이 한발 한발 갑판 계단을 내려오는 것이 보였다. 입국 절차를 마치고 숙향이 준마가 기다리는 곳으로 걸어 나왔다. 준마가 눈물을 참고 숙향의 손을 잡고 부축했다. 진홍이 옆에서 숙향을 부축하며 말했다.

"언니 반가워요, 오시느라 고생 많았어요. 잘 오셨어요."

진홍이 숙향의 어깨를 감싸 끌어안았다.

준마는 숙향을 껴안은 채로 아이들을 바라보면서 말했다.

"광복아, 엄마에게 인사해야지. 수련이도 이리 와서 엄마에게 인사하렴."

진홍이 고개를 끄덕이며 광복이와 수련에게 어서 오라고 손짓했다.

준마는 숙향의 눈에 눈물이 고이는 것을 보았다. 진홍의 눈에서도 눈물이 흘러내렸다. 숙향이 살아남은 것은 기적이었다. 인천에서 숙향이 살아있는 것을 보고서도 숙향을 데리고 오는 것을 미루다가 이제야 숙향을 만나게 되었다. 광복은 숙향의 얼굴을 바라보면서 숙향의 손을 가만히 잡고 있었다. 수련은 광복이 옆에서 손을 맞잡고 있었다. 준마의 모친과 숙향까지 모두 상해에서 생활하게 되니 인천의 가족들을 모두 상해로 그대로 옮겨 놓은 듯하였다. 사는 땅은 다르지만, 가족은 모두 모여 살게 되었다. 그나마 정착해서 살 곳이 있다는 것만으로도 감사할 일이었다. 언제 고국으로 돌아갈지 아무도 기약할 수 없었다. 다만 새로운 정착지에서 이제 그들이 살아가야 한다는 사실만은 분명했다. 준마는 눈을 지그시 감고 자신의 가족을 끌어안았다. 머릿속에 맑게 웃는 노루의 눈망울이 절로 그려졌다.

어느 일요일 아침이었다. 객주의 일도 없고 해서 오랜만에 준마는 김구 선생을 보러 가기로 했다. 마침 김구 선생이 자리에 앉아 있다가 준마를 반갑게 맞았다.

"준마 행수, 오랜만이네, 어서 오시게!"

"마침 계셨네요? 오랜만에 시간이 나서 차나 한잔 마시러 왔습니다."

준마는 자리에 앉으며 김구에게 말했다.

"이쪽은 제 친구 석태입니다. 인천에서 어릴 때부터 함께 자란 친구입니다."

석태는 김구 선생을 보며 고개를 숙여 인사를 했다.

"아, 준마 친구. 오랜만이오. 내 전에 인천 감옥에서 탈출할 때 날 도와준 일 잘 기억하고 있습니다. 인천에서 계림장업단 무사들과 싸울 때 활약을 많이 했다고 들었소. 반갑소."

"크게 한 일도 없는데 그리 말씀하시니 부끄럽습니다."

석태가 머리를 살짝 숙이며 말했다.

김구는 난로 위에 끓고 있는 물 주전자를 들어 용정차를 넣은 다기에 물을 부어 차를 우려내었다. 차를 마시면서 김구와 준마는 그동안 겪었던 많은 일을 말로 쏟아냈다. 나라 잃고 떠도는 사람들의 얘기는 그들이 덤덤하게 얘기하는 것처럼 그렇게 평범한 이야기는 아니었다. 그들은 항상 죽음의 그림자를 등에 지고 다녔다.

그들이 살아있는 것은 단지 죽지 않았기 때문이었다.

얼마 후 준마와 석태는 여행 준비를 서둘렀다. 이번 여행은 시베리아로 가는 여행이었다. 시베리아는 아직도 눈에 덮인 채로 여전한 추움을 자랑한다고 들었다. 지난번에 만난 김구 선생이 준마에게 한인촌의 촌장에게 자금 전달을 부탁해서, 맡은 바를 수행하기 위해 떠나는 여정이었다. 이번 여행도 여러 달이 걸릴 것이다.

한창 준비하는 나날을 보내던 중 아침 일을 마치고 잠시 차를 마시면서 쉬고 있는데, 외국에서 서신이 한 통 왔다고 했다. 발신을 보니 볼리비아, 그 꼬레아에게서 온 서신이었다. 그렇지 않아도 꼬레아의 소식이 궁금했는데 이제서야 소식이 온 것이다. 우유니 소금사막을 죽을 고비를 넘기고 나와 치꾸아나역 근처에서 죽은 꼬레아의 아버지를 함께 묻었다. 눈물을 글썽이는 녀석을 혼자 떠나보내고 상해로 돌아온 준마는 항상 그 녀석이 걱정되었다. 준마가 서신을 펼쳐 들었다.

[준마 행수님께

아버님, 저 꼬레아입니다. 행수님과 헤어진 후 집으로 돌아와서 엄마에게 아버지가 돌아가셨다고 말씀드렸습니다. 한동안 어머니는 매일 울고 지냈고 저도 아버지가 그리워 항상 눈물을 흘렸습니다.

행수님, 이제는 우리 걱정 안 하셔도 됩니다. 행수님이 보내주신 홍삼을 여기서 팔았는데 장사가 잘되어서 돈도 벌었습니다. 그리고 저는 장가를 가서 아들을 낳았습니다. 이름을 꼬레아 준마라고 지었습니다. 이제는 이곳 볼리비아에서 잘 살아갈 것입니다.

　　행수님이 제게 주신 보부상 험패를 보면서 보부상의 상인 정신으로 살아가면 세상 살아가는 데 큰 어려움이 없을 거라고 하신 말씀 잘 기억하고 있습니다.

　　어머니도 이제는 예전의 밝은 모습으로 돌아오셔서 잘 지내시고 있고 저도 이제는 더 울지 않을 것입니다.

　　행수님이 보고 싶습니다. 그러나 참겠습니다. 다시 만나기엔 너무 멀다는 것을 잘 알고 있습니다. 그러나 항상 행수님 얼굴을 기억하고 살겠습니다.

　　생전에 아버지께서 행수님이 조선의 독립을 위해 애쓰시는 분이라고 들었습니다.

　　부디 조선이 독립해 행수님 기쁜 모습을 보고 싶습니다.

　　항상 건강하시고 오래오래 사세요.

　　　　　　　　　라파스에서, 아들 꼬레아 고 아드리아노.]

　서투른 조선어투로 쓰인 서신을 읽으며 준마는 꼬레아의 목소리를 기억했다. 그는 꼬레아의 건강한 모습을 상상하면서 안도의 한숨을 내쉬었다. 며칠 후 준마는 광복을 조용히 방으로 불렀다.

"광복아, 오랜만에 너랑 단둘이 이렇게 마주 앉아 있으니 왠지 네게 좀 미안하다는 생각이 드는구나. 죽었다고 생각했던 엄마도 돌아왔고, 이제서야 우리 가족이 함께 살게 되어 복에 겨운 행복을 누리는 것 같다. 이 아버지가 장사를 하다가 독립운동에 뛰어들면서 가족은 물론이고 특히 광복이 너에게는 아비 노릇을 제대로 하질 못했구나. 아버지는 조선이라는 나라가 언젠가는 독립하는 날이 꼭 올 것이라고 믿는다. 아버지가 네게 부탁하고 싶은 게 하나 있다."

그 말에 광복이는 잔뜩 긴장하며, 눈을 동그랗게 뜨고는 준마를 바라보았다. 동그란 아들의 눈동자 너머를 들여다보며, 준마가 말을 전했다.

"내가 오래전 네덜란드 헤이그에서 저 남미의 볼리비아라는 나라로 피신을 갔던 것을 너도 알 것이다. 그때 이 아버지의 목숨을 구해준 고산해라는 조선인이 있었다. 날 구해주느라 본인이 정작 목숨을 잃고 말았지만."

준마는 잠시 얼굴을 들어 천장을 잠시 바라보았다.

"그 고 선생한테 꼬레아라는 아들이 있는데, 여차저차해 내가 양자로 삼았다. 아마도 네 동생뻘이 될 것이다. 조선이 독립하게 된다면 네가 그 아이를 한번 찾아보도록 해라. 다행히도 내가 보내준 홍삼으로 장사를 잘 하여 이제는 사는 데는 걱정이 없다는 소식을 보내왔구나. 또 이야기할 한 사람은 세르반테스라는 볼리비아 사람이다. 그는 내가 헤이그에서 피신할 때 나를 증기선객실에 숨겨 준 사람이다. 이분 덕분에 내가 무사히 탈출을 할 수 있었지. 세르반테스의 가족도 한번 찾아가 보도록 해라."

준마는 누렇게 색이 바랜 편지 봉투 하나를 꺼내어 광복이에게 내밀었다. 꼬레아 고가 보낸 편지였다. 광복이의 눈시울은 그동안 아버지가 걸어온 일생과 조선의 방향을 가늠해 보려는 듯 점점 붉어지고 있었다.

54

동토의 땅에 모인 보부상들

늦은 오후 우수리스크로 가는 길은 끝없이 펼쳐진 평원을 가로질러 길게 뻗어 있었다. 양쪽으로 늘어선 자작나무 사이로 길게 비추는 햇살이 장관을 이루고 있었다. 조선 땅과는 사뭇 다른 장엄한 광경이 펼쳐지고 있었다. 블라디보스토크에서 280여 리 떨어진 이곳 신한촌(新韓村)은 우수리스크에서도 5리 정도 더 떨어져 있었다. 러시아당국이 블라디보스토크의 한인촌에 고려인 인구가 계속 늘어나고 1911년에 전염병인 페스트가 돌자 북쪽인 이곳에 고려인들을 집단으로 이주시켜 만든 고려인 집단촌이다.

평원은 조선과는 상상할 수도 없을 만큼 넓고 끝이 보이지 않았다. 어느 지역은 벼가 야생으로 자라는 곳도 있다고 했다. 여름이 지나고 가을이 막 들어선 저녁, 시베리아 날씨는 조선의 겨울만큼이나 차가운 추위로 모인 사람들의 몸을 움츠리게 하였다. 얼마 전 완공을 끝낸 공회당 실내에 놓인 커다란 난로 옆에 놓인 커다란 탁자 주위에 낯익은 얼굴들이 모였다.

"정말 오랫만이오, 동지들, 이렇게 먼 길을 오시느라 고생이 많으셨습니다. 오는 길에 많은 어려움이 있었을 텐데 이렇게 다들 무사히 오셔서 고맙습니다."

콧수염을 길게 기른 깡마른 체구의 홍범도가 준마를 향해 인사를 했다. 준마는 일어서서 공회당에 모인 사람들을 향해 가볍게 머리를 숙여 인사를 했다.

"여기 모이신 선생님들의 노고에 비하면 오는 길에 고생한 것은 아무것도 아니지요. 오면서 시베리아 구경을 잘하면서 왔습니다. 마침 여기 저와 같이 온 친구 석태와 길재를 소개하겠습니다. 어릴 적 죽마고우로 자라 이제 저와 같이 장사를 같이하면서 부족하지만 조선의 독립을 돕는 일을 같이하고 있습니다."

"고맙소, 동지!"

신채호가 큰 소리로 환영의 인사를 하자 모여 있던 사람들이 일제히 박수와 환영의 인사를 외쳤다.

"한일병탄으로 국권이 일본으로 넘어갔으니 이제 국제적으로도 조선이라는 나라는 없어진 것입니다."

이내 신채호가 울분에 찬 목소리로 말을 이었다.

"헤이그에 밀사로 갔던 이상설 동지도 이미 일본이 세계 만국에 손을 뻗어 방해 공작을 하니 외국에 조선의 독립을 호소하는 일이 이제는 더 의미가 없게 되었다고 하셨습니다. 이제 조선의 독립은 오로지 우리 민족의 힘으로 쟁취를 할 수밖에 없는 지경에 이르렀습니다. 안중근 의사께서 하얼빈역에서 조선침략의 원흉인 이토 히로부미를 암살한 이후로 중국이나 이곳 러시아국이 조선인들을 보는 눈이 많이 달라졌습니다. 무기력하고 국가의식이 없다고 무시했던 조선인이 일본제국의 아시아 침략의 원흉인 이토 히로부미를 척결하였다는 소식에 세계에서 조선인의 기개와 민족성을 놀라운 눈으로 바라보고 있습니다, 이제야 조선 민족들이 눈을 뜨기 시작했다고 다들 놀라움을 금치 못하고 있습니다. 이미 중국 정부도 조선의 독립운동 움직임에 많은 지원을 하겠다고 약속했습니다. 이곳 러시아 정부도 지난 러·일 전쟁의 패배를 수치스럽게 생각하여 어떻게든 일본의 확장을 막으려고 하고 있습니다, 오늘 우리가 이렇게 모인 것은 이러한 국제정세 속에서 우리 스스로 독립운동을 전개하는 일을 상의하기 위해 모인 것입니다. 여러 동지께서 각자 좋은 의견을 내어 주시기 바랍니다."

이어서 보부상 출신 이승훈이 운을 떼었다.

"일전에 보부상들이 황실을 청나라로부터 독립하기 위해서 독립협회를 결성하는 데 힘을 모아 지원을 하였습니다. 동학운동이 일어나면서 같은 조선인들끼리 충돌도 일어났었는데 이는 조선을 둘러싸고 벌어지는 일본과 청나라 그리고 서양세력의 이권 다툼 때문이었습니다. 당시, 우리 조선은 급변하는 국제정세에 너무 무지하고 이러한 흐름에 대처하는데 너무 무기력하였습니다, 결국 이제부터라도 조선의 독립을 위해서는 민족을 깨우치는 계몽운동을 장려하여야 할 것입니다, 일전에 제가 기독교를 받아들여 신자로 활동하고 있는데 서양의 문물과 지식을 받아들여 개화하는 데 많은 도움을 받고 있습니다, 기독교를 통해서 서양의 세력과 손을 잡는 것도 좋은 방안이 될 것이라고 생각합니다. 지금 제가 하고자 하는 일은 평양에 조선인들을 위한 학교를 세워 한 사람, 한 사람의 의식을 깨우치는 일을 시작하는 것입니다. 지난 하얼빈 거사를 도모했던 안 의사의 재판에 많은 지원을 했던 최봉준 동지께 감사드립니다. 지금도 안 의사의 남은 가족들을 위해 많은 지원을 해주신다니 고맙습니다. 그리고 앞서 인사하셨지요? 오늘 특별한 손님을 한 분 소개해 드리고자 합니다. 이곳에 오신 여기 백준마 동지는 인천의 보부상단을 이끌고 계시는데, 아시다시피 김구 선생이 사형 언도를 받고 인천감옥에 수감되었을 때 인천의 보부상 동지들과 힘을 합쳐서 선생을 탈출시키셨던 분입니다. 김구 선생을 보부상으로 위장시켜 인천에서 서울 송파를 거쳐 남쪽으로 상단을 이끌어 전남 보성까지 무사히 탈출시키는 데 많은 고생을 하셨습니다. 그리고 지금까지도 일본의 계림장업단과 싸우면서 독립운동을 위한 군자금을 모아 우리를 음으로 양으로 지원하고 있습니다."

이상설이 말을 이어갔다.

"준마 동지가 헤이그에서 우리 대표단을 도운 일은 대한제국의 독립을 위한 참으로 애국적인 일이었습니다. 이렇게 다시 만나게 되니 감회가 깊을 따름입니다. 그 일로 남미까지 피신했다가 다시 살아서 돌아왔다고 하니, 이야말로 하늘이 도운 일입니다."

이상설은 감회에 젖어 준마를 바라보았다.

"최봉준 동지와 이승훈 동지는 백준마 동지와 같은 보부상단을 운영하고 있습니다. 인천과 여러 곳에 큰 점포를 운영하면서 직접 독립운동에 뛰어들어 활동하고 있으며, 또한 독립운동 동지들을 재정적으로 많이 지원하고 계십니다, 독립운동에는 무엇보다 필요한 것이 자금입니다. 이미 많은 독지가가 음으로 양으로 자금을 모아 이곳 만주와 시베리아와 상해 등지로 보내고 있습니다만, 이러한 자금 중 상당한 금액이 장사에 성공한 사업가들로부터 나오는 실정입니다, 오늘 권업회를 창설하는 데 필요한 자금도 여기 오신 사업가 동지들께서 많은 지원을 하였기에 가능한 일이었습니다. 그러나 사업 활동을 하는 동지들이 지원하는 독립운동 자금은 외부로 알려져서는 안 될 것이니 이점을 오늘 참석하신 분들도 유념하여 주실 것을 부탁드립니다. 지금 일본의 첩자들은 예나 지금이나 독립운동 자금을 지원하는 조선인들을 찾아 체포하려고 혈안이 되어있습니다. 조그만 낌새라도 눈치가 보이면 제일 먼저 장사하는 동지들의 사업을 방해하기 위해 온갖 공작을 펼칠 것입니다."

하얀 한복 두루마기를 입은 신채호가 힘을 주어 열변을 토했다. 마른 체구에 힘은 없어 보였으나 눈빛은 광채를 뿜어내고 있었다.

그날은 그동안 각자 추진해왔던 조선의 독립운동을 효율적으로 추진하기 위해서 뜻있는 인사들이 모여 권업회라는 독립운동단체를 결성하는 모임이 있는 날이었다. 이범윤, 홍범도, 유인석, 안창호, 박은식, 신채호, 이동휘 같은 항일 민족 지사들과 헤이그 밀사인 이상설 등이 참석하였다. 특히 단체를 재정적으로 지원하기 위해서 재산가들이 많이 참석한 자리이기도 했다. 보부상 출신인 최봉준, 이승훈, 백준마, 그리고 보부상 출신은 아니지만 어릴 적부터 러시아로 들어가 크게 장사로 성공하여 조선의 독립운동을 지원하는 최재형이 있었다. 이날 회의에는 참석하지 못했으나 헤이그에 밀사로 파견되었던 이위종도 훗날 권업회에 적극적으로 참여하기로 약속하였다.

최재형은 옆에 앉은 준마에게 차를 권했다.

"시베리아는 몹시 추운 곳입니다, 여기까지 오시느라 고생이 많았습니다."

최재형은 준마와 길재를 향해 환한 미소를 띠며 말했다. 길재는 두 손으로 찻잔을 가볍게 잡고는 차를 한 모금 마셨다. 뜨거운 차와 실내의 따뜻한 공기로 몸이 녹으면서 기분이 한결 좋아졌다.

"예, 조선보다도 훨씬 더 춥습니다. 블라디보스토크 역에서 이제 다 왔다고 하기에 한 이 삼십 분이면 올 줄 알았는데 거기서도 하루가 더 걸렸으니 과연 이곳 땅덩어리 하나는 크긴 큰가 봅니다."

길재가 이제 겨우 진정이 되는지 한숨을 크게 내쉬며 최재형을 쳐다보면서 미소를 지었다.

"예, 그렇지요. 러시아 땅이 조선보다 몇 십 배는 더 클 겁니다. 기왕 오셨으니 저희 집에 오셔서 쉬었다 가시지요."

준마를 쳐다보며 최재형이 말을 이었다.

"예 감사합니다, 여기 있는 동안 신세를 좀 지도록 하겠습니다."

준마가 고맙다는 표정을 지으며 말했다. 준마와 석태, 길재는 이번 여행을 통해서 많은 조선의 뜻있는 인사들이 조선의 독립을 위해서 활동하고 있다는데 감명을 받았다. 이들이 있는 한 조선은 언젠가는 일본의 손아귀에서 벗어날 수 있을 것이란 확신이 들었다. 여기까지 오느라 고생은 되었으나 권업회란 독립운동단체의 창립행사에 참여한 것은 보람 있는 일이었다. 게다가 최재형을 알게 되어 준마는 내심 반가운 마음을 감출 수 없었다.

최재형은 반듯한 얼굴에 호방한 성격을 가진 사람이었다. 그는 일본의 감시나 방해 공작에 대해 두려움 없이 자신의 생각대로 밀고 나가는 소신이 굳은 사람이었다.

"그동안 모은 재산을 제가 죽으면서 가져갈 수 있는 것도 아니고, 좋은 일에 쓰는 것이 옳다고 생각합니다."

최재형은 환한 미소를 띠며 준마를 쳐다보며 말했다.

55

기회의 땅 시베리아에 뜬 큰 별

　1920년, 4월이라지만 아직도 매섭게 추운 바람과 지난겨울 내내 쌓인 눈으로 시베리아는 아직도 멀리 보이는 드넓은 평원이 온통 눈으로 덮여 있었다. 일본 만주군 사령부는 긴급하게 하달된 명령으로 출동준비를 끝내고 대기 상태에 들어갔다. 조선인 첩자가 보내온 연해주 조선의 독립단에 대한 정보를 입수한 사령부는 이번에 아예 최재형의 독립군을 섬멸하기 위해 만반의 준비를 끝내고 대기하고 있었다. 지난 1908년 최재형을 대장으로 하고 이범윤, 안중근 등이 주축이 된 독립군에게 신아산 전투에서 크게 패한 바 있었다. 이후 7월에는 또다시 전투가 벌어져 이번에는 회령 영산에서 조선독립군을 격파하였다. 러시아 파견 일본군은 최재형을 제거하기 위해 혈안이 되어 있었다.

　일본군은 조선인 첩자들을 비밀리에 포섭하여 훈련을 시키고 있었는데, 주요 대상이 조선말 노비 출신이나 백정 등 천민 출신들을 주로 포섭하여 친 일본세력으로 만드는 작업을 해왔었다. 주로 직업을 제공함으로써 그들이 천민이 아닌 사회적 지위를 누릴 수 있게 했고, 보통은 헌병대 말단 군무원으로 취업시키거나 사업자금을 대주고 회유하는 방법을 써왔다.

"제군들은 들어라. 이번 작전은 그동안 우리 대일본제국에 반기를 들고 조선의 독립을 주장하는 반군 무리들을 섬멸하는 작전이다. 이번 작전에서는 우두머리인 최재형이라는 자를 반드시 제거해야 한다. 이자는 러시아에서 사업으로 큰돈을 벌어 재력이 만만치 않고 또한 러시아 정부와 긴밀히 협력하면서 우리 대일본 제국에 대항하는 세력을 결성하고 있다고 한다. 그동안 장사로 모은 재력을 바탕으로 스스로 군대를 조직하여 우리에게 대항하고 있다. 이 자들이 지금 우수리스크의 한인촌에 모여 다시 군대를 훈련시키고 있다고 한다, 제군들은 이들을 반드시 소탕하여 대일본 제국의 대륙 진출의 걸림돌을 제거해야 할 것이다."

"예, 천황폐하 만세! 천황폐하 만세!"

만세를 외치는 이들 중 유난히도 더 굳건한 표정을 짓던 이, 거기에는 변철상이 있었다. 변철상은 고종의 신분 혁파에도 불구하고 양반들이 아버지를 천민으로 함부로 대하는 데 불만이 많은 사람이었다. 백석골 이 생원에게서 산 땅을 빼앗기고 게다가 집안의 여동생이 어릴 적 공명첩으로 양반이 된 오갑득에게 밤마다 시중드는 일에 분노를 삭여 오던 차였다. 치가 떨리는 분노가 일어났으나 부모는 이런 변철상의 낌새를 알아차리고 극구 만류하고 있었다.

"이놈아, 우리 같은 천출들이 괜히 양반들에게 대들어 봐야 결국 모진 고통을 당하게 될 뿐이다. 참고 사는 것이 우리의 운명이다, 그리 알고 함부로 경거망동하지 말거라."

"아버지, 이제는 세상이 바뀌었습니다. 양반이나 임금이 나라를 다 팔아먹었습니다, 지금은 백성을 지켜줄 그 무엇도 남아 있는 것이 없습니다. 일전에 서양의 선교사 말씀이 세상 사람은 누구나 다 평등하고 귀천이 없다고 합니다, 다 같은 사람인데 왜 조선만 우리 같은 노비를 만들어 놓고 동물 취급을 하고 있습니다. 아버지, 저는 이제 더이상 당하고만 있지 않을 겁니다."

변철상은 대들듯이 아버지를 향해 목소리를 높였다.

변철상은 이제는 정말로 지긋지긋한 노예의 굴레를 벗어나고 싶었다. 새로운 세상에서 새롭게 태어나 사람답게 살겠다고 마음속 깊이 다짐했다.

"세상이 바뀌었다, 변철상 군! 자네는 이제 대일본 제국의 신민으로 더이상 조선의 노예나 천민이 아니다. 이제는 떳떳한 자유인으로서 그리고 일본제국의 신민으로 대접받고 영화를 누리며 살게 될 것이다. 더이상 조선은 자네 식구들을 함부로 대하지 못할 것이다. 자네의 대일본 제국에 대한 충성심은 반드시 천황폐하의 은사를 받게 될 것이다."

경시청 계장은 변철상이 통감부의 주요 요원으로 선발된 것을 축하하며 격려했다.

"감사합니다. 대일본 제국을 위해 충성을 다할 것입니다. 천황폐하 만세!"

그는 한인촌으로 이주해서 사는 어릴 적 친구, 황천일로부터 한인촌에 대한 소식을 들은 적 있다. 사령부로부터 시베리아의 한인촌에 잠입해 독립군으로 가장하여 독립군들의 위치를 파악하라는 밀명을 받고 시베리아 우수리스크의 한인촌으로 잠입한 것은 수개월 전이었다.

친구에게 한인촌에 대한 기본적인 분위기를 알아둔 상태였던 그는 자연스럽게 신분을 속이고 러시아로 농사를 지으러 온 것처럼 위장할 수 있었다. 새로운 삶을 이곳에서 개척하겠다는 비장한 청년을 연기하며, 그는 아침 일찍 땅을 파고 저녁이면 늦게까지 밭을 일구었다. 고려인들의 이주와 정착을 위해 봉사하겠다고 하며 고려인 단체를 수시로 찾아가기도 했다. 이렇게 해서 최재형의 행방을 수소문하기 위해 염탐 활동을 계속하였다.

최재형의 행방을 찾는 것은 그리 오랜 시간이 걸리지 않았다. 많은 고려인이 굶주림을 면하기 위해 만주와 러시아로 넘어오고 있었다. 다들 먹고 살기 위해 땅을 개간하고 생업에 종사하느라 바빠서 사람들은 새로 이주해온 사람들을 첩자라고 의심할 겨를이 없었다. 경원 출신의 한인촌 간부들의 행방을 수소문한 끝에 최재형의 소재를 알아낼 수가 있었다.

1920년 새해에 접어들면서는 직접적으로 최재형, 황경섭 등의 핵심 간부를 만날 수 있었다. 최재형은 첫 대면에서 변철상을 따뜻하게 맞아주었다. 자기와 같은 노비 출신에다, 고향을 떠나 시베리아로 이주해서 새롭게 살아보려고 발버둥 치는 그의 처지에 공감이 되었던지 그는 변철상을 애틋하게 보살폈다.

"일자리가 필요하면 내가 운영하는 사업체에 와서 장사를 배우시게. 나도 자네처럼 처음엔 주린 배를 채우기 위해 이 추운 시베리아에 와서 안 해본 것이 없이 무슨 일이든 다 했네. 다행히도 운이 좋았지. 내 비록 노비 출신이긴 하나 아버지가 나를 러시아 학교에 보내어 러시아어를 익힌 덕분에 러시아군 통역장교로 성공하였네. 이제 사업도 운이 좋아서 승승장구하니, 이 모든 일이 내가 조선 백성임을 잊지 말라는 하나님의 계시와 같다는 생각이 드네. 우리 같은 노비 출신들도 이제는 떳떳한 조선의 백성으로 나라를 생각하고 일본으로부터 나라를 다시 찾아오는 데 중요한 일을 하게 된다니 그 또한 큰 보람이 아니겠는가."

최재형은 변철상의 손을 맞잡으며 단단히 말했다. 그의 눈빛은 짙게 깔려 있었다.

"변철상, 자네를 보니 내가 처음 이 시베리아로 넘어와 고생하던 생각이 나네. 무엇이든 도와줄 테니 걱정하지 말고 열심히 살아보게. 이제는 양반도 쌍놈도 없는 그런 세상이 오지 않았는가. 우리도 이제는 세상을 향해 마음껏 하고 싶은 일을 하면서 살아 보세."

변철상이 환히 웃었다.

"예, 형님. 형님의 가르침을 깊이 새겨 이 러시아 땅에서 꼭 성공하겠습니다."

그리곤 최재형을 바라보면서 주먹을 불끈 쥐여 보였다. 최재형은 변철상이 마치 자기의 친동생처럼 느껴지고 혈육처럼 느껴졌다.
'철상을 잘 가르쳐 조선의 큰 일꾼으로 키워야겠어.'
1920년 3월, 대장 최재형은 독립단을 재편성하여 다시 일본군에게 일격을 가하려고 장비를 구입한 후 병사들을 훈련하기 시작했다. 최근에 일본제 무라다 소총과 러시아제 소총을 구할 수가 있어서 병사들을 본격적으로 훈련시키기에 모든 조건이 맞아 들어가고 있었다. 이 정도면 2주 이내로 극동 주둔 일본 군대의 예하 단위 부대와는 전투를 한번 해볼 만하였다. 작은 전투이지만 독립군의 승리는 조선독립군 전체의 사기를 높이는데 크게 기여하게 되고 중국과 러시아 등 주변 국가들에게 지원을 이끌어 낼 수가 있었다.

지난번 회령 전투에서 패한 것을 이번에 반드시 갚아주어야 독립단군의 사기가 올라갈 것이다. 러시아 조선 독립군의 기개를 이번에 보여주어야 한다. 그렇게 최재형은 굳게 마음 다짐을 했다. 이제는 독립군 병사들의 사기가 높고 보급물자도 충분히 준비되었다. 최재형이 일부 준비한 자금과 이승훈 그리고 백가객주가 비밀리에 지원한 자금으로 무기와 물자 등을 마련할 수 있었다.

결전의 날이 코앞에 다가오고 있었다. 이번 전투는 조선 독립군 전체의 운명을 가르는 일전이 될 것이다. 해외에서 조선의 독립을 위해 투쟁하는 동지들이 이번 전투를 모두 주시하고 있었다. 시베리아는 최재형에게 기회의 땅이었다. 굶주린 배를 움켜쥐고 이곳으로 와 러시아 황제까지 알현하고 훈장까지 받은 그였다. 조선 땅에서는 상상도 할 수 없는 부자가 되었고, 이제는 이곳에서 한인들의 정착을 위해 물심양면으로 많은 지원을 하여 한인사회에서 존경받는 인물이 되었다. 하지만 최재형은 온전히 행복할 수 없는 인물이었다. 그가 조선의 백성인 이상 말이다. 세상이 알아줄 만한 부를 가졌어도 정착할 조국이 없는 허전함은 가슴 한가운데가 텅 빈 듯 보였고 때로는 허망함까지 밀려오곤 했다. 하루하루 편히 잘 수 없는 타지에서의 어느 밤, 그는 밤하늘의 수많은 별 중에서 갑자기 큰 별 하나가 빠르게 떨어지는 것을 보았다.

56

역사 앞에서의 큰 죄인

　우수리스크 신한촌에서 권업회를 창립한 후 여러 해가 지나갔다. 준마는 석태와 함께 오랜만에 최재형을 만나기 위해 우수리스크로 향하고 있었다. 그는 한인촌 건설문제를 상의하기 위해 최재형과 만날 예정이었다. 끝없이 펼쳐진 눈밭을 한 달이 넘도록 달려서 마침내 한인촌에 도착할 수 있었다. 4월 초라고는 하나 시베리아의 강한 추위가 여전히 온 대지를 감싸고 있었다. 늦은 밤인데도 불구하고 촌장은 멀리 조선에서 온 준마 일행을 반갑게 맞아주었다.

　"어서 오시오, 동지들 이리 추운데 먼 길 오시느라 고생했습니다."

　"이곳은 눈이 많은 곳이라 들었는데 역시 오는 길이 온통 눈 천지입니다, 그래도 조선인들이 워낙 강한 사람들이라 이런 추운 곳에서도 농사를 짓고 밭을 일구어 터전을 만들어 사는 것이 아닙니까."

　준마가 촌장을 맞아 인사를 건넸다.

　"늦은 저녁이라 준비가 좀 부족합니다, 시장하실 터인데 간단하게 요기나 하시도록 음식을 조금 준비했습니다."

　이에 준마 일행의 앞으로 뜨거운 밥과 김치, 김치찌개와 말린 육포와 삶은 감자 등이 큰 접시에 담겨 차와 함께 나왔다.

"예, 감사합니다. 잘 먹겠습니다."

여기로 오는 동안 여러 날을 제대로 먹지도 자지도 못한 준마와 석태는 오랜만에 얼큰한 김치찌개로 속을 풀었다.

"다른 동지들은 다들 잘 지내시는지요?" 준마가 최재형의 소식이 궁금해서 말문을 띄웠다.

"좀 있으면 벌어질 일본군과의 전투에 대비해 모두 긴장 상태에 있습니다. 이번 전투가 향후 독립군의 사기에 큰 영향을 주는 계기가 될 것이기 때문에 다들 철저히 준비하고 있지요."

"그렇군요. 최재형 동지는 어디에 계시는지요?"

"예, 지금 집으로 잠시 가셨습니다. 참전 전에 집에 가서 정리할 일이 좀 있다고 하셨습니다. 최재형 동지가 한인촌 건설은 물론 이번 전투에 필요한 물자를 준비하는 데 많은 지원을 하셨지요. 최근에 조선에서 왔다는 사람과 같이 갔습니다. 조선에서 이곳으로 농사를 짓겠다고 왔는데 사람이 건실하고 부지런하여 최재형 동지가 각별히 아끼는 사람입니다."

"그럼 오늘 당장은 최재형 동지의 얼굴을 볼 수 없다는 이야기로군요."

준마는 아쉬운 듯한 표정을 지으며 차를 한 모금 들이켰다.

안내된 잠자리로 들어가며, 준마는 거실에 걸린 사진 한 장을 보았다. 한인촌 건설에 참여한 촌장을 비롯한 여러 사람이 함께 찍은 사진이었다. 사진을 대충 보고 몸을 돌리려는 순간 어디선가 낯익은 사람의 얼굴이 보였다. 전후상황 맥락을 곰곰이 생각하면 여기에 있어서는 안 되는 얼굴이었다. 준마가 사신 앞으로 가까이 다가가 다시 천천히 사진 속의 얼굴들을 살펴보았다.

"아니, 이건 우리가 아는 사람 아닌가? 석태! 여기 좀 보게."

준마가 석태를 향해 사진을 보라고 손짓을 했다.

"어, 이건 인천에서 우리를 그렇게 쫓아다니며 괴롭히던 민족 반역자 변철상이 아닌가?"

석태가 깜짝 놀라서 소리쳤다. 준마와 석태는 급히 바로 촌장의 방문을 두드렸다. 촌장이 잠자리에 들은 줄 알았던 준마가 방문을 두드리자 놀란 듯이 잠옷 바람으로 나왔다.

"무슨 일이 있으신지요? 혹시 잠자리가 불편하신 것은 아닌지요."

"아닙니다. 그런 것이 아니라, 거실에 걸린 사진 중에 아는 사람이 한 사람 있어서 궁금해서 결례를 무릅쓰고 여쭤봅니다."

"어디 봅시다. 사진이라, 그래 여기서 준마 대행수가 아는 사람이 누구입니까?"

"이 사람입니다, 언제부터 이 사람이 여기로 왔는지요."

"아, 변철상 선생 말인가요? 여기로 온 지는 두 해가 채 안 되었습니다. 농사를 배워 보겠다고 조선에서 넘어왔다 하던데 사람이 워낙 성실하고 붙임성이 있어서 최재형 동지가 특별히 아끼는 사람입니다. 아

조선을 넘어 세계로 559

마 지금 최재형 선생이 집에 갈 때 같이 따라간 것으로 알고 있습니다."

"예? 이 자가 최재형 동지와 같이 갔다는 말씀입니까?"

준마는 일이 크게 잘못되었음을 직감하고 큰소리로 촌장에게 소리쳤다.

"큰일입니다. 이자는 일본의 앞잡이인 조선 밀정입니다. 이놈 때문에 많은 조선사람들이 잡혀가고 고초를 겪었습니다. 저도 이놈 때문에 인천에서 상해와 남미로 도피를 했던 것입니다. 촌장님, 한시가 급합니다. 최 선생 집이 어딥니까? 일단 그 집으로 가봅시다."

촌장은 얼굴이 사색이 되어 허둥지둥 옷을 껴입고 나왔다. 최재형의 부대가 출동하기 이틀 전인 1920년 4월 초, 간부들과 병사들은 마지막 훈련을 마치고 휴식을 취하고 있었다. 하늘로 길게 뻗은 자작나무로 둘러싸인 이곳 야영지는 마을에서 한참 떨어진 외진 곳에 자리하고 있었다. 숲속 깊은 곳에 있어서 외부에선 찾기도 쉽지 않았고 이곳에서 군부대가 훈련을 하는 것을 전혀 모를 정도로 극비리에 진행되고 있었다. 저녁이 지나 밤이 서서히 깔려오는 늦은 저녁, 갑자기 부대 주위로 정체불명의 그림자들이 다가오고 있었다. 어둠 속에서 막사 입구의 초병을 단숨에 해치운 일본군은 일시에 무차별 사격을 개시하였다. 총성이 쏟아졌다.

막사 내부에서 잠이 막 들기 전에 당한 기습에 독립군은 속수무책으로 사살당하였다, 일부는 총을 잡고 바로 응사했지만 시간이 지나면서 점차로 사망자 수는 늘어갔다. 병사의 대부분이 처참하게 죽임을 당하고 일부만 남아 포로로 잡혔다. 다행이라고 해야 할지, 이 자리에 최재형은 없었다. 모래 줄전을 앞두고 잠시 집을 다녀오겠다고 하여 훈련을 마치고 바로 자리를 비운 것이었다.

잠시 부대를 떠나 집으로 돌아온 최재형은 가족과 작별 인사를 하면서 만주의 독립군부대에 전할 통문을 작성하고 있었다. 밤이 깊어지면서 최재형의 집 담장 너머로 조용히 다가오는 일단의 사람들이 보였다. 창문의 커튼 사이로는 은은한 불빛이 새어 나오고 있었다. 일단의 군인들이 집 주위를 물샐틈없이 포위하고 한 걸음 한 걸음 조여 갔고, 잠시 후 지휘관인 듯한 한 사내의 지시로 일본군들이 일제히 총을 쏘았다. 이미 돌이킬 수 없는 상황이었다.

최재형은 체포 직전 자결을 하려고 총을 꺼냈으나 직전에 발각되어 체포되었다. 무릎을 꿇린 채로 일본군의 군화에 짓밟히고, 총대로 온몸을 구타당하였다. 온몸이 피투성이로 만신창이가 되어 끌려 나가는 최재형의 눈에 한 사람이 들어왔다. 일본군들 사이에서 지시를 내리고 있는 변철상이었다.

"철상 자네가, 어떻게! 철상아! 이건 아니다, 이건 역사에 큰 죄를 짓는 것이야."

촌장의 집에서 그리 멀지 않은 곳에 최재형의 집이 있었다. 준마가 집 문을 나서는 순간 멀리서 여러 발의 총성이 울리고 이어서 기관총 소리가 요란하게 울렸다. 이미 일본군 들이 최재형의 집을 에워싸고 기관총 세례를 퍼붓고 있었다. 준마 일행이 좀 더 가까이 다가가자 희미한 어둠 속에서 일본군들이 포위망을 좁혀가며 최재형을 생포하려고 집 안으로 들어가고 있었다.

곧바로 최재형이 손이 묶인 채로 집 바깥으로 끌려 나오는 것이 보였다. 최재형을 체포하는 데 앞장섰던 변철상이 군인들을 지휘하고 있었다. 준마는 총을 들어 변철상을 향해 겨누었으나 석태가 애써 만류하였다.

"이미 늦었네, 저 많은 일본군을 어찌 대적하려는가."

일단 철수를 해야 했다. 조선독립군을 전멸시킨 후 다음은 신한촌의 주요 인사들을 잡아들일 것이다. 촌장은 즉시로 준마에게 여기 있으면 위험하니 당장에 떠나는 것이 좋겠다고 말했다.

"촌장님도 저희와 같이 가시는 것이 좋겠습니다."

준마가 간곡하게 말했다.

"아니요, 저는 이제 살 만큼 살았습니다. 일본 놈들이 다 늙은 저를 잡아 뭘 어찌하겠습니까? 살 만큼 살았으니 그저 적당한 시기에 죽어도 여한은 없습니다. 단 일본군들의 고문이 악랄하다고 하니 만약 고문당할 일이 생긴다면 빨리 죽기만을 소망할 뿐입니다."

촌장은 준마가 돌아가는 길에 먹을 식량과 필요한 물품을 챙겨 주었다.

"어서 떠나시오, 우리 걱정은 말고 어서 떠나시오, 준마 동지는 할 일이 많은 사람이요."

촌장은 눈물을 떨구면서 준마를 배웅했다. 뒤를 돌아보니 가속들이 모두 떠나는 준마에게 손을 흔들고 있었다. 준마는 나오면서 조그마한 약봉지를 꺼내어 악수를 청하는 촌장의 손에 건넸다.

독립군에게 자금지원이나 무기를 조달해준 자들을 색출하기 위해 잔인한 고문이 시작되었다. 손톱 밑으로 송곳을 찔러 넣는 고문은 시작에 지나지 않았고 거의 죽음까지 몰아넣는 잔인한 고문이 끝없이 이어졌다. 신념으로 버티기엔 너무도 처절한 강도에, 독립군은 차라리 빨리 죽여 달라고 소리쳤다. 조선의 상인조직이 자금과 군수물자를 지원하고 있는 것이 확실했으나 모든 것을 알고 있는 대장 최재형의 입에선 한마디도 나오지 않았다.

조선의 아들로 태어나 시베리아에서 성공하여 거부가 된 최재형! 그동안 모은 재물로 여생을 편안하게 지낼 수도 있었으나, 이를 마다하고 독립운동에 온몸을 불사른 최재형은 눈부시도록 하얀 시베리아의 눈밭 위에서 붉은 장미꽃 같은 피를 뿌리며 한 많은 생을 마감하였다. 최재형의 숭고한 정신은 반짝이는 보석이 되어 조선인들의 가슴속에 쌓였다.

그가 죽은 후 최재형이 집 마당에 심었던 무궁화가 활짝 피었다. 후세의 사람들이 이 무궁화를 동네에 옮겨 심고 이를 시베리아에 핀 최재형의 무궁화라고 불렀다. 그렇게 또 한 사람의 동지가 세상을 떠났다.

최재형! 한 사람 한 사람씩 진정한 조선의 사람들이 사라지고 있었다.

　상해로 돌아온 준마는 한동안 장사에 전념하며 지냈다. 1925년 5월 말이었다. 따뜻한 봄기운이 푸동 강가에 안개를 피우며 오르고 있었다. 갑자기 와이탄 거리에서 일단의 중국인들이 거리로 쏟아져 나왔다. 두 주먹을 불끈 쥐고 성난 사람들이 영국 공관으로 몰려갔다. 점점 시위가 격해지면서 '이제는 외국세력 물러가라'라고 소리쳤다. 조계지에서 일하던 중국인 노동자가 영국인 경찰이 쏜 총알에 맞아 숨지는 사건이 발생했다.

　준마는 잔뜩 긴장한 채로 진홍에게 조계에서 일어난 시위에 관해 물었다. 진홍은 걱정하지 말라고 했다. 지금 중국인들이 외국세력이 몰려와 중국인들을 함부로 대하는데 불만을 품고 일어난 사건이자 서양의 강대국들에 대한 불만 때문에 발생한 사건이라고 넌지시 알려주었다. 서서히 격변의 시기가 다가오고 있었다.

　만주에 주둔 중이던 일본의 관동군이 드디어 만주를 완전히 장악하고 그들의 괴뢰정권인 만주국을 세웠다. 1932년의 일이었다. 그로부터 6년이 지난 1937년에는 드디어 북경에 주둔하고 있던 일본군이 고의로 전쟁을 일으켜, 루거우차우에서는 일본 군대와 중국군대가 충돌했다. 그리고는 이를 구실로 일본군이 상해로 침략해 들어갔다. 일본은 대공황을 극복하는 방법의 하나로 중국과 아시아 여러 나라를 침략하여 식민지를 확대해 나가고자 하였다.

갑자기 난데없는 총소리와 대포 소리에 상해 외곽은 전쟁터로 변했다. 난징에서는 일본군의 무차별 학살로 수십만 명의 중국인이 살해되었다.

준마는 일단 상해 시내까지 일본이 전장터를 확대한 것은 아니었으므로 일단 관망하기로 하였다. 만일의 사태에 대비하여 필요한 물건들만 따로 챙겨 놓았다.

김구 선생도 드디어 광복군을 따로 조직하여 중국군과 함께 항일전쟁에 나서도록 독려하고 나섰다. 전 세계에서 일본의 야욕에 찬 침략행위를 비판하였으며 드디어 제2차 세계대전으로 비화되었다.

1941에는 일본이 아시아 여러 나라를 본격적으로 침략하였고 미국은 이를 적극 비방하고 제지하였다. 드디어 일본은 미국이라는 호랑이를 쉽고 보고 미국의 핵심 군사지역인 진주만을 공격함으로써 미국을 전쟁 당사국으로 끌어들였다. 전쟁에서는 항상 선제공격을 해왔던 일본이었다. 진주만 공격도 역시 선제공격으로 미국의 핵심 군사시설을 타격하였다.

많은 조선의 백성들이 일본군의 총알받이로 전쟁터에 끌려 나갔으며 때로는 위안부라는 명목으로 조선의 아녀자들이 전쟁터에 차출되어 끌려갔다. 일부는 생체실험으로 악명 높았던 만주의 731부대로 끌려가기도 했다. 나라 잃은 백성은 아무런 저항도 하지 못한 채 속수무책으로 당하는 설움을 겪었다. 조선의 관리들이 망쳐 놓은 일제 치하의 굴욕은 한반도 역사상 가장 잔인하게 백성들이 유린당하고 치욕을 겪은 시기였다.

　무엇보다도 이 무렵에 이르러서야 조선의 식자들을 중심으로 4세기경 고대 로마 군가 전략가였던 플라비우스 베게티우스의 그 유명한 충고가 입에서 입으로, 가슴 깊은 곳으로 마음 깊은 곳으로 회자되고 있었다.

　"평화를 원하면 전쟁을 준비하라!"

57

팔만대장경을 사수하라!

전황은 연합군 쪽으로 기울어져 갔다. 조선 주둔군 사령부에서는 이미 비밀문서들을 분류하고 정리하여 둘 것을 각 예하 부대에 지시했다. 1급 비밀서류는 따로 분류하여 본국으로 보낼 수 있도록 만반의 준비를 하도록 지시했다. 도쿄 시내에는 미국의 미29 전폭기가 연일 폭탄을 쏟아내고 있었다. 미국은 천황의 거처나 주요 지휘부에 대한 폭격은 자제하고 있었다. 이미 승리를 눈앞에 둔 싸움이었다. 전쟁이 끝나면 패배를 인정할 상대가 필요했다. 이미 조선에서도 일본군의 움직임이 예사롭지 않았다. 다급히 서류며 물건들을 챙겨서 트럭에 싣고는 어디론가 급하게 움직이는 모습이 연일 목격되고 있었다.

인천의 일본군사령부 2층 건물 회의실에 모인 지휘부 참모들은 긴장한 모습으로 정면을 주시하며 앉아 있었다. 일본의 패색이 짙다는 사실에 좌중은 무거운 침묵으로 가라앉아 있었다. 문이 열리면서 야마모도 장군이 들어왔다. 좌석에 앉아 있던 간부들이 일제히 일어나 삼창했다.

"덴노 헤이까 반자이!"

야마모도가 좌중을 둘러보며 자리에 앉자 간부들도 일제히 착석했다. 약간의 침묵이 흐른 뒤 야마모도가 입을 열었다.

"제군들, 모두 짐작하겠지만 우리 대일본제국은 대단히 어려운 상황에 직면해 있다. 상황이 어려울수록 힘을 합쳐 마지막까지 죽을 힘을 다해 전쟁에 임해야 할 것이다. 전쟁은 이길 수도 있고 질 수도 있다. 이대로 우리 대일본제국이 무너지진 않을 것이다. 우리는 긴 호흡으로 미래를 생각해야 한다. 설사 우리가 미국에 진다고 해도 그것은 잠시일 뿐 언젠가는 다시 일어나 미국을 격파할 수 있는 것이 바로 미래의 세계질서라고 본다. 바로 지금 전쟁에 진다고 해도 그것은 영원한 패배가 아니다. 미국으로부터 철저히 배워 훗날 반드시 우리 앞에 미국의 무릎을 꿇릴 것이다. 각자 소속 부대로 돌아가 남은 일에 최선을 다해라. 마지막까지 남아 죽음을 택하는 자리에 있든, 미래를 위한 정리와 수습을 위한 자리에 있든, 언젠가는 대일본제국의 승천 욱일기가 다시 휘날릴 날이 온다는 믿음을 잃지 않도록 하라. 우리는 조선에 다시 올 것이다. 이미 조선에는 우리를 떠받드는 친 일본 조선인들이 뿌리를 내리고 있다. 이들은 훗날 우리의 조선 재침략에 큰 자원이 될 것이다."

그가 모든 비극적인 서사를 품은 주인공의 얼굴로 이야기했다.

"자, 이제 각자 부대로 돌아가서 대기하라. 곧 사령부의 지시가 내려갈 것이다."

"덴노 헤이까 반자이! 덴노 헤이까 반자이! 덴노 헤이까 반자이!"

참모장 요시다 장군은 긴급히 회의를 소집했다.

"본부에서는 만약의 사태에 대비하라는 지시가 내려왔다. 죽을 때까지 싸우고자 하는 제군들의 심정은 이해하나, 지금 우리 부대는 조선에 남아 있는 우리 대일본제국의 신민들을 보호하여 일본으로 데리고 가는 것이 우리의 임무이다."

며칠 동안 잠을 제대로 자지 못해 눈은 충혈되었고, 얼굴은 초췌하고 깡마른 요시다는 목에 힘을 주며 말했다. 그러나 그 목소리는 힘이 예전 같지 않게 지쳐 있고 무기력하여 군대를 호령하던 권위가 사라진 듯이 보였다.

"마에다 중위는 만국공원에서 인천항까지 뚫어 놓았던 지하 터널을 폭파해 흔적을 없애도록 하라. 남은 폭탄은 얼마든지 써도 좋으니 어떠한 흔적도 남기지 말아야 할 것이다. 지금 조선에 있는 각 예하 부대에서 비밀리에 일본에 가져갈 기밀문서와 물건들을 취합하여 인천으로 보낼 것이다. 자료들이 도착하는 즉시 마에다 중위는 비밀통로를 통해서 대기해 놓은 배에 싣도록 하라."

그들이 배로 실어갈 자료에는 각 지방의 군청별 인구와 토지 현황, 지하광물 조사자료, 전쟁에 동원된 군인과 위안부 등의 군사 인력 자료, 일본에 협력한 조선의 친 일본인 명부, 지역별 특성에 관한 자료 등 조선에 관한 모든 자료가 포함되어 있었다. 반출 대상 유물로는 조선 전국의 왕릉과 사찰에서 모은 도자기와 불상, 금관이나 왕족의 금은 장식품 등 각종 유물이 포함되어 있었다. 그들은 마지막까지 자기 것인 양 조선 산하의 쓸만한 것들을 마구잡이로 긁어 모았던 것으로 보였다.

"네! 철저히 임무를 완수하도록 하겠습니다."

마에다는 마지막 전투 조에 들어가지 못한 것이 아쉬웠지만 시급히 일본으로 반출할 조선의 유품들을 무사히 배에 실어 보내야 했다. 특히 조선의 전통과 맥을 잊는 사료들을 비밀리에 빼돌렸던 지하 동굴을 폭파하는 임무가 대일본제국의 약탈 흔적을 없애는 중요한 임무라고 생각되었다.

"철저히 비밀리에 폭파작업을 차질 없이 수행하도록 하겠습니다."

마에다는 확신에 찬 목소리로 대답했다.

"그러고 보니 왜 아직 합천에서 보낸다는 물건은 아직 소식이 없는가?"

요시다 장군이 다음 안건을 내밀었다.

"현지에서 물건을 실어 나르는 트럭이 최소 5대 이상이 필요한데, 지금 차량을 동원하는 데 시간이 걸린다고 합니다."

부관이 요시다 장군을 쳐다보며 말했다.

"지금 속히 물건이 도착하지 않으면 배에 선적할 수가 없을 텐데요."

마에다 중위가 걱정스러운 듯이 낮은 목소리로 말했다. 요시다 장군이 마땅치 않다는 눈빛으로 어깨를 으쓱했다.

"음, 합천에서 실어오는 물건들은 조선이 전란이나 위급한 상황을 당했을 때 조선을 지켜준다는 정신적 상징물이니 이 물건들을 반드시 끌어내어 일본으로 가져가야 하네. 그리고 조선 전국에 조선의 기를 끊어 놓는 쇠말뚝 작업은 다 끝났는가?"

"예, 조선 전국의 모든 명산에는 이미 조선의 정기가 다시 살아나지 못하도록 쇠말뚝을 박아 놓는 작업이 완료되었습니다."

"수고했네. 좀 더 서둘러서 팔만대장경을 배에 싣는 작업을 마치도록 하게."

"예, 잘 알겠습니다, 덴노 헤이까 반자이!"

합천에서는 덴죠 소위가 부하 20명을 데리고 합천 해인사로 달려갔다. 팔만대장경 목판을 실어내기 위해 해인사 법당인 대적광전을 가로질러 앞에 보이는 가파른 계단을 뛰어올라갔다. 팔만대장경 목판은 목조건물인 장경판전 내에 있는 4개의 목조건물에 보관되어 있었다. 오른쪽에 있는 수다라장과 왼쪽에 있는 법보전에 경판이 8만 1,258장이 보관되어 있었다. 소중한 이 문화재는 고려 때 완성해서 지금까지 잘 보전되고 있다고 했다.

덴죠 소위가 이끄는 일본 군인들이 경내로 들이닥치자 놀란 스님들이 급히 장경판전 앞을 가로막았다. 젊은 스님 몇이 손으로 일본 군인들을 막았다. 덴죠 소위가 권총의 손잡이로 스님을 구타하고 발로 차 쓰러뜨렸다. 젊은 스님 몇이 더 가세하여 격렬하게 저항하며 막아섰다. 덴죠 소위는 사태가 급하게 돌아가자 검을 빼 맨 앞을 가로막고 있는 스님을 향해 찔렀다. 붉은 피가 승복 위로 베어 나왔다. 배를 깊게 찔린 스님이 쓰러지면서 울부짖었다.

조선을 넘어 세계로

"이놈들아! 이곳은 부처님의 말씀을 모신 곳이다. 수백 년을 누구도 함부로 범접한 적이 없는 곳이다. 너희같이 패악한 놈들이 함부로 들어올 수 있는 곳이 아니다! 이곳은 조선을 지키는 부처의 가르침을 모신 불전이며 조선사람들의 마음이 모인 곳이다."

뒤에 있던 스님이 또 막아 서자 덴죠 소위는 다시 그 스님의 가슴을 향해 검을 찔렀다. 이제 사태는 걷잡을 수없이 퍼져 나갔다. 경내의 모든 스님이 장경판전 앞으로 모여들었다. 스님들은 불경을 외면서 앉은 채로 꼼짝하지 않았다. 덴죠 소위는 인솔해온 군인들에게 총을 들어 사격할 것을 명령했다. 군인들이 하나둘씩 총을 들어 사격할 자세를 취했다. 사격 명령이 떨어지기 직전, 군인들 사이에서 한 군인이 소리쳤다.

"불전에서 살생은 안 된다! 일본도 부처를 모시는 나라이다."

덴죠 소위는 그 군인을 일별하곤 망설임 없이 그를 향해 총을 발사했다. 소리쳤던 군인이 소리도 없이 쓰러졌다.

"무슨 개소리야, 지금 대일본제국 천황 군대의 명령에 반대하는 자는 죽음만이 있을 뿐이다. 어서 저놈들을 다 죽여라, 총을 쏘아라!"

그때였다. 검은 구름이 밀려오면서 하늘을 덮었다. 갑자기 비가 내리면서 천둥 번개가 치기 시작했다. 총을 들고 겨누던 이들의 얼굴에는 놀란 표정이 역력했다. 군인들이 하나둘씩 총검을 내려놓기 시작했다. 덴죠 소위는 부하들이 총검을 내려놓자 명령을 그 이상으로 몰아붙일 수 없었다. 게다가 날씨마저 돌변하기에 사태가 심상치 않음을 느꼈다.

"철수하라!"

합천의 소식을 기다리던 요시다 장군은 대장경판을 실어오는 계획이 실패했다는 소식을 듣고 아쉬움을 금치 못했다.

'팔만대장경을 일본으로 가져가야 조선에 대한 훗날을 기약할 수 있는데. 오래전에 그렇게 건의했건만 상부에서는 이 건의 중요성에 대하여 귀 기울이지 않았다.'

한편, 마에다 중위는 인천에서 동원할 수 있는 선박을 조사하고 서울에서 내려오는 일본인들을 수용하여 항구로 실어 나르는 계획을 치밀하게 수립했다. 그래도 혹시나 하여 미련을 못 버리고 버티던 일본의 상인들은 히로시마에 원자탄이 떨어졌다는 소식을 듣고는 아연실색하였다. 버섯구름이 솟아나면서 순식간에 히로시마 전체가 폐허가 되었다는 소식에 사람들은 공포에 휩싸였다. 전쟁 통에 하루가 멀다 하고 폭탄이 떨어지고 사람들이 죽어 나가는 마당이었다.

아비규환의 순간에서, 어떤 일각에서는 하늘에서 갑자기 큰 재산이 뚝 떨어지는 일도 허다했다. 종로에서 포목상을 하던 일본의 재력가 오타니 사장은 평소 눈여겨보았던 조선인 김막동을 불렀다.

"막동군, 자네도 알겠으나 전쟁이 곧 끝날 것 같군. 아무래도 내가 여기서 계속 사업하기에 좀 무리가 있을 것 같네. 내 평소에 자네가 근면하고 성실하게 일하는 것을 눈여겨보고 있었네. 그리고 남과 달리 의리도 강한 사내라고 믿고 있네. 내가 잠시 일본으로 떠나 있는 동안 자네가 임시로 이 점포들을 맡아 운영해 주게나."

느닷없는 오타니 사장의 제안에 막동은 눈이 휘둥그레졌다. 이제 겨우 18살로 수년 전 이곳에 겨우 취직하여 먹고 살기 위해 시키는 대로 열심히 일했다. 막동은 생존만이 삶의 목적에 불과한 사람이었기에 하루 밥을 제대로 먹을 수 있다는 것만으로도 행복했다. 그런데 갑자기 이 많은 점포들을 관리하라니 기절초풍의 지경이었다.

"걱정할 것 없네, 장부는 여기 다 있으니 한 번만 읽어 보면 파악이 될 것이네, 종로 통에 있는 점포가 총 25개일세. 그리고 여기 집과 토지 명부도 있네."

"예, 사장님! 고맙습니다. 사장님이 다시 돌아오실 때까지 가게를 잘 운영하도록 하겠습니다."

"그래, 고맙네. 여기 모든 재산을 잘 관리하겠다는 위탁서류에 서명만 하면 되네. 내 자네만 믿겠네."

그와 같은 여러 일들이 조선의 방방곡곡에서 벌어지는 참 희안한 세상이었다.

밤이 짙어지자 마에다는 부하 20명을 데리고 용봉산 바로 아래에 있는 사령관 관사로 쓰던 가옥으로 달려갔다. 먼저 집 앞에 보초병을 세우고 트럭에 싣고 온 폭탄을 내렸다. 입구를 가려 놓은 거적을 들치자 안으로 길게 동굴이 나 있었다. 동굴 안에 설치된 전등을 켰다. 좀 안으로 들어가자 쥐들이 우르르 달아났다. 계속 전진을 하자 죽은 사람들의 뼈들이 보였다. 밑으로 한참을 내려가자 이번에는 깨진 도자기의 파편들과 한자로 쓴 고문서들이 찢어진 채로 널려 있었다. 아직 실어 가지 못한 유물이며 서적들이 그대로 쌓여 있었다.

다음 날, 해안가의 짠 내음이 코로 밀려 들어오는 곳에 마에다가 서 있었다. 그 정도부터 시작하면 될 것 같았다. 일단 가져온 폭탄들을 좌우로 한 줄씩 늘어놓고 이어갔다. 하루를 꼬박 걸려 응봉산의 관사에 설치된 뇌관에 연결 작업이 끝이 났다. 다시 한번 점검조가 들어가 이상이 없음을 확인하고 본부에 폭파준비가 끝났음을 보고하였다. 이미 해안가 창고에 쌓아 두었던 중요한 가치가 있는 물건들은 선적이 대부분 완료된 상태였다.

"수고했다. 전원 대기하도록 하라."

사령부의 참모가 지시했다.

그렇게 마에다가 자신의 마지막 임무를 앞두고 숨을 돌릴 차였다. 오랜 작업 끝에 피곤한 몸으로 사령부로 돌아온 마에다에게 갑자기 긴급 명령이 떨어졌다. 미군들이 갑자기 우리가 파 놓은 동굴의 실체를 파악하고 곧 조사를 시작한다는 것이었다. 즉시로 동굴을 폭파하라는 지시였다. 하지만 마에다는 당장 그럴 수 없었는데, 지금 동굴 안에 일본군 병사 5명이 있었기 때문이다. 그는 사령부 참모에게 자국 병사들을 철수시킬 시간을 달라고 보고하였다. 참모가 무슨 말이냐는 표정으로 마에다를 바라보았다.

"지금 그걸 말이라고 하는가? 일본제국의 미래와 관련된 일이라고 하지 않았는가. 즉시 폭파할 것을 명한다."

명령의 그 단호함에 자신이 멍청했음을 깨닫기라도 한 듯, 마에다는 감정이란 찾아볼 수 없는 얼굴로 뇌관을 지키고 있는 사사끼 소위에게 긴급 전화를 걸었다.

"사사끼 소위, 지금 즉시로 동굴을 폭파하라."

"지금 부하 5명이 동굴 안 깊은 곳에 있습니다."

"동굴이 발각되었다, 명령이다. 즉시 시행하라."

이른 아침, 인천의 항구 마을인 중앙동과 신포동 등 주변에서는 집들이 흔들리고 일대에 강한 지진 같은 것이 일어났다. 그때 복만은 일행과 함께 응봉산을 향해 달려가고 있었다. 땅에서부터 올라오는 진동을 느끼며 그가 탄식했다.

"아! 우리가 한발 늦었구나, 이놈들이 미리 철저히 준비하고 있었구나."

수많은 문화재와 금괴 등이 동굴을 통해 일본으로 흘러 들어갔다. 밀반출의 근거를 확보하고자 했지만 결국 모든 것이 허사가 되고 말았다. 사람은 싣지 않고 화물만 적재한 커다란 배 한 척이 조용히 인천항을 떠나 먼 바다로 나아가고 있었다.

58

귀국, 그리고 미완의 광복

히로시마에 떨어진 원자탄은 일본 열도를 공포의 도가니로 몰아넣었다. 수십만 명을 한꺼번에 몰살시킨 신형 폭탄의 위력 앞에 일본은 바로 항복을 선언하였다. 상해임시정부 건물 안에 있던 김구와 임시정부 요원들은 방송에서 흘러나오는 일본 천황의 항복 소식을 들었다.

참으로 오랜 세월이 흘렀다. 벅찬 감격이 솟아올랐으나 서로 얼굴을 잠시 쳐다볼 뿐이었다. 장시간의 침묵이 흘렀다. 잠시 후 한 사람이 일어나 소리쳤다.

"우리가 이겼습니다. 조선이 독립되었단 말입니다!"

"대한 독립 만세!"

긴박한 분위기가 흐른 뒤, 그제야 본부에 있던 모든 사람이 일제히 일어나 김구를 쳐다보며 함성을 질렀다.

"대한 독립 만세! 대한 독립 만세! 대한 독립 만세!"

얼마 후 일본의 항복 소식을 듣고 달려온 사람들이 임시정부 청사로 몰려들기 시작했다. 정말로, 이 지긋지긋하고도 악몽 같던 전쟁이 끝났음이 실감이 났다.

"이제 조선이 독립되었으니 다 같이 대한민국으로 돌아갑시다, 준마 동지도 나와 같이 서울로 갑시다."

김구는 뒷자리에 조용히 앉아 있는 준마를 바라보며 말했다.

"아, 저는 여기 좀 더 있다가 따로 귀국하겠습니다. 벌여 놓은 사업을 정리하려면 시간이 좀 필요합니다."

"알겠네, 하기야 사업이라는 것이 단박에 정리되는 것이 아니겠지요. 정리되는 대로 바로 나를 찾아오시게, 새로운 나라건설에 모두들 할 일이 많네."

김구가 힘주어 답했다.

준마는 일찍 임시정부 청사를 나와 집으로 향했다. 숙향이 불편한 몸으로 진홍의 부축을 받으며 집 앞에서 기다리고 있었다. 광복은 이미 기골이 장대한 청년이 되어 숙향을 옆에서 부축하고 있었다. 그들 가족은 선 채로 서로 끌어안고 한참을 독립의 감격에 겨워 서 있었다.

"우리는 김구 선생이 서울로 돌아간 후에 좀 있다가 여기 사업상황을 보아가며 고국으로 돌아갈 것이오, 자 안으로 들어갑시다."

시간이 흘러 상해에서의 일이 마무리되었다. 상해와 북경을 비롯한 중국 전역은 물론 일본의 침공을 받았던 아시아의 모든 지역에서 일본인들이 귀국선을 타기 위해 항구로 몰려들었다. 인천으로 향하는 건륭호에는 오랜 망명 생활을 끝내고 귀국하는 독립운동가, 먹고 살길을 찾아 만주를 떠돌다 상해로 들어온 사람들 등 다양한 사람들이 타고 있었다. 그곳에는 준마와 그 가족도 섞여 있을 수 있었다. 실로 35년 만에 고향을 찾아 인천의 바다로 들어왔다.

바다의 냄새도 나라마다 달랐다. 항구에서 바라보는 인천의 모습은 완전히 변해 있었다. 응봉산 산자락에는 많은 집들이 지어져 있고 사람들도 많이 늘었다. 항구는 오가는 사람들로 크게 붐볐다. 드디어 준마와 일행들이 배에서 내려 세관으로 향했다. 세관출입국 사무소를 지나는데 낯익은 얼굴이 하나 보였다. 주름진 얼굴이지만 바로 알아볼 수 있었다. 바로 변철상, 그자가 아닌가. 준마가 마중 나온 복만과 백가객주의 사람들과 인사를 하는 동안 변철상은 건들거리는 걸음으로 준마에게 다가왔다.

"어이구, 준마 대행수 아니시오. 정말 오랜 세월이 흘렀습니다, 하하. 그래 고향 땅에 오신 소감이 어떻습니까? 참 잘 오셨습니다."

"하하, 아니 자네가 어쩐 일인가? 설마 날 환영하러 나온 것은 아니겠고. 자네 일본제국에서 순사를 하지 않았는가."

"무슨 말씀입니까, 그건 다 지난 일입니다. 저는 대한민국의 경찰로서 귀국하는 조선사람들을 환영하기 위해서 여기 나왔습니다. 이전부터 저는 제가 속한 땅에 충성을 바치고 은혜를 갚는 일을 하리라 예전부터 마음 깊이 소정하고 있었지요. 이에 요즘 공산당원을 색출하여 민주국가를 세우는데 온몸을 다 바치고 있습니다."

경찰 제복을 멋지게 차려 입은 변철상은 입가에 능글거리는 웃음을 띠고 어깨를 으쓱해 보였다.

"독립운동가들 가운데 특히 빨갱이가 많으니 철저히 색출하라는 상부의 지시가 있어서요, 요즘은 주로 항구에 나와 일을 보고 있습니다. 혹시 상해에서 만난 사람들 중에 석색분사를 아시면 좀 저에게 알려주시지요. 하하."

도저히 동포라고는 부를 수 없는 이를 눈앞에 두고 준마는 변철상의 인생에 대해 잠깐 생각했다. 그의 일관된 변절자의 삶이란 너무나도 지긋지긋하게 보아온 것이라, 이 박쥐와도 같은 인간이 이제는 어떤 비열한 짓거리를 한다 해도 변철상이라는 이름 아래 개연성이 성립했다. 그가 지금 한다고 하는 일에 대해 준마가 상세히 아는 바는 없었으나, 조만간 그가 또 어떻게 국민을 팔아 넘기고 있는지 알아봐야 하겠다고 생각했다. 막 귀국한 참이니 고향에서의 일이 마무리되는 대로 말이다. 그렇게 준마는 질리다는 표정으로 변철상으로부터 몸을 돌렸다. 더 정확히 표현하면 돌리려고 했다.

그러나 준마는 우뚝 서서 능글거리는 변철상의 입꼬리를 유심히 쳐다볼 뿐이었는데, 방금 변철상이 내뱉은 말 중에 무의식적으로 귀에 걸리는 단어가 있었고 이에 대한 판단을 유보하면 안 될 것 같다는 직감이 들었다.

'소정하고... 소정하고라...'

'소정(素定 : 본래부터 작정하는 것)'이라는 단어의 울림이 남은 것은 다름 아닌 이용익 대감의 얼굴이 순간적으로 또 운명적으로 떠올랐기 때문이었다.

　일전에 준마가 찾아가 본 적이 있던 이용익 대감의 집은 서울 소정동(小貞洞)에 위치해 있었다. 그때의 만남이 준마에게는 무척 소중했던 경험이라 마을 이름을 똑똑히 외고 있었다. 준마는 이용익 대감을 떠올렸다. 갑작스레 진필용 대감의 서신을 통해 전해진 그의 죽음, 그 안타까운 죽음에 대해 준마는 아는 바가 없었다. 하루가 다르게 조선의 모습이 달라지는데 조선의 동포에게는 사라지는 나날들, 그런 나날들의 연속이었다. 복수보다는 눈앞에서 꺼져가는 조선을 살리는 것이 최우선의 과제였으므로.

　그리고 준마는 눈앞의 변철상을 보았다. 달라지는 세상에서 누구보다도 앞장서서 동포를 팔아먹으려 한 이의 얼굴이 괜히 자신의 앞에 있는 게 우연이 아니라는 생각이 들었다. 멈춘 듯한 세상에서 준마의 직감만이 살아, 이용익과 변철상의 관련성에 대한 강력한 촉을 준마 자신에게 보내고 있었다. 변철상의 눈동자를 뚫어지게 응시하는 준마를 두고 움찔한 변철상이 먼저 몸을 돌렸다.

　그렇게 한 달 뒤. 변철상은 자신이 잡은 공산주의자로 의심되는 놈들을 취조하느라 바쁜 나날을 보내고 있었다. 아무리 고문을 해도 전혀 입을 열지 않는 독종들이었다. 어떻게든 이번 달 말까지는 놈들의 자백을 받아내 상부에 보고해야 했다. 그들은 눈에 보이는 결과와 그럴듯한 실적을 원했기 때문이다. 변철상은 저녁 무렵이 되어서야 일을 마치고 피곤한 몸으로 집으로 돌아왔다. 그가 순찰차에서 내리는데 어디선가 축구공이 차 앞으로 굴러들어온다.

운전병이 공을 보고 내리려고 하였으나 변철상은 그에게 그냥 가라고 손짓하였다. 변철상은 공을 집어 주위를 둘러보다가, 한 사내 녀석이 골목 어귀에 서 있는 것을 보았다. 그 사내 녀석에게 다가가면서 공을 돌려주려고 하자 녀석이 쏜살같이 도망을 가버렸다.

벙찐 변철상이 몸을 돌리고 집으로 가려는 순간 어디선가 사내 여러 명이 골목에서 나와 철상의 머리를 가격했다. 암전이었다. 기절한 철상은 정체불명의 사내들에게 업혀 어디론가 사라졌다.

"아니, 변철상 계장은 여태 출근을 하지 않은 건가?"
수사과장이 투덜거리며 말했다.
"지금 빨갱이라고 잡아 온 놈들한테서 아무런 자백도 받아내지 못한 채 시간만 질질 끌고 있지 않은가 말이다. 변 계장 오면 당장 내 방으로 오라고 해. 정말이지 고문으로 자백을 받아내는 데는 일류 기술자라고 자부하더니만 요즘 하는 것을 보면 말이야. 통 맘에 안 든단 말이지. 전에 잡혀 들어온 만주에서 독립운동인가 뭘 했다는 놈은 5일 만에 바로 자백을 받아내더니만 이번 건은 왜 이렇게 시간이 오래 걸리는지."
그는 답답한 표정을 지으며 말했다.

"독립운동가 출신 진짜 빨갱이들은 원래 독종입니다. 좀 시간이 걸릴 수 있습니다. 변 계장님이 이 방면에는 도사 아닙니까."

신참 주임이 변철상을 두둔하듯 수사과장을 바라보며 말했다.

그때 변철상은 인천 교외의 어느 창고에 끌려 들어가고 있었다. 검은 천으로 눈이 가려진 채 결박되어 그는 의자에 앉혀졌다. 영문도 모른 채 끌려 온 그가 머리에 심한 통증을 느끼며 천 밑에서 눈을 떴다. 정신을 차린 변철상이 주위에 인기척을 느끼고는 소리쳤다.

"나는 대한민국의 경찰 간부이다! 도대체 내가 누군 줄 알고 이런 망나니짓을 하는 것이냐?"

그의 말이 떨어지기가 무섭게 어디선가 주먹이 얼굴로 날아들었다.

"윽!"

변철상이 앉은 의자가 휘청였다.

"이놈들이 죽고 싶어서 환장을 한 놈들이구나! 감히 대한민국의 경찰을 가두고 폭행을 해." 그는 악을 쓰고 고함을 쳤다. 이럴 때일수록 상대에게 약하게 보이면 안 되는 법이다. 변철상은 더욱 기세 좋게 고함을 쳤다.

"이놈들아! 좀 있으면 날 찾느라 전 경찰이 수색을 시작할 것이다. 너희는 결국 독 안에든 쥐란 말이다."

다시 주먹이 날아들었다. 고개가 돌아가도록 얻어맞아 일순간 기절을 하였다. 잠시 후 다시 정신이 돌아오자. 한 사내가 낮은 목소리로 말했다.

"너는 대한제국이 해방되기 전에 무슨 일을 했는지 소상하게 말해 보아라."

"나는 조선사람들을 위해 한평생을 일한 한 사람이다. 조선사람들이 조금이라도 어려운 일을 당하면 내가 나서서 도와주곤 했다. 내가 없었으면 무지한 많은 조선사람들이 억울한 일을 당했을 것이다."

변철상은 힘을 주어 자신 있게 말했다.

"도대체 네가 잡아들인 조선의 독립운동가들이 얼마나 되냐."

"난 독립운동가를 잡아들인 적이 없다. 단지 공산주의자들만 몇 명 잡은 적 있을 뿐이다."

"너는 아마 시베리아에서 활동하던 사업가 최재형 선생을 잘 알 것이다."

"난 그런 이름 들어본 적도 없다."

"최재형 선생이 네놈을 그렇게 아꼈다고 했는데, 네놈이 밀고해서 일본군을 이끌고 오지 않았느냐! 사실대로 말해라. 그렇지 않으면 오늘 너는 여기서 죽는다."

발이 올라가면서 변철상의 턱을 가격했다. 변철상은 상황이 심각하다고 느꼈다.

'이놈들은 보통 놈들이 아니다. 그냥 돈이나 뜯어내려고 나를 납치

한 게 아니구나.'

생존만을 위해 살아오던 그의 직감은 일단 빠져나가고 봐야 한다는 결론을 내렸다.

"...저. 무슨 일인지는 모르겠으나 사실대로 말씀드릴 터이니 제발 살려만 주십시오."

그가 평소의 여유 넘치는 자신이었다면 지금까지 들려온 목소리의 주인을 알아차렸을 것이다. 하지만 상황을 파악하고 자신이 숱하게 보아온 인물들의 목록에서 누군가를 골라내 떠올리는 일이란 정신이 없는 변철상에게 불가능한 일이었다. 변철상이 다시 간절한 아부의 말을 꺼내려는 차, 다시 사내의 물음이 돌아왔다.

"한 가지만 더 물어보겠다. 대한제국의 내장원경을 지냈던 이용익 대감을 블라디보스토크에서 본 적이 있느냐."

"……"

이용익, 세 글자를 들은 변철상의 눈동자가 검은 천 아래서 흔들렸다. 그 미묘한 일렁임이 의미하는 바를 알아챈 사내는 고개를 들어 창고의 천장, 그 너머 하늘을 바라보았다.

'아! 이용익 대감, 그렇게 허무하게 세상을 하직하시다니요.'

우수리스크의 신한촌으로 가던 이용익은 변철상이 주도한 암살단에 독살당했다. 이용익은 돌아갈 수 없는 조선을 그리며 이름 없는 무덤으로 블라디보스토크에 묻혔다.

사신의 직감이 옳았음을 증명한 사내, 백준마는 혀 밑으로 죽은 이의 이름을 울부짖었다.

수사과장과 신참 주임은 변 계장이 얼른 출근하여 통쾌한 소식을 들려주기를 기대했지만, 그들이 변철상을 이후로 다시 보는 일은 없었다.

[후기]

조선 최초의 시민 권력 '보부상'을 기리며

　역사적 사실은 진실 그 자체로 존재한다. 그러나 그 사실을 해석하고 옮기는 일은 후세 역사가의 몫이다. 그동안 역사소설 대부분에는 왕과 영웅들, 그리고 그 시대를 살며 훌륭한 업적을 남긴 위대한 학자, 철학자, 예술가들을 그 주인공으로 다루었다. 이들은 각자의 분야에서 당대 사회에 영향을 준 권력자들이었다.

　보부상의 행적을 조사하면서 조선 시대에 천한 신분이었던 상인들이 시민조직으로서의 집단권력을 만들고, 사대부들이 지배한 견고한 조선 사회에 나름의 영향력을 끼쳤다는 점에서 이들이 조선에서 탄생한 최초의 민중 권력이었음을 알게 되었다. 보부상은 고대국가의 형성과 함께 물자 유통을 담당하는 행상의 출현을 그 기원으로 한다. 조선 성종 24년(1493년)에 편찬된 [악학궤범(樂學軌範)]에는 멀리 행상을 떠난 남편을 걱정하는 여인의 노래, 유일한 백제가요이자 한글로 기록된 가장 오래된 가요인 [정읍사(井邑詞)]가 기록되어있다. 동시에 [고려사]에는 전주 정읍현의 한 부인이 행상을 떠난 남편의 무사 귀환을 바라는 노래로 기록되어있다.

<정읍사>

달하 노피곰 도드샤
(달아 높이 솟아서)
어긔야 머리곰 비취오시라.
(멀리멀리 비춰다오)
어긔야 어강됴리
(후렴)
아으 다롱디리
(후렴)
져재 녀러신고요.
(시장에 계신가요)
어긔야 즌데를 드디욜셰라.
(어느 곳에나 짐을 풀어놓고 계십시오)
어긔야 내 가논 데 졈그랄셰라.
(내 남편이 가는 곳에 날이 저물까 두렵습니다)
어긔야 어강됴리
(후렴)

아으 다롱디리

(후렴)

　보부상 조직은 마을이나 지방의 계·두레와 같은 지역공동체의 형태로 시작되었다. 이러한 지역공동체는 농사일이나 경조사 등에서 일손을 품앗이하여 서로 돕거나, 여럿이 일정한 목적 아래 돈이나 물품을 부담하여 운용하기도 하였다. 그리고 백달원 영위가 조선조 태조를 도운 공으로 6종의 물목에 대한 독점 판매권을 허락 받아 보부상 조직이 탄생한다. 초기에는 지게를 지고 파는 부상 조직으로 출발하여 봇짐을 지고 파는 보상조직이 탄생하였고, 조선 말기에 부상과 보상을 합쳐서 보부상이라는 조직이 탄생하게 되었다.

　보부상은 스스로 '절목'이라는 규칙을 만들어 운영하였으며, '장문법'을 만들어 규칙을 어긴 자는 장문으로 다스려 상거래에 따른 불미스러운 일들을 규율하였다. 이들은 항상 네 가지 계명이 새겨진 험패를 몸에 지니고 다녔다. 그 4계명은 물망언(헛된 거짓말을 하지 말 것), 물패행(행패 부리지 말 것), 물음란(여성 보부상이나 아녀자에게 행패 부리지 말 것), 물도적(도둑질하지 말 것)이다. 조선조 초기 역성혁명에 항거한 고려의 귀족들이 신분을 감추고 살아갈 방편으로 보부상이 되었는데 이들의 정신이 보부상 절목에 나타나고 있다.

　불효한 자에게 태형을 가하고, 동료가 위급한 상황을 외면하면 중한 벌을 가했다. 동료 간 상부상조하고 장터에서 행패를 부리거나 보부상 조직의 행사에 적극적으로 참여하지 않는 자에게도 엄한 벌을 가했다. 상도의를 어기는 자도 엄하게 다스렸다. 국가에 충성하여 나라가 위급할 때에는 전쟁에 몸을 던졌다.

보부상은 이러한 조직 운영을 위해 주요 장시를 중심으로 전국에 '임방'이라는 사무실을 설치하였다. 각 임방은 접장을 두령으로 선출하였는데 이는 임방 소속 단원들이 동등하게 참여하여 민주 선거로 선출하였다. 이렇게 강력한 집단 조직을 만든 배경은 당시 관료조직의 만연한 부패와 사대부들의 부당한 처사에 대해 자기를 지키기 위한 집단세력의 힘이 필요했기 때문이었다.

보부상의 삶과 정신세계는 보부상의 절목에 잘 나타나 있다. 이러한 도덕적인 삶의 가치를 장사와 결합한 상인집단은 세계에서도 유례가 없다. 유럽의 길드나 협동조합은 영리를 목적으로 한 투자조합의 성격을 띠는 데 반해, 보부상은 그 성격 자체가 인간이 살아가는 데 있어서 중요한 도덕적 가치를 기반으로 상행위를 추구했다는 점에서 확연하게 차이가 있다.

☞ 반복되는 역사, 일본 말을 대변하는 자들

조선말은 세계강대국들이 중상주의를 표방하며 약소국의 개방을 요구하던 시기였다. 가까운 일본이 30여 년을 앞선 메이지유신을 계기로 확장된 국력을 바탕삼아 조선의 식민지화를 위한 음모를 본격적으로 드러낸 시기이기도 했다.

한·일합방으로 조선이 지구상에서 사라지던 해, 청나라 젊은 식객 양계초가 [조선 멸망의 원인]이라는 글을 썼다. 조선은 누가 망하게 한 것이 아니라 스스로 멸망했으며, 무능한 왕실, 부패한 조정과 사대부들이 조선을 망하게 했다는 것이다.

병자호란 때 남한산성에서 진을 치고 청나라와 대적하던 인조가 47일 만에 성을 나와 항복했다. 송파 삼전도에서 홍타이 앞에 조아리고 바닥에 머리를 9번이나 박으면서 충성맹세를 했다. 이때 끌려간 조선의 백성이 대략 50여만 명이라고 했다. 인구의 10분의 1이 끌려간 것이었다. 싸우자는 측과 항복하자는 측이 말만 하다가 결국 항복하였다. 물론 그 말들은 가벼운 말들이 아니었다. 울화가 담기고 피가 끓는 말들이었다. 그러나 그 말들은 결국 말로 끝났다. 누군가는 조선의 사람 수가 500만 명이 넘으니 각자 호미나 낫을 들고 청군을 향해 던지고 악을 쓰면 아무리 15만 대군이라 하더라도 질려서 물러날 것이 아니냐고 했고, 또 다른 이는 그러다가 조선 백성은 하나도 남지 않고 씨가 마를 것이라고도 했다. 말하는 자는 살아남기 위해 매일 임금께 북경을 향해 3배를 하도록 강요하던 명과의 의리를 저버렸다. 그게 말하는 자의 논리였다. 500만 명이 각자 호미와 낫을 들고라도 싸우기로 했다면 그럴만한 이유가 있어야 할 것이었다. 임금과 지도층이 희생하고 먼저 죽을 각오로 앞장서서 백성들을 감동하도록 하지 않고서야 그럴 일은 만에 하나라도 일어나지 않을 것이었다. 그렇다면 결국 말하는 자의 말이 옳았다는 것인가.

조선말은 병자년의 치욕으로부터 대략 250년이 지난 시점이었다. 조선은 여전히 말하는 자들의 세상이었다. 이번에는 들어온 자가 일본이었다. 이들은 먼저 왔던 자들과는 달랐다. 치밀하고 계략이 넘쳤다. 그들의 바로 코앞에 있었기에 조선을 속속들이 들여다보고 있었다.

먼저 사대부가 기꺼이 그들의 말을 대신했다. 그리고 이번에는 조선조 내내 천시받던 천민들이 이들의 말을 대신했다. 노예였던 자들은 천민의 굴레를 벗어나고 살길을 트기 위해 그들의 말을 대신했고, 조선조 내내 양반이었던 자들은 그들의 존엄을 지키기 위해 그들의 말을 대신했다. 그들에게 있어서 애초에 나라 따위는 관심이 없었다. 고종은 혼자였고 지조를 지키는 자는 소수였다. 유일하게 대항한 자는 보부상들이었고 그들에게는 대항할 힘이 있었다. 조선의 조정을 흔쾌히 존경해서가 아니었다. 스스로 삶을 지키고자 했고, 과거부터 해 오던 것을 빼앗기는 게 싫었다. 초청하지도 않은 자들에게 삶을 빼앗기는 것은 용납하지 못할 일이었다.

그 싸움의 주요 무대는 조선의 개항지 인천이었다. 일본은 전국의 낭인들과 행상들을 모아 무장 행상 집단인 계림장업단(鷄林獎業團)을 만들어 조선에 파견하였고 인천에 본부를 설립하였다. 이들은 조선 침략의 마지막 남은 걸림돌인 보부상을 없애고자 했다.

인천 보부상의 접장 백준마는 정조대왕의 호위대장이었던 검신 백동수의 후손이었다. 백동수는 조정의 암투에 실망하여 관직을 사임하고 두 여인과 함께 기린협으로 홀연히 자취를 감추었다. 소문으로는 그가 신선이 되어 하늘로 올라갔다고 했다. 소설 속의 주인공인 준마는 김구, 이승훈, 최봉준, 이용익, 고종 황제를 만난다. 그 만남을 통해 조선말 일제에 대항하여 치열한 삶을 살다 간 이들의 행적과 사상을 재조명하였다. 조선말 행동하는 의인들의 진정한 참모습을 밝히고자 하였다. 이들은 대부분 보부상 출신들이었으며, 보부상으로서 사업에 성공하여 대일항쟁에 투신하였다.

예컨대 조선말 보부상으로 출발하여 시베리아에서 성공하여 거부가 된 실존인물 최봉준은 한·일합방 이후 1930년경에 돌연히 자취를 감추었다. 일본이 보낸 암살자의 소행으로 추측할 수 있으나 뚜렷한 확증은 없다. 1930년대에는 조선 식민지에 대한 일본의 학정이 극심하게 이어졌고 조선의 밀정들이 해외의 우국지사들에게 접근하여 암살을 자행하였다. 이처럼 드러내 놓고 말할 수 없었던 조선말 기업인들의 숨은 대일항쟁의 역사를 하나씩 밝히고자 하였다.

이 소설의 전반(제1부)는 1894년 갑오개혁에서 1910년 한·일합방까지의 시기를 배경으로 하였다. 천방지축이고 놀기 좋아하던 준마가 김구를 만나면서 차츰 책임감 있는 청년으로 성장하고, 나라를 위한 애국심을 키워 가는 모습을 그렸다.

이 글을 쓴 것은 정권이 바뀔 때면 어김없이 이어지는 일탈한 기업인들의 단죄낭하는 보습을 볼 때마다 신정한 기업인에 대한 평가와 기업인의 가치에 대해 우리 모두 재고할 시점이라고 생각해서였다.

조선말 1899년 1차 만국평화회의에 참석한 조선은 1907년 헤이그에서 열린 2차 만국평화회의에는 초청받지 못했다. 나라로 인정받지 못한 것이다. 여기에는 일본의 집요한 방해와 음모가 있었다. 주권을 가진 국가가 회의조차 참석하지 못한 채 다른 국가들이 모여서 자기 나라에 대해 논하는 것을 우리는 자주권을 상실했다고 얘기했다.

그로부터 100년이 지난 지금 미국과 중국, 러시아, 일본이 모여 한국의 장래를 얘기하는 일이 아직도 벌어지고 있다. 여전히 말을 하는 자들이 넘치는 세상이 이어지고 있다. 역사에 매몰되면 미래에 대한 창조성이 떨어진다고 했다. 그러나 역사에서 배우지 못하는 자는 미래에 나아가야 할 방향을 잃게 될지도 모른다.

☞ 조선 멸망의 원인, 말들의 시작

양계초는 조선 멸망의 원인으로 유교의 명분 정치와 사농공상의 사고로 일관한 사대부들의 비실용적인 태도를 들었다. 조정의 부패와 양반들의 사리사욕에 찬 행태가 나라를 망쳤다고 했다. 조선조 내내 자국민을 노비로 부린 차별정책은 세계에서도 유례가 드물 정도로 오래 계속되었다. 무엇보다 쇄국으로 외국과의 교류를 차단하고 스스로 국제사회에서 고립을 자초하여 변화하는 국제사회의 흐름을 놓치게 되었다.

국제적 고립은 외교적 미숙을 초래하여 일본의 집요한 공격에 속수무책으로 당하였다. 무엇보다 상업을 무시한 비실용적인 정책은 결국 재정 악화로 이어져 허약한 나라가 되었다. 매관매직과 관리들의 부패로 이미 조선은 나라가 아니었다. 시스템이 망가진 조직은 구제 불능 상태인 채로 급변하는 국제사회의 격랑을 마주하게 되었다. 게다가 때마다 겪은 재해로 인구는 늘어나지 않고 도리어 줄기도 했다. 불운하게도 이미 일본과 중국에 전파되어 인구를 크게 늘리는 데 큰 역할을 한 감자와 고구마가 조선에서는 널리 보급되지 못한 것이 아쉬운 대목이었다. 곡식의 종자가 뿌리를 내리고 보급하는 데는 200여 년의 시간이 필요하다. 조선의 감자 도입이 늦어 주변국들과 비교해 인구가 많이 늘어나지 못한 것도 조선 멸망의 한 원인이 되었다.

국가가 주권을 찾고 치욕을 극복하는 길은 힘 있는 국가가 되는 것이다. 식량이 풍부하고 인구가 많고 재정이 튼튼하고 강력한 군대가 있고 국민의 정신이 올바르고 땅이 넓은 나라를 우리는 강대국이라고 한다.

이들 요소 중에 부족한 부분이 있는 나라는 다른 여러 나라와 연합해서 스스로 지키려는 명분을 찾는다. 과거 조선의 선비들은 지독한 공붓벌레였다. 현대 지식인과는 비교도 되지 않을 정도의 지식인이었다. 종일 앉아서 오로지 책만 읽고 또 읽었다. 이렇게 지식이 풍부한 그들도 세상의 흐름을 읽지 못했다. 그리고 말을 하는 자들의 세상이 되었다.

양계초가 중요하게 지적한 것은 머리에 품고 있는 생각이었다. 말을 해야 하는 자들이 말해야 할 때 말하지 않고 남의 말을 대신하면서 제 욕심을 차리면 백성들이 죽을 고생을 하게 된다는 것을 조선의 역사가 증명하고 있다. 최근에 조선을 비판적으로 보는 젊은 학자들이 많다. 이성계가 말을 늘어놓으면서 위화도회군을 한 일을 두고 말하는 자들의 말들은 이미 조선조정이 처음 싹틀 때부터 시작되었다고 했다.

☞ 진정한 주권이란 과연 무엇인가?

조선이 작은 나라였던가? 지금의 한국이 작은 나라인가?

한국은 인구나 국력 또한 결코 작은 나라가 아니다. 다른 나라들이 뒤에 모여 자국에 대해 수군거리는 일은 국민의 자존심을 상하게 하는 일이다. 모욕을 피하고 주권을 찾는 일은 힘을 기르는 일이다. 전쟁은 일어나서는 안 된다고 하면서 강대국의 뒤에 기대어서는 몸짓은 스스로 약한 처지를 드러내는 일이다. 전쟁의 참담함을 모르는 사람이 어디 있을까?

약소국이 전쟁을 일으킨 적은 없었다. 강한 자에게 약점을 보이지 않으려면 걸맞은 대항력을 가지고 있어야 하리라 생각한다. 힘이 반드시 무기의 강력함만을 의미하지는 않는다. 일본이 웃기고도 강력한 무기로 지금 한국을 괴롭히고 있는 것은 바로 일본 지도층의 야스쿠니 신사참배이다. 한국에 대해 압박할 일만 생기면 야스쿠니 신사로 가서 참배하겠다고 협박한다. 이때마다 한국은 신경이 곤두서고 스트레스를 받는다. 이렇게 받는 스트레스를 돈으로 환산하면 어마어마한 금액이 될 것이다. '야스쿠니'는 '평화'라는 의미이다. 그러나 그 신사에 들어가 있는 사람들은 전쟁을 일으킨 전범이 대부분이다. 군국주의를 연상시키는 야스쿠니 신사를 참배한다는 것은 일본은 언제든지 군국주의로 돌아갈 수 있다는 의미로 한국인들은 받아들이고 있다.

과거의 역사가 오늘까지 이어지고 있다. 힘이 있을 때 스스로 지킬 수 있다는 사실을 우리는 지나간 역사에서 배울 수 있다. 오늘날 힘을 지탱하는 것은 강력한 군대와 경제력이고 그 경제력은 기업에서 나온다. 기업이 돈을 벌어 국력에 필요한 자금을 공급하도록 정부가 지원하는 것은 당연한 순리일 것이다. 기업인들이 제자리를 찾아가고 그에 걸맞게 대접을 받는 세상을 기대해 본다. 보부상의 기업가 정신은 세계 공정무역의 모델을 제시하고 있다. 인간은 끝없는 탐욕과 안락함의 추구로 파멸한다. 이러한 파멸을 피하는 길은 자연을 아끼고 약자와 함께하는 양보와 사랑의 정신을 키우는 것이라 본다.

☞ 흔들림 없는 민족 정체성 확립 절실

역사는 반복된다고 했다. 대개의 역사소설은 영웅이나 왕들을 소재로 한 이야기가 많았다. 보부상은 조선 시대에 가장 천시받던 상인들이었다. 하지만 이들은 사농공상의 철저한 신분 사회에서 나름대로 생존의 방식을 터득하고 있었다. 그들이 시민사회의 성격을 띤 이유는, 양반에 대항하고 스스로 생존권을 찾기 위해선 집단을 형성하는 길이 가장 효과적이었을 거라는 데 있다고 본다. 스스로 규약인 절목과 장문법을 만들어 관의 개입을 사전에 차단하려는 것도 방어를 위한 몸부림이었다고 본다. 아울러 양반의 차별에 대항하여 보부상의 두령인 접장을 선출하거나 중요한 결정을 내릴 때 1인1표제라는 민주적 선거절차를 시행했다.

가장 낮은 신분 계급인 보부상들이 조선말 일제에 대항하는 그 투혼은 양반계급이 사리사욕으로 백성과 국가는 안중에도 없는 행태를 보인 것과 비교해 너무 대조적이었다. 일본에 붙어 밀정 노릇을 하면서 수많은 애국지사를 죽음으로 몰아간 매국노들을 청산하지 못한 역사의 지난 잘못을 직시하면서 제대로 풀지 못한 역사로 인해 언젠가 또 다른 비극을 낳을 수도 있을 것이라는 걱정이 들기도 한다.

국제화 시대에 모든 것이 개방화될수록 민족과 국가관 그리고 가치관이 더 중요하다는 생각을 해본다. 세계인으로서 함께하는 것과 자기 자신을 돌아보고 정체성을 확립한다는 것은 매우 다른 문제라고 본다. 국제화 시대에 웬 민족주의자 같은 얘기를 하는 것으로 들릴 수 있으나 개방화 시대일수록 흔들리지 않는 민족의 정체성을 확립하는 것이 중요하다고 생각한다.

중남미의 먼 나라 볼리비아에서 이 소설 [보부상] 제1부에 이어 제2부를 쓰는 일은 쉽지 않은 작업이었다. 볼리비아의 수도 라파스는 평균 해발 3,500m가 넘는 지역으로 산소가 부족한 곳이다. 때로는 고산증세로 고생하기도 했다. 그러나 무엇보다 가장 괴로웠던 일은 문학적 재능이 부족한 것을 느낄 때였다. 투박하고 매끄럽지 못한 글을 계속 쓰다 좌절할 때가 많았다.

남미에서 제2부를 집필하면서 멕시코와 하와이 등으로 초기에 이민을 떠났던 조선인들이 남미의 각지로 흩어져 살아갔던 역사를 되돌아보았다. 이렇게 머나먼 이방 땅으로 이민을 떠나갔던 조선인들에게 지구의 반대편에 있는 중남미에서 조선으로 돌아가는 일은 불가능했을 것이다. 게다가 이미 조선이라는 나라는 지구상에 없었다. 다만 꿈속에서나 조선의 고향마을을 생각하면서 생을 마감했던 초기 남미에 터전을 내린 조선 이민자들의 일생을 추정해보았다.

중남미의 먼 나라 볼리비아에서는 꼬레아(Corea) 성을 가진 6가족이 살고 있다. 정식으로 등록된 숫자이기에 실제로는 더 많은 '꼬레아'들이 있을 것으로 생각되었다. 인근의 온두라스에 거주하는 한국 교민 수가 15,000명인데 이에 비해서는 볼리비아 교민 숫자는 1,000명도 채 안 될 정도로 숫자가 매우 적었다. 지금 그곳에서 살아가는 우리 후손들은 그들의 조상이 어떻게 살아왔는지 자세히 알지 못할 것이다. 그러나 '꼬레아'라는 성은 새로운 '꼬레아'들이 계속 살아가는 한 영원히 볼리비아에서 존재할 것이라고 본다.

볼리비아 사람들은 우리 동양인들의 정서와 비슷한 점이 많다. 평소 나이는 연장자에 대한 예우와 상대에 대한 배려를 잊지 않는다. 장애인들에 대해 기꺼이 손을 내밀고 어울린다. 엄마가 아이와 같이 가면서 길에서 동냥하는 걸인에게 동전을 갖다 주라고 교육하는 장면을 보면서 정을 나눌 줄 아는 사회라는 생각이 들었다.

안데스의 정신은 가진 자가 선심 쓰듯 베푸는 동정이 아니라 진정한 인간 대 인간으로 대하는 모습을 보여준다. 안데스 정신이 보부상의 상인 정신과 매우 유사했다. 안데스 인들은 도둑질하지 마라, 속이지 마라, 부지런하라, 상부상조하는 정신을 일상생활 가운데서 실천하고 있다. 조선의 보부상은 절목에서 부모에게 효도하라, 행패를 부리지 마라, 상부상조하라, 동료가 아프면 고쳐주고 가라, 조직의 질서를 존중하라고 했다. 보부상 상인들이 몸에 항상 지니고 다니는 험패에는 4계명이 적혀 있다고 앞서 말한 바 있다. 도둑질하지 마라, 속이지 마라, 여자에게 행패 부리지 마라, 행패를 부리지 말라. 이 4가지 행동 규칙을 실천하도록 했다.

보부상의 상인 정신은 세계에서 보기 드문 시민 정신이었다. 역사에서 배우지 못하면 다시 망국의 위험을 자초할 수도 있다. 허울뿐인 양반 타령에서 벗어나 이제는 실용과 정의, 명분이 함께하는 선비 상인의 정신으로 한민족이 다시 일어나 세계 온 인류의 번영과 행복에 크게 이바지하기를 기대한다.

[맺음말]

K·기업가정신의 정수·원류를 찾아서

　조선은 유교사상을 통치 이념으로 받아들인 전형적인 국가다. 문제는 유교 사상이 이념적 측면을 중시한 까닭에 실용적 측면을 등한시하는 결과를 초래한 점이다. 그런 이유로 조선 후기에 이르러 중상주의를 추구하는 일부 학자는 실학을 국가 운영의 근간으로 삼아야 한다는 주장을 내세우기도 한다. 실증적으로 마련된 중상주의를 정부 정책에 반영해야 한다는, 연암 박지원을 포함한 북학파의 주장이 대표적이다. 하지만 오랜 기간 성리학만을 신봉하던 사대부의 반발에 가로막혀 이들의 주장은 단지 시도에 그치면서 성리학의 틀에 갇혀 있던 조선은 마침내 일제의 강점을 당하는 불운을 면치 못하게 된다.

　조선의 재정적 바탕은 농업으로 그 비중은 국내 총생산의 80%를 넘었다. 사농공상 중에서 농자를 천하지대본이라 강조한 것은 이 때문이었다. 즉 농업은 천하의 근본이 되는 업종이다. 이런 연유로 조선 정부에서 농업과 함께 상업을 장려한 사실을 오늘날 사람들 대다수는 기억하지 못한다.

하지만 조선 왕조는 개국 초기부터 우여곡절을 겪으면서 상업을 중시하는 정책을 지속적으로 추진한 바 있다. 가령 육의전과 시전 상인은 주로 정부의 관납을 담당하게 하는 한편, 육로와 수로를 따라 장사를 해오던 여상과 운상 객주와 보부상은 사적으로 백성들이 필요로 하는 물자의 조달과 수송을 장려한 것이 대표적이다. 특히 산이 험하고 도로 사정이 좋지 않은 당시 조선 국토에서 보부상의 물자 운송에 끼친 공로는 지대했다.

소규모 자본을 가진 소수의 보부상은 조선 초기 이후부터 꾸준한 발전을 거듭한 결과, 그 숫자만 전국적으로 수십만 명에 이르렀다. 이런 정황을 염두에 둔 조선 왕조는 보부상을 보호, 육성하는 차원에서 그들을 조직적으로 관리할 필요성을 느꼈다. 그리하여 순조 말년 1830년대에 이르러 보부상은 전국에 산재한 동료들을 규합하여 읍면 단위로 강력한 조직체계를 마련하게 된다.

보부상의 조직 구축의 배경으로 보부상의 사회적 위상을 살필 수 있다. 보부상은 지속적인 성장에도 불구하고 궁방을 비롯한 아문과 지방 관청과 토호들, 특히 토호의 비호하에 있던 행상들에게 수탈의 대상으로 전락한다. 이러한 처지에 놓인 보부상은 자신들의 신분과 상업 활동을 보장해 주는 강력한 조합 형태의 상단을 갈망하게 된다. 나아가 그 상단을 보호해 줄 수 있는 권력 기관 즉, 국가 권력 기관과 결합하는 방향을 모색하기도 한다. 그리하여 마침내 관으로부터 임방의 공인과 그

것을 명문화한 완문과 절목 등을 받는 일, 즉 상단의 구축에 성공한다. 드디어 조선 왕조와 보부상, 이 둘의 필요에 따라 상거래를 중심으로 한 중상주의가 조선에서 본격적으로 태동하게 된다. 보부상의 공석인 결성에 따른 중상주의의 태동은, 체제 유지의 정치적 차원에서 피지배층에게 강요된 유교 사상의 굴레에서 벗어나는 계기를 마련한 점에서 그 우선적 의미를 부여할 수 있다.

알려진 대로 개인의 기질 및 특성은 사회적 환경과 더불어 유전적 영향을 많이 받는다. 보부상의 상거래 지침에 따른 실제적 상거래 활동은 조선의 상인 정신의 바탕을 이루고 있음은 물론, 오늘날 기업가 정신으로 면면히 계승되고 있다. 당시 보부상의 상인 정신은 세계적으로도 유래를 찾을 수 없는 독특한 것으로 그 핵심은 사람을 중요시 여기고, 공정한 거래 규칙과 상부상조의 사회복지 정신을 바탕으로 한 도덕적 상업관이다. 이 상인 정신은 유대인의 상인 정신과 중국인의 상인 정신에 견주어 더없이 훌륭한 정신세계를 보여줬다. 하지만 안타깝게도 보부상의 상인 정신은 일제의 강점 시기에 한국의 상업과 경제의 뿌리를 없애기 위한 식민지 경제 정책의 하나로 왜곡되거나 잊히는 불운을 겪게 된다.

식민지 지배를 강화하기 위한 전략적 차원에서 조선의 경제를 장악하려 한 제국주의 일본은 보부상의 해체를 우선적 과제로 설정한 후 이를 실천에 옮기기 위한 정책을 추진한다. 즉 일제는 조선의 가장 강력한 상업조직인 보부상을 제거한 후 일본 상인들에게 전국의 주요 상권을 넘겨주는 한편, 조선의 주요 항구들을 장악하여 서서히 일본 경제권에 편입시키고자 하는 식민지 정책을 실행했다.

조선의 경제 활동을 원천적으로 봉쇄한 식민지 경제 정책이 한국 기업인의 상업 활동을 위축하게 만든 것은 물론이다. 더 심각한 문제는 식민지 경제 정책이 조선 보부상의 상인 정신을 망각하도록 이끌었다는 점에 있다. 그래서 우리 스스로 보부상의 숭고한 상인 정신의 존재조차 알지 못한 상태에서 오늘날에 이르고 있다. 오늘날 사회적 일부에서 경제성장의 주역인 상업 활동 자체를 폄훼하고 있는 현상은 보부상의 숭고한 상인 정신에 대한 망각과도 무관하지 않아 보인다. 이러한 점에서 한국의 상인 정신에 대한 이해는 보부상의 상인 정신을 이해하는 데서 출발하는 것이 적절하다고 본다.

거듭해 언급하자면 보부상의 상인 정신은 상부상조를 바탕으로 도덕적이고 인간적인 가치를 추구한다. 그리고 그 바탕에는 신뢰와 고객 존중, 그리고 조합원의 동료애와 사람을 중시하는 인본사상이 깃들어 있다. 돈을 어떻게 벌든 어떠한 돈이든 관계없다는 배금주의가 아닌, 정당한 재물의 가치를 건강하게 추구하려는 염원이 담겨 있다. 이러한 가치를 지닌 보부상의 상인 정신은 현재의 경제적 관점에도 여전히 유효하다는 점에서 충분한 논의의 가치를 지닌다고 할 수 있다.

하지만 보부상의 상인 정신과 관련하여 그동안 많은 학자나 연구자의 논의에도 불구하고 한국경제의 미래와 관련해 다양하고 폭넓은 견해를 개진한 경우가 드문 것이 현실이다. 즉 한국의 경제성장에 이바지하는 한편, 국제시장을 개척하는 차원에서 보부상의 상인 정신을 파헤친 논의는 부족한 실정인 것이다.

그런 의미에서 이 소설은 보부상의 상인 정신을 건강한 경제적 성장을 위한 지혜 제공의 측면에서 출발하여 오늘날 한국의 상공인들에게 긍지를 심어주고 자존심 높이는 차원으로 진행될 수 있으리라 기대해 본다. 이 소설 [보부상]을 계기로 보부상의 상인 정신이 한국경제의 정신적 버팀목으로 자리매김하길 기대해 본다.

K-기업가정신적 지주, 보부상의
일제 강점기 목숨건 독립운동 투혼

K·보부상

인쇄·발행	2023년 8월 15일
지은이	이인희
펴낸 곳	글로벌마인드지엠(주)
발행·편집인	신수근
편집 보조	곽연서
편집디자인	이수인
등록번호	제 1997-000031호
주소	서울 관악구 관악로 105 동산빌딩 403호
전화	02-877-5688(대)
팩스	02-6099-3744
이메일	samuelkshin@naver.com

ISBN 978-89-88125-61-8 부가기호 03810
정가 19,800원